A Aranha

Lars Kepler

A Aranha

TRADUÇÃO
Renato Marques

Copyright © 2022 by Lars Kepler

Grafia atualizada segundo o Acordo Ortográfico da Língua Portuguesa de 1990, que entrou em vigor no Brasil em 2009.

Título original
The Spider

Capa
Estúdio Nono

Imagem de capa
Adobe Stock

Preparação
Iana Araújo

Revisão
Jane Pessoa
Luís Eduardo Gonçalves

Dados Internacionais de Catalogação na Publicação (CIP)
(Câmara Brasileira do Livro, SP, Brasil)

    Kepler, Lars
        A Aranha / Lars Kepler ; tradução Renato Marques. – 1ª ed. – Rio de Janeiro : Alfaguara, 2025.

        Título original : The Spider.
        ISBN 978-85-5652-269-6

        1. Ficção sueca I. Título.

25-264097   CDD-839.73

Índice para catálogo sistemático:
1. Ficção : Literatura sueca   839.73
Cibele Maria Dias – Bibliotecária – CRB-8/9427

Todos os direitos desta edição reservados à
EDITORA SCHWARCZ S.A.
Praça Floriano, 19, sala 3001 — Cinelândia
20031-050 — Rio de Janeiro — RJ
Telefone: (21) 3993-7510
www.companhiadasletras.com.br
www.blogdacompanhia.com.br
facebook.com/editora.alfaguara
instagram.com/editora_alfaguara
x.com/alfaguara_br

Aviso aos leitores: este livro contém spoilers dos livros *Lázaro* e *O Homem de Areia*.

Era uma vez um serial killer chamado Jurek Walter. Ele foi o mais cruel dos assassinos, e nenhum outro homicida matou mais vítimas do que ele no norte da Europa.

O homem que por fim acabou com a matança de Jurek foi o detetive superintendente Joona Linna. Uma vez que não acredita no mal inato ou metafísico, Joona provavelmente sugeriria que Jurek apenas perdeu a parte de sua alma que possibilita a um homem a condição de ser humano.

Somente um punhado de pessoas sabia da existência de Jurek, mas sem sombra de dúvida a maioria delas alegaria que o mundo se tornou um lugar melhor sem ele.

Agora Jurek Walter está morto, mas algo que se dissipa não desaparece de vez, como se nunca tivesse existido. Quando alguma coisa cessa de existir, deixa para trás um perigoso vazio — um vazio que, mais cedo ou mais tarde, acabará por ser preenchido de uma forma ou de outra.

1

Enquanto galopa ao longo da trilha iluminada, Margot Silverman ouve o baque surdo dos cascos do cavalo contra as lascas de madeira.

O céu está escuro e sopra uma brisa fresca de agosto.

As árvores passam zunindo dos dois lados e desaparecem noite adentro antes de reaparecerem sob o brilho do poste de luz seguinte.

Margot é diretora da Unic, a Unidade Nacional de Investigação Criminal, em Estocolmo e, quatro vezes por semana, vai cavalgar em Värmdö, a leste da capital. Andar a cavalo a ajuda a desanuviar a cabeça e a se centrar.

O cavalo se lança veloz pela trilha estreita, e o ritmo acelerado faz o coração de Margot disparar.

Em sua visão periférica, ela capta breves vislumbres de coisas: árvores caídas, a extremidade do descampado, um suéter úmido com uma carinha sorridente estampada, pendurado sobre uma cancela.

Margot se inclina para a frente e sente a brisa no rosto.

Os movimentos do cavalo a galope são assimétricos, o quadril esquerdo mais alto que o direito.

A cada sequência de pisadas do cânter, o andamento marchado a três tempos, o cavalo tira a pata dianteira direita do chão, ao que se segue um breve momento em que o animal fica suspenso por inteiro no ar.

Nesses poucos segundos de voo, Margot sente um formigamento nas coxas.

Catulo é um cavalo castrado sueco de sangue quente, com pernas longas e pescoço robusto e, para instigá-lo a sair a galope, Margot precisa apenas mover a perna para trás e empurrar o quadril para a frente.

A trança dela bate nas costas a cada impacto dos cascos no chão.

Ela flagra um cervo fugindo em disparada por uma clareira entre as samambaias ondulantes.

No último trecho da trilha, as luzes dos postes não estão funcionando, e Margot não consegue mais enxergar o chão à frente. Ela fecha os olhos e deposita sua fé em Catulo, deixando-se levar adiante.

Quando abre os olhos, avista a luminosidade dos estábulos por entre as árvores e diminui a velocidade para um trote largo.

O peito e as costas de Margot estão suados e, após uma hora de treinamento intervalado, sente o ácido láctico queimar em seus músculos.

Ela faz Catulo passar pelos portões e desmonta.

São quase onze da noite, e o Citroën prateado de Margot é o único carro ainda estacionado junto aos estábulos.

Ela conduz o cavalo através da escuridão rumo ao prédio. O freio tilinta, os cascos batem de leve na grama seca e pisoteada.

Margot ouve alguns estrondos vindos de uma das baias da cavalariça.

Catulo para de súbito, levanta a cabeça e recua ligeiramente.

— Ei, o que foi? — Margot pergunta, semicerrando os olhos na direção do breu entre o trator e as urtigas.

O cavalo está com medo, e bufa pesadamente pelas narinas. Margot acaricia o pescoço do animal e tenta persuadi-lo a se dirigir ao estábulo, mas ele se recusa a sair do lugar.

— O que está acontecendo, meu chapa?

Catulo estremece e se vira bruscamente para o lado, como se estivesse prestes a fugir em disparada.

— Opa, peraí, ô, ô.

Margot agarra as rédeas e o conduz com firmeza em um semicírculo através da grama alta da campina até o cascalho. As luzes do lado de fora dos estábulos projetam três sombras nítidas sobre todo o entorno.

Catulo resfolega e abaixa a cabeça.

Margot aperta os olhos para perscrutar a ponta do prédio e, embora não consiga enxergar nada, sente um calafrio.

Assim que estão em segurança dentro dos estábulos iluminados, ela tira o capacete. A ponta de seu nariz está avermelhada, a trança loira cai pesada nas costas da jaqueta acolchoada. Enfiadas nas botas de cano alto, as pernas de sua calça de montaria estão sujas.

Paira no ar o intenso cheiro de feno e estrume.

Os outros cavalos estão silenciosos enquanto ela leva Catulo até a baia de lavagem, tira a sela e a pendura no compartimento aquecido de arreios.

Alguns estribos tilintam nas ripas da parede.

A primeira tarefa de Margot é enxaguar Catulo e lhe dar um cobertor, depois ela precisa levá-lo para a baia, alimentá-lo, dar-lhe um pouco mais de sal e apagar as luzes antes de ir embora para casa.

Ela enfia a mão no bolso para se certificar de que não perdeu o velho cantil de bolso do pai. Em vez de enchê-lo de bebida alcoólica, Margot o usa como recipiente de álcool em gel para as mãos, não porque seja um utensílio especialmente prático, mas porque lhe traz sorte e a diverte.

A porta que dá para o pátio range, e Margot sente uma súbita onda de desconforto. Ela sai para a área principal e observa atentamente a fachada do prédio.

Margot ouve Catulo arrastar as patas na baia de lavagem atrás dela. A mangueira está pingando, um fio escuro de água contorna a raspadeira de suor e flui em direção ao ralo.

Vários dos outros cavalos bufam, os cascos golpeando o chão enquanto o painel elétrico na parede emite um zumbido baixo.

— Olá? — Margot diz em voz alta.

Ela prende a respiração, fica completamente imóvel e por um momento crava os olhos na porta e na janela escura, antes de se voltar para Catulo.

Ela vê a luz do teto refletida na curva de um dos olhos pretos do cavalo.

Margot hesita por um segundo, depois saca do bolso o celular e liga para Johanna. Sua esposa não atende, e ela sente um nó de ansiedade na boca do estômago. Já faz duas semanas que tem a sensação de que alguém a observa. Ela começou até a especular se por algum motivo estaria sob a vigilância do Departamento de Investigações Especiais ou da Polícia de Segurança. Não é uma pessoa paranoica, mas uma série de ligações anônimas e o sumiço de um par de brincos a deixaram intrigada, sem saber se ela ou a própria Johanna estão sendo acossadas por um stalker.

Margot tenta ligar novamente. O celular toca e toca, mas quando está prestes a cair na caixa postal, ela ouve um som crepitante.

— Encharcada e nua — Johanna atende.

Margot sorri.

— Como é possível eu *sempre* dar um jeito de te ligar na hora certa?

— Espere aí, vou te pôr no viva-voz.

Ouve-se um farfalhar, depois o ruído de fundo muda. A imagem de Johanna nua, no meio do bem iluminado quarto do casal, totalmente visível desde o pomar de macieiras, passa feito um raio pela mente de Margot.

— Desculpe, é que eu estou me secando — Johanna diz. — Você já está voltando?

— Preciso dar uma rápida ducha no rapazinho aqui primeiro.

— Lembre-se: dirija com cuidado.

Margot ouve Johanna se esfregar com a toalha enquanto conversam.

— Não se esqueça de fechar as cortinas e verificar se a porta está trancada — ela a instrui.

— Parece até que somos personagens de *Pânico*. Na verdade, você deve estar me observando do jardim agora, não está? E assim que eu conseguir trancar a porta, você já vai estar dentro da casa.

— Isso não tem graça nenhuma.

— Tá legal, chefe.

— Credo, não quero mais ser a chefe; não sou boa nisso. Como detetive eu era competente, mesmo sendo um pouco arrogante, mas agora que estou no comando…

— Pare com isso — Johanna a interrompe. — Eu adoraria ter você como chefe, hoje e sempre.

— Ulalá! — Margot ri, e seu humor melhora.

Ela ouve Johanna abaixar as persianas, o cordão tilintando ao bater no aquecedor.

— Acione as luzes azuis da viatura e volte para casa — Johanna diz. Sua voz soa fraca, distante.

— Você conseguiu colocar as meninas na cama?

— Sim, só que a Alva me perguntou se você gosta mais do seu cavalo do que dela.

— Ai! Essa doeu! — Margot exclama, rindo.

No minuto em que desligam, a sensação de inquietude volta a tomar conta de Margot. Ela ainda ouve um tênue tilintar, que continua por um ou dois segundos antes de cessar de vez. Deve estar vindo de algum lugar aqui do estábulo, Margot pensa. Parece o som que os baldes pendurados entre as coxias fazem quando se chocam.

Um dos cavalos bate a anca na parede, fazendo-a ranger.

Margot se vira para a porta.

Ela tem a impressão de que há alguém alto tentando se esconder nas sombras junto ao armazém. O lado racional de Margot sabe que é apenas o armário onde guardam as ferramentas do estábulo, mas parece estar muito mais distante do que de costume.

O vento sopra com força sobre o telhado de metal, sacudindo as vidraças.

Margot caminha pelas coxias. Na extremidade de sua visão periférica, vê tremeluzirem as barras de ferro das baias, as pesadas cabeças dos cavalos cintilando sob o clarão da lâmpada.

Ela tem de fazer um enorme esforço para não ligar de novo para Johanna e lhe pedir que verifique mais uma vez a porta da frente; as crianças sempre têm dificuldade para trancá-la direito. Tudo o que Margot precisa fazer é cuidar de Catulo, dirigir de volta para casa, tomar uma chuveirada e se deitar em sua cama quentinha para dormir.

A luz bruxuleia e perde força.

Margot estaca e aguça os ouvidos, espiando além da baia de lavagem até o vestiário.

Os estábulos estão em silêncio, mas então ela ouve um tique-taque rápido, como de algo metálico rolando pelo chão.

Margot se vira, mas o barulho cessa. Ela não sabe dizer de onde veio.

A mulher se apoia numa das baias e fita atentamente a porta principal.

Ela ouve de novo o tique-taque, que agora vai se aproximando cada vez mais, por trás dela.

Agitado, Catulo ergue a cabeça, e Margot sente uma violenta pancada nas costas. Um dos cavalos me acertou um coice, ela pensa enquanto desaba.

Por um instante o mundo desaparece, e ela ouve um rugido.

A mulher está estirada de bruços no chão, os lábios e a testa sangrando depois de atingirem em cheio o piso de cimento. Ela é invadida por uma estranha sensação de algo queimando e repuxando sua coluna, e sente no ar um forte odor.

Assim que percebe que alguém acabou de disparar uma arma contra ela, seus ouvidos começam a zumbir. Assustados, os cavalos se remexem nas baias, dão pancadas nas paredes, batem as patas e bufam.

Eu levei um tiro, Margot pensa.

— Ai, meu Deus, ai, meu Deus...

Precisa se levantar, entrar no carro e voltar para casa, dizer às filhas que as ama mais do que tudo.

Ela escuta passos se aproximando e sente um súbito choque de medo.

Ouve-se um ranger, seguido pelo mesmo clique de antes.

A parte inferior do corpo de Margot está dormente, mas mesmo sem sentir nada abaixo da cintura, ela percebe que alguém a arrasta pelas pernas em direção à porta.

Seus quadris raspam no cimento áspero.

Margot tenta se agarrar a um cocho, mas está fraca demais e não consegue.

Um balde tomba e sai rolando.

A jaqueta e a camiseta deslizam para cima e se enrolam sobre o peito.

Sua respiração está ofegante e superficial, e ela sabe que a bala deve ter atingido a coluna. Em rápida sucessão, ondas de dor se avolumam por seu torso.

Ela tem a sensação de ter sido golpeada por um machado.

Enquanto é arrastada pelo chão, Margot se sente como um animal indo para o abate, um barco apanhado pela correnteza, um dirigível flutuando sobre os campos.

Ela sabe que não pode desistir, que precisa continuar lutando, mas agora está tão fraca que não consegue mais manter a cabeça erguida.

O cimento áspero estraçalha seu rosto, e a última coisa que Margot nota antes de perder a consciência é o lustroso rastro de sangue no chão.

2

De costas para a janela, Lisa apoia no parapeito o copo gelado que tem nas mãos. É madrugada, e ela e dois homens estão numa ampla casa térrea em Rimbo, cerca de cinquenta quilômetros ao norte de Estocolmo.

Um dos homens tem cerca de cinquenta anos, veste terno e camisa azul-clara. O cabelo curto está ficando grisalho nas têmporas, e seu pescoço parece enrijecido. Ele joga dentro da pia a fôrma de cubos de gelo vazia, despeja um pouco de gim em uma jarra e completa com água tônica.

O outro homem tem vinte e poucos anos, é alto e tem ombros largos. Sua cabeça está raspada, e ele fuma um cigarro junto ao exaustor.

Lisa diz alguma coisa e cobre a boca ao soltar uma gargalhada.

O homem mais velho sai da cozinha, e um instante depois a luz do banheiro se acende. Do lado de fora, sua sombra é visível através das cortinas finas.

Lisa acabou de completar vinte e nove anos, está vestindo uma saia plissada e uma blusa prateada bem justa sobre os seios. Seu cabelo preto é lustroso. Ela nasceu com lábio leporino e tem uma cicatriz tênue acima da boca.

O homem mais jovem joga a guimba do cigarro dentro de uma lata de cerveja, aproxima-se de Lisa e lhe mostra algo no celular. Estuda a reação dela com um sorriso, diz alguma coisa e depois afasta uma mecha do cabelo dela da bochecha.

Lisa olha para cima e encontra o olhar dele, ficando na ponta dos pés para lhe dar um beijo nos lábios. Ele fica sério, e olha de relance para o corredor antes de se inclinar e beijá-la com paixão.

Pela tela de sua câmera, Saga Bauer vê o homem enfiar uma das mãos por debaixo da saia de Lisa e acariciá-la entre as pernas. Faz uma hora que Saga está filmando a casa pelo jardim do vizinho, empoleirada em um carrinho de mão ao lado de uma cerca alta. A luz dos janelões da cozinha e da sala de estar se esparrama sobre os troncos dos pinheiros e as pinhas dispersas pelo gramado.

O homem mais velho reaparece, detém-se na porta, e os dois interrompem o beijo e se aproximam dele.

Saga apoia a lente teleobjetiva sobre a cerca para obter uma imagem mais nítida, mas o trio já entrou no corredor.

O marido de Lisa era da mesma turma de Saga na academia de polícia; depois de se formar, acabou ingressando na Polícia de Norrmalm. Ele suspeita que a esposa o esteja traindo enquanto trabalha no turno da noite, mas ainda não a confrontou a respeito daquilo. Em vez disso, entrou em contato com a agência de investigação onde Saga trabalha atualmente. Na primeira reunião com Saga, ela o alertou de que talvez ele não quisesse saber a verdade, mas mesmo assim o homem optou por contratá-la.

Agora, Lisa e os dois homens estão junto à porta do quarto às escuras. Saga não consegue ver o que estão fazendo, mas suas sombras dançam sobre o rodapé e no vão da porta aberta.

A investigadora verifica mais de uma vez se a câmera ainda está filmando.

Um dos homens acende a luminária ao lado da mesinha de cabeceira. Os três começam a se despir; de costas para a janela, Lisa puxa com força a calcinha para baixo, ergue os pés para se livrar dela e coça a nádega direita. O elástico da meia-calça deixou uma marca sulcada em torno da cintura, e Saga vê um hematoma numa das panturrilhas.

As paredes do quarto são cor de mel, e a enorme cama tem uma cabeceira de bronze ornamentada. O ofuscante clarão da luminária incide sobre o vidro de uma fotografia emoldurada do boxeador George Foreman, mas quando o homem mais jovem se senta na beira da cama, bloqueia a maior parte da luz.

O mais velho se deita, abre a primeira gaveta da cômoda lateral e pega uma camisinha. Lisa monta em cima dele e espera até que o homem esteja pronto.

Ela diz alguma coisa, ele pega do chão uma almofada amarela e a põe sob os quadris.

Lisa rasteja para cima e o beija no peito e na boca. Quando ele está prestes a penetrá-la, o rosto dela desaparece de novo em meio às sombras.

O mais jovem ainda está sentado na beira da cama, tentando deixar o pênis duro o suficiente para botar a camisinha.

A luminária ao lado da cama começa a balançar no ritmo dos movimentos de Lisa, fazendo suas franjas douradas estremecerem.

Pacientemente, Saga espera até o rosto da mulher ficar visível de novo. A menos que consiga captar imagens nítidas do rosto dela durante o ato em si, Lisa sempre poderá negar que foi infiel. Ela pode até demonstrar arrependimento por ter beijado outro homem e alegar que foi embora da casa assim que a outra mulher chegou.

Negação e mentira sempre andam de mãos dadas.

Uma luz se acende na casa atrás de Saga.

Lisa faz uma pausa nos movimentos, põe a mão nas costas do homem mais jovem e lhe diz algo. Ele pega um frasco de óleo de massagem na outra mesinha de cabeceira.

Ainda montada no homem mais velho, Lisa se inclina para a frente quando o mais jovem sobe na cama.

As coxas dela tremem quando ele a penetra por trás. Por um momento, o trio se mantém completamente imóvel, e em seguida os dois homens começam a dar lentas estocadas.

A luz ainda não é boa o suficiente.

Saga ouve alguém atravessar o gramado atrás dela e olha de relance por cima do ombro. O vizinho a flagrou.

— Isto aqui é propriedade privada! — ele anuncia, aos gritos. — Você não pode...

— Polícia! — ela retruca com rispidez, virando-se para olhar para ele. — Mantenha distância.

O homem tem bigode branco, veste um colete de caçador, e se aproxima dela com uma expressão aflita no rosto.

— Posso ver sua identificação policial?

— Só um minuto — Saga responde, voltando-se para sua câmera.

A luz se espalha pelo trio na cama, lançando uma sombra na janela empoeirada. De tempos em tempos o rosto do homem mais jovem surge de perfil, o nariz e a boca tensos. Pele úmida brilhando sob a luz, o pescoço curvado e os músculos das coxas tensionados.

— Eu vou ligar para a polícia! — o vizinho ameaça.

Um dos homens bate sem querer na mesinha de cabeceira, o que faz a luminária tombar e cair no chão.

O rosto de Lisa é subitamente banhado pela luz, a boca aberta e as bochechas coradas. Ela murmura alguma coisa e fecha os olhos, os seios pálidos balançando e o cabelo batendo no rosto.

Saga filma a cena por mais um ou dois segundos antes de clicar no botão de parar, recolocar a tampa da câmera e descer do carrinho de mão. O vizinho se afasta com o celular no ouvido; no momento em que começa a falar com uma atendente da emergência, Saga lhe mostra seu documento de identificação, já vencido, da Polícia de Segurança.

Com passos largos e apressados, ela passa pelo homem e atravessa o gramado, salta a cerca e percorre a rua até o cais, onde deixou sua moto perto das latas de lixo.

Depois de guardar a câmera na mochila, liga para o chefe enquanto fita as rochas lisas e a água escura.

— Henry Kent — ele atende.

— Desculpe por ligar tão tarde — ela diz. — Mas você queria que eu entrasse em contato para prestar contas...

— É assim que fazemos as coisas — ele a interrompe.

— Certo. Bom, eu terminei por aqui, tenho tudo registrado em vídeo.

— Muito bem.

A cabeleira loira de Saga está presa em um rabo de cavalo e, apesar das olheiras e do profundo vinco na testa, ela ainda é extraordinariamente bonita.

— Eu estava pensando... já que está tão tarde, posso deixar a câmera aí pela manhã?

— Você precisa trazê-la agora.

— É que eu tenho que acordar cedo pra...

— Qual parte você não entendeu? — ele diz, levantando a voz.

— Nada, eu só...

Saga para de falar quando percebe que ele já encerrou a ligação. Ela suspira, enfia o celular no bolso interno da jaqueta, fecha o zíper, coloca o capacete, sobe na moto e sai do estacionamento, pilotando rua afora.

Depois de ter ficado de licença médica por tanto tempo, ela não quis voltar a trabalhar na Polícia de Segurança. Em vez disso, se candidatou à Unidade Nacional de Investigação Criminal. O gerente do setor de Recursos Humanos entrou em contato para dizer que, embora não houvesse vagas no momento, estavam muito interessados no que Saga tinha a oferecer e levariam o assunto à administração.

Logo ficou claro que, por mais pronta que se sentisse para retornar ao trabalho, primeiro Saga teria que receber autorização de um psicólogo do Centro de Crise e Trauma. Enquanto aguarda o aval, ela trabalha para a Agência de Investigação Kent, atuando sobretudo na investigação de casos de infidelidade e verificação de antecedentes criminais. Fora isso, ela passa quase todo o seu tempo livre como cuidadora de duas crianças com síndrome de Down.

Saga mora sozinha, mas atualmente está dormindo com o médico anestesista que cuidou de sua meia-irmã no Hospital Karolinska, em Huddinge, há pouco mais de três anos.

São três e meia da manhã quando ela para a moto em frente ao escritório da agência na rua Norra Stations, digita o código e pega o elevador para o terceiro andar, destranca a porta e desativa o alarme.

Por hábito, Saga verifica a bandeja de correspondência rente à porta e encontra uma caixinha fechada com fita adesiva e seu nome escrito nela. Leva-a então até seu cubículo, coloca-a sobre a escrivaninha e se senta. Após fazer login no sistema, ela tira o cartão de memória da câmera, insere-o no leitor, transfere os arquivos da filmagem e arquiva tudo.

Saga está cansada, e seus olhos flutuam à deriva na direção da janela para observar o trânsito noturno, as ruas, as pontes e viadutos e as entradas luminosas dos túneis.

O chiado do disco rígido a arrasta de volta ao presente; ela se levanta, tranca a câmera no cofre e volta para o cubículo.

Com os olhos pesados pela falta de sono, arranca a fita adesiva marrom da caixinha e puxa as abas. Segurando-a sob a luminária da escrivaninha, enfia a mão dentro e tira o que parece ser um desenho de criança amassado.

Saga desenrola a bola de papel, que por fim revela um pequeno embrulho de algodão branco e renda.

Utilizando uma caneta, ela empurra o tecido fino da trouxinha para encontrar dentro um objeto pequeno e cinza. Uma estatueta de metal, que não mede mais de dois centímetros de altura.

A luz incide sobre o metal fosco.

Saga inclina a lâmpada e vê que a estatueta representa um homem com uma barba espessa e um casaco de inverno.

3

Estilhaços de vidro estalam sob os pés de Joona Linna enquanto ele atravessa lentamente o quarto do hotel. Na janela, um homem de rosto amarfanhado balança para a frente e para trás, com o pescoço quebrado.

No peito da camisa do homem há uma mancha escura de sangue, causada pelo profundo ferimento do laço que o enforcou.

Pedaços de vidro forram o parapeito da janela abaixo dele.

Seu último sussurro ecoa dentro de Joona. As palavras se enroscam feito cobras em torno do corpo dele.

Joona sabe que o homem está morto, que suas vértebras se romperam, mas ainda assim julga que precisa verificar o pulso dele.

Assim que estende a mão em direção à garganta do homem, ouve o toque do celular.

Joona abre os olhos e pega o aparelho sobre a mesinha de cabeceira. Antes do segundo toque, atende em voz baixa.

— Peço desculpas por ligar tão tarde — uma voz de homem diz do outro lado da linha.

Joona sai da cama. Ele vê Valéria abrir os olhos sonolentos, e afaga a bochecha dela antes de ir para a cozinha.

— De que se trata? — ele pergunta.

— Aqui quem fala é Valid Mohammad, da Estocolmo Sul. À meia-noite e meia, a esposa de Margot Silverman, Johanna, ligou para o número de emergência. Ela disse que Margot foi cavalgar nos arredores de Gustavsberg por volta das nove da noite e que deveria ter voltado muito antes da meia-noite. Como Johanna não podia deixar as crianças sozinhas em casa e ficou preocupada com a possibilidade de Margot ter sofrido um acidente, a central de comando despachou uma unidade pra lá. Acabamos de receber uma resposta dos policiais que atenderam à chamada... Eles não encontraram Margot, mas parece que há muito sangue no chão dos estábulos... Enfim, achei que talvez você quisesse saber.

— Vou para lá imediatamente — Joona diz ao policial. — Você pode se assegurar de que ninguém toque em nada? É importante; diga a seus colegas para não moverem um músculo até eu chegar. Eu assumo a investigação, levarei meu próprio perito forense.

Joona encerra a ligação e telefona para seu velho amigo Erixon.

Agora são duas e cinco, e o primeiro carro de patrulha chegou aos estábulos há quarenta e cinco minutos.

Passaram-se noventa e cinco minutos desde que Johanna ligou para a emergência.

Joona sabe que não faz sentido bloquear estradas. Tudo o que eles podem fazer agora é examinar a cena e tentar descobrir o que pode ter acontecido.

— Alô — Erixon sussurra.

— Sei que você está com um problema nas costas, mas é que eu...

— Não tem problema.

— É que preciso do nosso melhor perito nisso — Joona explica.

— E como ele não atendeu, então você ligou pra mim, certo? — Erixon diz, tentando disfarçar a preocupação.

Assim que eles combinam de se encontrar na estrada, na saída para os estábulos, Joona volta para o quarto e começa a se vestir. Valéria sai da cama com uma camisola fina e joga um cardigã nos ombros.

— O que aconteceu? — ela pergunta.

Joona põe o relógio de pulso que sua filha Lumi lhe deu. Ela o comprou porque achou que o mostrador tinha o mesmo tom de cinza dos olhos dele.

— Acabei de receber uma ligação — ele diz enquanto abotoa a calça. — Eu tenho que ir, é...

Ele se cala, e o olhar de Valéria encontra o dele.

— Alguém que você conhece — ela completa.

— Sim, é Margot. Ela foi cavalgar e não voltou pra casa — ele diz enquanto veste a camisa.

— O que os policiais que foram pra lá disseram?
— Eles encontraram o carro dela. E havia sangue nos estábulos.
— Meu Deus...
— Pois é.

Joona vai às pressas até o cofre de armas, digita o código e pega sua Colt Combat. Ele a enfia no coldre e ajeita a correia enquanto volta para o corredor. Valéria o segue para lhe dar um beijo rápido, depois tranca a porta assim que ele sai correndo em direção aos elevadores.

Enquanto espera as portas da garagem se abrirem, Joona se lembra da ocasião em que conheceu Margot. Recém-promovida a detetive superintendente, ela estava grávida, e o acolheu de braços abertos na investigação que supervisionava, apesar de ele já não ser policial.

O carro sobe a rampa e segue pela rua estreita, virando à esquerda na Sveavägen e acelerando em direção ao túnel Klara.

A essa hora da madrugada quase não há tráfego.

O centro de Estocolmo desaparece ao longe atrás dele. Torres de apartamentos e shopping centers bem iluminados passam zunindo, bem como uma sucessão de edifícios industriais, áreas residenciais e inúmeras pontes sobre enseadas e baías.

Atuando como detetive superintendente da Unidade Nacional de Investigação Criminal, Joona Linna resolveu mais casos complexos de homicídio do que qualquer outro policial no norte da Europa.

Há dois carros de patrulha parados na saída para os estábulos, um de cada lado da pista. As luzes azuis piscantes das viaturas varrem as árvores e o asfalto, fazendo parecer que estão debaixo d'água.

A van de Erixon está estacionada do outro lado da estrada. O perito forense mora em Gustavsberg, a apenas cinco minutos de distância.

Joona estaciona o carro no acostamento e sai para cumprimentar os colegas, pedindo-lhes que instalem um cordão de isolamento na saída.

Sopra uma fresca brisa noturna, e tudo está escuro e silencioso. A não ser pelos estábulos, não há nada ali além de florestas e prados.

Joona vê o corpanzil de Erixon se mover sob os faróis brilhantes. O perito forense está ao lado das arenosas marcas de pneus deixadas pelos veículos que pegaram o atalho pela Ingarövägen, e despeja gesso líquido em cada uma delas.

— Torcendo pra que tudo isso seja apenas um mal-entendido — ele murmura.

Joona concorda com um muxoxo.

Assim que Erixon termina, eles entram na van e percorrem a curta distância até os estábulos, os faróis abrindo uma passagem de árvores e grama pálidas através do breu.

O cascalho range sob os pneus.

Eles passam por currais com fileiras de cochos e um cercado pisoteado antes de avistarem o carro de Margot estacionado ao lado do estábulo.

Erixon encosta e desliga o motor.

Não há nada a ser dito. Os dois homens vestem macacões descartáveis e vão até o carro, fotografando-o e apontando lanternas para as janelas a fim de inspecionar o interior do veículo.

O clarão incide sobre o vidro, iluminando os bancos dianteiros: o volante, uma latinha de energético no porta-copos, embalagens de doces e uma grossa pasta de arquivos.

Eles se viram e caminham até os estábulos.

Sob os faróis do primeiro carro de patrulha, avistam um trator e uma moita de urtigas junto a uma parede vermelha.

Três gralhas-de-nuca-cinzenta crocitam acima de um arvoredo.

Nos minutos seguintes, Erixon fotografa a cena, borrifando spray fixador em todas as pegadas e marcas de pneus, numerando e anotando tudo em seu registro de incidentes.

Um policial uniformizado está absolutamente imóvel à luz pálida do porta-malas aberto da viatura, e segura numa das mãos um rolo de fita plástica de isolamento.

— Cadê seu parceiro? — Joona pergunta.

— Lá dentro — ele responde, com um gesto cansado.

— Não se mova — Erixon diz, e começa a recolher quaisquer potenciais evidências ao seu redor.

Joona sabe que é um truísmo dizer que a explicação mais simples é quase sempre a mais provável, mas às vezes ainda vale a pena repetir isso — sobretudo quando a esperança é que dá consistência ao pensamento.

Neste exato momento, ele não é capaz de aceitar a ideia de que provavelmente terá de contar a Johanna e às crianças que Margot está morta.

A passos lentos e cautelosos, Joona e Erixon se aproximam dos estábulos. As luzes externas estão apagadas, mas a claridade que vem de dentro, vazando pelas frestas ao redor da porta, é suficientemente intensa para que vejam que o chão foi varrido.

— Você pode usar ultravioleta nisso? — Joona pergunta.

— Acho que já está passando da hora, não é? — Erixon comenta, com um suspiro.

Ele caminha com dificuldade até a van, coloca num carrinho todos os equipamentos de que precisa, pega a lanterna de luz ultravioleta e a acende.

— Jesus...

O cascalho em frente à porta dos estábulos empalidece na luz invisível, mas o sangue se destaca em grumos escuros e fibrosos.

Embora o chão tenha sido varrido, ainda se vê uma grande quantidade de sangue, formando uma linha reta que sai porta afora e, após cerca de dois metros, desaparece.

Erixon tira mais fotos, depois reúne amostras do cascalho manchado de cinco pontos diferentes, depositando tudo em caixas de evidência separadas.

— Eu preciso entrar — Joona diz.

Erixon se dirige aos estábulos, à procura de impressões digitais na maçaneta da porta, na porta em si e na parede interna.

— Meu mentor costumava pôr elásticos nos sapatos, mas eu sempre preferi placas de proteção de piso — ele diz, rasgando o plástico de uma embalagem nova.

Ele abre a porta e, respirando pesadamente, coloca a primeira placa na soleira e calça um par de protetores para sapatos.

Joona o segue para dentro da cavalariça.

As barras de ferro das baias brilham sob a luz amarela. O outro policial monta guarda, imóvel, do lado de fora da sala de arreios.

Há uma imensa poça de sangue no meio do piso de cimento, uma longa marca de arrasto que se estende até a área que foi varrida.

Dali até a porta, eles veem riscas paralelas de sangue gravadas pelo movimento da vassoura.

O assassino deve ter trabalhado em sentido inverso, varrendo as pegadas que ia deixando para trás.

— Joona Linna — o policial diz. — Eu quase não acreditei que você estava falando sério, mas pensei... Bem, talvez seja melhor eu ficar imóvel, só por precaução.

— Eu agradeço.

Enquanto Erixon distribui as placas de proteção no chão, Joona estuda a cena. Além de um cavalo castrado preto que se remexe, inquieto, na área de lavagem, os demais estão todos cochilando em suas baias.

O assassino não tentou encobrir o crime, Joona pensa. Ele só queria apagar qualquer vestígio de si mesmo.

Usando um potente facho de luz, Erixon vasculha o chão, mas não há pegadas visíveis nas coxias. Ele suspira e tenta outro ângulo, depois desiste.

— Não há nenhuma pegada, e alguém limpou muito bem a maçaneta — ele diz.

Joona avança, pisando nas placas de proteção.

A maior parte do sangue já secou, embora no meio da poça haja uma nódoa ainda pegajosa e coagulada.

Não há sinal de borrifos, nem resíduo de pólvora.

Margot provavelmente foi alvejada com uma arma de fogo de pequeno calibre. Uma pistola com velocidade de disparo relativamente baixa, usando uma bala de ponta oca que não conseguiu sair do corpo.

Erixon embebe cotonete após cotonete em uma solução de cloreto de sódio, esfrega-os no sangue seco e depois os lacra dentro dos sacos de coleta de provas.

Joona avança com olhos focados, permitindo que as sombras remanescentes do ocorrido se avolumem dentro dele.

Há sangue em profusão. É impossível dizer por quanto tempo Margot ficou caída no chão, mas o sangue ainda bombeava de seu corpo e não tinha começado a coagular quando ela foi arrastada para fora.

Joona repara que um dos cochos de plástico preto está ligeiramente fora do lugar e deixou uma marca de arrasto no concreto.

— No que você está pensando? — Erixon pergunta, seguindo o olhar de Joona.

— Você pode borrifar um pouco de luminol em volta da mancha de sangue? — Joona pergunta.

Erixon pega o frasco e borrifa todas as superfícies onde não há sinal visível de sangue.

As substâncias químicas do spray dão ao sangue uma luminescência temporária, o que significa que até mesmo as mais diminutas gotículas se revelam num brilho azul-gelo.

Agora que todo o sangue ficou visível, Joona permanece absolutamente imóvel, tentando entender a cena.

Ele registra o formato de cada gota em relação à gravidade e à superfície quando atingiu o chão.

A cerca de trinta e cinco centímetros da principal poça de sangue, ele nota alguns pontos pálidos e brilhantes.

Joona vai até eles e se abaixa para examinar bem de perto.

Entre as nódoas de sangue, ele vê uma mancha de batom cor-de-rosa no cimento.

O rosto de Margot deve ter atingido o chão quando ela caiu.

Erixon fotografa tudo, e Joona segue para o outro lado, curvando-se para observar atentamente, à direita da poça principal, uma fileira de seis gotas reluzentes.

O sangue tem uma tensão de superfície mais alta do que a água, o que significa que qualquer gota que caia sobre uma área relativamente lisa manterá suas bordas arredondadas em vez de se dividir, assim como aconteceu com a série de salpicos no chão à sua frente.

As primeiras cinco gotas têm um formato ligeiramente pontiagudo, devido a um movimento para a direita, mas a última é redonda à perfeição.

— Verifique se há resíduos de projéteis aqui — Joona diz, apontando para as seis gotas.

— Eu nunca ouvi falar disso, mas tudo bem.

— O atirador é destro; ele pressionou o cano da arma contra o corpo de Margot por trás, disparou um único tiro e acompanhou o movimento do corpo de Margot até ela cair, depois afastou a arma movendo o braço para o lado, assim, bem devagar, antes de parar.

— Então você acha que estas gotas pingaram do cano da arma?

— Margot desabou para a frente, com a bala ainda dentro do corpo. O rosto dela bateu no chão, e ela cortou o lábio.

— Não sabemos se o sangue é de Margot — Erixon alega, esmorecido.

— Aquilo ali é o batom dela.

— Você tem certeza?

— Tenho certeza da cor.

— Lamento ouvir isso — Erixon murmura.

— Sim, mas Margot ainda estava viva, porque tentou se agarrar àquele cocho.

— Vou experimentar o Amido Black.

— O atirador arrastou Margot pelos pés ainda viva e a jogou num porta-malas. Depois ele voltou aqui para dentro dos estábulos e varreu as pegadas, limpou a maçaneta e a porta, varreu o pátio até o carro e foi embora, levando consigo a vassoura.

4

A água está lisa feito seda quando o grupo atraca a lancha alugada em uma baía no oeste da ilha, sob o sol enevoado. Todos tiram os coletes salva-vidas, pegam suas coisas e percorrem a pé a curta distância até a praia antes de pararem para descansar no limiar do bosque.

Samir está sem fôlego e cospe num lenço; com mãos trêmulas, Lennart abre uma cadeira dobrável e se deixa desmoronar nela. Apoiada em sua bengala, Emma cogita dizer aos outros que achava que ainda eram jovens e estavam em forma o suficiente para fazerem uma caminhada de menos de cem metros.

Sonja levanta o casaco amarelo-mostarda, senta-se numa pedra e abre a mochila.

— Não toque na comida antes de chegarmos lá! — Lennart vocifera.

— Só vou pegar meu remédio — ela responde, tirando um pequeno frasco de medicamentos controlados.

Eles trouxeram um piquenique com ovos cozidos, salada de batata, almôndegas frias com molho de mostarda Dijon, sanduíches de atum, cachorros-quentes, panquecas com geleia de framboesa, uma garrafa térmica de café e uma garrafinha de conhaque.

Emma acende um cigarro e observa suas pegadas na areia, além das toras de madeira flutuante e outros restos que a maré lançou à praia. Um pouco mais adiante, parece que alguém arrastou algo pesado até o bosque.

— Às vezes parece que estou olhando tudo através de um pedaço de vidro, Bernie — ela sussurra.

Bernie é seu falecido marido, mas ela continua conversando com ele mesmo depois de morto. Há dias em que ela chega a abrir o guarda-roupa e fala com o terno leve que ele gostava de usar no verão. Aos amigos ela diz que está adorando sua recém-adquirida liberdade, mas a verdade é que sente muita falta do marido.

— Será que é hora de desistirmos e deixarmos a próxima geração assumir as rédeas? — Samir diz.

— De jeito nenhum — Lennart murmura, pondo-se de pé.

Emma conduz o grupo para o bosque fustigado pelos ventos, contornando as rochas desgastadas pela erosão. Sua bengala fica presa entre duas raízes que romperam à força a terra e, quando ela tenta arrancá-la com um tranco, parece que há outra pessoa puxando ao mesmo tempo, num cabo de guerra que a arrasta para o chão.

Ela sente um repentino impulso de cancelar a excursão, de alegar que não está se sentindo bem, mas segue caminhando em direção à clareira antes de fazer uma pausa a fim de deixar os outros descansarem mais um pouco.

Lennart desdobra sua cadeira e Samir afirma, com um sorriso, que está enxergando pontos brilhantes.

— Eu estou tossindo sangue — Sonja murmura.

Após perderem os cônjuges, os quatro amigos decidiram criar o Idosos Ocultistas, um grupo movido pelo lema: "Já estamos com um pé na cova!". Eles viajam para lugares mal-assombrados, realizam sessões mediúnicas e conversam com espiritualistas. A bem da verdade, nenhum deles acredita em fantasmas, mas acham que é uma maneira divertida de passar o tempo juntos, e em algumas ocasiões chegaram a ficar genuinamente assustados.

— Pessoal — Emma diz, parando na frente dos outros. — Cerca de cem milhões de pessoas morreram de cólera na Europa durante o século XIX.

— Eu me lembro como se fosse ontem — Lennart diz.

— Ouçam: Marx afirmou que a história se repete — Emma continua —, primeiro como tragédia, e depois como farsa. As autoridades suecas queriam impedir a propagação da epidemia na fronteira, por isso criaram, numa ilha chamada Fejan, uma estação de quarentena para navios chegados da Rússia e da Finlândia.

Em algum lugar distante, um corvo grasna enquanto o sol desaparece atrás de uma nuvem. De súbito, o bosque parece muito menos acolhedor.

— Fejan fica a cerca de quatro quilômetros a leste daqui — Emma continua a falar, usando a bengala para apontar a direção. — As pessoas que morreram lá foram enterradas em ilhas desabitadas, e acontece que um dos maiores cemitérios de vítimas de cólera de todo o arquipélago fica bem aqui.

Os olhos de todos se voltam para a clareira visível entre os pinheiros anões e os troncos inclinados.

— E este lugar é mal-assombrado? — Lennart pergunta.

— É tão mal-assombrado quanto a sua bunda é infestada por todas aquelas hemorroidas — Sonja murmura.

— Não ouvi o que você disse, desculpe — ele diz, aos risos, virando o ouvido bom para ela.

Sonja pousa seu cesto de piquenique no chão e abre caminho até a clareira. Os arbustos de mirtilo balançam atrás dela, e Emma a vê desaparecer por entre as árvores.

— Mas falando sério — Emma retoma a palavra. — Li todos os tipos de textos dos arquivos folclóricos e da Fundação Arquipélago. Ninguém que vive por aqui teria a coragem de botar os pés nesta ilha por livre e espontânea vontade, mas...

Algo chama a sua atenção, e ela fica em silêncio. Julgou ter vislumbrado uma pessoa entre os troncos e o mato, logo atrás de Sonja. Um homem baixo, vestindo o terno de linho de Bernie. A roupa parece grande demais para ele, os ombros bizarramente inclinados.

— Ei, venham ver isto aqui! — Sonja chama do fundo da clareira.

Os demais se aproximam e a encontram ao lado de um grande embrulho no chão. Uma das extremidades é mais estreita que a outra, escorada no tronco de uma bétula. O embrulho tem cerca de dois metros de comprimento, feito de lençóis e plástico, tudo amarrado com cordas enroladas às árvores ao redor.

— Mas que merda é essa?

Emma percebe que deve ter sido isso que ela viu atrás de Sonja. Pergunta-se se não terá sido alguma tempestade que carregou o fardo até ali. Dentro talvez haja coletes salva-vidas ou uns amortecedores de barco, embrulhados em um pedaço de lona velha.

— Será que pode ser alguma instalação, um projeto artístico? — Samir sugere com um sorriso maroto.

Emma usa a bengala para cutucar o pacote. O que quer que esteja dentro é tão macio quanto a teta de uma vaca, e pesado demais para ter sido carregado pelo vento.

Lennart murmureja enquanto abre sua faca-canivete e se aproxima.

— Acho que é melhor a gente deixar isso pra lá — Emma sugere. — Não me parece...

Ela se cala quando Lennart faz uma longa incisão na ponta mais grossa do embrulho. Da abertura escorre para o chão um lodo acinzentado com riscas vermelho-amarronzadas e grumos gelatinosos. Um acre odor químico atinge em cheio as narinas de todos, fazendo-os recuar. À medida que o líquido espesso escorre e é absorvido pela grama, eles percebem que há um pé ligeiramente dissolvido em meio à lama marrom.

No momento, há trinta e três agentes da polícia trabalhando em tempo integral no desaparecimento de Margot Silverman, além de mais quinze peritos no Centro Forense Nacional.

Os trabalhos de investigação são realizados numa grande sala de reuniões na sede da Unidade Nacional de Investigação Criminal em Estocolmo, onde quatro detetives estão reunidos ao redor da mesa com café, água, laptops, blocos de notas, canetas e óculos de leitura à sua frente.

Para alguns, manter o senso de objetividade profissional tem se mostrado uma tarefa das mais difíceis, e à medida que os ânimos se exaltam, já pipocaram vários bate-bocas.

— É de Margot que estamos falando, pelo amor de Deus! A nossa Margot! — Petter Näslund rosnou antes de sair da sala.

O principal grupo de comando é encabeçado pelo detetive superintendente Manvir Rai. Seus pais migraram de Goa para a Suécia, fato que ele gosta de citar como base para a sua completa falta de preconceitos em relação a qualquer pessoa, exceto os portugueses.

Manvir é eloquente e perspicaz, estampa no rosto uma carranca permanente, está sempre vestindo terno preto, camisa branca e gravata preta fina.

Partículas de poeira tremeluzem sob o brilho do projetor enquanto ele instrui a equipe sobre as fotografias tiradas nos estábulos de Värmdö. Ele arremata sua preleção repassando possíveis ameaças, sejam ligadas aos casos em que Margot trabalhou ou dirigidas à força policial em geral.

— Temos uma equipe trabalhando para produzir um relatório inicial ainda esta noite. Estão fazendo uma lista de todas as pessoas que saíram em liberdade recentemente ou que nos últimos meses tenham recebido autorização pra saída temporária — ele finaliza.

Joona se levanta, deixando sua jaqueta pendurada no espaldar da cadeira enquanto se vira para os colegas.

Sua camisa está desabotoada no colarinho, as mangas dobradas. Seu rosto parece cansado, quase febril, mas seus intensos olhos cinza são como aço polido.

Embora ele passe muito tempo atrás de uma escrivaninha, seus músculos e cicatrizes são testemunho dos muitos anos em que realizou trabalho policial nas ruas — bem como de seu aprimorado treinamento militar pouco convencional em combate corpo a corpo.

— Como todos vocês bem sabem, o Centro Forense Nacional acaba de confirmar que o sangue no chão é de Margot, assim como a urina, o líquido cefalorraquidiano e a medula. Eles estão trabalhando a todo vapor para comparar as impressões digitais dos pés e das mãos com as dos visitantes regulares dos estábulos. Os peritos identificaram duas mil e oitocentas impressões diferentes, mas parece pouco provável que encontremos algo pertencente ao assassino.

— Ele é cauteloso, mas não profissional — Manvir comenta.

— Temos a marca de um pneu de caminhão de pequeno porte junto à saída da estrada que não corresponde a nenhum dos veículos que visitam o local com frequência, então pode ser que pertença à pessoa que procuramos.

— Qual é o próximo passo? — Greta Jackson quer saber.

Greta é especialista em perfis psicológicos, com doutorado em ciências comportamentais e criminologia. Ela tem olhos azul-claros e cabelo curto e grisalho, e está vestindo calça justa e um blazer de veludo rosa-claro.

— Ainda estamos aguardando os resultados de diversas análises — Joona responde. — E eu soube agora há pouco que a impressão da mão no cocho que vocês viram na fotografia foi feita por Margot. Isso significa que ela estava viva quando foi arrastada para fora dos estábulos. Estou repetindo essa informação porque isso significa que ainda há chance de salvarmos a vida dela... Eu sei que todos estão preparados para dar tudo de si, mas quero enfatizar a urgência do caso, pois acreditamos que ela levou um tiro na coluna vertebral.

— Temos certeza de que ela levou um tiro? — Greta pergunta.

— Não consigo ver outra maneira de interpretar as evidências de sangue — Joona responde quando alguém bate na porta.

O ex-namorado de Saga Bauer, Randy Young, entra na sala de reuniões com o celular na mão. Veste calça jeans e um suéter de tricô azul-marinho, além de óculos de armação preta. De cabeça raspada, seu cabelo nada mais é do que uma sombra escura no couro cabeludo. Faz catorze meses que Randy passou da Corregedoria para a Unidade Nacional de Investigação Criminal.

— Joona, ligação pra você da Estocolmo Norte. Parece muito importante — ele diz, entregando o celular.

— Linna — Joona atende. Ele ouve uma respiração espasmódica do outro lado da linha.

— Oi. Eu queria apenas dizer que nós... há, temos acompanhado pelo canal de operações todos os fatos relacionados ao desaparecimento de Margot Silverman — uma voz trêmula masculina anuncia. — E eu acho... obviamente ainda não conseguimos verificar, mas... Jesus Cristo, eu...

— Com quem eu estou falando? — Joona pergunta.

— Desculpe. Rickard Svenbo, de Norrtälje. Inspetor.

O homem fica em silêncio de novo, e Joona ouve um choro baixo. O colega está claramente em estado de choque, esforçando-se para se expressar de forma coerente.

— Está tudo bem, Rickard, estou ouvindo. Não tenha pressa — Joona diz em tom gentil.

— Encontramos alguns restos mortais. Estamos achando que são restos humanos. É algo horrível pra caralho, horrível pra caralho.

— E onde estão esses restos?

— Onde? No chão... há, numa ilhota ao largo de Kapellskär.
— Você poderia me explicar por que é tão horrível assim?
— Os restos foram dissolvidos... em ácido, ao que parece. Mas no meio de toda aquela gosma encontramos também uma garrafinha de bolso, na qual está gravado o nome Ernest Silverman.

5

Joona está sentado de frente para Astrid, uma das duas crianças com síndrome de Down que Saga ajuda como cuidadora, na sala de lazer da Escola de Enskede.

Astrid tem onze anos, cabelo longo e escuro e olhos grandes e sonhadores. Seus ombros são arredondados, e seu rostinho é quase sempre alegre.

Sobre a mesa diante da menina há uma caixa plástica branca com diversos vidros de esmalte; ela tira seus favoritos, enfileira todos na frente de Joona e vai apresentando um a um os nomes de cada cor.

— "O vermelho e o negro" — ela diz, erguendo um dos vidros.
— Legal — ele diz.
— É este que você quer?
— Eu não tenho certeza. Cor-de-rosa também é legal — ele diz.

A menina vasculha a caixa e põe outro frasco na frente dele.
— "Rosa Diva" — ela anuncia.
— Ah, meu tom favorito — ele diz.

Joona veio para o bairro de Enskede direto de Kapellskär, deixando Erixon e seis outros peritos forenses na ilha.

O corpo foi arrastado até uma extremidade da praia junto ao porto natural a oeste da ilhota; como antes, o assassino varreu quaisquer pegadas que pudesse ter deixado. Erixon conseguiu encontrar algumas marcas de sapato na floresta, mas, levando-se em conta o grau de cautela que o assassino parece ter, Joona duvida que sejam dele.

Quando eles chegaram, moscas fervilhavam por todo o pé e os outros pedaços de ossos espalhados na grama.

Falando ao telefone com Nils "Agulha" Åhlén, professor do Departamento de Medicina Legal do Instituto Karolinska, Erixon disse que os restos mortais se assemelhavam ao conteúdo do estômago de algum animal, como alimento em diferentes estágios de digestão.

— O saco tem um grosso forro de borracha, e presumo que o assassino utilizou soda cáustica pra dissolver o corpo — ele explicou.

Joona não quer pensar nisso, mas sabe que é possível que Margot ainda estivesse viva quando os produtos químicos começaram a fazer efeito.

Com os lábios franzidos de concentração, os longos cílios tremelicando por trás dos óculos, Astrid pinta as unhas de Joona.

— Opa — ela sussurra com um sorriso largo quando um pouco do esmalte acaba borrando a pele dele.

— Minhas unhas são muito curtas.

— Sim, mas mesmo assim está ficando bonito.

— Muito bonito. — Ele sorri.

Joona observa as pinceladas calmas de Astrid e, em pouco tempo, o profundo vinco em sua testa começa a abrandar. A ruga deixa uma marca pálida que vai desaparecendo lentamente conforme a menina passa para a outra mão.

Horas antes, Saga ligou para Joona e lhe disse que precisava falar pessoalmente com ele o mais rápido possível, mas quando Joona chegou, ela teve de ajudar Nick a tomar banho depois do futebol.

Joona agradece a Astrid, e está ocupado soprando as unhas quando Saga e Nick entram na sala.

Saga veste calça jeans desbotada, tênis de basquete e um suéter de tricô islandês. Sua comprida cabeleira está presa em uma trança apertada, e seu rosto está limpo, sem maquiagem alguma.

Joona se levanta e exibe as unhas.

— Uau. — Nick começa a rir.

— Uma beleza — Saga diz.

Joona agradece a Astrid novamente, jurando que nunca na vida se sentiu tão bonito. Eles vão para fora, e Saga acompanha as crianças até o ônibus escolar antes de começar a caminhar junto a Joona pela calçada sob o sol.

— E então, como vai a vida de detetive particular? — Joona pergunta com um sorriso irônico.

— Na verdade, é bastante insuportável.

— Lamento ouvir isso.

— Sim, mas eu preciso de um emprego, não posso mais pedir auxílio-doença.

— Você sabe que eu sempre posso te emprestar algum dinheiro se...

— Eu sei — ela o interrompe. — Obrigada, mas está tudo bem, eu estou bem... Só preciso conseguir voltar para a polícia.

— Claro.

— Na verdade, eu me candidatei a um emprego na Unic.

— Não na Polícia de Segurança?

— Não, acho que minha fase lá já terminou — Saga responde. — Eu preciso de algo muito mais concreto. Sou boa investigando homicídios, é o que faço de melhor... E, sendo totalmente honesta, quero trabalhar com você.

— Isso seria fantástico — Joona diz baixinho.

— Mas uma coisa eu garanto: enquanto o psicólogo não me liberar, eles não vão nem olhar minha ficha de inscrição.

— É sempre assim.

— Eu realmente preciso disso — Saga diz sem olhar para Joona.

Para ter alguma chance de o psicólogo declarar que ela está apta para o trabalho, Saga precisa ser capaz de demonstrar que está estável e autoconsciente, que tem condições de cuidar de suas finanças, de administrar uma vida social e um relacionamento duradouro.

— De qualquer forma, eu chamei você aqui porque só tenho meia hora antes de ir pra uma reunião de trabalho — ela explica, parando ao lado de sua moto. — O meu chefe me trata feito uma... Nem sei o quê. De qualquer forma, eu acho... Que eu preciso falar com você sobre a descoberta em Kapellskär. Não posso te dizer quem foi que me contou, mas...

— Foi o Randy.

— Não vou dizer uma palavra a respeito. — Ela sorri.

Joona sente uma dor no peito ao constatar o olhar atormentado de Saga. Ela tira uma pasta de plástico da mochila e entrega a ele. Através do plástico leitoso, ele vê o cartão-postal que ela recebeu há mais de três anos.

> Eu tenho uma pistola Makarov vermelho-sangue. Há nove balas brancas no carregador. Uma delas está reservada para Joona Linna. A única pessoa que pode salvá-lo é você.
>
> Artur K. Jewel

Joona meneia a cabeça em sinal de reconhecimento, vira o postal e examina no verso a fotografia em preto e branco de 1898. A imagem é do antigo cemitério de vítimas da cólera em Kapellskär, onde foram encontrados os restos mortais de Margot.

— Eu sei, mas Jurek está morto — diz.

— Castor não está.

— É verdade, mas ele está preso em Belarus, onde cumpre pena por homicídio culposo. Tentamos trazê-lo de volta pra Suécia, mas não existe tratado de extradição entre os dois países.

Castor foi recrutado por Jurek e permaneceu leal a ele até a morte do assassino. Depois, desapareceu sem deixar vestígios — até o ano passado, quando a Interpol descobriu que ele estava detido numa instalação de segurança máxima em Belarus.

Uma lufada de vento faz as árvores estremecerem, e algumas mechas de cabelo loiro voam sobre o rosto de Saga.

— Tá legal, mas... Eu tenho a sensação de que esse assassino está sendo influenciado por Jurek de alguma forma.

— Eu realmente não sei, Saga. O fato dos restos mortais de Margot terem sido encontrados no cemitério das vítimas da cólera é meio que uma coincidência, admito, mas... é muito difícil pensar que o assassinato dela possa ter algo a ver comigo. Quero dizer...

— Mas tem a ver com você, tem sim — ela o interrompe, virando o cartão-postal. — Pra mim... Na minha opinião, a morte de Margot é uma espécie de mensagem, a prova de que a ameaça contra você é concreta.

— Este postal tem três anos — Joona argumenta.

— Mas está acontecendo agora.

6

Saga estaciona a moto e segue para o bar mal iluminado. As telas de TV nas paredes do Star Bar exibem uma partida de futebol do campeonato alemão, o piso está todo arranhado e amassado, e as garrafas atrás do bar brilham sob as luzes de LED azuis.

Ela encontra Simon Bjerke numa das mesas nos fundos; ele está vestido com o uniforme policial completo, tem uma enorme caneca de cerveja à sua frente e está com os olhos cravados num laptop coberto de adesivos.

Seu rosto está franzido, o bigode foi aparado com desleixo, e os olhos estão inchados. Ao avistar Saga, ele fecha o computador e se recosta com os braços cruzados.

— Saga Bauer, a melhor da turma, a mais gata, a mais gostosa...

— Foi o que você disse da última vez.

— A mais gostosa, a mais inteligente, mas nunca se interessou em namorar ninguém nem participar da pegação... E agora você está aqui, atolada na mesma merda de lama que o resto de nós.

— Não consigo controlar tudo — ela suspira, sentando-se diante dele.

— Então, você disse que tinha algo pra me mostrar? — ele toma um gole da cerveja.

— Concluímos a investigação, o que significa que você tem o direito de ver o que encontramos... agora ou quando quiser.

Ele a observa com olhos turvos.

— Eu tenho o direito?

— Você também pode optar por não tomar conhecimento disso — ela explica.

— Então ela está me traindo? — ele pergunta com um sorriso tenso, um músculo se contraindo em espasmos sob o olho direito.

— Você quer mesmo que eu responda?
— Tem certeza? A minha Lisa? Quero dizer, não é tudo um mal-entendido?
— Quer saber o que achamos?
— Porra, por que você está sorrindo? O que há de tão engraçado?
— Eu não estou sorrindo, estou tentando ser amigável numa situação que claramente está afetando você.
— Não está me afetando, eu só quero saber a verdade.
— A verdade sobre o quê?
— Sobre se a minha esposa é uma puta do caralho.
Os dois ficam sentados em silêncio por um momento, e Simon toma outro gole de cerveja. Quando abaixa a caneca, Saga percebe que a mão dele está tremendo.
— Você nos procurou porque suspeitava que sua esposa estava saindo com outro homem enquanto você...
— Vou considerar que isso é um "sim" — ele a interrompe.
Saga entrega a ele uma pasta cinza-escura com as palavras AGÊNCIA DE INVESTIGAÇÃO KENT impressas em letras prateadas no canto superior direito.
— Esta pasta contém os detalhes do que descobrimos, nossas observações e conclusões. E aqui estão todos os arquivos e fotos complementares — ela diz, passando para as mãos dele um pen drive.
Simon abre o laptop e encaixa o dispositivo na entrada USB. A tela está toda manchada de respingos e impressões digitais gordurosas, e as luzes acima do bar refletem no vidro encardido.
— Talvez seja melhor você ler o relatório primeiro — Saga sugere.
Simon clica duas vezes no arquivo de vídeo e aciona o botão de reproduzir.
Uma luminária de chão tombou e está escorada numa poltrona. A lâmpada do teto projeta dois círculos de luz na parede, iluminando sua esposa enquanto ela faz sexo com dois homens.
Com as pernas bem abertas, Lisa está montada em um deles, segurando-se no colchão dos dois lados do torso dele. O rosto dela está afogueado e sua boca aberta, e a cicatriz em seu lábio superior empalidece a cada respiração ofegante.

O segundo homem está de joelhos atrás dela, segurando-a pela bunda e dando estocadas com uma expressão concentrada no rosto, suas costas reluzindo de suor.

O vídeo curto termina.

— Vá se foder! — Simon vocifera, jogando em Saga o resto da cerveja. — Sua porca filha da puta, seu lixo do caralho...

Há um punhado de outras pessoas no bar, e todas se voltam na direção dele. O barman começa a se aproximar. Com a camisa e a calça encharcadas, Saga se levanta e sai sem dizer mais nada.

— Tomara que você morra, sua desgraçada! — Simon grita atrás dela. — Tomara que você seja estuprada e humilhada e morra!

Saga sai para a rua, verifica de relance o celular e percebe que não tem tempo de voltar para casa e se trocar. Seu chefe estabelece um cronograma apertado para os funcionários e é notoriamente rigoroso e controlador. Todos os outros detetives estão em missão, ocupados em vários trabalhos durante o resto do dia, e Henry não gosta que o escritório fique sem ninguém quando ele vai para a academia às duas. Além disso, Saga tem de entregar um relatório sobre um caso de abuso de informação privilegiada que está destruindo uma empresa familiar, e seu prazo vence às quatro horas.

Estremecendo de frio com as roupas úmidas, Saga volta para o escritório da agência, pega o elevador e destranca a porta.

As luzes estão acesas no escritório vazio, embora as telas dos computadores de seus colegas estejam todas desligadas. Através da parede de vidro, ela ouve a voz rouca de Henry. Como sempre, ele está ao telefone, com as persianas fechadas.

Saga entra correndo, tira as roupas molhadas e as deixa em cima dos aquecedores sob as duas janelas. Depois, vestindo nada além de calcinha e sutiã, ela se senta, faz login e percebe que chegou bem a tempo. E começa a trabalhar no relatório.

Seu velho sutiã branco está encharcado de cerveja, o cós da calcinha azul está úmido.

Ela parou de lutar boxe há vários anos, mas os músculos do abdome e dos ombros ainda são visíveis sob a forte iluminação da sala.

Saga estremece ao perceber que não consegue mais ouvir a voz de Henry. Ele instalou câmeras de segurança em todo o escritório, até mesmo nos banheiros, embora afirme que elas só funcionem à noite.

Ela para de digitar e se dá conta de que sua mente voltou para o cartão-postal e para a descoberta dos restos mortais de Margot no cemitério de vítimas da cólera. Ela se sente incomodada por não ter ideia de como poderá proteger Joona. Sabe que ele nunca se esconderá, que nunca aceitará qualquer tipo de proteção.

Saga não consegue afastar o pensamento de que, dessa vez, a falta de medo pode ser perigosa para Joona, que subestimar essa ameaça pode custar muito caro mais tarde.

A porta do escritório de Henry se abre, e Saga volta a atenção para o relatório. Ela ouve o chefe pôr algo na bandeja de correspondência a ser expedida e depois se virar na direção dela.

Henry Kent tem trinta e nove anos, cabelo curto e escuro, barba bem cuidada, nariz pequeno e reto e olhos castanho-esverdeados. Gosta de ternos caros e é incrivelmente sociável.

Quando era menino, seu pai o torturava com cigarros acesos, e hoje em dia Henry adora exibir as queimaduras redondas que lhe cobrem os braços e o peito, explicando com um sorriso que, embora odeie o pai, os castigos sofridos na infância também lhe ensinaram disciplina.

Ele caminha a passos lentos até a janela atrás de Saga e observa o trânsito da hora do rush e as pontes que bloqueiam a vista do lago Brunnsviken e do parque Haga.

— O cliente ficou satisfeito? — ele pergunta, virando-se para ela.

Saga para de digitar e o encara nos olhos.

— Eu segui o protocolo, mas ele insistiu em assistir à filmagem. Ele se enfureceu e jogou cerveja em mim.

— Vamos adicionar a conta da lavagem a seco à fatura dele — ele diz, aproximando-se de Saga.

— Como eu te disse ontem, teria sido melhor se *você* apresentasse a ele o resumo da investigação do caso — Saga diz.

— Este meu terno vale mais do que todo o seu guarda-roupa.

— Tudo o que estou dizendo é que foi uma situação desconfortável.

— Você pode secar sua roupa íntima no aquecedor da minha sala, se quiser — Henry diz.

— Uma piada muito engraçada.

— Ou talvez você goste de ficar com a calcinha molhada?

— Pare — ela avisa, fuzilando-o com o olhar.

— Parar o quê?

— Você sabe do que estou falando.

— Eu não tenho nada contra todo esse negócio de "Me Too", mas um homem precisa ter permissão pra fazer uma piada ou elogiar uma mulher — ele argumenta, devolvendo o olhar fixo.

— Concordo.

— Você é bonita. Tem um corpo decente.

— Tá legal. Já chega.

— Você poderia me agradecer — Henry rebate, levantando a voz.

— Obrigada.

— Eu sei que você precisa deste trabalho.

— Como eu já te disse, é muito importante pra mim.

— Se eu te demitir, você não vai conseguir arranjar emprego nem como segurança de condomínio.

— Tenho certeza disso.

Henry desvia o olhar.

— Daqui a pouco eu preciso ir embora. Não se esqueça de me enviar um resumo do caso Johnson versus Johnson antes das quatro.

— Vou enviar. Estou trabalhando nesse relatório agora.

Henry começa a caminhar até a porta, mas se detém e dá meia-volta.

— Você realmente acha que a Unidade Nacional de Investigação Criminal vai contratar você? Sério, a Unic?

— Você anda lendo meus e-mails?

— Você nunca mais vai ser uma policial — ele decreta ao sair do escritório.

7

Nos fins de semana, Joona costuma ajudar Valéria no viveiro de plantas. O trabalho físico o ajuda a colocar seus pensamentos em ordem.

A Unic está trabalhando em regime de horas extras para localizar o assassino de Margot, mas parece que a investigação está estagnada.

Eles não têm absolutamente nenhuma pista.

De tão misterioso, o assassinato de Margot quase parece ter sido aleatório.

Até agora, as tentativas de vincular quaisquer pegadas e impressões digitais ao criminoso se revelaram inúteis, e os investigadores ainda estão à espera do relatório da autópsia e dos já atrasados resultados de uma série de testes laboratoriais.

Joona carrega oito sacos de turfa do porão frio e os deixa ao lado dos canteiros. Ele está usando botas, uma calça jeans velha e um suéter azul-marinho salpicado de tinta, resquício de quando retocou o madeiramento da casa no outono passado.

Ele faz uma pausa para observar Valéria enquanto ela empurra um carrinho de mão repleto de adubo por entre as jovens árvores frutíferas. Ela tem um curativo na bochecha, e seu cabelo encaracolado está cheio de palha e agulhas de pinheiro secas. Usa luvas de proteção, calça jeans preta, uma jaqueta acolchoada vermelha toda suja e um par de galochas cobertas de argila seca.

Tão linda, Joona pensa consigo mesmo.

Faz tempo que ele quer pedir Valéria em casamento, e acha que, se fizer o pedido, ela aceitará. Mas só porque não sabe a verdade sobre ele.

Joona não contou a ela que ocasionalmente, quando sente que está contribuindo para tornar o mundo um lugar mais sombrio e perigoso, ele fuma ópio.

Ele não suporta a ideia de perdê-la.

Depois de concluir o ensino médio, Valéria se apaixonou perdidamente por um homem alguns anos mais velho que ela. Ele era dependente químico, e ela tentou ajudá-lo, teve dois filhos com ele, mas acabou ela própria se viciando em heroína. Valéria chegou ao fundo do poço após ser detida e condenada a uma pena de reclusão por tentar entrar no país com oito quilos de haxixe estoniano escondidos na bagagem.

Apesar de todo o tempo que se passou desde então, apesar de nunca ter tido uma recaída, apesar de, após cumprir a pena, ter criado sozinha os dois filhos e sempre se empenhar no trabalho, Valéria jamais se perdoou.

E ela nunca o perdoaria.

Nem mesmo Joona tem ideia da razão pela qual precisa afundar a ponto de sentir sua própria dissolução de tempos em tempos. Ele tentou se convencer de que é apenas a sua maneira de processar o luto e a tristeza, de admitir as próprias fraquezas para poder continuar a lutar, mas isso não é verdade.

A verdade é que algo aconteceu com ele quando pôs a corda no pescoço de Jurek Walter. Sempre que acorda no meio da noite, Joona ainda ouve o eco do último sussurro de Jurek.

A poeira se ergue em ondas através da luz pálida do sol quando Joona começa a remover a turfa com uma pá.

Valéria faz uma pausa, afasta o cabelo do rosto e olha para a estreita estradinha de asfalto rachado.

Uma van branca se aproxima.

Joona apoia a pá no canteiro e vai até Valéria.

— É o Erixon — ele diz.

— Você sabia que ele estava vindo?

— Não, mas acho que posso adivinhar o que ele vai dizer — Joona responde.

A van para na curva de retorno e, quando Erixon abre a porta para descer, um pacote vazio de batata chips cai no chão.

— Que belo lugar você tem aqui — ele diz a Valéria, gesticulando com um dos braços. — É mágico.

— Obrigada — ela responde.

Ela sorri e tira uma das luvas para apertar a mão dele.

— Meu carinho pelo mundo das plantas não é mútuo, infelizmente... Você por acaso não teria nenhuma flor de plástico bonita, teria? — ele brinca, fazendo uma cara triste.

— Não, mas posso encomendar algumas se você quiser — Valéria responde, rindo.

— Ainda assim ele vai dar um jeito de fazê-las murchar — Joona comenta.

— Provavelmente. — Erixon suspira.

Valéria dá uma olhada de relance para Joona, de modo que ele saiba que ela entende a situação.

— Acho que vou entrar e me lavar antes de preparar o jantar. Você é muito bem-vindo pra se juntar a nós, Erixon — ela diz, virando-se em direção à casa.

Os homens ficam em silêncio por um momento, observando Valéria se afastar, e depois saem vagando sem rumo por entre as fileiras de árvores jovens.

— Eu não queria fazer isso por telefone, mas eles confirmaram que o DNA é de Margot. Os restos mortais no saco são dela.

— Já suspeitávamos disso — Joona diz, sentando-se pesadamente numa pilha de paletes.

Erixon chuta o cascalho e olha para Joona com olhos lacrimejantes.

— Sinceramente, é uma das piores coisas que eu já vi na vida... Tinha um revestimento de borracha dentro do embrulho de plástico e pano, e o assassino dissolveu o corpo na cena do crime, usando hidróxido de sódio, soda cáustica. É impossível determinar qual foi a causa da morte.

— Então pode ser que ela estivesse viva dentro do saco?

— Não sei. Você viu as fotos?

Erixon estende um envelope tamanho A5 e depois se vira quando Joona o abre e tira duas fotografias coloridas.

Na primeira, vê-se o conteúdo do saco posto sobre uma mesa de autópsia de bordas altas. O tecido dissolvido de Margot nada mais é do que uma gosma meio translúcida, amarelo-acinzentada, salpicada de alguns caroços maiores aqui e ali.

Ao lado de sua coluna vertebral, exposta quase por completo, vê-se um pé vermelho brilhante, sem dedos.

Na segunda fotografia, o Agulha fez uma limpeza com água para eliminar as substâncias químicas e resíduos e alinhou os pedaços mais intactos do corpo de Margot.

Um crânio com um restolho de cabelo ainda colado, retalhos de músculos do pescoço e traqueia, mais ossos descarnados — uma coxa e um pedaço cinza e manchado de sangue da pélvis e do cóccix.

— Quanto aos estábulos... — Erixon diz, limpando a garganta. — Você estava certo, o laboratório encontrou resíduos de pólvora nas cinco gotículas de sangue no chão, e é aqui que a coisa fica interessante... Eles encontraram vestígios de antimônio, conforme o esperado, mas também potássio, estanho e mercúrio.

— O projétil tinha um detonador de mercúrio — Joona diz, devolvendo as fotos ao envelope.

— Eu fiz uma pesquisa a respeito. Não se fabrica mais essas balas. Esse tipo de munição só foi produzida durante alguns anos, no Leste Europeu, mas tenho certeza de que é possível encontrar estoques antigos dessas balas se a pessoa souber onde procurar.

— Você encontrou a bala entre os restos mortais dela? — Joona pergunta, pressionando dois dedos na pálpebra esquerda enquanto irrompe a pontada de uma enxaqueca.

— Sim, está no meu laboratório na van. Achei mesmo que talvez você quisesse dar uma olhada.

O vento assobia entre as jovens árvores frutíferas enquanto eles caminham até a van.

— O bizarro é que a cápsula é branca feito neve — Erixon diz, voltando-se para Joona.

— Que tipo de metal?

— Não pode ser outra coisa a não ser prata fina. Toda prata contém um pouco de cobre, como você sabe, até prata esterlina, mas acho que o assassino deve ter aquecido o invólucro metálico até o cobre oxidar... E depois utilizou ácido para corroer e remover o óxido de cobre, deixando a bala com uma camada de prata fina, como é chamada, na superfície.

Erixon abre as portas da van, suspira e entra com um pulo, acendendo a lâmpada acima de uma mesinha e afrouxando as correias em volta da cadeira. Abaixando-se para evitar bater a cabeça, Joona o segue.

— Não há impressões digitais na bala — Erixon continua a explicar, abrindo uma gaveta. — Sente-se. Me avise se precisar de um microscópio de contraste de fase.

— Obrigado.

Erixon pega uma pequena pinça com pontas de porcelana, tira a bala de uma caixinha e a põe sobre uma lâmina de microscópio.

Joona se senta bem perto da mesa e aponta a lâmpada na direção do projétil.

A bala está bastante deformada, sua cápsula branca lembra uma tulipa em flor, e seu núcleo de chumbo está achatado feito um botão de roupa.

— Ponta oca — ele diz.

— O diâmetro é de 9,27 milímetros, o que a torna um quarto de milímetro maior do que as balas que você usa.

— Então é uma Makarov?

— É.

— Com um detonador de mercúrio e um invólucro de prata fina.

— É estranhíssimo — Erixon suspira, virando-se para Joona. — Você não acha?

— Aham — Joona responde.

— Você quer me contar o que está acontecendo?

— Tudo a seu tempo.

Assim que Erixon vai embora, Joona leva a pá e o carrinho de mão até o galpão de ferramentas. O sol afundou atrás das copas das árvores, enchendo a floresta de sombras.

Mais uma vez ele se indaga sobre qual é o verdadeiro significado da macabra decisão de dissolver o corpo de Margot em ácido.

O jardim do viveiro de plantas está banhado por um suave crepúsculo cinza; os sacos de turfa foram alinhados no chão, e a água no tanque coletor de chuva cintila como um olho.

Joona já não tem mais dúvidas de que a morte de Margot está ligada ao cartão-postal que Saga recebeu. Artur K. Jewel é um anagrama de Jurek Walter, e a pistola mencionada pelo autor é uma Makarov. Segundo a mensagem, também contém nove balas brancas.

Uma dessas balas é destinada a mim, Joona pensa. E se acreditarmos no remetente, Saga é a única pessoa capaz de me salvar. Quem poderia ter escrito o cartão-postal?

A família de Jurek Walter já morreu há muito tempo e o seu braço direito, Castor, está numa prisão em Belarus.

Eles não estão lidando com um imitador; o modus operandi desse assassino é completamente diferente do de Jurek, que jamais recorreu a jogos, anagramas ou mistérios, Joona pensa, enquanto caminha em direção à fileira de estufas.

Para evitar o risco de deixar para trás desenhos ou qualquer material escrito, Jurek criou um complexo palácio mental. Do meu ponto de vista, Joona pensa, isso era quase como um enigma, mas para Jurek não passava de um sistema visual de coordenadas para rastrear a localização das sepulturas de suas vítimas.

Porém, ele nunca conseguiu completar seu sistema. Não havia sepultura nenhuma no último ponto geográfico, nos arredores de Moraberg.

Ainda assim, está claro que a pessoa que enviou o cartão-postal, seja lá quem for, tem algum tipo de ligação com Jurek e, portanto, também comigo e com Saga, Joona pensa.

Joona gostaria de continuar sua conversa com Saga, e decide que vai falar com o diretor interino da Unidade Nacional de Investigação Criminal sobre trazê-la temporariamente para a equipe enquanto aguardam a recomendação do psicólogo.

Uma pistola Makarov vermelho-sangue contendo nove balas brancas.

As balas Makarov nove por dezoito milímetros são compatíveis com a pistola Makarov, projetada na União Soviética logo após a Segunda Guerra Mundial e ainda utilizada, embora de forma modernizada, em muitas partes do mundo.

O assassino se aproximou furtivamente de Margot nos estábulos e atirou na coluna vertebral dela. Depois a arrastou para fora, colocou-a dentro de um veículo e dissolveu seu corpo em hidróxido de sódio no cemitério de vítimas da cólera de Kapellskär, a cerca de cento e vinte quilômetros de distância.

Joona esvazia o saco de folhas na pilha de compostagem e olha por entre as árvores, por cima dos arbustos de mirtilo e urze, até não conseguir enxergar mais nada.

Um pássaro sai adejando, alvoroçado, dos galhos do abeto mais próximo dele.

Duas pinhas caem no chão.

Joona se vira e volta na direção do galpão de ferramentas; a cada passo que dá a grama alta da campina vai se endireitando atrás dele. Ele pendura o saco ao lado dos ancinhos e olha para a casa. Pela janela da cozinha transborda uma luz dourada, e ele vê a sombra de Valéria dançando atráves da cortina interna.

Enquanto enrola a mangueira do jardim, Joona percebe que a porta da estufa mais distante está entreaberta, e limpa as mãos na calça.

O caminho de cascalho range sob suas botas.

Nas vidraças, ele vê sua silhueta refletida e rodeada pelo brilho fraco da luz que emana da cozinha.

Por um instante, o estrépito caótico de um helicóptero passa nos céus em algum lugar ao longe, e rapidamente desaparece no silêncio.

Joona caminha ao longo da fileira de estufas até chegar à mais distante, que Valéria usa como depósito. Ele dá uma espiada lá dentro e vê um gato cinza se esgueirar em volta de um saco de esterco de galinha.

Joona abre a porta e pisa nas lajes de concreto da passagem do meio.

O odor acre dos tomateiros paira pesado no ar.

Dos dois lados de Joona, as folhas dos tomateiros se estendem para cima, pressionadas contra o vidro, formando um corredor que termina na escuridão.

Nem sinal do gato.

Um interruptor de relé clica, e Joona ouve o chiado baixo do sistema de irrigação.

Devagar, ele percorre a estreita passagem.

À frente, vê-se o bagunçado espaço que faz as vezes de depósito.

Acima do telhado de vidro, o céu noturno está escuro.

Há um saco plástico sujo enfiado num pote de terracota.
Joona segue adiante.
O gato solta um silvo e foge em disparada.
Joona ouve um estalo quando um galho se parte lá fora.
Há uma pá com o cabo rachado dentro de um caixote de madeira.
Joona para e examina a mobília antiga de Valéria.
Duas das pernas da imensa cômoda de mogno cederam, e todos os cacarecos que estavam empilhados em cima se espalharam pelo chão. O baú português de Valéria está tombado de lado, com a tampa aberta. Um azulejo azul com uma rosa dos ventos pintada rachou, e algumas fotografias caíram.
A porta range, e Joona se vira. Ele empunha com firmeza o cabo da pá, e só afrouxa as mãos quando Valéria aperta o interruptor da luz do teto.
— Então é aqui que você está se escondendo? — ela diz, indo até ele. — O que aconteceu aqui?
— As pernas da cômoda devem ter cedido — ele explica.
— Eu cuido disso amanhã. O jantar está pronto.
Joona pega as três fotos e as entrega a Valéria.
— Isto foi no aniversário de quarenta anos do papai — Valéria diz, mostrando-lhe um retrato de estúdio de toda a família reunida.
— Você deveria mandar emoldurar essa foto.
— Ou esta outra — ela diz, sorrindo.
Ele pega da mão dela a esmaecida fotografia colorida. Valéria devia ter cerca de cinco anos, abrindo um sorriso largo e segurando uma bola de futebol debaixo do braço.
— Olha só pra você — ele diz.
Valéria franze a testa enquanto examina atentamente a última das fotos, em que três meninas adolescentes de cabelo comprido entram na água carregando uma grande escultura azul-clara de uma mulher com um vestido esvoaçante e um véu de pérolas.
— É você aí no meio? — Joona pergunta.
— Não, eu não estou entendendo... Isto é um ritual, a mãe--d'água. É muito popular no lugar de onde eu venho, mas a nossa família nunca deu muita importância. O papai podia ser bastante rígido às vezes.

— Elas são suas amigas, então?

— Não, eu... Sinceramente, não faço ideia. Eu nunca vi esta foto.

Brandon terminou de comer a pizza — uma "Millennium", com carne de kebab e molho extra — e está ocupado liquidando sua quinta cerveja da noite no Bar Blå.

Numa das mãos ele segura o celular, alternando-se entre vários aplicativos de namoro para manter as muitas conversas simultâneas ativas, mas nenhuma das pessoas com quem ele está falando se mostra a fim de um encontro.

Volta e meia Brandon pensa que seria melhor voltar para Uppsala. Acontece que ele não tem energia para colocar a vida em ordem, e seu trabalho no Kristinagården vai muito bem, obrigado.

Ele decidiu nunca mais voltar ao cemitério em torno da igreja, mas por algum motivo não consegue se livrar da imagem do cascalho alisado pelo ancinho, das veredas estreitas e dos bancos na escuridão entre os postes de luz.

Foi onde ele conheceu Erik.

Seu único relacionamento de verdade. Durou sete meses, até o verão, quando Erik partiu para viajar de trem pela Europa e disse que queria estar livre.

Depois que Brandon abandonou qualquer esperança de que Erik voltasse, ir ao cemitério tornou-se quase uma espécie de compulsão.

Não que isso lhe faça bem. Não ajuda em nada na sua autoconfiança, não lhe traz nenhum conforto — nem sequer é satisfatório em termos sexuais. Na melhor das hipóteses, é intenso e exaustivo o suficiente para que ele consiga adormecer quando chega em casa.

Seus velhos amigos ainda matam o tempo no campo de futebol ou na praça de Hallstavik, mas a última coisa que ele quer é esbarrar com algum deles. É por isso que se refugiou neste lado da cidade.

Brandon bebe de um único gole o resto da cerveja, levanta-se e arrasta a cadeira verde para debaixo da mesa, apoiando-se em um dos pilares encardidos. Em seguida dá meia-volta e atravessa o piso rangente, chamando a atenção do barman para agradecê-lo.

O ar de verão tem o mesmo cheiro da época em que ele costumava ficar na rua até tarde da noite durante as férias escolares. O céu está escuro, e a cada rajada de vento um palhaço de plástico num anúncio de sorvete bate ruidosamente contra a grade ao redor da esplanada.

Brandon cambaleia. Ele sabe que deveria voltar para casa, mas sua inquietação o leva pela estradinha que passa ao lado da fábrica de papel. O lugar é enorme, com gigantescos edifícios industriais, fachadas de tijolos sem janelas, imensas pilhas de aparas de madeira molhadas e carretas barulhentas.

Parece um cenário saído da porra de uma distopia de ficção científica, ele pensa.

Brandon sai da calçada e agora percorre a grama recém-cortada entre as bétulas prateadas e as tílias. A igreja em si está iluminada, mas o estacionamento está banhado de escuridão. Um Volvo que parece novinho em folha está estacionado junto ao muro.

Brandon se detém e sente uma onda de tontura ao ver os movimentos do lado de dentro do carro, através das janelas embaçadas.

Ele caminha, trôpego, ladeira acima, até a estradinha sinuosa e o banco vazio que ele sempre procura.

A escuridão sob os bordos é quase absoluta.

Ele para ao lado do banco e olha em volta.

Lá embaixo, na estrada principal, um carro passa. Depois que o veículo desaparece, Brandon ouve apenas o vento nas árvores. Um ligeiro farfalhar, o roçar dos galhos mais finos, seguidos por um grito abafado.

Tudo está tão quieto que Brandon mal percebe, e um instante depois o grito desaparece.

O olhar fixo de Brandon é atraído para a estreita curva da estrada que atravessa o cemitério.

Ele vê um homem de meia-idade, vestindo um casaco de couro marrom, parado atrás de um arbusto, um sorriso irônico estampado no rosto.

Nesse momento, Brandon sente algo escorrer em seu pescoço.

Uma pesada gota de chuva que queima feito água fervente. Ele estende a mão para enxugar, e outra gota atinge seus dedos.

— Merda, mas o que...?

Ele dá um passo para o lado, pisa na estradinha estreita e olha para cima. Pendurado no galho acima dele há uma espécie de casulo de plástico e tecido, enrolado em fita adesiva e corda. O volumoso pacote oscila e começa a balançar levemente, fazendo ranger o galho grosso.

8

Um grande cortejo transportando os restos mortais de Margot Silverman num caixão branco percorre Estocolmo. A marcha solene sai da delegacia de tijolos vermelhos no Haninge Centrum, onde ela começou a carreira como policial, e termina na igreja de Santa Maria Madalena, onde o vigário que oficiou seu casamento com Johanna conduzirá a missa fúnebre.

As seis primeiras motos da polícia que escoltam o carro funerário preto saem do túnel Söderled e viram à esquerda.

A rua Horns foi fechada ao tráfego, e nenhum veículo pode transitar entre Slussen, na área central da cidade, e a rua Timmermans.

A procissão de Margot sai pouco antes da praça Maria, contorna o quarteirão e sobe até a igreja.

O sino soa, lúgubre, enquanto seis dos colegas de Margot, todos paramentados com camisas brancas, gravatas pretas e braçadeiras de luto, carregam o caixão sobre os paralelepípedos, passam pela guarda militar e entram na penumbra da igreja.

Através das janelas encardidas com vista para o tráfego e para o céu pálido, uma luz melancólica penetra no escritório.

Faz cinco horas que Saga não sai de sua escrivaninha nem sequer para comer. Ela está debruçada sobre o teclado, com fones de ouvido, tentando transcrever treze diferentes conversas dobrando a velocidade das gravações.

Seus dedos dançam pelas teclas, seu coração martela no peito.

Ela solicitou duas horas de folga do trabalho para comparecer ao funeral de Margot, e o chefe concordou — contanto que ela entregue as transcrições antes de sair.

— Eu poderia voltar mais tarde pra terminar — ela sugeriu.

— Se você sair daqui antes de terminar, não se dê ao trabalho de voltar — ele retrucou.

Saga acelera o ritmo novamente, tentando não deixar passar nenhuma pausa, interrupção, hesitação, nenhum lapso.

Sua testa brilha com o suor.

Depois de ter trabalhado no turno da noite anterior, ela ainda está vestindo uma calça de couro vermelha e uma camiseta com o crânio cintilante de Damien Hirst no peito.

Assim que termina a digitação, ela estica as pernas, depois salva as transcrições, envia o documento criptografado para o chefe, faz logout e desliga o computador.

Vai às pressas para o corredor, calça as botas e veste a jaqueta.

— Já terminou? — Henry pergunta da porta de seu escritório.

— Acabei de enviar o documento pra você.

— Mas eu preciso de uma cópia física nas minhas mãos.

Saga tira as botas, volta para seu cubículo e religa o computador. Faz login, abre o arquivo do documento, clica em imprimir e pega as folhas da impressora, grampeando-as antes de bater na porta do chefe.

Como ele não responde, ela volta correndo para o computador, faz o logout, desliga a luminária e arruma rapidamente a escrivaninha, depois tenta de novo.

— Entre — Henry diz depois de um momento.

Ela abre a porta e entra. O chefe está sentado em sua poltrona, lendo a revista *Connoisseur*.

— Aqui estão as transcrições que você...

— Obrigado, pode só deixar em cima da mesa — ele diz sem erguer os olhos.

Saga faz o que ele diz, volta para o corredor e calça as botas. Sai às pressas do escritório, abotoando a jaqueta enquanto desce as escadas.

Assim que chega à rua, destrava a moto com mãos trêmulas e a empurra pela calçada até ganhar a via. Ela monta e liga o motor.

Saga pilota um pouco rápido demais, quase perdendo o controle ao entrar no túnel rodoviário de Klarastrandsleden. Não há muito espaço entre a parede de concreto e o tráfego lento no túnel, mas ela consegue se manter em alta velocidade.

Ela sabe que seu trabalho na agência de detetives é insustentável, mas, se for demitida, será impossível o psicólogo liberá-la para retornar à polícia.

No meio da ponte Centralbron, um trem viajando na direção oposta passa trovejando pela faixa da direita. Os cabos acima dos vagões faíscam, e o vento faz a moto de Saga balançar.

Seu plano é voltar para casa e se trocar. A igreja fica a apenas cinco minutos de onde mora, e ela não quer comparecer ao funeral vestindo calça de couro vermelha e uma camiseta com estampa de caveira.

Já passa das três horas quando ela para em frente ao seu prédio; e a cerimônia já começou. Ela deixa a moto junto à porta e decide não se dar ao trabalho de verificar as câmeras de segurança, como sempre costuma fazer antes de entrar em casa. Simplesmente sobe as escadas correndo e, antes de tirar as botas e chutá-las para longe, passa por cima da correspondência amontoada no capacho do corredor.

Saga vai às pressas para o quarto, desabotoa a calça, puxando-a com força para baixo. Deixa cair no chão a jaqueta de couro e se esforça um bocado para se enfiar num vestido preto. Ao voltar para o corredor, veste uma jaqueta preta e pega os tênis de corrida em vez dos sapatos de salto alto que escolheu antes. Então sai correndo do apartamento.

Ela acelera rua Bellmans abaixo, agarrando com a mão esquerda o corrimão de metal preto para ir saltando os degraus de pedra, e para quando um ônibus passa estrondoso pela rua Horns.

Saga atravessa correndo a rua e sobe os degraus até o adro, disparando entre os túmulos em direção à igreja. Ela mostra seu documento de identidade para um dos policiais uniformizados na entrada, que marca o nome dela na lista; depois disso, entra no vestíbulo escuro.

Na primeira vez em que saiu do centro de reabilitação em Idö para casa, Saga solicitou uma conversa privada com Severin Balderson, o padre idoso da igreja de Santa Maria Madalena. Ela sempre pensava em como, no meio do encontro, simplesmente se levantou e foi embora, tendo percebido, ao longo da conversa, que a única maneira de se perdoar seria voltar a ser policial.

Ao ver o nome do padre na nota de falecimento de Margot, Saga decidiu que tentaria falar com ele após a cerimônia, e pediria desculpas pelas cartas excessivamente afobadas que enviou ao arcebispo para se queixar das provocações que o padre fizera ao afirmar que Deus era todo-poderoso e protegia todas as crianças.

Saga entra na igreja no momento em que o coro da polícia começa a entoar o salmo "Gloriosa é a Terra". Ela se senta na última fileira, embaixo do sótão do órgão, e tira a jaqueta.

O caixão branco na nave da igreja está repleto de rosas vermelhas, e o lume das velas bruxuleia nos arcos caiados e no teto abobadado.

A família de Margot se despediu horas antes em uma cerimônia menor e mais reservada, mas Johanna ficou e agora está sentada solenemente ao lado de Joona na primeira fileira de bancos.

A igreja está lotada de policiais uniformizados, todos usando braçadeiras de luto.

O coro termina a canção, e a luz das velas cintila nos prendedores de gravata dos homens enquanto se afastam.

Um jovem padre dá um passo à frente e desce os degraus da nave. Ele se detém, olha para a congregação reunida e começa a falar sobre vidas ceifadas cedo demais, mortes que simplesmente não somos capazes de compreender.

Os ombros de Johanna começam a tremer, e Joona lhe dá um lenço.

Saga abre silenciosamente o folheto com a programação da cerimônia e vê que Severin Balderson é quem deveria conduzir as exéquias, tal como ela havia pensado.

Mas aquele não é Severin.

Por que outro padre assumiu?

Ela começa a suar em bicas, incapaz de se concentrar no sermão.

Saga sabe que tem um lado maníaco, mas não consegue refrear o impulso de procurar o celular.

A mulher sentada ao lado percebe o brilho da tela do celular e lança na direção de Saga um olhar de reprovação.

Ela tenta esconder o aparelho sob a jaqueta, inclinando-se para a frente enquanto faz uma busca sobre Severin Balderson na internet. Encontra o perfil dele no Facebook e olha para a imagem de seu rosto barbudo e sobrancelhas espessas.

A pequena estatueta de metal que ela recebeu pelo correio é igualzinha às feições do padre. Saga precisa examiná-la mais de perto, usando uma lupa.

E ela tem de falar com Joona urgentemente.

A comovente melodia do salmo final ecoa pela igreja enquanto Joona conduz Johanna ao longo da nave. Ele percebe o quanto ela está fragilizada, as pernas constantemente ameaçando ceder sob seu peso, e mantém um dos braços em volta de sua cintura para mantê-la em pé.

Vestidos de preto, os enlutados que enchem os bancos atravessam o vestíbulo escuro e, de cabeça baixa, saem para a pálida luz do verão. Pardais chilreiam nos arbustos, melros cantam nas árvores.

Um táxi preto aguarda Johanna no sopé da colina.

— Eu ainda não consigo acreditar — ela diz.

— Vai levar tempo — afirma Joona.

As pessoas começam a sair aos borbotões da igreja, numa torrente que passa por eles de ambos os lados.

— Acho que talvez eu precise ver o corpo dela, afinal — Johanna diz. — Para realmente entender que ela está morta. Eu sei que você acha isso uma má ideia, mas tenho medo de me arrepender se não a vir pela última vez. E se eu nunca conseguir processar o fato de que ela se foi? E se eu continuar acreditando que ela vai voltar pra casa e se deitar comigo na cama todas as noites?

— Podemos voltar lá pra dentro. Daqui a pouco a igreja vai estar vazia, e aí você pode ficar lá pelo tempo que quiser, mas eu realmente não acho uma boa ideia abrir o caixão.

— Tudo bem — Johanna sussurra, engolindo em seco.

— Você quer que eu peça ao táxi pra esperar?

— Não sei, acho melhor eu ir embora pra casa, ficar com as meninas... Só que eu não consigo suportar a ideia de Margot ficar sozinha e...

Johanna irrompe em lágrimas de novo, e Joona a abraça até que ela consiga se acalmar. Ele a leva até o táxi, ajuda-a a entrar, depois fecha a porta e observa o carro se afastar.

Joona se volta para a igreja. Algumas pessoas já começaram a ir embora, mas outras ainda estão batendo papo em pequenos grupos. Ele vê

Saga conversando com o padre na entrada da igreja e percebe que uma ligeira centelha de inquietação perpassa o rosto dela toda vez que um dos enlutados para nos degraus a fim de agradecê-lo pela cerimônia.

Joona tira o celular do bolso e liga o aparelho. Manvir Rai deixou uma mensagem de voz.

Ele vai para um canto, sob um dos bordos, para ouvir.

"Sou eu, Manvir. Eu sei que você está no funeral, mas encontramos outro cadáver. Mesmo método, mesmo assassino…"

Joona ouve a mensagem inteira e depois enfia o aparelho de volta no bolso. Saga o avistou e vem correndo pela calçada de pedra. Ele caminha em direção a ela, por entre os túmulos.

— Preciso falar com você — ela anuncia.

— Venha comigo, estou com um pouco de pressa — Joona lhe diz, descendo em direção à rua Bellmans.

— O que está acontecendo?

— Encontraram outro corpo, dessa vez perto da igreja de Hallstavik.

— Agora mesmo?

Eles cortam caminho pelo cascalho e entram no beco estreito.

— Alguém ligou ontem à noite, mas os policiais que responderam à chamada não levaram a sério até…

— Mas que merda! — Saga resmunga.

— O homem que ligou pra informar a polícia estava bastante bêbado, aparentemente. Ele não parava de falar sobre um casulo vindo do espaço sideral.

— Entendi — Saga suspira.

Eles saem na Bellmans e seguem pela calçada à esquerda.

— O Agulha está lá agora.

— Eles já identificaram a vítima?

— Não, o corpo está completamente dissolvido; dessa vez deve ter ficado pendurado lá por mais tempo — Joona explica enquanto destranca o carro. — Mas o Agulha encontrou um anel do Instituto Teológico de Uppsala, o que sugere que a vítima provavelmente era um padre.

— O nome dele é Severin Balderson — Saga diz, olhando Joona nos olhos.

9

Joona acompanhou Saga de volta à agência de investigação e agora está sentado na sala de reuniões em frente a um grande microscópio com visor digital. O reflexo cinza-prateado de seu relógio de pulso dança pela parede.

Saga retorna de sua estação de trabalho usando luvas de látex, e carrega nas mãos uma caixa pequena.

— Isto chegou pelo correio na quinta-feira.

Com extremo cuidado, ela desdobra o papel e uma camada de um fino tecido branco, em seguida tira de dentro uma pequena estatueta, do tamanho de um cartucho de pistola, colocando-a sobre a lâmina do microscópio.

— Deve ser ele — Saga diz, depois de uma rápida olhada no visor.

Joona observa com atenção o rosto toscamente esculpido da estatueta: um homem de barba hirsuta, sobrancelhas grossas, olhos encovados e nariz fino.

De tão cinzento, assemelha-se a um cadáver no necrotério.

Saga ergue o celular para mostrar a Joona uma foto de Severin Balderson. Não há dúvida: a pequena estatueta de metal se parece com ele.

— Eu falei com o outro padre — Saga diz. — Faz dias que ninguém tem notícias de Severin. Aparentemente tem problema com bebida, então o outro padre quis dar um pouco de tempo a ele.

— Certo. Vou ligar para o Agulha e pedir que faça uma análise de DNA.

A porta da sala de reuniões se abre e o chefe de Saga, Henry Kent, entra com uma expressão de decepção no rosto.

— O que está acontecendo aqui, Saga? — ele pergunta.

— Estou ajudando a polícia com um...

— Que ótimo — ele a interrompe. — Mas será que eu preciso te lembrar de que você está em horário de trabalho aqui?

— Ainda tenho uma hora.

— Tá legal, mas eu preciso da sua ajuda pra buscar algumas camisas minhas na lavanderia.

— Quer que eu dê uma palavrinha com ele? — Joona pergunta baixinho.

— Eu cuido disso — ela responde, virando as costas para o chefe. — Henry, preciso de um momento a sós com o Joona aqui, mas assim que terminarmos vou buscar suas camisas. E prometo que vou até tirar todas do plástico e pendurá-las naqueles cabides de cedro de que você gosta.

— Você andou bisbilhotando a minha escrivaninha? — Henry pergunta, cravando os olhos na pequena estatueta de metal.

— Por que eu iria...?

Saga se cala e se levanta, e com uma das mãos empurra seu chefe contra a parede.

— O que você tá fazendo?!

— Você estava falando sobre a estatueta, não estava? Quando perguntou se eu andei bisbilhotando sua escrivaninha? — ela pergunta com a voz áspera.

— Calma, Saga — Joona a adverte.

— Isso chegou pelo correio na quinta-feira — ela continua.

— Tá legal, mas...

— Você não estava aqui na quinta-feira! — ela corta Henry.

— Acho que você está certa.

— Então por que está perguntando se eu andei xeretando sua escrivaninha?

— Eu achei que...

— Porque chegaram outras destas estatuetas pra mim, não é?

— Eu peguei uma — Henry responde. — Está na última gaveta da...

— E esse pacote também estava endereçado a mim, não é? Você está pegando minha correspondência particular? Isso é ilegal, porra! — ela berra.

— Aqui é a *minha* agência e o *meu*...

Henry se desvencilha com uma expressão assustada no rosto, e vai atrás de Saga enquanto ela marcha para o escritório dele. A mulher escancara gavetas, revira papéis, e com violência arremessa para longe um punhado de pastas e modeladores de sapatos. Ao avistar uma caixinha de papelão parecida com a outra, não hesita em pegá-la.

— Você está demitida. Você está *muito* demitida.

— Cala a boca, Henry! — ela retruca. — Eu peço demissão, e você vai me dar todas as referências que eu quiser. Caso contrário, vou voltar aqui.

Ela joga o computador no chão a fim de abrir espaço para a caixinha, afastando canetas e pastas e pousando-a sobre a mesa.

— Joona! — ela chama com um grito.

O chefe está tremendo, e recua quando Joona entra na sala. Saga pega uma caneta e, com cuidado, empurra para trás as abas de papelão.

Joona se aproxima.

Devagar, Saga desembrulha o plástico-bolha e abre uma página de livro toda amarrotada, para enfim revelar a pequena estatueta embalada dentro dela.

— Margot... — Joona sussurra.

10

Depois de falar com Joona, Morgan Malmström, o diretor interino da Unidade Nacional de Investigação Criminal, declarou que os dois assassinatos eram por assim dizer "eventos excepcionais".

O principal objetivo de qualificar crimes como "eventos excepcionais" é evitar que o restante da força policial fique sobrecarregado durante operações que demandam muitos recursos. Em vez disso, a unidade encarregada de investigar o caso funciona temporariamente como uma entidade separada, com a sua própria estrutura organizacional, pessoal de apoio, orçamento, peritos, equipe jurídica e recursos operacionais.

Morgan Malmström nomeou Manvir Rai como comandante estratégico, e imediatamente deu a Saga Bauer um cargo probatório como investigadora.

São seis e quinze da manhã de segunda-feira quando Saga acompanha Joona até o saguão de vidro do edifício da Autoridade Policial, pega seu passe temporário e cruza as portas giratórias.

— Bem-vinda à Unic — Joona diz quando eles saem dos elevadores no oitavo andar e começam a caminhar pelo corredor.

Joona e Saga atravessam a copa vazia e depois uma sucessão de portas fechadas. As luzes das fitas de LED brilham no piso vinílico, e um cartaz afixado na parede ondula quando passam.

Joona abre de supetão a porta da grande sala de reuniões e flagra Manvir, Greta Jackson e Petter Näslund em meio a uma acalorada discussão, mas eles param de falar assim que avistam Saga.

Numa das paredes estão penduradas imagens feitas por drones dos locais onde foram encontrados os corpos, assim como uma imagem dos estábulos onde Margot Silverman foi baleada.

Entre as canecas de café e os laptops sobre a mesa comprida, há fotos em close-up das duas estatuetas de metal, além de cópias impressas das análises preliminares do laboratório.

— Obrigada por me deixarem acompanhar as investigações — Saga diz, apertando as mãos dos três detetives superintendentes. — Sei que vou aprender muito trabalhando com vocês, e espero poder ajudar a encontrar o assassino.

Manvir pede a Saga que se sente diante de um dos computadores, depois pigarreia e explica como fazer login no sistema. Petter se oferece para ajudar, com a voz estranhamente tensa.

— Talvez não seja da minha conta — Greta toma a palavra —, mas imagino que ela esteja cansada de ser julgada pela aparência; ela quer ser respeitada por fazer com competência o seu trabalho.

— Disseram a mesma coisa a meu respeito quando entrei na polícia — Joona brinca.

— Claro que sim — Greta acha graça, rindo e colocando os óculos.

Ouve-se uma batida na porta, e Verner Zandén, diretor da Polícia de Segurança, entra na sala antes que alguém tenha tempo de reagir. Ele tem quase dois metros de altura, veste calça amarrotada e um blazer marrom.

— Saga, eu tinha mesmo a esperança de que você voltaria para nós — ele diz em seu barítono estrondoso.

— Você bem que poderia ter dito isso com todas as letras — ela comenta.

— É que eu pensei que...

— Pensou que eu recusaria?

— Peço desculpas pela interrupção, eu só queria verificar se um de vocês sabe fazer algum truque de mágica. Prometi aos meus netos que faria a avó deles levitar.

— Você vai fazer a Maja levitar? — Greta pergunta com um sorriso irônico.

— Verner, estamos tentando trabalhar aqui — Saga diz.

— Certo, sim, me desculpem — ele responde e sai da sala.

Na rua Polhems, o alarme de um automóvel começa a tocar a todo volume. Alguém empurra um carrinho estridente ao longo do corredor, e o aparelho de ar-condicionado zumbe sem parar.

— Certo, vamos começar? — Manvir pergunta, limpando a garganta. — Joona nos contou tudo sobre o cartão-postal e as nove balas brancas, a pistola Makarov e a ameaça contra... há... contra...
— Ele — Saga completa a frase.
— Essa coisa toda é loucura — Petter murmura.
— Eu sei. Mas pelo menos temos um padrão — ela responde.
— A caçada começou, mas até agora tudo aconteceu nos termos do assassino.
— E isso nos deixa sob uma baita pressão — Manvir concorda com um meneio da cabeça.
— O que você tem a dizer, Joona? — Petter quer saber.
— Eu normalmente...
— Não me diga, você já resolveu o caso?
— Não, mas vou resolver. E muito em breve.
— Isso é ótimo, simplesmente uma maravilha.
— Vai com calma, Petter — Greta adverte.
— Isso é pessoal pra mim. Eu adorava a Margot — Petter retruca com o queixo trêmulo.
— É pessoal pra todos nós — ela responde.
Petter solta um suspiro e vai até a janela, tira do bolso um potinho de tabaco e enfia um chumaço sob o lábio.
— Antes de iniciarmos os trabalhos, tenho algumas perguntas pra te fazer, Saga... Tudo bem? — Greta indaga.
— Claro.
— Você aceita uma xícara de café ou algo assim?
— Não, obrigada, estou bem — Saga responde, inclinando-se para a frente na cadeira.
— Pois bem. A minha primeira pergunta — Greta anuncia, folheando até encontrar uma página em branco em seu bloco de notas — é se você tem alguma ideia de por que o assassino entrou em contato com você.
— Não, mas meu objetivo é descobrir.
— Muito bem. Permita-me reformular a pergunta. Por que você acha que ele lhe enviou o cartão-postal?
— Porque eu sou a única pessoa capaz de salvar Joona. Pelo menos é essa a razão que ele próprio apresenta.

— Ele *quer* que Joona seja salvo?

— Acho que ele quer que o peso da responsabilidade recaia sobre mim.

Petter volta e se deixa desabar pesadamente em sua cadeira.

— Mas por que você, especificamente? — Greta pressiona Saga, sem tirar os olhos dela por um segundo sequer.

— Não sei, mas acredito que deve haver algum tipo de ligação com Jurek Walter.

— O anagrama do cartão-postal — Manvir completa.

— E, a seu ver, qual poderia ser essa ligação? — Greta insiste.

— Provavelmente é alguém que se identifica com Jurek, que o admira por ter conseguido se manter ativo por tanto tempo sem ser detido.

— Mas por que o assassino iria querer matar Joona?

— Porque Joona matou Jurek.

— E por que ele quer que você o impeça? — Greta pergunta, inclinando-se para a frente.

— Porque eu não consegui deter Jurek, talvez?

— Você está dizendo que ele quer torná-la responsável por impedir os assassinatos, e depois ver você fracassar?

— Sim.

— Interessante — Manvir assente.

Joona precisa fazer um tremendo esforço para não demonstrar o orgulho que sente de Saga. Ela conseguiu dar respostas claras e concisas, sem tentar mascarar ou atenuar as próprias falhas.

— Eu participei de um simpósio sobre assassinos em série que o FBI realizou no Texas — Greta conta aos outros. — Desde o início a maioria dos participantes concluiu que a ideia de que um assassino em série quer ser capturado, de que quer ser detido, é um mito.

— De fato. Provavelmente essa não é a principal força motriz deles — Joona concorda.

— Eu sei. O que estou dizendo é que se trata de um equívoco baseado no fato de que os assassinos em série costumam ficar arrogantes depois de algum tempo. Não é sobre *querer* ser pego, é que simplesmente não acreditam que *possam* ser pegos.

— Embora muitos se comuniquem com a polícia, com a mídia, mesmo que não haja nenhuma razão prática para fazerem isso — Joona aponta. — E a hipótese de que se tornam arrogantes não explica muito bem esse fato.

Greta faz que sim com a cabeça:

— Não, claro que não, eu concordo com você nesse ponto. Na verdade, fiz uma afirmação semelhante no simpósio.

— Não tenho a mesma experiência que vocês — Saga diz. — Mas isso não se conecta à ideia de que muitos assassinos em série eram piromaníacos quando crianças? E de que o mesmo impulso reaparece na vida adulta, só que... na forma de um jogo, ou seja lá como quisermos chamar, em que perdem o controle e, portanto, se eximem de qualquer responsabilidade? Como se estivessem tentando dizer "eu vou iniciar um incêndio agora, e ele vai se espalhar e causar devastação, a menos que alguém apague o fogo".

— Sim — Greta diz, fixando o olhar sério em Saga. — Porque é exatamente isso que eu acho que o nosso assassino está dizendo. "Saga, eu te avisei, e você sabe o que vai acontecer se não apagar o fogo. Tenho nove balas brancas, então a partir de agora você assume total responsabilidade por qualquer pessoa que venha a morrer."

— E ele pode de fato dizer isso porque, se eu tivesse conseguido decifrar a tempo os sinais que ele me mandou, talvez tivesse salvado a vida das duas vítimas.

— As estatuetas foram enviadas pelo correio para Saga *antes* de os assassinatos acontecerem — Joona explica. — Elas revelam quem será a vítima enquanto ainda há tempo de salvá-la.

— Temos dois homens da vigilância de olho na agência de investigação, assim não deixaremos mais nada passar — Petter se manifesta.

— Obrigado — Joona agradece.

Manvir se levanta e pega uma das fotos detalhadas da estatueta que representa Margot. Ele a estuda atentamente, a testa franzida.

— O que sabemos sobre o assassino? — ele pergunta, jogando a foto de volta sobre a mesa.

— Apenas o que ele quer que a gente saiba — Joona diz.

— Temos certeza disso? — Greta rebate.

Manvir abotoa o paletó e vai até o quadro-branco, pegando no caminho uma caneta hidrográfica na prateleira. Fazendo chiar a ponta contra a superfície, ele começa a escrever:

Assassino comunicativo, possivelmente numa tentativa de se isentar da responsabilidade.
Referências: Jurek Walter, Saga e Joona.
Estatuetas de metal enviadas a Saga indicam a próxima vítima.
Munição: balas Makarov 9 × 18 mm, cápsulas de prata fina, detonadores de mercúrio russos.
Locais do homicídio e de descoberta dos corpos são diferentes.
Corpos dissolvidos em soda cáustica, em sacos mortuários.
Vítimas: uma mulher de meia-idade, diretora da Unic; um homem idoso, padre da igreja de Santa Maria Madalena.

Manvir se vira para encarar os demais. Ele parece prestes a dizer alguma coisa, mas segura a língua e abaixa a mão.

— Estamos lidando com um assassino em série aqui — Joona diz. — Ele tem nove balas na pistola. É possível que já tenha matado antes, isso não sabemos, mas tenho certeza de que vai voltar a matar, a menos que sejamos capazes de encontrá-lo logo.

— Nove vítimas — Saga murmura para si mesma.

— Por que nove? — Petter pergunta.

— Isso pode ser o xis da questão — Joona diz.

— Devo acrescentar essa informação no quadro? — Manvir pergunta.

— Sim.

Assassino em série, planeja matar nove vítimas.

Manvir volta-se novamente para os outros, enfiando a tampa na caneta e levantando-a para chamar a atenção deles.

— Não temos nenhuma impressão digital, nem DNA, nem fibras que não façam parte dos embrulhos... Mas o resíduo de pólvora encontrado no sangue de Margot não pode ter sido deliberado — ele afirma.

— Talvez não — Joona diz. — Mas isso apenas confirma o que o assassino já nos mostrou.

— Eu ainda acho que deveríamos examinar mais detidamente a questão do mercúrio — Greta sugere.

— Boa ideia — Joona assente.

— De acordo com o laboratório, as estatuetas são feitas de estanho comum, como já havíamos deduzido. Impossível rastrear a origem — Manvir pondera, voltando-se para o quadro.

— E não há a necessidade de nenhum equipamento ou ferramenta especial para trabalhar com estanho; o ponto de fusão é tão baixo que qualquer cozinha comum serve — Saga explica enquanto Manvir escreve.

Ausência de evidências indica cautela e conhecimento sobre metodologia forense.
Conhecimento material: fundição de estanho, produção de prata fina, uso de soda cáustica.

Eles passam de mão em mão as imagens ampliadas das estatuetas: o rosto toscamente esculpido, a barba e as sobrancelhas de Severin; o nariz protuberante de Margot, a ruga na testa e a trança sobre o ombro.

— Quando eu era mais jovem, costumava construir modelos de argila pra animação — Petter diz. — E vou dizer uma coisa a vocês, eu era muito mais meticuloso do que isto aqui... Quero dizer, nosso assassino não se deu ao trabalho de caprichar no acabamento; ele nem sequer lixou ou poliu, não se livrou dos grumos e caroços.

— Eu sei, também construía soldadinhos de chumbo — Manvir diz com um meneio da cabeça, acrescentando mais um ponto no quadro.

Não é perfeccionista.

Greta se levanta e prega na parede as duas fotografias grandes das estatuetas. Ela volta para a mesa e se serve de um copo de água, toma um gole e enxuga a boca com um guardanapo.

— Os pacotes foram enviados de dois locais diferentes em Estocolmo — Manvir menciona. — Um foi entregue na banca de jornal na rua Oden, e o outro veio da agência do correio do supermercado Co-op, no distrito de Midsommarkransen... Neste momento temos duas equipes mobilizadas para a tarefa de verificar as câmeras de segurança da área, mas decidimos não pôr os locais sob vigilância, já que é bem pouco provável que ele retorne, quando tem milhares de outros locais para escolher.

— Não há impressões digitais nas caixas, nem na fita adesiva ou em qualquer outra coisa nos pacotes — Petter diz. — Estamos analisando a página de livro arrancada, o plástico-bolha, o desenho de criança e o tecido velho, que...

Ele se cala no instante em que todos na sala recebem o mesmo alerta pela rede de comunicação da polícia.

Chegou outro pacote para Saga Bauer.

11

Uma viatura da polícia sai em disparada do escritório da Agência de Investigação Kent, na rua Norra Stations, em direção à delegacia no distrito de Kungsholmen, suas luzes piscando e sirenes tocando. Quando o carro para no meio-fio, já há dois peritos forenses prontos e à espera na porta. Eles pegam o pacote e o depositam dentro de uma caixa maior, que em seguida entregam aos membros do esquadrão antibomba.

O cão farejador investiga, ansioso, o pacote; depois os homens rapidamente esquadrinham o embrulho de ponta a ponta em busca de explosivos e utilizam um aparelho de raio X para inspecionar o conteúdo.

A única coisa que conseguem ver é um pequeno e áspero pedaço de metal.

Os homens do esquadrão antibomba devolvem a caixa aos peritos, que correm para o átrio, passam pela segurança e entram no elevador rumo ao laboratório, onde a equipe de investigação espera com trajes de proteção.

Impacientes, os detetives observam enquanto um dos peritos tira da caixa maior o pacote endereçado a "Saga Bauer, aos cuidados da Agência de Investigação Kent", coloca-o sobre a mesa de luz e começa a tirar fotos.

As únicas marcas visíveis são algumas impressões de luvas, provavelmente resquícios do setor de triagem dos correios.

Uma perita usa um bisturi para recortar o fundo da caixa e retira do interior uma bola de papel amarrotado que, desdobrada, revela um pacotinho de algodão branco.

— Depressa, depressa! — Greta murmura.

Enquanto todos observam a mulher abrir a pequena trouxa, os

outros dois peritos começam a procurar vestígios do autor do crime no interior da caixa vazia e no material do embrulho.

— Vamos! — Petter diz. — Não sabemos quanto tempo temos pra identificar a próxima vítima, mas é urgente.

— Verifiquem se há impressões digitais, tem que haver alguma coisa! — Manvir deixa escapar.

— Microscópio! Vamos! Vamos!

— Tenha cuidado — Petter alerta a perita.

Com movimentos suaves, quase ternos, ela desdobra o retalho de tecido em volta de uma diminuta miniatura de estanho, com cerca de dois centímetros de altura. Utilizando uma pinça, ela coloca a estatueta na lâmina sob o microscópio.

Os cinco investigadores se reúnem em torno da perita enquanto ela ajusta o grau de ampliação e o foco. Um brilho cinza-fosco aparece na tela. A cabeça da estatueta está desfocada, mas a pequena figura de metal veste uma camisa de mangas curtas, com dragonas nos ombros e um emblema no braço direito.

— Um policial — Joona diz.

A estatueta traz também uma pistola e um cassetete no cinto, e numa das mãos segura um quepe.

A perita de olhos verdes ajusta o slide de modo a pôr em foco a cabeça da estatueta, e depois se afasta.

Os detetives fitam o rosto tosco, que tem um bigode espesso e olheiras. O homem tem pescoço grosso e olhos pequenos, e em sua cabeça nua há estranhas protuberâncias, quase como a insinuação de um par de chifres.

— Temos trinta e cinco mil policiais na corporação para escolher — Manvir murmura, inclinando-se para a frente.

— Merda, o que vamos fazer agora? — Petter pergunta em tom aflito.

O rosto de Saga empalidece, e ela dá um passo para trás. Joona ergue os olhos do microscópio e a encara.

— Tá legal, ouçam todos — Manvir toma a palavra. — Precisamos distribuir fotos do rosto para toda a força policial, o mais rápido possível.

— Você o reconheceu, não é, Saga? — Joona diz.

— Acho que o nome dele é Simon Bjerke, ele trabalha no distrito de Norrmalm — ela responde.

— Simon Bjerke? Quem é esse? — Manvir pergunta, tirando a máscara de proteção facial.

— Só sei que ele contratou a agência de investigação onde eu trabalhei até recentemente — ela explica.

— Você parece ter certeza disso — Greta comenta com voz intensa.

Saga faz que sim com a cabeça.

— Você tem... tem certeza?

— Estávamos na mesma turma na academia de polícia.

— Isso pode nos dar a vantagem necessária para encontrá-lo antes que seja tarde demais — Joona diz.

— Tá legal, vamos nessa! — Manvir diz.

Os cinco saem às pressas do laboratório, e ao longo do caminho vão tirando os trajes de proteção. O macacão de Petter fica enroscado em seu sapato, arrastando-se atrás dele até que por fim o homem consegue se desvencilhar da peça. Manvir tira as luvas e as enfia no bolso.

Enquanto caminham ao longo do corredor, Petter consegue o endereço residencial, número de telefone e número do rádio de Simon Bjerke. Ele liga para o celular do policial ao mesmo tempo que Manvir tenta entrar em contato com ele via rádio.

— Vou acionar a central de comando — Greta anuncia.

Ainda avançando pelo corredor, ela fala com o policial de plantão e rapidamente descobre que Simon Bjerke está de patrulha nas ruas.

— Silêncio, pessoal — ela pede, pondo o telefone no viva-voz.

— Onde ele está?

— Estou vendo aqui — o policial da central diz — que Simon e seu parceiro Haron Shakor acabaram de responder a uma chamada em Årsta, mas...

— Que tipo de chamada? — Greta pergunta, parando no meio do corredor.

— Recebemos uma denúncia sobre um grupo de homens acossando o dono de um açougue halal.

— Então eles estão lá agora? Você consegue nos colocar em contato com eles? — Greta quer saber.

— Não consigo, parece que eles estão com os rádios ligados no modo direto — ele esclarece.

— Envie unidades pra lá — Joona diz.

— Há alguma outra viatura na área? — Greta indaga, e volta a percorrer o corredor.

— Vou verificar... Sim, temos uma nos arredores do Globe Arena e outra na Östbergavägen, junto ao parque.

— Mande as duas até o local — ela ordena.

Os cinco detetives correm em direção aos elevadores.

— Eu vou — Joona diz ao apertar o botão.

— Qual é o plano? — Petter pergunta.

— Chegar antes do assassino dessa vez — Saga diz.

— Simon provavelmente estará seguro enquanto estiver com o parceiro — Manvir diz.

— Vou trazê-lo de volta pra cá — Joona diz, abrindo a porta da escada.

— Você quer que eu vá junto? — Saga pergunta.

— Apenas Joona tem permissão pra trabalhar nas operações — Manvir se apressa em intervir.

— Mas que porra é essa?

O som dos passos rápidos de Joona escadas abaixo é abafado quando a porta de aço se fecha com um baque surdo.

— Vamos voltar lá pra cima e juntar tudo o que sabemos sobre Simon; precisamos de um perfil completo — Manvir diz, irritado, pressionando repetidas vezes o botão do elevador.

— Qual é a história desse Simon Bjerke? Por que alguém iria querer matá-lo? — Greta pergunta. — Você sabe, Saga?

Joona ultrapassa um caminhão-tanque, deixa para trás o bairro de Liljeholmen na rodovia E20 antes de pegar a faixa da esquerda e dar uma guinada para entrar na 75.

Ele acaba de saber que as duas viaturas chegaram ao local e estão instalando um cordão de isolamento.

Joona adentra a área industrial que brotou em torno do terminal de cargas, passando por um decadente hotel Best Western, uma lanchonete Burger King e um enorme posto de gasolina com lava-rápido. Ele avista as luzes azuis piscantes de uma viatura da polícia iluminando a pista e os prédios à frente.

Atacadistas, lixeiras e docas de carga passam zunindo por sua visão periférica.

Ele para diante do carro de patrulha estacionado do outro lado da rodovia.

Os policiais isolaram uma vasta área.

Mostrando seu documento de identificação, Joona sai do carro e corre até um policial uniformizado.

— O que está acontecendo? — ele pergunta.

— Não sabemos ao certo, mas nossos colegas responderam a um código 35 sobre uma discussão ou roubo, e parece que entraram... A última notícia que tivemos é que a coisa evoluiu pra uma situação com reféns. A central nos disse pra esperar, mas desde então... Nada.

Sob o telhado suspenso do edifício de tijolos amarelos há uma placa verde e branca em que se lê "AÇOUGUE HALAL", com um logotipo redondo em verde e preto. A porta de aço está trancada, e as persianas das três pequenas janelas estão fechadas.

A unidade de ventilação da câmara fria foi montada no telhado plano, um pedaço de fita adesiva esvoaçando na brisa.

No terreno entre o estacionamento e o edifício há várias unidades frigoríficas e armários velhos.

— Vocês já deram uma olhada lá dentro? — Joona pergunta.

— Recebemos ordens de esperar por reforços.

O carro de patrulha de Simon e Haron está estacionado entre uma perua enferrujada e um Hyundai prateado com o logotipo do açougue colado na porta.

— Quando os reforços vão chegar?

— De acordo com a última informação que tivemos, vinte e cinco minutos.

— Eu preciso de um de vocês lá nos fundos e outro no teto do prédio ao lado — Joona diz, voltando para o carro.

Ele abre o porta-malas, pega o colete à prova de balas e o veste rapidamente. Nesse momento, ouve atrás de si uma voz agitada:

— Vocês não estão ouvindo o que eu...

— Eu vou ouvir assim que a senhora vier por aqui — um dos policiais responde bruscamente.

— Mas é o meu pai que...

— Seja como for, a senhora não pode ficar aqui agora; esta área foi isolada.

Joona prende o velcro do colete em volta do torso, vira-se e observa o policial tentando impedir uma mulher de meia-idade de se aproximar do açougue.

— É a loja do meu pai — ela continua. — O expositor é novo, o ventilador é novo, é o trabalho da vida dele. Me deixem passar, eu tenho o direito de estar aqui!

— Não, a senhora não tem, esta...

Joona contorna uma lixeira amarela e não ouve o que o policial diz à mulher, mas ela ainda está agitada ao retrucar:

— Tá bom, eu vou com vocês se me ouvirem. Meu pai está lá dentro, e ele é um homem idoso. Eles estão importunando meu pai, sabe. Vocês têm que fazer alguma coisa! São três pessoas, estão armados e...

Ela fica em silêncio ao ouvir o som de vozes altas vindas de dentro da loja.

Ouve-se um violento baque contra a parede.

Algo cai no chão.

Depois, silêncio.

12

O policial levanta a fita plástica e escolta a mulher para fora da área isolada. Eles caminham ao longo da borda do prédio, e param depois de cerca de vinte metros em frente a uma fileira de fachadas cobertas por portas de alumínio cerradas.
Ele agarra o braço da mulher, mas ela se desvencilha.
Sob o sol de agosto, a poeira forma redemoinhos pela área do estacionamento.
Joona se apressa em alcançá-los, diz ao policial que assumirá o controle da situação e depois se vira para a mulher.
Os olhos dela são grandes e injetados, e seus lábios carnudos estão trêmulos. Ela veste calça jeans, um blusão branco e um cachecol Burberry.
— Meu nome é Joona Linna. Sou detetive superintendente da Unidade Nacional de Investigação Criminal e farei tudo o que estiver ao meu alcance para ajudar seu pai.
— Eu estava tentando dizer...
— Um momento. Sei que você está com medo e vou ouvir o que tem a dizer, mas, primeiro, por que não me diz seu nome?
— Nora, mas isso não importa. Eles estão atacando meu pai lá dentro. São três, e ele é um homem idoso.
— Estou ouvindo, Nora. Você poderia me explicar o que aconteceu até agora?
Ela puxa para trás da orelha algumas mechas de cabelo preto.
— Tudo estava normal de manhã. Eu estava na loja ajudando o papai com a marcação dos preços — ela diz, esfregando a boca. — E aí os Irmãos apareceram. Vimos a perua deles lá fora e papai me disse pra chamar a polícia e sair pela porta dos fundos, passando pelo escritório perto da câmara fria.

— Quem são os Irmãos?

— O meu pai, que se chama Aias, levou o comércio deles à falência há dez anos, e agora eles querem vingança... Eu conheço um deles da escola, o Branco. Na verdade, ele é um cara muito legal, fazia parte do time de futebol que meu pai treinava.

— Eles são criminosos profissionais?

— Acho que não, mas eles já mandaram cartas, ligaram no meio da noite, tentaram processar meu pai na justiça. Estamos falando de muito dinheiro aqui, muita carne; o papai não consegue mais lidar com isso.

As lágrimas fizeram o *kajal* escorrer, acumulando-se nas rugas sob seus olhos.

— Tudo bem, Nora, eu preciso que você mantenha distância e obedeça aos policiais. Caso contrário, vai dificultar o nosso trabalho. Você consegue entender isso, certo?

Ela faz que sim com a cabeça e, com os dedos trêmulos, limpa o nariz.

— Meu medo é que machuquem o papai.

— Eu sei, mas vou entrar e falar com eles agora.

— Você vai entrar?

Joona se vira e levanta a fita azul e branca, passando pela loja Andersson Frutas & Hortaliças.

Na entrada dos fundos, há três cadeiras de plástico em volta de uma mesa. Nela, uma garrafa de cerveja está atulhada de guimbas de cigarro.

Joona continua andando, passa por cima de uma cerca baixa e gesticula para seus colegas para que saibam que ele está entrando. Ele avança ao longo da lateral do açougue e bate na porta.

— Simon? Preciso falar com você — ele diz, girando a maçaneta.

— Aqui ninguém entra! — uma voz rouca grita.

— Calma, só preciso dar uma palavrinha rápida com Simon — Joona diz, entrando com as mãos acima da cabeça.

— Mas que porra é essa?

À direita da porta, quase junto ao balcão, há um homem barbudo com uma espingarda nas mãos.

— Caralho, você é surdo, mano?

— Não, mas eu não tenho tempo pra isso — Joona diz. — Eu preciso encontrar Simon, me disseram que ele estava aqui...

Joona imediatamente avalia a situação: as cinco pessoas no açougue estão à beira de um banho de sangue. Neste momento, a única coisa que as está salvando é a tensão superficial do medo que sentem.

Atrás do expositor de carnes, a cerca de quinze metros de distância, Aias, vestindo um avental branco, pressiona uma faca afiada contra a garganta de Branco.

A pistola de Branco está sobre a bancada ensanguentada.

O barbudo perto da porta segura um Benelli M4 Super 90 e aponta para Aias.

Junto à geladeira de bebidas, Haron, o policial, está apoiado num dos joelhos. Ele usa a mão esquerda para firmar o antebraço direito, apontando sua Sig Sauer para o barbudo.

Bem no fundo da loja, perto da mesa de garrafas térmicas e copos de plástico, um homem magro com rabo de cavalo loiro se mexe nervosamente com uma Glock 34 apontada para o policial.

— Haron, você e Simon responderam à chamada. Vocês vieram pra cá juntos — Joona continua a falar com voz serena.

— Ele está lá atrás, eu acho — Haron responde, mantendo a mira.

— Certo, eu preciso relatar isso à central de comando — Joona diz em tom neutro.

— Não se mexa, porra! — o loiro grita com a voz vacilante.

— Eu só vou pegar meu celular — Joona explica.

— Eu vou atirar no seu amigo. Vou atirar no porco fardado.

— Calma, Danne, nós vamos resolver isso! — Branco grita.

Lentamente, Joona tira o celular do bolso e liga para Manvir.

A tensão no recinto é palpável, todos estão à beira de perder o controle. Acima do fedor de carne crua e concreto úmido, Joona sente o cheiro do suor de nervosismo.

— Manvir.

— Presumo que você já saiba da situação em Årsta. Simon Bjerke não está aqui, provavelmente está nos fundos do prédio.

— Quem é Simon, porra? — o loiro pergunta.

— Vou avisar a equipe — Manvir diz.

— Eu vou atirar, eu vou atirar, porra... — o barbudo sussurra, encarando Aias com olhos desvairados.

Ele está transtornado, a arma treme em suas mãos. A coronha retrátil está desdobrada, o carregador tem capacidade para cinco cartuchos, e Joona não tem dúvidas de que daquela distância ele acertaria o velho.

— Tá legal, todos vocês, me escutem — Joona diz, guardando o celular de volta no bolso. — Está na cara que chegamos a um impasse aqui. Vocês três são irmãos, pensem nisso por um momento. Se algum de vocês disparar, dois de vocês vão morrer, e o outro vai ser condenado à prisão perpétua.

— Cale a boca! — o homem barbudo vocifera.

— Espere um minuto. Se você atirar no Aias, ele vai ter tempo de cortar a garganta do Branco, e meu colega vai atirar em você — Joona explica, mantendo a voz calma. — O Danne pode até ter tempo de disparar a Glock e ferir meu colega, mas eu serei capaz de desarmá-lo e prendê-lo.

Do lado de fora vem um vozerio agitado, e Joona ouve Nora gritar em desespero. Agora Aias está tremendo, e um fio de sangue escorre pela garganta de Branco.

Joona examina atentamente a cortina de plástico que balança devagar na câmara fria e as mãos de Branco no reflexo embaçado sobre os azulejos claros.

— O Branco tá sangrando, pelo amor de Deus! — o irmão loiro berra.

— Tá tudo bem, eu estou bem! — ele grita em resposta. — Eu juro, tá tudo bem, ninguém...

— Já chega, vamos acabar logo com isso — o barbudo diz, ofegante, dando um passo à frente.

— É só um arranhão, Aias não quis machucar ninguém — Joona diz, tentando acalmar os ânimos. — Aias, tome cuidado com essa faca. Sua filha está lá fora; ela diz que conhece o Branco dos tempos de escola.

— Eu sei disso — o velho responde.

— Ele estava no time de futebol que você treinava e...

— Eu sei, eu sinto muito, estou tentando...

— Não damos a mínima se você sente muito! — o irmão barbudo grita.

Seu dedo treme no gatilho, e uma gota de suor escorre de seu nariz.

— Escutem. Antes de eu fazer uma sugestão, quero ter certeza de que vocês entendem o tamanho do impasse em que se meteram — Joona diz. — Nenhum de vocês pode fazer nada sem que todas essas armas sejam disparadas simultaneamente. Vocês nem conseguem olhar pra mim, porque precisam continuar mirando. Seria a coisa mais fácil do mundo eu pegar a minha Colt do coldre.

— Não faça isso! — o irmão barbudo berra. — Você é estúpido ou maluco?

— Nenhum de vocês pode apontar a arma pra mim — Joona diz, tirando lentamente a pistola do coldre de ombro e carregando uma bala na câmara.

— Isto não pode estar acontecendo — Danne sussurra.

Branco arrota de tensão e fecha os olhos por um momento.

— Não há nada que vocês possam fazer a respeito — Joona explica. — Eu poderia ir até qualquer um de vocês e atirar, mas...

— Sério, esse cara não bate bem da cabeça, caralho?

— Apenas me escutem — Joona continua a argumentar. — Não temos muito tempo, e a minha intenção é resolver a situação antes que a força-tarefa derrube a porta.

— Mas o que você quer, porra? — o irmão barbudo grita.

— Eu sei que Aias acabou com o negócio do pai de vocês, e que ele não fez isso de um jeito muito legal. Também sei que...

— Eu trabalhei mais duro do que ele — o velho protesta.

— ... que vocês três vieram aqui hoje planejando pegar tudo de volta, mas não é assim que funciona. A única coisa que vai acontecer é que vocês vão acabar na cadeia.

— Ótimo! — o irmão barbudo declara.

Ele lambe os lábios e o cano da espingarda bate contra o vidro do balcão expositor.

— Mas há uma solução melhor — Joona diz. — Haron, você se importaria de abaixar a arma?

— Mas...

— Apenas faça isso, está tudo bem.

Com um olhar de pânico, seu colega abaixa a Sig Sauer. Os ventiladores da unidade de resfriamento se acionam com um zumbido, e as garrafas na geladeira de bebidas começam a tilintar suavemente.

— E agora você faz o mesmo, Danne.

— Não! — o loiro responde com um sorriso estressado.

— Mas você poderia pelo menos tirar o dedo do gatilho?

— Tudo bem, isso eu faço — ele diz.

Joona se move a passos lentos em direção ao homem com a espingarda. Alguns pedaços de cascalho do estacionamento do lado de fora estalam sob seus pés.

— Eu quero que vocês cheguem a algum tipo de acordo com Aias — Joona continua. — Existe uma enorme demanda por carne halal...

— Mas do que você acha que isso se trata, caralho? — o homem barbudo vocifera.

— Uma demanda muito maior do que Aias consegue atender sozinho; é grande o suficiente pra todos vocês... E eu vi que há um espaço vazio não muito longe daqui, na verdade está numa localização bem melhor, mais perto do hotel.

— Não deem ouvidos a essas merdas.

Joona ergue sua Colt Combat, tira o carregador de munição e o enfia no bolso. Depois desliza o ferrolho da arma e deixa a bala na câmara cair com estrépito no chão.

O barbudo treme de adrenalina, incapaz de sufocar a sede de vingança. Existe um risco real de ele disparar a espingarda a qualquer momento.

— Vocês poderiam alugar esse espaço — Joona continua. — E assim teriam uma loja... Poderiam levar a unidade de resfriamento e os balcões que estão lá fora. Eles podem pegar essas coisas de graça, certo, Aias?

— Sim, sim, é só pegar — o velho balança a cabeça.

Com as mãos trêmulas e as bochechas afogueadas, o loiro abaixa a pistola. O homem barbudo murmura algo para si mesmo, segurando a espingarda com tanta força que os nós dos dedos ficaram brancos.

— E aí vocês poderiam começar a coordenar suas entregas — Joona sugere enquanto se dirige ao balcão. — Aias, você pode mostrar a eles seus recibos, pra que vejam quanto lucro vocês todos terão se...

No meio da frase, sem um único olhar de relance para o lado, Joona estende o braço e agarra o cano da arma do homem barbudo no momento em que ela dispara com um estalo ensurdecedor.

O tiro atinge a luminária no teto.

Joona se vira e bate a coronha de sua Colt na testa do homem barbudo, arranca de supetão a espingarda da mão dele e a aponta para o loiro.

Uma chuva de vidro e nacos de gesso cai sobre eles.

O barbudo cambaleia para trás, bate a cabeça na parede e desaba no chão com a boca aberta, piscando em silêncio.

A luminária e a grade de metal caem do teto, despedaçando o balcão expositor e salpicando de cacos de vidro toda a carne em seu interior.

O loiro larga a pistola.

Haron chuta a arma para longe e saca as algemas.

Aias joga a faca para o lado, vira-se e cobre os olhos com as mãos, chorando, aos soluços. Branco passa o braço pelos ombros de seu antigo treinador de futebol, na tentativa de reconfortá-lo.

13

A ventania ergue um prato de papel pelo estacionamento, levando-o numa nuvem de poeira que esvoaça por sobre a rachada plataforma de carga e descarga em direção à fileira seguinte de prédios.

Aias está sentado em uma maca atrás de uma ambulância. Nora segura sua mão enquanto ele fala com um policial.

Joona atravessa correndo o estacionamento e para quando alcança Haron Shakor, colega de Simon Bjerke, que está ocupado guardando seu colete à prova de balas no porta-malas do carro.

— Simon não estava atrás do prédio, não conseguimos encontrá-lo em lugar nenhum — Joona diz.

— Estranho — Haron responde sem erguer os olhos.

— E o rádio dele não está no modo direto, está desligado.

— Eu não sei explicar.

— Isto é urgente.

A Força-Tarefa Nacional tira os três irmãos de dentro do açougue. Eles estão algemados, e o barbudo tem uma bandagem em volta da cabeça.

— O acordo continua de pé! — Aias grita atrás deles. — Eu sou um homem de palavra!

Branco sorri e mantém o olhar fixo ao entrar em um dos furgões pretos da Força-Tarefa Nacional.

— Ouça, Haron. Eu sei que você está tentando proteger Simon — Joona continua. — Mas entrar sozinho como você fez foi realmente perigoso.

Haron balança a cabeça.

— Eu queria que ele se posicionasse lá atrás, mas...

O policial silencia quando uma mensagem chega pelo rádio. Ele afrouxa o aparelho da alça da jaqueta e aumenta o volume.

— Haron, responda — uma voz cansada chama.

— Simon? — Ele se afasta alguns passos de Joona. — Tem um detetive da Unic aqui, ele quer...

— Estou a caminho — a voz o interrompe. — Eu só preciso dar uma mijada e comprar...

Ouve-se um estrondo, seguido pelo estalo da estática e depois pelo silêncio.

— Simon? Simon, responda! — Haron grita. — Simon, responda!

— Me diga onde ele está — Joona ordena ao policial.

Haron se vira para ele com uma expressão vazia no rosto.

— O rádio simplesmente ficou mudo...

— Haron, se você sabe onde Simon está, agora é a hora de me contar — Joona diz, destrancando seu carro.

— O que está aconte...

— Me diga logo de uma vez! — Joona insiste com voz colérica.

— Ele passou a tarde inteira no Bar L.A. É logo ali, perto do campo de futebol — ele diz, apontando por cima dos telhados.

— Venha comigo.

Eles entram no carro, e Joona sai cantando os pneus.

Enquanto aceleram na rotatória acima da rodovia, Joona entra em contato com o comando regional para informar seu paradeiro.

— Então ele bebe? — Joona pergunta a Haron.

O policial conta toda a história sobre o alcoolismo de Simon, explicando que o colega prometeu repetidas vezes se controlar, mas que as coisas só pioraram.

— Há anos eu o venho protegendo.

Haron deixou Simon na porta do bar uma hora antes de receber a chamada sobre a confusão no açougue. Ele tentou falar com o parceiro e, quando percebeu que Simon havia desligado o rádio, decidiu entrar sozinho.

Joona para com duas rodas na calçada em frente ao Bar L.A. e sai do carro com um salto.

O bar fica na esquina de um prédio residencial branco-creme com varandas vermelhas, e os toldos empoeirados proporcionam sombra ao terraço deserto do lado de fora.

Joona corre até a porta e a abre com um solavanco.

No interior do bar, três homens assistem em silêncio a uma partida de futebol; estão em mesas separadas, cada um com um copo de cerveja à sua frente.

A área de karaoke está vazia, e o barman está sentado atrás do balcão com um café, mexendo no celular.

Joona se dirige a passos largos até ele e mostra sua identificação.

— Cadê o policial? O uniformizado? — pergunta.

— Pagou e saiu faz uns dez minutos — o barman responde, afastando para o lado um pequeno balde de guardanapos e talheres.

— Ele estava sozinho?

— Sempre está.

— Você sabe pra onde ele foi? — Joona pergunta. No espelho atrás do balcão, vê Haron entrar no bar.

— Eu vi que ele virou à direita, mas...

Joona gira o corpo e corre para a entrada do bar. Haron segura a porta aberta para ele e depois o segue.

— Eu tive a impressão de que ele já estava na rua quando me disse que precisava mijar — Haron diz.

Correndo, Joona começa a contornar o prédio, passa pelo Spa Tailandês, desce uma escadaria e dobra a esquina em direção ao estacionamento.

Um corvo bate as asas e levanta voo de uma das lixeiras.

Joona saca sua pistola e avança para o pátio tranquilo e arborizado atrás do prédio. As raízes das bétulas altas romperam a calçada, e à frente ele vê um playground com um escorregador vermelho.

Joona olha ao redor e começa a caminhar pelos fundos do prédio, em direção a uma longa escada externa com corrimão enferrujado.

Ele ouve um som rascante, de raspagem, do outro lado da escada, e faz sinal para que Haron o siga em um amplo semicírculo.

No playground, a brisa faz os balanços rangerem.

Sem fazer barulho, Joona segue adiante. Seu ombro roça a base da escada, e ele sente o cheiro de tijolos úmidos e folhas em decomposição, seguido pelo inconfundível odor metálico de sangue.

Ele ouve o mesmo ruído de esmagamento de antes, dessa vez muito mais perto.

Joona dá um passo à frente, apontando a pistola para o canto escuro atrás da escada.

A janela do porão foi forrada com papel-alumínio, e dois ratos fogem correndo.

O chão perto da escada está encharcado de sangue, e há uma comprida marca de arrasto ao longo da parede, estendendo-se por cerca de três metros antes de desaparecer por completo.

Joona começa a correr, e continua ao longo do edifício até sair do pátio do outro lado. Seus olhos esquadrinham a rua vazia, voltando-se para a direita e parando no cruzamento. Não há sinal de carros, nem de pessoas.

Mais uma vez, eles chegaram tarde demais.

Joona aciona pelo rádio a central de comando, solicitando bloqueios de estradas e helicópteros, depois liga para Manvir para atualizá-lo.

Quando retorna ao pátio, encontra Haron fitando o sangue. Os braços do policial estão frouxos, pendurados ao lado do corpo, e seu rosto parece totalmente exaurido, como alguém prestes a cochilar ao volante.

A câmera corporal de Simon Bjerke está caída no chão ao lado do rastro de sangue e, junto à tampa enferrujada de um bueiro, uma cápsula de bala, branca feito leite, cintila na luz.

Joona e os outros detetives estão de volta à sala de reuniões da Unic. Erixon assumiu as rédeas da cena do crime, com ordens de relatar imediatamente até mesmo os detalhes mais insignificantes.

Centenas de carros foram parados e revistados nos bloqueios de estradas em torno de Årsta, mas até agora os esforços foram infrutíferos, assim como a vigilância da área por helicóptero. Não há câmeras de segurança nas ruas ao redor do local, mas uma equipe está batendo de porta em porta nos prédios vizinhos, na esperança de que alguém possa ter visto alguma coisa.

Johan Jönson, especialista em tecnologia da informação, está vestindo o que parece ser uma calça de pijama folgada e uma camiseta com a frase "Já passei por isso, tenho a camiseta para provar". Ele conecta o celular para carregar e abre o laptop.

Um dos peritos da polícia tira a câmera de Simon Bjerke de uma caixa e a segura como se fosse uma raridade de valor inestimável em um leilão.

— Já buscamos as impressões digitais, mas por favor tomem cuidado com isso — ele diz, tentando empurrar os óculos mais para cima no nariz.

Johan Jönson veste as luvas de látex, pega a câmera, sacode-a um pouco e a deixa ao lado do laptop.

— Hora do cinema — ele diz, limpando a garganta para causar um efeito dramático.

A câmera de Simon Bjerke estava no "modo furtivo", o que significa que o equipamento continuava gravando embora parecesse desligado. O pequeno LED vermelho na frente não estava piscando como ocorre no modo normal.

Todas as câmeras corporais dos policiais armazenam as gravações continuamente na memória interna, o que significa que a reprodução inclui também os trinta segundos anteriores ao momento em que a gravação efetiva tem início. O objetivo disso é garantir que o motivo pelo qual a câmera foi ativada — muitas vezes um acontecimento importante para a investigação — seja capturado em vídeo. Por razões de privacidade, no entanto, não há áudio nesses trinta segundos introdutórios de filmagem.

— Vocês querem com ou sem som? — Johan pergunta.

— Não tem som — Manvir responde, e pelo tom de voz parece quase irritado.

— Claro que tem. O som só é apagado quando o material é transferido... Na verdade, nem mesmo nesse caso, pra ser sincero.

— Então queremos com som.

— Que bom, isso facilita um pouco as coisas pra mim — Johan diz, copiando o cartão de memória para seu laptop.

Ele devolve a câmera para a caixa do perito, tira as luvas e entrega o laptop aos demais.

— Prontos? — ele pergunta, olhando para os detetives.

— Sim — Saga responde.

O vídeo começa abruptamente, com o vento rugindo no microfone e passos pesados no asfalto. A câmera estava instalada no torso de Simon Bjerke, e a imagem balança no ritmo de seu andar conforme ele se aproxima das escadas na parte de trás do edifício.

"Simon?" A voz estressada de Haron estala pelo rádio. "Tem um detetive da Unic aqui, ele quer..."

"Estou a caminho", ele o interrompe.

Simon surge atrás das escadas e se detém em frente à janela do porão. O papel-alumínio torto que forra o vidro cria um reflexo distorcido de sua face apática. Na vegetação borrada do parque atrás dele, o escorregador do playground se assemelha a uma estrela vermelha, e algo cinza parece estar correndo em sua direção por cima da grama.

"Eu só preciso dar uma mijada e comprar..."

Uma sombra encurvada aparece atrás dele, movendo-se na velocidade da luz, e antes que Simon tenha tempo de terminar a frase, um forte estalo abafa todos os outros sons.

O chão sobe em direção à câmera, ouve-se um baque surdo, e a tela escurece.

O som da respiração pesada de Simon enche a sala de reuniões.

Simon grita de agonia enquanto rola para o lado e ativa a câmera. O som se torna imediatamente muito mais nítido. Fica evidente que ele sente dores terríveis, choramingando nos intervalos da respiração espasmódica.

Eles conseguem ver apenas as copas das bétulas salpicadas de sol acima de Simon.

Ouve-se o som de um veículo que se aproxima lentamente e para de repente, e alguém corre pelo asfalto.

A câmera treme e volta a apontar para o chão.

Um zumbido mecânico se sobrepõe aos gritos abafados de Simon. Há um flash de luz, e a imagem do prédio entra em foco e desliza para cima antes de se estabilizar.

— A câmera dele se soltou — Joona diz.

O zumbido continua, um som metálico estridente, e eles ouvem Simon gemer.

— Parece que ele está sendo enfiado na porra de um moedor de carne — Petter sussurra.

— Ele está sendo arrastado por um guincho para a traseira de um caminhão — Joona diz.

O silêncio enche a sala. Ouvem-se alguns estrondos, e o carro por fim se afasta. A câmera ainda está caída no chão, filmando o asfalto.

Não demora muito para que o primeiro rato apareça, seguido imediatamente por mais dois. Um momento depois, eles ouvem a aproximação de passos vagarosos.

— Esse sou eu, perdi a pessoa por pouco — Joona diz.

— Passe o vídeo outra vez — Saga pede.

14

Johan Jönson rasga a ponta de um pacote de Pop Rocks e derrama as balinhas explosivas na boca. O dióxido de carbono pressurizado nos pequenos cristais açucarados é liberado pela saliva, fazendo-as estalar.

— É possível melhorar a qualidade da imagem do atirador? — Greta pergunta.

— Não dá — Johan diz, recostando-se. — Não há linhas nítidas; é apenas uma nuvem de poeira.

Manvir se põe de pé, alisa a gravata e vai até o canto da sala, parando com os olhos fixos no ponto onde as duas paredes se encontram.

Olhando para as costas dele, Petter abre a boca para dizer algo, mas Greta o impede.

— Apenas deixe-o em paz — ela sugere baixinho.

Johan Jönson clica em um ícone que representa o que aparenta ser um labirinto, e sua tela fica preta.

— Eu posso tentar um programa chamado X-terminal, mas acho que não vai fazer muita diferença...

Enquanto Joona examina o relatório forense preliminar sobre o pátio de Årsta, Greta compara fotografias das três vítimas. Petter folheia distraidamente um exemplar da revista *Sindicato dos Policiais*, e Saga fica atrás de Johan, encarando com a testa franzida a tela do computador.

— E aí, conseguiu algo? — ela pergunta.

— Não, melhor do que isso não fica — ele responde, observando-a com olhos injetados.

À exceção de Manvir, que ainda está no canto da sala, o restante da equipe se reúne em torno do computador de Johan. A imagem mais nítida que eles têm do criminoso não passa de uma névoa cinzenta atrás das costas de Simon. É possível distinguir os ombros e a cabeça do assassino, mas não há nenhum traço do rosto, não há sinal dos braços e pernas, nenhuma peça de roupa.

— Não deveríamos ser capazes de calcular a altura dele? — Greta pergunta.

— É complicado — Johan responde. — Me parece que ele está encurvado ou... há algo estranho nele, sabe.

— Vejam bem, é fato que não temos muita coisa em que nos basear — Joona diz —, mas tivemos um primeiro vislumbre. Vimos como ele é rápido, como ataca de surpresa suas vítimas.

— Feito um predador — Greta sussurra.

— E sabemos que ele se mantém em silêncio, que não fala nada para as vítimas — Saga observa.

A tela do computador entra em modo de suspensão, deixando a sala um pouco mais escura. O aquecedor para de zumbir, e o único som vem do invólucro quente, que estala baixinho.

— Foi por pouco, estávamos perto — Greta diz, olhando nos olhos de Joona. — Nós o teríamos pegado se a sorte estivesse do nosso lado.

— Quem sabe? — Joona diz.

— Se você tivesse chegado cinco minutos antes, ou se Simon não tivesse desligado o rádio...

— É o que parece — Joona responde, meneando a cabeça na direção do quadro-branco e das fotografias nas paredes. — Mas ainda estamos jogando o jogo do assassino. Ele criou as regras, e provavelmente ainda estamos nos movendo no ritmo dele.

— Mas eu andei pensando... Se tivéssemos sido um pouco mais rápidos, um pouco mais espertos — Greta diz. — Sabemos que Margot foi baleada nos estábulos e depois encontrada no antigo cemitério nas redondezas de Kapellskär. Ainda não sabemos onde Severin foi baleado, mas ele foi encontrado em um cemitério em Hallstavik.

— Dois cemitérios, isso pode ser um padrão — Saga diz.

— E Simon foi baleado do lado de fora de um bar — Greta continua. — Mas o corpo ainda não foi recuperado.

— Ele ainda pode estar vivo — Petter aponta.

— Sim, eu sei... Sei que neste momento ele provavelmente está dentro de um saco de borracha, lutando pela vida — Greta diz, desviando o olhar.

— É horrível, mas são os fatos. — Petter diz.

— Eu sei — Greta diz. — Mas não suporto pensar nisso, simplesmente não consigo. Não se eu quiser me concentrar no meu trabalho.

— Eu só achei que deveria falar, mas... — Petter deixa escapar.

— Sim, e agora você já disse e pronto — ela o interrompe.

— Mas a questão é o que devemos fazer agora — Petter diz, passando as palmas das mãos sobre a mesa.

— Precisamos encontrá-lo — Greta diz em voz baixa.

— Nosso assassino está ativo em uma área bastante grande — Saga observa. — Quer dizer, os estábulos em Värmdö e o cemitério em Hallstavik devem estar separados por cerca de setenta quilômetros de distância... Se considerarmos isso como o diâmetro de um círculo, então estamos diante do quê? Quase quatro mil quilômetros quadrados.

— E não há nenhum motivo pra pensar que ele permanecerá dentro desse círculo — Greta ressalta.

— E daí? Não podemos simplesmente ficar sentados aqui sem fazer nada — Petter diz, levantando-se da cadeira. — Certo, Manvir?

— Apenas deixe-o em paz — Greta repete.

— Vamos duplicar o diâmetro e entrar em contato com os comandos regionais das áreas afetadas, pedir que enviem carros de patrulha a todos os cemitérios — Joona propõe.

— Vou fazer isso agora — Petter diz, já prestes a sair da sala quando alguém bate na porta.

Randy entra, vestindo calça jeans preta e uma jaqueta cinza. Suas sobrancelhas pontiagudas dão ao rosto simpático um ligeiro toque de severidade.

— Recebi informes de todas as unidades de Årsta — ele diz, pigarreando. — Nada ainda, infelizmente... Já tentamos bater de porta em porta, bloquear estradas, analisar imagens de câmeras de trânsito, fazer buscas.

— Diga pra continuarem — Greta o instrui.

Randy tenta brevemente fazer contato visual com Saga; em seguida, antes de sair da sala e fechar a porta, sussurra:

— Ok.

Sem dizer uma palavra, Manvir deixa o canto da sala e vai até o quadro-branco. Pega uma caneta hidrográfica na prateleira e atualiza a lista com as informações que a terceira vítima trouxe à luz:

Assassino em série, planeja matar nove vítimas.
Vítima número 1: mulher, meia-idade, diretora da Unic.
Vítima número 2: homem, idoso, padre da igreja de Santa Maria Madalena.
Vítima número 3: homem, meia-idade, policial alcoólatra.
Assassino comunicativo, possivelmente numa tentativa de se isentar da responsabilidade.
Referências: Jurek Walter, Saga e Joona.
Estatuetas de metal enviadas a Saga indicam a próxima vítima.
Atira nas vítimas pelas costas, à queima-roupa.
Munição: balas Makarov 9 × 18 mm, cápsulas de prata fina, detonadores de mercúrio russos.
Tem um veículo com guincho elétrico.
Locais do homicídio e de descoberta dos corpos são diferentes.
Corpos dissolvidos em soda cáustica, em sacos mortuários.
Ausência de evidências indica cautela e conhecimento sobre metodologia forense.
Conhecimento material: fundição de estanho, produção de prata fina, uso de soda cáustica.
Não é perfeccionista (falta sutileza no acabamento das estatuetas de estanho)
Move-se com extrema rapidez, como um animal predador.

Manvir fecha a tampa da caneta, dá alguns passos para trás e lê a lista antes de se voltar para os outros e dizer:

— Saga, em determinado momento você mencionou que o assassino se identifica de alguma forma com Jurek Walter?

— Sim... Por causa do anagrama no cartão-postal. Pode ser uma brincadeira ou uma tentativa de provocação — ela responde.

— Mas como é possível ele saber sobre Jurek, uma vez que todo o material sobre o caso é confidencial? — Greta indaga.

— Houve um grave vazamento — Joona explica.

— Basta um punhado de policiais saber de alguma coisa pra que o mundo inteiro também saiba — Manvir murmura.

— Era grande o número de pessoas envolvidas na fase final da investigação preliminar — Joona continua. — E, depois, um grupo numeroso foi encarregado de levar adiante a investigação de toda e qualquer pista, por mais fraca que fosse, na tentativa de encontrar os corpos desaparecidos.

— Mas por que Jurek? — Greta pergunta. — Se encaramos o caso em termos de abordagem, nosso assassino não é um imitador.

— Deve haver alguma outra ligação — Saga diz.

— Até agora tivemos três homicídios, mas o que sabemos de fato sobre o modus operandi do assassino? — Manvir pergunta, apontando para o quadro.

— Ele estuda meticulosamente suas vítimas, ao que parece durante um longo tempo, e sabe onde e quando atacar — Saga observa, levantando-se da cadeira.

— Metódico — Manvir diz em voz alta, adicionando mais um item ao quadro.

— Ele se aproxima furtivamente das vítimas por trás, ataca sem alarde, e atira pelas costas à queima-roupa — Saga diz.

— Temos uma terceira cápsula de prata... As medidas são as mesmas da Makarov — Manvir acrescenta.

— A meu ver, o objetivo da bala é paralisar as vítimas antes de transportá-las — Saga pondera, apontando para as imagens do sangue encontrado nos estábulos. — Não sabemos por que ele não as mata imediatamente, mas está na cara que isso é parte do plano.

— Concordo — Greta diz.

— E logo depois de sequestrar as vítimas, ele desova os corpos em um novo local, possivelmente um cemitério — Saga continua, com veemência crescente na voz. — Dentro de um saco forrado com borracha, cheio de hidróxido de sódio, embrulhado em plástico, lençóis e corda.

— O Agulha não foi capaz de estabelecer a causa direta da morte de nenhuma das duas primeiras vítimas. Não sabemos se foram os ferimentos à bala ou alguma outra coisa — Joona comenta. —

Nem sequer sabemos se as vítimas estavam mortas quando o processo corrosivo começou.

— Meu Deus — Petter murmura.

— Ele não quer apenas matar suas vítimas, ele quer destruí-las — Joona diz baixinho.

Saga se senta de novo à mesa, e o rosto de Manvir empalidece quando ele tira a tampa da caneta e mais uma vez começa a escrever no quadro:

Assassino é extremamente organizado, estuda as vítimas, conhece seus hábitos e rotinas.
Tem um motivo para mantê-las vivas.
Oblitera as vítimas.

Manvir recoloca a caneta na prateleira e volta para a mesa. Antes de se sentar, desabotoa o paletó e sobe um pouco as pernas da calça.

— As estatuetas de estanho são as pistas mais tangíveis — ele diz. — Enviá-las é a maneira que o assassino arranjou de se comunicar conosco.

— Então de que maneira devemos interpretá-las? Por que estanho? Por que fazer esculturas tão pequenas? — Greta questiona.

— O primeiro pensamento que me ocorreu foram soldadinhos de chumbo — Manvir diz. — Quando eu era menino, costumávamos moldá-los e pintá-los, e depois reconstituíamos várias batalhas históricas.

— Acho que hoje em dia seria difícil convencer as crianças a brincarem disso — Greta diz com um sorriso.

— Por favor, vamos manter o foco — Manvir continua, sem retribuir o sorriso.

— As caixas enviadas a Saga são do tipo mais comum na Suécia, é impossível rastrear a origem. O mesmo vale pra fita adesiva. Ambas são coisas que se podem comprar em qualquer lugar — Petter comenta, exibindo duas fotografias.

— As estatuetas de estanho parecem ter sido embrulhadas com qualquer coisa que o assassino tinha em mãos, possivelmente apenas pedaços aleatórios de lixo — Greta diz. — Papéis velhos, retalhos de tecido.

— Embora a perícia não tenha conseguido encontrar nenhuma impressão digital ou DNA em nada — Petter ressalta.

Joona abre uma das pastas e tira as fotos com imagens dos embrulhos. Ele as espalha sobre a mesa e examina uma de cada vez.

Uma camiseta rasgada com o emblema do time de beisebol Los Angeles Dodgers, além de metade do menu de um bar.

Um pedaço de plástico-bolha com um adesivo da fábrica de porcelana Gustavsberg.

Uma página arrancada de uma enciclopédia. De um lado, há parte de um artigo sobre os surucuás, pássaros da família dos trogonídeos, e sobre o mineral troilita. Do outro, a fotografia grande de uma representação do Cavalo de Troia numa ânfora datada de 670 a.C.

Um pequeno retalho de tecido com acabamento em renda e a fotocópia de um antigo mapa desenhado à mão de uma cidade chamada Al-Majdal, à beira de um lago.

No verso, um desenho de criança feito com giz de cera vermelho, representando uma família à mesa do jantar.

Greta observa o rosto concentrado de Joona e as fotografias sobre a mesa à sua frente.

— No que você está pensando, Joona? — ela pergunta.

— A estatueta de Margot estava embrulhada em um artigo sobre o Cavalo de Troia e em um pedaço de plástico-bolha da Gustavsberg. A fábrica deles ficava em Värmdö. — ele responde. — A de Simon estava embrulhada no cardápio de um bar e em um pedaço de tecido com o emblema de um time de beisebol de Los Angeles.

— Os estábulos e o Bar L.A. — Saga diz, ofegante.

— O Predador está nos dizendo onde vai atirar em sua próxima vítima — Joona continua a explicar.

— Ai, meu Deus — sussurra Greta.

— A estatueta do padre estava embrulhada neste tecido — Joona diz, passando a imagem para as mãos de Saga.

— Provavelmente é de um manto de batizado. Procurei informações sobre Al-Majdal, mas o lugar não existe mais — Saga diz, com o celular na mão. — Antes era conhecido como Migdal, ou Magdala em aramaico, a língua que Jesus falava...

— Maria de Magdala — Greta diz.

— Alguém pode descobrir se deram pela falta de um manto de batizado na igreja de Santa Maria Madalena? — Joona pergunta.

— Eu me encarrego disso — Petter se oferece.

— Então ele está nos avisando antecipadamente quem vai matar e onde, e ainda assim não conseguimos detê-lo — Manvir conclui com um suspiro, afrouxando a gravata.

— Isso é quase suficiente para nos fazer sentir que temos alguma responsabilidade — Petter murmura.

— Pare com isso — Greta retruca.

— Desculpe, é que isso é frustrante pra caralho.

— Eu sei — ela rebate, suspirando. — Tenho a mesma sensação, mas pelo menos já deciframos as regras do jogo. E quando a próxima estatueta chegar, e ela vai chegar, estaremos mais bem preparados...

15

Francesca Beckman trabalha como psicóloga no Centro de Crise e Trauma, instituição que trabalha em parceria com a polícia, e ela é responsável por determinar se Saga está ou não apta para retornar ao serviço ativo.

Três anos atrás, a caçada de Saga a Jurek Walter finalmente cobrou seu preço. Num piscar de olhos, houve uma reviravolta e Saga tornou-se a presa, lutando desesperadamente para salvar a família.

Quando sua meia-irmã Pellerina morreu depois de ter ficado presa em um caixão, tudo desabou ao redor de Saga. A Polícia de Segurança custeou dois anos de reabilitação e tratamento psiquiátrico num centro na ilha de Idö, e quando ela regressou a Estocolmo, enfim se sentiu suficientemente forte para pensar em fazer outra coisa que não tirar a própria vida.

A luz da tarde, filtrada pelos galhos que balançam do lado de fora, entra no consultório de Francesca. Parece que a sala inteira está girando, rolando por alguma ladeira perigosa.

Empertigada na beirada da poltrona azul-clara, Saga meneia de leve a cabeça e encontra os olhos castanhos de Francesca.

No lugar de fotos pessoais ou desenhos infantis, a psicóloga pendurou na parede um enorme quadro com a imagem de uma floresta. Saga se vê fitando a clareira sarapintada de raios de sol e o pequeno riacho que serpenteia entre rochas cobertas de musgo.

— Você fez um progresso concreto, não há dúvida disso; você chega na hora marcada a todas as sessões, conseguiu manter um emprego, dá apoio a duas crianças pequenas — Francesca diz. — E, por tudo isso, eu informei ao diretor interino da Unic que estava feliz em recomendar seu retorno às funções administrativas.

Francesca tem um rosto bonito, apesar de suas bochechas estarem polvilhadas de pequenas cicatrizes que vão até as orelhas e o couro cabeludo.

Ela está na casa dos cinquenta anos, e é tão alta que precisa se sentar com as pernas esticadas para evitar bater os joelhos na mesa.

— Mas eu estou funcional, pronta pra entrar em ação. Sempre atuei no trabalho policial nas ruas, é assim que eu sou. Achei que tinha deixado isso claro — Saga alega.

— Eu sei — a psicóloga responde, tirando os óculos.

— É muito importante pra mim, de verdade — Saga insiste, balançando o pé para cima e para baixo. — Acho que me faria bem voltar ao trabalho, sentir que posso lidar com o lado operacional das coisas, eu sei que dou conta do recado.

— Entendo o que você está dizendo.

— Além disso, eles precisam de mim agora. Pode parecer exagero, mas...

— É cedo demais, Saga — Francesca Beckman a interrompe com voz gentil. — Essa é a minha avaliação. Você com certeza fez progressos, mas...

— A senhora não sabe nada a meu respeito. — Saga se levanta, exaltada, num movimento tão abrupto que a cadeira bate na parede atrás dela. — A senhora não sabe nada sobre o trabalho policial, com o que temos de lidar, o que realmente é necessário.

— Certo, então por que você não me conta?

— Desculpe — Saga murmura, voltando a se sentar. — É que estou muito decepcionada.

— Achei que você ficaria feliz, porque sou a favor da ideia de você voltar a trabalhar na polícia.

— E estou, mas é que simplesmente não fui feita pra trabalhar dentro de um escritório, eu...

Saga se cala e junta as mãos, na tentativa de mantê-las imóveis.

— Então você não estava feliz hoje, na Unic?

— Foi a melhor coisa que me aconteceu em muitos anos. Foi interessante e sei que fui útil, que contribuí... Sinto que poderia fazer muito mais se você me deixasse trabalhar com a mão na massa, nas operações com Joona.

O olhar fixo de Saga vagueia pela luz bruxuleante do sol na parede sob a janela.
— Você já falou com Randy? — Francesca pergunta.
— Sim... bem, eu o *vi*; hoje ele entrou na sala pra apresentar um relatório.
— Como você se sentiu?
— Bem. Quero dizer, correu tudo bem.
Francesca recoloca os óculos e folheia seu bloco de notas.
— Você me disse que terminou com ele pra se punir.
Saga respira fundo e se volta para a psicóloga.
— Não me sinto mais assim... No começo eu simplesmente não me suportava, já te disse isso. Achava que não merecia o amor de ninguém, e achava que nem sequer tinha o direito de viver.
— Mas você está em um novo relacionamento agora... com Stefan?
— Sim.
— Você quer me contar sobre ele? — a psicóloga pergunta depois de um momento.
— Não sei, é um pouco cedo. Não tenho ideia se vai dar certo, não quero forçar a barra; nós dois temos nossa própria vida, mas nos vemos regularmente, e por ora isso é o suficiente pra mim.
— Você acha que merece o amor dele?

Saga deixa sua moto em uma vaga na ponta do estacionamento de um prédio cinza, digita o código na entrada e sobe as escadas até o segundo andar. Ela dá uma batidinha sem força e entra, tranca a porta, tira as botas e pendura a jaqueta.
Stefan está debruçado sobre seu laptop na cozinha e não levanta os olhos quando ela entra. Saga percebe que ele está em um fórum online, escrevendo uma avaliação sobre uma empresa chamada Massagens Yemojá. Ele deu cinco estrelas e está deixando um comentário sobre uma das profissionais do sexo.
Saga espera alguns segundos e depois vai para o banheiro, onde se despe e liga o chuveiro. Como sempre acontece quando ela vem ver Stefan, sente uma pontada de ansiedade na boca do estômago.

O anestesista vive com a mulher e os dois filhos numa casa no bairro de Djursholm, mas tem acesso a um pequeno apartamento na rua Blom, em Solna, a poucos minutos de carro do hospital onde trabalha. Saga sabe que ele é sensível até mesmo ao menor vestígio de perfume, então toma o cuidado de enxaguar meticulosamente até o último resquício de sabonete do corpo antes de se secar, pendurar a toalha no varão da cortina do chuveiro e sair do banheiro nua para o quarto.

As persianas estão fechadas, mas uma luz suave e turva penetra no quarto, espalhando-se pelo piso vinílico e pelos móveis enfadonhos. A faxineira dele deve ter vindo hoje, porque a cama está arrumada, e Saga vê um fio branco de lã do esfregão no rodapé embaixo do aquecedor.

Quase uma hora depois, quando Stefan entra no quarto, ela está com tanto frio que seu corpo treme.

Ele puxa o cobertor dobrado da cama.

— Deite-se ou vá embora pra casa.

— Eu não quero ir pra casa — ela responde, obedecendo-o.

Saga muitas vezes tenta se convencer de que tudo o que precisa é de um relacionamento sexual, que é tudo o que ela consegue fazer agora, que é assim que ela quer viver a vida.

Stefan abre as pernas dela e se deita por cima.

Ele não gosta quando Saga fica molhada. Houve algumas ocasiões em que ela ficou, momentos em que ele demonstrou um mínimo de ternura, mas todas as vezes que isso ocorre, ele simplesmente se levanta, pega as roupas dela e as joga no corredor, enxotando-a rispidamente.

Não importa. Saga não pode se dar ao luxo de perdê-lo; por isso, sempre que começa a se deixar levar, apenas morde a língua e se contém.

Ela fita a luz do teto para evitar encará-lo, concentrando-se em um pequeno filamento de poeira que oscila no ar.

As estocadas de Stefan são rápidas e agressivas; se ela não ficar completamente imóvel, ele a ofende, xingando-a de nomes vulgares, sussurrando que vai deixar todos os amigos dele treparem com ela.

Depois de algum tempo, ele usa uma das mãos para agarrá-la pela garganta e aperta com força.

Saga se entrega e se permite ficar totalmente mole, e a falta de oxigênio faz com que flashes de luz dancem diante de seus olhos.

Tudo o que consegue ouvir é o rangido da cama e os grunhidos ofegantes de Stefan quando ele finalmente ejacula e sai de dentro dela.

Saga rola para o lado da cama, tosse no cotovelo e respira da forma mais silenciosa de que é capaz.

Stefan está deitado de costas, respirando pesadamente, as orelhas e o peito vermelhos.

O homem não sabe, mas Saga tem uma ligação com ele, pois Stefan fazia parte da equipe médica do hospital no dia em que a vida dela desabou.

Ele foi o anestesista de Pellerina, mas não se lembra de Saga.

Quando reconheceu a foto dele no Tinder, ela correu para o banheiro e vomitou. Dormir com ele é a sua maneira de se aferrar à dor do luto, porque até isso é muito melhor do que nada.

— Estou trabalhando com a Unic agora — ela diz.

— Pagam bem?

— Eu não sei, só quero…

— Esperta — ele suspira.

— Peço comida? — ela pergunta, levantando-se da cama.

— Não tenho tempo, quero tentar dormir um pouco antes de ir pra academia.

— Eu pensei…

— Você não *precisa* vir aqui, sabe — ele a interrompe. — Não é tão bom assim, porra.

— Não precisa ficar irritado só porque eu perguntei se…

— Eu não quero comer com você; não sou seu namorado.

Ele dá a ela um comprimido de Levonorgestrel para evitar qualquer chance de gravidez, observando-a atentamente enquanto ela engole.

Toda vez que fica bêbado, Stefan começa a alardear o quanto odeia mulheres que se acham irresistíveis, mulheres que têm uma carreira profissional. Ele se vangloria do quanto odeia mulheres que fazem cesarianas, e expressa seu desejo de que elas acabem com medonhas cicatrizes.

Saga se veste sem tomar banho, sabendo que Stefan gosta da ideia de ela sentir o sêmen dele entre as pernas enquanto anda de moto. Ele já lhe disse que a ideia de o sêmen escorrer por suas coxas enquanto ela estiver numa reunião de trabalho importante o faz rir.

No minuto em que sai para a escada, porém, Saga pega um lenço de papel da bolsa, se limpa e joga na lata de lixo do lado de fora.

As lágrimas só começam a cair quando Saga monta de novo na moto. A tristeza que se avoluma dentro dela causa um aperto tão violento na garganta que ela mal consegue respirar.

No trajeto de volta para casa, ela se dá conta de que Jurek ainda está moldando sua vida. O fato de ela não ser mais policial, de não saber lidar com o amor: no final das contas, isso é obra dele.

Saga daria qualquer coisa para voltar no tempo e ter outra chance de matá-lo.

Ela é que deveria tê-lo matado.

Saga passa pelo Instituto Karolinska e avista o complexo residencial Norra Tornen, que se ergue à sua frente, mas vira à direita, rumo à rodovia.

Qual era o mistério de Jurek Walter? Como ele conseguiu infectá-la de maneira tão contundente?

A partir do momento em que uma pessoa deixa Jurek entrar em sua cabeça, aparentemente ele permanece lá para sempre.

Vez por outra ela tem vislumbres disso nos olhos de Joona.

Ele também não se libertou.

O novo assassino deve sentir algo semelhante, ela conclui de súbito. Ele se perdeu no labirinto de Jurek, passou tempo demais encarando-o nos olhos.

Saga percorre a ponte Västerbron, o brilho amarelo-queimado do sol da tarde refletindo-se na superfície das águas encrespadas lá embaixo.

Esse pensamento lhe causa arrepios na espinha. O assassino se perdeu no labirinto de Jurek.

Mas quase todo mundo que cruzou o caminho de Jurek já morreu, então quem poderia ser?

Os raios de luz do sol fazem com que as árvores da ilha Långholmen pareçam estar em chamas.

O assassino terá sido uma das vítimas de Jurek? Uma das pessoas que ele tentou recrutar? Ou alguém que conseguiu se libertar da isca que ele lançou?

16

Saga estaciona a moto a um quarteirão de seu apartamento, pega o celular e, por hábito, abre o aplicativo de segurança residencial. Ela examina as imagens em tempo real das quatro câmeras: uma no corredor junto à porta da frente, uma na cozinha, uma na sala e outra no quarto.

Tudo está quieto.

Ela abre a aba de histórico. A filmagem só é salva quando as câmeras detectam movimento, então o último vídeo gravado é da própria Saga no corredor, calçando os sapatos e parada com as mãos e a testa pressionadas contra a porta.

Ela observa a si mesma parada nessa posição por vários minutos.

Saga sempre fica angustiada antes de se encontrar com Stefan. Ela sabe muito bem que está se punindo, mas nunca percebeu o quanto hesitava antes de sair de casa; achava que fazia apenas uma brevíssima pausa para se acalmar antes de partir para o encontro.

No minuto em que entra no apartamento, ela se despe, joga as peças no cesto de roupa suja e corre para o chuveiro, sem se livrar da nova teoria, que ainda gira em sua cabeça.

O assassino que eles estão caçando, o Predador, de alguma forma passou por maus bocados nas mãos de Jurek e saiu arruinado.

Saga se enxuga com a toalha e veste seu roupão cor-de-rosa.

São sete e meia da noite quando ela sobe na cama com seu laptop e digita o nome de Jurek Walter na barra de pesquisa.

Apesar de todo o material sobre ele ser sigiloso, o mecanismo de busca apresenta mais de três mil resultados para o nome entre aspas. A maioria é de blogs e podcasts dedicados a crimes reais e casos policiais arquivados. Aqui e ali certas frases se repetem quase palavra por palavra, afirmando que Jurek Walter é uma lenda urbana, uma sombra tenebrosa nos registros de pessoas desaparecidas.

Em um fórum de discussão, alguém escreveu que uma fonte confiável da Polícia de Oslo revelou que Jurek Walter profanava túmulos e arrancava pedaços de suas vítimas como troféus. Outro usuário menciona uma série de valas comuns encontradas nos arredores de Madri.

Saga conclui que precisará tentar uma busca por termos mais específicos, termos técnicos de investigação policial ou locais exatos, mas, em vez disso, ela insere o nome de sua irmã ao lado de Jurek e pressiona o enter.

Dessa vez, são apenas treze resultados. Ela esquadrinha a lista e estremece ao notar um site chamado "Os arquivos de Jurek Walter". Os pelos dos seus braços se arrepiam, ela respira fundo e clica no link.

Uma rápida lida é suficiente para mostrar a Saga que quem criou a página fez uso de dezenas de arquivos confidenciais da Unidade Nacional de Investigação Criminal e da Polícia de Segurança.

Ela rola a tela para baixo e se vê olhando para a última foto tirada de Jurek antes de ele escapar da unidade psiquiátrica de segurança máxima do Hospital Löwenströmska. A imagem é tão chocante que ela precisa fechar o laptop por um instante e se concentrar em sua respiração.

Saga clica em imagens de baixa resolução do passaporte polonês que Jurek utilizou para entrar na Suécia, os formulários de custódia arquivados após a detenção dele na floresta de Lill-Jans, documentos forenses e as primeiras partes de uma biografia.

Rapidamente ela constata que quase todo o material é autêntico e tem ligação direta com Jurek Walter. Há apenas algumas imagens que talvez sejam falsas, a exemplo da fotografia de uma cadeira ensanguentada que supostamente teria sido encontrada no manicômio de Hasselgården para pacientes com demência.

O site não parece servir a nenhum outro propósito a não ser o de colocar em domínio público a máxima quantidade possível de material sobre Jurek Walter. É quase como uma espécie de *fan page*, ela pensa.

Consta que o administrador é alguém chamado Karl Speler.

Saga faz uma busca rápida e descobre que não se trata de um pseudônimo, que Karl Speler se mudou da África do Sul para a Suécia e agora mora no distrito de Älvsjö. Ele passou alguns anos trabalhando como jornalista no tabloide *Expressen* e parece ter ficado paranoico desde que foi demitido do emprego.

Saga tem uma vaga lembrança dos acontecimentos. O *Expressen* publicou um artigo sobre Jurek Walter, e assim que teve conhecimento disso, a Polícia de Segurança fez uma batida na redação do jornal e apreendeu toda a tiragem.

Karl Speler deve ter sido o autor do texto.

Saga volta as atenções para o site, clica na biografia parcial e lê uma curta entrevista por telefone com Susanne Hjälm.

Susanne trabalhou durante anos como médica no bunker de segurança máxima onde Jurek Walter estava preso, mas permitiu que ele entrasse em sua cabeça, e agora cumpre uma longa pena de reclusão no presídio de Hinseberg.

Karl faz uma série de perguntas diretas, mas as respostas de Susanne são incrivelmente vagas. Apesar disso, está claro que ter conhecido Jurek Walter arruinou sua vida. Agora Susanne está divorciada, perdeu a custódia das duas filhas e não recebe visita alguma na prisão.

A entrevista termina quando Karl lhe pergunta sobre Joona Linna, e Susanne desliga o telefone.

Saga clica no botão "entre em contato" e escreve um breve e-mail para info@jurekwalterfiles.com a fim de dizer que gostaria de falar com Karl Speler; na despedida, ela assina seu nome e informa seu número de telefone.

Ela clica em enviar e, antes mesmo de ter tempo de voltar à página inicial, seu celular começa a tocar.

— Saga — ela atende.

— Aqui é Karl Speler — uma voz masculina diz. Parece estar com falta de ar. — Estou falando com Saga Bauer?

— Sim, acabei de te enviar um e-mail.

— Ah, uau. Desculpe, só estou um pouco impressionado — ele deixa escapar.

Saga presume que Karl Speler decidiu publicar a verdade sobre Jurek Walter porque seu trabalho foi confiscado e seu artigo banido, e por ter sido demitido do jornal.

Ela ouve a respiração pesada de Karl e lhe ocorre que ele deve ter passado um bocado de tempo rastreando informações e montando o quebra-cabeça da história toda.

Uma história em que ela e Joona interpretam os papéis principais, ao lado de Jurek.

Para Karl deve ser estranho estar conversando com alguém que por tanto tempo ele acompanhou, documentou e estudou à distância.

— Você tem tempo pra conversar? — ela pergunta.

Ele solta uma risada curta e estressada, afastando o celular da boca.

— Se eu tenho tempo pra falar com um anjo caído? Sim, acho que posso poupar alguns minutos da minha vida incrivelmente plena e significativa.

— Pelo visto, você sabe mais sobre Jurek Walter do que qualquer outra pessoa fora da polícia — ela diz.

— Disso não há dúvida — ele responde, com a boca agora muito perto do microfone do celular.

— Até mais do que a polícia, em alguns casos.

— É bem possível.

— Eu ficaria muito grata se você pudesse me ajudar a elaborar uma lista reduzida de pessoas que conheceram Jurek e sobreviveram pra contar a história.

— Claro.

— Estou interessada em absolutamente qualquer pessoa que possa ter cruzado o caminho dele.

— Tá legal, mas...

— Você tem meu endereço de e-mail — ela diz.

— Mas se eu vou compartilhar com você os frutos da minha pesquisa, quero te conhecer primeiro. Quero me sentar com você e mostrar o material que eu tenho enquanto a gente toma um café ou algo assim.

— Ando muito ocupada por esses dias.

— Entendo — ele diz, com voz desanimada. — Eu posso esperar até que você tenha mais tempo.

— Não foi isso que eu quis dizer — ela se apressa em explicar. — Tudo está muito caótico, e eu não tenho tempo pra esperar. A gente pode se encontrar hoje à noite, então. Tudo bem pra você?

Saga veste uma calça jeans e um suéter quente, sobe na moto e vai até o bairro de Hornstull. Ao atravessar a ponte de Liljeholmen, ela pensa em como Karl Speler esteve perto de evitá-la. Somente no último segundo ela percebeu que ele estava disposto a revelar informações em troca da chance de estar perto dela, de vê-la com os próprios olhos e fazer perguntas sobre todas as coisas que ele não sabia.

Nuvens pálidas flutuam lentamente à deriva pelo céu acima da calma baía.

Ela pega a ponte sobre a rodovia no bairro de Brännkyrka, passa pelo corpo de bombeiros e segue em direção ao lago Långsjön.

As casas ficam cada vez maiores, circundadas por jardins exuberantes, e as luzes das janelas bruxuleiam por entre as folhas lustrosas.

Não há mais ninguém à vista, nenhum carro passa; o mundo ao redor está escuro e onírico.

Saga ainda não conseguiu encontrar uma justificativa para o que está prestes a fazer. Ela está realizando uma missão operacional em segredo, e sabe muito bem que isso pode arruinar suas chances de algum dia conseguir um cargo permanente na Unic.

O estrondo do motor da moto ecoa pelas ruas vazias.

Ela diminui a velocidade e vira à direita, até parar na entrada de uma espaçosa casa dos anos 1960.

Saga trava o guidom da moto e espia pela fieira de janelas da cozinha. Além da mesa e das bancadas de mármore branco, há um biombo de madeira clara, atrás do qual fica a sala de estar, seguida por uma enorme sala de jantar com janelas que dão para o jardim.

As luzes estão acesas, mas não há sinal de vivalma lá dentro.

Karl Speler pediu que ela se dirigisse à entrada dos fundos e não à porta principal, por isso Saga atravessa o gramado até o outro lado da casa.

Ela ouve os latidos de um cachorro em algum lugar ao longe.

As pedras do pavimento estão cobertas de musgo, e Saga nota um velho pote de geleia atulhado de centenas de guimbas de cigarro.

Ao lado da porta da cozinha, um pedaço de fita adesiva com o nome SPELER rabiscado foi colado acima de uma campainha sem fio.

Saga aperta o botão e dá um passo para trás.

Ela ouve algumas batidas fortes lá dentro, e um homem baixinho, atarracado, de meia-idade, com rosto redondo e sobrancelhas claras, abre a porta. Exceto pela franja, que está penteada para trás, seu cabelo loiro é cortado bem curto.

— Que rápido! Entre, entre — Karl diz com um sorriso, caninos afiados se projetando de seus lábios.

Ele está de meias brancas, calça jeans e uma camiseta da banda Depeche Mode por baixo de uma jaqueta amarrotada.

Saga o segue até um corredor apertado, onde há casacos pendurados embaixo do cabideiro. A porta da cozinha está fechada, mas ela consegue entrever uma escada estreita que leva ao porão mais à frente.

— Meu Deus, isso é tão legal! — ele diz ao trancar a porta assim que ela entra.

Karl começa a descer a escada, parando e olhando para trás quando percebe a hesitação dela.

— Eu alugo o porão da família que é proprietária da casa — ele explica. — Tentamos não incomodar uns aos outros, a menos que seja absolutamente necessário.

— Eles estão em casa agora?

— Não, acho que não.

Saga segue atrás dele e passa por cima de uma pilha de tênis e um par de botas de caubói largados no tapete do corredor.

— Sinta-se à vontade pra usar a lanterna do celular — ele diz com os olhos fixos nela. — Tenho tido alguns problemas com a eletricidade do meu pequeno museu; os disjuntores vivem desarmando.

Ela aceita o conselho de Karl e, ao ligar a lanterna, vê uma reluzente gota de suor escorrer pela bochecha arredondada dele.

A escada range sob o peso deles a cada passo, a sombra de Karl balançando de um lado para outro à sua frente. A oscilante luz da lanterna do celular sobe em direção ao teto inclinado e desce até o piso vinílico claro.

Saga sabe que não deveria estar ali sozinha, que deveria ter enviado o endereço a Joona, mas simplesmente não podia correr o risco de que a impedissem.

Ela ouve um som estranho que chega através das paredes, quase como alguém esquiando na neve fresca.

Karl agarra o corrimão com a mão direita, os elos dourados do relógio de pulso tilintando ao contato com a madeira. Saga nota um curativo sujo no polegar dele.

Num tom de voz ligeiramente maníaco, ele diz algo incoerente sobre as pessoas de sua turma de jornalismo que se tornaram famosas. Ele se cala assim que chegam a uma sala grande e escura. Karl dá alguns passos à frente, depois se vira e semicerra os olhos na direção de Saga.

— A verdadeira Saga Bauer... No meu pequeno museu — ele diz, meio incrédulo.

Saga usa a lanterna do celular para iluminar o espaço. Através das duas pequenas janelas perto do teto, ela vê grama alta e uma bola de futebol de plástico. As paredes estão forradas de fotografias emolduradas, todas mostrando algum tipo de ligação com Jurek: relatórios policiais, documentação forense, cópias do material dela e de Joona.

Num grande mapa no teto está assinalado o sistema de sepulturas de Jurek, desde a floresta de Lill-Jans até o último local abandonado nos arredores da rodovia em Moraberg.

No meio do piso amarelo-creme há três expositores de vidro, iluminados pelas lâmpadas do teto.

— Por aqui — Karl diz, chamando-a com um gesto para entrar.

Ela o segue, parando ao ver dentro de um dos expositores a pá da capela em Högmarsö.

— Acho que você reconhece isso. Comprei por quase nada na venda do imóvel — ele conta.

Os chinelos ensanguentados que Saga usou no bunker psiquiátrico estão na vitrine seguinte, e na última há três pequenos frascos marrom-escuros contendo o anestésico Sevoflurano.

— Certo, esse foi o passeio completo — ele diz.

17

Karl Speler abre a porta para uma sala bem iluminada, e Saga ouve o mesmo som sibilante de antes, agora mais próximo.

Ela desliga a lanterna do celular e segue Karl até uma cozinha sem janelas. Em cima de um longo balcão de madeira escura, ela vê copos, coqueteleiras, um balde de gelo e um gaseificador. Na parede atrás do balcão há uma bandeira da África do Sul pendurada, junto a um escudo amendoado e com decorações que parecem ser dentes de cachorro.

— Cozinha e bar — Karl diz antes de prosseguir, como um corretor de imóveis mostrando uma propriedade.

Saga esbarra num aspirador de pó e sente o calor que irradia do plástico. Logo abaixo do teto, há uma bexiga ligeiramente murcha em formato de granada de mão.

Eles contornam uma antiquada máquina de chicletes, engenhoca com redoma de vidro, manivela e ranhura para a entrada das moedas embaixo.

— E esta é a sala de estar, onde pensei que poderíamos conversar — ele diz, abrindo uma porta.

O coração de Saga dispara quando ela vê que lá dentro há outros dois homens, parados em lados opostos de uma mesa de *shuffleboard*.

O som sibilante que ela ouviu antes deve ter sido deles utilizando os tacos para empurrar os discos para a frente e para trás sobre a pista de madeira.

Os dois homens param e cravam os olhos em Saga assim que ela entra na sala.

O mais velho tem nariz protuberante, sobrancelhas escuras e cabelo comprido. Seus dedos estão todos forrados de anéis de prata, e ele veste uma calça justa de couro e uma camiseta preta.

— Inacreditável — ele diz com um sorriso, aproximando-se lentamente sem tirar os olhos dela.

— O cara que não consegue tirar os olhos de você é o Dragan — Karl diz. — E este é Rüssel, que tem medo de germes.

Rüssel, um homem de trinta e poucos anos com aparência de menino, faz um aceno nervoso. Ele tem braços finos e óculos de aros grossos, e a pele ao redor da boca é vermelha e rachada. Ele veste um par de mocassins marrons, calça bege e um pulôver xadrez por cima da camisa social.

Tal como na cozinha, nessa sala não há janelas. Algumas poltronas marrons de couro foram posicionadas ao redor de uma mesinha de centro baixa com uma vela perfumada no centro e, à luz suave de um abajur de chão, Saga vê uma televisão e uma prateleira abarrotada de consoles e controles de video game, uma vela em formato da Estátua da Liberdade e uma lata vermelha.

As escadas que levam à porta dos fundos são a única saída, ela pensa consigo mesma, e a garrafa pesada sobre o balcão do bar é provavelmente a melhor arma à mão.

— Desculpe ficar encarando, mas… Saga Bauer! — Dragan diz. — Você é praticamente um ser mitológico pra gente… E em carne e osso é tão linda quanto nas fotos.

— No mínimo — Karl acrescenta.

— No mínimo — Dragan concorda.

— Vou buscar um pouco de vinho — Karl diz.

Na parede, há uma cópia emoldurada do artigo banido de Karl, ao lado da foto de Jurek tirada imediatamente após sua prisão na floresta. O breve texto descreve a caçada secreta a um serial killer. Um representante da Autoridade Policial nega qualquer conhecimento do caso, e a principal investigadora — Saga Bauer, da Polícia de Segurança sueca — não foi encontrada para se manifestar.

Karl volta com uma tigela de vidro com batatas chips sabor endro, uma caixa de vinho tinto californiano e quatro copos.

— Por que vocês não se sentam? — ele diz com um sorriso.

Saga, Karl e Dragan ocupam cada um uma poltrona, Rüssel fica empoleirado em uma cadeira logo atrás de Dragan. Karl serve o vinho, e algumas gotas respingam na mesa.

Saga pega um dos copos, participa do brinde e finge tomar um gole. Ela olha para os rostos ansiosos dos homens e percebe que fizeram um verdadeiro esforço por ela: passaram o aspirador de pó, acenderam uma vela, compraram vinho e serviram batatinhas numa tigela — possivelmente até esfregaram o vaso sanitário e abaixaram a tampa.

— Antes de começarmos — Karl diz —, eu só preciso saber de uma coisa... Estou paranoico ou foi a Polícia de Segurança que me fez ser demitido do jornal?

— Claro que foi — Saga responde.

— Eu sabia! — ele grita, meneando a cabeça na direção dos outros.

— Aqueles filhos da puta — Dragan sorri.

Um cheiro estranho empesteia o ar, tipo cabelo queimado e amônia. Karl vira o copo e o reabastece até a borda.

— Eu estava pensando — Saga começa a falar. — Já que vocês fizeram tanta... pesquisa.

— Quem mais pesquisou foi Karl — Rüssel aponta.

— Eu queria saber se vocês têm conhecimento de alguém que poderia ter conhecido o Jurek... Alguém que ainda esteja vivo, que pode ter sido influenciado por ele.

— Certo... Entendi — Karl suspira, lançando-lhe um olhar desconfiado.

— Não me interessa saber como vocês conseguiram reunir todo esse material sigiloso — Saga diz, na tentativa de tranquilizá-los.

— E eu não vou perguntar como você conseguiu autorização pra voltar à ativa — ele sorri.

— Estou trabalhando com a Unic agora.

— Nós sabemos — Dragan diz, usando uma das mãos trêmulas para ajeitar uma mecha de cabelo atrás da orelha.

Rüssel lança um olhar aflito para Karl, que lentamente tira do bolso um maço de cigarros, espia dentro, deixa-o sobre a mesa e começa a falar:

— Tá legal, então... Eu posso até não morrer de amores pela polícia, mas já que é você, e já que veio até aqui, estou disposto a chegar a algum tipo de acordo. Uma troca, digamos.

— Que tipo de troca? — ela pergunta.

— Ainda existem algumas lacunas na minha biografia, e você pode ajudar a preenchê-las — ele diz com um sorriso, mostrando novamente os dentes pontiagudos.

— Toma lá dá cá — Rüssel acrescenta, com a voz monótona.

— Não quero falar sobre nada que tenha a ver com o meu pai ou a minha irmã — Saga diz.

— Nós entendemos — Dragan diz.

Ele está afundado na cadeira com os joelhos abertos e um sorriso satisfeito no rosto. Karl coça o tornozelo e olha Saga diretamente nos olhos.

— Minha primeira pergunta é óbvia — ele anuncia, inclinando-se para a frente.

— Sou toda ouvidos.

— Você está aqui porque o Jurek Walter ainda está vivo?

— Não.

— Eu vi as fotografias da polícia holandesa, li o relatório da autópsia, mas esse tipo de documento é fácil de falsificar.

— Ele está morto — Saga afirma, sustentando o olhar sem piscar.

— Viram só? Eu disse a vocês — Rüssel sussurra.

— Rüssel disse que Jurek só pode estar morto porque Joona Linna está por aí, levando uma vida normal novamente — Dragan explica.

— Mas ainda assim eu tinha que confirmar — Karl diz com um sorriso. — Quero dizer, ela não está aqui porque quer ficar de bobeira com a gente ou porque acha que Jurek Walter é o assassino mais legal do mundo.

— Então *por que* você está aqui, depois de todos esses anos? — Dragan pergunta.

Saga respira fundo e diz:

— Eu recebi uma ameaça de alguém que se autodenomina Artur K. Jewel.

— E quem é esse? — Dragan a pressiona, lançando na direção de Karl um olhar confuso.

— Há? Como é que eu vou saber? — Karl responde, seu rosto se avermelhando.

— É um anagrama — ela explica.

— Claro. — Rüssel assente.

— Como é que é? — Dragan pergunta. — Artur K. Jewel?
— Sim.
— Uau — ele sussurra. — Entendi... Que loucura.
— E já que Jurek está morto... — Karl continua, com uma nova intensidade na voz — e a linhagem dele morreu junto, isso significa que deve ser outra pessoa... alguma outra conexão.
— Esse Artur K. Jewel... matou alguém? — Dragan pergunta.
— Isso eu não posso responder; a investigação ainda está em andamento.
— Certo — Karl diz, roendo uma unha.
— Caramba, fiquei todo arrepiado! — Rüssel exclama, com um sorriso.

Dragan pega o vinho e completa o copo de Saga, apesar de ela não ter bebido nem uma gota, depois faz o mesmo com o seu próprio copo. Rüssel está sentado sobre as mãos, os olhos baixos enquanto mastiga o lábio.

— Eu queria muito fumar, mas sinto que não tenho tempo — Karl diz, pegando o maço de cigarro da mesa e o enfiando no bolso.
— Posso ficar aqui por mais quarenta minutos — Saga diz.
— Tá legal, vamos continuar.
— Quem poderia ter motivos pra ameaçar a mim e a Joona? E quem poderia ter a ideia de se chamar Artur K. Jewel? — ela questiona.
— Eu não faço ideia... Como você disse, quase todo mundo que cruzou o caminho de Jurek morreu — Karl responde.
— O que realmente limita bastante as coisas — Rüssel diz, ajustando os óculos no nariz.
— Depois que descobri o que Jurek estava fazendo nos seus últimos anos de vida — Karl continua —, comecei a procurar pessoas em quem ele pudesse estar interessado.
— Boa ideia — Saga encoraja.
— Elaborei uma lista das três principais pessoas que poderiam estar de alguma forma ligadas a ele...

O rosto redondo de Karl tem um aspecto solene e ansioso. Suas sobrancelhas loiras estão franzidas, e seus lábios perderam toda a cor.
— Quem? — Saga pergunta calmamente.

— Não sabemos ao certo se Jurek realmente conheceu pessoalmente algum deles, mas meus palpites são Jakov Fauster, Alexander Pichushkin e Pedro Lopez Monsalve.

— Eu conheço esses nomes — Saga diz. — Os dois primeiros estão presos, e Monsalve é um homem idoso, com a saúde bastante debilitada. Ele mora na Colômbia e não tem passaporte.

Depois de devorar metade das batatas, Karl limpa as mãos na calça jeans.

— Agora é a minha vez — ele diz, encarando Saga. — Sempre tive dificuldade em entender exatamente o que aconteceu no bunker debaixo do Hospital Löwenströmska.

— Foi uma missão de infiltração avançada — ela diz.

Ele leva uma das mãos ao ar para interrompê-la.

— Eu já sei o básico, ouvi as gravações; o que quero saber é o que aconteceu entre você e Jurek, o que você viu e sentiu.

Saga cerra os dentes e meneia a cabeça.

— Minha tarefa era fazer com que ele falasse sem deixá-lo entrar na minha cabeça — ela diz, categórica.

— A meu ver, você é o mais próximo que Jurek já chegou de sentir amor, não?

— Eu duvido — ela responde, desviando o olhar.

— Ele te chamou de sereia. Isso significa que deve ter ficado tentado — Rüssel a interrompe com sua voz monocórdia.

— Ele só queria que eu me achasse especial.

— Mas não te matou quando teve a chance — Karl insiste.

— Porque me via como um recurso futuro; ele encontrou uma porta dos fundos pra acessar a minha mente que nem eu mesma conhecia.

— Ele era incrível pra caralho — Karl concorda.

— Um verdadeiro estrategista à moda antiga — Rüssel deixa escapar. — Objetivos, meios e métodos.

Saga pega seu copo e faz parecer que está prestes a tomar um gole, mas é surpreendida por um pensamento repentino.

— Voltando à questão principal: quem, de todas as pessoas que Jurek conheceu, ainda está vivo? — ela pergunta.

— Você, Joona, Lumi... O Castor também, claro — Karl diz, esvaziando o terceiro copo. — Reidar Kohler Frost morreu, mas os filhos ainda estão vivos. Ambos moram em Londres atualmente, e sempre recusaram de forma muito educada todos os pedidos de entrevistas.

— Você tem o contato deles?

— Eu posso enviar.

— Obrigada.

Karl se levanta, dá alguns passos e passa a mão no cabelo penteado para trás antes de se voltar para Saga.

— Meu Deus, eu tenho tantas perguntas — ele diz. — Uma vez Jurek foi ao seu apartamento na rua Tavast. Você estava armada; por que não o matou?

— O maior erro da minha vida... Ele me fez acreditar que eu precisava dele vivo — Saga responde, tentando sufocar a ansiedade que se avoluma dentro dela.

— Apesar dos alertas de Joona?

— Sim — ela diz, verificando a hora no celular. — Está ficando tarde...

— Podemos tirar uma foto com você? — Rüssel pergunta, corando imediatamente.

— Tudo bem, mas... mais uma coisa — ela diz. — Karl, você fez uma entrevista por telefone com Susanne Hjälm depois que ela foi presa?

— Isso mesmo, eu esqueci dela, ela ainda está viva — ele responde, sentando-se de novo.

— Na transcrição da entrevista no seu site, parece que ela desligou o telefone, foi isso? — Saga pergunta.

— Sim, presumi que devia ter havido algum problema técnico e liguei de volta, mas aí ela começou a berrar sobre o quanto odeia Joona Linna.

— Você entendeu por quê?

— Não, quero dizer... a meu ver ela o culpava pelo fato de ter atirado em um policial, mas sei lá. Estou tentando entrar em contato novamente agora que ela saiu da cadeia, mas não consigo encontrar nenhum endereço ou número de telefone.

Saga se endireita na cadeira e pergunta:

— Ela está em liberdade?
— Sim, faz três anos, saiu em 1º de setembro.

O coração de Saga dispara, e ela esfrega a boca enquanto faz rapidamente alguns cálculos mentais.

Susanne Hjälm saiu da prisão no dia 1º de setembro, há três anos. Isso foi duas semanas antes de Saga receber o cartão-postal com a imagem do cemitério de vítimas da cólera em Kapellskär.

Jurek Walter entrou na cabeça de Susanne Hjälm quando ela trabalhava na unidade psiquiátrica de segurança máxima. Antes de ser detida em casa, ela matou um policial e tentou matar outros dois.

— Obrigada por esse encontro — Saga diz, levantando-se. — Eu adoraria ficar mais tempo, mas...

Os três homens se levantam de um salto e sacam seus celulares. Um após o outro, eles se posicionam ao lado dela e posam para selfies.

As mãos dos homens estão trêmulas; quando chega a vez de Karl Speler se aproximar, Saga sente um calor úmido irradiando do corpo dele.

18

Saga acorda com um barulho na fenda da caixa de correio da porta. Ela ouve o baque de algo caindo no chão e abre os olhos, pestanejando sob a luz ofuscante. São seis e meia da manhã, e o quarto está banhado por raios de sol. Ela se vira de lado e fecha os olhos. Já era tarde quando foi para a cama na noite anterior, e gostaria de ter dormido mais algumas horas.

Seus pensamentos se voltam para os três homens no porão. Eles não queriam parar de tirar fotos, e Karl tentou comprar algo dela antes que fosse embora — suas meias, seu elástico de cabelo, qualquer coisa.

Saga pega o celular na mesinha de cabeceira e percebe que é cedo demais para o carteiro estar fazendo entregas.

Ela imediatamente salta da cama, pega a pistola da gaveta e, vestindo apenas calcinha e sutiã, vai às pressas para o corredor. Ela vê a caixa de papelão amassada no tapete, destranca a porta e desce correndo as escadas. A rua Tavast está deserta.

Descalça, ela corre até o cruzamento com a Blektornsgränd. As escadas para a rua Horns estão vazias.

Na calçada defronte ao café, um velho de andador a encara com olhos arregalados.

Saga dá meia-volta e vai para casa, tranca a porta e faz uma rápida inspeção no apartamento antes de largar a arma, calçar as luvas de látex e carregar a caixinha suja e danificada até a mesa da cozinha. Pelo rádio, entra em contato com o restante da equipe de investigação.

— Bom dia, Saga — Manvir a cumprimenta com a voz tão alegre e alerta que parece que está acordado há muitas horas.

— Todos, menos Petter, estão na linha — Joona diz.

— Certo. Acho que acabou de chegar mais uma estatueta — Saga relata. — Alguém enfiou um pacote na minha caixa de correspondência há alguns minutos.

— Mas você não viu quem...

— Não, eu ainda estava dormindo, não fui rápida o suficiente.

— Você não abriu a caixa, certo? — Greta quer saber.

— Acabei de pôr luvas, eu...

— Não se preocupe com impressões digitais ou DNA — Joona a interrompe. — Apenas abra. Não temos muito tempo se quisermos nos antecipar ao assassino.

Saga arranca a fita adesiva da caixa, dobra as abas para trás e enfia a mão lá dentro. Tira o pequeno pacote e o deixa sobre a mesa. Trabalhando devagar, ela desdobra um lenço branco e desembrulha o amassado de jornal para revelar um pequenino homem de estanho.

— É uma nova estatueta — ela confirma.

— Tudo bem, pessoal, esta é a nossa chance de ficar um passo à frente — Manvir diz, sem fôlego.

— Você consegue ver quem é? — Joona pergunta.

— Não, a cara dele não tem nenhum traço especial... Espera aí, vou tirar uma foto — ela diz.

Saga posiciona a pequena estatueta sobre a mesa inundada de raios de sol, tira algumas fotos e amplia as imagens. Além da testa larga, de uma orelha e da curva do crânio, não consegue distinguir as feições do rosto danificado.

Ela envia as fotos a seus colegas.

O homem é magro, e dessa vez a miniatura é um pouco mais alta que as anteriores, coisa talvez de uns dois centímetros e meio. O homenzinho representado pela escultura veste paletó e calça sapatos resistentes, e numa das mãos carrega uma maleta.

— O que é isso nas costas dele, Saga? — Joona pergunta depois de um momento.

Saga pega a estatueta e percebe que o que ela inicialmente julgou serem marcas do processo de fundição são, na verdade, um desenho gravado nas costas do paletó.

— Ele esculpiu... parece um punhado de pequenas nuvens, não tenho certeza. São traços bem apagados... Vou tentar tirar uma foto melhor.

— Então, o que achamos? Quem é a próxima vítima? — Greta pergunta.

— Impossível dizer — Saga responde.

— Merda.

— E quanto ao embrulho? — Joona pergunta.

— Nosso tempo está se esgotando — Greta faz questão de lembrar a todos.

— Um artigo de jornal amassado e um lenço de algodão — Saga informa.

— Do que trata o artigo? — Manvir quer saber.

— É sobre uma estação de metrô abandonada.

— E do outro lado? — Greta pergunta com voz angustiada.

— "Florações algais no arquipélago de Estocolmo..."

— Alguma coisa de incomum no lenço? — Joona pergunta.

— Tem um monograma, ou sei lá como se chama, um "A" bordado num dos cantos.

— Volte ao artigo sobre a água — Joona a instrui.

— Acho que deveríamos nos concentrar na estação de metrô — Saga sugere.

— O artigo menciona algum local específico onde ocorreram essas proliferações de algas?

— Não, mas há uma tabela com uma porção de lugares... Tyresö, Österåker, Värmdö, Nacka, Saltsjöbaden, Ingarö...

— Vamos nos concentrar na estação de metrô — Manvir diz.

— É na Kymlinge? — Joona pergunta.

— Sim.

— Vou avisar a central de comando — Greta diz.

— Leia os dois artigos com atenção — Joona pede a Saga. — Precisamos saber se algum outro lugar é mencionado ou sugerido.

Enquanto tenta se concentrar no texto, Saga ouve Greta falar com a central. Quatro carros nas proximidades respondem imediatamente à chamada.

O coração de Saga dispara enquanto ela lê os dois lados do recorte de jornal. O único local específico mencionado é a estação fantasma de Kymlinge, que foi construída quando havia planos para transferir vários departamentos governamentais para fora da área central de

Estocolmo. Mais tarde, quando o governo decidiu instalar as autoridades em outro lugar, os trabalhos de construção foram paralisados, apesar de estarem quase concluídos.

— Nenhum outro lugar — ela diz.
— Vou pra Kymlinge — Joona diz.
— Vejo você lá — Saga diz, encerrando a ligação antes que alguém tenha tempo de discutir.

Verner Zandén coloca os óculos e se esgueira do quarto na ponta dos pés, fechando a porta em silêncio para não acordar a esposa. Ele desce lentamente as escadas.

A casa espaçosa é banhada pelo brilho suave do amanhecer, e o piso de carvalho range sob seus pés.

Tudo o que tem a ver com a Polícia de Segurança é confidencial, ele pensa. Tudo menos o chefe. Seu nome e imagem estão por toda parte.

Ainda ontem, um homenzinho com ar despretensioso, de rosto pálido e óculos pequenos e redondos, seguiu-o pelos corredores do supermercado. Verner notou que, em vários momentos, o homem sorrateiramente tirou fotos dele.

Esse acontecimento em si não era tão incomum, mas havia algo no comportamento do homem que parecia diferente. Ele não sorria, não parecia empolgado. A bem da verdade, dava a impressão de ser um colecionador triste.

— Um colecionador de almas — sua esposa Maja sugeriu quando Verner lhe contou o episódio.

Ontem à noite, o bizarro homenzinho reapareceu em seus sonhos com Sebastian.

Verner sempre sonha com o irmão mais novo, que nasceu com duas colunas vertebrais. Sebastian morreu quando tinha apenas onze anos, durante uma das muitas cirurgias a que foi submetido. Em algumas noites os sonhos são incrivelmente tristes. Verner e o pai estão sentados em uma salinha de espera quando o médico sai para lhes explicar que algo deu errado durante a operação. Depois disso, Verner geralmente cai de joelhos, em lágrimas, esmagado pela tristeza. Ou observa o pai caminhar com dificuldade, arrastando-se na primeira neve do ano, uivando feito um animal ferido.

Outras vezes, os sonhos estão mais para pesadelos. Sebastian persegue o irmão pela casa, a coluna vertebral malformada rastejando no encalço dele como uma espécie de cauda, batendo com baques surdos no chão e trombando nos batentes das portas.

No sonho da noite passada, o homenzinho insípido do supermercado também estava lá. Ele operou Sebastian com uma faca de cozinha, mutilando o tecido e a membrana para revelar seus dois cóccix, enrolando uma toalha de papel em volta deles e os separando feito as duas metades de um zíper.

Verner acordou sobressaltado e por algum tempo permaneceu deitado, com falta de ar, ao lado de Maja; depois resolveu se levantar.

Agora ele caminha ao longo do corredor às escuras, passa por duas salas e vai até o jardim de inverno para verificar como está o tempo, como faz todos os dias. Seus olhos descem para a baía entre os casarões à beira-mar e ele vê a água encrespada cintilando à luz do sol.

Todos os dias, antes do café da manhã, Verner gosta de correr cinco quilômetros. Geralmente seu percurso inclui a reserva natural de Svärdsö, ao longo de Älgövägen até o Grand Hôtel, e depois ele volta por uma das trilhas do outro lado do lago. Porém, às terças-feiras, quando trabalha em casa, sempre encerra a corrida com uma incursão ao balneário de águas frias, onde desfruta de uma hora inteira só para si. Verner faz parte do conselho da associação administrativa, mas ainda assim paga o preço integral pela adesão — uma quantia obscena apenas para usar a sauna e mergulhar no mar. Mesmo assim, ele gosta do lugar: a atmosfera dos anos 1920, a paz e o sossego, a solidão. Ir para lá é sua forma de meditação, seu momento de *mindfulness* antes de enfrentar o restante da semana.

Depois de uma sessão de sauna, ele geralmente troca de roupa e volta para casa para preparar o café da manhã e levá-lo na cama para Maja.

O sol matinal é tão ofuscante que Verner mal consegue enxergar o caminho quando passa novamente pelas salas às escuras.

Ele ouve um barulho alto vindo da caldeira no porão, quase como se alguém tivesse jogado uma bota de borracha dentro de uma secadora de roupas.

Verner não é o homem de maior habilidade técnica do mundo, mas Maja sempre parece gostar quando ele desce ao porão e fuça na caldeira.

Ele caminha pelo breu do corredor. A porta da sala está aberta, bloqueando sua visão.

Ele não deveria ter notado isso antes, quando caminhou na direção oposta?

Verner se detém e espia a sala às escuras, vê a TV e os sofás, o aparelho de chá chinês em uma bandeja, sua magnífica aquarela de Lars Lerin na parede.

O copo de uísque da noite passada ainda está sobre a mesa.

Verner fecha a porta e, no momento em que decide descer até o porão para se certificar de que está tudo bem, a barulheira cessa.

Ele aguça os ouvidos, tentando escutar passos. Talvez o barulho tenha acordado Maja, que se dispôs a resolver o problema por conta própria.

Mas de súbito a casa parece alarmantemente silenciosa.

Verner vai até a área de serviço e tira suas roupas de ginástica do armário. Ele se troca, calça os tênis de corrida, pega a mochila, tranca a porta e atravessa o gramado no ar fresco da manhã.

Toda a família virá no domingo à tarde. Suas filhas, seus respectivos parceiros, os netos e enteados. Verner faz uma anotação mental para limpar a churrasqueira e praticar seus truques de mágica no sábado. Um jovem no escritório tem um tio que trabalha como soldador e ajudou Verner a construir uma engenhoca que fará parecer que Maja está levitando.

Ele desce pela entrada da garagem e para quando chega na parte mais baixa, apoiando o pé direito na borda de um vaso para endireitar a língua do tênis antes de sair trotando estrada afora.

Correr é sempre um trabalho árduo no início, mas hoje seus tênis parecem botas de esqui. Ele tenta transferir mais peso para a planta dos pés, num esforço para aliviar a pressão nos dedões, embora tenha plena consciência de que, com suas pernas longas, provavelmente pareça um alce cansado.

Foi isso que um de seus vizinhos lhe disse na primavera passada. Um vizinho que, fato preocupante, também é um entusiástico caçador amador.

Tudo fica um pouco mais fácil quando ele chega à floresta. A pista de cascalho parece perfeita sob os pés.

O som estridente de um pica-pau corta o farfalhar sonolento dos pinheiros.

Verner ainda está pensando em seu sonho, no ruído que ouviu quando o estranho homenzinho rompeu as duas colunas vertebrais de Sebastian.

Ele acelera o passo na curva onde o chão fica mais plano e, sob as árvores, parece que está atravessando um enorme corredor ladeado de colunas.

Há uma perua preta estacionada mais à frente. O veículo não tem placas, e os para-lamas estão emplastrados de barro.

Um saco cheio de lixo foi jogado na valeta logo atrás da perua. Verner vê o lento balançar das árvores refletido na superfície escura do veículo.

19

Naomi Hallberg dirige a viatura por uma trilha pavimentada que atravessa a floresta de Ursvik. Há uma hora, seu parceiro teve de voltar para casa a fim de cuidar de uma criança doente, e desde então ela está sozinha no carro de patrulha.

Ela atendeu a um chamado do comando regional enquanto estava estacionada numa rua secundária do distrito de Kista, cerca de quinze quilômetros ao norte do centro de Estocolmo. De tocaia, observava um jovem encostado na parede de um prédio sob uma escada. Ele tinha o rosto coalhado de feridas, e seus lábios tremiam enquanto esquentava a heroína em uma colher torta. A seus pés, uma mulher mais velha cochilava em cima de uma caixa de papelão dobrada.

O homem se queimou com o isqueiro e, no momento em que o deixou cair no chão, Naomi recebeu o chamado. Um alerta prioritário.

Ela respondeu e partiu em direção a Kymlinge enquanto a central de comando lhe repassava informações sobre os estranhos detalhes do alerta.

Naomi entra em uma pista de cascalho e acelera. As árvores passam zunindo lá fora.

Pelo retrovisor, ela vê a nuvem de poeira que se ergue em rodopios atrás do carro.

A central de comando instruiu Naomi a tomar todas as precauções e instalar uma faixa de pregos na estrada, do outro lado da estação de metrô abandonada. Outras quatro unidades estão a caminho, mas ela seria a primeira a chegar.

Primeira e sozinha não parece a melhor combinação, ela pensa agora.

Sua mente divaga de volta ao dia em que o treinador de seu time de futebol tirou sua calcinha e ela começou a tremer de medo. Quem sabe o que poderia ter acontecido se, um instante depois, não tivessem ouvido as outras meninas lá fora.

Naomi se lembra de seu aniversário de vinte anos, quando ela e a irmã decidiram sair para comemorar. Ela chegou cedo, e o novo namorado da irmã atendeu a porta. Ele a deixou entrar, deu-lhe um comprimido e, quando ela acordou, estava na UTI.

Naomi desliga a sirene, freia e para junto à cancela que bloqueia a estrada. Ela sai da viatura e corre até lá, destrava o pino, levanta a barra e a observa cair contra as lixeiras verdes, depois entra de novo no carro e continua ao longo da esburacada estrada florestal que corre paralela aos trilhos do metrô.

A suspensão faz barulho, retinindo e resmungando embaixo dela, arbustos raspando as portas do carro.

Assim que avista o primeiro naco do prédio de concreto por entre as árvores à frente, ela para e desliga o motor.

Naomi nunca usou a faixa de pregos, mas acha que se lembra mais ou menos de como instalar o dilacerador de pneus. Primeiro ela precisa carregar a pesada caixa de metal até a valeta e depois puxar a tira extensível de pregos até o outro lado da pista.

Apenas faça, ela diz a si mesma.

Com um nó de ansiedade pesando na boca do estômago, Naomi sai do carro, abre o porta-malas e veste o colete à prova de balas. Só então ela percebe que a caixa não está lá.

Naomi faz contato com a central de comando e o operador lhe diz que não tem problema, seus colegas estão chegando pelo outro lado.

— Aguarde os reforços — a voz a instrui.

Naomi ajusta as alças do colete enquanto caminha pela estrada na floresta. Finos fios de névoa sobem em rodopios da vegetação aquecida pelo sol matinal, e vários trens do metrô passam em disparada, trovejando através da estação abandonada.

Nada mudou desde que os construtores abandonaram tudo quarenta anos atrás: uma carcaça de concreto, sem elevadores, escadas rolantes ou catracas.

Só os mortos desembarcam na estação de Kymlinge, é o que dizem. Uma referência à lenda urbana segundo a qual um trem prateado lotado de cadáveres percorre o sistema de transportes de Estocolmo à noite. A maioria das versões da história envolve uma jovem que, depois de uma noitada, embarca por acidente no trem prateado. Mais tarde ela é encontrada em Kymlinge, com a garganta cortada ou coisa pior.

Naomi se detém e tira a pistola do coldre. Ela segura a arma à sua frente, os olhos fixos no metal reluzente, nos dedos ao redor da empunhadura e em suas unhas claras.

A floresta está silenciosa, a neblina se ergue acima das samambaias, por entre a vegetação rasteira e ao redor do tronco de uma bétula.

A luz dourada da manhã banha o concreto bruto do prédio da estação.

Como que em transe, Naomi passa através do buraco que foi aberto na alta cerca de arame farpado.

Seu turno termina em trinta minutos e, assim que seus colegas aparecerem, ela irá embora para casa e dormirá algumas horas, depois pedirá pizza e comerá na cama assistindo a alguma coisa na tv.

Ela avança a duras penas pelo mato alto, subindo o barranco e atravessando os trilhos. Depois se empoleira na plataforma e espia através da parte coberta do prédio.

É estranho estar numa estação de trens e não ver nenhum dos habituais acessórios e instalações, painéis informativos e anúncios.

Poças de água da chuva cintilam no chão de cimento.

Tudo o que ela consegue ouvir é um zumbido eletrônico baixo, um barulho semelhante aos cliques de um relé, e o eco de seus próprios passos ricocheteando nas paredes.

Naomi segue em direção às escadas que levam às bilheterias. A porta bem adiante está coberta de pichações e a faz pensar em um túnel de trem-fantasma num parque de diversões.

A policial já meio que se esqueceu do motivo pelo qual foi chamada à estação quando percebe um movimento mais abaixo na plataforma, escondida quase por completo atrás de uma parede divisória.

Com as mãos trêmulas, ela solta a trava de segurança da pistola e dá um passo para o lado a fim de ter uma visão melhor da esquina.

Os trilhos à sua esquerda começam a vibrar.

A água nas poças estremece.

Poeira e terra sobem rodopiando do chão.

Naomi dá um passo para trás, até a beirada da plataforma, e levanta a arma no instante em que um trem passa estrondeando. Uma folha de plástico cinza se eleva no ar atrás da parede divisória.

A brisa do trem sopra o cabelo de Naomi em seu rosto, e, em puro pânico, ela leva o dedo ao gatilho.

Verner Zandén está sentado na parte superior da sauna, a pele lustrosa de suor, o cabelo tão quente que nem dá para encostar nele.

A perua estacionada na trilha da floresta pertencia a um homem que estava ocupado definindo pontos de controle para uma vindoura corrida de orientação. Verner parou para trocar algumas palavras com ele e percebeu que a clareira próxima estava coalhada de penas ensanguentadas.

Agora a sauna ficou tão quente que Verner mal consegue respirar. Ele desce e abre a porta. Seu corpo está envolto em vapor, rosto e ombros afogueados, e o suor escorre pelo peito e pela barriga. Ele coloca os óculos e verifica a hora, depois põe a aliança no dedo e sai do vestiário.

Ele adora passar um tempo sozinho no balneário, absorver a atmosfera, caminhar ao longo da fileira de vestiários que dão para o pátio interno, descer as escadas e passar pelos pinheiros e rododendros abaixo.

Ainda superaquecido, Verner emerge no ar da manhã e fita a calma superfície da baía. Por um momento ele se detém lá, contemplando tudo.

A ampla escadaria que desce até a água é protegida das intempéries por duas maciças torres de blocos com painéis e trampolins cor de baunilha. Ele ouve os gritos das gaivotas perto do vestiário feminino.

De acordo com os avisos afixados nas janelas de vidro da bilheteria, a temperatura da água ontem era de quinze graus.

Verner desce os degraus e entra na água, anéis ondulando em torno de suas pernas antes de ele mergulhar por inteiro.

Quando percebe que ainda está de óculos, já é tarde demais. Eles pulam do seu rosto e giram para longe até desaparecerem na escuridão entre as bolhas.

Resfolegante, Verner irrompe à superfície e vai nadando até as boias brancas antes de voltar para os degraus.

Ele sente o pulsar das endorfinas através de seu corpo ao entrar de novo no balneário e trancar as portas de vidro.

Verner toma uma chuveirada e se seca, veste uma calça despojada, uma camisa branca de algodão e chinelos. Está ansioso por saborear uma xícara de café e tomar o desjejum com Maja.

Ele passa pela porta rangente do vestiário, que se fecha com estrépito, e caminha ao longo da longa fileira de portas azuis. Depois, cruza o saguão principal, passa pela bilheteria e chega à porta trancada que leva à saída.

Sem os óculos, encontrar o buraco da fechadura é um pouco complicado no início.

O chão está forrado de pinhas e agulhas de pinheiro marrons, e por entre os troncos das árvores altas, o pequeno ancoradouro de barcos se assemelha a um mero contorno branco flutuante.

Verner se vira e semicerra os olhos em direção a uma picape no outro extremo do estacionamento. Ele ouve o crepitar de um galho seco que se parte em algum lugar próximo e fita a borda da floresta, tentando ajustar o foco dos olhos. Consegue distinguir um vulto borrado parado ao lado de um dos troncos, e se flagra pensando que deve ser de novo o bizarro homenzinho do supermercado, o colecionador.

Verner mal começa a caminhar em direção à trilha quando ouve passos rápidos atrás de si. Ele se vira no exato momento em que um disparo estala no ar. Sente uma dor lancinante no braço e vê uma figura encurvada e turva se esgueirar para o lado.

Em algum lugar atrás de suas costas, a pistola faz um clique. O tiro seguinte deve ter ficado entalado no cano da arma.

Piscando desvairadamente, Verner tenta entender a situação. O primeiro tiro atingiu seu braço direito, isso ele percebeu. A dor não é pior do que uma cãibra, mas ele sente o sangue quente pulsante pingar nos pés calçados com chinelos, o que lhe causa tontura.

A pistola clica de novo, e Verner rapidamente se vira e corre de volta para a entrada principal, atrapalhando-se com a chave e, com as mãos trêmulas, destranca a porta.

Os passos da outra pessoa se aproximam depressa através do estacionamento.

Verner consegue abrir a porta, depois arranca a chave da fechadura, entra e a tranca de novo.

Ouve-se um estrondo, e lascas de madeira voam pelo chão enquanto quem está do lado de fora atira na porta para despedaçá-la.

Verner recua até a antiga bilheteria, bate a cabeça no vidro, vira o corpo e corre em direção aos vestiários.

Não há onde se esconder.

Suas pernas estão tremendo quando ele para diante da porta de um dos reservados mais distantes, se esgueira para dentro e a fecha.

Alguém certamente deve ter ouvido os tiros, certo?

Ele tira a mochila e a põe no banco, vasculhando os bolsos à procura do celular. Nesse momento, ouve a porta de um dos outros reservados se abrir.

20

Joona está quase chegando à estação de metrô quando a central de comando o avisa de que não conseguiram encontrar nem o suposto assassino nem qualquer veículo com guinchos elétricos.

— Algum sinal de sangue? — ele pergunta.

— Ainda estamos vasculhando a área, mas até agora nada...

Joona para perto do cordão policial. As luzes azuis piscantes de três dos cinco carros de patrulha percorrem os troncos das árvores e o concreto.

Joona levanta a fita plástica, passa por debaixo dela e se dirige a um policial uniformizado. Enquanto ele se apresenta, um trem passa a toda a velocidade pela estação. As árvores ao longo dos trilhos balançam violentamente com a brisa.

O policial atualiza Joona sobre a situação e lhe diz que os peritos forenses provavelmente só chegarão dentro de uma hora.

Uma moto se aproxima e para atrás do carro de Joona. O piloto tira o capacete e o pendura no guidom.

Ao reconhecer Saga, o policial esquece o que estava dizendo. Ela caminha a passos largos até eles vestindo calça jeans e uma fina jaqueta de couro com lapelas largas e um cinto.

— Estávamos errados — Joona diz quando ela os alcança.

— Merda, como isso é possível?

— O enigma devia ter a ver com a água e o lenço.

Uma policial com colete à prova de balas sai do prédio da estação. Ela se espreme pelo buraco na cerca e corre em direção a eles. Seu rosto está cinzento de exaustão, mas seus olhos parecem febris.

— Esta é Naomi Hallberg, ela foi a primeira a chegar — o outro policial explica. — Ela entrou e...

— Saga Bauer? — Naomi o interrompe.

— Sou eu.

Naomi a examina com uma expressão peculiar no rosto.

— Venham por aqui.

Eles a seguem através da cerca e ao longo dos trilhos.

A luz do sol se infiltra por entre as folhas, fazendo com que formas ovais brilhantes balancem irrequietas pelo chão, mas no interior do prédio da estação tudo é uma penumbra poeirenta.

Naomi os conduz pela plataforma e escada acima, até as bilheterias. O chão está atulhado de garrafas de vinho vazias, ratos mortos, colchões sujos e retalhos de papel-alumínio fuliginosos, camisinhas, guimbas de cigarro, uma fogueira apagada, papelão rasgado, pacotes de batata chips e cacos de vidro.

A policial aponta para uma das paredes cobertas de pichações.

Ao lado de uma mixórdia de nomes desenhados com esmero e crânios toscos, dominados pela palavra YASH em letras grandes e salientes, há um mural meio em frangalhos de uma menina com bochechas arredondadas, rosto sério e olhos arregalados.

Joona e Saga avançam até a parede.

No meio de uma das pupilas da menina, quase como se seus olhos cintilassem, há um pedaço de papelão.

Um cartão-postal, com a imagem virada para a parede.

Joona aponta a lanterna para o verso do cartão.

Saga Bauer,
Restam cinco balas brancas na minha Makarov vermelha, e uma delas está reservada para Joona Linna. Você ainda acha que é capaz de salvá-lo? Aquela que não conseguir resolver o mistério será julgada pelos mortos.

Jesu Fatvarok

Joona pega um saco para coleta de provas e pede a Saga que o segure enquanto ele calça luvas de látex e pega o cartão-postal. A cola estala ao se soltar do concreto, e ele lê novamente a mensagem antes de virar o cartão-postal.

— Isso nunca tem fim — Saga murmura, apoiando a mão no suporte de extintor de incêndio afixado na parede.

* * *

Verner Zandén desaba no banco do vestiário e usa uma das mãos para pressionar o ferimento de bala no braço. Seu celular não está na mochila. Deve ter caído do bolso lateral quando ele fugiu de volta para o balneário e tropeçou na bilheteria.

Ele ouve as portas dos reservados sendo abertas, uma após a outra, passos se aproximando.

Os trincos de metal batem com estrépito na madeira.

Pela primeira vez, os pensamentos de Verner se voltam para o que aconteceu com Margot.

O homem tenta manter a respiração estável, pensar com clareza.

Se conseguir pegar o atirador desprevenido, talvez consiga derrubá-lo e correr até a entrada, encontrar o celular e se proteger entre as árvores enquanto pede ajuda.

Porém, se for mais de um, provavelmente há alguém montando guarda na porta da frente.

Ele teria forças para descer até a água e fugir a nado?

Verner se levanta sem fazer barulho, prende a respiração e aguça os ouvidos.

Quando o atirador entra no quinto reservado, ele abre silenciosamente a porta de acesso à galeria. Com a calça de ginástica, limpa o sangue do piso e joga a mochila por cima do corrimão antes de fechar de novo a porta.

Ouve-se um baque surdo na grama do pátio interno quando a mochila atinge o chão e rola para longe sob os rododendros. O atirador se detém bruscamente, e Verner o escuta se afastar em direção às escadas.

A pistola na mão dele bate com força nas hastes do corrimão.

Verner começa a pensar novamente no irmãozinho, na maneira como, em seu pesadelo, uma das colunas vertebrais do menino se arrastava atrás dele pelos cômodos da casa.

Agora seu braço está latejando de dor.

Com um ouvido atento encostado à porta, Verner tenta acompanhar os movimentos do atirador e descobrir quando ele estará fora da vista.

Ele sabe que não tem muito tempo.

O sangue encharcou sua camisa e começou a pingar de seus dedos no chão.

Verner julga ouvir passos nas passarelas do pátio, abre lentamente a porta do reservado e espia lá fora.

Sem os óculos, ele não consegue ver muita coisa, mas está bastante confiante de que não há ninguém lá.

Seu coração bate acelerado, e a cada minuto que passa ele sente sua respiração ficar cada vez mais superficial. Verner sabe que não será capaz de nadar nem de correr por uma grande distância, o que significa que sua única opção é arriscar a entrada principal, na esperança de que esteja desprotegida, e tentar encontrar ajuda ou um refúgio onde se esconder.

A sensação de tontura é cada vez mais intensa, e suas pernas tremem quando ele inicia a caminhada pela galeria, passando pelas portas azul-turquesa.

Verner tenta apertar o braço com força, mas sente o sangue quente jorrar entre os dedos.

Ele espreme os olhos para enxergar a escada, mas agora tudo está embaçado; não consegue mais distinguir as pilastras.

O sangue que escorre deixa um rastro de gotas que vão caindo entre as tábuas sob seus pés.

Verner sabe que, quando chegar à rua, terá de limpar o sangue atrás de si, talvez até mesmo deixar um rastro na direção errada, na tentativa de ludibriar o atirador.

Ele se detém, inclina-se ligeiramente e espia escada abaixo em direção ao pátio interno.

Ele consegue distinguir algumas formas verde-escuras em contraste com a madeira amarelo-clara. Árvores e arbustos à luz do sol.

Tudo está quieto e imóvel.

Nesse momento, algo cinza se destaca do pano de fundo, deslocando-se em direção ao degrau inferior da escada.

Verner se vira e cambaleia em direção à entrada principal. Ele perdeu tanto sangue que está começando a se sentir fraco, e tropeça ao abrir a porta do saguão de entrada, batendo o ombro no batente ao passar.

Ele tenta forçar os olhos a focarem e, ao se aproximar, percebe que a porta quebrada está aberta para a ensolarada área do estacionamento.

Lascas de madeira e pedaços da fechadura estão espalhados pelo chão.

Verner se apressa e avista seu celular no chão, embaixo da bilheteria.

Alguma coisa chacoalha ao longo das tábuas do assoalho da galeria; a julgar pelo som, parece uma esfera de aço rolando em sua direção.

Ele solta o braço, se abaixa e pega o celular. Por alguns segundos, tudo fica preto enquanto se endireita novamente.

Agora seu coração martela no peito, e os baques secos no chão estão mais próximos.

O celular está escorregadio em sua mão ensanguentada, e Verner tem tanta dificuldade para enxergar que não consegue desbloquear o aparelho.

Ele precisa chegar lá fora e, aos berros, pedir socorro.

Com pernas trôpegas, Verner começa a caminhar em direção à porta quando ouve atrás de si o som de uma respiração rápida. Antes que ele tenha tempo de se virar, um tiro ressoa no ar.

O sangue espirra pelas pedras irregulares do pavimento banhado da luz do sol.

A bala passou direto.

O celular de Verner cai no chão e desliza em direção ao restaurante, sob uma cadeira azul.

Tossindo, ele passa pela catraca e começa a voltar em direção ao celular.

Ele se esforça para pensar com coerência; a única coisa que gira sem parar em sua cabeça são as palavras "Eu não quero morrer, eu não quero morrer".

O tiro seguinte o atinge na coxa e o faz desabar. Ele consegue ficar de quatro, solta urros com sua voz grave de barítono, e continua se movendo em direção ao celular. Verner agarra o aparelho e rasteja em direção à porta do restaurante.

21

Joona segue Saga pela estrada florestal, afastando-se da estação de metrô abandonada, enquanto o sol da manhã se derrama intensamente sobre a moto dela.

Galhos roçam nas laterais do carro.

Joona pensa na mensagem colada na pupila da menina, na ameaça renovada e nas derradeiras palavras sobre a punição para quem não consegue resolver o mistério.

Uma mensagem assinada por um novo anagrama.

Ele virou o cartão-postal e examinou a fotografia em preto e branco. A julgar pelos galhos nus e pelo céu claro, foi tirada na primavera. A imagem mostrava um portão de metal aberto e uma vereda de cascalho que passava por uma pedra rúnica e um prédio caiado, entre túmulos e cruzes, até uma pequena igreja com telhado íngreme.

No canto inferior direito, as palavras "Paróquia de Funbo, 1879" estavam escritas em caligrafia cursiva num estilo antigo.

Mais um cemitério, Joona pensa quando um alerta chega pelo rádio.

O segurança da sauna ao ar livre em Saltsjöbaden ligou para a emergência quando chegou ao trabalho e se deparou com a porta do prédio dos vestiários masculinos destruída e sangue por todo o chão.

Joona vê Saga dar uma guinada na moto quando são informados de que naquela manhã Verner Zandén havia reservado o balneário masculino para uso pessoal. Toda a equipe de investigação imediatamente se conecta via sistema de rádio.

— Ainda não sabemos se o sangue é de Verner — Petter ressalta. — É apenas uma suposição, nós...

— Mas infelizmente... — Joona começa a dizer.

— Não sabemos de nada — Petter o interrompe.
— Mas infelizmente se encaixa à perfeição com...
— Por que você tem que ser sempre tão pessimista?!
— Acalme-se, Petter — Manvir diz.
— O que sabemos sobre a cena do crime? — Joona pergunta.
— A primeira unidade a chegar ao local nos dará um relatório atualizado. Eles devem aparecer a qualquer minuto — Manvir diz.
— Mas Verner... — Petter diz. — Eu não entendo. Por que o Verner?
— Não faz sentido — Greta concorda.
— Joona? — Manvir levanta a voz.
— Olhando em retrospecto, não é bastante óbvio que a estatueta representa Verner? É magra, mais alta que as outras, e aquelas pequenas marcas nas costas são folhas de carvalho, não nuvens.
— Claro — Saga concorda.
— Porra — Petter sussurra.

No âmbito da força policial sueca, quanto mais folhas de carvalho houver na insígnia de um policial, mais alta será sua patente. E a imagem central do brasão da Polícia de Segurança é uma tocha ardente e quatro folhas de carvalho.

— Mas isso significa que a nossa teoria sobre o embrulho estava errada — Manvir sugere. — O assassino não poderia esperar que vasculhássemos metade do arquipélago, certo?
— O único local específico mencionado foi a estação de metrô — Saga diz.
— Ele queria que fôssemos lá primeiro — Joona diz.
— Pra encontrar o novo cartão-postal — Greta concorda.
— O que realmente sabemos é que ainda estamos um passo atrás, porque Verner não foi atacado na estação.
— O balneário — Manvir diz.
— O outro lado do artigo era sobre a proliferação de algas no arquipélago e...
— Mas isso não é suficiente, isso não é justo! — Petter o interrompe. — Estamos falando de uma área enorme, milhares de ilhas, praias e rochas.
— Deixamos escapar alguma coisa — Joona diz.

— Saltsjöbaden está em quinto lugar na lista de lugares mais afetados por algas — Greta diz.

— Merda do caralho! — Petter suspira.

Saga diminui a velocidade quando eles se aproximam da cancela, e depois vira à direita. Joona a segue, o cascalho rangendo sob os pneus do carro.

— Acho que um dos policiais do balneário está na linha — Manvir diz. — Aqui quem fala é Manvir Rai, da Unidade Nacional de Investigação Criminal.

— Jörgen Karlsson, câmbio.

— Conte-nos o que você sabe.

— Annika e eu estávamos nas redondezas do aterro sanitário quando recebemos a chamada, acabamos de chegar. Entramos e... Jesus Cristo, sei lá...

O policial fica em silêncio. Eles ouvem o microfone estalar, e em seguida respirações rápidas.

— Você ainda está aí? — Manvir pergunta.

— Não sei como descrever. Não há sinal da vítima, mas encontramos sangue no estacionamento, no chão, por toda parte. Porra, a entrada do restaurante parece um matadouro, e vemos marcas de arrasto na porta principal, na escada, meu Deus...

— Alguma outra observação?

— Não, eu... encontramos algumas cápsulas de projéteis vazios, incluindo uma inteiramente branca. Eu nunca vi nada parecido. Precisamos trazer a perícia aqui, a porta foi destroçada por balas... O que me faz lembrar, teve uma coisa que... Eu não entendo, mas parece que alguém serrou pedaços dos rodapés e dos batentes das portas. Há aparas de madeira espalhadas pelo chão.

— Vocês encontraram alguma coisa que identifique a vítima?

— Um celular ensanguentado, mas ainda não tocamos nele.

— Que bom.

— Vou ligar pro número do Verner — Greta diz.

— Isolem a área e aguardem a perícia — Manvir instrui o policial.

— Esperem um pouco, Annika está vindo... Ela está dizendo alguma coisa.

Eles ouvem uma voz agitada ao fundo.

— O celular que encontramos está tocando! — Jörgen avisa. — Está tocando.

— Não toquem no aparelho, esperem pela perícia — Greta diz, em tom resignado.

A floresta ao redor de Saga e Joona se abre para uma área de prédios baixos, estradas e viadutos.

Depois que o policial em Saltsjöbaden encerra a ligação, o grupo fica em silêncio por um momento.

— Que merda de história é essa de serragem? — Petter murmura.

— O guincho — Joona diz. — O assassino arrastou um cabo de aço pra dentro e depois puxou o corpo, contornando os cantos e passando pelos vãos das portas.

— Algum de vocês consegue entender isso? — Manvir pergunta. — O que ele quer? Agora são três dos nossos colegas, dois deles de alto escalão.

— E um padre velho — Saga murmura.

— Porra, é uma insanidade do caralho — Petter diz.

Joona ultrapassa Saga, disparando na frente e conduzindo-a pela E4 em direção a Uppsala.

— Acho que o assassino está escolhendo vítimas que, ele sabe, nos manterão mobilizados — Saga diz. — Talvez seja simples assim: nos informar que vai mesmo matar Joona se não conseguirmos impedi-lo.

— Pode muito bem ser isso — Joona diz baixinho.

— O que estava escrito no cartão-postal?

— "Aquela que não conseguir resolver o mistério será julgada pelos mortos" — Joona responde.

— Então ele está pondo nos nossos ombros a responsabilidade de detê-lo.

— Nos *meus* ombros — Saga corrige.

— Vou falar com a unidade de proteção e solicitar que não percam Joona de vista um só minuto — Manvir diz.

— Não.

— Isso é sério, Joona.

— Se ele vier, eu estarei pronto.

— Que belo herói você é — Petter murmura.

— Estou pronto, só isso.

— Tudo bem, podemos discutir isso mais tarde — Manvir diz. — Você e Saga estão a caminho de Saltsjöbaden?

— Não, isso é...

— Eu presumi que vocês...

— Isso é o que ele quer que a gente faça — Joona continua. — Mas não há nada que possamos fazer lá. Iremos ao cemitério que aparece na imagem do cartão-postal.

— Saga, eu preciso reiterar que você ainda não está liberada para o serviço operacional — Manvir aponta. — Podemos chamá-la de observadora, contanto que você esteja com Joona, mas isso é o máximo que eu consigo fazer.

— Tá legal, obrigada.

Saga segue Joona, que ultrapassa um ônibus e volta para a faixa da direita. Sua jaqueta de couro é justa em volta dos ombros, a ponta solta do cinto balança atrás do corpo.

São quase dez da manhã, e as sombras das nuvens flutuam lentamente pelos prados de campos de cultivo, como cardumes sob a superfície do mar.

Saga disse a Joona que estremece toda vez que passa pelo Hospital Löwenströmska, e o próprio Joona sempre sente um turbilhão sombrio girar dentro de si.

Uma barreira acústica vermelha passa do lado esquerdo, e os cabos elétricos entre as torres de alta tensão cintilam ao sol. Um caminhão com uma carroceria larga levanta poeira na beira da estrada.

Até agora, o assassino tem controlado cada passo que nós damos, Joona pensa. Ainda estamos dançando ao som da música dele. O assassino sabe que eles irão ao balneário e ao cemitério, mas nada disso os ajudará a diminuir a vantagem dele.

Na verdade, provavelmente vai acontecer o contrário — a menos que, no fundo, o assassino realmente tenha um forte desejo de ser pego.

Joona não acredita que o assunto já esteja resolvido.

A situação ainda está indefinida.

Talvez as decisões que ele e Saga tomarem agora moldem o resultado do caso.

Ou talvez tudo isso seja apenas um jogo.

Será que o assassino quer que Joona e Saga deem meia-volta e dirijam até Saltsjöbaden agora, de modo que ele tenha tempo de deixar no cemitério o saco contendo Verner? Só para depois alegar que eles poderiam tê-lo salvado caso não estivessem tão ocupados perseguindo sombras?

Joona e Saga saem da rodovia logo ao norte do pequeno vilarejo de Danmark, passando por uma área industrial rodeada por cercas altas. A estrada os leva através das terras férteis que circundam Uppsala, passando por campos de cultivo e áreas arborizadas, um depósito de madeira e inúmeras casinhas vermelhas.

Quando eles pegam a saída para o vilarejo de Funbo, dá para avistar por entre as árvores a igrejinha branca do século XII.

Joona estaciona e sai do carro, e Saga para atrás dele. O portão de ferro é idêntico ao da fotografia, mas a cerca foi substituída por um muro baixo de pedra.

Eles percorrem às pressas o caminho de cascalho, passam pela pedra rúnica e tomam direções diferentes para cobrir o restante do cemitério.

Sebes bem cuidadas separam as fileiras de lápides e cruzes.

Não há sinal de vivalma, e o estacionamento está vazio.

Nenhum deles disse nada, mas Joona e Saga estão esperançosos de que conseguirão salvar a vida de Verner caso ele tenha sido deixado no cemitério.

Um bando de pombas levanta voo enquanto Saga corre para os fundos da sacristia.

Joona avança em meio aos arbustos grossos que crescem perto do muro. Ele avista ao longe algo azul no chão e corre até lá para verificar, mas é apenas um saco de adubo.

Ele ouve uma série de batidas atrás do galpão de armazenamento, quase como se alguém estivesse tentando achatar com as mãos a terra de uma cova.

Joona endireita o corpo e dá um passo para o lado. No meio do aglomerado de carvalhos no outro extremo do cemitério, ele vê um grande saco branco pendurado cerca de um metro acima do solo.

Ele começa a correr e vê Saga se aproximando pela direção oposta.

O saco está embrulhado em pano branco e *silver tape*, e várias cordas entrançadas foram enroladas nos galhos e troncos dos carvalhos. Dentro, não há movimentos nem sons.

Saga aciona a central de comando enquanto Joona pega sua faca e começa a desbastar as amarras.

Assim que consegue rompê-las, o pesado saco cai ligeiramente, fazendo as cordas restantes rangerem sob o peso.

Nas copas das árvores os pássaros cantam.

O saco não demora a ficar pendurado por uma única corda, enrolada duas vezes em torno de um galho grosso e amarrada ao tronco. Enquanto Joona desamarra cuidadosamente a corda e solta o excesso, Saga tenta guiar o saco para baixo.

Trabalhando juntos, aos poucos eles trazem o saco até o chão, onde pousa suavemente na grama.

O sino da torre vermelha na colina acima da igreja começa a tocar.

Joona se agacha por cima do saco e corta uma grande cruz no tecido, desdobrando as camadas de fita adesiva, tecido e borracha grossa.

Um forte odor químico faz seus olhos lacrimejarem.

O corpo está envolvido por uma gosma espumosa, gelatinosa e meio translúcida.

As características faciais e o cabelo do homem desapareceram, mas não há dúvida: acabaram de encontrar o corpo do policial Simon Bjerke.

22

Na espaçosa sala de reuniões da estação policial, Manvir, Greta, Joona, Saga e Petter se juntaram para uma conversa convocada às pressas com Morgan Malmström, o diretor interino da Unic.

Morgan está na casa dos quarenta anos, tem rosto de menino, dentes brancos e jeito descontraído.

Enquanto Manvir vai direto ao ponto e, com calma e naturalidade, recapitula tudo o que sabem sobre a cena do crime no balneário, os outros ouvem em silêncio, com os olhos baixos. Manvir continua falando até ouvir Greta soluçar.

— Desculpem, isso é muito perturbador — ela diz, secando o rosto. — Eu conheço Verner, eu conheço Maja, não consigo acreditar que isso esteja acontecendo.

— Talvez devêssemos fazer uma pausa, concordam?

— Não, não por minha causa. Continue, por favor — ela diz, pegando um lenço que alguém lhe estende.

A luz do sol que entra através da fileira de janelas baixas inunda a sala, dando ao rosto compenetrado de Joona um contorno brilhante. Sentado com as mãos cruzadas sobre a mesa, totalmente imóvel, ele ouve Manvir.

— O enigma parecia indecifrável — Saga diz em voz baixa. — Isso já não faz nenhuma diferença agora, mas Joona e eu fizemos algumas pesquisas...

— O quê? — Manvir pergunta.

— Nós solucionamos o enigma — Joona repete.

— Sério?

— Visto de cima, o balneário masculino de Saltsjöbaden parece uma grande letra A. Bastou apenas olharmos com atenção as imagens de satélite — ele explica.

Torben Grut, o arquiteto por trás do Estádio Olímpico de Estocolmo, projetou a sauna de forma que a ponta do A apontasse para o interior e suas pernas saíssem em um ângulo para a água.

— Era isso que o lenço com o A bordado pretendia sugerir — Saga diz.

— Então fomos lentos demais de novo? — Manvir pergunta.

— No futuro, acho que devemos presumir que todos os enigmas podem ser solucionados — Joona continua. — Mas não sei se é uma coisa boa fazermos isso.

— Por quê? Se fizermos isso seria quase como se estivéssemos aprovando as regras do jogo? — Greta pergunta.

— É apenas uma ideia — ele diz.

— Eu examinei o material em que a segunda estatueta estava embrulhada — Petter anuncia, limpando a garganta. — Como suspeitávamos, trata-se de um manto de batizado da igreja de Santa Maria Madalena, que alguém pegou emprestado.

— Você foi até lá? — Manvir pergunta.

— Acabei de voltar. O manto desapareceu da casa paroquial na rua Sankt Pauls na semana passada. A rua já tinha sido varrida, mas isolei todo o lugar e despachei os peritos para lá.

— Ótimo — Joona diz.

— Até agora, recuperamos uma cápsula de bala branca e três normais na sauna — Manvir diz.

— O que significa que ou temos duas pistolas diferentes ou ele a carrega com uma bala branca e as demais normais?

— Uma bala branca pra cada vítima — Manvir diz.

— Então você acha que esses quatro assassinatos são os primeiros numa série de nove planejados de antemão? — Morgan resume, coçando a testa.

— Sim.

— Por que nove?

Joona e Valéria estão sentados a uma pequena mesa junto à janela no Un Poco, um restaurante italiano na rua Karlavägen. As longas cortinas tremulam quando o garçom chega trazendo as entradas de massa fresca com trufas.

— Você não está usando seu relógio de pulso — ela diz ao levar o garfo à boca.

— Não, não consegui encontrá-lo ontem.

— Que estranho.

— Vai aparecer.

Valéria está usando um vestido cor de ameixa, o cabelo cacheado preso em um rabo de cavalo frouxo.

Ela beberica um gole de vinho e limpa a boca com as costas da mão.

Sentado do outro lado da mesa, Joona a observa enquanto sua mente divaga para a reunião de horas antes, que terminou com uma exortação do diretor interino:

— Foi um dia longo, então eu quero que todos vocês vão embora pra casa e descansem um pouco — Morgan Malmström anunciou, apontando para as fotografias e as caixas sobre a mesa. — Naturalmente continuaremos nossa investigação da melhor maneira possível, mas não acho que seremos capazes de deter o assassino antes que a próxima estatueta chegue.

— Acho que vou continuar investigando por mais algum tempo — Saga disse.

— É terrível, mas a verdade é que não há nada que você possa fazer, além de estar bem descansada quando ele der o próximo passo — Morgan respondeu. — Os peritos, o pessoal do laboratório e a equipe de patologia ficarão trabalhando a noite toda, e também pusemos sob vigilância o apartamento e o antigo local de trabalho de Saga e nossa sala de correspondência.

Joona sabe que ele e Saga estão exatamente onde o assassino quer que estejam. O assassino está se comunicando com eles, e precisam encontrar uma maneira de antever os fatos, de encontrar coisas que em tese não deveriam encontrar.

Terminada a reunião, Joona telefonou para Valéria e marcaram um encontro no Un Poco às oito em ponto.

Primeiro ele foi para seu apartamento no edifício Corner House, tomou um banho e vestiu uma cueca boxer nova. Bebeu dois copos de suco de laranja fresco e ficou na janela, fitando a cidade.

Joona se vestiu e pegou o anel que vinha guardando no cofre de armas; por alguns momentos ele examinou a joia: platina polida e um perfeito diamante de dois quilates. Ele leva o anel consigo toda vez que se encontra com Valéria, mas até agora não conseguiu pedi-la em casamento; ele sabe que primeiro precisa revelar a ela seu segredo. Não é sempre que acha que está no fundo do poço, mas desde a sua primeira recaída após a morte de Jurek, ele foi em pelo menos dez ocasiões na casa de Laila para fumar ópio.

— No que você está pensando? — Valeria pergunta com um sorriso.

— Nada — ele murmura.

Joona percebe que Valéria está buscando seus olhos, mas tenta resistir; ela sempre parece ser capaz de ler a mente dele, e Joona simplesmente não se sente pronto para isso agora.

— É o seu caso?

— Desculpe.

— Acho que é uma boa regra você só me contar sobre seus casos depois que já estão encerrados — Valéria diz. — Mas não pense que precisa fazer isso por minha causa. Se quiser conversar, ficarei feliz em ouvir. Você pode me dizer qualquer coisa, sabe disso.

— Obrigado.

Valéria espera que Joona continue a falar enquanto o garçom retira os pratos.

— Tem a ver com toda a história de Jurek Walter — ele diz em voz baixa. — O que aconteceu naquele telhado quando eu...

Joona se cala e encara a mesa. De que maneira poderá explicar a ela que agora é um homem diferente, que naquele dia algo perigoso se entranhou nele? Que uma escuridão se enraizou dentro de si?

— Você teve outra discussão com Lumi? — ela pergunta com voz gentil.

— Não, isso tem a ver comigo.

— Você acha que extrapolou algum limite? — ela pergunta.

— Mas também que fiz a coisa certa.

— E isso preocupa você. Não apenas o fato de ter extrapolado um limite, mas o fato de ainda assim achar que foi a decisão certa.

— Mais ou menos por aí...

Ele fica em silêncio novamente enquanto o garçom deixa duas tigelas de risoto de aspargos na frente deles.

— E o que você acha disso? — ela pergunta quando o garçom se afasta.

— Desculpe por falar sobre coisas tão chatas, mas...

— Não são chatas.

— Mas naquele dia, lá em cima no telhado... Depois da citação de Nietzsche, que na verdade não era nada além de um quadro-negro onde ele queria rabiscar suas últimas palavras, Jurek sussurrou uma coisa.

— E desde então você não parou de pensar nisso? — ela completa.

— É.

— Me conta — Valéria pede em tom suave.

— Eu não posso, não quero repetir as palavras dele... ele falou logo depois que o impulso de empurrá-lo do parapeito com uma corda no pescoço tomou conta de mim, pouco antes de eu fazer isso de fato, de modo que eu não teria tempo pra mudar de ideia.

— Estou arrepiada. — O rosto de Valéria empalidece, seus olhos escuros estão sérios.

Joona bebe um generoso gole de vinho. Ele se tornou parte da órbita cruel de Jurek; agora não há como parar a transformação, não depois daquele sussurro. Ele vai acabar ficando igual a Jurek: alguém que rejeita a vida, que não acredita na dignidade dos outros, que se preocupa apenas com seus próprios planos obscuros.

— Você o deteve, e ele não te controla — Valéria diz, seus olhos encontrando os dele.

— Não...

Ela pousa a taça, inclina-se para a frente e toca a mão dele.

— Eu sei que as palavras dele entraram na sua cabeça — Valéria diz, mais uma vez abaixando o tom de voz. — Que você carrega consigo aquele momento, que essa é a razão pela qual você escolhe se entorpecer toda vez que se sente preso.

Joona retira a mão.

— Como assim? — ele pergunta com voz fria.

— Você ficou chateado?

Ele ignora a pergunta, come outra garfada de risoto e olha pela janela a fim de evitar o olhar de Valéria.

— Joona, o que foi?

— Nada, eu só estou cansado.

— Do seu jeito, você queria me contar — ela argumenta.

— Não sei do que você está falando.

— Não dá pra enganar uma viciada veterana. Eu notei logo de cara. Está no seu jeito de falar, nas suas pupilas, no olhar letárgico.

— Eu tomo Topiramato por causa das minhas enxaquecas — Joona retruca.

— É o que eu teria dito — Valéria responde com um sorriso.

— Tudo bem, mas eu estava tentando te contar uma coisa que é importante pra mim — ele diz, pousando os talheres.

— Estou ouvindo.

Joona balança a cabeça e pega o celular. Ele olha para a tela, depois acena para o garçom e pede a conta.

— Não aja assim — Valéria implora.

— Eu tenho que voltar ao trabalho.

Joona sente o olhar dela sobre si enquanto pega o cartão de crédito e explica ao garçom que infelizmente algo aconteceu no trabalho, que sua companheira terminará o jantar sozinha, no seu próprio ritmo.

Em seguida ele se levanta e sai do restaurante sem dizer mais nada, sem sequer olhar para Valéria, marchando rua afora em direção à estação de metrô mais próxima.

A calçada está escura e vazia, e seus passos ecoam entre os prédios altos.

Joona não sabe por que se sentiu tão incomodado por Valéria ter percebido suas tentativas de encobrir a dependência química e não ter lhe falado nada. Ele ficou tão envergonhado que instintivamente negou tudo, feito uma criança — fato que ela também percebeu e o forçou a enfrentar.

Ele pega o celular e liga para Laila avisando que estará lá em meia hora. Ela tenta dissuadi-lo, adverte-o de que ele tem aparecido com frequência exagerada, mas Joona desliga no meio da frase.

Na parede do lado de fora de uma loja, ele vê um antigo cartaz instruindo as pessoas a manterem uma distância de dois metros umas das outras.

Joona passa por uma loja e vê seu reflexo na vitrine, e então se pega pensando no olhar caloroso de Valéria enquanto ela implorava para que ele não fosse embora.

Ao chegar à entrada da estação da rua Rådmans, Joona se detém, dá meia-volta e refaz correndo o caminho até o restaurante; ao entrar no salão de jantar, ele pega o anel no bolso. Agora a mesa deles está vazia. Ele sai para a rua e liga para Valéria, mas ela não atende. Ele tenta mais uma vez e desiste.

Joona volta a pé para casa pela rua Luntmakar, passando pelos desabrigados que dormem em todas as entradas de serviço. Perto dos portões nos fundos da editora Bonnier, um homem fuma, a ponta acesa do cigarro iluminando a parte inferior do nariz. Manuseando uma haste de metal, uma mulher revira uma lixeira de reciclagem de vidro.

Joona para em frente ao prédio, digita o código, abre a porta e entra no elevador.

A maquinaria zumbe baixinho enquanto o leva até o décimo primeiro andar.

Ao chegar ao andar, Joona vê que a porta de seu apartamento está entreaberta e sente uma ponta de esperança de que Valéria possa ter aparecido, embora no fundo ele saiba que não.

Atrás dele, um som de ar se movimentando. O elevador descendo.

Joona pega sua Colt Combat do coldre de ombro, solta a trava de segurança, abre a porta e escuta com atenção.

Não consegue ouvir nada.

Joona entra, virando a arma para a direita. Ele tranca a porta e avança, contorna rapidamente a cama para abrir as portas do guarda-roupa e depois retorna ao corredor para verificar o banheiro.

Ele ouve um suave tique-taque.

Joona atravessa rapidamente a sala de estar, virando a esquina para verificar a cozinha.

Ele guarda a pistola no coldre e caminha até a mesa de jantar.

Seu bloco de notas está do lado errado do computador, as páginas agitando-se suavemente com o ar quente que sobe das aberturas do sistema de aquecimento no chão.

23

O cheiro do piso de carvalho se mistura com o forte odor de suor no estúdio 2 do Dansens Hus, onde as duas crianças que Saga apoia fazem aulas de dança.

Ela entrou em contato com a Associação Nacional de Síndrome de Down da Suécia há dois anos, oferecendo-se como voluntária para ajudar em diversas atividades, e mais tarde foi designada como pessoa de apoio para Astrid e Nick.

Um espelho grande cobre uma das paredes da sala; ao longo da outra parede, a barra de balé passa por baixo da fileira de janelas.

Saga está ajoelhada na frente de Astrid, ajudando-a com as sapatilhas e polainas. Ambas as crianças fizeram um enorme progresso no último ano, mas, apesar de já terem onze anos — a maioria dos outros no seu grupo tem entre quatro e oito —, ainda não estão prontas para passar para o nível seguinte. Nick é o único menino da turma, mas adora balé e vive declarando que, quando for mais velho, será um dos dançarinos no palco do Melodifestivalen, o festival da canção sueco.

Saga geralmente consegue se desligar por completo de tudo o que diz respeito ao trabalho enquanto está com as crianças, mas hoje sente dificuldade para pensar em qualquer outra coisa a não ser a morte de Verner, que a abalou muito mais profundamente do que esperava. No período em que Saga trabalhou para a Polícia de Segurança, ela via Verner quase todos os dias e, em muitos aspectos, ele foi seu mentor.

Se o objetivo do assassino era tornar as coisas pessoais, ele com certeza estava sendo bem-sucedido.

Nick puxa a virilha de sua meia-calça preta algumas vezes antes de olhar para dentro do cós.

— De trás pra frente — ele diz, sua boca se curvando em um sorriso tão grande que Saga consegue ver seus dentinhos.

— Você precisa de ajuda? — Saga pergunta, levantando-se.
— Tá tudo bem.
— Vou esperar lá fora, então — ela diz.
— Você não quer dançar com a gente? — Astrid brinca.
— Ah, eu não me atrevo — Saga dá a mesma resposta de sempre.
— Nãããooo — Astrid ri.
— É difícil demais — Saga continua a se explicar.
— A gente te ensina... É só fazer assim, *grand-plié*. — Astrid demonstra o movimento.
— Assim? — Saga tenta copiá-la.
— Não, você tem que dobrar as pernas! — Nick diz.
— *Demi-plié...* e uma pirueta.
Saga gira, e Astrid bate palmas.
— Você é muito boa! — a menina grita.
— Você acha mesmo?
— Superboa — Nick diz, tapando a boca com as mãos enquanto ri.
— Mais uma vez, *demi-plié...*

A professora de dança entra no estúdio, atravessa a sala com o peito estufado e a cabeça erguida, o cabelo escuro preso em um coque apertado na nuca. Ela para sob um foco de luz perto das janelas, depois se vira e estuda as crianças com um breve sorriso antes de seu rosto ficar sério.

— *Avant, avant!* — ela grita.

As crianças ficam em silêncio e correm até a professora para que ela possa marcar os nomes na lista de presença.

Saga sai do estúdio e vai até a sala de espera, onde compra uma garrafa de água na máquina de venda automática.

Há apenas duas outras pessoas na sala de espera: um velho magro num paletó grande demais, ocupado enquanto fita a tela do celular, e uma jovem lendo um livro grosso da biblioteca.

Saga se senta em frente à jovem, abre a garrafa e engole a água.

— Você é bailarina? — a jovem pergunta. Sua voz é a de uma pessoa muito mais velha do que ela aparenta ser.

— Não... E você?

— Adoraria ter talento pra dança, mas estou apenas esperando pela minha irmã mais nova.

Ela veste um blusão esportivo prateado, calça jeans preta e tênis prateado. No chão, entre os pés, há uma mochila suja em formato de panda.

Saga desliza a tela do celular e vai passando os olhos nos e-mails mais recentes; enquanto isso, sua mente se volta para Verner. Ele foi baleado várias vezes, fugiu para a sauna e talvez tenha morrido antes mesmo de ser arrastado pelo guincho até o estacionamento.

O homem idoso murmura algo para si mesmo, pressiona um lenço de papel no nariz e inclina a cabeça para trás. Ele tem a cabeça raspada, maçãs do rosto pronunciadas e uma profunda cicatriz na garganta, como se tivesse passado recentemente por algum tipo de operação.

Saga sabe que precisa pegar suas coisas na agência de investigação, mas não quer correr o risco de esbarrar em Henry. Vê-lo pessoalmente só a deixará com raiva, sobretudo porque ele atrapalhou o caso ao interceptar sua correspondência particular.

Dá para ouvir o som das risadas dentro do estúdio.

Uma abelha bate na janela e continua seu caminho acima dos telhados.

A jovem sentada em frente a Saga tem cabelo loiro e liso, testa larga e olhos azul-claros, e aperta os lábios enquanto lê.

Depois de alguns minutos, ela fecha o livro, usando um dedo como marcador de página, e olha de soslaio para o idoso, que ainda está sentado com a cabeça tombada para trás.

— O que você está lendo? — Saga pergunta.

— Matemática. Teoria dos grafos — ela responde, olhando Saga nos olhos.

O homem abaixa o queixo, sussurra algo para si mesmo e espreme os olhos para ver o sangue vermelho-vivo em seu lenço de papel antes de dobrá-lo em dois.

— Você já ouviu falar do problema conhecido como as sete pontes de Königsberg? — a jovem pergunta, com modos de pessoa mais velha.

— Não, acho que não.

— Não é a coisa mais fácil do mundo. Quer tentar?

— Claro.

— Königsberg ficava originalmente na Alemanha, mas desde a Segunda Guerra Mundial faz parte da Rússia — a jovem começa a explicar.

— Kaliningrado — Saga diz, percebendo que o velho agora está prestando atenção.

— De qualquer forma — a jovem continua. — No século XVIII, as praias e as duas ilhas do rio eram ligadas por sete pontes, e a questão era descobrir se era possível encontrar uma rota que atravessasse cada uma das pontes apenas uma vez.

— Entendi.

— Eu vou desenhar pra você — ela diz, tirando de dentro da bolsa um velho recibo. — Você tem uma caneta?

— Não tenho, me desculpe...

O velho se levanta e, num andar arrastado, vai até a jovem e lhe entrega uma caneta sem dizer uma palavra.

— Obrigada. — Ela começa a desenhar.

Saga observa atentamente o rosto da jovem: os lábios tensos e o cenho franzido entre as sobrancelhas claras. Os punhos de seu blusão estão um pouco sujos, as unhas roídas até o sabugo. A caneta é vermelha, com as palavras *De Re Militari* impressas em dourado em um dos lados.

— Naquela época todas as pontes tinham nome — a jovem diz, olhando para Saga. — Ponte do Mel, Ponte do Lojista, Ponte Verde, e assim por diante.

— Mas isso não influencia em nada a solução — Saga diz.

— Não pra um matemático, mas diga isso a um físico quântico — a jovem rebate com um sorriso malicioso. — Alguns provavelmente transfeririam o problema pra grafos algébricos e usariam algoritmos pra...

Ela se cala quando o velho se levanta abruptamente. Ele enfia o celular no bolso interno do paletó e caminha pela fileira de janelas, virando as costas para elas e olhando para fora por um momento antes de avançar em direção à saída.

Assim que ele desaparece da vista, Joona surge na sala de espera e acena ao ver Saga.

— Desculpe, preciso falar com meu colega — Saga diz à jovem.
— Mas eu vou tentar resolver o seu problema.
— Na semana que vem você me conta qual foi a sua ideia de solução — a jovem responde, entregando-lhe o desenho.
— Tá legal, combinado.

Saga e Joona se afastam pelo corredor a fim de conversarem em paz. Param na área de recreação vazia, com uma clara linha de visão para a porta do estúdio 2.

— Você me ligou — Joona diz. — Sobre o que queria conversar?
— Eu tenho uma possível pista que se perdeu em meio a todo o caos em torno de Verner — Saga diz em voz baixa. — Não queria tocar no assunto na frente dos outros, porque eu... Passei um pouco dos limites.
— O que é?
— Você se lembra de Susanne Hjälm?
— Sim.
— Então, sabe que ela foi condenada pelo assassinato de um de nossos colegas.
— Eu prestei depoimento como testemunha duas vezes, uma vez no tribunal distrital e outra na segunda instância — Joona afirma.
— Bem, ela saiu em liberdade. Já faz algum tempo, aparentemente... E parece que culpa você por tudo.
— Como você sabe disso? — ele pergunta.

Saga sabe que não pode revelar que foi ver Karl Speler, que agiu como se estivesse em serviço operacional.

— Eu tenho uma fonte — ela alega.
— Quem é?
— Eu não posso dizer. Mas Susanne se enquadra no nosso perfil e saiu da prisão pouco antes da chegada do primeiro cartão-postal.
— Ela tem uma forte conexão com Jurek, isso é inegável.
— Ele quebrou Susanne, nós sabemos disso, mas ela não parece capaz de entender a ligação, nem está disposta a isso. É mais fácil culpar você, a polícia, o sistema judiciário.
— Você sabe onde ela mora? — Joona indaga.
— Não, ela não tem endereço fixo cadastrado, nem cartão de banco, nem contrato telefônico, nada. Joona, eu também queria te

perguntar uma coisa... Vocês destacaram uma unidade de vigilância para ficar de olho em mim?
— Não.
— Eu só precisava saber se vocês tinham feito isso.
— Claro.
— Havia um homem na sala de espera e...
Eles ouvem um vozerio animado e o som de palmas através da porta, e as crianças irrompem no corredor.
— O que foi? — Joona pergunta.
— Nada. Esquece.
Astrid e Nick correm até Saga e Joona. Ambas são crianças felizes de bochechas rosadas, Nick dando pulos. Astrid agarra a mão de Joona e examina suas unhas pintadas de cor-de-rosa.

24

Depois de deixar as crianças na escola no bairro de Enskede, Saga e Joona seguem para o município de Upplands Väsby, ao norte de Estocolmo. A sensação de que talvez estejam se aproximando do assassino os deixa silenciosos e concentrados.

Após seu contato com Jurek Walter, Susanne Hjälm desenvolveu uma forma de paranoia agressiva e manteve a família encarcerada em sua casa em Sätra. O marido, Mikael, pediu o divórcio assim que ela foi presa, mas durante vários anos continuou a levar regularmente as filhas para visitá-la no presídio de Hinseberg. No final das contas, o arranjo acabou não dando certo, e agora ele tem a guarda exclusiva das duas meninas. Susanne, por sua vez, tem de cumprir uma rígida medida protetiva. A mulher não pode mais chegar perto da casa onde vivem, do local de trabalho de Mikael ou da escola das crianças.

Mikael e as filhas moram em uma casa com terraço em Runby; ele trabalha como salva-vidas e consultor de bem-estar no centro de lazer local.

Joona estaciona em frente a um prédio grande em formato de caixa, de telhado verde e uma enorme fachada de vidro. Eles entram e perguntam à mulher atrás do balcão de recepção se ela poderia encaminhá-los a Mikael Hjälm, e ela diz que ele provavelmente está na piscina, onde a aula de hidroginástica para idosos deve começar em quarenta minutos.

A piscina olímpica está praticamente vazia. O ar está quente e úmido, e a água exala um forte odor de cloro.

Uma luz pálida entra pelas persianas das enormes janelas.

Na outra extremidade da piscina, um homem vestido de branco está ocupado carregando algumas raias de plástico num carrinho. Ele tem cabelo curto salpicado de fios grisalhos e uma expressão carrancuda. Usa um colar de conchas brancas, e as mangas da camiseta estão justas em volta dos bíceps.

Joona e Saga caminham em direção ao homem, que ergue os olhos e de imediato reconhece Joona; isso fica evidente porque a cor desaparece de seu rosto e ele deixa cair as raias de plástico, procurando apoio na parede.

— Não se preocupe, não aconteceu nada — Joona se apressa em tranquilizá-lo.

— Então você não está aqui por causa de Ellen e Anja? — Mikael pergunta num fiapo de voz.

— Não, mas precisamos conversar com você sobre Susanne.

Mikael se deixa cair lentamente sobre um dos blocos de partida da piscina e puxa o colar.

— O que ela fez agora? — ele pergunta, sua voz pouco mais que um sussurro.

— Precisamos falar com Susanne, mas ela não tem endereço cadastrado — Saga explica.

— Olha, eu não quero me envolver. — Mikael tenta sorrir, mas seu rosto parece mais triste do que qualquer coisa.

— Quando foi a última vez que você teve notícias dela? — Joona pergunta.

— Tenho uma medida protetiva.

— Nós sabemos, mas ela não seria a primeira pessoa a violar uma dessas ordens judiciais.

— Acho que ela mora em algum retiro de ioga ou algo do tipo.

— Você sabe onde?

— Perto de Munkfors. Por favor, não digam a ela que vocês falaram comigo.

— Você tem medo dela — Saga diz.

Mikael olha para baixo, perdido em pensamentos. As raias de plástico estão pingando, uma poça de água se espalha pelos ladrilhos.

— Joona estava lá naquela época; sabemos o que aconteceu — Saga continua. — Sabemos do período que ela passou presa, mas, desde então, como tem sido?

— Como tem sido? — ele responde, olhando para Saga com olhos vermelhos. — Eu não quero ter mais nada a ver com ela.

A água bate contra o extravasor da piscina, e as marcas azul-escuras nos ladrilhos do fundo parecem dançar nas ondulações da água.

— Somos policiais, podemos te ajudar.

— Só não quero falar sobre isso — ele responde.

— Ela ameaçou você, não foi? — Joona pergunta.

— Você salvou nossa vida naquela época, eu sei disso — ele diz, olhando para Joona. — E eu realmente quero te ajudar; então, se é disso que se trata, podemos continuar a conversa... mas não por minha causa, eu não quero que ela comece a pensar em mim ou nas crianças de novo.

— Vamos deixar o nome de vocês fora disso.

— Obrigado — Mikael diz, respirando fundo. — Eu vou tentar explicar... Assim que saiu da prisão, ela estava diferente. Disse que precisava pôr a vida em ordem, pra não perder todo o contato com as meninas, então começou a meditar e fez terapia pra ajudar a aceitar sua parcela de culpa em tudo que aconteceu. Eu disse que estava feliz por ela, mas aí ela passou a integrar alguma espécie de coletivo, estava fazendo um bocado de ioga. Começou a telefonar cada vez mais lá pra casa, e insistia que as meninas e eu deveríamos visitá-la no retiro no solstício de verão, só por um dia... Mas não podíamos, porque marcamos de passar o verão com meus pais na França.

— Como ela reagiu a isso?

— Ela começou a ligar pras meninas e descrever o que ia fazer comigo.

— E o que era? — Saga quer saber.

— Ela disse que entraria na casa na calada da noite, que me obrigaria a implorar por perdão e depois me castraria na frente delas e... Ela disse que faria as meninas decidirem se eu devia ou não ser deixado no chão pra sangrar até morrer.

O Núcleo de Ioga Biondo, a oeste de Munkfors, oferece uma ampla variedade de cursos para mulheres.

— "Nosso objetivo é nos habitar por completo e combinar nossas forças para dar a um mundo negligenciado o amor que de fato merece" — Saga lê em voz alta na tela do celular a proposta do espaço holístico.

— Parece ótimo — Joona diz.

— De acordo com o site, o retiro de cinco dias termina hoje. "Por meio de fluxo guiado, respiração, posturas, cânticos e dança, o objetivo é ajudar as participantes a encontrarem sua força feminina primordial em seus corações, no espaço do útero e do yoni."

Manvir já entrou em contato com as autoridades do distrito de Bergslagen, que lhe informaram que a polícia do município de Munkfors tem uma investigação em curso na qual há ligações com o Núcleo de Ioga Biondo. Alguns policiais locais devem visitar o retiro para falar com um dos residentes — uma mulher que se recusa a comparecer ao tribunal para testemunhar contra o homem que a ameaçou e a agrediu depois de ela terminar o relacionamento —, e Manvir combinou de coordenar essa visita com a de Saga e Joona, o que lhes permitirá inspecionar as instalações sem revelar o verdadeiro objetivo da missão. Nesse ínterim, um policial permanecerá de tocaia na porta do prédio de Saga, esperando pela possível chegada de novos pacotes.

Saga e Joona atravessam de carro uma pequena comunidade, fazem a travessia do rio Klara e seguem a rota 241 até a costa norte de Ransjön, antes de entrarem numa estrada florestal particular.

Três quilômetros à frente, chegam a uma cancela trancada com cadeado.

— Acho que somos os primeiros — Saga diz.

Amarrada à cerca, há uma seta de masonite em que se lê a palavra ESTACIONAMENTO, apontando para uma área de prado ao lado da estrada onde a grama alta parece ter sido cortada recentemente.

O cascalho repica no chassi quando Joona dá marcha a ré e estaciona o carro em um local adequado para uma arrancada rápida, caso seja necessário.

— Verifique se há alguma coisa de que você possa precisar no porta-luvas — ele instrui Saga.

Ela abre o compartimento e pega o coldre, soltando a arma: uma Glock 26 compacta. Saga aperta o botão que desconecta o carregador e o deixa cair na mão. Dentro há onze cartuchos Luger de nove milímetros. Por força do hábito, ela verifica a mecânica e a mola de coice antes de inserir o carregador de volta no lugar.

Os dois saem para o ar quente, insetos zumbindo em torno dos altos tremoceiros-bravos.

— Obrigada — Saga diz enquanto afivela o coldre.

Joona acaba de pegar o rádio quando um carro de patrulha aparece na trilha da floresta. Os reflexos das copas das árvores jorram pelo para-brisa.

Saga acena e fecha o zíper da jaqueta enquanto o carro para diante da cancela. As portas se abrem, e eles se aproximam para se apresentar aos dois policiais.

Magnus está na casa dos cinquenta anos, tem barba espessa e monocelha. Luke tem um maxilar largo, queixo com covinhas e bigode loiro.

— Vocês não precisavam vir de carro desde Estocolmo, sabe. No futuro, se precisarem de ajuda, é só pedir — Magnus diz.

— Pesquise no Google a polícia de Munkfors — Luke diz com um sorriso. — Temos apenas uma avaliação até o momento.

— Uma estrela — Magnus sorri, radiante.

— Parabéns — Joona diz.

— Sinceramente, é uma sensação ótima. — Magnus ri.

Saga caminha por entre os epilóbios e as cicutas-dos-prados na beirada da cancela, enquanto Luke se abaixa para passar pela barra enferrujada.

— Ai, merda...

— O Luke Sortudo aqui está um pouco dolorido — Magnus explica.

— Fiz uma tatuagem ontem.

Luke afrouxa a compressa na parte interna do antebraço para revelar um desenho infantil de duas pessoas com traços arredondados, de mãos dadas, gravado em sua pele rosada.

— O primeiro desenho que a minha filhinha fez de nós dois juntos.

— Legal — Saga diz.

Eles começam a descer a trilha de cascalho. A grama na faixa central do caminho é alta, e um pássaro canta um punhado de notas idênticas repetidas vezes. A floresta ao redor está escura, o solo é seco.

Sem parar de tagarelar, Magnus diz que uma estrela não é uma avaliação tão ruim quanto parece; que eles não deveriam esquecer que uma estrela tem cinco pontas.

À direita, a campina tomada de vegetação é circundada por uma cerca de madeira desbotada pelo sol, e na borda da floresta veem uma cadeira de caça — uma plataforma acoplada à árvore para elevar o caçador e lhe propiciar um melhor ponto de vista.

Luke diz que o Núcleo de Ioga Biondo se tornou uma espécie de zona informal de segurança para mulheres que, por motivos variados, precisam de um pouco de espaço para respirar, e que também há duas famílias morando no local.

Depois de caminharem por dez minutos, eles avistam o lago resplandecendo entre as árvores à frente. Os primeiros edifícios aparecem pouco depois. Saga e Joona estudaram fotografias aéreas do local e sabem que há dois prédios grandes, uma estreita fileira de casas e quatro pequenas cabanas. Todas as edificações têm telhados de telha esmaltada, revestimento de madeira vermelha e guarnições de janelas brancas.

— Façam o que precisa ser feito, vão lá falar com a Svetlana. Nós tentaremos encontrar Susanne Hjälm — Joona diz.

A floresta se abre para uma encosta gramada que desce até a beira da água.

Não há sinal de mais ninguém por perto.

No meio da grama, há uma mesa posta com pratos e copos. Duas das cadeiras caíram, e o vento parece ter arremessado um tapete de ioga nos juncos perto do píer.

Os policiais se dirigem até o maior dos prédios, contornam a empena e passam por um tambor coletor de água da chuva, parando de repente ao ver duas mulheres deitadas na varanda de frente para o lago.

— Mas que porra é essa? — Magnus murmura.

Eles continuam descendo lentamente a encosta, ao longo da lateral do deque de madeira, onde uma peça de tecido tingido obscurece a visão. Um gato preto se esconde na sombra salpicada de luz entre os pilares de concreto, e alguém alinhou pequenas conchas de mexilhões ao longo da beirada da varanda.

Na grama alta há uma terceira mulher deitada, com as pernas apoiadas na escada.

Lá dentro, pelas portas abertas do pátio, eles conseguem ver mais corpos estendidos no chão.

25

Saga se desloca devagar e com cautela em direção à casa, seguida de perto pelos outros. Toda a cena é de um silêncio mágico, e os únicos sons são o zumbido dos insetos acima das ervas daninhas e as batidas surdas do casco do barco no píer.

A mulher deitada mais próxima deles está de costas, com a boca aberta e os olhos fechados. Saga estuda seu rosto calmo, as suaves linhas de expressão e as sardas no nariz.

A luz do sol brilha em seu peito, e sua blusa fina amarelo-mostarda se tensiona sobre os seios a cada respiração plácida.

— Elas estão dormindo — Saga sussurra.

Os quatro policiais avançam devagar, descendo a encosta ao lado do deque. A mulher ao pé da escada semicerra os olhos na direção deles e depois, quando passam, fecha-os por completo.

Quando os policiais se aproximam das portas de um grande estúdio de ioga, as tábuas do assoalho rangem sob o peso do grupo.

— Ah, o que é isso? — uma mulher suspira, desapontada.

Ela está sentada com as costas retas e os joelhos afastados, as solas dos pés pressionadas juntas à frente do corpo. Seu cabelo preto está bem repartido ao meio, ela tem olheiras, e falta uma considerável lasca em um dos dentes anteriores.

— O que está acontecendo aqui? — Magnus pergunta, apontando para todos os outros corpos ao redor.

— Ioga nidra. O sono iogue — ela responde.

— Desculpe interromper — Luke diz —, mas precisamos falar com Svetlana Johnsson.

— Tá legal, pessoal! — a mulher grita para as outras enquanto se levanta com agilidade. — Vocês podem começar o despertar agora, ou podem continuar pelo tempo que quiserem, mas quero agradecer... Foi uma ótima experiência conhecer todas vocês.

Ela acompanha Magnus e Luke escada abaixo, e os três saem para a grama à beira do lago. Joona e Saga permanecem onde estão no deque, procurando Susanne entre as mulheres ainda deitadas no chão. Não há sinal dela, então os dois se encaminham ao estúdio de ioga.

O plano é encontrar e deter Susanne da maneira mais discreta possível, enquanto seus colegas conversam com Svetlana sobre o fato de ela não ter comparecido ao tribunal para testemunhar.

Uma moça aparece na escada caracol de madeira no andar de cima. Está descalça e usa um vestido amarelo transparente. Seu cabelo loiro está preso e seus lábios estão secos, e a pele de suas bochechas parece levemente queimada do sol.

— Posso ajudar vocês? — ela pergunta com um sorriso.

— Você mora aqui? — Joona responde com outra pergunta.

— Se eu moro aqui? Nossas almas são livres, não são? Mas sim, eu vim pra comunidade no equinócio da primavera.

— Você poderia nos dizer onde podemos encontrar Susanne Hjälm? — Joona pergunta.

— Susanne? O que vocês querem com ela?

— É um assunto privado, que tem a ver com as filhas dela — Saga explica.

— E é urgente — Joona acrescenta.

A mulher faz uma cruz com os dedos na direção dele, como num vade-retro tentando afugentar um demônio, e depois ri.

— Não, eu entendo, crianças são a verdadeira manifestação do divino, não são? O útero e a criança. Posso ver que vocês estão ficando impacientes comigo. Meu Deus, que mulher boba e difícil.

— Algo assim — Saga murmura.

— Você não vê? Eu não sou a inimiga — a moça responde com os olhos cravados em Saga. — Entre nós não há nada além de amor.

— Então tá.

Algumas das outras mulheres se sentam no chão e os encaram de olhos semicerrados.

— Basta nos dizer onde podemos encontrar Susanne — Joona diz.

— Susanne — a mulher repete, acenando vagamente com a mão. — Ela levou os baldes pra pilha de compostagem, deve estar de volta daqui a pouco.

— Não podemos esperar — Saga diz. — Onde fica isso?

— Vocês têm que entender... Aqui somos muito rigorosas em relação à alimentação, seguimos os princípios aiurvédicos — ela afirma. — E somos muito rigorosas em relação à compostagem; apenas as residentes do ashram podem ir lá.

— Onde fica? — Saga repete.

— Na floresta, tem uma trilha atrás do galpão — a mulher responde, apontando para fora por uma janela nos fundos do prédio. — Mas peço que respeitem nossas regras...

Eles voltam para a varanda. A mulher os segue escada abaixo e em torno da casa, parando para observá-los com uma expressão aflita no rosto.

Saga e Joona sobem às pressas a encosta gramada, passam pelo galpão, pela lenha empilhada e pelo cepo. Conseguem encontrar a trilha e começam a avançar por entre as árvores.

Em torno deles a floresta rapidamente se adensa, a luz fica mais suave e o ar mais fácil de respirar.

Eles passam por um pinheiro tombado, um escuro estouro de raízes espalhadas e terra fértil arrancada do chão, que deixa uma abertura semelhante a um portal para o mundo subterrâneo.

Perto do píer, a professora de ioga diz a Magnus e Luke que não tem ideia de onde Svetlana está.

— Nós precisamos muito falar com ela, de verdade — Luke tenta novamente.

— Eu não posso ajudar vocês — ela retruca, seu tom de voz muito mais frio agora.

— Escute: sabemos que Svetlana é a vítima neste julgamento, mas a lei diz que ela tem de comparecer ao tribunal quando é convocada. Não é opcional.

— E se ela não puder? — a mulher pergunta.

— Então ela precisa apresentar isso por escrito, um atestado com a assinatura de um médico.

— E existem outras formas de prestar depoimento — Magnus explica. — Por videochamada, por exemplo. Dessa forma, ela pode evitar ficar cara a cara com o acusado. Encontraremos uma solução que funcione, mas pra isso precisamos conversar com ela.

A professora de ioga lança um olhar de desdém na direção dos homens.

— Vocês deveriam ter enviado uma policial mulher — ela murmura.

— Sabemos que teria sido muito melhor, mas infelizmente não foi possível hoje — Luke diz.

— Os homens não são proibidos aqui, mas a ideia é que seja um espaço seguro pras mulheres.

— Podemos esperar aqui perto do lago, se isso ajudar — Magnus sugere.

— Certo — ela diz, olhando de relance para um pequeno prédio vermelho na borda da floresta.

— Você poderia ir buscá-la? — Luke pergunta.

— Não tenho permissão pra entrar no ashram, mas quando nos sentarmos pra comer eu vou dar um jeito de ela saber que vocês estão aqui.

— É aquele prédio ali? — Luke pergunta, apontando para o prédio vermelho.

— Vocês não podem...

— Espere aqui — Magnus a interrompe, colocando-se na frente dela.

— Vocês não sabem o que estão fazendo! — a mulher os adverte com medo nos olhos.

— Você e eu vamos ficar aqui e conversar até meu colega voltar com Svetlana — Magnus diz com voz suave.

— Não vá lá! — a mulher urra para Luke.

— Vou ter de pedir pra você ficar quieta — Magnus.

— Esta é uma propriedade particular!

— Só relaxe, vai ficar tudo bem.

— Não!

— Eu entendo que vocês têm algo muito especial aqui, mas precisam cumprir a lei, mesmo que pareça algo estranho ou invasivo.

Luke percorre a vereda bastante utilizada através de um trecho sombreado de ervas daninhas, indo em direção a um prédio vermelho cujos painéis de canto e caixilhos das janelas são brancos.

Ele ouve atrás de si os berros aflitos da professora de ioga e se pega pensando nas aulas — a que todos os novos recrutas da academia de polícia devem assistir — sobre como evitar ofender outras culturas.

Infelizmente não existe um manual para a situação em que ele se encontra agora.

Numa árvore próxima, tilinta um mensageiro dos ventos feito de ossos e penas.

Luke não faz ideia do que seja um ashram, mas em sua imaginação vê uma espécie de templo repleto de imagens de Deus e oferendas de frutas.

Ele percebe um vão entre as cortinas amarelo-mostarda de uma das janelas e caminha até lá por entre as samambaias, usando uma das mãos para afastar os arbustos.

Não há sinal de ninguém lá dentro, mas ele vê uma pilha de roupas sobre uma cadeira. Uma calça jeans, uma calcinha preta rendada, um vestido tingido estilo *tie-dye* e algumas meias sujas, um sutiã branco grande.

O chão é revestido de algum tipo de tecido vermelho brilhante, e no vão da porta do corredor há uma cortina azul-escura cravejada de pequenas estrelas prateadas.

Três incensos foram espetados numa tigela de vidro com areia sobre uma mesinha baixa, e Luke vê as finas colunas de fumaça subindo em espirais pelo ar.

No teto, vários espelhos foram pendurados em pedaços de barbante, cada um numa altura diferente, e a luminária é feita do que parece ser cobre perfurado, que lança centenas de minúsculas frestas de luz pelas paredes cor de açafrão.

A metade de trás do cômodo está escondida atrás de um biombo dobrável com gravuras de um templo hindu: uma famosa escultura de quatro mulheres com um suave sorriso estampado no rosto enquanto fazem sexo.

Luke percebe que as três colunas de fumaça do incenso se curvam bruscamente para um lado, e a luminária balança no teto, fazendo dançarem os flocos de luz.

Deve haver alguém no local, no fim das contas

Ele usa as mãos para proteger os olhos e se inclina perto da janela, seu hálito quente fazendo o vidro embaçar. Um dos espelhos ao lado do biombo começou a girar lentamente, e Luke observa a rotação do reflexo. Ele vê uma almofada roxa com franjas douradas, a beirada de uma cama, lençóis vermelhos — e depois um pé, com os artelhos esticados.

Outro espelho gira mais rápido, e Luke entrevê o lado de dentro do biombo passar depressa, seguido por um fugaz vislumbre de três corpos nus na cama.

26

Joona e Saga seguem a trilha por entre as árvores, e ao contornar um bloco de rocha coberto de musgo, desatam a correr.

O único som que conseguem ouvir são os baques suaves de seus pés no solo.

Uma bétula caiu na trilha e bateu nas árvores do outro lado, criando uma espécie de portal de entrada pelo qual eles precisam passar.

Há uma ligeira inclinação no solo, e eles diminuem a velocidade quando chegam ao fim da ladeira.

— Será que ela enganou a gente? — Saga pergunta enquanto recupera o fôlego.

— Notei um pouco de terra espalhada em alguns lugares — Joona diz.

Alguém utilizou três troncos de bétula paralelos para fazer uma espécie de ponte provisória sobre um pequeno riacho; à medida que Joona e Saga a atravessam, os troncos se envergam sob o peso deles, arqueando-se quase até a água.

Eles continuam correndo ao longo do terreno inclinado perto de um penhasco de rocha nua.

A floresta volta a ficar cerrada em torno deles. Há filamentos de liquens pendurados nos galhos acima, e o chão entre as árvores está cravejado de pinhas e agulhas de pinheiro marrons.

A luz pálida penetra através dos abetos à frente.

Quando eles chegam a uma pequena clareira, um pombo-torcaz levanta voo do chão.

Não há sinal de vivalma, embora eles avistem uma pá e um forcado que foram cravados em um monte de terra.

As pilhas de compostagem, mantidas no lugar por tábuas meio

apodrecidas, estão cheias de restos de comida em decomposição, folhas de alface, pontas e cascas de batata e maçãs murchas.

O fedor é quase insuportável.

Saga e Joona contornam um amontoado de grama e folhas, e estacam de súbito ao chegar do outro lado.

Enrodilhada na terra lamacenta atrás de um carrinho de mão enferrujado há uma criança. Uma menina de cabelo loiro trançado, mãos sujas e nariz escorrendo.

— Oi — Saga diz enquanto se aproxima lentamente dela.

— Oi — a menina responde, sentando-se ereta.

— Você é do Núcleo de Ioga Biondo?

A menina balança a cabeça e tira uma folha seca do cabelo.

— Você viu Susanne?

— Ela esvaziou os baldes e foi embora.

— Quando foi isso?

— Não sei.

— Foi pouco antes de a gente chegar aqui?

— Na verdade, não — a menina diz, levantando-se e tirando a sujeira do vestido vermelho.

— Você tem permissão pra vir aqui sozinha?

Ela faz que não com a cabeça.

— Mas você vem mesmo assim? — Saga insiste com um sorriso.

— Todos os dias — a menina responde, enxotando uma mosca que pousou em sua mão.

— Por que você gosta de vir aqui?

— Pra poder ver o papai — ela diz com voz suave.

— E onde ele está agora?

A garota se vira para o monte alto de terra.

— Ah, meu Deus — Saga sussurra.

Em um espelho redondo pendurado por um fio prateado no fundo do cômodo, Luke vislumbra nádegas brancas leitosas — macias e marcadas por estrias — assim que a mulher rola na cama e se deita de costas.

O coração dele está martelando no peito.

O maior dos espelhos gira lentamente em seu cordão, o vidro manchado de impressões digitais. Pouco a pouco, surge mais uma parte da cama.

Luke vê uma mulher mais jovem, de quadris estreitos, deitada de costas com a cabeça virada para o outro lado. Os pulsos dela estão amarrados com lenços vermelhos.

Os pelos das axilas são pretos, a barriga está lustrosa de suor e os músculos dos ombros, tensionados.

Os olhos dele saltam entre os diferentes espelhos enquanto imagens fragmentadas passam feito raios: um hematoma amarelado numa panturrilha, lábios que se fecham em torno de um mamilo marrom, mãos com as unhas roídas acariciando uma bochecha, fileiras de cicatrizes verticais numa bunda achatada, dobras de carne numa barriga pálida.

No maior dos espelhos, surge de súbito o rosto da mulher amarrada. Seus olhos estão cerrados com força, e Luke vê lágrimas grudadas nos cílios.

Ela fala, e Luke percebe que é Svetlana. Ela perdeu os dentes da frente numa surra que levou do ex no ano passado.

O espelho continua girando e agora revela a parte de trás de um joelho suado, travesseiros, uma cabeça de cachos loiros, o interior do biombo e as paredes. Nesse momento, Luke se vê olhando para seu próprio reflexo na janela.

Seu rosto parece bizarramente ausente e escuro em contraste com o céu claro lá fora, e durante os poucos segundos que ele leva para se desvencilhar do papel de espectador, o tempo parece quase hipnoticamente lento.

Luke percebe que há alguém atrás dele, mas permanece imóvel.

Seus olhos se deslocam do espelho interno para o reflexo na janela à sua frente, e ele observa um vulto erguer no ar um comprido machado.

A adrenalina inunda as veias de Luke, fazendo com que cada pelo em seu corpo se arrepie. Seu cérebro lhe diz para pegar a arma, virar o corpo e atirar no ombro da mulher.

Ele ouve o sangue rugir em seus ouvidos.

Com movimentos vagarosos, ele abaixa a mão do parapeito da janela, passando pela barriga até o coldre no cinto. Seus dedos alcançam o fecho no momento em que a mulher dá o bote à frente com um gemido abafado.

A testa de Luke bate na janela com tanta força que o vidro externo quebra. Ele consegue puxar a pistola e soltar a trava de segurança, e quando começa a se virar em direção a ela, tudo para.

Algo o impede de se mover, e ele sente uma estranha pressão no pescoço.

O policial tenta novamente, mas não consegue se virar.

Só então Luke percebe que a cunha de ferro cortante do machado está enterrada bem fundo em seu crânio. O cabo de madeira batendo na parede é o que o impede de se virar.

Seu coração começa a acelerar enquanto o sangue quente escorre por seu pescoço e costas abaixo.

Ele não tem muito tempo; precisa encontrar Magnus e chamar uma ambulância.

Aos trancos e barrancos, Luke sai cambaleando do prédio e se vira para encarar uma mulher com tranças castanhas e pescoço tatuado, que vai se afastando dele com os olhos arregalados.

Ele aperta o gatilho e dispara na direção das samambaias.

O coice da pistola em sua mão, e o som do tiro ecoa nas rochas do outro lado do lago.

Círculos de luz azuis e brancos começaram a dançar em seu campo de visão.

Ele segue a mulher, mas não consegue erguer novamente a arma, que parece presa por um elástico ao chão.

Luke se pega pensando no brinquedo de sapinho da filha, que desce pelas paredes, quando seus joelhos cedem e ele desmorona em cima do quadril entre as samambaias. Tenta rastejar para a frente, mas acaba caindo de bruços no chão, e seu rosto arquejante afunda no solo.

O aroma terroso de raízes, plantas e minerais enche seu nariz.

Ele se lembra da infância, quando ajudava a mãe a plantar ervilhas na casa de campo. Parecia um milagre que aquelas pequenas ervilhas pudessem ter brotado de flores tão minúsculas e delicadas.

27

No instante em que o tiro rasga o silêncio, a professora de ioga de cabelo preto tenta se agarrar ao braço de Magnus, mas ele se solta com tanta força que ela tropeça para a frente.

— Deixem a gente em paz! — ela grita atrás dele.

Magnus empunha sua pistola de serviço enquanto corre pela vereda pisoteada em meio ao mato, mantendo o cano da arma próximo ao chão. Ele contorna um grande rododendro e vê a pequena construção vermelha na borda da floresta.

Não há nem sinal de seu colega.

Magnus diminui a velocidade, respirando pesadamente enquanto seus olhos perscrutam as janelas. Tudo está calmo e silencioso. O único som que consegue ouvir é o tilintar seco de um mensageiro dos ventos.

— Luke!

Ele solta a trava de segurança da pistola, põe o dedo no gatilho e avança em direção à porta.

— Polícia! — ele grita ao abrir. — Tô entrando!

Magnus dá um passo à frente em um corredor apertado com papel estampado nas paredes. No tapete há três pares de sapatos, e uma cortina de veludo azul-escuro no vão da porta do cômodo ao lado.

— Polícia!

Ao estender o braço para empurrar de leve a cortina, Magnus constata que sua mão está tremendo. Aguçando os ouvidos, ele se detém.

— Tô entrando! — ele anuncia aos gritos, o dedo firme no gatilho.

Com a pistola em riste, abaixa a cabeça para passar pela cortina e segue para o cômodo seguinte, rapidamente inspecionando todos os cantos.

O ar está denso com o odor de incenso e suor, e a sensação é de que não há oxigênio suficiente no ambiente.

Ele exala o ar por uma estreita abertura entre os lábios.

Por toda parte há espelhos pendurados em barbantes, e como estão todos em movimento, parece que as paredes e a decoração também giram.

Metade do recinto está escondido atrás de um grande biombo com motivos eróticos.

Depois de reparar que em cima de um banquinho há uma calcinha preta e uma calça jeans, ele avança lentamente, empurrando os espelhos para fora do caminho ao passar.

O piso macio é forrado com tecido vermelho.

— Luke?

Para Magnus, Luke é mais do que apenas um colega; foi a única pessoa que o apoiou quando ele se assumiu. Os outros policiais se recusavam a tomar banho no vestiário ao mesmo tempo que ele, rejeitavam a ideia de trabalhar no mesmo turno ou fazer patrulha na mesma viatura.

Os espelhos atrás dele balançam de um lado para outro, lançando flashes de luz nas paredes e no teto.

A luminária sobre a mesa baixa bruxuleia.

Apontando a arma, Magnus contorna o biombo.

Do outro lado há uma mulher nua esparramada na cama. Ela não tem os dentes da frente, e fita o teto com uma expressão ausente no rosto.

Magnus abaixa a pistola e percebe que sua palma está escorregadia de suor.

A barriga da mulher sobe e desce ao ritmo da respiração lenta. Suas pernas estão bem abertas, e Luke vê marcas vermelhas de arranhões na parte interna de suas coxas. Os pulsos dela estão amarrados com retalhos de tecido atados a uma argola de metal na parede.

— Svetlana? — ele sussurra.

Ela vira a cabeça e lhe dá um sorriso tonto.

Um lençol de seda vermelha com bordados dourados foi pendurado em outra porta e se enfuna suavemente com a brisa que vem do cômodo contíguo.

— Você está sozinha aqui? — ele pergunta enquanto desamarra os pulsos dela.

— Isto não é uma porra de fantasia pornô — ela balbucia, cruzando as pernas.

— Preciso que você me diga se há mais alguém no prédio, por aquela porta.

— Só a Morte, que... Que está sentada numa caixinha. Abra a tampa e...

Ela se cala, lambendo os lábios e fechando os olhos. Ao passar pela cama, Magnus esbarra sem querer num espelho com moldura de bronze, que se põe a girar.

Ele usa o cano da arma para empurrar a cortina de seda vermelha, olha de relance por cima do ombro para os espelhos e para a mulher na cama antes de avançar para o corredor estreito.

Há portas em ambos os lados, e a única luz vem de uma luminária de papel.

O horrível fedor de esgoto penetra no nariz de Magnus.

As tábuas do assoalho rangem sob seus pés.

No final do corredor, ele vê um baú de madeira no chão. É aproximadamente do tamanho de uma mala de mão, com reforços de metal.

A luz mal se estende até lá.

Magnus cutuca uma das portas e espia o que parece ser uma pequena cela contendo nada além de uma estreita cama de metal e um colchão sem lençol.

Ele prossegue.

A chave na fechadura do baú cintila sob a luz suave.

Ele chega ao vão da porta de uma despensa. Dentro há duas bocas de fogão portáteis, uma pequena geladeira com o puxador sujo e uma prateleira com mantimentos.

Mais à frente, outra porta se abre lentamente.

— Luke? — ele sussurra.

Do teto vem o zumbido de um ventilador atrás de uma grade de plástico amarelado. A porta se fecha, e Magnus ouve o estalido da fechadura.

O ombro de Magnus está doendo, e ele abaixa a pistola por um momento, pensando que seria melhor limpar na calça a palma da mão suada.

Agora ele está a menos de cinco metros do baú, que parece pequeno demais para conter uma pessoa.

Magnus avança mais um passo e ouve uma dobradiça enferrujada ranger de leve.

Ele pestaneja para tentar entender se a tampa do baú está se abrindo, mas, devido à corrente de ar, outra porta à sua frente se escancara para o corredor, bloqueando sua visão.

Magnus ergue a pistola e se aproxima.

Ele ouve novamente o zumbido do ventilador, e a porta se fecha.

Agora uma mulher grandalhona e de óculos está parada diante do baú de madeira. Ela tem cabelo loiro encaracolado, testa larga e a mandíbula prognata. Veste uma calça de seda vermelha e um sutiã branco, e segura numa das mãos uma faquinha.

Magnus está prestes a mirar nos pés da mulher e lhe dizer para largar a faca quando um estalo sobrepuja todo o resto. Uma bala trespassa sua perna logo acima do joelho, espalhando um jato de sangue pelo papel de parede à sua frente.

Ele solta a arma e se apoia na parede, e por fim desmorona no chão.

O tiro despedaçou sua coxa, e fragmentos de osso se projetam do ferimento de saída. O sangue de Magnus jorra em golfadas poderosas.

Uma mulher ruiva vestindo apenas calcinha está parada logo atrás dele, apontando-lhe um rifle de caça de alce.

Pistolas em riste, Joona e Saga passam correndo pela árvore caída, emergindo da floresta no exato momento em que ecoa o segundo tiro. Dessa vez o disparo foi efetuado por uma arma diferente, um rifle em vez de uma pistola, e o barulho foi mais abafado que o primeiro. Eles passam pelo galpão, atravessam a encosta gramada e saltam uma cerca baixa para prosseguir através do mato alto em direção à casa.

Uma das janelas está quebrada.

Abaixo dela, as samambaias estão achatadas, como se alguém tivesse tentado criar um anjo de neve.

Saga corre até o corpo de Luke e se ajoelha ao lado dele, enquanto Joona fica de olho na casa e na borda da floresta, fazendo pontaria ora para uma janela, ora para a outra.

O mensageiro dos ventos na árvore próxima balança suavemente. Luke está morto.

Saga se põe de pé e balança a cabeça rapidamente na direção de Joona.

— Eu vou olhar lá atrás — ele diz.

— Tome cuidado.

— Você também.

Saga entra no corredor. Ela arranca a cortina e rapidamente esquadrinha os cantos da sala principal, ignorando os espelhos giratórios. Vai até o biombo dobrável e o derruba no chão.

Na cama atrás do biombo há uma mulher nua deitada com as mãos atrás da cabeça, encarando Saga com olhos cansados.

— Polícia! — Saga diz, mantendo a voz baixa.

Ela agarra o tornozelo da mulher, arrasta-a para o chão e algema suas mãos atrás das costas.

Em seguida, Saga destrói a cortina da segunda porta e avança a passadas largas para o corredor do outro lado. Ela ouve batidas secas e gritaria através das paredes, e o ar está impregnado do cheiro de pólvora. Uma mulher ruiva empunhando um rifle se vira desajeitadamente para ela.

Saga se lança à frente e, com a mão livre, agarra o cano da arma. Usa a coronha da pistola para quebrar a clavícula da mulher, depois arranca o rifle de suas mãos.

A extremidade do corredor está quase totalmente escondida atrás de uma porta aberta, mas Saga vê que Magnus está caído no chão com a calça arriada na altura dos tornozelos.

Assim que Saga obriga a ruiva a ficar deitada de bruços, percebe outra mulher montada em cima de Magnus, com uma faca entre os dentes.

— Não faça isso — ele ofega, enquanto Saga se levanta e aponta a arma.

Com uma das mãos a mulher agarra o pênis e os testículos de Magnus; com a outra, empunha a faca.

Nesse exato momento, Joona aparece no vão da porta atrás dela. Ele dá três passos compridos e chuta a mulher nas costelas, acertando um pontapé tão violento que ela desaba no chão, ainda segurando a faca na mão.

Saga ataca a mulher um momento depois, pisando no punho dela e atirando em seu ombro.

Joona percorre o corredor, abrindo todas as portas para se certificar de que as celas estão vazias. Ele encontra Susanne Hjälm sentada na pequena cama de metal do terceiro quarto, com as mãos tapando os ouvidos. Seu cabelo castanho está preso em tranças, e seu rosto e pescoço tatuado estão salpicados de sangue.

28

Dois dias após a operação no retiro de ioga, Joona e Saga continuam na delegacia de polícia em Örebro, auxiliando a promotora em suas investigações. Antes de interrogar Susanne Hjälm, eles estão tentando entender melhor o lugar onde ela vivia.

Luke Larsson teve morte quase instantânea devido ao golpe de machado na nuca.

Magnus Wallman foi transportado de avião para o hospital em Karlstad, onde permanece em estado grave, porém estável.

Joona e Saga passaram um total de catorze horas interrogando as mulheres do retiro. Até agora, a promotora notificou três delas como suspeitas de serem cúmplices, e apresentou acusações contra as quatro do ashram.

A imagem do retiro que veio à tona após as buscas na propriedade e os depoimentos das mulheres é complexa, mas clara. O Núcleo de Ioga Biondo foi concebido como um coletivo destinado a estilos de vida alternativos e prática de ioga, propiciando às mulheres em situação de vulnerabilidade um espaço seguro, ao mesmo tempo que, por meio de seminários e cursos, arrecada dinheiro para custear seu funcionamento.

O pequeno grupo de mulheres que comandava o negócio inicialmente se aglutinou devido à frustração com o desequilíbrio de poder de gênero predominante na sociedade, mas as suas profundas feridas, causadas sobretudo pela violência e opressão masculinas, descambaram em paranoia e extremismo.

Sua líder espiritual, Camilla Boman — também conhecida como Guru Biondo — criou uma espécie de programa de cura sexual para ajudar suas seguidoras a superarem o que ela chamava de "estupros heteronormativos".

Svetlana talvez não estivesse viva hoje não fosse pelo refúgio seguro que o Núcleo de Ioga Biondo lhe propiciou, e durante os interrogatórios policiais ela permaneceu teimosamente leal a suas salvadoras, recusando-se a aceitar que tinha sido abusada ou explorada sexualmente pelas outras mulheres no ashram.

— Antes de vir pra cá, eu era apenas um punhado de buracos — ela explicou. — Os homens são obcecados por foder; estão dispostos a matar por isso. Um homem é capaz de atravessar a nado um mar de merda se acreditar que do outro lado há uma boceta gostosa e quentinha à espera dele.

Até agora, dois cadáveres foram recuperados em meio às pilhas de compostagem. Um deles foi identificado como o marido de Camilla, e acredita-se que seus restos mortais estejam lá há cerca de cinco anos. Ele ainda está registrado como residente no retiro e continua a receber a pensão todos os meses.

O segundo corpo pertence ao marido de Ida Andersson, Marcus. Ele foi morto e enterrado muito depois, por volta do Natal do ano passado, e provavelmente morreu em decorrência de graves ferimentos no rosto e no crânio. Desde a sua morte, os pagamentos de benefícios e de pensão alimentícia de Marcus vinham sendo feitos em nome do retiro.

Ida Andersson foi acusada de tentativa de homicídio. Ela recusou representação legal e, quando interrogada, imediatamente confessou ter atirado em Magnus Wallman.

Saga supervisionou todas as sessões de interrogatório das mulheres do ashram; Joona assistia pela tela da TV em outra sala.

Durante a inquirição, o cabelo ruivo de Ida estava solto, e ela respirava pesadamente, quase como se tivesse de fazer um esforço extenuante para se manter sentada na cadeira. No momento em que todas as atenções se voltavam para ela, Ida corava intensamente.

— Quem matou seu marido? — Saga perguntou.
— Ele caiu.
— Onde?
— Tropeçou numa pedra na floresta. Escorregou em um galho.
— O legista acha que ele foi espancado até a morte, com algum tipo de arma contundente. Provavelmente um martelo ou uma pequena marreta — Saga alegou.

— Eu não sei nada sobre isso.

Ida faz beicinho, esticando o lábio inferior como uma criança teimosa.

— Então você não o matou?

— Não.

— Quem foi, então?

Ela arrancou vários de seus cílios claros, deixou-os cair sobre a mesa e os enfileirou com o dedo indicador.

— A única coisa que eu vou dizer é que sou discípula da Guru Biondo. Ela sabe muito... sobre o que fazer... pra que o mundo inteiro sobreviva.

Ao encerrar o interrogatório, Saga percebeu que Ida não fazia a mínima ideia do que de fato aconteceu no retiro. Ela genuinamente parecia não saber quem foi a responsável pela morte do marido, mas confessou ter deslocado o corpo dele em um carrinho de mão antes de o corpo ser enterrado.

E apesar de sua própria filha ter ficado traumatizada com o assassinato e visitar o túmulo do pai todos os dias, Ida parecia completamente indiferente às perguntas sobre a menina.

Sentada em uma cadeira azul-escura, Saga está sozinha na sala de interrogatório sem janelas. O clarão das luzes do teto brilha em seus olhos azuis. Ela sempre usou tranças no cabelo, prendendo-o com elásticos de cores diferentes, mas nos últimos anos passou a deixar o cabelo solto sobre os ombros e as costas.

Junto aos microfones sobre a mesa há algumas garrafas plásticas de água mineral, copos descartáveis e uma caixa de lenços de papel para quem precisar.

Saga se abaixa e tira o celular da bolsa. Um recibo cai no chão, ela pega o pedaço de papel e o vira, examinando o desenho das sete pontes de Königsberg que a jovem fez no verso.

Enquanto espera, ela tenta encontrar um percurso que cruze cada ponte apenas uma vez.

É muito mais difícil do que Saga esperava, e ela já fez pelo menos cinquenta tentativas fracassadas quando ouve passos no corredor lá fora.

Ouve-se uma batida na porta, e Saga joga o recibo na lixeira no instante em que Camilla Boman, a Guru Biondo, é conduzida sala adentro por dois guardas.

Camilla não tem representante legal formal, depois de ter forçado a saída de seu advogado durante a audiência de prisão preventiva, por alegar que ele era um acidente biológico, uma abominação.

Saga investigou o passado de Camilla e sabe que ela adotou o sobrenome de Dorothy Marie Biondo, mãe de Valerie Solanas, mais conhecida por escrever o *SCUM Manifesto* e por tentar assassinar Andy Warhol em 1968.

Ela meneia a cabeça para Camilla e explica resumidamente o que acontecerá durante o interrogatório, quais são seus direitos, e que a conversa está sendo gravada.

Instalada na parede atrás de Saga, a câmera 1 grava o rosto de Camilla de frente, em cheio. A câmera 2 pega Saga e Camilla de lado, e a câmera 3 está no teto, proporcionando uma visão panorâmica da sala. Do escritório contíguo, Joona consegue ver mais Camilla do que Saga.

— Sente-se — Saga diz.

Camilla tem um curativo num dos ombros e um profundo hematoma que se estende do peito até a garganta. Ela tem um metro e setenta e cinco de altura, ombros largos e mãos grandes, com esmalte lilás descascado nas unhas.

A cadeira range quando ela se senta, se inclina para trás e abre bem os joelhos.

Por causa da combinação de mandíbula prognata, o nariz enrugado e o cabelo loiro encaracolado, ela tem o aspecto de uma boneca zangada.

— Sua discípula Ida Andersson afirma que você sabe o que fazer pra salvar o mundo — Saga começa a dizer em tom neutro, encontrando uma página em branco em seu bloco de notas.

— É mesmo?

— Tem algo a ver com a poluição? — Saga pergunta, se fazendo de boba.

— Pense grande.

— Certo, pensar grande.

— Você não tem filhos — Camilla diz, inclinando-se para a frente.

— Não. — Saga sorri, fingindo surpresa.

— O esperma fornece metade dos cromossomos do feto; o óvulo, a outra metade — Camilla explica. — Sempre foi assim, mas agora vários cientistas conseguiram produzir gametas a partir de células femininas, que são capazes de fertilizar os óvulos de outra mulher. Isso significa que duas mulheres podem ter um filho biológico juntas, mas apenas filhas, porque as mulheres não carregam a informação genética necessária pra gerar um menino.

— Entendi.

— Entendeu mesmo? — Camilla ergue as sobrancelhas. — Isso significa que não precisamos mais de homens pra sobrevivência da humanidade. Não precisamos de homens pra nos fertilizar. E não teremos mais filhos homens.

— Um mundo sem homens nem meninos.

— Eu não sou ingênua, mas se uma porcentagem considerável de mulheres realmente iniciar famílias com outras mulheres, e se juntas derem à luz apenas filhas, isso levará a uma alteração do equilíbrio de poder. Logo, todos os homens correrão o risco de serem excluídos do patrimônio genético.

— Sempre dá pra simplesmente matar os homens.

— Ótima ideia.

— Você atraiu o marido de Ida para o retiro e o matou.

— Ele havia levado a filha dela — Camilla responde, totalmente indiferente ao destino que ele teve.

— E quanto ao seu marido?

Camilla se recosta e encara Saga com um sorriso sonhador. Em seguida, bate na mesa e se levanta.

29

Joona não teve tempo de se barbear pela manhã, e está com uma leve sombra de barba por fazer.

O sol flutua no céu enquanto ele está sentado no escritório ao lado da sala de interrogatório; vez por outra a luz solar se infiltra pela janela empoeirada e faz com que a sombra de uma caneta dentro de um pote de plástico da Legoland gire sobre a escrivaninha.

Joona sente uma pontada de dor que se projeta de um olho e penetra profundamente em seu cérebro antes de desaparecer.

Anos atrás, numa ocasião em que um carro explodiu ao seu lado, Joona sofreu um traumatismo craniano; em decorrência disso, desenvolveu atípicas cefaleias em salvas. Nos piores dias, a dor de cabeça se propaga com tanta intensidade que ele chega a perder a consciência.

Já faz tanto tempo desde o último episódio grave que ele parou de tomar a medicação preventiva — Topimax, um medicamento para o tratamento de epilepsia —, porque o deixa cansado, mas nas últimas semanas os sinais premonitórios têm se tornado cada vez mais frequentes.

Joona se levanta e fecha as persianas, inclinando as lâminas para bloquear a luz. A imagem na tela da TV fica um pouco mais nítida, embora o brilho do sol ainda reflita no vidro.

Pela câmera 1 ele consegue ver a mesa, uma cadeira vazia e a parede atrás dela. Saga não está enquadrada, mas ele ouve a caneta dela arranhando a página do bloco de notas.

O cheiro do óleo de gergelim ainda paira no ar depois do almoço.

A primeira sessão de interrogatório com Susanne Hjälm — a razão pela qual visitaram o retiro, para começo de conversa — deve ter início a qualquer momento. Joona vem esperando por esse momento há quase vinte e duas horas e já perdeu a conta de quantas vezes seus olhos vagaram pela sala, pelas pastas azuis nas prateleiras, pela escrivaninha e pelo telefone fixo, pelo computador e pelas pilhas de arquivos de casos, pelo cardápio com manchas de gordura de um restaurante tailandês afixado no quadro de avisos.

— Ela está vindo — Saga diz no microfone.

Dois guardas foram buscar Susanne Hjälm no pátio de banho de sol.

Saga e Joona discutiram de antemão a estratégia e concluíram que não fazia sentido perder tempo tentando convencê-la a confessar o assassinato de Luke; Susanne será condenada por homicídio, admitindo ou não a culpa.

Em vez disso, o plano deles é persuadi-la a falar sobre Jurek Walter. Porque se Susanne está envolvida nos assassinatos de Margot, Severin, Simon e Verner, isso faz de Jurek Walter um capítulo inacabado em sua psique, a chave para entender o motivo de ela ter feito o que fez.

Nem Joona nem Saga estão convencidos de que Susanne é a assassina em série que estão caçando, mas poderia muito bem ser a parceira dele. Ela vê o Estado como inimigo, sente-se perseguida pela polícia e odeia Joona Linna acima de tudo.

Os guardas conduzem Susanne até a sala de interrogatório. O uniforme de presidiária que ela usa é largo, com calça folgada na altura dos joelhos e punhos gastos.

O policial de plantão pede a Saga que assine uma folha de papel e depois abre a porta para a representante legal de Susanne, uma mulher de meia-idade com nariz atarracado, óculos grandes e boca larga.

Susanne se deixa afundar na cadeira, suspira e olha para as mãos sobre a mesa. A pele tatuada em sua garganta é verde-azulada, suas duas tranças repousam sobre os ombros.

Ela tem um rosto bonito, Saga pensa consigo mesma. Não é difícil imaginá-la em seus retratos escolares quando criança, com olhos brilhantes e um sorriso doce. Uma das meninas mais fofas da turma, com boas notas e roupas novas e vistosas.

Mas a Susanne sentada à sua frente hoje tem uma expressão de amargura no rosto, bolsas inchadas sob os olhos castanho-claros e pele escamosa no couro cabeludo.

Quando Joona a prendeu pela segunda vez, ela estava em um dos pequenos claustros do prédio do ashram. Ele a algemou e fotografou, documentando o sangue em seu rosto e a tinta descascada do cabo do machado em sua palma direita, enquanto ela murmurava que a história ainda não havia acabado e ele pagaria caro.

— Aos trinta e cinco anos, era uma médica especialista com dois diplomas — Saga começa a falar. — Você tinha um emprego muito bem remunerado e estava casada com Mikael havia quinze anos. Vocês tinham duas filhas e moravam em uma casa bonita e espaçosa. Sem antecedentes criminais, sem inadimplência na pontuação de crédito, sem multas de estacionamento, nada.

— O primeiro ato — Susanne murmura, sem erguer os olhos.

— E quanto ao segundo ato? Você se tornou uma assassina, atirou em um policial e passou anos presa... Agora, outro policial está morto, Luke Larsson. Ele teve morte quase instantânea devido ao ferimento da machadada na cabeça.

— Susanne — a advogada diz, levantando a mão. — Eu gostaria apenas de lembrar que você não precisa responder a nenhuma pergunta nesta etapa. Lembre-se do que eu lhe disse ao telefone, no que você precisa pensar.

— Não tenha pressa e me conte o que aconteceu, com suas próprias palavras — Saga continua, imperturbável.

— Eu fui pegar o machado no galpão, cortar uma bétula morta e...

— Susanne... — a advogada adverte com um sorriso.

— O quê? — ela retruca, lançando um olhar irritado para a mulher.

— Já conversamos sobre isso. Você não deve admitir nada ou...

— Que diferença faz?

— Se você quer que eu defenda você, preciso que me escute.

— De um jeito ou de outro, eu vou pegar prisão perpétua — ela diz, voltando-se para Saga. — Eu vi o policial espiando nosso ashram, durante um de nossos rituais mais íntimos... Sem um pingo de respeito, nada. Ele aparece no nosso ashram e transforma toda a nossa espiritualidade e amor na porra de um show erótico de voyeurismo.

— Eu entendo — Saga diz.

— Foi como uma lâmina escura de vidro quebrado sendo enfiada bem aqui atrás dos meus olhos, dentro do meu cérebro...

— Susanne admite que estava lá, mas não...

— A única coisa em que eu consegui pensar era que ele tinha de morrer — Susanne continua. — Morra, seu filho da puta, morra, seu porco fardado!... Depois do que fiz, a única verdadeira decepção foi não ter sido o crânio de Joona Linna que eu rachei em dois.

— Por quê?

— Ele está ouvindo isso?

— Claro.

— Joona — Susanne olha diretamente para a câmera. — Eu espero que você morra logo, que você e sua família acabem no inferno.

— Por que você o odeia tanto?

— Como uma mulher pode perdoar a pessoa que tira as filhas dela?

— Você realmente pensou no que aconteceu? — Saga pergunta com toda a calma.

A boca de Susanne endurece.

— O que você acha?

— Me conte o que aconteceu, como você acabou perdendo a custódia.

— Joona apareceu e estragou tudo.

— Você trabalhava na unidade psiquiátrica do Hospital Löwenströmska — Saga diz.

— Sim.

A advogada lança um olhar preocupado na direção de sua cliente.

— E você era responsável por um paciente chamado Jurek Walter quando solicitou uma licença — Saga continua.

— Sim.

— Por que você fez isso? Por que precisou tirar uma licença?

— Porque eu tinha deixado de confiar em mim mesma — Susanne responde, olhando para baixo. — Eu mudei, não estava mais no controle dos meus próprios pensamentos.

— E por que isso aconteceu?

Susanne sorri para si mesma e balança a cabeça.

— Jurek fez você dizer coisas que não queria, não foi? Ele fez você ouvir coisas que não queria ouvir — Saga especula.

— Mais ou menos.
— E o que ele disse a você?
— Todo tipo de coisa, não consigo me lembrar.
— Eu sei que você ainda pensa em algumas das coisas que ele disse. Acho que pensa nelas todos os dias.

A respiração de Susanne ficou mais pesada, e ela parece nauseada.

— Eles me alertaram sobre dar ouvidos ao paciente. A maioria dos outros médicos e funcionários usava protetores de ouvido perto dele, mas não sei... Isso me parecia desumano.

— Você ainda estava no primeiro ato — Saga diz.
— Hum, por mais algumas semanas.
— O que você ouviu?
— Considerações de ordem filosófica e moral. Coisas nas quais ele queria que eu... pensasse.
— Poderia dar algum exemplo? — Saga a pressiona.

Como se a lembrança fosse dela própria, Susanne começa a contar sobre uma noite de inverno num vilarejo montanhoso em ruínas no Cáucaso. Fazia vinte graus negativos, a neve estava fresca e reluzente, e o frio tão intenso que quase congelava o cabelo das pessoas.

Susanne torce as mãos e olha para a frente enquanto relata que Jurek forçou uma mãe e seu filho adulto a saírem para o jardim vestindo apenas pijamas e os amarrou a um poste coberto de gelo junto ao poço.

— Lyala e Ahmad, esses eram os nomes deles. Ambos tinham olhos azul-claros...

Jurek sacou um punhal e o enfiou entre as costelas de Ahmad, um pouco mais da metade da lâmina, inclinada para cima. O jovem ofegava feito um animal ferido numa armadilha, e sua mãe se prostrou de joelhos e orou por ele. Jurek soltou o cabo do punhal e viu a fria névoa do aço se erguer no calor do corpo do homem.

— Ele os deixou perto do poço e voltou a se juntar ao seu pelotão — Susanne diz, fechando os olhos por um momento antes de continuar. — Ahmad não sangraria até a morte, contanto que a faca permanecesse cravada no lugar onde estava, mas isso significava que ambos morreriam congelados. Lyala não tinha escolha a não ser retirar o punhal, cortar as amarras e tentar encontrar um lugar onde se aquecer.

Quando Susanne começa a enumerar as vítimas enterradas na floresta de Lill-Jans, a advogada se levanta. Seu rosto está pálido, e ela sai da sala sem dizer mais nada.

— Ele alguma vez ameaçou você diretamente? — Saga pergunta assim que a mulher termina de falar.

— Ele me contou sobre um diplomata russo, um homem que planejava retornar à Suécia assim que se aposentasse. Ele queria reunir toda a família pra comemorar o aniversário de setenta e cinco anos — Susanne diz, olhando fixamente para cima. — Jurek disse que estaria esperando por ele, que pegaria todos os familiares dele, jovens e velhos, e os trancaria em um bunker e depois os enterraria vivos, um por um… Até o diplomata ficar completamente sozinho.

Susanne engole em seco e começa a falar sobre uma mulher em um caixão, mas depois de algumas palavras ela se cala e só então parece notar que sua advogada foi embora.

— Você passou oito anos presa e saiu em liberdade há três anos. O que fez quando saiu do presídio? O que planejou pra seu terceiro ato, além de matar seu ex-marido e pegar suas filhas de volta?

Susanne abaixa os olhos novamente.

— A minha advogada acha que eu devo tomar cuidado com o que digo.

30

A enorme sala de reuniões é bastante iluminada graças às fitas de LED no teto. Saga termina sua apresentação, e em seguida Manvir anuncia que permanece válida a decisão do chefe de polícia de se abster de dar qualquer declaração à imprensa até que a promotora entre em cena e tome ciência do caso.

— O comando regional do distrito de Bergslagen vai realizar uma coletiva de imprensa amanhã, mas não vão mencionar o nosso envolvimento — ele afirma.

Com a testa franzida, Greta beberica seu café. Está vestindo uma calça risca de giz e uma camisa de seda no mesmo tom glacial de azul de seus olhos.

De calça jeans e camiseta azul-marinho, Petter está afundado na cadeira, o queixo enterrado no peito e os braços cruzados.

— Vamos continuar? — Greta pergunta. — Comece pela parte em que vocês conversaram com a menina junto à pilha de compostagem.

— Estávamos correndo de volta pela floresta quando ouvimos o primeiro tiro, e tínhamos acabado de sair de trás do galpão quando o rifle disparou — Joona relata, enrolando as mangas da camisa.

Saga toma a palavra e descreve o momento em que encontraram o colega morto entre as samambaias com um machado cravado na nuca. Greta fica visivelmente transtornada, e Manvir murmura a palavra "desastre" e vai para o canto da sala, de costas para os demais.

— Eu entrei — Saga continua — e encontrei Ida Andersson com um rifle de caça no corredor. Consegui desarmá-la, joguei-a no chão e algemei suas mãos atrás das costas, e foi então que vi que outra mulher, Camilla Boman, estava prestes a castrar nosso outro colega de Munkfors.

— Mas deu tudo certo, não foi? — Petter indaga, limpando a garganta.

— Joona entrou pelo outro lado — Saga explica, inquieta, balançando uma das pernas.

— O que aconteceu? — Greta pergunta, virando-se para Joona.

Joona relembra que correu com a arma em punho rente à beirada do prédio, abaixando-se sob as janelas e diminuindo a velocidade ao chegar à esquina.

Os únicos sons que ele conseguia ouvir da floresta ao redor eram o farfalhar das copas das árvores e o canto melancólico de um melro.

Havia um cano de esgoto enferrujado caído na grama ao lado do muro.

Ele olhou de relance para trás por cima do ombro e avançou na ponta dos pés sem fazer barulho.

O ar recendia a gasolina, terra úmida e grama.

Assim que dobrou a esquina do prédio, um motor começou a estalar, engasgando.

A alça de plástico na ponta do cabo de partida batia na lateral de um cortador de grama, que chacoalhava no gramado à frente de Joona.

A nuvem de fumaça da câmara de combustão rodopiava em direção aos arbustos.

Uma jovem se afastou de Joona na grama alta, movendo-se entre os arbustos e entre as mudas. Ela se abaixou e, com uma expressão sonhadora no rosto, pegou uma foice do chão.

Joona se aproximou dela, a arma ainda apontada para o fundo da casa, mirando a porta dos fundos com a cortina amassada na janela.

— Largue a foice! — ele disse, desligando o motor do crepitante cortador de grama.

Ela olhou para ele, respirando pesadamente. Era a mesma mulher com quem ele havia falado antes, a de cabelo loiro desgrenhado.

— Agora eu vou chegar mais perto e pegar a foice — ele disse, aproximando-se dela com a mão livre erguida em um gesto tranquilizador.

— Não toque em mim — ela murmurou, com os olhos arregalados de pânico.

— Eu prometo que...

Sem aviso, ela atacou. A comprida lâmina acompanhou seu movimento, balançando no ar na altura da cintura. O golpe decepou o topo das plantas jovens, cujos troncos finos caíram no chão em uníssono.

Joona se esquivou do bote e observou o aço curvo passar resvalando por sua barriga e rasgar algumas trepadeiras que pendiam ao seu lado.

Ele se lançou à frente e desferiu um pontapé no joelho dela, ao mesmo tempo que a ponta da lâmina se enterrava bem fundo num grosso tronco de bétula.

Com uma das mãos na nuca da mulher, ele a jogou no chão, apontou a pistola para o prédio e, puxando-a pelo pé, arrastou-a pelo chão.

A fina lâmina da foice ainda estava enterrada na bétula, o cabo da ferramenta trêmulo.

Joona algemou os tornozelos da mulher ao cortador de grama e correu até a porta dos fundos. Aos berros, ela se queixou de ter sido agredida.

Ele abriu a porta e entrou, esquadrinhando rapidamente o banheiro. Seus olhos percorreram a banheira e o chuveiro, o vaso sanitário sem tampa, a pia e um armário espelhado cheio de manchas.

Ele passou por cima de uma toalha ensanguentada no chão, abriu uma porta estreita e saiu para um corredor com portas dos dois lados.

Uma mulher grandalhona, de sutiã branco e empunhando uma faca, estava debruçada sobre Magnus. O policial sangrava muito devido a um ferimento de bala na coxa, e Joona mirou no ombro da mulher, mas logo constatou que não poderia atirar porque Saga estava em sua linha de fogo, atrás dela.

Ele não precisou de tempo para pensar; seus anos de treinamento em combate corpo a corpo lhe disseram instintivamente que um chute certeiro era a única opção disponível.

Ele correu para a frente, levantando o joelho direito durante o passo final para dar impulso e, erguendo-se do chão, acertou-a em cheio com a sola do pé bem no meio do peito.

A mulher foi arremessada para trás e pareceu ficar suspensa no ar por um momento antes de aterrissar em cima do ombro e deslizar pelo chão.

A luminária de papel balançava no teto.

Sem demora, Saga se posicionou em cima da mulher, pisoteou seu pulso e disparou a pistola.

O som do tiro rasgou o espaço apertado, e uma poça de sangue rapidamente brotou no chão, debaixo do ombro da mulher.

— Joona? Como foi do seu ponto de vista? — Greta o pressiona.

— Eu desarmei uma mulher com uma foice, entrei no prédio pela porta dos fundos e trabalhei em colaboração com Saga para prender Camilla Boman e Susanne Hjälm — ele responde sucintamente.

Manvir sai do canto da sala e volta para a mesa; antes de se sentar, desabotoa o paletó e levanta um pouco as pernas da calça.

— Já não achamos que Susanne tenha qualquer ligação direta com o nosso assassino — Saga diz, amassando ansiosamente uma caixa vazia de comprimidos sobre a mesa.

— Depois que Susanne foi detida, o ex-marido nos contou um pouco mais sobre as ameaças que ela vinha fazendo — Joona explica.

— E isso deu a ela um álibi. Susanne assediava e acossava o ex-marido de várias maneiras; chegou inclusive a ficar de tocaia no jardim da casa durante horas a fio, encarando-os. Ela estava lá quando Verner e Margot foram mortos.

— Conseguimos comprovar isso? — Manvir pergunta.

— Ele tirou fotos e manteve um registro detalhado de cada ocorrência — Saga responde. — Os horários exatos, tudo.

— Assim que saiu da prisão, Susanne passou a ligar pra ele, apesar da medida protetiva, e alegou que havia mudado — Joona continua. — Ela implorou ao ex-marido que a deixasse ver as filhas. Alegou que queria que ele levasse as meninas ao retiro de ioga, apenas por um dia, inicialmente por algumas horas.

— Uau — Petter sussurra.

Manvir alisa sua gravata preta fina com uma das mãos, Petter se recosta e coça a barriga.

Uma sombra passa pelas cortinas amarrotadas que cobrem a parede de vidro do corredor, e o ranger das rodas de um carrinho de documentos desaparece ao longe.

— Posso perguntar uma coisa? — Greta toma a palavra, dando um gole na água de seu copo. — Ainda não entendo por que você foi atrás de Susanne Hjälm... Não tínhamos discutido sobre isso.

— Ela é uma das poucas pessoas submetidas à influência de Jurek que sobreviveu pra contar a história — Joona explica.

— E eu descobri que ela havia saído da prisão algumas semanas antes da chegada do primeiro cartão-postal — Saga complementa.

— Ela odeia a polícia, nos culpa por arruinar a vida dela... E, mais do que tudo, ela odeia Joona.

— Mas isso não responde à minha pergunta. Por que você decidiu investigá-la?

— Recebi uma pista de uma fonte em quem confio — Saga responde.

— Quem? — Greta pergunta.

Saga sustenta o olhar dela.

— Não posso dizer.

— Joona?

— Eu não sei quem é, apenas pensei que a lógica era suficientemente sólida pra seguirmos em frente.

— Saga, você sabe que *não* está em serviço operacional, não é? Que você *não* tem poderes de polícia?

— Claro.

31

Manvir vai até o quadro-branco, apaga alguns pontos, desloca outros, acrescenta mais informações e depois recua com a caneta hidrográfica na boca. Os outros se levantam e se reúnem em volta do quadro.

> *Assassino em série planeja matar nove vítimas.*
> *Estuda suas vítimas, conhece seus hábitos e rotinas.*
> *Vítima número 1: Margot Silverman, mulher de meia-idade, diretora da Unic.*
> *Vítima número 2: Severin Balderson, homem idoso, padre da igreja de Santa Maria Madalena.*
> *Vítima número 3: Simon Bjerke, homem de meia-idade, policial na cidade de Estocolmo.*
> *Vítima número 4: Verner Zandén, homem de meia-idade, chefe da Polícia de Segurança.*

O duto de ventilação no teto faz barulho, vibra e sibila, e um intenso clarão atravessa a sala de reuniões quando alguém no prédio oposto abre uma janela.

O vinco na testa de Greta se aprofunda enquanto ela examina a lista de Manvir.

— Como é que o padre se enquadra? — ela pergunta.

— Todos na lista têm um trabalho que lhes dá autoridade sobre outras pessoas. Isso também vale pra ele — Manvir sugere.

— Três policiais, um padre — Greta continua. — Três homens, uma mulher.

Joona parece preocupado, com olheiras escuras. A parte de trás da jaqueta está amassada. Ele suspira e se senta na beirada da mesa, os olhos ainda no quadro-branco.

Estatuetas de metal enviadas a Saga indicam a próxima vítima.
O embrulho prevê o local onde o assassinato ocorrerá.
Atira nas vítimas pelas costas, à queima-roupa.
Munição: balas Makarov 9 × 18 mm, cápsulas de prata fina, detonadores de mercúrio russos.
Tem um veículo com guincho elétrico.
Conhecimento material: fundição de estanho, produção de prata fina, uso de soda cáustica.
Locais do homicídio e de descoberta dos corpos são diferentes.
Locais de descoberta dos cadáveres são todos cemitérios.
Dois cartões-postais com ameaças a Joona, atribuindo a Saga a responsabilidade de salvá-lo.

Petter arranca de debaixo do lábio um chumaço de tabaco, joga-o na lata de lixo e cospe. A caneta hidrográfica manchou de azul os lábios de Manvir, e os olhos de Saga estão focados nas linhas sobrepostas que as cadeiras deixaram no piso de linóleo.

— Estamos sendo burros? — Petter pergunta. — Porra, o que é que não estamos vendo?

— Só vemos o que ele quer que vejamos — Joona diz.

— Você tem alguma ideia melhor?

— Só estou dizendo que talvez as pistas escondam o que realmente estamos procurando, que talvez devêssemos tentar ver o que há entre esses pontos.

— Porque na verdade eles não estão nos levando a lugar nenhum — Saga concorda.

— Se querem saber o que eu penso... — Greta diz, tirando algumas migalhas da blusa. — A meu ver o que mais se destaca é a ligação com vocês dois, Saga e Joona. Porque, junto com a fixação em Jurek Walter, isso está longe de ser uma coincidência.

— Jurek é a chave aqui — Joona diz baixinho.

Eles voltam para a mesa, servem-se de mais café e começam a passar entre si fotografias e resultados de exames.

— Posso dizer uma coisa? — Saga pergunta. — Antes de Jurek recrutar o Castor, ele estava em contato com vários outros criminosos... Tentamos identificar e localizar todos eles, mas três nomes acabaram saindo do nosso radar: Jakov Fauster, Alexander Pichushkin e Pedro Lopez Monsalve.

Greta, Manvir e Petter parecem confusos, sem saber de onde vem essa informação.

— Fauster e Pichushkin estão presos, e Monsalve é um homem idoso — Joona diz.

— Ainda acho que pode valer a pena investigá-los, apenas pra ter certeza de que não escaparam ou saíram do país.

— Tudo bem — Greta diz.

— Isso também vem de sua fonte secreta? — Petter pergunta, com uma pitada de ceticismo na voz.

Antes que ela tenha tempo de responder, os cinco celulares da sala apitam, tocam ou vibram simultaneamente emitindo o mesmo alerta: a sala de correspondência acaba de receber um pacote endereçado a Saga Bauer.

Todos se levantam e se dirigem às pressas para o corredor.

— Estamos descendo — Manvir comunica a central de comando. — O esquadrão antibomba deve chegar em dois minutos. Evacuem a sala de reuniões e chamem os peritos, tomem todas as providências pra que a unidade tática esteja a postos.

Durante a descida do elevador até o térreo, ninguém abre a boca. Todos sabem o que têm de fazer, que essa talvez seja a oportunidade de deter o assassino.

Quando chegam lá, o esquadrão antibomba já submeteu o pacote a um teste de detecção de traços de explosivos e confirmou que não há material inflamável, e tanto a máquina de raio X quanto o detector de metais sugerem a presença de uma pequena estatueta de metal dentro.

Joona avança e agarra o pacote, corre atrás dos outros membros do grupo e os alcança assim que chegam à sala de reuniões, onde um comando operacional está sendo montado.

Dois peritos forenses chegam apressados com macacões e viseiras de proteção, mas Joona simplesmente deixa o pacote sobre a primeira mesa disponível. Saga arranca a fita adesiva marrom e a joga no chão. Um dos peritos recolhe cuidadosamente a fita descartada e a deposita dentro de uma caixa de coleta de evidências.

Joona abre as abas da caixa, tira uma bola de papel-alumínio e a desembrulha. Dentro há um pequeno pacote de papel-toalha.

Com movimentos calculados e robóticos, os peritos cobrem duas mesas com plástico protetor e montam seus equipamentos.

Do pequeno embrulho, Joona tira uma fotografia enrolada e amarrada com um elástico vermelho.

Quando despeja a pequena estatueta na palma da mão, por trás dela surge adejando uma asa de borboleta, que cai rodopiando até pousar na mesa.

Um dos peritos corre e a agarra com uma pinça.

Joona segura a estatueta entre o indicador e o polegar. Ele vê que é uma mulher, mas não consegue distinguir seu rosto.

Saga passa por cima do cabo da extensão, arranca a capa preta de PVC do pesado microscópio digital, joga-a no chão e conecta o cabo no laptop da mesa ao lado.

Joona põe a estatueta na lâmina do microscópio e ajusta a luz, o foco e o grau de ampliação.

O grupo se reúne em torno da tela do computador.

A mulherzinha de estanho está usando sapatos baixos, saia e suéter. Ela tem um queixo pronunciado, nariz fino e lábios franzidos.

— Essa é Francesca Beckman, uma das psicólogas do Centro de Crise e Trauma — Saga diz, elevando o tom de voz.

— Tem certeza? — Joona pergunta.

— Sim.

— Vocês ouviram isso? — Petter pergunta para a teleconferência que eles convocaram. — É a nossa psicóloga Francesca Beckman, do Centro de Crise e Trauma.

— Eu ouvi — Randy responde do oitavo andar.

— Eu tenho o número pessoal dela — Saga diz, pegando o celular e compartilhando com Manvir os dados do contato.

— Petter, diga a Randy pra descobrir onde ela mora — Joona diz.

— Estou ligando pra ela agora — Manvir responde com o celular no ouvido.

— Ela mora no bairro de Bromma — Petter diz. — Na rua Thaliavägen, número...

Ele se cala de súbito quando Manvir levanta a mão e põe o telefone no viva-voz.

— Francesca Beckman — uma voz diz.

— Aqui é Manvir Rai, da Unidade Nacional de Investigação Criminal. Preciso que me escute, há uma ameaça séria e imediata à sua segurança...

— Pergunte onde ela está — Joona diz.

— Meu celular está quase sem...

A voz de Francesca é cortada no meio da frase.

— Alô? Francesca?

Manvir tenta ligar de volta para Francesca, mas é evidente que o celular ficou sem bateria.

— Porra, isto não pode estar acontecendo! — Petter diz.

— Ela estava em casa ou no trabalho? — Saga pergunta.

— Não sei — Manvir responde, olhando para ela com uma expressão de cansaço.

— Caralho! — Saga sussurra, passando a mão pelo cabelo.

— Por que não enviamos a unidade tática pra casa dela? — Petter indaga.

— Vou avisar a central de comando — Greta diz, correndo até o grupo de policiais na mesa mais distante.

— Eles não conseguem rastrear a ligação? — Saga pergunta a Petter. — Me diga que são capazes de rastrear o celular dela!

— Vocês conseguem me dar uma geolocalização do celular de Francesca? — Petter pergunta.

— Não sei, estamos tentando — Randy responde pelo alto-falante.

Petter esfrega os olhos com força. Manchas escuras de suor aparecem sob as mangas de sua camiseta azul-marinho.

— Isso está demorando muito, vou despachar dois carros de patrulha pra casa dela em Bromma — Joona diz.

Ele entra em contato com o comando regional enquanto Manvir instrui a equipe do oitavo andar a ligar para o chefe, colegas, familiares e amigos de Francesca, na tentativa de localizá-la.

— O marido trabalha no tribunal de segunda instância em Riddarholmen — Manvir diz, olhando para a tela do celular.

— Vou ligar pra ele — Petter diz.

— Eles têm dois filhos adultos que moram em Täby. A irmã dela, Jeanette, mora em Hägersten e trabalha no setor de relações públicas da construtora Skanska. Ambos os filhos são estudantes do Instituto Real de Tecnologia...

— Você já tentou ligar pra ela de novo? — Saga pergunta.

— Estou tentando fazer isso o tempo todo, cai direto na caixa postal.

— O marido dela está a bordo de um avião rumo a Dallas! — Petter grita.

— Os filhos não atendem. Ninguém atende! — Greta diz.

— Tente de novo, tente de novo!

Do outro lado da sala, o líder do grupo de comando esmurra a mesa, frustrado.

— Não podemos simplesmente deixá-la morrer! — Saga grita.

— Vamos encontrá-la — Manvir a tranquiliza.

— Acho que temos que solucionar o enigma — Joona diz.

— Rápido, esvaziem a mesa... Precisamos de mais espaço — Saga pede.

— Tirem isto daqui! — Petter aponta.

— Tragam as cadeiras pra cá!

Um dos peritos chega correndo com uma cadeira e tropeça no cabo do microscópio. O pesado instrumento cai no chão, espalhando cacos de vidro pelos pés de todos.

— Estão dizendo que não conseguem rastrear o telefone — Randy anuncia pelo viva-voz.

— Merda! — Petter xinga, tão alto que lança um jato de saliva sobre a mesa.

— Silêncio — Saga diz a ele.

Greta se aproxima dos outros, com a testa franzida de irritação.

— Quatro minutos — Joona murmura para si mesmo.

Sobre a mesa à frente do grupo, ele alinha o papel-alumínio amarfanhado, o papel-toalha, um tubo plástico de coleta de evidências contendo a asa de borboleta, o elástico vermelho e a fotografia. Esta está enrolada em ambas as extremidades, então ele precisa alisá-la com os dedos.

— Precisamos pensar — Saga diz, posicionando-se ao lado de Joona.

O perito forense reaparece com uma vassoura e começa a varrer os cacos de vidro ao redor do microscópio espatifado.

— Esqueça isso! — ela grita.

— Calem a boca, todos! — Petter ordena, aos berros.

A pequena fotografia — não maior que uma carta de baralho — é uma antiga imagem de um teatro, colorida à mão, e mostra um homem trajando o que parecem ser roupas da Inglaterra do século XVI: casaco curto de veludo, calça bufante, meias brancas e sapatos com fivelas grandes.

À exceção do paletó cor de vinho e dos anéis de ouro nos dedos, as cores são todas suaves.

Manvir joga a gravata por cima do ombro e se inclina para a frente.

— Algum de vocês está entendendo alguma coisa? — Greta pergunta, ajeitando uma mecha de cabelo grisalho atrás da orelha.

— Vire — Joona diz.

No verso da imagem há uma única linha de texto: *Maria Tudor, de Victor Hugo, Teatro Dramático Real de Estocolmo, 1882.*

— Ele vai matá-la no teatro? — Greta pergunta, com um tom de ceticismo na voz.

— Isso parece fácil demais — Saga comenta.

— Ele está apertando um pouco mais o parafuso a cada vítima; o grau de dificuldade aumenta cada vez mais — Manvir aponta, sua testa enrugada pelo profundo vinco.

— Algum de vocês conhece a peça? — Joona pergunta.

— Não.

— Vamos lá, vamos lá, nosso tempo está acabando... — Saga murmura.

— Relaxe, vamos encontrá-la. Vamos encontrá-la — Petter repete.

— Eu só não quero que ela morra.

Manvir morde o lábio e põe na tela do computador uma ampliação da asa de borboleta. É laranja-acastanhada, com uma faixa branca e uma forma oval amarela na ponta.

— Papel-alumínio, borboleta, teatro — ele diz.
— Precisamos ser mais específicos. Que tipo de borboleta é, que espécie, onde é encontrada? — Joona pergunta.
— Isso está difícil demais — Greta sussurra. — Está demorando muito...

32

Com as pernas trêmulas, Francesca sobe as escadas; numa das mãos ela segura o celular sem bateria; com a outra, apoia-se no corrimão.

As palavras do policial sobre uma ameaça séria e imediata à sua vida ainda ecoam em seus ouvidos.

Ela chega ao patamar, empurra para o lado a cortina de contas e entra no quarto da irmã. Há um carregador na tomada ao lado da cama, e ela se aproxima e conecta o aparelho.

Ao encostar umas nas outras, as contas de plástico chacoalham atrás dela.

Na gaveta aberta da mesinha de cabeceira, ela vê um massageador cor-de-rosa, um pacote de analgésicos e um protetor bucal de plástico.

Todas as sextas-feiras, a irmã caçula de Francesca vai à casa do namorado, numa ilha no lago Mälaren. Ela leva o cachorro sempre que pode, mas acontece que os filhos do namorado ficam com o pai em alguns fins de semana, e o mais novo tem alergia. Isso significa que Oki tem que ficar em casa, e Francesca geralmente se oferece para cuidar dele.

Ela o leva para passear e o deixa no jardim dos fundos, à noite prepara uma refeição simples e depois se aconchega no sofá com um bom livro e uma taça de vinho antes de dormir no quarto de hóspedes.

O marido de Francesca está a caminho de Dallas a trabalho, mas mesmo quando está em casa, ele faz muito pouco além de assistir a programas de TV, ir para a cama cedo e acordar às seis da manhã aos sábados para ouvir seu programa favorito sobre natureza e meio ambiente no rádio.

Francesca se sente agradavelmente fora do mundo na casa da irmã, uma residência no estilo da década de 1970, toda em tijolos vermelhos, faia lacada e vidro trabalhado.

As cortinas estão fechadas na janela do sótão.

Ela deixa o celular na mesinha de cabeceira. A tela ainda está escura.

Ela não consegue processar direito o que o homem da Unic estava tentando dizer.

Uma ameaça séria e imediata?

Aquilo lhe deu a impressão de que ele estava prestes a oferecer proteção policial.

Como psicóloga, Francesca está bastante acostumada com ameaças, e são raríssimas as ocasiões em que se sente ansiosa ou com medo. Sua linha de trabalho frequentemente a põe em contato com indivíduos desajustados, e ela sabe como funciona a mente dessas pessoas.

Apesar de tudo isso, Francesca pensa que se enganou com Jonny. Ela vai até a janela e puxa a cortina com cuidado para olhar as folhas escuras no teto da garagem, a entrada asfaltada e a caixa de correio na rua estreita.

Jonny Sylvan era um jovem traumatizado pela explosão de uma bomba, e que desenvolveu uma obsessão por ela.

Ela pensa no rosto magro dele, no nariz e na mandíbula reconstruídos, no olho protético que parecia encará-la fixamente com intensidade.

O homem teve dificuldades para entender que a atenção que ele lhe dava, e que a princípio ela julgava lisonjeira, de repente pareceu invasiva e ameaçadora.

Quando ele quebrou a cadeira do consultório, Francesca não o denunciou; ela simplesmente repassou a terapia dele a um de seus colegas homens. Ela sabia que Jonny precisava de uma segunda chance.

Porém, algumas semanas depois, ela se deu conta de que ele a estava perseguindo.

Francesca se vira para a mesinha de cabeceira e tenta ligar o celular, mas o aparelho ainda insiste em não voltar à vida.

Talvez ela devesse simplesmente descer as escadas, entrar no carro e se dirigir até a delegacia de polícia em Kungsholmen.

Francesca percebe que a porta não está trancada e que Oki ainda está do lado de fora, e seu coração começa a bater mais rápido.

Ela sai do quarto e desce as escadas que rangem. A cada passo ela consegue ver, por entre o corrimão à sua direita, um pedaço maior do corredor. O armário de casacos, o banheiro de hóspedes, o quarto de hóspedes onde ela dorme e, no fundo, a porta da varanda.

A parte mais escura da casa.

Ela chega ao corredor de tacos dourado-avermelhados e fica perfeitamente imóvel, de ouvidos aguçados.

A cozinha, com azulejos marrons e detalhes em cobre, fica à sua esquerda.

Bem à frente, ela consegue entrever a sala de estar através da porta de vidro canelado.

Francesca conjectura sobre o possível significado do telefonema da polícia, e sobre o grau de urgência do assunto. Ela retornará a ligação e esclarecerá tudo assim que o aparelho estiver carregado e funcionando novamente.

Ela abre a porta da sala de estar e, através do vidro texturizado, observa atentamente a lareira angular de tijolos, o rack da TV, as estantes cheias de livros e o sofá de couro marrom.

Jonny Sylvan estava na rua em frente à casa de Francesca quando a polícia enfim o prendeu. Ele usava um cinto de explosivos e disse calmamente aos policiais que ele e Francesca morreriam juntos num abraço.

O homem foi internado numa instituição psiquiátrica de segurança máxima e colocado sob cuidados intensivos, mas isso aconteceu há mais de dois anos.

Ao entrar na sala, Francesca sente um arrepio percorrer sua espinha, e ela tem de se esforçar para não dar as costas ao corredor às escuras do lado de fora.

Há uma portinhola para animais na porta do quintal, mas ela pensa que o cachorro da irmã talvez seja orgulhoso demais para usá-la. Oki é um spaniel japonês — tem dois anos, é menor que um gato, mas ainda assim um cachorro —, e seu nome significa "grande" em japonês.

Francesca abre a porta e enfia a cabeça para espiar o jardim exuberante e sombreado, observando os móveis descascados, o desenho axadrezado do musgo verde entre as pedras do pavimento, o gramado, as árvores e os arbustos.

— Oki? — Francesca grita, com a voz ligeiramente fraca.

Ela sai e sente sob os pés descalços o frio das pedras do pavimento, passa pela churrasqueira vermelha e olha para uma bandeja de metal onde há uma velha espiral repelente de mosquitos.

A fileira de jardins atrás de cada casa é separada por cercas baixas, muros e sebes, e não há sinal de nenhum dos vizinhos, mas ela sente na brisa o cheiro defumado de carvão.

Francesca avança pela grama úmida e olha para as rochas íngremes, para as árvores e para a densa vegetação do parque.

Ela passa pela bétula de tronco nodoso e vai até os arbustos de groselha, onde se vira para encarar a casa. Observa a porta aberta, as cortinas das janelas da sala, a cozinha escura e os vasos de plantas nos parapeitos.

Francesca percebe que está sorrindo ao se pegar pensando na breve conversa que teve com Erland na quinta-feira. Eles estavam sentados à mesa depois do jantar, e ela lhe disse que sentia falta de fazer sexo, que foi sua educação cristã que a fazia se abster. Ela não tem certeza se alguma outra vez na vida já viu o marido mais feliz do que naquele momento. As bochechas de Erland coraram, e ele tentou parecer calmo e maduro quando respondeu que também tinha sentido falta, que adoraria tentar novamente — no ritmo dela.

Algo farfalha perto da banheira de madeira que a irmã insistiu em comprar, mas quase nunca usa. Francesca se vira e afasta alguns galhos.

Ela ouve o bater frenético de patinhas, seguido por um latido alto, quando Oki vem correndo da casa ao lado.

O vizinho idoso costuma dar almôndegas a Oki.

Francesca solta um suspiro de alívio e volta para casa com o cachorro correndo em volta de seus tornozelos. Ela tranca a porta e tira a chave da fechadura.

Oki vai correndo na frente, suas unhas estalando no assoalho de madeira do corredor. Quando Francesca chega à cozinha, o cão já está choramingando perto das tigelas de comida — mas sem muito entusiasmo, porque sabe que ela não é fácil de seduzir.

— O quê, você não ganhou suas almôndegas hoje? — ela pergunta, largando a chave numa bandeja em cima da cômoda.

Oki corre e começa a arranhar a porta da garagem.

— O que você está fazendo? — Francesca pergunta, servindo-lhe um pouco de ração e água. — Estou no comando agora. Jeanette está de saco cheio de você. Ela fica esperando, mas você nunca cresce.

O cachorro avança e começa a devorar a comida.

Francesca verifica a maçaneta da porta. Está trancada, é claro, e o carro dela está estacionado tão rente à parede externa que, de qualquer maneira, ninguém conseguiria entrar.

Em algum lugar distante, ela ouve um homem gritar.

Sua mente se volta para os detalhes sem vida do rosto angustiado de Jonny. As gotas turvas de suor que pingavam na mesa. O cabelo grosso e escovado do rapaz escondendo seu aparelho auditivo. Jonny lhe contou que a primeira onda de choque apagou a chama do fósforo que ele usaria para acender o cigarro.

O homem disse que, no fim, era ele a chama que se extinguiu; que por um momento deixou de existir, para descansar no incrível silêncio da obliteração absoluta.

Francesca se lembra de como ele arranhou os antebraços peludos enquanto lhe explicava que foi atingido pela explosão entre escombros e peças de carro retorcidas. Ele caiu no chão e voltou à vida, bem acordado e com terríveis dores.

Em seu ramo de trabalho, Francesca costuma conhecer policiais traumatizados, pessoas que se feriram ou machucaram alguém, que se tornaram agressivas e não reconhecem mais quem são. Homens e mulheres que desenvolveram problemas de dependência química depois de desenterrar restos carbonizados de crianças no meio de destroços.

Através da porta da garagem, ela ouve um barulho de motor que fica mais alto e depois cessa abruptamente.

Alguém acabou de parar um carro em frente à casa.

Será a polícia? O primeiro carro de patrulha a chegar?

Cerca de sete minutos se passaram desde que telefonaram.

Francesca corre ao longo do corredor, passa pelas escadas e pelo armário de casacos, pelo banheiro e pelo quarto de hóspedes, até por fim abrir a porta da varanda.

Pode ser que já tenham prendido Jonny. Como tentaram falar com ela e não conseguiram, talvez tenham enviado um carro.

Ela vai até a janelinha da porta da frente, usando as mãos para bloquear a luz enquanto espia lá fora.

Uma picape velha com um guincho na carroceria deu ré na entrada da garagem.

A porta do motorista está aberta, o ar tremula acima do capô quente.

O caminho até a porta da frente fica escondido atrás de arbustos densos, o que significa que ela não consegue ver se o motorista está vindo em sua direção.

Francesca dá um passo para trás e estende a mão para a comprida chave na fechadura de segurança, girando-a sem tirar os olhos da janela.

Ela ouve um clique quando o trinco desliza até se encaixar; quando puxa a chave da fechadura, a porta inteira estremece.

Francesca arqueja e vê a chave cair entre os sapatos no tapete. Ela sai da varanda e se apoia na parede.

A porta balança novamente quando outro caminhão passa pela rua.

Ela está se preocupando por nada; a picape provavelmente pertence a um jardineiro, nada além disso.

Ela se vira e aperta os olhos para o corredor às escuras, imaginando quanto tempo a ajuda demorará a chegar se ela subir, entrar no quarto da irmã, tirar o celular da tomada, esconder-se debaixo da cama, apertar o botão liga/desliga, digitar a senha, abrir seu histórico de chamadas e ligar para a Unidade Nacional de Investigação Criminal.

O celular provavelmente já tem carga suficiente pra fazer uma chamada agora, ela pensa enquanto ouve um tilintar em algum lugar da casa.

Ela estaca e prende a respiração.

Há alguém na cozinha, abrindo as gavetas e fazendo os talheres chacoalharem.

Andando pé ante pé pelo corredor, Francesca entra no armário de casacos e fecha a porta. Ela sabe que não há como se esgueirar pelos degraus rangentes das escadas para pegar o celular. Simplesmente terá que dar um jeito de sair e fugir correndo.

33

A atividade na sala de reuniões no andar térreo da estação policial é febril. O grupo de comando está em processo de elaboração de um plano para a próxima operação, repassando os diversos protocolos de tomada de decisões.

Vários mapas foram afixados numa parede, modelos para avaliações de risco foram descartados, abordagens foram planejadas.

A equipe de perícia forense ainda não conseguiu encontrar impressões digitais, DNA ou fibras no material do embrulho.

Joona consulta o relógio e depois segura junto à luminária o pequeno tubo de plástico que contém a asa de borboleta, virando-o sob a luz. A parte de trás da asa é da cor de papel velho ou tabaco, e o desenho lembra a teia de nervuras de uma folha.

— Oi, tem alguém do oitavo andar? — Petter grita ao telefone. — O que está acontecendo aí em cima? Podem nos dar alguma resposta? Ninguém sabe onde ela está?

— Estamos trabalhando nisso — Randy diz pelo viva-voz.

— Isso é ótimo, mas precisamos...

— Calma, Petter — Manvir o interrompe.

Do outro lado da sala, dois dos peritos estão em uma acalorada discussão.

— Francesca Beckman tem alguma ligação com o Teatro Dramático Real? — Greta pergunta, coçando o pulso.

— Não sei, tem? — Petter pergunta mais adiante.

— Não que a gente consiga identificar — Randy responde.

Joona larga o tubo e pega novamente a fotografia. As cores desbotaram tanto ao longo dos anos que o rosto do ator parece de estanho. No instante em que Joona vira a imagem para examinar o verso, recebe uma chamada pelo rádio.

— Duas unidades acabaram de chegar ao endereço — o policial de plantão informa. — Transferindo a ligação para o comandante da força-tarefa.

— Devemos entrar? — uma voz pergunta.

— Vistam os coletes à prova de bala — Joona o instrui. — Uma equipe de retaguarda nos fundos, a outra na porta da frente.

Petter se reclina na cadeira e usa as costas da mão para enxugar o suor do lábio superior.

— Sem resposta, ninguém atende a campainha — o comandante da força-tarefa anuncia pelo rádio. — Nenhum sinal de arrombamento ou...

— Forcem a porta — Joona completa.

Petter mostra a tela do seu celular para os outros. Seu rosto está pálido; sua testa, coberta de suor.

— Randy recebeu uma atualização! — ele grita.

— Francesca não está no trabalho. Ela saiu mais cedo, mas não disse aonde ia — a voz de Randy diz pelo viva-voz. — Ela não está na academia, nem...

— Minha nossa, eu não dou conta de fazer isso — Petter geme, e parece em vias de irromper no choro a qualquer momento.

Nesse instante, o rádio estala e o comandante da força-tarefa avisa que agora seus homens estão dentro da propriedade.

— Entramos na casa, estamos verificando os quartos... Não tem ninguém aqui, nada que sugira um delito — ele diz, a respiração acelerada e entrecortada.

— Ela não está em casa — Joona repete, a voz alta o suficiente para que todos possam ouvir.

Randy avisa que acabaram de enviar imagens da fotografia ao Museu de Artes Cênicas, ao crítico de teatro Leif Zern e à equipe do Teatro Dramático Real.

— E a borboleta? — Greta pergunta.

— Tem um cara da Delegacia de Crimes Ambientais que por acaso é especialista em borboletas — Randy responde. — Ele faz parte da Comissão Nacional de Borboletas, escreveu o *Guia nacional das borboletas da Suécia*.

As mãos de Saga tremem enquanto ela examina o papel-alumínio milímetro por milímetro usando um novo microscópio.

— O helicóptero está no ar — Greta diz aos outros.

Para poupar tempo depois de descobrirem onde o assassino planeja matar Francesca, o chefe da polícia local emitiu uma ordem para acionar a Força-Tarefa Nacional.

— Já se passaram onze minutos — Joona sussurra.

— Pense, pense, pense — Saga diz com voz maníaca. — Temos tudo de que precisamos, sabemos quem é a vítima, só precisamos descobrir onde vai acontecer. Deve ser possível.

Um dos peritos se afasta, na tentativa de conter as lágrimas. Por um momento, fica de costas para os outros, fingindo estudar o mapa, depois seca os olhos e volta ao trabalho.

— Randy, o que está acontecendo? — Petter pergunta.

— Isso está demorando muito! — Saga grita para ele.

— Estamos ligando pra todo mundo que...

— Estou recebendo um telefonema — Joona o interrompe, erguendo o celular.

— Silêncio! — Petter grita.

— Joona Linna.

— Aqui quem fala é Nisse Hydén — uma voz rouca diz do outro da linha.

— Você já teve a oportunidade de ver a foto da asa de borboleta?

— Liguei pra você assim que recebi a mensagem.

— Pode nos dizer alguma coisa a respeito dela? — Joona vai direto ao ponto.

— Ah, trata-se de uma *Nymphalidae*, não há dúvida. As borboletas dessa família não são encontradas em estado selvagem na Suécia, mas... Deixe-me dar uma olhada rápida... É uma *Limenitis... archippus*. Não, *Limenitis iphiclus*, conforme documentado por Lineu. São nativas da América Central e do Sul, pertencendo a uma série de espécies conhecidas como "borboletas irmãs" por causa das manchas brancas nas asas... Irmãs no sentido de freiras, entendeu?

— Certo, então onde é possível encontrar uma borboleta dessas na Suécia? — Joona pergunta, mais uma vez consultando o relógio.

— Certamente não no borboletário de Haga, mas possivelmente no Museu de História Natural ou no acervo de um colecionador... Posso dar alguns telefonemas.

— É urgentíssimo — Joona responde, encerrando a ligação.

— Irmãs, freiras? Quais são os conventos que existem na Suécia? — Saga pergunta.

— Há a congregação das Irmãs de São Francisco em Sjövik, o mosteiro em Linköping, as Filhas de Maria em Enköping — Manvir sugere, virando o seu computador para os outros.

— Então nós temos o Teatro Dramático Real, conventos — Greta começa. — Borboletas, Victor Hugo, França, *O corcunda de Notre--Dame*, *Maria Tudor*... — Sua voz falha de tensão, e ela se cala.

— *Notre-Dame* significa "Nossa Senhora" em francês, é Maria... E temos o convento das Filhas de Maria em Enköping — Saga diz, batendo a caneta na mesa. — Não sei se isso nos leva a algum lugar, mas Francesca Beckman tem alguma relação com Enköping, com o convento?

— Vou pesquisar isso agora — Randy diz.

Joona fecha os olhos por alguns segundos, tentando encontrar a relação.

— O nome da borboleta é *Limenitis iphiclus* — Manvir diz. — Ou seja, Íficles. O semideus grego Héracles, que em Roma era conhecido como Hércules, tinha a mesma mãe que Íficles... Na verdade, os dois eram gêmeos e meios-irmãos. Isso é algo realmente incomum, conhecido como superfecundação, que é quando...

— Esperem, estou recebendo uma ligação do crítico de teatro.

Joona atende e põe o celular no viva-voz.

— Eu nunca tinha visto esta fotografia — Leif Zern comenta, tentando conter o entusiasmo. — A peça *Maria Tudor* é sobre a rainha Maria I da Inglaterra, mais conhecida como Bloody Mary, a "Maria sangrenta", é claro...

— Prossiga.

— Imagino que Victor Hugo, sendo francês, se divertiu à beça arranjando um amante para a rainha inglesa; afinal, a ficção tem direito às suas próprias verdades. De qualquer forma, esse amante, Fabiano Fabiani, foi executado por decapitação, apesar de ser amado pela rainha — Zern continua a explicação, parando para pigarrear. — E nesta imagem do Dramaten, claro, temos o ator Georg Dahlqvist, que também foi cantor de ópera...

— Muito obrigado pela ajuda — Joona o interrompe, encerrando a ligação.

— Escutem. O ator na fotografia é Georg Dahlqvist, que dá nome a um parque no distrito de Hägersten, onde mora a irmã de Francesca Beckman.

— Borboletas irmãs — Saga diz. — Petter, verifique se a casa da irmã fica nas imediações do parque Georg Dahlqvist.

— Vamos, vamos — Saga sussurra.

— Ela mora numa casa na rua Sankt Mickels, que fica de frente para o parque.

34

Francesca está dentro do armário de casacos, em cima de uma pilha de sapatos e guarda-chuvas, encolhida em meio a casacos de inverno, cadeiras dobráveis, sacolas com garrafas vazias, uma tábua de passar roupa e uma escadinha portátil de alumínio. Ela segura com força a pequena maçaneta de porcelana, tentando manter a porta fechada.

A casa está em silêncio novamente.

Seu sangue começa a trovejar nos ouvidos enquanto ela abre um pouco a porta para escutar melhor.

Parece que o intruso saiu da cozinha e parou no corredor.

Se ele subisse até o andar de cima para procurá-la, ela poderia se lançar às pressas pelo corredor até a sala de estar e sair pela porta dos fundos, abrindo caminho entre os jardins até encontrar um dos vizinhos.

— Ajude-me, senhor meu Deus — ela reza baixinho. — Venha e me salve, amém, amém. Maranata! Venha, Senhor Jesus!

Ela ouve o som das patas de Oki no corredor, seguido pelos passos mais pesados do intruso.

Francesca fecha outra vez a porta, agarrando-se à maçaneta para impedir que ela se abra novamente.

Oki para do lado de fora do armário de casacos.

Ela prende a respiração.

O ruído dos passos pesados atravessa a sala, e pelas frestas da porta ela vislumbra o vulto caminhando em direção ao quarto de hóspedes.

A bolsa e a jaqueta dela estão lá, em cima da cama.

Francesca respira fundo e em silêncio.

O intruso entra no quarto e se detém.

Agora ele deve saber que ela está na casa.

Ele verifica atrás das cortinas, espreita embaixo da cama e no guarda-roupa antes de voltar para o corredor e abrir a porta do banheiro.

Quando Francesca se enfiou no armário de casacos, seu pé esquerdo acabou ficando em um ângulo estranho, encostado num par de botas resistentes, e agora está completamente dormente.

Ela precisa mudar de posição, mas quando tenta se mexer, algumas garrafas vazias tilintam.

O corredor lá fora está silencioso.

Sua mão treme na maçaneta.

Ela se pega pensando em Jonny. Conclui que precisa conversar com ele como psicóloga; deve haver uma maneira de fazê-lo entender, aceitar. Em pânico, Francesca tenta desesperadamente se lembrar do que costumava acalmá-lo quando ele era seu paciente.

O intruso começa a se deslocar novamente, passa pelo armário de casacos.

Os degraus da escada rangem sob o peso dele, e Francesca reconhece o barulho da cortina de contas no andar de cima.

Ela entreabre um pouco mais a porta e ouve os passos continuarem.

Prendendo a respiração, ela espia.

O corredor está quieto.

Uma ameaça séria e imediata, foi o que o policial disse.

Estariam tentando avisá-la de que Jonny tinha um novo cinto de explosivos suicida, de que estava a caminho?

As contas de plástico no vão da porta do quarto da irmã silenciam.

A tábua de passar roupa cai sobre os casacos quando Francesca sai do armário.

Os joelhos dela estão fracos, e a mulher sente a adrenalina se avolumando.

Francesca corre até as portas de vidro e se esgueira para dentro da sala de estar, onde tromba no banquinho. Só quando chega à porta para o pátio é que constata que está trancada, e que mais cedo ela levou a chave para a cozinha.

A cortina de contas do andar de cima volta a fazer barulho.

Francesca se ajoelha e enfia os dedos sob o friso de borracha ao redor da borda da portinhola para animais, abrindo-a.

Seu corpo inteiro está tremendo quando ela se deita de costas, segura a portinhola aberta e usa as pernas para tentar passar pelo buraco. Sua cabeça emerge no ar frio do outro lado.

Nuvens correm no pálido céu noturno.

Como já não consegue mais ver se há alguém na sala de estar, ela sente o corpo ser invadido por uma onda de pânico. É exatamente como brincar de esconde-esconde quando criança, a sensação de quase ser pega, aquele momento estranho antes de acontecer, quando se quer desistir, mas se continua mesmo assim.

Ela consegue fazer passarem os ombros, mas seus braços ainda estão colados às laterais do corpo.

Suas costas estão ardendo porque ela se esfolou no chão.

Oki está latindo freneticamente junto das pernas dela.

Francesca faz o máximo de força de que é capaz e consegue fazer passarem os braços.

Ela empurra a porta com ambas as mãos, mas algo a impede.

Foi a portinhola que caiu e ficou presa no cós da calça jeans. Francesca enfia o braço de volta para dentro e levanta a portinhola; quando começa a contorcer o corpo para escapar, alguém agarra seu pé.

Aos berros, Francesca se sente sendo arrastada de volta pela abertura. Ela se apoia com uma das mãos e ataca com as pernas. Graças aos pontapés, o intruso solta seu tornozelo e ela consegue se afastar, batendo um dos joelhos na borda da portinhola e gemendo de dor.

Francesca rasteja pelas pedras do pavimento e, a duras penas, consegue ficar de pé. Assim que começa a correr, o estalo de um tiro ressoa no ar. Cacos de vidro e lascas de madeira se espalham pelo chão atrás dela.

Francesca salta a cerca baixa para o jardim do vizinho, passa correndo por algumas espreguiçadeiras e um guarda-sol. Escala a sebe do outro lado e atravessa às pressas o quintal seguinte, passando por um jardim de inverno escuro cheio de móveis de rattan.

Ela escala um muro baixo, arranha-se nos arbustos de framboesa e cai na terra macia do outro lado, depois avança tropeçando pelo gramado.

Mais à frente, um homem grelha espetinhos de frango enquanto duas crianças saltam para cima e para baixo em uma cama elástica.

Francesca está petrificada de medo, seus pensamentos estão caóticos, mas ela sabe que não pode pedir ajuda ao homem. Se Jonny detonar o cinto de explosivos, as crianças morrerão.

Perplexo, o homem a encara e dá um passo para trás com os pegadores numa das mãos.

— Entre, vá pra dentro! — ela ofega. — E leve as crianças. Tranque as portas! Chame a polícia!

Francesca continua correndo pelos jardins dos vizinhos; ela atravessa uma rua estreita, abre caminho por entre arbustos, passa por pátios e por duas pequenas estufas, tudo sem ver ninguém.

Quando avista a capela ao longe, Francesca estaca de repente, sem fôlego. Quando se põe de novo em movimento, suas costas estão molhadas de suor, e suas pernas parecem feitas de gelatina. A tinta branca do madeiramento da fachada está descascando. Francesca sabe que a chave reserva está dentro de uma pedra de plástico oca entre os pés de morango junto à escada.

35

O helicóptero que estava pairando no ar acima do prédio da Força-Tarefa Nacional em Ulriksdal foi desviado para o sul não mais de vinte segundos depois de Joona solucionar o enigma.

O próprio Joona correu em direção aos elevadores, pulou no carro e atravessou o túnel a toda a velocidade em direção a Fridhemsplan.

O helicóptero sobrevoou a extensa rede de ruas estreitas ocultadas pelas copas das árvores maduras. A área residencial é tão compacta que não havia nenhum lugar claro para pousar, e em vez disso dois agentes desceram ao solo por meio de rapel. Eles pararam o tráfego em Hägerstensvägen, de modo a permitir a aterrissagem do helicóptero na ampla passagem e o desembarque do restante da força-tarefa.

O fluxo de ar descendente das pás do rotor levanta a poeira do solo, arrancando folhas dos arbustos nos jardins próximos.

Um descensor de metal, a peça através da qual o cabo de aço do rapel passa, atinge com estrépito o asfalto enquanto os outros seis militares desembarcam, e o cabo é içado de volta antes da decolagem.

Todos os agentes usam capacetes balísticos e armaduras de cerâmica; nas mãos, carregam rifles de assalto.

À medida que correm em direção ao endereço, a central de comando fornece informações sobre zonas de risco, rotas individuais de abordagem e pontos de coordenação da operação com outras unidades.

Serão instalados bloqueios em todas as estradas principais nas imediações de Hägersten.

Joona acaba de sair da via expressa, passando por Aspudden, quando a unidade tática informa que a casa está vazia, mas que a porta dos fundos — que dá para o parque — foi despedaçada a tiros.

Francesca está do lado de fora da igreja quando ouve a aproximação de um carro. O pânico cresce dentro dela de novo; com as mãos trêmulas, ela enfia a chave na fechadura e consegue girá-la.

O barulho do motor está cada vez mais próximo.

Com rapidez, ela abre a porta, entra de fininho e a fecha. Folhetos com informações sobre os horários dos cultos e sobre aulas particulares de música adejam no quadro de avisos enquanto ela corre pela varanda até o salão principal.

A porta interna se fecha atrás dela com um clique, quase como se alguém estalasse os nós dos dedos.

A igreja é banhada pela luz suave do crepúsculo, que jorra pelas janelas altas e estreitas.

De alguma forma, Francesca compartimentalizou seu medo enquanto corria, e o carrega dentro de si como uma espécie de urna pesada, o que a deixa estranhamente cansada e ausente.

Talvez seja apenas a primeira onda de adrenalina minguando em seu corpo.

Ela percorre a passos rápidos toda a extensão da nave, observando as sombras agitadas que as folhas projetam na parede à frente, acima do crucifixo com sua coroa dourada de espinhos.

A família de Francesca é batista há gerações, e ela costuma vir aqui para rezar quando está hospedada na casa da irmã.

Pela primeira vez ela se dá conta de que talvez tenha sido uma ideia idiota refugiar-se na igreja; se Jonny a está perseguindo, provavelmente sabe que ela vem aqui de vez em quando.

Ela passa pela pia batismal e continua até a sacristia. Sobre a mesa, entre os blocos de notas e os livros de salmos, ela vê um telefone cinza-claro.

O estrondo de um helicóptero passa por sobre a igreja.

O coração de Francesca dispara quando ela levanta o fone e o leva ao ouvido. Nada. Ela aperta o gancho algumas vezes e depois verifica se o aparelho está realmente conectado.

Ela não sabe mais o que fazer.

Talvez devesse apenas sentar-se em um dos bancos desconfortáveis e rezar, esperar até se sentir segura o suficiente para sair e procurar alguém que possa chamar a polícia por ela.

Porém, no instante em que se vira e volta para o corredor, ouve um veículo parar no cascalho defronte à igreja.

Francesca olha fixamente para a porta e percebe que a chave ainda está na fechadura.

Ela se move devagar para o lado, em frente à primeira fileira de bancos.

Partículas de poeira começam a rolar em sua direção no meio da nave.

Ela se abaixa enquanto a porta é aberta e fechada em suas dobradiças rígidas.

Um estranho e arrastado gemido acompanha os passos vagarosos no interior da igreja.

Francesca recua e olha para a pia batismal. Eu deveria ter me escondido sob a tampa da pia, ela pensa, deixar a água benta me proteger.

Lá fora, o som das sirenes da polícia fica mais intenso.

Ela ouve algo chocalhar, e a estranha lamúria cessa.

Três viaturas da polícia passam correndo, o som das sirenes desaparecendo aos poucos.

Agora a igreja está mais uma vez em silêncio.

Francesca se levanta devagar.

No meio do corredor, há um longo cabo metálico, e ela ouve algo ranger entre os bancos.

Francesca se vira para ver o que é, mas não consegue localizar o som.

Ela sente que seu pescoço está estranhamente rígido.

— Jonny, é você? — ela pergunta, engolindo em seco.

Nada. Francesca se desloca lentamente ao longo de uma parede em direção à frente, tentando descobrir onde ele poderia estar escondido.

— Por favor, não faça nenhuma estupidez — ela diz, ciente de que sua voz está vacilante.

Francesca deduz que ele deve estar rastejando pelo chão por entre os bancos, e seu coração começa a bater tão forte que seu peito dói.

— Jonny, me escute, eu... eu quero que você saiba que nunca parei de pensar em você. Gostaria que pudéssemos ter continuado nossas sessões, tínhamos uma ótima relação...

Algo metálico tilinta entre os bancos à sua direita. Francesca tenta acalmar a respiração enquanto volta para a nave.

— Eu... eu não sei por que você está me seguindo, ou...

Francesca se vira lentamente em direção ao crucifixo na parede. Talvez ela possa correr até a sacristia, trancar a porta e escapar pela janela.

— Mas Jonny, me escute... O que quer que tenha acontecido, podemos consertar. Vamos consertar isso juntos.

Francesca estremece ao ouvi-lo se levantar entre os bancos atrás dela, os passos lentos se aproximando pelo piso de madeira.

— Vou sair daqui agora, e você vai me deixar ir embora — ela diz, ainda sem se mexer um único centímetro. — Mas eu acho que você deveria voltar pras minhas sessões, quero te ajudar, eu só queria...

Um estalo agudo machuca seus tímpanos, e Francesca sente algo bater em suas costas, como se ele tivesse jogado uma pedra nela.

Francesca tem a sensação de que uma tigela de leite quente está sendo derramada em seu colo quando o sangue começa a jorrar aos borbotões de sua barriga para as coxas.

Suas pernas cedem.

Francesca desaba tão subitamente que não tem tempo de amortecer a queda. Seu rosto bate no chão, rachando o lábio e lascando os dentes da frente.

Talvez tenha até perdido a consciência por alguns segundos.

O zumbido em seus ouvidos dá lugar a uma estrondosa parede de barulho.

A dor nas costas é angustiante, e ela percebe que levou um tiro.

Uma cápsula branca aparece rolando em meio à poeira sob um dos bancos.

O coração de Francesca está a mil por hora, sua respiração muito superficial.

Francesca perdeu toda a sensibilidade na parte inferior do corpo, mas percebe que ele está fazendo algo com os pés dela e sente uma repentina onda de medo de que ele possa estuprá-la.

Ela tenta rezar, mas não consegue encontrar as palavras certas. A única coisa de que consegue se lembrar é o final, a parte que eles repetem infinitas vezes.

— Maranata... — ela ofega. — Venha, Senhor Jesus, venha...

Francesca fica deitada, completamente imóvel, e tem plena consciência de que morrerá em breve, a menos que encontre ajuda. Ela ouve o som fraco de sirenes em algum lugar próximo.

Nesse momento, ela começa a se mover para trás. Está sendo arrastada pelos pés ao longo do corredor central. O sangue dela pinta as tábuas do piso de vermelho, e Francesca tenta desesperadamente encontrar algo em que se agarrar, mas é impossível. Caída de costas, ela fita o teto alto, o ponto onde as tábuas inclinadas se encontram no topo. Parece o fundo de um casco, ela pensa, como se a igreja fosse um barco e a quilha apontasse para o céu.

36

Joona para atrás de um carro de patrulha e corre em direção à casa. As luzes azuis piscantes no teto do veículo varrem arbustos, árvores e paredes.

Há um Ford vermelho estacionado na garagem.

Dois policiais uniformizados estão em pleno processo de montar um cordão de isolamento do outro lado da rua, e a fita azul e branca tremula ao vento.

Um agente da unidade tática está de guarda diante da porta da frente, segurando um rifle de assalto junto ao peito. A fechadura foi destruída e uma das janelas quebrada após a entrada forçada na propriedade.

— Onde está o comandante da operação? — Joona pergunta enquanto mostra sua identificação.

— Nos fundos, eu acho.

Joona entra na casa, atravessa a varanda e chega ao corredor. Ao passar, ele percebe que a porta do armário de casacos está entreaberta.

Uma fotografia emoldurada de Joan Baez erguendo Bob Dylan do chão está pendurada, meio torta, numa das paredes.

No piso da cozinha à frente, Joona vê a caixa de uma granada de atordoamento.

Um dos agentes está sentado na escada do primeiro andar, seu capacete pousado no degrau ao lado; num gesto cansado, ele aponta para o lado.

Joona segue a instrução até a sala de estar e vê que a porta do pátio nos fundos da casa foi despedaçada por um tiro a partir de dentro.

— Estamos no lugar certo, e o nosso criminoso estava aqui, mas não há indício de sangue algum — Joona comunica pelo rádio enquanto pisa nas pedras do pavimento, que estão forradas de cacos de vidro cintilantes.

O comandante da unidade tática se aproxima e põe no chão um cachorrinho antes de se apresentar e explicar que a casa estava vazia quando chegaram.

— Vocês estão com um helicóptero no ar, certo? — Joona pergunta.

— Sim, mas...

— Façam uma busca na área, procurem uma picape com guincho.

— Mas a central de comando...

— Não temos tempo pra esperar — Joona o interrompe no instante em que recebe uma ligação pelo rádio.

— Um dos vizinhos ligou pra o número de emergência — o policial de serviço no comando regional diz a Joona. — Francesca correu pelo jardim dele no número 83 da rua Sankt Mickels. Ela lhe disse pra entrar e chamar a polícia.

— O vizinho viu o autor do crime? — Joona pergunta, ele mesmo caminhando pelos jardins.

— Não, e tampouco sabe pra onde Francesca foi.

Joona salta uma sebe baixa e se vê refletido no vidro de uma sala escura e ensolarada.

Ele passa por cima de uma mureta de pedra e percebe pegadas na horta, terra que foi chutada para a grama. Em uma churrasqueira preta, o carvão ainda está em brasa.

Joona para quando chega a uma rua estreita, e olha para um lado e para o outro. Ele continua pelo jardim à frente, onde a roupa lavada parece ter sido arrancada do varal, atravessa a sebe e continua correndo.

O comando regional entra em contato mais uma vez para avisar que uma mulher ligou para o número de emergência e relatou um forte estrondo no interior da igreja.

Joona atravessa o jardim seguinte e depois vira, correndo ao longo da beirada da casa. Ele passa pela garagem, sai na Sankt Mickels e continua à esquerda.

O rugido do helicóptero vai desaparecendo ao longe na direção de Mälarhöjden.

Joona pega a primeira rua à direita, e ao chegar à pequena igreja de madeira, saca a arma. Assim que entra, percebe que o cascalho do lado de fora foi varrido.

No chão há um rastro de sangue que se estende do salão principal até o pórtico. Joona segue adiante. Mais à frente, no final da nave da igreja, uma poça escura de sangue reflete a luz. Joona sente cheiro de pólvora, mas tão fraco que ele constata que deve ter chegado vários minutos atrasado. Ele se deixa cair na última fileira de bancos e enterra o rosto nas mãos.

Apesar de quarenta viaturas da polícia e um helicóptero fazendo a varredura da área, policiais batendo de porta em porta e verificando câmeras de trânsito e bloqueando estradas, a picape não foi encontrada. A área residencial é extensa, com centenas de rotas de fuga através de estradinhas menores e não vigiadas.

O céu está branco acima dos blocos de torres amarelos encardidos em Vällingby, e um corvo solitário grasna, desolado, no topo de um poste de luz.

Numa das janelas do térreo, através de uma fresta nas cortinas de renda, Joona vê de relance uma escultura azul-clara de Nossa Senhora de Fátima. A imagem lembra a figura da fotografia no chão da estufa de Valéria. As três meninas entraram na água com uma escultura azul própria, que embora não fosse de Maria, era de uma espécie de deusa das águas.

Joona volta sua atenção para as pequenas janelas gradeadas na altura da calçada, e em seguida pega o celular e liga para Valéria.

— Joona? — ela atende com uma voz que é pouco mais que um sussurro.

— Me desculpe... Me desculpe por ser tão burro, eu fiquei confuso, fui apanhado de surpresa. Tive a sensação de ter sido pego em flagrante.

— Eu sei, mas...

Ela respira fundo, mas não continua a falar.

— Você acha que consegue me perdoar? — ele pergunta.

— Claro que eu consigo. Mas ainda estou chateada.

— Eu entendo. Fui um idiota.

A luz muda ligeiramente atrás das cortinas das pequenas janelas do porão.

— Você quer me contar a respeito disso, com suas próprias palavras? — ela pergunta.

— Isso parece algo que diríamos em um interrogatório — ele responde, na tentativa de aliviar o clima.

Atrás de uma das torres de apartamentos, uma garota está andando de skate, na tentativa de aperfeiçoar seu *flip*, mas, toda vez que ela faz a manobra, o *shape* bate repetidamente no chão.

— Eu não tenho problema com drogas, se é isso que você está pensando — ele diz.

— Que bom.

Joona volta para a grama enquanto duas mulheres com carrinhos passam na calçada.

— O que você quer que eu te diga? — ele pergunta.

— Seria bom me dizer a verdade, quando estiver pronto pra isso.

— Você está tentando dizer que estou mentindo?

— Primeiro a pessoa consome drogas, depois o consumo se agrava... E, mais cedo ou mais tarde, a droga é que acaba consumindo a pessoa.

— Eu não sou o viciado aqui, Valéria.

— Parece que é, sim, realmente parece.

Um rapaz vestindo uniforme de time de futebol e carregando uma sacola no ombro surge, vindo da escada e desaparecendo ao dobrar a esquina.

— Eu tomo de maneira controlada — Joona explica. — Da mesma forma que tomo meus medicamentos.

— Olha, eu não vou ficar zangada com você — Valéria dispara. — Porque sei que essa era a última coisa de que eu precisava quando estava lutando com meu próprio vício. Mas se você vai mentir pra mim, então...

— Você simplesmente não entende — ele a interrompe.

— A questão é que eu entendo.

— Você chegou ao fundo do poço, era completamente diferente. Acabou presa...

— Eu vou desligar agora, Joona. Volte pras suas drogas. Quem sabe talvez eu esteja te esperando quando você terminar.

Joona enfia o celular no bolso e caminha até o prédio, passando por um carrinho de compras tombado. Ele aperta o botão do interfone e se inclina para a frente quando ouve o aparelho estalar.

— É Joona — ele diz baixinho ao microfone.

Assim que a fechadura clica, ele abre a porta e segue para a escada. As portas do elevador estão cobertas de pichações, o vidro da janelinha arranhado.

Joona desce as escadas até o porão, onde a porta é mantida aberta por um saco de lixo escorado nela. Ele entra e usa um dos pés para empurrar o saco para trás, o que faz a pesada porta se fechar com estrépito; ele passa e desce para o breu que é o espaço de Laila.

O chão está revestido de uma espessa camada de plástico industrial; um homem tatuado está deitado de olhos fechados no sofá-cama.

Na mesinha ao lado, um alto lampião a óleo bruxuleia, sua luz dançando sobre os braços musculosos e as mãos relaxadas do homem.

Joona se desloca lentamente pelo recinto.

Ele encontra Laila na despensa, sob a coifa do fogão, com uma balança e um pacotinho de celofane. Ela está na casa dos setenta anos, veste calça jeans e uma camisa polo preta. Seu cabelo curto e grisalho está espetado com gel, e as rugas nas bochechas parecem ter sido esculpidas com uma faca. Suas mãos cheias de veias estão cobertas de manchas escuras.

— Diga a ele pra ir embora — Joona diz.

— Ele faz o que quiser — Laila responde sem erguer os olhos.

A cabeça do homem está apoiada em uma almofada de veludo cotelê, o queixo encostado no peito.

— Eu preciso ficar sozinho — Joona insiste.

Com uma espátula, Laila raspa o interior de um cachimbo e habilmente bate a cinza oleosa — algo que ela reutilizará mais tarde — em um recipiente de plástico.

— Então você vai ter que se sentar no chão, ou voltar outra hora.

37

O lampião a óleo lança uma claridade fragmentada pelo ambiente, pequenas fendas de luz oscilando nas paredes de concreto e no piso vinílico. Por causa do fedor de ópio e vômito, o ar está pesado. Laila fecha a tampa do recipiente de plástico e o leva para a geladeira.

Joona vai até o homem no sofá-cama, olha para seu rosto calmo e lhe dá uma suave cutucada.

— Você precisa ir embora.

— Hã? — o homem murmura.

— Você precisa ir embora agora mesmo — Joona diz, empurrando-o com mais força dessa vez.

— Vá se foder.

O homem pisca, cansado, e depois fecha os olhos. Com uma das mãos, Joona agarra-lhe um braço, com a outra, o pescoço, colocando-o de pé.

— Ei, cara, que porra você está fazendo?

As pernas do homem estão prestes a ceder sob seu peso, mas Joona o mantém na vertical.

— Eu sou policial; se você cair fora agora eu te deixo ir numa boa, só com uma advertência.

Joona o arrasta pela sala. Trôpego, o homem se detém, agarra a própria barriga e cospe no chão.

— Eu só preciso descansar um minuto — ele geme.

Joona o ignora e segue em direção à porta, abrindo-a e empurrando o homem para fora. Ele tropeça no saco de lixo e despenca escada abaixo.

— Sério, qual é o seu problema, porra?

Joona pega a jaqueta pendurada no gancho, joga-a para ele e bate a porta, voltando para o sofá-cama.

Laila tira os óculos, vira-se e o observa com olhos calmos.

— Então é assim que vai ser agora, é? — ela pergunta.

— Desculpe, eu só preciso pensar, tenho muita coisa em que pensar.

— O quê? E você acha mesmo que os vapores ajudam com isso?

Joona pega uma toalha do chão e limpa o vômito da lona encerada, depois vira a almofada úmida de veludo e se deita.

Laila esvazia o balde que está no chão ao lado da cama e o traz de volta.

— Você tem um trabalho importante — ela diz.

— Não sei mais. Eu não consigo trabalhar, tenho a sensação de que não sei de nada...

— Não tem ninguém que possa te confortar?

Como Joona não responde, Laila vai até a geladeira e pega um pacotinho. Ela empurra a cadeira da escrivaninha para perto da cama e se senta. Sob o brilho bruxuleante do lampião a óleo, desembrulha o plástico que envolve o escuro ópio cru e tira um naco minúsculo.

— Você ainda está caindo — ela diz enquanto faz rolar entre o polegar e o indicador uma bolinha pegajosa da substância.

— Penso nisso como uma ampulheta.

— Isso é bom... Mas só se você conseguir virá-la sozinho quando a areia acabar de cair.

Ela espeta a bolinha em uma agulha encardida de fuligem e a segura no calor acima do lampião. No momento em que está prestes a derreter, Laila espalha-a feito uma película sobre o buraco no fornilho do cachimbo. Em seguida encaixa o bocal, se inclina para a frente e o entrega a Joona.

— Você pintou as unhas — ela diz.

O ópio começa a estalar enquanto Joona o segura sobre o fogo, e ouve-se um som borbulhante quando ele inala o vapor quente.

A sensação de prazer é tão imediata, tão intensa, que faz seus olhos marejarem.

Ele se sente relaxado, e o rosto severo de Laila se transforma, tornando-se subitamente muito mais bonito. Nesse momento, Joona sabe que seu conflito com Valéria terá uma solução a contento e no final vai dar tudo certo.

Um fio de fumaça sobe em direção ao teto sob a luz suave.

Mais uma vez Joona segura o bojo do cachimbo por cima do lampião, enche os pulmões e sorri.

Laila o observa atentamente.

Ele se pega pensando no olhar de Valéria no restaurante, inala o resto da fumaça adocicada, fecha os olhos e se recosta na almofada.

O colar de prata que ela ganhou de presente de um dos filhos tinha ficado por cima do vestido, e ela o agarrou entre os dedos finos, enfiando-o dentro da roupa, entre os seios. Joona sente Laila tirar o cachimbo de suas mãos fracas e deixá-lo sobre a mesinha lateral, enquanto rola entre os dedos uma nova bolinha de ópio.

A princípio ele não entende de onde vieram os pensamentos sobre Jakov Fauster, mas então se lembra do olhar maníaco de Saga enquanto ela repetia os nomes dos três assassinos em série.

Antes de o assassino alemão ser preso, a imprensa o apelidou de "o prateiro de Berlim". Sua primeira vítima foi encontrada em uma ferrovia nos arredores da cidade, com os olhos queimados com prata derretida.

Joona não tem forças para se levantar, mas sabe que deveria voltar à delegacia e investigar uma possível ligação entre o prateiro e o uso de estatuetas de estanho pelo assassino.

Laila aquece sobre o lampião a nova bolinha de ópio.

— Espere — ele sussurra.

Laila a ajeita por cima do orifício, tira a agulha com cuidado e lhe entrega o cachimbo. Joona o recebe, segura-o no calor, empurra o bocal entre os lábios e inala a fumaça.

À medida que o barato se espalha pelo corpo de Joona, ele se senta e fita o recinto escuro.

Apertando os olhos, Joona pensa que o brilho fragmentado da luz do lampião se assemelha a centenas de borboletas douradas.

Ele não consegue mais se lembrar de por que precisa ir embora, mas devolve o cachimbo a Laila e se levanta com as pernas instáveis.

A folha de plástico que reveste o chão brilha feito água embaixo de Joona, que caminha até a porta em meio ao enxame de borboletas esvoaçantes; ele as afasta do rosto, cambaleia para o lado e derruba uma tábua de passar.

Ele se abaixa e pega um cachecol da caixa de achados e perdidos, sabendo que em breve começará a tremer.

Sem dizer mais uma palavra, Laila abre a porta e o deixa sair para as escadas.

Joona se agarra ao corrimão e se detém por um momento, com os olhos fechados, antes de subir os degraus e sair para o ar fresco da noite.

Ele ainda segura numa das mãos o cachecol cor-de-rosa e dourado, e não percebe que o pano se arrasta atrás dele.

Enquanto caminha, o chão parece girar feito um carrossel. Os prédios passam zunindo antes que ele tenha tempo de se concentrar em qualquer um deles.

Os efeitos do ópio ainda estão se intensificando.

Quando Joona chega à praça junto ao supermercado e à joalheria, o cansaço é quase insuportável.

Agora a única coisa que o impulsiona adiante são pensamentos vagos sobre estatuetas de estanho e "o prateiro de Berlim".

Gaivotas gritam no ar acima da entrada da estação de metrô.

Joona para, apoiando-se em uma lata de lixo. Seria bom eu me deitar um pouco junto ao muro, ele pensa.

A passos lentos, Joona se põe de novo em movimento, sentando-se para se recompor quando chega a um banco do lado de fora de um McDonald's. Ele tomba de lado, puxa o cachecol por sobre a cabeça e fecha os olhos.

Em seus sonhos, ele e Valéria se preparam para comemorar o solstício de verão no jardim na casa dela, arrumando a mesa com a porcelana de boa qualidade, flores silvestres e delicados copinhos de schnaps.

O som de risadas e vozerio arrasta Joona de volta à superfície, mas ele não tem energia para abrir os olhos. Ele sente alguém arrancar seu cachecol, dizendo algo sobre como o pano é sexy.

— Cara, dá só uma olhada nas unhas dele.

— Eu ouvi falar que na semana passada, na Escola Vällingby, um menino foi apalpado por um velhote pervertido que nem este aqui.

— Ei? Tá acordado, velho? Tá a fim de chupar um pau?

Joona sente um dos homens pressionar a sola do sapato em seu rosto.

— Some daqui! Ei, bicha velha? Cai fora!

Joona sente uma dor lancinante na coxa e, quando abre os olhos, vê um jovem com um taco de beisebol prateado erguido no ar, mas ainda não tem energia para se levantar.

Um dos outros homens dá um passo à frente e derrama cerveja no rosto dele.

Joona consegue se sentar e vê o homem que empunha o taco de beisebol se aproximar. Ele pensa que tem de usar os braços para se proteger, mas, antes que tenha tempo de fazer alguma coisa, o taco atinge sua bochecha e ele cai no chão em frente ao banco.

Joona sente os impiedosos chutes e pancadas, e ouve uma mulher agitada avisar, aos gritos, que chamou a polícia.

Os homens fogem, morrendo de rir.

A mulher ajuda Joona a se levantar. Ela não deve ter muito mais de vinte anos, tem sobrancelhas grossas e pretas e um *bindi* vermelho na testa.

— O senhor precisa que eu chame uma ambulância? — ela pergunta.

— Não, eu estou bem, mas obrigado — ele responde, enxugando o sangue e a cerveja do rosto.

— Tem certeza?

— Sim.

— Eu odeio esses idiotas — ela murmura, olhando de relance para a igreja.

38

Assim que se deu conta de que não haviam conseguido salvar Francesca, Saga se trancou em um dos reservados no banheiro da delegacia e lá ficou sentada por algum tempo, com os braços em volta do corpo e os olhos fechados.

Dessa vez ela realmente achou que seriam capazes de virar o jogo e mudar as coisas.

Ela acabou voltando para casa com uma sensação de torpor no fundo da alma, sentindo-se perdida e aflita. Percebeu que não estava em condições de comer ou ficar parada, por isso saiu novamente e se dirigiu a seu antigo clube de boxe, apesar de não ser mais membro.

Não há ninguém na recepção do Clube de Boxe Narva, e a máquina de vendas lança um brilho frio sobre a parede cheia de fotografias emolduradas de atletas bem-sucedidos e cartazes de vários torneios.

O espaço principal de treinamento está impregnado do cheiro de suor, unguento e produtos de limpeza, e uma sequência de baques fortes ecoa entre as paredes enquanto um homem musculoso ginga de um lado para outro na frente do saco de pancadas, fintando e desferindo gancho após gancho. Dois homens mais jovens se revezam no supino, e uma mulher de moletom vermelho faz flexões de braço ao lado do ringue.

Saga pega uma corda e começa a pular em ritmo desenfreado enquanto pratica o trabalho de pés, tentando encontrar o caminho de volta a flexibilidade e leveza que um dia já teve.

Seu antigo treinador costumava dizer que os pés mal deveriam tocar o chão, pois são fundamentais para fazer movimentos imprevisíveis e vencer uma luta.

Na noite passada, deitada insone na cama, ela se viu pensando novamente nas sete pontes de Königsberg, incapaz de encontrar uma solução.

Saga precisa organizar os pensamentos, encontrar seu foco.

Agora a equipe de investigação está avançando mais rápido em todos os níveis, mas ao mesmo tempo os enigmas também estão se tornando cada vez mais complexos.

Ao matar pessoas ao redor de Saga, o assassino está intensificando a pressão, tornando a caçada pessoal e aumentando ainda mais o envolvimento dela.

Mas Saga não tem mais família para ele machucar.

No início daquela mesma tarde, ela entrou em contato com a Associação Nacional de Síndrome de Down e explicou que precisava dar um tempo no apoio que prestava a Astrid e Nick. Todas as vítimas do assassino parecem ser pessoas com quem Saga esteve em conflito, mas ela simplesmente não pode correr nenhum risco quando se trata das crianças.

A nona bala está reservada para Joona, e só ela pode salvá-lo.

Joona é amigo dela, Saga sabe disso, embora ainda não entenda como ele pôde tê-la deixado sozinha com Jurek.

Atrás dela, alguém começa a esmurrar a bola rápida.

É uma mulher com a cabeça raspada e uma expressão determinada no rosto, praticando diretos de baixo para cima.

Saga olha de relance para o relógio na parede com fita adesiva tapando uma rachadura no mostrador de vidro, e percebe que está pulando corda há sessenta e cinco minutos. Ela para, e sua respiração diminui rapidamente para o ritmo normal. Ela joga a corda no chão, ao lado de sua bolsa de academia, e dá alguns passos hesitantes. Suas pernas parecem pesadas, as panturrilhas tensas, e ela se apoia nas coxas com as duas mãos.

O suor escorre de seu rosto no tapete de plástico descascado, e sua camiseta encharcada está grudada nas costas.

Saga parou de praticar boxe competitivo há vários anos, mas nesse momento decide retomar os treinos. O boxe a ajuda a se concentrar, a esvaziar a mente de todos os pensamentos desnecessários.

Ela tira o celular da bolsa e lê o relatório resumido de Randy, hesitando por alguns segundos antes de discar o número privado dele.

— Como você está? — ela pergunta.

— Bem, eu acho. É bom ouvir sua voz.

— Desculpe ter brigado com você.

— Não se preocupe, foi uma situação de alta pressão...

— Eu simplesmente não consigo suportar a ideia de que poderíamos tê-la salvado, mas não conseguimos — ela sussurra.

— Eu sei.

O clarão ofuscante das luzes do teto se reflete no chão de vinil branco do ringue. O antigo treinador de Saga costumava apontar para as marcas escuras de arranhão deixadas pelos sapatos das pessoas para demonstrar quais áreas raramente eram usadas.

— O que você está fazendo? — ela pergunta, na tentativa de romper o silêncio.

— Só estou de bobeira em casa, preciso lavar um pouco de roupa... Linda vai voltar daqui a pouco.

— Podemos conversar um pouco mais?

— Sabe, não é tão fácil pra ela.

— Ela é muito bonita.

— Eu sei, mas ela não se sente assim depois de ter visto você.

— Para com isso. Você sabe o que eu acho sobre...

— Mas é exatamente assim que as coisas são — ele a interrompe. — Ela vive dizendo que, se você estalar os dedos, eu vou abandoná-la, esquecer nosso futuro e tudo o que planejamos, e vou voltar correndo pra você.

— Você faria isso? — Saga pergunta, subitamente séria.

A mulher de cabeça raspada massageia o ombro por um momento antes de lançar outro ataque à bola rápida.

— Nunca entendi por que você terminou tudo entre nós, Saga, por que simplesmente não me deixou te ajudar. Eu estava lá, você podia contar comigo, isso teria feito bem a nós dois... Você disse que estava tudo acabado, mas eu esperei. Sabia disso? Esperei durante alguns anos.

— Você não deveria ter feito isso.

Saga vê que Rick subiu ao ringue com Sasha Smedberg, um dos treinadores, e observa enquanto vestem os protetores de cabeça e começam a lutar.

O treinador acelera o ritmo, empurrando Rick para um corner e desferindo um forte soco na linha da cintura.

O esfregão que alguém deixou encostado nas cordas do lado de fora do ringue cai no chão.

Rick se esquiva, acertando um jab de esquerda e encaixando dois ganchos rápidos.

— Estou feliz com Linda. Na verdade, começamos a falar sobre ter filhos — Randy diz, em tom triste.

— Que bom... Fico feliz por você.

— Porém, se você dissesse que queria me dar outra chance, eu sairia pro corredor neste exato segundo, pegaria minha jaqueta e sapatos e nunca mais olharia pra trás.

— Você não está falando sério, sei disso.

— Talvez não.

Rick é atingido por um direto de direita em cheio na cabeça e cambaleia para trás, levando o corpo para longe do treinador e desferindo um gancho de esquerda, ao mesmo tempo que recebe outro soco nas costelas.

— Sou incapaz de fazer uma pessoa feliz, Randy. Eu nunca serei capaz. — Saga sente que seu coração está caindo em um abismo sem fundo. — Tem alguma coisa errada comigo, alguma coisa...

A campainha da porta toca.

— É ela?

— Sim.

— Vá atender — Saga diz, encerrando a ligação.

Ela engole em seco, joga o celular dentro da bolsa, bebe um gole de água da garrafa e pega um par de luvas de boxe. Saga as calça e usa a boca para prender o velcro em volta dos punhos.

Passos rápidos ecoam pelo ringue. Rick abaixa os cotovelos para se defender, rotacionando o corpo para disparar um uppercut de baixo para cima em forma de alavanca e conseguindo acertar o rosto do treinador com uma combinação de golpes.

Sasha Smedberg levanta a mão esquerda, tira o protetor de cabeça e cambaleia um pouco, encostando-se nas cordas e respirando pesadamente.

— Foi mal — Rick ri.

Rick Santos tem vinte e três anos e é um dos competidores regulares do clube. Já se fala que ele poderá entrar nas próximas Olimpíadas.

Saga se lembra de quando ele ingressou no clube de boxe. Era um menino tímido e magricela que aparecia para treinar descalço e com uma calça jeans rasgada.

Saga caminha até o saco de pancadas mais pesado, que foi enrolado com fita *silver tape*, e começa a praticar ganchos de esquerda velozes. Seu treinador sempre dizia que eles deveriam surgir do nada, num piscar de olhos.

Depois de algum tempo ela alterna para diferentes combinações, pensando nas mensagens que Stefan Broman lhe deixou. Ele quer que ela vá ao apartamento dele em Solna esta noite; diz que vai dar uma festa, uma comemoração de aniversário atrasada. Stefan jamais a convidou para uma festa. Na verdade, nunca lhe pediu que fosse a lugar nenhum com ele.

Saga sabe o que significam essas repetidas ligações, e tenta se convencer de que não deveria ficar chateada.

Em várias ocasiões no mês passado ele mencionou a ideia de gravar um filme dele e de seus amigos fazendo sexo com ela.

Ela riu e rechaçou a ideia todas as vezes, assegurou que isso jamais iria acontecer; porém, a julgar pelo tom de voz de Stefan, ela sabe que mesmo assim ele convidou os amigos e lhes prometeu que esta noite a coisa aconteceria.

Saga volta a atenção para o treinamento da potência de seus ganchos. Seu cabelo bate no rosto quando ela gira os quadris, e o saco de pancada sibila a cada golpe, as correntes tilintando. Ela perde a noção do tempo, esmurrando cada vez mais forte. O suporte preso ao teto range, e pequenos flocos de concreto caem no chão.

Assim que percebe que Rick está olhando para ela com um sorriso, Saga para a fim de recobrar o fôlego. Ele já tomou banho e se trocou. A mulher de cabeça raspada se foi, e um rapaz está ocupado reorganizando os halteres e os *kettlebells*.

— Saga Bauer — Rick diz ao se aproximar dela.
— Você é o Rick, certo?
— Você sabe meu nome — ele diz com um sorriso.
— Ouvi dizer que as coisas estão dando certo pra você.
— Pois é, mas na opinião do Sasha eu não tenho treinado o suficiente...
— É sempre assim.
— Ele pediu pra te avisar que os chuveiros femininos não estão funcionando.
— Um pouco tarde demais — ela diz, puxando a camiseta suada.
— Pois é, eu sei.
— Bem, é o que temos pra hoje — ela diz, pegando a bolsa do chão.
— Quer saber? Você pode tomar banho no meu apartamento, se quiser — ele oferece.
— Obrigada, mas vou pra casa — ela responde, embora, à medida que as palavras saem de sua boca, ela perceba que na verdade não quer ficar sozinha agora. — Ou... quero dizer, se não for um problema?
— Não, pelo amor de Deus, numa boa, sem problemas.
— Legal, então eu aceito, claro.
Ela segue em direção aos vestiários. Do vestiário masculino vem o som de risadas e o barulho da água no chão de ladrilhos. No feminino, alguém lacrou com fita adesiva a porta dos chuveiros.
Saga veste a jaqueta por cima das roupas de ginástica e enfia o resto na bolsa. Quando ela chega à recepção, Rick enfia o celular no bolso. Ela o segue para o ar fresco da noite e juntos partem em direção à estação de metrô Odenplan.
— Eu vi uma das suas lutas — ele diz. — Não consigo lembrar o nome da sua adversária, ela era da Hungria...
— Como foi?
— Você nocauteou a coitada em dez segundos, ou algo assim — ele diz com um sorriso.
— Que bom.
— Foi uma combinação irada. Desde então eu tenho tentado copiar o golpe.

39

Eles permanecem a maior parte da viagem de metrô em silêncio, mexendo no celular ou deixando os olhos vagarem pelos rostos cansados dos outros passageiros e pelos prédios que passam lá fora.

Quando chegam ao distrito de Barkarby, Saga e Rick pegam a escada rolante até as bilheterias e saem para a ponte, atravessam os trilhos da ferrovia e a rodovia, depois cortam um gramado e entram em uma área residencial. Os prédios são revestidos de gesso amarelo áspero, com pequenas janelas e telas de varanda feitas de ferro corrugado.

Eles rumam para o terceiro prédio e sobem as escadas até o segundo andar. Rick destranca a porta, abre, pega a correspondência do tapete e deixa Saga entrar na frente dele.

— Legal — Saga diz enquanto andam pela sala.

— É um pouco grande, na verdade. A minha ex se mudou para Höganäs ano passado, eu levei um pé na bunda — ele conta.

Rick entrega a Saga uma toalha limpa que ele pega no guarda-roupa do quarto, e ela a leva para o banheiro junto com sua bolsa de academia, trancando a porta.

O assento e a tampa do vaso sanitário estão levantados, e ela pode ver alguns fios de barba soltos agarrados à borda da pia. Há apenas uma escova de dentes no copo.

Instintivamente ela esquadrinha o lugar em busca de câmeras escondidas e depois abre o armário do banheiro. Nada de maquiagem nem absorventes íntimos, nenhuma lâmina de barbear cor-de-rosa nem perfume feminino. Saga está um pouco cheia de sempre ser tão desconfiada, mas não seria a primeira vez que um homem diz ser solteiro só para dormir com ela.

Ela tira as roupas úmidas, deixa-as cair no chão ao lado da bolsa e se olha no espelho. Seus músculos ainda estão inchados por causa do sangue bombeado no treino, a pele do peito tem covinhas deixadas pelo apertado top esportivo.

Ela empurra a cortina de plástico fosco do chuveiro, abre a torneira e espera a água esquentar antes de entrar. Espreme uma gota de sabonete líquido Pro Sport na palma da mão e se ensaboa, observando a espuma escorrer pelo chão junto a seus pés.

Por alguns momentos, Saga fica parada sob o jato quente de água, sentindo os músculos do pescoço e das costas começarem a relaxar, antes de desligar o chuveiro e se secar.

Seu corpo ainda está um pouco úmido enquanto veste as roupas limpas e, embora tenha apertado o cabelo várias vezes para secá-lo, ainda está pingando nas pontas quando ela sai para a cozinha.

— Obrigada por me deixar usar seu chuveiro, foi muito gentil da sua parte — diz.

— Posso te oferecer algo? Chá, suco? Na verdade, não tenho muita coisa.

— Não, estou bem, obrigada.

— Podemos fazer umas torradas... se estiver com fome...

Ela balança a cabeça e encontra os grandes olhos castanhos de Rick, então se vira para o corredor e murmura algo sobre como seria melhor ir embora para casa.

— Eu reparei em você desde o primeiro dia... Mas você parou de ir ao clube de boxe — ele diz. — Nunca tive coragem de falar com você.

Saga sorri, mas não consegue pensar em nada para dizer. O sucesso no boxe tornou Rick mais corajoso, e ela conclui que não se importaria de dormir com ele, afinal.

— Sua blusa está molhada.

— Acontece sempre. Nunca tenho paciência pra secar o cabelo direito — ela alega.

— Posso te emprestar outra camiseta.

Ela o segue até o quarto, onde a cama grande está bem-arrumada com um cobertor azul-claro dobrado. Na mesinha de cabeceira há uma pequena luminária com base de porcelana brilhante e cúpula de papel branco.

Rick abre uma gaveta, pega uma camiseta com o logotipo da Nike na frente e a entrega a Saga.

— Obrigada.

Saga tira o top e fica na frente dele só com seu sutiã branco transparente.

— Você é muito gostosa — ele deixa escapar, engolindo em seco.

Rick estende a mão e afasta algumas mechas de cabelo úmido do rosto dela, olhando-a diretamente nos olhos.

As pontas dos dedos de Saga dançam sobre o inchaço no nariz de Rick, e ele se inclina e a beija. Os lábios dele são quentes e macios, e ela sorri e retribui o beijo. Saga deixa que ele a guie até a cama, deixa que ele beije seu pescoço e chupe seus mamilos através do tecido fino, depois fica imóvel enquanto ele desabotoa sua calça jeans com as mãos trêmulas, puxando-a para baixo junto com a calcinha.

Rick arranca a camiseta e a deixa sobre a gaveta aberta. Seu corpo é musculoso, mas ainda de menino, com uma tatuagem de um coração vermelho envolto em espinhos num dos ombros, um hematoma escuro acima das costelas e um outro, amarelado, no braço esquerdo.

Rick tira a calça, mas fica de cueca boxer, e então rasteja por cima dela na cama macia. Saga fica imóvel enquanto ele a beija e enfia a mão por debaixo do sutiã. Ele aperta suavemente um dos seios dela, beijando-a na ponta do queixo antes de se afastar e admirá-la com olhos ávidos.

— Você quer continuar? — ele pergunta.

— Se você quiser.

Rick se move para baixo, beija a barriga dela, seu monte púbico e virilha, antes de lentamente separar suas pernas. Saga presumiu que ele estaria ansioso, que seria o tipo de homem interessado em acabar o mais rápido possível. Mas, em vez disso, ele abaixa a cabeça e ela sente seu hálito quente na parte interna da coxa.

— Você não precisa — ela sussurra quando ele começa a chupá-la.

Ela fecha os olhos e tenta ignorar a sensação, mas sabe que está ficando molhada. A língua de Rick se desloca para cima, circulando o clitóris e sugando-o de leve.

Ela estende o braço e pousa a mão na cabeça dele, cravando os dedos em seu cabelo curto, impotente para resistir ao prazer por mais um segundo.

A língua quente desliza para dentro dela.

Saga geme e pensa em argila quente: tátil, úmida e sedosa. Enfie um dedo nela e dá para sentir a sucção da terra; faça um pequeno buraco e veja a água brotando de dentro.

Ela tensiona as coxas e as nádegas por um momento, relaxando e depois se retesando novamente.

A língua dele segue os sulcos dela, dando voltas e mais voltas.

Saga quer que ele continue um pouco mais, e agora usa as duas mãos para segurar a cabeça dele no lugar.

Os dedos dos pés dela estão formigando, suas coxas começam a tremer. A respiração de Saga acelera e ela volta a ficar tensa, empurrando-o antes de atingir o orgasmo.

Ela se senta, vê a calcinha e a calça jeans no chão e sente um calor pulsante entre as pernas.

— O que foi? — ele pergunta, cauteloso.

— Nada — ela diz, com as bochechas coradas. — Eu só preciso...

Rick parece preocupado, e Saga pensa que tem de ir embora, que Stefan e os amigos dele estão esperando por ela, mas muda de ideia e tenta sorrir.

— Você tem camisinha? — ela sussurra.

Ele faz que sim com a cabeça e abre a gaveta da mesinha de cabeceira. Com as mãos trêmulas, tira uma embalagem pequena e brilhante. Saga se deita novamente, olhando para ele e para seus grandes olhos escuros. Ela estende a mão e sussurra para que se aproxime.

— Tem certeza?

— Tenho.

Rick sobe em cima dela, o calor irradiando de seu corpo pesado. Saga afasta as coxas e o deixa deslizar para dentro dela.

Assim que Rick a penetra, Saga o aperta dentro de si, agarrando-se ao corpo dele enquanto ele se ajeita e pega impulso; depois ela se solta e geme no ouvido dele.

Saga o envolve com os braços enquanto ele dá estocadas, acaricia suas costas, acompanhando-o enquanto ele acelera o ritmo.

A cama range, e pequenas partículas de poeira giram no ar.

O contorno dos corpos se reflete na base do abajur da mesinha, como uma espécie de desenho erótico.

A respiração de Rick fica mais superficial, suas costas estão suadas. Ele solta um gemido baixo ao gozar; depois, ofegante, deixa o peso do corpo cair em cima de Saga.

Ela sente o coração dele batendo forte no peito, os músculos relaxando.

Ele agarra com a mão direita a ponta da camisinha e puxa antes de ficar completamente mole, rolando de costas e em seguida se encostando em Saga e beijando-a na cabeça.

Eles se deixam ficar deitados assim por algum tempo, e por fim começam a conversar. Rick parece alegre e relaxado.

— Eu nem sei o que você faz da vida — ele diz.

— Digo o mesmo.

— Eu sou carpinteiro... Trabalho pra ABC Construções. É uma construtora pequena.

— Nome muito criativo.

— Eu sei.

Através das venezianas, o sol da tarde pinta um punhado de linhas brilhantes na parede.

— Eu faço uns bicos aqui e ali — ela diz.

— Você não precisa me contar.

— Estive de licença médica por um tempão. Síndrome de burnout, acho que dá pra dizer que foi isso — ela diz, sentando-se.

— Olha, se você precisar de trabalho, posso falar com meu tio. Ele tem alguns restaurantes, estão sempre precisando de gente.

— Obrigada — ela diz enquanto começa a se vestir.

— Eu mesmo já fiz isso um monte de vezes, lavar pratos, cortar cebolas. Não é a oitava maravilha do mundo, e o salário é péssimo, mas... é melhor do que nada, e ele pode pagar uma parte do dinheiro por baixo dos panos, se você quiser.

— Estou comprometida com uma coisa no momento, então vou ver no que dá — ela diz enquanto veste o top.

— Tá legal. Bom, pelo menos agora você sabe.

— Obrigada.

— Sem problemas.

Ela sorri para si mesma enquanto dobra a camiseta e a guarda de volta na gaveta, depois vai até a cama, beija Rick na boca e se despede.

Quando sai para o ar noturno e começa a caminhar de volta para a estação Barkarby, ela ouve Rick gritar: "Saga!". Ela se vira e o vê acenando para ela da varanda, ainda nu.

Saga sopra um beijo para ele e continua andando. Seu coração está batendo forte, de uma forma que não acontecia havia muito tempo. Talvez ela não esteja pronta para ser feliz, e pode ser que não mereça Rick ou Randy, mas deveria parar de se punir, parar de se machucar.

Ela pega o celular e bloqueia o número de Stefan Broman, depois liga para a polícia e faz uma denúncia anônima contra ele pelo crime de compra de serviços sexuais.

40

São onze e vinte da noite, e o estacionamento em frente à Escola Lillkyrka está deserto.

Vez por outra uma rajada de vento sopra por entre os arbustos em direção aos bicicletários.

Sentado na escada de incêndio em uma das extremidades do centro atlético está Ali. A estrutura metálica parece emitir uma nota diferente cada vez que ele se move, um som sempre suave e oscilante.

Um saco plástico vazio explodiu contra a fachada de tijolos vermelhos, e a bicicleta dele está caída de lado no asfalto à sua frente, com tufos de grama grudados no para-lama dianteiro.

Assim que Ali pega o celular para perguntar se Martin havia sido flagrado pelo som da campainha, ouve o barulho constante do pedal da bicicleta do amigo tilintando contra o protetor da corrente.

Ele se levanta da escada de incêndio, pega a bicicleta e equilibra a pá por cima do guidom assim que Martin entra no estacionamento, pedalando sob a luz de um poste com um enorme sorriso estampado no rosto.

Ali e Martin estão no último ano do ensino fundamental, e ambos devem se transferir para o ensino médio em Enköping no outono.

Eles descem até o cruzamento, passam pela área residencial e saem na trilha Kyrkvägen. O detector de metais que se projeta da mochila de Martin faz parecer que ele tem uma segunda cabeça.

Os meninos costumam sair à noite para caçar tesouros, e fazem isso desde os onze anos, quando descobriram que a prata da igreja roubada em 1858 jamais havia sido recuperada. Na época, a teoria deles era que o sacristão havia escondido a prataria em algum lugar e alegado roubo, mas morreu antes de ter tido a oportunidade de começar a desenterrar o butim.

Ali e Martin começaram vasculhando os campos ao redor da igreja, por baixo dos aglomerados de árvores que pareciam densas ilhas num mar de terra arada.

Este ano eles passaram a agir um pouco mais perto do cemitério, esquadrinhando a área ao longo do muro externo, onde outrora eram enterrados os suicidas e criminosos.

Nunca discutiram o assunto a sério, mas suas estrepolias já os levaram para além do muro, dentro do próprio cemitério.

Os jazigos da igreja pertencem à Eka, de propriedade do rei Gustavo I, e os meninos gostam de fantasiar sobre a descoberta de uma enorme pilha de ouro.

— Quando a gente ficar rico, vou comprar uns tênis do Lil Nas — Ali anuncia, pedalando mais forte.

— E eu vou namorar a Cardi B!

Gargalhando, eles pedalam lado a lado. A paisagem ao redor fica mais escura à medida que os meninos deixam para trás a última casa, e agora os dois estão quietos; apenas a respiração pesada e o raspar rítmico da bicicleta de Martin são audíveis no silêncio.

Eles param por um momento quando veem os faróis de um veículo de grande porte se aproximar no cruzamento. É um caminhão com reboque, que ilumina com um clarão branco e seco os arbustos do entorno. O chão estremece quando o caminhão passa, suas luzes varrendo a paisagem, levantando em seu rastro uma nuvem de poeira que faz o cabelo dos meninos esvoaçar.

Entre as árvores à direita eles avistam um bando de gralhas ansiosas acima do telhado da igreja. As aves parecem pedaços de alcatrão que se soltaram e subiram em redemoinho para o céu.

Ali e Martin seguem pedalando, atravessam a rua e entram na pequena área de estacionamento.

Os portões duplos de metal do cemitério estão abertos.

Eles descem e empurram as bicicletas através dos sulcos de pneus na faixa de grama rente ao muro. Os únicos sons que conseguem ouvir são os gritos estridentes e infelizes das gralhas.

Assim que saem do campo de visão da rua principal, os meninos largam as bicicletas na grama alta. A campainha de Ali tilinta de leve ao atingir o chão.

Eles seguem o muro musguento até um local onde o solo começou a afundar, depois ligam o detector de metais e passam a esquadrinhar a área.

As gralhas adejam ao redor da torre escura antes de retornarem ao telhado da igreja.

Os estalidos do detector de metais diminuem abruptamente.

Martin desligou o aparelho, e agora se agacha e aponta para o cemitério. Há uma picape estacionada no cascalho em frente ao campanário, com o motor ligado.

— Deve ser o zelador — Martin sussurra.

— Ele viu a gente?

— Sei lá, acho que não.

Eles ouvem um grito mecânico, penetrante de tão agudo, seguido por um zumbido baixo. Alguma coisa de madeira range de um jeito ameaçador, o zumbido continua um pouco mais; por fim, o cemitério fica em silêncio.

Os dois garotos se entreolham na escuridão, sem saber se devem ficar onde estão ou voltar correndo para as bicicletas.

Eles ouvem algumas batidas fortes, seguidas por um súbito barulho de chocalho, depois a porta de um carro bate e a picape se afasta, os pneus rangendo no cascalho.

Por um momento os meninos ficam completamente imóveis, antes de espiar por cima do muro.

O cemitério está silencioso.

Os cata-ventos em formato de dragão nas extremidades do prédio da igreja rangem suavemente com a brisa.

Martin abre um sorriso largo para Ali e está prestes a ligar novamente o detector de metais quando ouve um gemido baixo e gutural.

— Mas que merda foi isso? — Ali sussurra.

— Parecia um cervo machucado ou algo assim.

— O quê?

— Vamos dar uma olhada.

Eles deixam a pá e o detector e escalam o muro até o gramado bem cuidado do outro lado. Devagar, avançam sorrateiramente por entre as lápides. Chegando a um dos altos carvalhos, param e se põem à escuta.

O som dá a entender que algo está se chocando contra as paredes do lado de dentro da torre do sino, tentando abrir a porta à força.

Eles seguem em frente no momento em que as cabeças dos três dragões no telhado giram em uníssono, quase como se os tivessem avistado lá embaixo.

O som de batidas e gemidos vem do interior da torre do sino. A porta está fechada, mas parece que alguém utilizou uma serra para abrir uma fenda profunda na parte superior do batente.

— O que você tá fazendo? — Martin sussurra enquanto Ali vai até a porta e bate. Acima das copas das árvores, as gralhas começam a guinchar.

Com a mão trêmula, Ali estende o braço e tenta girar a maçaneta. Quando a porta se abre, ele é atingido em cheio por um cheiro acre de produto químico.

— Oi? — o menino diz num fiapo de voz.

— Vem, vamos embora — Martin sussurra.

Ali acende a lanterna de seu celular e ilumina o interior. As escadas de madeira estão molhadas, e ele vê uma espécie de gosma com listras vermelhas no último degrau.

— Merda, olha só isso.

Uma série de baques violentos faz Ali erguer os olhos. Vários metros acima dele está o que parece ser um enorme casulo feito de lençóis, plástico cinza e fita adesiva. O pacote balança para a frente e para trás, e uma espécie de líquido escuro escorre de um buraco no tecido. Uma gota atinge a mão de Ali, que urra de dor ao ter a pele queimada; ele enxuga a mãos na calça, recua e esbarra em Martin.

Joona dirige lentamente pela rua Greiders, passando por um prédio de tijolos vermelhos após o outro. Ele dobra a esquina ao chegar ao Conselho Nacional de Medicina Legal e seus toldos azuis desbotados, e para em uma vaga do estacionamento externo.

A impressão é de que toda a equipe está prestes a sufocar. Com o coração pesado, eles se reuniram nessa manhã para analisar todos os acontecimentos desde a chegada da última estatueta.

Havia algo que poderiam ter feito melhor?

Como deveriam proceder a partir de agora?

Eles foram forçados a admitir que ainda não tinham nada — absolutamente nada — que os aproximasse um centímetro de seu assassino, o Predador.

Manvir murmurou a palavra "desastre", depois se levantou e foi ficar no seu canto.

O rosto de Greta se tornou cinzento, as rugas se aprofundaram ao redor da boca; Petter roía as unhas, e os olhos de Saga adquiriram uma expressão sombria e perigosa.

Uma sensação de apatia pareceu se abater sobre eles.

Joona permaneceu sentado com o rosto entre as mãos, tentando se lembrar do pensamento que lhe ocorreu quando saiu do sofá-cama de Laila. Ele sabia que teve alguma espécie de lampejo revelador ligado ao assassino, mas agora não tinha mais noção se era de fato importante ou sequer uma ideia totalmente formada.

Ele vasculhou o celular em busca de alguma mensagem ou anotação que pudesse ter feito — até esvaziou os bolsos e a carteira, desencavou todos os recibos e dinheiro trocado —, mas não havia anotado a tal ideia em lugar nenhum.

Agora, Joona sai do carro, tranca as portas e passa por um Porsche Taycan branco que ocupa três vagas. O cabo de recarga do veículo elétrico foi esticado por sobre a grama e conectado a uma extensão que serpenteia pelos arbustos até uma janela aberta.

Ele encontra o Agulha e Chaya Abdouela sentados em cadeiras brancas de plástico a uma mesa ao ar livre perto da rampa de concreto que leva à entrada principal; ambos estão bebendo café em copos de metal.

O Agulha é professor do Instituto de Medicina Legal, Chaya é sua assistente.

— Carro novo? — Joona pergunta, incapaz de sorrir.

— Combustíveis fósseis são coisa do passado, pelo que ouvi dizer — o Agulha explica.

— Belas unhas — Chaya diz.

— Obrigado.

— E uma bela sombra nos olhos.

Ela aponta para o hematoma acima do olho.

— Eu sei... Andei praticando combate corpo a corpo com...

Ele interrompe a mentira assim que Saga entra no estacionamento montada em sua moto preta. Os poderosos motores duplos soam como tiros de metralhadora entre as paredes de tijolos.

Ela dá a volta no carro do Agulha, parando junto à mesa antes de desligar o motor, tirar o capacete e pendurá-lo no guidom.

— Esta é a dra. Abdouela — Joona diz, gesticulando para Chaya.

— Saga Bauer. Estou trabalhando com Joona na Unic — ela responde, estendendo a mão.

— Pode me chamar de Chaya — ela diz ao se levantar da cadeira.

Chaya e o Agulha esvaziam o conteúdo dos copos no canteiro de flores e sobem as escadas até a porta principal.

— Isso está bem difícil pra mim — Saga murmura.

— É melhor você se preparar para a possibilidade de ser Verner — Joona lhe diz.

— Eu sei. — Saga suspira.

— Vamos entrar?

— Já temos cinco cadáveres agora, Joona. Isso significa que restam apenas quatro balas — Saga diz, fixando os olhos nele. — Talvez você devesse cogitar a ideia de receber proteção policial, afinal de contas.

— Nunca — Joona responde com um sorriso.

— Mas até agora tudo o que o assassino disse se tornou realidade.

— Então talvez seja hora de começarmos a nos perguntar *por que* você é a única capaz de detê-lo.

— Não entendo — ela diz. — Por que eu?

— Vamos falar a respeito disso com os outros hoje à tarde.

Eles entram, passam pelo balcão de recepção e ao longo do corredor, seguindo o som do rock clássico até as salas de perícia. Joona segura a porta para Saga e a acompanha até o espaço bem iluminado.

A música cessa abruptamente quando Chaya desliga o toca-fitas.

— Obrigado — Joona diz.

— *"And we walk the earth with our heads held high"** — o Agulha continua, cantando para si mesmo.

---

* "E andamos pela Terra com a cabeça erguida", trecho da letra de "Walk the Earth", canção da banda de rock sueca Europe. (N. T.)

— Por favor — Joona implora.

— Desculpe — ele diz, virando-se para Saga.

— Não faz mal.

— Frippe nos enviou uma fita com uma coletânea — Chaya explica enquanto veste um avental de plástico.

Em uma das bancadas de aço inoxidável, vários milhares de pedaços de ossos foram alinhados, desde pequenos fragmentos até um crânio inteiro de alce.

— Estávamos no processo de fazer a triagem das ossadas descobertas durante a drenagem do lago em Sandakärret quando... Recebemos os restos mortais encontrados em Enköping.

— Ele está na sala 2 — Chaya diz, apontando para outro conjunto de portas.

— Então é Verner? — Saga pergunta, a cor desaparecendo de seu rosto.

— Sim.

— Meus pêsames — Chaya diz, enfiando as presilhas elásticas da máscara por debaixo do hijab cor-de-rosa.

— Obrigada — Saga sussurra.

— Eu normalmente não ofereço, mas dessa vez... — o Agulha diz, segurando um recipiente azul de VapoRub. — Já documentamos o cheiro. Tal como nos casos anteriores, é causado pela reação química entre o hidróxido de sódio e o corpo.

— Certo — Joona diz, esfregando um pouco da pomada embaixo do nariz antes de passá-la para Saga.

Eles seguem o Agulha e Chaya para a sala ao lado. Apesar do poderoso aroma de mentol, forte o suficiente para fazer os narizes arderem e os olhos lacrimejarem, o fedor químico é perceptível.

Acima da grande mesa de autópsia com furo de escoamento e duas pias, uma luminária baixa está acesa. A boca da mangueira está pingando. O filtro de um recipiente coletor foi posto sobre uma folha de plástico, e há um rodinho de silicone encostado na parede perto do ralo do chão.

— Apenas um breve aviso — o Agulha diz, parando-os antes que se aproximem. — Os braços e a cabeça se soltaram do corpo. Vocês não poderão fazer uma identificação visual. O processo de decomposição prosseguiu até que o trouxemos aqui e eliminamos a substância corrosiva.

— Nós entendemos — Joona diz.

— Ele ainda estava vivo quando foi encontrado, mas a essa altura seu estado era tão precário que provavelmente não estava consciente...

— Ou pelo menos esperamos que não — Chaya murmura para si mesma.

41

Joona freia e gira suavemente o volante, parando no meio-fio em frente à espaçosa casa de Verner em Saltsjöbaden. Ele desliga o motor, mas não consegue sair do carro. Por cima do persistente cheiro de mentol, ainda sente o terrível odor de substâncias químicas e tecido dissolvido.

Ele fecha os olhos e tenta se recompor.

O processo de identificação está concluído. A correspondência do DNA é inequívoca.

Joona conhece Verner há muitos anos, desde o início de sua vida profissional. A última vez que o viu foi no dia em que ele apareceu no edifício da Autoridade Policial perguntando se alguém conhecia algum truque de mágica porque havia prometido aos netos que faria Maja flutuar.

Verdade seja dita, provavelmente ele só queria ver Saga.

Joona pensa na voz grave de Verner, na maneira como ele esfregava o nariz enquanto pensava, e em como, a julgar pelo seu jeito de andar e seus gestos, muitas vezes parecia que nunca havia realmente aprendido a dominar seus braços e pernas compridos demais.

Uma borboleta azul esvoaça por cima do capô, seu reflexo quase preto na pintura escura.

Joona sai do carro e caminha ao longo do muro de arrimo na beira do gramado, passando pela entrada que leva à garagem e até a porta da frente.

Ele não vê Maja desde o baile da polícia, há cinco anos. Naquela noite ela estava usando um vestido de gala verde-floresta e brincou dizendo que a Polícia de Segurança havia desenhado uma coleção de alta-costura que também servia como camuflagem no interior rural da Suécia.

Joona toca a campainha e, ao ouvir o som, pensa que não existe nada mais difícil do que o que ele está prestes a fazer. Dar esse tipo de notícia é algo impiedoso, que liquida todas as esperanças de um final feliz e destrói qualquer ideia de salvação.

Uma mulher alta, na casa dos trinta anos, abre a porta. Joona percebe que deve ser a filha mais velha de Verner, Verônica.

— Olá, meu nome é Joona Linna. Maja está em casa? — ele pergunta, engolindo em seco.

— Do que se trata? — ela quer saber, piscando rapidamente.

— Sou da Unidade Nacional de Investigação Criminal.

— É sobre o papai? — ela pergunta, com algumas lágrimas escorrendo pelo rosto.

— Eu realmente gostaria de falar com Maja.

— É que... Desculpe — ela diz, enxugando o rosto. — Ela não está muito bem e...

Joona ouve passos de duas pessoas se aproximando pelo corredor. Maja e a filha mais nova, Mikaela, aparecem na porta. Assim que Maja vê Joona, toda a cor desaparece de seu rosto. Ela se detém e procura algo em que se segurar, derrubando uma calçadeira de madeira no chão.

— Mamãe? — Mikaela parece assustada.

Ela tenta puxar a mãe de volta para a cozinha, mas Maja balança a cabeça e ergue os olhos.

— Joona, por favor... Não me diga — ela implora.

— Eu gostaria de não ter de fazer isso, Maja.

— Não, não, não... — ela sussurra, colocando a mão na boca.

Com o rosto vermelho, Mikaela murmura:

— Está tudo bem, vai ficar tudo bem. — Enquanto fala, ela leva a mãe para dentro.

Verônica as observa partir, depois pendura a calçadeira de volta e se vira para Joona.

— Acho que ela talvez precise ouvir de novo — ela diz, dando alguns passos para o lado.

Ela leva Joona até a cozinha e pergunta se ele quer beber alguma coisa antes de irem para o jardim de inverno.

Maja está encurvada sobre a mesa de jantar, segurando nas mãos um pedaço de papel-toalha.

Mikaela está atrás dela, com os braços em volta da mãe.

Além dos telhados, a baía brilha à luz do sol. Os óculos de leitura de Verner estão em cima de palavras cruzadas inacabadas no parapeito da janela, e há uma xícara de café vazia no lugar onde ele se sentava, na cabeceira da mesa.

— Eu sinto muito, Maja, sinto muito mesmo — Joona diz.

Devagar, Maja levanta os olhos e encara Joona como se tivesse esquecido que ele estava ali. Suas lágrimas escorrem pelo cardigã, brilhando por um segundo antes de penetrar no tecido.

— Por quê? Eu simplesmente não consigo entender — ela diz, a voz sem flexão.

— A investigação ainda está em andamento...

Mikaela choraminga e enterra o rosto no ombro da mãe, tremendo e soluçando baixinho.

— Mas você disse que ele não estava morto, que havia uma chance de encontrá-lo — Verônica diz.

— Falhamos.

— Vocês falharam? — Verônica repete. — Então haverá uma investigação sobre o que vocês fizeram de errado?

— Pare com isso — Mikaela sussurra para a irmã, sentando-se.

— Como foi que o papai morreu? Não temos o direito de saber?

— Ele levou vários tiros — Joona diz.

Maja começa a tremer.

— Tiros — ela murmura, secando o rosto com a toalha de papel. — Essa foi a causa da morte?

— Ele sofreu muito? — Verônica pergunta.

— Pare com isso! — sua irmã mais nova grita. — Eu não quero saber!

O celular de alguém começa a tocar, embora ninguém tenha energia para atender ou mesmo reagir ao toque. Todas simplesmente ficam sentadas em silêncio, esperando que o som pare.

— E a pessoa que fez isso... Acho que saberíamos se vocês tivessem prendido o criminoso? — Verônica diz depois de alguns segundos.

— Como eu disse, é uma investigação em andamento — Joona repete.

— Eu te acompanho até a porta — Maja diz, pressionando as palmas das mãos no tampo da mesa e se obrigando a se levantar.

Suas filhas permanecem onde estão, cabisbaixas e com rostos pálidos; Joona reitera suas condolências e sai do jardim de inverno com Maja.

Quando chegam ao corredor escuro, ficam parados em silêncio por um momento. O sobretudo de Verner está pendurado no cabideiro, seus enormes sapatos cuidadosamente alinhados no chão.

— Eu peço desculpas pela Verônica — Maja diz, engolindo em seco. — Eu sei que Verner respeitava você, possivelmente mais do que qualquer outra pessoa...

— O sentimento era recíproco.

— Eu só achava que o teria ao meu lado por muitos anos, sabe? — ela admite com os lábios trêmulos. — Amávamos nossa vida juntos, nem todo mundo pode dizer isso.

Ela tem uma nova crise de choro, e Joona a abraça. Os ombros dela tremem de dor e tristeza. Depois de alguns momentos, quando a respiração de Maja se acalma, Joona dá um passo para trás.

— Agora é meu trabalho cuidar das nossas meninas — ela diz.

A folha de papel-toalha na mão dela se transformou numa bola pequena e dura.

— Você sabe como isso funciona, Maja. Se lembrar de alguma coisa, por mais insignificante que possa parecer, avise-nos — Joona diz, abrindo a porta.

— Na verdade, há uma coisa — ela diz. — Tudo tem sido tão caótico que esqueci completamente, mas Verner mencionou um homem pálido tirando fotos dele no supermercado há algumas semanas...

— Você não sabe onde e quando, certo?

— Não, eu... Eu não tenho ideia.

— Se você pudesse verificar os recibos ou a conta bancária dele e ver se isso refresca sua memória, seria ótimo.

— Eu também tive a sensação de que alguém esteve na casa, várias vezes nos últimos... Uns seis meses, deve ser isso.

— Sumiu alguma coisa?

— Não, mas as coisas mudaram de lugar — ela diz, sua voz pouco mais que um sussurro.

42

Os líderes da equipe de investigação precisavam se reunir, mas ninguém teve forças para voltar ao edifício da polícia. A ideia de estar na sede da Unic fazia com que se sentissem insetos presos sob um vidro, então decidiram se encontrar na casa de alguém. Petter foi o escolhido como anfitrião.

Saga estaciona numa ladeira em frente a um prédio sem graça em Lilla Essingen. A insípida fachada de cor ocre está manchada, e a pintura da parte inferior das varandas parece estar se desprendendo em grandes folhas.

A lixeira se soltou do poste e agora está pendurada rente ao chão, transbordando de saquinhos de cocô de cachorro.

Ela vai até a porta envernizada de carvalho, digita o código e sobe as escadas até o segundo andar, onde toca a campainha.

Petter a recebe.

Ele está vestindo uma camisa de flanela cinza-escura solta sobre a calça jeans desbotada.

Há doze anos, ele era um homem musculoso que raspava a cabeça para esconder o fato de que estava ficando careca, e que volta e meia fazia comentários machistas. Hoje em dia é um homem divorciado de quarenta e sete anos que parou de se exercitar e de subir na hierarquia do trabalho e fica um pouco mais pesado a cada ano que passa.

Ele liga a máquina de café na cozinha e leva duas cadeiras para a sala.

À luz oblíqua da tarde, são visíveis nas tábuas de madeira as fileiras de pequenos buracos de pregos deixados quando ele removeu o piso vinílico.

— Eu durmo no sofá quando os meninos estão aqui — ele diz a Saga.

— Com quantos anos eles estão agora?

— O tempo voa... Milo já tem dezesseis, está prestes a iniciar o primeiro ano do ensino médio, e Nelson tem catorze. Ambos são muito mais altos do que eu agora — ele diz com um sorriso, mostrando um espaço de cerca de dez centímetros entre o polegar e o indicador.

— Você fica com eles semana sim, semana não?

— As coisas nem sempre saem como imaginamos, não é mesmo? — ele diz, deixando-se cair no sofá.

Saga espia pela janela. Há um cacto no peitoril de pedra preta. As persianas estão abertas, e seus cordões manchados estão cheios de nós.

— Eu sei — ela diz.

Alguém toca a campainha, e Saga vai até o corredor para abrir a porta. Greta e Manvir ainda estão tirando os sapatos quando Joona também chega.

Petter pega uma caixa de biscoitos, busca o bule de café na cozinha e começa a encher as xícaras.

— Você também acabou de escovar os dentes? — Petter pergunta ao se inclinar na direção de Joona.

Nem Saga nem Joona têm vontade de explicar o motivo do forte cheiro de mentol enquanto contam aos outros sobre sua ida ao laboratório forense. Suas palavras criam uma atmosfera pesada, mas ninguém tem nada a dizer; o padrão é exatamente o mesmo dos assassinatos anteriores.

Manvir apoia a xícara no pires e franze a testa antes de encarar cada um deles.

— Perdemos todos os rounds da luta até agora, e isso é algo com que teremos de conviver pelo resto da vida — ele afirma. — Mas precisamos virar o jogo. O assassino tem que ser detido.

— Até agora eu achava que o assassino escolheu as vítimas como uma forma de me pressionar — Saga diz. — Ele está seguindo um padrão definido, e tudo aconteceu exatamente como ele disse que aconteceria. É como um relógio que é impossível de parar, mas...

— Não podemos pensar assim — Greta diz.

— Mas hoje Joona disse algo realmente interessante — Saga continua. — Disse que, se tudo o que o assassino diz é verdade, então a pergunta que devemos fazer é por que sou eu a única pessoa capaz de detê-lo.

— E como — Joona acrescenta.

— A meu ver, ele escolheu Saga ao acaso — Petter diz, esfregando o queixo com um restolho de barba por fazer —, e depois aumentou a aposta ao tornar as coisas uma questão pessoal.

— Acho que todos nós fizemos isso — Saga diz. — Mas talvez haja uma razão concreta pela qual eu sou a única capaz de detê-lo.

— Certo, vamos continuar nessa linha de raciocínio... O que há de tão especial em você? — Manvir quer saber. — O que Saga tem de especial?

— Ela trabalhou por muitos anos na Polícia de Segurança — Petter diz.

— Ela é linda — Greta acrescenta.

— Nenhum outro policial sofreu perdas pessoais tão grandes — Joona diz.

— A minha família tem um histórico de doença mental — Saga diz calmamente.

— Você tem uma fonte anônima que lhe fornece informações — Manvir continua, profundamente absorto em pensamentos.

— Sim — Saga assente.

— Isso é mesmo verdade? — Greta pergunta.

— É, sim.

— Essa sua fonte não poderia ser a razão pela qual você é a única pessoa capaz de deter o assassino?

— Não, eu realmente acho que não...

— Mais alguma coisa? — Manvir pergunta.

— Ela sobreviveu às interações com Jurek — Joona diz.

— Disso eu não sei — Saga murmura.

— Como assim? — Greta pergunta com um sorriso.

— Eu entrei em profunda depressão depois que minha irmã morreu — Saga responde, lábios e bochechas empalidecendo. — Não conseguia suportar a ideia de ela ter passado os últimos dias de vida sozinha e com medo.

— Valéria estava lá com ela o tempo todo, conversou com ela — Joona diz para reconfortá-la.

— A Valéria? Ah, para com isso — Saga bufa.

— Estou apenas dizendo que...

— Mas que merda ela fez? — Saga pergunta, levantando um pouco a voz.

— Conversou com Pellerina, ela a manteve calma e...

— Valéria a manteve calma até ela morrer? Ela poderia ter salvado Pellerina se...

— Acho que ela tentou — Joona a interrompe.

— Ela estava lá, puta que pariu! Está mais do que na cara que não se esforçou o suficiente! — Saga grita, levantando-se do sofá. — A minha irmã está morta e Valéria ainda está viva. Minha irmã está na porra de uma sepultura, nada além de uma pilha de ossos.

— Você sabe que Valéria também foi uma vítima — Joona responde, mantendo a serenidade.

— Como é que é? Ah, sim, que nem você? Todo mundo é vítima, todo mundo passou por momentos difíceis... Vá se foder!

Saga sai de supetão da sala, furiosa, pisando duro pelo corredor, e bate com estrondo a porta da frente. Joona se levanta e sai para a varanda que Petter divide com o vizinho. Ele se encosta na parede de metal corrugado que divide o espaço e olha para a rua, em direção à loja da esquina. Acima de uma fileira de pequenas janelas no porão, no nível da calçada, vários cartazes anunciam ofertas de produtos no supermercado.

Ao sentir o cheiro de guimbas de cigarro velhas numa lata no chão, Joona é levado de volta ao antro de ópio de Laila.

O vapor morno enchia seus pulmões enquanto ela rolava nos dedos mais uma bolinha, e os pensamentos dele vagavam à deriva feito um rio preguiçoso, fluindo em torno de pedras e galhos baixos.

Quando Joona se lembra de ter pensado no reluzente colar de prata de Valéria, ele enfim consegue se apossar do pensamento que vinha escapando desde então, e volta para a sala de estar.

— O que está acontecendo? — Greta pergunta quando vê o rosto dele.

— A lista de Saga, a lista alternativa de assassinos em série nos quais Jurek Walter poderia ter algum interesse — Joona afirma. —

É apenas uma ideia, mas Jakov Fauster era conhecido na imprensa como "o prateiro de Berlim".

— Eu não sabia disso — Greta diz.

— Deixei passar alguma coisa? — Petter pergunta.

— Você está estabelecendo uma ligação entre o apelido de Fauster e o fato de nosso assassino fabricar estatuetas de metal? — Greta continua.

— Isso mesmo.

— Estamos apenas tentando encontrar uma ligação com o assassino que não seja intencional, que não faça parte do plano dele, do seu jogo — Joona tenta explicar. — Enquanto Jurek ainda estava vivo, nunca me preocupei em investigar Fauster porque ele estava preso havia décadas e jamais recebeu permissão pra sair.

— Mas pode ser que Jurek o tenha visitado... E talvez o nosso assassino, o Predador, o tenha visitado também — Greta pondera.

— Por que ele era conhecido como "o prateiro"? — Manvir quer saber.

— Ele cegava as vítimas despejando prata derretida nos olhos, depois as deixava nos trilhos do trem nos arredores de Berlim — Joona explica.

— Mas prata e estatuetas de estanho? — A julgar pelo tom de voz, Manvir parece cético.

— É uma teoria um tanto forçada — Petter concorda.

— Muito frágil, inconsistente demais — Manvir suspira. — Vamos nos concentrar na lógica do assassino em termos de...

— O nome no cartão-postal número dois — Joona o interrompe. — Era...

— Jesu Fatvarok? — Petter diz.

— Isso é um anagrama de Jakov Fauster.

— Puta merda — Petter sussurra.

— Em que prisão Fauster cumpre pena? — Greta pergunta.

— Santa Fu — Joona diz. — Em Fuhlsbüttel.

— Que fica nos arredores de Hamburgo — Manvir completa.

— Eu preciso falar com ele — Joona diz, levantando-se.

43

Valéria sai da estufa e empurra o carrinho de mão até o porão frio. Depois de um árduo dia de trabalho, seus ombros e costas estão cansados. Ela só precisa pegar alguns sacos de batatas, depois disso dará o dia por encerrado e entrará para tomar banho e preparar o jantar.

O porão frio foi escavado em uma protuberância natural no solo, com gramíneas e bétulas finas crescendo no alto. Por alguma razão, o espaço fresco sempre a lembrou da história do rei nórdico Sveigðer, da antiga *Saga dos Ynglings*. O rei voltava para casa depois de uma festa quando um estranho homenzinho apareceu e lhe disse que ele poderia conhecer pessoalmente Odin. O homem abriu uma porta numa rocha enorme, e do outro lado o rei vislumbrou um esplendoroso salão. A mesa lauta estava repleta de travessas de comida, e do teto pendiam enormes lustres. Porém, no minuto em que pôs os pés dentro da rocha, a porta se fechou atrás dele e o rei desapareceu sem deixar vestígios.

Valéria abre a porta pesada, pega a cesta de jardinagem e começa a descer a escada íngreme.

Alguns fios de cabelo de seu rabo de cavalo brilham feito cobre quando ela atravessa o último raio de sol e adentra a escuridão.

Faz um bocado de tempo que Valéria não desce ao porão frio. Ela simplesmente não consegue fazer isso desde seu encontro com Jurek. A escada parece muito mais apertada do que ela tinha lembrança.

Não mais do que alguns metros abaixo do nível do solo, uma espécie completamente diferente de silêncio parece predominar.

Valéria sente uma gota de suor escorrer pelas costas, e o cheiro doce de terra e folhas velhas enche seu nariz.

A luz do teto está acesa, refletindo-se nas garrafas de cordial de flor de sabugueiro. Um pouco de areia seca cai da fissura entre duas pedras que revestem o telhado.

O peso do solo acima deve ter empurrado as paredes para dentro durante o inverno, o que tornou a escada mais estreita.

Valéria sente as pernas tremerem enquanto avança.

O ar está completamente estagnado.

Os dutos de ventilação devem ter sido cobertos pela vegetação.

Ela está quase chegando ao fim da escada quando o chão acima estremece. O teto parece ceder cerca de dez centímetros, e areia seca cai no chão.

Alguém deve estar bem acima dela.

Algumas pedrinhas batem no último degrau, e o sangue de Valéria começa a rugir em seus ouvidos.

O ar envelhecido a deixa tonta, e ela decide dar meia-volta e subir novamente.

Valéria sabe que é efeito da luz fraca, mas os degraus agora parecem tão estreitos quanto os da toca de um coelho.

No patamar, o vão da porta cintila feito metal. Ela ouve as dobradiças rangerem, vê a nesga de luz se encolher e a porta se fechar com força.

Valéria deixa cair a cesta e tenta segurar as paredes com as duas mãos.

Sua respiração está acelerada.

A visão escurece e ela desaba no chão.

A porta se abre novamente e ela ouve a voz de um homem dizer alguma coisa. Ela olha de esguelha para cima e vê uma silhueta esguia.

— Olá?

A figura desce as escadas na direção dela.

— Você se machucou?

Ele a ajuda a se levantar e praticamente a carrega escada acima; as luvas de trabalho dela caem em algum ponto do caminho.

O desconhecido ajuda Valéria a se sentar na encosta gramada e ela respira fundo, erguendo o rosto para o céu pálido enquanto passa a mão pela boca.

— Eu não sei o que aconteceu, só fiquei um pouco zonza — ela diz.

O homem estende um grande buquê de flores e um balão brilhante em formato de coração preso em um barbante.

— Floricultura Interflora. Eu tinha acabado de estacionar — ele diz, apontando para uma perua de entregas na curva de retorno — e te vi descendo para o porão.

— Obrigada.

— Você vai ficar bem?

— Sim, sem dúvida.

— Se tem certeza, então vou indo.

Valéria permanece onde está com as flores e o balão, observando o homem entrar na perua e ir embora.

Valéria sabe que talvez seja melhor procurar tratamento para a claustrofobia, mas seus sentimentos de culpa pelo que aconteceu sempre atrapalham. Joona já tocou no assunto diversas vezes, disse que ela está tão traumatizada que precisa de ajuda profissional, mas ela se recusa a sentir pena de si mesma.

O brilho vermelho do pôr do sol se reflete nos vidros das estufas, fazendo com que pareçam estar repletas de lava.

As pernas de Valéria ainda estão trêmulas quando ela se levanta e caminha para a casa. Ela pendura suas roupas de trabalho no vestíbulo e ensaboa e enxagua as mãos na grande pia de metal.

O barbante do balão está amarrado a um peso para evitar que flutue até o teto quando ela o soltar. Agora vestindo apenas sutiã e calcinha, Valéria leva tudo para a cozinha e põe as flores sobre a bancada. Arranca o papel de embrulho e o deixa com os jornais e panfletos ao lado da pilha de lenha.

Joona lhe mandou vinte e cinco rosas vermelhas.

No cartão que acompanha as flores, o ajudante da floricultura escreveu em letras arredondadas as palavras "Perdoe-me, querida Valéria".

Ela corta as rosas com uma faca de cozinha e as enfia em um vaso na mesa de jantar.

Em seguida, sobe as escadas e entra no chuveiro, se deixando ficar sob o jato quente até se aquecer novamente. Ela se seca e veste roupas limpas.

Valéria volta para a cozinha e começa a fazer uma sopa de batata. Quando o caldo já está fervendo, pega o telefone e se senta à mesa, olhando pela janela por um momento antes de discar o número de Joona.

— Obrigada pelas flores, são lindas — ela diz.

— Desculpe. Fui um idiota — ele diz. — Eu te magoei e estraguei as coisas só porque não queria parecer fraco.

— Você pode ser fraco perto de mim.

— Mas eu não quero, quero ser forte.

— Todo mundo quer.

— É por isso que me convenci de que estou no controle das drogas, mas não é verdade.

— Eu sei como é, já passei por isso.

Ela o ouve respirar fundo.

— Hoje me dei conta de que deixei as drogas atrapalharem a investigação, eu me esqueci completamente de uma sacada importante que tive. Eu só precisava admitir isso pra mim mesmo... E aí também percebi o que fiz de ruim pra você, pra nós.

— Que bom — Valéria diz, enxugando as lágrimas.

— Eu preciso embarcar pra Alemanha assim que me derem autorização, mas posso te ligar quando voltar?

— Claro, eu não vou a lugar nenhum, Joona.

Joona olha para o celular que tem na mão e sussurra um "obrigado" antes de voltar para a mesa da cozinha, onde todo o material sobre o prateiro de Berlim está espalhado à sua frente: transcrições de depoimentos do tribunal, fotografias, recortes de jornais e mapas com marcações referentes a cenas do crime.

Ele sabe que precisa comer para conseguir se concentrar, mas simplesmente não tem energia para cozinhar. Joona abre a geladeira e encontra meio sanduíche num prato. Come em pé, depois lava o prato e volta sua atenção para o material.

Ele precisa tentar descobrir se existe alguma ligação entre o assassino em série alemão e seu homólogo sueco. Fauster poderia ser o elo do assassino tanto com Jurek quanto com as estatuetas de estanho.

Vinte e oito anos atrás, a caçada ao assassino conhecido como *der Silberschmied aus Berlin* entrou numa nova e intensa fase, e no fim Jakov Fauster foi preso em sua casa em Berlim Oriental. Durante o julgamento, ele se recusou a responder a quaisquer perguntas, a menos que fosse chamado de "Mestre"; uma vez atendida essa exigência, descreveu com profusão de detalhes o assassinato de dez jovens.

Por meio de anúncios pessoais, Mestre Fauster entrava em contato com vários homens, em sua maioria profissionais do sexo. Ele alegava ser rico e generoso e combinava de encontrar os garotos em estacionamentos desertos, onde os drogava em sua van e usava prata derretida para lhes queimar os olhos. Depois de cegar as vítimas, ele as abandonava em diferentes linhas ferroviárias dos arredores da cidade e, à distância, observava serem atropeladas pelos trens.

Fauster foi condenado à prisão perpétua e passou dois anos em Moabit antes de ser transferido para uma unidade especializada recém-construída no presídio de Fuhlsbüttel, no norte de Hamburgo.

Joona bebe um copo d'água e, assim que começa a folhear a avaliação psiquiátrica de Fauster, Manvir liga.

— Estamos com sorte, se é que dá pra usar essa palavra. Sabine Stern, a diretora do presídio de Fuhlsbüttel, conhecia Verner... Ela ficou extremamente abalada quando lhe contei o que havia acontecido e disse que você é bem-vindo pra fazer uma visita. Você terá a oportunidade de falar com Fauster, embora não haja garantias de que ele responderá a qualquer uma das perguntas... Ou mesmo de que terá interesse em falar com você.

— Vou reservar as passagens agora — Joona diz.

— Há mais uma coisa que eu... que eu sinto que preciso comentar. Você está sozinho? — Manvir pergunta, respirando pesadamente.

— Estou.

Joona vai até a janela e contempla a cidade. Uma malha de telhados cinza-claros, prateados, pretos e verde-claros. O alarido das pessoas e do trânsito nas ruas abaixo não chega tão alto.

— Greta e eu estávamos conversando e nós... ficamos na dúvida sobre o papel de Saga nisso tudo — Manvir continua.

— Ela perde as estribeiras de vez em quando, mas vai passar.

— Não foi isso que eu quis dizer.

— Certo...

— Ela é uma policial muito competente — Manvir diz, fazendo uma pausa para pigarrear.

— Sim.

— Talvez competente até *demais*... Ela está sempre um passo à frente, e tem aquele tal "contato secreto". O caso inteiro gira em torno dela, conforme discutimos na última reunião.

— Sim, porque o assassino vem se comunicando com ela.

— Ela conhece todas as vítimas, na verdade teve algum tipo de conflito com cada uma delas... Eu não estaria fazendo meu trabalho direito se não aventasse a possibilidade de um possível envolvimento dela.

— Nos assassinatos?

— Não fisicamente, é claro. Ela tem um álibi pra cada um deles, mas... Talvez esteja trabalhando com alguém, o que explicaria por que estamos sempre brincando de pega-pega. O jogo está sendo manipulado, é uma armação.

— É uma boa teoria. Corajosa. Mas impossível.

— Como você pode ter tanta certeza?

— Não posso, mas...

— Ela tem motivo. Se não é Valéria a culpada pela morte da irmã de Saga, então a culpa é da polícia, de Verner e de Margot. E, em última análise, sua, Joona.

— Mas conheço Saga e...

— Que bom que você é tão leal, Joona — Manvir o interrompe. — Mas demos início a uma investigação sobre ela; confidencial, é claro. Só pra você saber.

44

Joona embarca no primeiro voo do dia para Hamburgo. O avião estava quase lotado, mas ele conseguiu um assento bem no fundo, onde os motores são mais barulhentos e o serviço de bordo demora mais a chegar.

Um manto de nuvens ensolaradas bloqueia as cidades, florestas, lagos e plantações abaixo.

Ele examinou todo o material referente a Mestre Fauster e agora está pensando no Predador, no modo como as pequenas estatuetas de estanho em suas embalagens improvisadas são uma espécie de precursoras dos cadáveres em sacos de borracha.

Tão logo pousam, Joona passa pelo controle de imigração e pega um táxi direto para o complexo penitenciário. Apenas quinze minutos depois, seu carro para em frente ao portão de entrada.

O céu está límpido, sopra uma brisa fresca; Joona entra e se apresenta na recepção.

É constante o estrondo dos aviões voando a baixa altitude.

Fuhlsbüttel é uma mistura de belos edifícios de tijolos do século XIX e de prédios mais modernos e tediosos, com muros altos, arame farpado, zonas de segurança e cercas elétricas. A parte mais antiga do complexo foi utilizada pela primeira vez no final do século XIX, e mais tarde se tornou um campo de concentração nazista e uma prisão da Gestapo.

Hoje, Santa Fu é uma instalação moderna, onde homens cumprem penas longas.

Joona passa pela segurança e uma mulher baixa, de terninho cinza, vem ao seu encontro. Ela parece ter cerca de cinquenta anos, um rosto bonito, mas triste, pálpebras pesadas e cabelo loiro curto.

— Bom dia. Sou a diretora, Sabine Stern — ela diz em inglês, estendendo a mão.

— Joona Linna.
— Você conhece bem Verner?
— Sim, conhecia.
— Era um homem formidável.

Ela abre uma porta ultrarreforçada, e eles descem uma escada até a passarela subterrânea que conecta as várias áreas da prisão.

— Estarei presente durante o interrogatório; cancelei todos os meus compromissos da manhã — Sabine diz enquanto caminham.
— Obrigado, mas não será necessário.

Ela esboça um breve sorriso.

— Você não conhece Mestre Fauster. Começará a negociar antes mesmo de concordar em falar com você. Ele nunca dá nada de graça.
— O que ele quer?
— Muito provavelmente coisas que você não pode oferecer.
— Mas você pode?
— Estou disposta a fazer certas concessões se isso ajudar a capturar o assassino de Verner.

Os passos deles ecoam entre as paredes nuas de concreto. O ar é frio, e o brilho das luminárias embutidas a cada três ou mais metros forma no chão um desenho semelhante a uma víbora.

— A sentença de prisão perpétua dele estipula também o elevado nível de segurança aqui em Fuhlsbüttel, o que é raríssimo na Alemanha. É por isso que ele está na nossa ala pra prisioneiros de alta periculosidade, com elevado risco de tentativa de fuga, embora todos os nossos especialistas concordem que ele respondeu bem ao sistema prisional e em tese será capaz de se reajustar à vida em sociedade.
— Sério?
— Sim, mas levando em consideração a natureza e extensão dos crimes, a pena de prisão perpétua ainda não foi reduzida para um período específico... O que nos dá vantagem em qualquer negociação.

Eles param junto a uma barreira controlada remotamente e esperam que a central de segurança os autorize a passar. A porta emite um zumbido e se abre, permitindo que avancem para o outro lado. Assim que é trancada, uma outra porta à direita se abre e eles viram a esquina.

— O nível de segurança é altíssimo, isso está evidente, mas se entendi corretamente, Fauster não está em isolamento? — Joona pergunta.

— Ele tem permissão pra interagir com os outros presos, mas prefere ficar sozinho a maior parte do tempo. Nunca lhe foi dado o benefício da saída temporária, mas ele pode enviar cartas, reservar horários pra usar o telefone, tudo sob supervisão, é claro, e também pode receber visitas.

— Ele já recebeu alguma?

— Sim, e com bastante regularidade. Em sua maioria são jornalistas, criminologistas e representantes de vários grupos religiosos... Quando era mais jovem, costumava inclusive receber muitas visitas de mulheres interessadas em engatar um relacionamento romântico com ele.

Sabine Stern explica que, até o momento, não houve nenhuma tentativa de fuga ou resgate de detentos na unidade de segurança máxima. Todas as portas são controladas a partir de uma central e, no caso de uma situação com reféns, o protocolo é mantê-las trancadas, independentemente de quem esteja com a vida em risco.

Toda a unidade fica quinze metros abaixo da superfície e tem sua própria área de descanso em um pátio interno, separado do mundo exterior por três camadas de grades e cercas.

Eles continuam descendo uma escada e seguem ao longo de outro corredor.

Na parede de concreto, as palavras *Heiße Ware aus dem Knast** estão escritas em grandes letras vermelhas.

Eles param diante de outra porta em que se lê *Abteilung 9*.**

A fechadura apita e eles avançam para outro corredor, passando por uma sala de funcionários, uma despensa e uma central de vigilância repleta de monitores de TV.

---

* Em alemão: "Produtos quentes recém-saídos da prisão". Os reclusos do presídio de Santa Fu produzem certos artigos (camisetas, aventais, bolsas, bonés etc.) que são vendidos no site www.santa-fu.de, com lucros revertidos para vítimas de crimes; a frase é uma espécie de slogan da marca. (N. T.)
** Em alemão: "Seção" ou "Departamento". (N. T.)

As paredes são de um amarelo pálido, o piso vinílico é salpicado como granito e os móveis são todos de pinho envernizado.

As portas de aço dos quartos dos presidiários são pintadas de branco, com escotilhas e olhos mágicos.

Sabine para e puxa a manga do paletó para verificar a hora.

— Mestre Fauster já está esperando na sala de visitas, mas achei que primeiro você gostaria de ver a cela dele — ela diz, abrindo uma porta.

Joona entra no espaço apertado. As cortinas estão fechadas sobre um canto onde a luz vem de uma lâmpada em vez de uma janela. O vaso sanitário tem apoios de braços, a mesa é aparafusada ao chão e a cama foi adaptada para pessoas com mobilidade reduzida.

— Ele fala oito línguas — a diretora diz, meneando a cabeça na direção de uma estante apinhada de volumes de literatura clássica e filosofia.

Eles voltam para o corredor, passam pelos chuveiros e se dirigem a um homem que monta guarda do lado de fora de uma porta azul.

Ele os cumprimenta e permite que entrem; trancando a porta assim que passam para o outro lado.

É difícil acreditar que o homem com uniforme de presidiário sentado ali à mesa seja o mesmo conhecido como o prateiro de Berlim durante sua fase ativa, quase trinta anos atrás.

Suas mãos roliças de dedos grossos estão apoiadas na mesa à frente, as algemas presas por uma corrente a uma barra de metal na mesa.

Uma linha vermelha foi pintada no chão, indicando a distância segura do prisioneiro.

Do lado mais próximo da linha, há duas cadeiras encaixadas sob uma mesa menor equipada com um botão de alarme e uma divisória de acrílico.

Jakov Fauster está muito acima do peso; usa óculos de aros grossos, tem testa larga, cabelo castanho-claro e costeletas curtas. Seu queixo duplo obscurece todo o pescoço, e ele tem ombros arredondados, braços gordos e uma barriga enorme.

— Mestre Fauster — Sabine o saúda.

— Frau Stern — ele responde, apontando para uma das cadeiras.

— Este é o detetive superintendente Linna — ela diz em inglês.
— Que está tentando capturar um assassino em série na Suécia. Talvez eu possa ajudá-lo, mas o que vai me dar em troca? Quanto valem essas vidas suecas? — ele pergunta, pela primeira vez voltando sua atenção para Joona.

Quando Sabine se senta, suas roupas exalam um suave aroma de lavanda. Mestre Fauster se recosta lentamente, e o reflexo da luz nos óculos obscurece seus olhos.

— Você terá que negociar comigo — Sabine propõe.

A boca estreita de Fauster se curva num sorriso, e ele aponta um dos dedos gorduchos para ela.

— Então isso é pessoal — ele diz.

45

Joona puxa uma cadeira e se senta ao lado de Sabine. A pequena divisória de acrílico está manchada no ponto onde alguém a esfregou com um pano úmido. Mestre Fauster respira pesadamente pela boca aberta, a língua brilhando por trás dos dentes pequenos e separados.

— O que posso fazer por você? — Sabine pergunta.

Ouve-se o tilintar das algemas quando Fauster apoia as palmas das mãos sobre a mesa e se inclina para a frente.

— O choque das revelações feitas na sala do tribunal levou o juiz a falar de um crime especialmente hediondo — ele responde com voz neutra. — Eles me consideraram culpado de mais crimes do que se poderia esperar. Posso entender isso, o depoimento da testemunha foi poderosíssimo, mas as palavras "tendências sexualmente desviantes" sugerem noções de puritanismo que considero antiquadas.

Ele faz uma pausa, os olhos fixos em Sabine, respirando pela boca entreaberta como se estivesse com falta de ar.

— Eu acho... — Sabine diz, pigarreando. — Eu acho que podemos discutir uma recomendação para que sua sentença seja reduzida para um prazo determinado.

Fauster ainda está olhando diretamente para ela.

— Quero que minha pena seja alterada para cinco anos de liberdade condicional seguida de libertação total, de acordo com a Seção 57a do Código Penal.

— Isso seria um passo bem grande — ela responde, sem conseguir engatar um sorriso. — Mas li todas as avaliações sobre o seu progresso, e creio que talvez tenha chegado a hora.

Mestre Fauster estica a mão direita até onde as algemas de aço permitem. Sabine se levanta, olha para Joona e cruza lentamente a linha vermelha. O rosto de Fauster está focado, cheio de expectativa. Ela se detém, inclina-se sobre a mesa e lhe dá a mão.

— Dedos frios, frequência cardíaca elevada — ele diz ao soltá-la.

Os olhos dele acompanham Sabine enquanto ela volta para a cadeira e se senta com os tornozelos cruzados e as mãos no colo.

— O que você tem a dizer, detetive superintendente Linna? — Fauster continua a falar, agora virando-se para Joona. — Se vou ajudá-lo, quero uma declaração por escrito confirmando que o que fiz pela polícia sueca corrobora a opinião de Frau Stern de que minha sentença deve ser reduzida à liberdade condicional.

— Isso significa que você *pode* me ajudar? — Joona pergunta, sustentando o olhar azul fixo de Fauster. Ele percebe que o homem está à procura de fraquezas nele.

— Sim.

— Então escreverei sua declaração.

— Você ouviu isso, Frau Stern?

— Ouvi.

— Isso vale cinco perguntas — Fauster diz, com o que quase parece um sorriso jovial.

— Ótimo — Joona responde.

Fauster se ajeita na cadeira, abre os joelhos e firma os dois pés no chão. Sua calça verde sobe um pouco. Ele está usando um par de chinelos ortopédicos cinza e meias de compressão, que ficam justas em torno de suas panturrilhas robustas.

— Um detetive do país de Astrid Lindgren* — ele diz. — Você tem ideia de onde se meteu ao vir aqui falar comigo?

— O que você quer dizer com isso? — Joona pergunta.

— Você sabe alguma coisa a meu respeito? Quem eu sou. Sabe? Leu meu dossiê?

— Sim.

— Então, como é a minha psique? O que você vê? Quero saber com quem estou falando.

— Eu vejo violência com motivação sexual sem qualquer abuso sexual direto — Joona diz. — Os arquivos descrevem alguém com

---

* Astrid Lindgren (1907-2002), autora sueca de livros infantis. (N. T.)

personalidade narcisista, megalomania, mas também vejo alguém que cria regras e as segue na tentativa de não se sentir perdido.

— Por que minhas ações devem ter tido motivação de ordem sexual?

— As vítimas eram quase todas homens, profissionais do sexo, e a violência centrou-se no ânus, nos órgãos genitais e no rosto.

— É mesmo? — Fauster pergunta, abrindo um sorriso tão arreganhado que seus dentinhos grossos voltam a ficar visíveis.

— De acordo com o relatório forense — Joona responde.

— Mas os peritos não estavam lá quando aconteceu, certo? Será que não é pertinente afirmar que todos, menos eu, estão simplesmente chutando, fazendo conjecturas?

— Claro — Sabine tenta contribuir.

Os cantos da boca de Mestre Fauster se curvam para baixo e seus olhos endurecem por trás das lentes grossas.

— Não tenho sentimentos sexuais por rapazes.

— Ele não disse que você...

— Basta olhar para a minha primeira vítima, Kemal. O que podemos dizer sobre ele? Era feio e obtuso, falava um péssimo alemão. Tinha o nariz catarrento, sujeira embaixo das unhas e nas dobras do pescoço, atrás das orelhas... O corpo dele começou a tremer e ele me prometeu todo tipo de coisa, disse que chuparia meu pênis... Não pude deixar de rir, porque a essa altura eu já tinha derramado prata derretida num dos olhos dele; definhou e desapareceu como se nunca tivesse estado ali. Ele se cagou inteiro, e fez tanta força para se livrar das cordas que escorria sangue pelos braços, quase como se fosse Jesus.

Sorrindo, Fauster se recosta na cadeira, embora seus punhos ainda estejam cerrados. O rosto de Sabine empalideceu, suas pupilas se arregalaram.

— Eu me distancio de tudo isso hoje, é claro. Sou um homem mudado — ele explica com voz suave.

— Isso é bom — Joona diz.

— Recebi muita ajuda ao longo dos anos.

Joona estudou o mapa dos dez assassinatos cometidos por Fauster nos arredores de Berlim. A primeira vítima, Kemal Unver, tinha apenas dezenove anos. Drogado e cego, ele foi deixado na linha S2, entre Karow e Buch, bem no ponto onde os trilhos passam sob o anel viário A10. Ele estava consciente, gritou por socorro, e estava sentado quando o trem se aproximou.

— Foi interessante o que você disse antes — Fauster diz, olhando Joona diretamente nos olhos. — Sobre eu criar regras e segui-las para evitar me sentir perdido.

— Não é esse o caso?

— Eu pensava nisso apenas como uma maneira de nivelar um pouco as coisas por meio de um modus operandi distinto. Manter viva a emoção do jogo, mesmo quando me sentia totalmente superior.

— E ainda assim, aqui está você.

— Fui preso por acaso, o que é um tanto irônico — Fauster diz. — Eu distribuí todas as peças do quebra-cabeça, mas ninguém solucionou meu enigma.

— Por que você não nos revela a resposta agora?

— Porque não importa mais. E porque não quero nada com a pessoa que eu era naquela época. Fiz coisas terríveis, mas eu não estava bem; achava que as pessoas estavam me encarando, via coisas.

— Vamos em frente — Joona diz. — Porque o caso que me trouxe aqui ainda é importante e urgentíssimo.

— Espero que você esteja certo e que eu possa ajudar.

Joona puxa sua cadeira por cima da linha vermelha riscada no chão para bem perto da mesa de Mestre Fauster, depois se senta e começa a lhe contar sobre a caçada ao assassino na Suécia. Ele não faz menção aos locais de descoberta dos corpos, e mente que todas as vítimas eram mulheres, mas não se afasta tanto da verdade quando traz à tona as estatuetas de estanho que revelam quem será a próxima vítima.

— Permita-me ser totalmente honesto — Fauster diz assim que Joona para de falar. — Eu não sei muito, mas sei muito mais do que você.

— O quê?

— Você suspeita que possa haver uma ligação entre o prateiro e as estatuetas?

— Entre outras teorias — Joona responde.

— É a maneira de a Aranha agradecer — Fauster diz.

— A Aranha?

— A pequena aranha — ele responde com um sorriso contido.
— Só recebo visitantes que pagam, mas quando descobri que a Aranha tinha acabado de receber alta da unidade psiquiátrica em Ytterö, alegando que precisava de mim como mentor... Bem, naturalmente fiquei curioso. Ela veio me ver, puxou a cadeira como você acaba de fazer e explicou que estava planejando nove assassinatos e queria aprender o ofício com o principal assassino em série vivo da Europa. Eu lhe perguntei se considerava Gilles de Rais o maior de todos os tempos.

— Mas ela disse que era Jurek Walter — Joona completa.

— Exatamente, porque a escuridão dele é incomparável. Mas fui eu quem lhe ensinou a maneira como a polícia pensa, como funciona a tecnologia forense. Como evitar erros e conduzir o jogo. Não somos piromaníacos; não deixamos o fogo sair de controle. Nós somos o fogo.

— Você sabe o nome dela?

— Sim, mas você já fez suas cinco perguntas.

— Fiz apenas duas perguntas — Joona alega, embora saiba que é inútil.

— Você começou perguntando o que eu quis dizer quando indaguei se um detetive da terra de Astrid Lindgren sabia no que estava se metendo ao vir me ver, e depois desta, mais quatro se seguiram — Fauster diz, virando-se para Sabine. — Terminei aqui, agora eu gostaria de voltar para a minha cela.

— Dê a ele o nome — ela diz.

Joona ainda está sentado bem na frente de Fauster, tão perto que consegue sentir seu hálito e o cheiro de mofo do tecido velho.

— Esta conversa está sendo gravada, e ele me prometeu uma carta na qual expressará gratidão por minha ajuda.

— Você receberá sua carta — Joona confirma.

— Você tem de escrever que, na sua opinião, minha sentença deve ser convertida para liberdade condicional.

— Isso eu não posso fazer.

— O quê? — Fauster sorri.

— Porque você vai matar de novo.

— Não pode fazer isso! — Fauster protesta, levantando a voz. — Frau Stern, ele não pode romper um acordo juridicamente contratual.

— Eu solucionei seu enigma — Joona diz com tranquilidade.

Fauster se acalma imediatamente, recosta-se na cadeira e encontra os olhos cinza do detetive.

— Impossível — ele diz.

— Você ainda tem dois assassinatos restantes.

— Pare com isso — Fauster murmura, engolindo em seco.

— Eu estudei os mapas. Os trilhos onde você deixou Kemal, entre Karow e Buch, se estendem na direção norte-nordeste — Joona diz. — A segunda vítima foi deixada num trecho sentido nordeste entre Babelsberg e Griebnitzsee, a vítima número três em um trilho em direção a leste...

— Não estou entendendo — Sabine sussurra.

Mestre Fauster suspira e fecha os olhos, o suor escorrendo pelo rosto.

— As diversas linhas ferroviárias correspondem aos ponteiros de um relógio, e você só tinha chegado às dez horas quando a polícia invadiu seu apartamento.

— Meu Deus! — Sabine exclama.

— E o motivo pelo qual você quer ser libertado da prisão é a oportunidade de terminar a sequência com os números onze e doze — Joona arremata.

Fauster abre os olhos e fuzila o detetive com o olhar.

— Quem é você? — ele murmura.

46

Saga está sentada a uma das mesas altas do refeitório do oitavo andar do edifício da polícia. O macarrão no pote de plástico à sua frente não tem nenhum sabor, mas ainda assim ela termina e bebe o caldo quente.

No fundo, os temperos formaram uma pasta pegajosa, na qual ela enfia a ponta de um hashi. Leva a porção à boca e enfim sente o gosto que o macarrão deveria ter: capim-limão, pimenta-de-sichuan e sal.

Saga joga a tigela na lixeira, limpa a mesa, pendura o pano de prato na torneira, depois olha para o relógio. Sufocando o desconforto por conta da reunião, vai até a sala de Manvir, bate e abre a porta.

— Entre, sente-se — ele diz. — Greta está a caminho. Sente-se onde quiser.

— Teve notícias de Joona?

— Ainda não — Manvir responde, digitando algo no computador.

Saga se senta em uma das poltronas floridas.

Ela não faz ideia do motivo pelo qual foi convocada para uma reunião, mas tem esperanças de que possa ter algo a ver com sua solicitação. No fundo, está rezando para que Manvir lhe dê autorização para exercer um cargo operacional. Isso significaria poder contar ao restante da equipe sobre Karl Speler e os amigos dele; ela poderia trazê-los para um interrogatório formal.

Um vaso com uma planta morta e um pequeno cartão pendurado em um de seus caules secos foi deixado numa caixa de lixo reciclável no chão.

Greta entra na sala e fecha a porta.

— Desculpe o atraso — ela diz enquanto se senta na outra poltrona.

— Você sabe por que convocamos esta reunião hoje? — Manvir pergunta, virando-se para Saga.

— Não.

— Certo. Temos algumas perguntas que...

Ele se cala e se recosta na cadeira, estudando-a com a testa franzida, depois volta a falar:

— Você está prestes a conseguir um cargo permanente aqui, como detetive inspetora operacional — continua.

— Eu mal posso acreditar — Saga diz com um sorriso.

— Contudo, a despeito do fato de não estar empregada aqui atualmente, no momento você está no centro da maior investigação de homicídio na qual já trabalhamos em todos os tempos.

— Sim.

— Como isso é possível?

— Não entendi a pergunta. Antes de eu trabalhar oficialmente aqui, você quer dizer?

— Isso — Manvir assente.

— Porque o assassino tem se comunicado diretamente comigo.

— E qual é a razão disso? — Greta pergunta, inclinando-se para a frente.

— Já conversamos sobre isso — Saga responde, tentando interpretar a expressão no rosto deles.

— Sim, mas não é apenas o fato de ele se comunicar exclusivamente com você — Greta continua. — Também tem uma fonte anônima que fornece informações a você, e *somente* a você.

— Poderiam, por favor, me dizer do que isso se trata? — Saga pergunta.

— Você tem sido uma investigadora incrivelmente observadora — Manvir diz. — Conseguiu desvendar os enigmas do assassino na velocidade da luz e...

— Não tão rápido quanto Joona — Saga o interrompe.

— Mas a lógica dele, o raciocínio que ele emprega, pra mim fazem sentido depois — Manvir alega.

— Mas você parece sempre saber a resposta, como num passe de mágica — Greta completa.

— Não, eu... Vocês sabem como é — Saga tenta explicar. — Às vezes eu só faço uma suposição com base no que vi. Às vezes é mais lógico, e às vezes é porque contei com a ajuda de uma fonte que prometi manter anônima.

— Quase sempre você está certa até o último detalhe, e ainda assim não conseguimos pegar o assassino... — Manvir diz.

— Você não acha isso estranho? — Greta pergunta.

— Se não me disserem claramente aonde querem chegar, vou embora. Porra, o que vocês estão insinuando? Falem logo de uma vez!

Manchas vermelhas começaram a pipocar, inquietas, na testa de Saga.

— Encontramos suas impressões digitais na plataforma da estação de Kymlinge — Manvir diz, empurrando um relatório por cima da mesa na direção de Saga.

— Sou suspeita de alguma coisa aqui? — Saga pergunta, ignorando o documento.

— Só estamos querendo saber se há algo que você queira nos contar — Greta diz, no instante em que o celular de Manvir começa a tocar.

— É Joona — ele diz, atendendo e ativando o viva-voz. — Oi, Joona. Greta e Saga estão comigo aqui.

— Estou no avião a caminho da Suécia. Tudo aconteceu muito rápido — Joona diz. — Eles providenciaram escolta policial até o aeroporto pra garantir que eu não perdesse o voo.

A voz dele fica fraca, e dá para ouvir o rugido mecânico dos motores ao fundo.

— Provavelmente só queriam se livrar de você o quanto antes — Greta brinca.

— O capitão me deu permissão pra fazer uma ligação antes de pousarmos.

— Você falou com Jakov Fauster? — Manvir pergunta.

— Sim, eu falei, e Saga estava certa, mas...

— Que surpresa — Manvir murmura.

— Como é que é?

— Nada.

— De qualquer forma, conseguimos um avanço promissor — Joona diz. — Nosso assassino é uma mulher que foi visitar Fauster. Ela usou uma identidade falsa, mas ele a chamou de "Aranha", disse que era uma ex-paciente na unidade psiquiátrica de segurança máxima em Ytterö e que... ela foi falar com ele pra aprender uma maneira de cometer nove assassinatos sem ser detida. Acho que a forma como ela amarra as vítimas em sacos de borracha representa o modo como uma aranha dissolve a presa em armadilhas de seda.

Saga se levanta de um salto na poltrona.

— Mas ainda não temos um nome? — Greta pergunta.

— Não, mas... Tá legal, preciso desligar agora. Ligo de volta assim que puder.

A ligação se encerra, e a sala mergulha em silêncio. Manvir deixa o celular sobre a mesa e olha para Saga.

— Sente-se — ele diz.

— Mas precisamos investigar isso — ela protesta.

— E vamos, em breve.

Ela se senta de novo na poltrona, suspira e direciona sua atenção para o arquivo feito de pinho, esquadrinhando o desenho das impressões digitais deixadas ao redor da fechadura.

— Ainda precisamos de respostas suas — Greta insiste.

— Sobre o quê? — Saga rosna, olhando nos olhos dela. — Acontece que eu encostei em um suporte de extintor de incêndio na parede em Kymlinge, eu estava prestes a desmaiar... Tenho quase certeza de que Joona me viu, ele provavelmente só esqueceu de dizer.

— Não estamos acusando você de nada, Saga, mas... estamos apenas fazendo as devidas averiguações — Greta diz. — Precisamos saber se você de alguma forma ajudou o assassino.

Sentindo o sangue gelar nas veias, Saga fuzila Greta com o olhar.

— O quê?

— O assassino parece saber muito sobre a nossa forma de trabalhar, sobre a tecnologia da cena do crime, e assim por diante — Greta alega.

— Você prestou algum tipo de apoio ao assassino? — Manvir pergunta.

— Do que vocês estão falando? Joona acabou de dizer...

— Pode ser que você tenha tentado fazer algum tipo de infiltração por conta própria, por exemplo, e se viu forçada a fornecer informações. É esse o caso?

— Não — Saga responde.

— Certo. Bem, agora sabemos.

Saga se levanta novamente e percebe que suas costas estão úmidas de suor.

— Joona disse que nosso assassino é uma mulher — Greta afirma, sem tirar os olhos de Saga.

— Parece que sim — Saga responde, incapaz de evitar um sorriso malicioso diante da situação bizarra.

— Você sabe quem é a mulher?

— Não sou eu, se é o que está perguntando.

— Não, disso nós sabemos, mas foi você quem escolheu as vítimas? — Manvir indaga.

— O quê?

— Cada uma das vítimas é alguém que você conhecia, alguém de quem tinha algum motivo para não gostar.

— Já chega — Saga declara, a voz sombria, tentando manter a respiração estável.

— Tente ver a questão pelo nosso ponto de vista — Manvir sugere.

— Por que vocês não estão fazendo essas perguntas a Joona? — Saga dispara. — Ele teve problemas com Margot e Verner, ele resolve as coisas por conta própria. Foi ele quem estabeleceu a relação entre as estatuetas de estanho e o prateiro, ele solucionou o anagrama e...

— Porque não estamos falando de Joona agora — Greta a interrompe.

— Eu só acho que isso é de uma tremenda burrice, sinceramente.

— Mas será que é mesmo?

— É nosso trabalho fazer essas perguntas — Manvir pondera.

— Tá legal, mas eu não dou a mínima se...

— E como aparentemente você não entende a gravidade da situação, decidi determinar a suspensão de seu cargo temporário conosco — ele afirma.

— Estou tentando responder às suas perguntas, mas parece que vocês já se decidiram. Querem saber de uma coisa? Vão se foder! — Saga berra e sai da sala cuspindo fogo.

47

Joona passa apressado pelo saguão de desembarque, atravessa a ponte e entra no estacionamento. Chega ao carro, pula atrás do volante e dispara em direção a Ytterö.

O celular começa a tocar e ele aperta um botão no console para atender. É a diretora da prisão, Sabine Stern. Ela agradece a Joona pela visita, e ele a agradece por lhe dar a oportunidade de falar com Jakov Fauster.

Ambos ficam em silêncio.

— Eu ouvi muita coisa sobre você antes de sua visita — ela diz enfim. — Quero que saiba que Fauster jamais sairá em liberdade.

— É difícil acreditar que algum dia ele irá mudar — Joona declara.

— Não vai. Fiz algumas pesquisas depois que você saiu, e conversei com Herbert, que era o diretor aqui antes de mim. Assim que abri o jogo e lhe perguntei diretamente sobre Fauster, ele me contou sobre um incidente que, um ano antes de se aposentar, havia sido abafado. Durante uma conversa privada, um dos guardas aparentemente confessou ter sido pressionado a ajudar Fauster a escapar...

— Pressionado por quem?

— Não tenho nomes, mas o guarda disse que era um homem terrível... Que era a própria encarnação da morte.

Joona agradece e encerra a ligação. Tenta falar com Saga, mas ela não atende.

Ele dirige pelo centro de Estocolmo, no sentido sul, em direção a Farsta.

O céu está pálido e cai uma garoa fina.

Joona liga para Manvir e explica em detalhes como fora sua reunião na Alemanha, e relata que Sabine Stern não encontrou nenhuma mulher sueca nos registros de visitantes do presídio, o que significa que a assassina usou uma identidade falsa.

Ele termina mencionando a conversa que acabou de ter com a diretora, na qual ela falou que Jurek realmente havia tentado ajudar Fauster a escapar da prisão.

— Exatamente como Saga disse — Manvir comenta.

— Estou a caminho da unidade psiquiátrica em Ytterö agora.

— E finalmente descobriremos o nome da Aranha.

Joona se pega pensando que eles começaram a chamar a assassina de "Predador" por causa da forma como se aproxima das vítimas e as ataca. Parece ser de uma exatidão quase sinistra, porque aranhas são predadoras inacreditavelmente eficazes.

Quarenta e cinco minutos depois, Joona atravessa a floresta às margens do lago Magelungen, passa por duas quadras de tênis vermelhas e entra no estacionamento externo de um grande complexo de edifícios de tijolos expostos.

A unidade psiquiátrica em Ytterö é uma instalação de alta segurança com espaço para vinte e oito pacientes adultos.

Joona desce do carro e caminha até a entrada principal, aperta a campainha e explica pelo interfone que precisa falar com o médico responsável.

Cerca de dez minutos depois, um homem com roupas folgadas e tamancos surrados aparece do outro lado da porta. Ele abre uma fresta.

— O senhor queria falar com alguém, é isso mesmo?

Joona empurra a porta e passa pelo homem, entrando na área de recepção deserta, com poltronas vazias e, sobre as mesas, lustrosos panfletos impressos em papel cuchê.

— O senhor tem horário marcado?

Joona se vira e mostra sua identificação policial.

— Quem é o médico responsável de serviço aqui? — ele pergunta.

— Na verdade, eu não sei. Jensen já encerrou por hoje e foi pra casa, mas temos um psicólogo, um terapeuta ocupacional e um fisioterapeuta.

— Vou tentar o psicólogo.

— Boa escolha — o homem diz, dando meia-volta e se afastando.

Mais uma vez Joona tenta ligar para Saga. Ele vai até a saída de emergência, onde há um mapa de rota de fuga afixado na parede, enquanto ouve o telefone chamar. O complexo parece consistir em quatro edifícios interligados, dispostos em formato de ferradura em torno de um pequeno parque.

Joona olha de relance para o relógio no instante em que uma fechadura estala e um homem de cabelos ralos e bochechas marcadas com cicatrizes se aproxima dele. O sujeito veste calça de cotelê marrom e um cardigã azul, e tem em volta do pescoço um pequeno alarme pessoal preso numa corrente de plástico. No crachá em seu peito se lê *Bror Jansson, psicólogo clínico*.

— Desculpe por fazê-lo esperar, eu me atrasei com um paciente agitado.

— Não tem problema — Joona diz, mostrando sua identificação policial.

— Lamento informar que no momento não temos leitos disponíveis — Bror brinca.

— Nem mesmo pra um detetive cansado?

— Talvez possamos abrir uma exceção, apenas dessa vez — o psicólogo diz, devolvendo o documento a Joona.

— Preciso de sua ajuda com algumas informações sobre uma ex-paciente.

— Aqui temos regras rígidas sobre segurança e confidencialidade dos nossos pacientes, mas presumo que você já saiba disso, não?

— Já ultrapassamos esse ponto.

Bror abre uma porta e conduz Joona até a unidade de alta segurança.

Eles caminham por um corredor com janelões que dão para um jardim fechado. As gotas de chuva parecem se agitar sob as lâmpadas brilhantes, pingando das folhas. Bror destranca a porta do espaçoso consultório dos psicólogos.

— Café, chá, água?

— Não, obrigado.

O médico se senta atrás da escrivaninha, Joona puxa a cadeira para visitantes e se senta diante dele.

— Uma antiga paciente, você disse? — Bror confirma, colocando os óculos.

— Não sei o nome, mas ela provavelmente recebeu alta há cerca de três anos — Joona diz.

— Certo, isso é antes da minha época. Mas como a maioria dos nossos pacientes são homens, não deve ser difícil encontrá-la.

— Pode ser que ela se autodenominasse "Aranha".

— Isso não me diz nada, mas deixe-me ver o que temos — Bror responde, fazendo login no computador. — No ano passado fizemos a transição pra um novo sistema de registros de pacientes... Temos cópias físicas de todos os arquivos antigos, é claro, mas tudo ainda está um pouco bagunçado.

Joona olha pela janela e vê a água cinzenta do lago. Um caiaque desliza, deixando atrás de si um perfeito rastro no formato da ponta de uma flecha.

— Há três anos tivemos a alta de cinco pacientes do sexo feminino. Katarina Nordin, Jeanette Vogel, Anna-Maria Gomez, Mara Makarov e Gerd Andersson...

— Makarov — Joona o interrompe.

— Certo, vamos ver. Ela tinha dezenove anos quando a polícia a deixou no hospital em Huddinge, desnutrida e confusa. Pensaram que era uma imigrante ilegal sem documentos. Quando ela chegou aqui, foi diagnosticada com psicose paranoide e... recebeu alta dois anos depois.

— Preciso do arquivo completo dela — Joona pede, convencido de que era impossível ser coincidência a mensagem no cartão-postal e o sobrenome da paciente.

— Isso é tudo. Além da medicação que ela estava tomando — Bror diz, clicando várias vezes o mouse.

— Mas ela esteve internada aqui por quase dois anos, certamente deve...

— Espere aí, aqui está dizendo que... Ah, que interessante. Desculpe, é que ela fazia parte do grupo Sven-Ove Krantz. Isso provavelmente não te diz muita coisa, mas significa que todas as sessões dela devem ter sido filmadas. O dr. Krantz recebeu uma polpuda bolsa de pesquisa do Instituto Karolinska.

— Ele está aqui?
— De licença. Mas os filmes estão aqui, todos arquivados — Bror esclarece, apontando para o armário à prova de fogo ao lado da estante de livros.
— Você poderia encontrá-los pra mim?
— Claro.

Bror coloca os óculos de volta no topo da cabeça, levanta-se e vai até o armário cinza-chumbo. Digita um código longo, gira a maçaneta e abre a porta.

Joona se levanta e o segue. Cada prateleira dentro do armário é dividida em três seções menores, com caixas de metal em cujas bordas constam os nomes e números de identificação dos pacientes.

— Aqui está: Makarov — Bror diz.

Ele puxa a caixa e levanta a tampa. Os cantos de sua boca se curvam estranhamente para baixo quando ele se vira para Joona e mostra que não há nada dentro.

— Verifique as outras — Joona pede.

Bror abre caixa após caixa, comparando o número de identificação na frente com os discos rígidos e diários manuscritos dentro.

— Estão todas em ordem — ele diz ao terminar. — É só a dela... vou ligar para o meu colega, nós dividimos responsabilidades.

Bror volta para a escrivaninha, encontra um nome na lista de contatos em seu celular e coloca um fone de ouvido.

— Alô, é o Bror. Desculpe incomodar, mas... Tá legal, isso é ótimo. É que estou aqui com um policial e ele quer verificar alguns arquivos de pacientes, uma das pacientes do Krantz... Espere aí, como é que você sabia disso?

Por um momento ele escuta em silêncio, com o rosto completamente inexpressivo, e por fim faz que sim com a cabeça.

— Entendi... Obrigado.
— O que ele disse? — Joona pergunta.

Com uma expressão pensativa, Bror Jansson se vira para encarar o detetive.

— Ele disse que uma das suas colegas policiais já esteve aqui. Uma mulher da Unidade Nacional de Investigação Criminal apareceu há cerca de uma hora, alguém que "parecia uma princesa de conto de fadas". Ela levou todo o material existente sobre Mara Makarov.

48

Diante da tela de projeção cinza-prateada, Saga quase sente que está no mesmo quarto que a paciente do filme.

A jovem está encolhida no canto, junto ao pé da cama, as duas mãos tapando os ouvidos. De vez em quando, um leve arrepio parece percorrer seu corpo de ponta a ponta.

Ela veste uma calça de moletom cinza com joelhos enlameados e uma camiseta com a capa do álbum *Arrival* do grupo ABBA estampada na frente. O rosto é encovado, e seus olhos pretos e apáticos estão fixos à sua frente. Seu cabelo emaranhado parece empoeirado, e a pele sem vida, da cor do concreto.

A luminária de teto tem um quebra-luz de tecido cor-de-rosa que lança um brilho aconchegante ao redor do quartinho. Um tapete de pano cor de mostarda enfeita o piso vinílico amarelo-claro, o papel de parede tem uma estampa sutil de lírios-do-vale, e a pequena cama de madeira está bem-arrumada.

O som de uma cadeira sendo arrastada pelo chão faz a jovem se afastar da câmera.

— Bem-vinda a Ytterö, Mara — uma voz de homem anuncia fora do enquadramento. — Meu nome é Sven-Ove Krantz, sou psicólogo aqui. Meu colega Von Fersen, que a internou, diagnosticou você como psicótica, código F60.0 segundo a Classificação Internacional de Doenças, o CID-10. Mas eu não me importo com nada disso, não penso em você como uma pessoa doente; a meu ver, você é incompreendida... Vamos nos ver bastante enquanto você estiver aqui, e espero que possamos trabalhar juntos para transformar "incompreendida" em "compreendida".

Um fio de saliva cintilante escorre da boca de Mara.

O material que Saga retirou da unidade psiquiátrica de Ytterö consiste em três finos discos rígidos contendo vários vídeos em alta resolução, além de uma pasta com anotações manuscritas.

Os formulários e diários descrevem o andamento da terapia, mas não o conteúdo das conversas da paciente com o psicólogo. De maneira geral, trata-se de anotações diárias sobre medicamentos, conversas sobre efeitos colaterais e interações, sua curva de variação de peso e a convivência com outros pacientes.

Os filmes consistem em uma série de sessões relativamente curtas, gravadas em intervalos de um mês: uma espécie de terapia conversacional, calcada nos princípios da terapia cognitiva-comportamental, entre o psicólogo e a paciente sob sua responsabilidade, Mara Makarov.

De acordo com os diários manuscritos, o método de Sven-Ove Krantz se resume a ouvir o paciente e levar a sério a sua versão da realidade, em vez de questioná-lo ou tentar dissuadi-lo.

Se, por exemplo, um de seus pacientes se mostra convencido de que alguém está ouvindo tudo o que dizem durante a sessão, Krantz sugere que coloquem uma música bem alta para tocar, que se sentem perto e conversem em voz muito baixa.

O celular de Saga começa a tocar. Ela olha para a tela, vê que é Joona e rejeita a ligação.

No vídeo, as luzes dos faróis de um carro que passa na rua piscam brevemente pela cena assim que tem início a segunda sessão.

A câmera filma Mara Makarov através da escotilha da porta enquanto ela tenta quebrar a janela utilizando a base do abajur de chão. Está completamente nua, e seu corpo magro está coberto de cortes e hematomas.

Uma das paredes atrás dela tem riscos vermelhos, resquícios do arremesso de um prato de espaguete com molho de tomate.

Mara parece incrivelmente agitada, seu corpo treme enquanto ela berra em russo, e sua voz falha repetidas vezes.

No quarto há dois enfermeiros tentando acalmá-la. Ela se vira para eles e seus olhos se arregalam, urina escorrendo pelas coxas magras.

Quando se aproximam, ela os ataca com golpes de abajur, mas os homens conseguem dominá-la. Eles a deitam no chão e aplicam uma injeção intramuscular na nádega.

A gravação é abruptamente interrompida; quando o vídeo recomeça, a câmera está de volta ao tripé no quarto de Mara, que está acomodada na cama com um curativo branco sobre um dos olhos; com o outro olho, ela encara fixamente à frente.

Limparam as manchas dos restos de comida, mas o molho vermelho ainda é visível no papel de parede claro.

— Eu sei que você quer sair daqui, Mara, que tem medo de ser envenenada — Sven-Ove Krantz diz. — Para te ajudar, podemos provar sua comida antes de você começar a comer, eu posso fazer isso, ou um dos enfermeiros... Mas infelizmente não podemos te dar alta. Isso tem que ser feito em consulta com meu colega, sabe, e ele ainda a considera uma psicótica. Você entende o que estou dizendo? Vai demorar um pouco até você ser liberada daqui, mas até lá pode falar comigo. Se houver algo que eu possa fazer por você, me diga. Eu sei que está cansada agora. Isso porque você recebeu um sedativo chamado Haldol. Não é perigoso, mas vai te dar sono. Vou deixar você dormir um pouco.

Saga aperta o botão de pausar e leva o diário do psicólogo para a cozinha; avançando até o final do documento, chega à parte de comentários após a derradeira sessão e folheia as anotações sobre a alta, tentando descobrir para onde Mara poderia ter ido.

A pessoa que Krantz descreve no final é uma jovem serena e equilibrada, que faz as pazes com sua história de vida e sua autoimagem. Ela se orgulha de sua aparência, se veste com apuro e tem planos de estudar matemática.

— Quem é você? — Saga sussurra. — Pra onde você foi depois que recebeu alta? E onde está agora?

De pé diante da bancada de trabalho em sua oficina, Mara Makarov esfrega o rosto com as duas mãos e folheia um livro sobre álgebra abstrata, circulando com uma caneta vermelha uma seção sobre números complexos.

Com as mãos trêmulas, ela abre uma lata de milho verde e usa os dedos para enfiar na boca um generoso bocado de grãos, bebendo o líquido turvo. Sente seu estômago se contrair quase imediatamente e se ajoelha para vomitar tudo em um balde.

A mulher na rampa de concreto junto à plataforma de carga e descarga recuperou a consciência. A princípio ela gritou e implorou, mas depois tentou se recompor e afastar da voz qualquer indício de emoção.

— Me escute — ela diz agora. — Eu não sei por que você está fazendo isso...

Mara cospe um monte de muco, enfia a mão no balde para pegar os pedaços de milho, enfia-os na boca e mastiga lentamente.

— O que aconteceu com você? — a mulher pergunta.

Mara enfia mais alguns grãos na boca e se levanta, ainda mastigando.

— Pode me dar um pouco de água? Estou com muita sede.

A mulher se cala, e solta um arquejo quando uma onda de dor e ansiedade a arrebata.

Mara usa o braço para derrubar da bancada o livro e as canetas, depois pega uma garrafa de plástico azul, despeja cloro na superfície e utiliza um pano para limpar.

— Meu Deus... — a mulher geme, ofegante por um momento antes de tentar continuar. — Você me machucou. Quer falar sobre isso? Eu fui baleada... Você atirou em mim, um ser humano. Eu estou sangrando. Estou com muita dor.

Mara abre um pacote com um macacão esterilizado e o veste, depois usa luvas de látex e uma máscara de proteção facial. Em seguida abre uma gaveta e tira uma pasta de plástico repleta de páginas arrancadas de livros da biblioteca. Usando um bisturi, recorta um pedaço de *O nascimento de Vênus*, a pintura de Botticelli, e o deixa ao lado de um antigo mapa do hospital de doentes de febre de Roslagtull. Ela vasculha a pasta e encontra um texto sobre a robustez dos edifícios esféricos, pondo-o em terceiro lugar na sua fileira.

— Você notou que a minha dor e o meu medo não têm relação alguma com a sua própria dor e seu medo, não aliviam em nada o que você sente? — a mulher pergunta entre respirações superficiais. — Mas eu acho... Eu acho que se me ajudar, se me levar para o hospital, tudo vai melhorar, você vai ter uma sensação de alívio. Você não concorda?

Mara se afasta para o lado e joga o bisturi, as luvas e o macacão no tambor de resíduos incineráveis.

— Porque quando uma pessoa ajuda alguém, também se abre para receber ajuda. Você está me ouvindo? Todo mundo precisa de ajuda. Nenhuma de nós está sozinha, mesmo que às vezes pareça... Não é tarde demais para você mudar seu caminho.

Mara se abaixa e pega novamente o bisturi. Ela pressiona a lâmina na unha do dedo indicador esquerdo, fazendo um talho profundo e permitindo que a dor a preencha.

Pela primeira vez, Mara se vira para a mulher na rampa. Ela está deitada de costas, fitando o teto e a ponte rolante, o equipamento utilizado para içar e movimentar cargas. Sua respiração é superficial, irregular. A bala errou a coluna, passou direto pelo intestino e saiu pelo umbigo. O sangue escorre pela rampa abaixo dela, passa por seus pés e desce por um ralo.

Mara sobe no pesado armário de ferramentas, agacha-se e examina atentamente a bancada. Ela sacode o sangue da mão e observa as gotas se espalharem pelo ar e pousarem no chão.

É hora de colocar a máscara e as luvas de proteção, ela pensa. Abrir o saco de hidróxido de sódio, retirar quinze litros de pelotas e dissolver tudo em um pouco de água.

— Por favor, me escute — a mulher diz, já sem conseguir esconder o medo na voz. — Eu não quero morrer, eu não mereço morrer, independentemente do que você tenha passado.

Mara desce de volta ao chão e pega a pistola no armário de ferramentas. Ela fita a arma, aperta o cano contra a têmpora e em seguida mira na mulher na rampa. Aperta o gatilho até ouvir um estrondo, e a coxa da mulher solavanca.

O sangue espirra no concreto e na grade, e a mulher grita até perder a voz. Depois fica lá caída, rezando em desespero para si mesma.

— Maranata! Venha, Senhor Jesus, venha...

49

Joona está no carro, a caminho do edifício da polícia. Usando o número de identificação pessoal que o psicólogo lhe deu, ele conseguiu confirmar o nome que consta na certidão de nascimento da Aranha, Mara Ivanova Makarovina, e que os documentos governamentais registram apenas Mara Makarov.

Não há informações atualizadas sobre endereço, número de telefone ou local de trabalho, mas quando criança ela viveu em Lidingö, a leste de Estocolmo, com a irmã e os pais. Sua mãe, Tatiana, era uma matemática célebre.

Há sete anos, toda a família morreu num acidente de barco.

Os serviços de resgate empreenderam um exaustivo esforço de busca, mas o único corpo recuperado foi o do capitão da embarcação.

Joona investigou o acidente, mas não havia indícios de crime.

O tráfego se intensifica à medida que Joona se aproxima do bairro de Hornstull, e a velocidade diminui até se arrastar na ponte sobre Långholmen. Quando chega ao meio da ponte, o fluxo para de vez. Joona desliga o motor e observa vários motoristas à frente saírem dos carros e olharem boquiabertos para a estrada, sacando seus celulares.

No rádio, o noticiário relata que dois ônibus colidiram diante do Arquivo Nacional e que ambos os lados da pista estão bloqueados.

A luz dourada da tarde banha a água e os edifícios ao longo da rua Norr Mälarstrand.

Algumas pessoas começaram a conversar, outras contemplam a cidade ou apontam vários pontos turísticos para os filhos.

Um homem mais velho se recosta no capô do carro e acende um cachimbo. Dá a impressão de que esse engarrafamento é a melhor coisa que poderia ter acontecido com ele.

O celular de Joona começa a tocar. Ele o tira do bolso e atende.

— Você precisa vir — Manvir diz com voz desassossegada. — Um novo pacote acabou de chegar pra Saga. O esquadrão antibomba está examinando o embrulho neste momento.

— Estou preso no meio da ponte Västerbron. O trânsito não anda.

— É mesmo, o acidente. Levará pelo menos uma hora antes que...

— É possível passar de moto?

— Não, está tudo bloqueado nos dois sentidos. Vamos mandar um helicóptero — Manvir diz antes de encerrar a ligação.

Joona olha pelo guarda-corpo na lateral da ponte. Do ponto onde está, consegue avistar o telhado de cobre esverdeado da prefeitura e a torre no topo do edifício da Autoridade Policial.

Ao ouvir o rugido de um helicóptero se aproximando, ele sai do carro, tranca as portas e sobe no teto.

O helicóptero da polícia chega pelo norte e descreve um círculo antes de pairar sobre a ponte.

O piloto desce lentamente acima do tráfego.

As pessoas instintivamente recuam.

Joona abotoa a jaqueta e passa a mão pelo cabelo.

Um arnês preso a um cabo desce na direção dele, balançando em meio ao violento turbilhão. As outras pessoas na ponte começaram a filmar Joona com os celulares.

A ventania fustiga as roupas de Joona, e o zumbido ensurdecedor é como um ataque aos seus tímpanos.

A luz pisca entre as pás do rotor.

Joona agarra o arnês com a mão livre, se prende e verifica se tudo está seguro. Em seguida o helicóptero balança sobre o parapeito da ponte em um arco vertiginoso.

Ele olha de relance para os carros parados, os rostos levantados, a imponente estrutura metálica da ponte e a água cintilante lá embaixo; enquanto Joona balança, o helicóptero ganha altitude.

Långholmen se afasta abaixo dele.

O cabo chacoalha à medida que Joona é içado e puxado para dentro do helicóptero, e um policial o ajuda a se sentar em um assento vazio.

Joona prende o cinto de segurança e pega o par de protetores auriculares que alguém lhe estende.

O piloto aumenta o ângulo de ataque, o helicóptero se inclina para a frente e ganha velocidade. Eles voam por Kungsholmen e logo recebem autorização para pousar, oscilando em direção ao heliponto no telhado do edifício da polícia.

Joona se abaixa e corre até o elevador.

Quando as portas sibilam e se fecham, não havia passado mais de três minutos desde o momento em que ele, no teto de seu carro, agarrou o arnês.

Joona desce até o térreo e dispara pelo corredor com teto envidraçado. Quando irrompe na sala de reuniões, os peritos forenses, munidos de bisturis, acabaram de começar a cortar delicadamente a fita adesiva da caixa.

Manvir, Greta e Petter já estão sentados ao redor da mesa, e o grupo de comando temporário está ocupado, preparando seus equipamentos em silêncio.

— Abram logo — Joona instrui.

Ele pega a caixa e arranca o restante da fita, desdobra a toalha dentro da caixa e tira do interior uma bola de papel amassado. Ele a desenrola, revelando o papel brilhante de uma embalagem de doce, e pega a pequena estatueta de estanho que está dentro.

Dessa vez, é um homem de dois centímetros de altura com uma jaqueta leve.

Joona o põe no microscópio e ajusta o foco e o grau de ampliação. Um rosto branco-acinzentado aparece na tela do computador.

— Quem é esse?

— Não faço ideia.

— Merda, merda, merda... — Petter sussurra, esfregando o queixo.

O homenzinho de estanho tem nariz reto, olhos fundos e certa tensão em torno da boca. A jaqueta é lisa, mas a calça é vincada nos tornozelos. Debaixo de seus chinelos há um caroço de estanho em formato de cone, com a superfície porosa devido ao processo de fundição.

— Compartilhe a imagem pela rede — Manvir ordena.

— Precisamos falar com Saga — Joona diz.

— Ela está suspensa — Manvir responde.

Joona se vira para ele:

— Você a suspendeu da investigação?

— Até esclarecermos algumas coisas, sim.

— Mas precisamos dela — Joona alega.

— Seja como for, minha decisão é...

— Não dou a mínima pra isso agora — Joona o interrompe, enviando uma foto do rosto da estatueta numa mensagem para o celular de Saga.

— Você acabou de compartilhar a foto com ela? — Manvir pergunta, incrédulo.

— Sim.

Ele alinha sobre a mesa as três partes do embrulho da caixa e tira uma foto.

Uma embalagem de doce em papel brilhante e amarrotado, prateado de um lado e com o desenho de uma sereia de pele escura do outro.

Uma toalhinha.

E uma fotografia em preto e branco do que parece ser uma espécie de vaso alto de rattan entrançado.

50

Saga se levanta da mesa da cozinha, abre a torneira de água fria e pega um copo do armário.

Em seu diário sobre Mara Makarov, Sven-Ove Krantz escreve que a paciente tem dificuldade para dormir na cama. Na maioria das vezes, ela simplesmente se enrola em algum canto no chão. A garota parou de comer compulsivamente e de vomitar na hora das refeições, e agora armazena a comida, escondendo-a em vários lugares diferentes do quarto.

Saga enche o copo de água, toma um gole e volta para a frente do equipamento de home theater.

Ela aperta o play, e a ventoinha do projetor ganha vida atrás dela.

Saga se aproxima mais da tela, parando apenas quando a sombra de sua cabeça fica visível na parte inferior da imagem.

Sentada em uma cadeira, Mara veste calça de moletom azul-claro e um suéter macio com mangas compridas demais para ela. Seu cabelo loiro-cinza bagunçado está solto sobre os ombros, e a compressa que cobre um dos olhos parece encardida.

— Você gostaria de me contar por que veio parar aqui? — Sven-Ove Krantz pergunta. — A polícia te encontrou nas imediações de Skärholmen, dormindo na faixa de grama entre as duas pistas da rodovia. Isso não é nada bom, não é? Não só é perigoso, como também é ilegal.

— Lá eu me sentia mais segura — Mara responde, cruzando os braços.

— Por quê?

— Não é fácil sequestrar alguém ali, por causa dos carros.

— Entendo. Foi inteligente de sua parte. Mas... quem você acha que poderia querer te sequestrar?

— A KGB.

— A agência de inteligência soviética?

— Eles agora se chamam FSB — ela murmura, impaciente.

— Por que iriam querer te sequestrar?

— Porque eu fugi deles, *chliukha**— ela responde, balançando uma perna para cima e para baixo.

— Aqui na Suécia?

— Não sei, mas acho que sim. É aqui que eu estou, onde nasci e cresci.

— Não conseguimos encontrar nenhum parente que...

— Bom, mas que merda você esperava? — ela o interrompe. — Eles levaram todo mundo. Minha família, a família inteira, um por um...

A voz de Mara fica embargada, e ela olha para o joelho.

— Você pode me falar sobre isso? — Krantz pergunta, hesitante.

— Eu não me lembro — ela murmura.

— Tente.

— Por quê? — ela pergunta. Seu joelho para de balançar.

— Pra me ajudar a entender o que...

— Você é um deles — ela retruca.

— Sou psicólogo aqui em Ytterö...

— Eu sabia, eu sabia, porra!

— Você gostaria de ver meu documento de identificação ou...

— *Bliad, zaiebal!*** — ela grita, derrubando a cadeira ao se levantar. — *Iobanii khuiessos!****

— Mara — ele diz com uma voz calma. — Se você acha que eu...

O celular de Saga vibra e apita com uma mensagem de Joona.

Saga pausa o vídeo, desbloqueia o celular e fica sabendo que outra estatueta chegou na sede da polícia. Ao ampliar a imagem, ela imediatamente reconhece a próxima vítima.

---

* Em russo: "Seu putinho de merda". (N. T.)
** Em russo: "Vá se foder, seu puto". (N. T.)
*** Em russo: "Vá pra puta que pariu, seu desgraçado filho da puta!". (N. T.)

51

As fachadas envidraçadas dos arranha-céus do Parque Empresarial Kista refletem o céu cinzento enquanto um Lexus prateado passa em disparada pela rodovia.

O carro é silencioso, mas a cabeça de Stefan Broman está zumbindo depois de um longo turno no hospital. Ele passou o dia todo correndo entre o centro cirúrgico e a terapia intensiva. Ser anestesista significa enfrentar uma interminável torrente de estresse, manter uma visão geral dos pacientes e ao mesmo tempo permanecer completamente focado nos detalhes.

Ele precisa relaxar. Ao longo das próximas horas, não precisará se preocupar em salvar vidas e poderá pensar um pouco em si mesmo, para variar.

Stefan ligou para Saga enquanto descia para o estacionamento, mas ela não atende a nenhuma de suas ligações desde que tentou convencê-la a ir à festa. Isso foi um erro, Stefan percebe agora. Ele presumiu que Saga era instável o suficiente para ser receptiva ao tipo de proposta que ele fez.

Stefan vira em direção a Risingeplan e dirige entre os aglomerados de arranha-céus que mais parecem enfadonhas lápides enfileiradas.

Ele para o carro em frente a um prédio amarelo-claro com vestígios de antigas pichações ainda visíveis nas paredes. As duas janelas do subsolo são as únicas daquele lado do quarteirão e, por trás das grades e dos vidros imundos, as persianas estão fechadas.

Ele manda uma mensagem para a esposa, Jéssica, avisando que não chegará em casa a tempo para o jantar, depois sai do carro, abre o porta-malas e tira uma mala grande. Tranca o carro e empurra a mala de rodinhas até uma escada de cimento úmida.

Na porta de metal azul na parte inferior, a placa de plástico diz MASSAGENS YEMỌJÁ.

Ele tomou dois comprimidos de Viagra há três horas, um total de cem miligramas de Sildenafil, sua cabeça está doendo e o rosto, quente.

Desde que passou a ceder a seus impulsos mais insólitos, Stefan tentou cerca de dez acompanhantes diferentes, visitando pelo menos trinta casas de massagem antes de encontrar esta última por meio de uma recomendação anônima online. No começo ele fez exigências que nenhuma das mulheres negaria, como ficar quieta, manter-se completamente imóvel e não usar nenhum tipo de óleo ou lubrificante. Ele era simpático, educado e dava gorjetas generosas.

Foi somente na terceira visita que ele apresentou sua verdadeira exigência, e disse às mulheres o quanto estava disposto a pagar se aceitassem seus termos.

As mulheres ficaram tentadas pela grande quantidade de dinheiro e lhe pediram mais informações. Ele respondeu a todas as perguntas, mas elas simplesmente não foram capazes de aceitar o fato de que ficariam inteiramente indefesas e, no fim das contas, rejeitaram a proposta. Foi então que Stefan sugeriu deixar uma delas acordada, assistindo ao que acontecia, para ter certeza de que realmente era apenas uma relação sexual normal.

Na semana passada, elas enfim concordaram em serem ambas anestesiadas ao mesmo tempo.

Ele não conseguia parar de pensar nisso desde então, e imediatamente soube que precisava repetir a dose.

Foi como se outro universo se abrisse para ele durante aquela hora em que teve duas mulheres inconscientes inteiramente à sua disposição. Com seus corpos inertes, não podiam fazer nenhuma exigência, não estavam em condições de fazer comparações ou estressá-lo. Dissipavam-se todos os pensamentos sobre sua esposa entediada e infeliz. Não havia ninguém olhando para o relógio, esperando que ele terminasse logo. Ninguém pensando em si mesma e se masturbando.

Este país dispõe bandeiras oficiais do arco-íris nos transportes públicos e adora afirmar que vale tudo, que tudo é aceitável, mas no momento em que um casal de adultos chega a um consenso envolvendo sexo e dinheiro, a polícia tem que se intrometer, e as feministas querem cancelar você, Stefan pensa, balançando a cabeça com desgosto.

Seu coração dispara quando abre a porta e caminha pelo corredor, passando por um vaso com uma orquídea artificial.

Ele entra numa salinha de espera onde há duas poltronas e um exemplar da revista *Health* sobre a mesa. Velas perfumadas flutuam em uma tigela de água.

Numa das paredes há uma pequena foto de uma mulher com um vestido cintilante feito de pérolas e conchas.

Ele ouve alguém jogar uma toalha dentro de um cesto de roupa suja num dos outros quartos.

Stefan fica imóvel, segurando a alça da mala enquanto sua dor de cabeça abranda. Seu rosto ainda está quente depois da dose dupla de Viagra, e a visão teima em ficar embaçada, como se ele estivesse olhando através de uma folha de celofane.

Alguém dá descarga em um vaso sanitário, e ele ouve a água fluir pelos canos no teto.

Em algum lugar próximo, um telefone toca.

Puff sai para a sala de espera e seca as mãos nas costas da saia jeans. As alças do sutiã vermelho são visíveis sob o top preto. Seu nome verdadeiro é Mapula, mas ela se autodenomina Puff — "que nem o ursinho".

— Oi — ele a cumprimenta.

— Steffe…

— A Nina está aqui?

— No banho.

Stefan sabe que a casa de massagens é controlada pela gangue Ramon X, o que significa que Puff e Nina têm dificuldade em enviar dinheiro para suas famílias.

— Você teve um bom dia? — ele pergunta.

— Bom?

Puff nunca sorri. Seu olhar é fixo e parece sempre vazio, desprovido de vida. Ela é magra, tem braços e pernas delicados, e seu cabelo na altura dos ombros está preso em cerca de trinta tranças finas com contas douradas nas pontas.

— Nina ainda vai demorar pra ficar pronta? — ele pergunta.

— A gente precisa conversar. Que merda você fez da última vez? — Puff dispara sem rodeios.

— O que eu fiz? Fiz o que combinamos — ele responde com um sorriso confuso.

— Sério?

Nina surge na sala de espera com uma calça de moletom cor-de-rosa, chinelos e uma camiseta com um coração brilhante na frente. Ela tem apenas um metro e quarenta e quatro de altura, é quase sem seios e sem cintura. Seu cabelo preto está na altura dos ombros, com uma franja cortada logo acima das sobrancelhas. Ao contrário de Puff, ela costuma sorrir, mas sempre há um toque de ansiedade em seus olhos.

— Eu pago dez vezes mais do que qualquer outro cliente — ele alega, dando de ombros.

— A gente sabe, mas... mas a Nina ficou sangrando — Puff diz com uma voz monótona.

— Nina, eu juro que...

— Ela ficou sangrando — Puff repete no mesmo tom calmo.

— Não, sério, eu sempre tomo cuidado, eu já disse. Sou médico, a responsabilidade é minha, eu cuido de vocês. É que isso é uma coisa minha. Cada um tem suas predileções. Eu não preciso dizer isso a vocês, mas essa é a minha.

Os músculos do ombro esquerdo de Puff ficam tensos quando ela levanta a mão e ajeita algumas tranças atrás da orelha.

— Mas daqui em diante não faça nenhuma gracinha, caso contrário eu vou ter que falar com o Ramon — ela diz, franzindo a testa.

Na verdade, Stefan aplicou em ambas um enema de água com adição de laxante enquanto estavam inconscientes. Sem usar camisinha, ele fez sexo anal extremamente violento com as duas e tirou uma série de fotos.

— Beleza. Vocês querem que eu vá embora? — ele pergunta com cautela.

— E eu fiquei com hematomas nas coxas — Puff diz.

— Não por minha causa.

— Você tem que prometer que vai ter cuidado — ela diz.

— Claro que eu sempre tenho.
— E que não vai fazer nada esquisito.
— Podem confiar em mim.
— Você acha?
— Acho, sim... Eu pago muitíssimo bem, e vocês podem mandar o dinheiro pra casa... Eu sou um cara gentil. Sou limpo, cuidadoso, um médico especialista... E vocês só têm que dormir por pouco tempo.
— O que você acha, Nhung? — Puff pergunta.
— Se você topar, eu topo também — Nina responde sem um pingo de entusiasmo.
— Tá legal, Stefan. Dessa vez, já que você está aqui...
— Obrigado.
— Mas se você fizer qualquer gracinha, vai ser a última vez — Puff diz.

52

As duas mulheres seguem Stefan enquanto ele empurra a mala com rodinhas para um dos outros quartos e a deixa no chão.

Ele repara que o tecido preto da mala está riscado de poeira clara, e deduz que deve ter batido no carro quando a tirou do porta-malas.

Seus movimentos no quarto fazem com que o pôster de uma mulher deitada numa mesa de massagem, com a pele besuntada de óleo, se enfune na parede com um farfalhar.

O sedativo predileto de Stefan é Midazolam. A solução deve ser administrada por via intravenosa, mas também pode ser por via oral — mesmo que dessa forma demore mais tempo para fazer efeito.

Ele desembala seu equipamento sobre a mesinha de cabeceira, depois se levanta e estende a mão, oferecendo dois envelopes grossos. O olhar fixo de Puff ainda está totalmente destituído de vida quando ela os pega de Stefan. A mulher espia o conteúdo, leva-os até o cofre no armário de materiais de limpeza e os tranca lá dentro antes de voltar para o quarto.

— Estão prontas? — ele pergunta.

Puff está com os braços em volta do próprio corpo e parece tensa, o suor brilhando no rosto. Nina parece prestes a cair no choro.

Stefan já preparou dois frascos de café gelado misturado com sedativo e morfina, para ajudar a anestesiar qualquer dor e relaxá-las. Ele aumentou um pouco a dose desde a última vez e trouxe o antídoto, Flumazenil, para o caso de algo dar errado.

— Comecem bebendo isto aqui — ele diz, entregando um frasco a cada uma. — Não tem o melhor sabor do mundo, mas foi testado e garanto que é confiável.

Nina está acabrunhada e cabisbaixa, os olhos fixos no frasco em suas mãos, e sua respiração é rápida e ansiosa.

Puff afasta as tranças do rosto.

— Eu dou conta — ela murmura, bebendo um gole generoso.

— Nina? — Stefan diz com um sorriso.

Nina respira fundo e beberica o líquido. Ela tosse, bebe um pouco mais e depois enxuga as lágrimas do rosto.

— Eca — Puff murmura assim que acaba de beber todo o conteúdo do frasco.

Tão logo Nina termina, Stefan pega os frascos de volta, guarda-os dentro da mala e diz algo sobre a pior parte já ter passado.

As bochechas de Stefan ainda estão afogueadas, e a película borrada sobre seus olhos parece estar ficando mais espessa. Ele tem de piscar repetidas vezes para conseguir enxergar os ponteiros do relógio de pulso.

Puff vai até Nina e lhe dá um abraço para acalmá-la. Encosta o rosto dela junto ao peito, acaricia seu cabelo e olha para Stefan com um semblante inexpressivo.

— Estou com frio nos pés — Nina diz, com a voz cheia de arrependimento.

Stefan trouxe um monitor de dióxido de carbono, outro de pressão arterial e um de oxigênio, além de um aparelho de eletrocardiograma — embora duvide de que vá precisar de algum desses equipamentos.

— Meninas, por que vocês não ficam confortáveis na cama? — ele sugere quando percebe que começa a fazer efeito. — Vai demorar um pouco até vocês sentirem alguma coisa, mas vou estar aqui o tempo todo...

Nina sorri enquanto luta para tirar os chinelos.

As duas mulheres deitam-se juntas com as pernas cruzadas e os olhos voltados para o teto.

Não demorará muito para que o sedativo faça efeito, dando a Stefan acesso irrestrito aos corpos delas.

Stefan verifica a hora ao ouvir que a respiração das duas está ficando lenta, pesada e regular.

Nina se contorce uma vez antes de entrar em anestesia profunda, e seu celular cai no chão ao lado da cama. Atrás da capinha protetora de plástico, ela carrega algumas pequenas fotografias da família.

Stefan se aproxima e segura a mão pequena de Nina. É morna e sem vida, com a pele seca ao redor das unhas.

O batimento cardíaco dela já está preocupantemente baixo, e ele sabe que talvez seja melhor verificar os níveis de oxigênio.

O silêncio no quarto é sepulcral.

Stefan ergue os olhos e observa atentamente as duas mulheres, seus corpos calmos e rostos ausentes.

Agora elas estão além de todo fingimento ou jogos de poder.

Com as mãos trêmulas, ele levanta a camiseta de Nina e a examina.

Os lábios pálidos dela estão ligeiramente entreabertos.

Ele sente nas costas da mão o hálito quente dela, e vê as finas veias vermelhas em suas pálpebras arredondadas.

Stefan belisca com força um dos mamilos de Nina e olha para o rosto relaxado.

As mulheres já não têm livre-arbítrio, já não são capazes de resistir; não sentem absolutamente dor nenhuma.

Ele abaixa a calça e a calcinha dela e estuda seus pelos pubianos achatados. Em seguida, ele a vira de bruços.

Stefan volta as atenções para Puff.

O orgulho e a raiva desapareceram do rosto dela. Ele estende a mão e empurra seus lábios para formar um sorriso.

Assim é melhor, ele pensa, puxando para baixo a saia justa e jogando-a no chão. Ele puxa o top preto da garota por cima da cabeça, mas a peça fica presa nas tranças e, ao arrancá-lo à força, uma das pequenas contas salta pelo chão.

Elas não têm a menor ideia do que ele está planejando fazer com as duas; nunca saberão. Ambas se sentirão apenas um pouco doloridas e arrependidas depois.

Stefan tira a calça e a cueca, ambas marrom-claras, e as deixa em uma cadeira. Em seguida desabotoa a camisa e vai até Puff, pressionando seu pênis meio flácido contra os lábios carnudos dela. Ele esfrega o pênis no rosto da garota e o empurra contra um olho.

Com um violento puxão, ele arranca a calcinha dela.

Puff está totalmente depilada, mas suas coxas parecem um pouco ásperas. Stefan dobra o joelho esquerdo da garota, inclinando a coxa para o lado de modo a poder estudá-la entre as pernas, as dobras de sua pele da cor de argila.

Ele embebe um algodão em álcool e limpa toda a área.

O coração dele está realmente acelerado agora.

Os quadris de Puff estalam quando Stefan afasta suas pernas o máximo que pode e sobe em cima dela.

Seria melhor eu dar a ela um relaxante muscular, ele pensa.

Enquanto dá violentas estocadas, Stefan olha de relance para Nina, que balança no ritmo de seus movimentos.

Ele sente o suor escorrer de ambos os lados do torso.

Seu coração martela desenfreado no peito, sua ereção está quase dolorida agora.

Nesse momento, ele ouve um baque forte na porta da frente, não muito diferente de um pássaro colidindo contra uma janela.

Stefan segura Puff com firmeza, apertando sua garganta com toda a força de que é capaz enquanto a penetra repetidas vezes.

O pôster da mulher na mesa de massagem parece estar quase se descolando da parede, e nacos de poeira começam a dançar pelo chão.

Stefan continua a dar estocadas em Puff, e ouve passos leves na saleta de espera. Ele faz uma pausa e olha por cima do ombro. Seu pensamento imediato é que deve ser Ramon X, mas então ele vê uma jovem.

Ela é cinza feito um inseto sob uma pedra, e é rápida.

Stefan resmunga um irritado "Que porra é essa?" exatamente quando um estalo alto o ensurdece.

Ele é invadido por uma súbita sensação de queimação, como se a jovem tivesse acabado de jogar sobre ele uma panela de água fervente, e antes que tenha tempo de entender o que está acontecendo, cai da cama e bate o ombro no chão.

Suas pernas desabam atrás dele, feito espaguete cozido.

Ele ouve um estrondoso zumbido e percebe que levou um tiro nas costas, numa das costelas superiores. Sua medula espinhal está danificada; ele ficará paraplégico.

O sangue jorra para o chão.

Sua coluna vertebral precisa ser imobilizada. Ele precisa de uma cirurgia — e agora.

— Eu pago — ele se engasga, tossindo sangue do pulmão perfurado.

Stefan está caído de lado, a camisa aberta enrolada no torso. Ele olha de relance para sua metade inferior nua, rodeada por uma poça de sangue, e vê que seu pênis encolheu até se transformar em nada além de uma minúscula protuberância acima dos testículos.

A mulher aponta uma reluzente pistola vermelha para o rosto de Puff, mas em vez de atirar na garota, se vira e sai correndo do quarto.

Usando os braços, Stefan consegue rolar de bruços e se empurrar para a frente. Seu corpo está pesado, de súbito o coração bate de forma anormalmente rápida. Ele perdeu toda a sensibilidade abaixo da cintura e tem de arrastar as pernas sem vida atrás de si.

Desesperado, Stefan tenta chegar até a cadeira, onde seu celular está no bolso da calça.

Ele se detém, tentando puxar o ar, cuspindo um bocado de sangue. Stefan estende a mão, mas a cadeira está muito longe. Ele tenta encontrar algo em que possa se agarrar no piso vinílico e consegue rastejar mais alguns centímetros.

Seu campo de visão começou a diminuir.

Com a sensação de que está olhando pelo lado errado de um binóculo, Stefan observa sua mão se esticar e roçar com a ponta dos dedos a perna da cadeira.

A jovem volta para o quarto.

Ela carrega um cabo metálico, que enrola nos tornozelos dele e prende com um gancho de guincho.

— O que você quer? — Stefan pergunta, ofegante.

Ela ignora a pergunta e vai até a cadeira, revista as roupas dele, pega o celular e sai do quarto.

Stefan encosta o rosto no chão e fecha os olhos.

53

Saga pisa fundo e atinge cento e noventa quilômetros por hora ao passar pelo subúrbio de Mariehäll. Acima das trepadeiras que crescem por sobre a barreira acústica, consegue ver as árvores e os imponentes telhados das mansões do outro lado.

Ela não tem a mínima ideia do que Manvir e Greta estão pensando, mas sabe que não pode parar de trabalhar no caso só porque a suspenderam.

Saga está sozinha agora, e precisa agir por conta própria, mesmo que isso signifique acabar do lado errado da lei.

Os outros são lentos demais.

Mais ou menos um minuto depois de chegar a primeira imagem da nova estatueta, Joona lhe enviou a foto do embrulho.

No momento em que viu a sereia, Saga soube exatamente onde Stefan seria assassinado. Ela tinha visto as conversas dele com outros homens que gostam de pagar por sexo, nem sequer precisou tentar decifrar o significado do vaso de tecido entrançado.

Ela pegou a Glock 17 do cofre de armas, agarrou o colete à prova de balas e o capacete, calçou os tênis e desceu correndo as escadas.

Ela entra na E18 depois do bairro de Ursvik, pega a saída seguinte e percorre o elevado sobre a rodovia antes de continuar em frente em uma rotatória com grama amarelada no meio.

Duas garotas loiras estão sentadas no banco do ponto de ônibus, olhando para seus celulares.

Saga vê que Joona tentou entrar em contato com ela novamente, dessa vez de um telefone fixo na sede da polícia.

Ela acelera por um trecho reto entre uma avenida de altos castanheiros e prédios de apartamentos cinzentos e monótonos. Folhas secas e lixo rodopiam no ar atrás dela.

Saga entra na contramão, e durante algumas centenas de metros pilota a moto pelo lado errado da rua antes de parar na frente do Lexus prata de Stefan.

Tira o capacete, veste o colete à prova de balas e aperta as alças.

O chão junto aos degraus que leva ao porão parece ter sido varrido, e Saga percebe que provavelmente já é tarde demais. A fechadura da porta de aço está quebrada, e há fragmentos de metal caídos no degrau do lado de fora.

Enganchando o dedo no gatilho, ela abre a porta e aponta a arma para o corredor estreito lá dentro.

Um esfregão ensanguentado foi deixado em uma poça escura no chão.

O piso vinílico ainda está úmido, e um vaso com uma orquídea artificial foi derrubado, espalhando pedrinhas de argila pelo chão.

O ar recende a velas perfumadas e sabonete.

Sem fazer barulho, Saga passa por cima do esfregão e segue pelo corredor. Ela se mantém rente à parede direita, abaixando a arma por um segundo para descansar os músculos do ombro.

Uma mesa bloqueia a porta de uma salinha de espera à frente.

A sala de massagens está silenciosa, e suas sombras, estáticas.

Saga levanta a pistola e vira a esquina, passando por algumas poltronas até chegar a duas portas internas.

Não há sinal de vivalma.

Uma tigela de vidro com velinhas se espatifou no chão, e numa das paredes está pendurada, torta, uma fotografia emoldurada de Beyoncé retratada como uma deusa africana.

Saga se encolhe de susto quando água começa a correr pelos canos do teto.

O sangue que alguém limpou às pressas é como uma espécie de seta enodoada, apontando para o recinto à frente, cuja porta está entreaberta. A luz está acesa do lado de dentro.

Saga faz pontaria para a fresta da porta e se detém por um instante para ouvir, antes de se aproximar devagar.

A faixa de madeira falsa na soleira está ensanguentada, o ar pesado com o fedor acre de pólvora, sangue e fezes.

Usando o cano da arma, Saga empurra lentamente a porta e vê lá dentro duas mulheres desacordadas na cama banhada de sangue.

Uma delas está completamente nua, deitada de bruços. A outra está caída de costas, as coxas abertas, e veste apenas um sutiã vermelho.

Saga avança porta adentro, inspeciona rapidamente o restante do quarto e confere os pontos cegos antes de contornar a cama.

Stefan se foi, mas há sangue por toda parte. Mara se preocupou em limpar o chão apenas o suficiente para se livrar das próprias pegadas. Uma pilha de roupas foi deixada no chão empoeirado, embaixo da cama.

Algo faz barulho na saleta de espera, e Saga se vira, ficando de joelhos, e se apoia com um pé na parede.

São apenas os canos, de novo.

O som continua por um momento antes de desaparecer de vez.

Saga se levanta e vai até as duas mulheres. Verifica a pulsação, nota os suprimentos médicos na mala e deduz que Stefan deve tê-las anestesiado. Uma vez ele pediu a Saga que fizesse isso, mas rapidamente abandonou a ideia quando viu a reação dela.

Ao pôr as mulheres em uma posição de segurança, percebe que ambas estão voltando a si.

Com estrépito, uma cápsula de bala branca cai da cama para o chão.

— Meu Deus — uma das mulheres diz, arquejante.

Ela afasta as tranças do rosto e tenta levantar a cabeça.

— Ele foi embora — Saga. — Apenas fique deitada por um momentinho.

— O que está acontecendo? — a mulher murmura.

— Vocês duas foram drogadas e violentadas. Eu gostaria de chamar uma ambulância, tudo bem?

— Não, sem ambulância, por favor — a mulher implora.

— Eu acho que seria bom...

— Nada de ambulância.

— Tá legal, eu entendo, mas ainda assim acho que seria uma boa ideia alguém examinar vocês. Entendem o que estou dizendo? — Saga rabisca rapidamente num papel o número de telefone de uma clínica confidencial.

— Estou passando mal — a outra mulher murmura.

— Vai passar. Fique deitada, bem quieta, beba um pouco de água — Saga diz a ela.

— Meu Deus do céu... — a primeira mulher sussurra de novo.

— Liguem para este número — Saga diz, entregando o papel à mulher junto com seu próprio cartão.

— Tá bom.

— Estou falando sério, eles podem ajudar vocês. A coisa toda é sigilosa, eles estão do seu lado. É gratuito e pode ser anônimo se vocês quiserem... Entenderam?

— Tá legal.

— Liguem.

— A gente vai ligar.

— Eu não quero preocupar vocês, e não há necessidade de entrar em pânico, mas acho que são grandes as chances de a polícia chegar aqui em breve... talvez seja melhor vocês pegarem suas coisas e ir embora.

— Tá legal.

— Mas vocês ainda têm um tempinho pra descansar, uns cinco minutos.

Saga recua e observa atentamente o sangue no chão, os respingos na cama e nas paredes. Parece que Stefan — provavelmente enquanto estava violentando as duas mulheres — foi baleado nas costas com um projétil que se expandiu e permaneceu dentro do corpo dele, como aconteceu com as demais vítimas.

Ele caiu no chão e tentou usar os braços para se arrastar até um lugar seguro enquanto Mara trazia o guincho para dentro do quarto.

O sangue, a medula e os excrementos de Stefan acabaram se espalhando pelo chão ao redor dele enquanto Mara o içava para fora com o guincho. Ele resistiu, agarrou-se à mesa, mas no final das contas não foi forte o suficiente.

Saga nota suas próprias pegadas no sangue pegajoso e se dá conta de que precisa limpá-las antes de ir embora.

— Oi? — uma voz masculina grita.

— Vistam-se — Saga diz às duas mulheres.

Segurando a pistola rente ao corpo, ela sai para a sala de espera bem quando um homem de uns sessenta anos aparece no corredor.

54

Desde que a última estatueta chegou, a equipe de investigação ocupa a grande sala de reuniões do térreo vinte e quatro horas por dia, pronta para o próximo passo.

O grupo de comando temporário está a postos, abriu-se uma linha direta com o comando regional, e uma equipe da Força-Tarefa Nacional está preparada para entrar em ação assim que receber a ordem.

Do outro lado da fileira de janelas, punhados de sementes brancas, como dentes-de-leão, flutuam através dos raios de sol do entardecer contra a parede de concreto cinza.

Depois que Joona enviou a Saga as imagens da última estatueta, Manvir se levantou e foi para seu habitual lugar no canto. Dezoito minutos se passaram e ele ainda está de pé, com o rosto voltado para a parede.

A identidade da próxima vítima permanece um mistério, mas talvez ainda não seja tarde demais para descobrir onde será assassinada.

Eles têm de trabalhar com base no pressuposto de que é possível deter Makarov.

Joona está de pé ao lado da grande mesa no meio da sala. As luzes do teto brilham na superfície envernizada, e ele vê marcas circulares de café seco ao lado do bloco de notas de Petter.

Eles esmiuçaram cada milímetro da pequena estatueta através do microscópio digital conectado a um computador com duas telas adicionais.

— Tá legal, vamos solucionar isso. Sabemos como Makarov constrói seus enigmas, como tudo se encaixa pra apontar pra um local específico — Greta diz.

Otis, um dos peritos forenses, para sua cadeira de rodas junto à mesa. Sua gravata-borboleta está ligeiramente torta, seus olhos estão cansados e as lentes dos óculos, salpicadas de caspa.

— Vocês precisam de ajuda? — ele pergunta.

— Sim — Joona responde.

Greta ajeita o colar de pérolas para que o fecho fique na posição certa.

— Isto está ficando cada vez mais difícil — Petter murmura, tentando conter a tensão na voz.

— Pensem, olhem. O que estamos vendo? Precisamos de um local, um endereço — Joona diz.

— Vamos começar pela toalha — Greta sugere, virando-a. — Branca, sem sinal de monograma, marca ou etiqueta com instruções de lavagem.

— Também não há manchas visíveis — Petter diz.

— Otis — Joona diz. — Você poderia verificar se há alguma fibra nela? Algum vestígio de DNA ou mensagens ocultas?

— É urgente? — ele brinca, calçando luvas de látex.

Com cuidado, Otis pega a toalha, guarda-a em uma caixa de coleta de evidências e se afasta em direção aos outros peritos.

— Agora vejamos a imagem em preto e branco — Greta diz. — Suponho que seja de algum tipo de catálogo, possivelmente de um leilão, um museu, uma exposição ou um arquivo de arte folclórica...

Eles se inclinam e estudam a imagem do objeto tecido, uma espécie de vaso alto, e leem o texto impresso abaixo:

TERMO DE INDEXAÇÃO:
Pesca

TEXTO:
Inscrição: AC

DIMENSÕES:
Altura: 113 cm

MATERIAL:
Madeira: zimbro, raiz de abeto

A folha de papel está rasgada ao meio, impossibilitando saber se havia mais informações abaixo.

— Sabemos que tem a ver com pesca, de alguma forma — Greta diz.

— Algum tipo de rede? — Petter sugere. — Ou uma armadilha para pescar lagostas?

— Um covo — Joona teoriza.

— Tem de ser possível solucionar isto — Greta murmura, sentando-se em frente ao computador.

Petter pega a embalagem de doce, um papel brilhante e amarrotado. Um dos lados apresenta o desenho de uma sereia de pele escura, e o outro é prateado.

— Uma sereia e algum tipo de equipamento de pesca... Então, em outras palavras, tem a ver com água? — Petter especula.

— Talvez — Joona responde, mais uma vez tentando falar com Saga.

Morgan Malmström, o diretor interino da Unidade Nacional de Investigação Criminal, está entabulando uma conversa séria com o grupo de comunicação. A gravidade da situação fez com que sua verdadeira idade transparecesse em sua aparência jovial, e seu rosto parece apreensivo, marcado por olheiras escuras sob os olhos e uma tensão ao redor da boca, cujas comissuras estão viradas para baixo.

— Joona — ele diz, parando para limpar a garganta. — Já se passaram vinte e quatro minutos desde que o pacote chegou.

— Eu sei.

— Está demorando muito pra...

— Concordo.

Joona passa pelo grupo de comando e vai até Manvir, que ainda está parado no canto. Seu rosto está a menos de vinte centímetros do ponto onde as duas paredes se encontram.

— Sinto muito, Manvir, mas não é uma questão de hierarquia — Joona diz. — Se você realmente acha que Saga está envolvida, não faz diferença ela ter visto o pacote mais recente. Mas até que tenhamos qualquer evidência sólida contra ela, até que a promotora seja chamada, e mesmo que você não a queira aqui, precisamos da ajuda dela... A assassina tem se comunicado com ela, vem recorrendo a ela...

— Saga está suspensa até segunda ordem — Manvir murmura para a parede.

— Não encontramos uma única ligação entre ela e Mara Makarov. Isso não quer dizer que não exista, mas...

— Ela tem motivos.

— Você já disse isso antes, mas eu conheço Saga.

— Você a *conhecia*, mas por sua causa a vida dela também desmoronou. Não é culpa sua, mas foi o que aconteceu. — Manvir se encosta na parede, verificando se a gravata está reta. — Quero dizer, você realmente acha que ela ainda é a mesma pessoa depois de tudo que passou? Que ela é a Saga que você conhecia?

— Sim — Joona responde, virando-se e voltando para Petter e Greta.

Ele pega a embalagem de doce e ergue o papel brilhante contra a luz, virando-o ao contrário e enfocando o desenho colorido.

O bebedouro borbulha suavemente. Os olhos de Petter estão fixos na tela do computador, uma das mãos apoiada na barriga, por baixo da camiseta.

— Acaba de me ocorrer uma coisa — Joona diz, erguendo os olhos. — Pode não ser nada, mas tenho a impressão de que reconheço a sereia.

— De onde? — Petter pergunta, fechando o laptop.

— Não é exatamente idêntica, mas me faz lembrar a fotografia de uma escultura religiosa que encontrei numa das estufas de Valéria. A mãe-d'água.

— Certo... — Petter sorri.

— Acho que tem algo a ver com uma religião conhecida como candomblé no Brasil, uma mistura de catolicismo e várias crenças africanas.

— Pesquise isso — Manvir diz, dá meia-volta e retorna ao seu lugar à mesa.

Ninguém nunca comenta sobre os períodos que ele passa no canto; a equipe continua o trabalho como se ele estivesse participando o tempo todo.

— Essa merda está demorando demais — Petter murmura. — Está demorando...

— Espere um minuto, ouça isto — Greta o interrompe. — Eu encontrei. A imagem em preto e branco é algo chamado tena.

— Tena? — Petter repete em tom ansioso, mordendo o lábio.

— Esse é o nome, uma armadilha para pegar peixes à moda antiga — ela esclarece, virando a tela do computador para os outros.

— Isso é de algum lugar específico? — Manvir pergunta.

— Não que eu esteja vendo — Greta responde, enroscando sem querer o pé no cabeamento improvisado no chão.

— Temos alguma ideia do que Mara Makarov está tramando com esses enigmas? — Manvir indaga. — Por que ela está nos dando a chance de chegar lá antes dela?

— Ela está? — Petter suspira.

Ele se levanta, pega uma caneta hidrográfica vermelha da prateleira e acrescenta "tena" às anotações no quadro-branco.

Joona está diante do computador, com os olhos calmos e concentrados. Um cílio ficou preso em sua bochecha, parecendo uma pequena boca sorrindo.

— Encontrei! — ele anuncia, meneando a cabeça na direção da sereia. — Se bem entendi, trata-se de uma divindade, um orixá, também conhecida como *òrìṣà* na África Ocidental. Uma protetora dos rios, das mulheres. Existem múltiplas variações do nome dela, mas o original parece ser Yemọjá.

— Yemọjá — Petter repete.

— Isso é iorubá.

— Nunca ouvi falar...

— É uma língua que tem cinco vezes mais falantes do que o sueco — Joona rebate.

— Yemọjá e tena. O que isso nos diz? — Manvir indaga.

— Trinta minutos... Provavelmente já é tarde demais — Petter diz, coçando a garganta.

Otis se aproxima deles e esbarra na quina da mesa. Ele franze os lábios e pisca por trás dos óculos.

— Sêmen e óleo de massagem na toalha — ele diz.

— Que lindo... — Greta suspira.

— Nenhuma correspondência de DNA em nossos bancos de dados, nenhuma ocorrência em...

— Acho que isso deve ser suficiente — Joona o interrompe. — Procure pelas palavras-chave "tena", "mãe-d'água", "Yemọjá", "Yemanjá", "òrìṣà", "orixá" e "candomblé" em combinação com casas de massagem que também vendem serviços sexuais.

Sua camisa azul se estica sobre o ombro esquerdo enquanto ele adiciona ao quadro-branco os novos termos de pesquisa.

Ao redor da mesa, todos estão quietos.

Manvir abre vários bancos de dados e registros policiais, e os outros vasculham tanto a *dark web* quanto a internet aberta.

— Achei! — Greta dá um salto na cadeira. — Existe... Existe um lugar chamado Massagens Yemọjá. Não é uma empresa registrada, mas há pessoas discutindo e avaliando os serviços do lugar em um fórum bastante assustador que...

— Onde fica? — Joona pergunta.

— Risingeplan, em Tensta — ela responde.

55

A pistola de Joona balança pesadamente contra seu torso enquanto ele desce correndo os degraus em direção à porta de metal azul com uma placa em que se lê MASSAGENS YEMOJÁ.

As primeiras referências documentadas à área de Tensta foram feitas no século XVI, e o nome provavelmente deriva de "tena", a arcaica armadilha de pesca.

Joona hesita por um ou dois segundos, buscando a calma interior de que precisa para ser o mais receptivo possível a cada detalhe da cena do crime.

Ele respira fundo, abre a porta e espreita o corredor do outro lado. No chão, ele vê manchas de sangue.

Do lado de dentro da porta há um esfregão, cujas cerdas estão vermelho-escuras, lambuzadas de sangue semicoagulado.

Joona acende a luz do teto.

Ele vê uma série de pegadas mais recentes, o que sugere que duas pessoas deixaram o local depois que alguém limpou o lugar com o esfregão.

Joona dá um passo à frente e passa por cima das bolinhas de argila esmagadas de um vaso derrubado. O profundo talho no batente da porta indica que o cabo de aço mudou de direção no cômodo ao lado.

Ele ouve um súbito ruído de chocalho se aproximando. O som corre pelo teto, segue o cano de esgoto e desaparece através da parede.

Um rugido suave, depois silêncio.

Joona acompanha as pegadas de Mara, que o esfregão limpou com desleixo, até a saleta de espera.

O lugar como um todo lhe dá a impressão de que alguém fugiu às pressas.

A mesinha de centro foi deslocada de sua posição original, e uma vasilha de vidro se espatifou no chão.

As marcas de arrasto deixadas pelo corpo da vítima dão uma brusca guinada à direita, para dentro de um quarto escuro.

O fedor de sangue e fezes é insuportável.

Joona entra no quarto e acende a luz. No meio do espaço há uma cama, e o lençol em cima está ensanguentado. A vítima deve ter levado um tiro nas costas e depois caído no chão, pois é onde parece estar a maior parte das vísceras.

Ele repara em um jato de gotículas em formato de leque que parece ter sido tossido no chão, o que sugere que a bala passou direto pela coluna do homem e ficou alojada no pulmão.

Em uma mala de mão, Joona vê diversos equipamentos médicos capazes de nocautear uma pessoa para realizar uma operação.

Seu olhar se demora no estranho cruzamento de marcas de esfregão, e ele nota metade de uma marca de sapato no sangue na parede, logo acima de uma tomada.

Havia uma quinta pessoa no quarto.

Joona deduz que deve ter sido Saga.

Ela pisou no sangue depois que começou a coagular e, por algum motivo, se apoiou sobre um dos joelhos e acidentalmente pressionou o pé na parede.

Antes de sair, Saga limpou as marcas com o esfregão, mas deixou escapar uma.

Joona volta para a sala de espera e segue para a outra sala de massagem, acendendo a luz do banheiro. Há um celular sobre o vaso sanitário.

Ele olha para o armário de materiais de limpeza, onde há um cofre escancarado.

As pessoas que trabalhavam aqui não vão voltar, ele pensa, virando-se para sair do local.

Do lado de fora, Greta conversa com alguns peritos ocupados em examinar um Lexus estacionado. Ela tentou consertar um fio puxado em sua meia-calça usando esmalte transparente. Uma das peritas mexe no brinco de diamante e ergue o olhar.

— Pode entrar agora — Joona lhe diz.

— Há alguma coisa específica que você queira que vejamos?

— Tem um celular no banheiro — Joona responde, hesitando por um momento antes de continuar. — E há uma pegada na parede direita do quarto com a cama ensanguentada.

— Certo.

Joona faz uma pausa, se vira e esquadrinha a área em busca de câmeras de segurança ou janelas que deem para a propriedade no porão.

— De acordo com nossa testemunha, ouviu-se um disparo de pistola vindo do porão às 19h39 — Greta explica. — O nome da vítima é Stefan Broman. Ele é anestesista no Instituto Karolinska, mora no bairro de Djursholm, é casado e tem dois filhos... Nenhuma ligação com Saga ainda.

A equipe de Joona chegou dezesseis minutos atrasada para impedir o assassinato, mas poderia ter chegado a tempo se Saga ainda estivesse com eles.

56

Um menino nu corre por uma alta viga de concreto com uma barra enferrujada se projetando de uma das extremidades. Ele chega a uma abertura no chão, olha de relance ao redor e começa a descer as escadas.

O menino é transparente, parece feito de vidro azul-claro.

Ele continua descendo as escadas, mas é pego e puxado para baixo, e arranha os nós dos dedos, até que um trapo gelado é jogado sobre seu rosto.

Outro menino, dessa vez feito de vidro cor-de-rosa claro, desce correndo a mesma escada. Ele também é pego e puxado para baixo, e esfola os nós dos dedos antes de um trapo gelado ser jogado sobre o rosto.

Stefan Broman abre os olhos e percebe que estava sonhando; ele perdeu a consciência quando a jovem enfiou uma gaze no ferimento de bala em suas costas.

Ele se lembra de estar na traseira de uma picape, debaixo de uma lona enlameada, a boca fechada por fita adesiva, tiras apertadas amarradas no torso e na garganta.

O esfolado nos nós dos dedos arde.

A mão dele ficou entalada embaixo do corpo enquanto a mulher o arrastava pela oficina.

Stefan está aturdido, mas sabe que não conseguirá permanecer vivo por muito mais tempo.

Deitado de costas em uma rampa de concreto, ele fita o teto de metal e a ponte rolante com seu sistema de cabos grossos e roldanas.

Ele repete para si mesmo que a jovem deve tê-lo confundido com alguém de uma gangue criminosa rival.

O ar na oficina cheira a produtos químicos, e ele vê vários tambores de plástico grandes alinhados ao longo de uma parede.

A jovem dá vários tapas no próprio rosto antes de se debruçar sobre Stefan e enrolá-lo em um grosso saco de borracha, como uma espécie de enorme vagem de ervilha, com ilhós resistentes em ambas as extremidades.

Embora não sinta absolutamente nada da cintura para baixo, ele vê a mulher levantar suas pernas e empurrá-las para dentro do saco.

Quando ela volta, está usando uma máscara de proteção facial, um avental grosso e luvas pretas de borracha.

Usando o guindaste da ponte rolante, ela levanta um dos pesados tambores de plástico até que fique por cima de Stefan e conecta uma mangueira a uma válvula no saco de borracha.

Um cheiro forte e concentrado faz o nariz de Stefan queimar, e seu coração dispara.

Stefan ouve um suave gargolejar de líquido jorrando enquanto a parte inferior do saco vai se enchendo lentamente. Ele choraminga de dor quando alguns salpicos do líquido atingem as costas de sua mão.

Pânico e incredulidade passam por sua cabeça quando percebe que a parte inferior de seu corpo está se dissolvendo.

A mulher usa o guindaste para erguer outro tambor.

As polias rangem sob o peso da carga enquanto é içada por cima do corpo de Stefan.

Ela murmura ansiosa para si mesma; depois, com mãos trêmulas, conecta a mangueira à válvula no topo do saco.

Pela primeira vez, Stefan entende o que está para acontecer.

Ele deve estar no inferno.

A mulher vomita dentro de um balde e depois volta com uma pistola de calor, utilizada para a soldagem de pisos de banheiros. Ela fecha a abertura do saco por cima do torso e da cabeça dele e depois derrete a borracha para lacrar o saco.

Tudo fica escuro, e Stefan vê novamente o menino transparente do sonho. Dessa vez, seu corpo nu é feito de vidro amarelo. Os pés do menino tamborilam no chão de concreto e, quando ele chega ao pé da escada, Stefan é envolvido por um calor infernal e terrível.

57

Assim que entra em casa, Saga tira os sapatos e os leva à cozinha para limpá-los com cloro. Stefan provavelmente está morrendo neste momento, ela pensa.

Saga faz uma nota mental para excluir de suas câmeras de segurança qualquer gravação dela limpando os sapatos e a jaqueta; com uma sensação febril por dentro, tira todas as roupas e as enfia na máquina de lavar, selecionando um ciclo longo antes de entrar no chuveiro.

A água quente cai sobre sua cabeça, derramando-se sobre as orelhas.

Enquanto se ensaboa, Saga se dá conta de que talvez tenha reagido com exagero quando deu de cara com o homem na saleta de espera. O sujeito tinha uma careca salpicada de manchas escuras, barba cheia e amarelada ao redor da boca, e vestia uma camiseta da loja de materiais de construção Byggmax bem justa por cima da barriga grande.

— Oi! Tenho horário marcado com a Nina às oito — ele disse com um sorriso cauteloso.

— Você viu o sangue no corredor?

— Vi, eu achei que...

— O quê, você achou que tudo bem, só porque quer pagar por sexo? — Saga rebateu, apontando a arma para o rosto dele.

— Foi mal, eu...

— Você quer ver o que eu fiz com o último cliente? — ela perguntou, aos berros.

— Estou indo embora — ele sussurrou, virando-se e tropeçando no corredor.

— Pare de explorar mulheres! Vou ficar de olho em você, eu sei onde mora — ela gritou atrás do homem.

Saga sai do chuveiro e se enxuga a caminho do quarto para se vestir.

Ela precisa resolver o caso.

Mara Makarov está obcecada por ela por algum motivo. Mas qual?

Saga vai até a sala de estar, liga o projetor e espera até que o retângulo da tela atinja o brilho máximo. Ela puxa uma cadeira para o meio da sala, o mais próximo possível da tela, e aperta o play para reproduzir a gravação seguinte das sessões de Sven-Ove Krantz em Ytterö.

Nessa ocasião, Mara Makarov parece ter tomado banho e escovado o cabelo. Não está mais com o curativo no olho e, embora a pele ao redor esteja amarelada, o inchaço diminuiu. Ela tenta manter as mãos irrequietas entrelaçadas no colo, mas continua estendendo uma delas para afastar do rosto uma mecha de cabelo invisível.

O sangue de Saga gela quando ela atina com o fato de que conheceu Mara na sala de espera da aula de dança de Astrid e Nick.

Mara era a moça de blusão esportivo prateado, lendo um livro de matemática. A jovem que mencionou um problema envolvendo as pontes de Königsberg.

Ouve-se um som rascante quando o psicólogo arrasta a cadeira pelo chão. Os olhos de Mara o seguem, e ela espera até que ele se sente antes de falar.

— Você diz que quer me ajudar. Na verdade, já disse isso várias e várias vezes — ela afirma, chupando os lábios.

— E mantenho a minha palavra, se eu puder.

— Você pode começar me ouvindo. A não ser por minha avó, todos ainda estão vivos, esperando que eu leve ajuda.

— Por que isso é sua responsabilidade?

— Porque eu escapei da cela quando foram levar comida pra gente. Eu estava tão suja e cinza que o guarda nem me notou... Assim que entrou, todos se amontoaram no canto mais afastado, como sempre, quietos e com medo, mas eu estava esperando encostada na parede ao lado da porta. Eu me esgueirei de fininho enquanto ele colocava a caixa no chão e encontrei a saída... Tenho dificuldade de lembrar todos os detalhes, mas de algum jeito consegui fugir. Acho que subi uma longa escada de metal e abri um alçapão... Tenho certeza de que atravessei uma campina cheia de dentes-de-leão, passei por casas enormes e cheguei a uma estrada. Só conseguia pensar em voltar pra casa e tentar entrar em contato com a polícia sueca pra salvar a minha família. A vida deles depende de mim, você entende?

— Claro — o psicólogo responde com toda a calma.
Mara esfrega a testa repetidas vezes.
— É tão difícil lembrar — ela diz. — Talvez você conheça a sensação. Eu não tenho certeza se consigo encontrar o caminho de volta até eles... Não, espere, eu vi uma placa quando cheguei à estrada... dizia *Moyaveyab*.
— O que é isso?
— Não sei, um nome, não significa nada, mas sei o que vi.
— Certo. Ótimo, você viu uma placa.
— Moyaveyab, Moyaveyab — ela sussurra, como se quisesse memorizar o nome.
— O guarda falava russo? — o psicólogo pergunta.
— Claro.
— Então você escapou daquela prisão. Mas como veio parar aqui? A polícia encontrou você numa rodovia nos arredores de Estocolmo.
— Eu não sei, talvez não tenha sido na Rússia, não sei como funciona. Talvez os serviços de segurança russos tenham prisões secretas na Suécia também.
Mara fica sentada em silêncio por um momento, com as mãos cobrindo o rosto, depois olha novamente para o psicólogo.
— O que você quer que eu faça? — ele pergunta.
— Entre em contato com a Polícia de Segurança e conte o que aconteceu comigo. Diga a eles que a minha família está sendo mantida prisioneira e que vão morrer de fome em breve.
— Farei isso, mas pode ser útil se você se lembrar de qualquer outro detalhe.
— Eu tenho tentado, é tudo o que faço.
Assim que Sven-Ove Krantz sai do quarto de Mara, Saga aperta o botão de pausa e se volta para os diários manuscritos. Ela folheia as anotações do psicólogo após a sessão.

Entrei em contato com a Polícia de Segurança e relatei tudo o que Mara me contou, sem mencionar que ela estava recebendo tratamento para psicose paranoide. Recebi uma resposta padrão, dizendo que assumiriam o caso daqui em diante.

Saga sorri para si mesma diante dos métodos pouco ortodoxos, mas bastante óbvios e humanos do psicólogo. Ela se vira para olhar pela janela, sente o cabelo úmido encharcando a parte de trás da camiseta e continua lendo.

Mara parece ter ficado muito mais calma depois dessa sessão. Os médicos reduziram um pouco a medicação, e ela começou a interagir com os demais pacientes e passou a assistir à televisão na enfermaria. Tudo parecia bastante estável, até que certa noite ela leu um artigo no jornal *Expressen*.

58

Joona e Greta se encontram do lado de fora de uma das salas de interrogatório da delegacia de polícia de Estocolmo. Estão lá porque horas antes um homem se apresentou e disse que queria denunciar um assassinato numa casa de massagens em Tensta.

O homem já tem advogado e afirma que está disposto a falar somente em troca de proteção policial.

— Você tem de dar um jeito nisso aí — Greta diz, apontando para o esmalte lascado nas unhas de Joona.

— Eu sei, preciso marcar um horário na manicure — ele responde, batendo na porta antes de entrarem.

O homem é de meia-idade, careca e barbudo, e está sentado todo torto atrás da mesa, com as mãos no colo. Sua advogada é uma mulher com cabelo loiro na altura dos ombros e uma manchinha de batom em um dos dentes da frente. Ela é jovem, tem cerca de trinta anos, usa uma saia cinza-escura, paletó curto e blusa branca. Está empoleirada na beirada da cadeira e espera até que eles entrem e fechem a porta antes de se levantar e apertar as mãos de ambos.

— Meu cliente quer garantia do serviço de proteção a testemunhas — ela anuncia.

— Se houver motivos para isso, tudo bem. Nossa unidade de proteção a testemunhas analisará o caso — Greta responde. — Mas qualquer decisão dessa natureza é tomada a despeito do teor do depoimento da testemunha. É apenas uma questão de necessidade.

— Então não vou abrir a boca — o homem ameaça.

— Você se importaria de explicar ao seu cliente que, de acordo com a lei sueca, ele tem a obrigação de prestar depoimento como testemunha? — Greta diz à advogada.

— Vamos pular essa parte — Joona diz, sentando-se ao lado do homem. — Eu preciso de respostas. Qual é o nome da casa de massagens aonde você vai pra pagar por sexo?

— Meu cliente nega que pagou por sexo — a advogada se intromete.

— Yemojá — o homem murmura.

— Ele estava lá pra uma massagem, por recomendação médica. Ele tem problemas nas costas — a advogada explica.

— Eu tinha acabado de entrar na sala de espera quando uma psicopata começou a sacudir uma arma, dizendo que me mataria assim como tinha matado o outro cliente. Ela disse que sabia onde eu morava.

— Entendo que deve ter sido assustador — Joona comenta.

— O que eu vou fazer? Está na cara que isso é uma ameaça de morte, vocês têm que me proteger.

— Você poderia descrever a mulher com a pistola?

— Loira, furiosa...

Joona encontra em seu celular uma foto de Saga e mostra ao homem.

— Como assim? Vocês já prenderam a mulher?

— Ela disse que tinha matado um homem? — Joona pergunta.

— Sim.

— Ela atirou nele?

— Não consigo me lembrar.

— Mas ela disse que matou um homem na casa de massagens e depois ameaçou matar você?

— Isso mesmo.

— Por que ela iria querer te matar?

— Sei lá.

— Se você tivesse que arriscar um palpite?

— Você não precisa responder isso — a advogada intervém.

— Você viu mais alguém na casa de massagens? — Greta pergunta.

— Não.

— E do lado de fora?

— Não.

— E você notou mais alguma coisa incomum? — Joona pergunta.

— Não, acho que não.

— Você não viu a poça de sangue ou o esfregão logo atrás da porta? — Joona o pressiona.

— O quê?

— As casas de massagem que você frequenta a fim de obter ajuda pras suas costas costumam ser assim?

— Meu cliente não responderá a mais nenhuma pergunta — a advogada diz.

— Por favor, informe seu cliente de que ele será acusado de solicitação de prostituição — Greta declara.

A luz do sol se infiltra pelas cortinas de renda, espalhando-se pelo tapete de caxemira e pelos sofás cor de vinho. Do moderno samovar sobre a mesa emana um aroma de gengibre e cardamomo.

Os restos mortais de Francesca Beckman foram encontrados ontem por um grupo de patrulheiros em Sandtorpet. O pacote foi deixado nas ruínas de um antigo orfanato que um dia pertenceu à igreja de Västerlövsta.

Em razão do recente assassinato e da descoberta do corpo de Francesca, Manvir convocou uma reunião na sua casa em Lidingö. Ele disse a Joona e Greta para procurarem uma casa em Riddarvägen que se parecesse com duas caixas de sapatos amarelas empilhadas uma em cima da outra.

Joona está ocupado arrumando as xícaras em pires delicados quando uma menina com um vestido azul-marinho e o cabelo preso em tranças bem apertadas entra na sala. Ela deve ter cerca de seis anos. Há algo de Manvir em seus olhos e nas maçãs do rosto, mas fora isso ela não se parece muito com o pai.

— Olá — Joona a cumprimenta.

Ela se aproxima dele com um olhar de curiosidade, carregando na mão esquerda um pequeno violino. O instrumento tem um pedaço de espuma em vez do apoio de queixo e vários pequenos adesivos marcando três posições na escala.

— Por que você tem bolinhas cor-de-rosa nas unhas? — ela pergunta.

— Porque eu trabalho no circo.

— Não, você não trabalha — a menina diz com um sorriso.

— É verdade, mas quando eu tinha a sua idade era muito bom em andar na corda bamba, e achava que um dia o mestre de um picadeiro ia passar de bicicleta e descobrir meu talento.

— Eu gostaria de ser uma palhaça pra assustar todas as crianças estúpidas — ela diz.

Manvir entra na sala com um prato de biscoitos. Greta e Petter vêm atrás com leite morno e açúcar.

— Esta é minha filha, Miranda.

— Oi — Greta diz.

— Oi.

— E estes são Greta, Petter e Joona — Manvir diz.

— Tá bom — ela diz.

— Por que você não vai pro seu quarto, Miranda?

— Posso comer um biscoito primeiro?

— Depois que você terminar seu ensaio de violino.

— Mas eu já ensaiei.

— Não escutei. Você esqueceu de praticar as mínimas e semibreves.

— Não esqueci, não.

O rosto da menina se fecha, ela pousa o violino sobre a mesa e vai marchando até o canto da sala, onde fica de costas para os outros. Joona encontra o olhar de Greta e sente os cantos da boca se contraírem.

— Tudo bem, vamos começar? — Manvir pergunta.

Em voz baixa, Joona relata aos outros suas observações na casa de massagens e no interrogatório com a testemunha. Manvir suspira e se levanta da cadeira.

Ele vai até Miranda, se agacha atrás dela e, aos sussurros, pede desculpas.

— Pegue um biscoito — ele diz.

— Não.

— Amanhã você ensaia de novo.

Ela se vira e o abraça, depois vai até a mesa, pega seu violino e um biscoito e sai da sala, sem olhar para trás.

Manvir se senta e toma seu chá enquanto Greta complementa as observações de Joona com um resumo das descobertas iniciais dos peritos forenses.

— Algum de nós acha mesmo que Saga é uma assassina em série? — Joona pergunta. — Sei que ela nem sempre segue as regras, e vez por outra perde o controle e sai do sério, mas...

— Pois é — Petter sussurra.

— Não podemos nos dar ao luxo de ser ingênuos — Manvir opina. — Não é incomum que policiais passem pro outro lado. Eles têm todo tipo de contatos, sentiram em primeira mão a injustiça do sistema, sabem da grana envolvida.

— Mas não se trata de dinheiro — Greta comenta.

— Há outro grupo de pessoas que mudam de lado, as que estão decepcionadas ou traumatizadas; as que têm dificuldade cada vez maior de sair da escuridão, que sabem como seria fácil...

— Mas é da Saga que estamos falando aqui — Joona o interrompe.

— Sim, e ela tem um motivo pra cada um dos assassinatos.

— Vingança, você quer dizer? — Greta pergunta.

Manvir pousa a xícara, limpa algumas migalhas dos dedos e depois se vira para Joona.

— Minha intuição diz que Saga recrutou Mara Makarov pra cometer esses assassinatos — ele explica. — Mara tem problemas mentais e é fácil de manipular. Saga tem a fúria e o conhecimento, pode ser que esteja nos enganando e nos induzindo ao erro, limpando as cenas dos crimes... E sempre toma providências pra ter um álibi sólido.

O som de um violino atravessa as paredes da casa, cessando abruptamente antes de recomeçar.

— Mas temos algo de realmente concreto pra corroborar essa hipótese? — Petter pergunta.

— A pegada de sangue na casa de massagens corresponde aos sapatos de Saga — Manvir responde.

— Ela ainda está trabalhando no caso. Ela foi mais rápida e chegou antes de nós — Joona argumenta.

— Se isso é verdade, por que ela tentaria eliminar qualquer vestígio de que passou por ali?

— Mas vocês suspeitam que ela...

— Ela ameaçou um homem e alegou ter matado Stefan Broman — Manvir o interrompe.

— Isso é a cara de Saga, mas eu acho...

— Você não precisa defendê-la, Joona.

— Eu só acho que ela estava zangada e queria assustar o sujeito — Joona continua.

— Eu concordo — Greta diz.

— Também encontramos impressões digitais dela na estação de metrô de Kymlinge — Manvir diz.

— Eu estava lá com ela.

— E você a viu tocar no suporte de um extintor de incêndio?

— Manvir — Joona diz. — Eu entendo o que está dizendo, mas não é nada disso.

— Tem mais... Ela acusou Verner de ser responsável por tudo o que aconteceu com ela, e também teve problemas com o padre. Ela escreveu cartas ameaçadoras pra paróquia, chegou tarde ao funeral de Margot, de tênis; ela...

— Não temos tempo pra...

— Joona! — Manvir ignora os protestos. — Recebemos os resultados laboratoriais das amostras da capela onde Francesca Beckman foi assassinada. Lamento dizer isto, mas encontraram uma correspondência irrefutável com o DNA de Saga.

— Ah, meu Deus — Greta sussurra.

— E ela não tinha motivos pra visitar a igreja — Manvir continua.

— Não — Joona admite, com a voz contida.

— Vou emitir um alerta. Agora Saga Bauer passa a ser considerada a nossa principal suspeita.

59

Saga está na cozinha do apartamento, de calcinha, comendo pizza. Tiras de queijo derretido se estendem entre a fatia de pizza e a caixa, e ela usa as costas da mão para limpar a gordura dos lábios.

Mara deve ter ido ao estúdio de dança das crianças com a intenção específica de lhe apresentar o problema das sete pontes de Königsberg, Saga infere. Depois de fazer uma rápida busca na internet, ela descobre que não existe solução. Um matemático chamado Leonhard Euler provou isso no século XVIII.

Então, o que Mara estava tentando dizer?

Saga relê o trecho do diário de Sven-Ove Krantz no qual ele escreve que Mara estava muito melhor até que, certa noite, leu um artigo em um tabloide.

> *Mara dedica um bocado de tempo a suas esculturas de barro. Cada uma delas é peculiar, com características específicas e individuais. Hoje vi que ela estava trabalhando na miniatura de uma mulher que carregava no colo um bebê adormecido, e quando eu — um pouco sem tato — perguntei se era para um presépio, ela simplesmente me lançou um olhar confuso e continuou seu trabalho. Mara passou mais duas horas na sala de atividades antes de tirar o avental, lavar as mãos e levar um jornal para a enfermaria.*

Saga ouve o som de uma TV através da parede; a geladeira emite um zumbido, e ela percebe uma nesga de raio de sol brilhando na parede atrás da mesa de jantar.

Ela se levanta, vai até a janela e olha para o apartamento do outro lado da rua.

Nele, as janelas são provavelmente um metro mais altas que as suas. Uma delas está coberta de papel e, através da outra, Saga vê latas de tinta e pincéis em uma escadinha portátil de alumínio.

O metal reflete a luz quando o sol sai de trás de uma nuvem.

Saga volta para a mesa e continua comendo.

O cachorro do vizinho começa a latir para a caixa de correio.

Saga sabe que tem de começar a assistir à sessão seguinte de Mara Makarov com o psicólogo, mas uma intensa e incômoda sensação de ansiedade se avoluma dentro dela.

Algo a está perturbando. O que foi que eu deixei escapar?

Saga se levanta da mesa e vai até o quarto, onde veste um par de meias, uma calça cargo preta e uma camiseta verde-escura.

Ela enfia o celular no bolso de trás da calça e pensa que precisa estar preparada caso chegue um novo pacote, pois não terá um segundo a perder.

Com os pensamentos zunindo, ela calça os tênis e destranca a porta da frente. Deixa o chaveiro e a arma no coldre sobre a cômoda, depois volta para a sala e liga o projetor.

Ela abre o laptop, conecta o último disco rígido que contém as sessões do psicólogo com Mara e aperta o play.

As cortinas de blecaute estão fechadas, e a imagem na tela cinza é luminosa e nítida.

Após suas explosões anteriores, agora Mara Makarov está calma, de pé diante da cadeira, seus olhos escuros focados em algum lugar ao lado da câmera, provavelmente em Sven-Ove Krantz. Seu cabelo está brilhoso e arrumado, preso de lado.

— Li sobre um assassino em série no jornal — Mara diz, com a voz tensa. — Ele matou duas pessoas ao tentar sequestrar uma criança de uma creche em Gamla Enskede.

— Um assassino em série?

— *Ti durak?**

— Mara, estou tentando entender o que você está dizendo.

O coração de Saga dispara. Ela sabe exatamente do que Mara está falando.

---

* Em russo: "Você é idiota?". (N. T.)

— Estou chegando lá. Havia fotos no jornal. Do assassino, sabe? De perfil e de frente.

— Então ele está preso agora?

— Ele escapou, eu acho. Não tenho certeza, mas de qualquer forma ele sumiu... Sei que parece loucura, mas eu o reconheci. Eu sei que era ele. Vi a foto do serial killer no jornal, e era o capitão do nosso barco — Mara diz, sentando-se sem tirar os olhos do psicólogo.

Saga estremece ao perceber que foi isso que Susanne Hjälm mencionou. Isolado na unidade psiquiátrica de segurança, Jurek passava o tempo planejando o que faria seis anos depois. Ele esperou que o diplomata reunisse toda a sua família na Suécia, depois os sequestrou e os levou para um bunker, onde os enterrou vivos.

— Que barco? — o psicólogo pergunta em tom suave.

— Eu não tinha pensado nisso antes, na forma como tudo começou — Mara diz. — Mas foi no aniversário do meu avô, quando ele veio pra Suécia com o resto da família. Marcamos um passeio de barco, seguido de um jantar no Grand Hôtel...

— Certo.

— O capitão era um homem de rosto enrugado que falava russo, e a foto dele está no jornal, Jurek Walter. A última coisa de que me lembro é de beber suco de morango no convés, em copinhos de schnaps de vidro fosco... E aí acordamos numa cela.

— Então a pessoa que prendeu você e sua família era um serial killer? — Sven-Ove indaga, paciente.

— Eu tenho certeza de que ele era o homem da foto, mas não sei se faz parte do serviço de segurança russo.

— E não era o mesmo homem que levava comida pra vocês de tempos em tempos?

— Não — Mara responde, levantando-se de novo, inquieta.

Saga observa atentamente o rosto cinzento da jovem e se dá conta de que não houve acidente nenhum no arquipélago. Jurek afundou o barco para esconder o sequestro. Seu ajudante, o Castor, provavelmente foi encarregado de vigiar a família até chegar a hora de enterrá-los vivos, mas quando Joona matou Jurek, o Castor abandonou o posto, tal qual um soldado derrotado, deixando a família de Mara trancada na cela sem ninguém para levar comida ou água. O Castor fugiu do país, e cumpre agora uma longa pena em Belarus.

— Era mesmo uma prisão o lugar onde vocês estavam? — o psicólogo pergunta.

— Não sei — Mara dá unhadas nos próprios braços.

— Vocês foram levados pra Rússia?

— Eu não sei, já te disse que não sei. A comida era tão escassa que é difícil lembrar, mas pode ser que a gente tenha estado na Suécia o tempo todo.

— Certo.

— Você não precisa fazer isso, não precisa ficar repetindo "Certo" o tempo todo; eu sei que parece uma maluquice. Eu te disse que era o FSB, que eles levaram a gente pra uma prisão nos arredores de Moyaveyab, e agora, de repente... É que quando vi a foto dele, eu me lembrei de um monte de coisas.

— Isso não é nada incomum; é assim que a memória funciona.

— Você tem que me ajudar — Mara implora. — Eu li no jornal que uma policial chamada Saga Bauer está comandando a investigação. Você tem que falar com ela, contar tudo o que acabei de te contar: que a minha família foi presa por um serial killer, que ela tem que salvá-los do cativeiro.

— Eu vou tentar.

Uma réstia de luz dardeja pela parede atrás de Mara, possivelmente o reflexo de um relógio ou da lente de uma câmera.

— É urgentíssimo! — ela continua. — Você tem que dizer a ela que...

Saga se vira, arranca os cabos e leva o laptop e o último disco rígido para a mesa da cozinha, deixando-os em cima dos diários.

Ela enfim entendeu a causa de seu desassossego de minutos antes.

A escadinha de alumínio do apartamento em frente não tem um único respingo de tinta. Pode ser apenas coincidência, ou talvez o decorador a esteja usando pela primeira vez, ou não tenha sido deixada lá por um pintor.

Pode ser que haja um franco-atirador do outro lado da rua, Saga pensa. Alguém que a observava através da mira de um rifle, à espera de que a força-tarefa derrube sua porta.

Saga se dirige calmamente até o balcão, pega o regador e vai até a janela. Enquanto molha a samambaia, olha para a rua.

Está deserta.

Nenhum carro, nada de ciclistas, sem pessoas. O quarteirão deve ter sido isolado.

Ela sente a descarga de adrenalina perpassar seu corpo. É como se cada fio de cabelo estivesse arrepiado, como se uma névoa congelante tivesse acabado de se instalar ao seu redor.

Sua mente está a mil por hora, uma voz grita loucamente para ela sair correndo.

Com o coração disparado, Saga caminha lentamente até a mesa, pega uma fatia de pizza e morde a ponta. Em seguida, usa a outra mão para pegar seu laptop e o restante do material, e sai da cozinha.

Somente quando não está mais visível através de nenhuma das janelas é que Saga entra em ação e começa a se mover rapidamente. Ela vai às pressas até o corredor e apoia a fatia de pizza sobre a cômoda. Enfia o laptop e o disco rígido em uma mochila, pega a arma, as chaves e uma jaqueta preta e sai para as escadas. Fecha a porta, mas não se preocupa em trancá-la.

Ela ouve passos rápidos nas escadas abaixo.

Sem fazer barulho, Saga dá meia-volta e sobe correndo até o último andar. Ela destranca a porta de aço e depois a deixa fechar silenciosamente.

As treliças íngremes e vigas nuas do telhado se erguem cerca de quatro metros acima do piso irregular de azulejos, e o ar morno e abafado recende a madeira e pedra velha.

Saga rapidamente veste a jaqueta e coloca o coldre, ajeita a mochila no ombro esquerdo e corre pelo depósito até uma escada de madeira. Ela sobe até a escotilha de metal utilizada pelos funcionários encarregados de limpar as chaminés e remover a neve do telhado, abre-a com cuidado e olha para fora, enquanto o vento fustiga seu rosto.

Até onde a vista alcança, o telhado está deserto.

Ela pega impulso e passa pela escotilha, fecha-a e, com uma das mãos, segura com força o parapeito.

Seus olhos automaticamente esquadrinham o íngreme telhado de metal, cuja tinta preta está lascada, passam pela fachada de gesso amarelo em frente, pelas fileiras de janelas em cada um dos andares até chegarem à rua, vinte e cinco metros abaixo.

Devagar, ela sobe a escadinha até a borda do prédio; enquanto se endireita, agarra-se a um ilhó de metal resistente destinado a cordas de segurança.

Do beiral, Saga vê além do bairro de Södermalm; por sobre os telhados e pátios, avista a igreja de Maria Madalena, a rua Göt e, ao longe, a Arena Globen.

Seu cabelo chicoteia o rosto.

Há apenas um caminho que ela pode seguir.

Agachando-se, Saga corre ao longo da estreita passagem na cumeeira do telhado, o metal fazendo um barulho surdo sob seus pés, até chegar à extremidade. Na rua em que mora, os prédios são todos colados uns aos outros, mas o telhado de cobre do prédio vizinho é muito mais íngreme e baixo que o dela. Ela salta, aterrissando cerca de um metro na lateral da cumeeira, balançando e estendendo os braços para se equilibrar.

Suas chaves caem do bolso, batem com estrépito no cobre e ficam presas no gradil do beiral.

Bem no alto, uma gaivota sobrevoa, aproveitando uma corrente de ar ascendente.

Por um breve e vertiginoso momento, parece que a rua lá embaixo desapareceu em uma ravina profunda.

Saga rasteja até a passagem seguinte e segue ao longo da cumeeira até o prédio ao lado.

No telhado vizinho há uma escadinha enferrujada, e Saga estende os braços para alcançar o corrimão e segurá-lo com força, puxando-se para cima.

Ela escorrega e bate o quadril, mas consegue se segurar e fica de pé.

O vento sacode suas roupas.

Com as pernas trêmulas, ela se arrasta até uma chaminé, agarrando-se à plataforma de limpeza enquanto a contorna e desce até uma janela de sótão logo abaixo.

Saga não consegue enxergar nada através da vidraça, e usa o cotovelo para quebrá-la, afastando os cacos e entrando no sótão às escuras.

O teto é tão baixo que ela não consegue ficar em pé. O espaço está repleto de pilhas de portas empoeiradas no piso rústico de madeira.

Saga se senta em uma das vigas do piso, pega o celular e abre o aplicativo das câmeras de segurança.

A princípio não parece estar funcionando, mas logo em seguida ela vê vários feixes de luz se deslocando pelos cômodos enfumaçados de seu apartamento. Ela muda para o modo HD e amplia a imagem da sala de estar, onde policiais vestidos de preto, usando capacetes e máscaras de proteção facial, vasculham o espaço carregando rifles de assalto com lanternas acopladas.

Saga se levanta, abre uma porta de ferro baixa e desce uma escada estreita até o último andar de apartamentos. Um entregador deixou seis sacolas de comida encostadas na parede ao lado do elevador.

Ela desce correndo as escadas, passando por bicicletas e vasos de flores.

No hall de entrada há dois carrinhos de bebê; Saga agarra um deles, solta a trava e abre a porta. Ela vira à direita.

A rua Bastu está deserta.

Trinta metros à frente, a fita de isolamento da polícia balança na brisa, e Saga avista uma van preta com luzes azuis piscando logo antes do cruzamento.

Ela terá que passar por lá se quiser escapar.

Com os movimentos mais calmos de que é capaz, Saga empurra o carrinho pela calçada. Depois de alguns metros ela para e usa a cobertura de tecido do carrinho para esconder o que está fazendo: carrega uma bala na câmara da pistola e enfia a arma sob a pequena almofada cor-de-rosa.

Não há ninguém por perto.

Saga tenta esvaziar a mente, a fim de evitar pensar na operação policial em curso no seu apartamento.

Se conseguir sair dessa situação, ela descobrirá o que está acontecendo e elaborará um plano.

Saga ouve latidos atrás de si enquanto levanta a fita de isolamento policial, passa por debaixo dela e segue em direção à van.

Saga passa pelo lado esquerdo do veículo. Mantém os olhos fixos à frente, mas pelos acessórios cromados do carrinho consegue ver as luzes azuis.

Se conseguir dobrar a esquina, ela correrá até Slussen e desaparecerá em meio à multidão na estação de metrô, embarcando no primeiro vagão que encontrar.

Ela está quase passando pelo veículo quando um policial se aproxima com um copo de café na mão.

Saga olha de relance para a arma no carrinho e tenta fazer parecer que está observando um bebê.

Ao passar pelo oficial ela sente uma lufada do café quente.

Assim que seus caminhos se cruzam, ela ouve o policial dar um passo à frente. O cascalho range sob as botas dele. Saga estremece, mas continua em frente, estende a mão e toca a pistola por debaixo da almofada.

O policial recebe uma mensagem pelo rádio e volta para a van. Saga larga a arma e ajeita o cobertorzinho por cima.

60

Ela deixa o carrinho junto ao vão de uma porta, pega a arma e a enfia no coldre sob a jaqueta. Em seguida, atravessa a praça Södermalms e entra pelas trépidas portas de vidro da estação de Slussen. Saga não ousa olhar para trás para verificar se alguém a está seguindo. Por toda parte há pessoas se deslocando em sua direção e passando ao seu lado. Ela avança até as catracas, acompanhada muito de perto por um rapaz, mas ele desce correndo as escadas até a plataforma e desaparece em meio ao mundaréu de gente.

Um trem do metrô chega à estação, e o vento faz dançar o lixo nos trilhos e no chão marrom encardido.

Saga mantém a cabeça abaixada e os olhos fixos no chão.

Os freios gritam à medida que o trem vai parando.

Saga segue a aglomeração vagão adentro, permanecendo junto à porta caso precise fugir às pressas.

Um homem de meia-idade com um restolho de barba por fazer e um casaco esportivo azul está parado do outro lado do vagão, e encara Saga de relance antes de desviar o olhar.

Quando o trem se põe em movimento, uma senhora idosa segurando um ramalhete de flores quase perde o equilíbrio.

Saga está acostumada a ser observada, e fica incomodada porque o homem com a barba por fazer não voltou a olhar para ela.

Ela pega o celular e liga para Randy.

Ele não atende, mas quando o trem se aproxima da estação da rua Rådmans, liga de volta.

— Eu não posso falar com você — ele diz com uma voz aflita.

A julgar pela acústica da chamada, ela deduz que ele está em algum reservado de banheiro.

— Sério, que porra está acontecendo? — ela pergunta.

O trem entra trovejando na estação.

— Saga, você tem que se entregar e...

— Que porra está acontecendo? — ela repete.

— Eles estão tentando descobrir se você está envolvida nos assassinatos.

— *Você* acha que eu estou envolvida?

— O que eu acho não tem importância.

— Pode ser que pra mim tenha.

— Por quê?

— Porque...

As portas se abrem com um silvo, e Saga observa atentamente todas as pessoas que entram no vagão, e o punhado que permanece na plataforma.

— Tenho que desligar — ele diz. Dessa vez, sua voz parece triste.

— Randy, eu preciso de um lugar pra me esconder, um lugar onde...

Ele encerra a ligação, e Saga sai do vagão pouco antes de as portas se fecharem. Através do vidro da porta, o homem com a barba por fazer a encara no exato instante em que o trem se põe outra vez em movimento.

Saga atravessa a plataforma e entra no próximo trem rumo ao sul.

As portas se fecham e o trem parte.

Uma mulher de meia-idade se senta de costas para Saga, comendo uma maçã, e a observa pela tela escura de seu celular.

Os vagões balançam quando o trem passa por um entroncamento de linhas, e diminuem a velocidade ao entrar na Estação Central.

Saga desembarca do vagão, abrindo caminho entre os outros passageiros para chegar às escadas. No piso de cima, pula no trem que já está esperando na plataforma.

Ouve-se um incisivo sinal de alerta, e as portas permanecem abertas. Os alto-falantes repetem o sinal de partida.

A mulher com a maçã reaparece, sentando-se na extremidade do vagão enquanto fala com alguém ao celular.

As portas se fecham e o trem parte.

A mente de Saga está a mil por hora. A Força-Tarefa Nacional invadiu o apartamento dela. Acham que ela está diretamente envolvida nos homicídios.

Saga está de frente para a janela e, embora seus batimentos cardíacos estejam normais, o corpo está suando em bicas.

Paredes de concreto cinza desfilam em velocidade relâmpago do lado de fora.

O trem passa por estações e bairros, e lentamente vai se esvaziando. A mulher ainda está sentada do outro lado do vagão, agora com os restos da maçã embrulhados num guardanapo.

Saga desce do trem na estação do bairro de Fruängen, sobe a escada rolante, sai e atravessa a praça entre as barracas de frutas.

Ela olha de relance por cima do ombro e depois entra na rua principal, seguindo à direita.

Uma perua branca a ultrapassa e para no meio-fio, algumas centenas de metros à frente.

Ela passa por um furgão de mudança, ao lado do qual há quatro caixas de papelão empilhadas na calçada esperando para serem carregadas na traseira.

Saga deixa o celular cair dentro de uma delas e entra numa ruela.

Vinte minutos depois, quando chega à casa dos anos 1960 com enormes janelas, atravessa o piso de lajotas junto à porta da frente e segue até a entrada lateral. Aperta a campainha e depois volta para as sombras, encostando-se em uma cerca empenada e emaranhada de ervas daninhas.

Ela ouve uma série de batidas fortes na escada, e a porta se abre.

— Saga? — Karl Speler parece surpreso ao vê-la.

Ele está vestindo uma camiseta marrom com as palavras "GENTLEMEN TAKE POLAROIDS"* no peito, além de uma calça jeans preta com as barras dobradas para cima. A fivela do cinto quase desaparece sob a barriga protuberante.

— Você está sozinho? — ela pergunta.

— Sim, eu…

— Posso entrar?

— Claro, eu só preciso arrumar…

Ela passa com rapidez por ele e fecha a porta, gira a fechadura e apaga a luz do teto.

---

* "Cavalheiros tiram fotos polaroides", título do quarto álbum de estúdio da banda inglesa Japan, lançado em novembro de 1980. (N. T.)

— Você está sendo seguida?

— Não — ela responde, descendo as escadas.

Saga chega ao porão e ouve Karl se precipitar atrás dela. Tal como na visita anterior, os holofotes no teto estão focados nos objetos mais importantes do seu pequeno museu. A vitrine que exibe os chinelos ensanguentados de Saga brilha sob a luz, e em cima de um aparador ela percebe uma réplica do antiquado braço protético de Jurek.

Ela segue até a cozinha escura, atrás do balcão do bar, e se serve de um copo d'água.

Karl entra atrás dela e se empoleira em um dos bancos altos do bar, respirando pesadamente pela boca entreaberta. O rosto dele está vermelho.

— Posso ficar aqui por alguns dias? — Saga pergunta de chofre.

— Acho que não, infelizmente — ele responde, mas um momento depois abre um sorriso radiante, seus dentes pontiagudos brilhando. — O que você acha? Claro que pode.

— Obrigada — ela diz, enchendo novamente o copo.

— O que está acontecendo? — ele pergunta, empurrando para trás a longa cabeleira.

— Eu só preciso ficar na surdina por um tempo.

— Por que...?

— Não importa, não quero que você se envolva nisso.

— Mas *eu quero* me envolver nisso — ele responde.

61

Karl balança o pulso para acionar o mecanismo de corda automática de seu Rolex preto, depois observa Saga com calma. Ela toma outro gole de água, pousa o copo e seca a boca com as costas da mão antes de olhar nos olhos dele.

— Você não pode escrever a respeito de nada do que eu te contar.
— Tá legal — ele diz, roendo uma unha.
— Você entendeu o que eu acabei de dizer?
— Sim, eu entendi — ele assente. — O que está acontecendo?

Saga se senta no banco de frente para Karl e respira fundo.

— Eu venho tentando deter uma serial killer, mas, no processo, de algum modo, me tornei... uma suspeita.
— Dos assassinatos?
— Acho que sim. — Ela suspira.
— Mas por que você acha isso? O que eles disseram?
— Fui suspensa do trabalho, e hoje a Força-Tarefa Nacional invadiu meu apartamento.
— Sério?
— Pois é.

Uma jaqueta amarrotada com o forro puído está pendurada em um gancho embaixo do balcão. O som da tv atravessa o teto, vindo da casa da família acima.

— Por que eles acham que você está envolvida? — Karl pergunta.
— Muito em breve vão perceber que estão errados, mas acho que basicamente é porque tenho trabalhado sozinha faz um bocado de tempo... E pode ser que eu tenha ultrapassado alguns limites.
— Mas você está envolvida nos assassinatos?
— Você está mesmo me perguntando isso?
— Sim.

— Eu *não* estou envolvida.

Saga espia o cômodo ao lado. Há uma cobertura de plástico sobre a mesa de *shuffleboard*, e as poltronas, a mesa e o chão estão atulhados de latas velhas de cerveja e energéticos, embalagens de comida e um saco de papel do McDonald's vazio.

— A Unic sabe quem é a assassina — Saga diz. — Mas, ao que parece, pensam que estou trabalhando com ela.

— Então é uma mulher?

— O nome dela é Mara Makarov. Na verdade, foi graças a você que conseguimos encontrá-la. Ela foi visitar Jakov Fauster na prisão várias vezes.

— Uau, é mesmo? — Karl diz, seu rosto se abrindo em um sorriso involuntário.

Saga tira a jaqueta, depois a enrola e a deixa sobre o balcão do bar. Sua camiseta verde está do avesso, a alça do coldre torcida.

— Então Fauster é o elo entre ela e Jurek? — Karl indaga.

— Um deles.

Ela solta a pistola do coldre, põe o carregador na mão esquerda e tira a bala da câmara.

— O que mais? — ele pergunta.

— Parece que Jurek Walter matou a família dela inteira.

— É a primeira vez que ouço falar nisso.

Saga enfia o cartucho no carregador, insere-o de volta no lugar e devolve a arma ao coldre.

— O que eu sei é que ela era paciente da clínica psiquiátrica de segurança em Ytterö quando você escreveu seu artigo sobre Jurek — Saga explica, apontando para o recorte de jornal emoldurado na parede. — Um dos exemplares vendidos antes de o restante da edição do jornal ser apreendido e destruído deve ter ido parar na sala de recreação dos pacientes da clínica, porque Mara imediatamente reconheceu Jurek como o homem que drogou e sequestrou a família dela. Estava convencida de que era ele, e implorou ao psicólogo pra entrar em contato comigo.

— Mas ele a diagnosticou como psicótica?

— Bem, sim e não. Na verdade, ele me telefonou e me contou tudo sobre a paciente e o que ela havia relatado.

Saga se cala e repassa mentalmente a conversa. Ela se lembra de ter ouvido Sven-Ove Krantz, de fazer algumas perguntas e depois anotar tudo. O problema é que tudo isso veio tarde demais, porque a essa altura ela já estava perdida no labirinto sombrio de Jurek.

— Você acreditou na história dela?

— Olha, não duvidei nem por um segundo que Jurek tivesse levado a família dela, mas ao mesmo tempo... Ela disse que havia escapado de algum lugar chamado Moyaveyab, e não encontramos absolutamente nada referente a isso. O que poderíamos fazer? Vasculhar a Suécia e a Rússia inteiras com cães farejadores?

Saga fica em silêncio mais uma vez, olhando fixamente para a frente enquanto sua mão desliza devagar, num movimento de vaivém, no balcão do bar.

— Então o que aconteceu? — Karl quer saber.

— O que quer que eu diga? Você sabe o que aconteceu. Não consegui salvar ninguém, fracassei miseravelmente, e é provável que esse seja o motivo de meus colegas acharem que estou ajudando Mara Makarov a se vingar.

— Como ela está se vingando?

— Ela está matando pessoas próximas a mim e a Joona, vários de nossos colegas. Ela odeia a polícia porque não salvamos a família dela. Mara tem obsessão por mim, mas odeia Joona acima de tudo.

— Por quê?

— Porque ele fugiu quando poderia ter impedido Jurek, porque escolheu salvar a própria filha em vez de todos os outros.

— Me parece uma reação humana.

— Sim, mas aqueles de nós que ficaram pra trás pagaram um preço.

— Você está com raiva dele?

— Sim, eu estou... E não dou a mínima se estiver sendo injusta.

Ela pega a mochila do chão e tira o laptop e os diários.

— Talvez seja melhor você se entregar e contar tudo a eles.

— Eu não tenho tempo — ela alega, ligando o computador.

— É a única coisa sensata a fazer.

— O quê?

— Entregar-se, arranjar um advogado e...

— Eu não posso.
— Por que você não ...
— Chega de perguntas — ela o interrompe. — Desculpe, mas eu preciso pensar.

Ela abre o diário de Sven-Ove Krantz e lê as anotações relativas à sessão posterior à que Mara implorou para contatar Saga na esperança de que ela conseguisse salvar sua família.

O psicólogo descreve sucintamente que entrou na sala de recreação dos pacientes da clínica e encontrou o jornal, que folheou até encontrar a matéria com a manchete em letras garrafais e as fotografias.

Na minha opinião, o texto é bastante especulativo e irresponsável. Não há evidências da existência de um assassino em série secreto, embora os assassinatos e as tentativas de sequestro na creche devam realmente ter ocorrido. Ao mesmo tempo, se de fato a detetive superintendente Saga Bauer estiver investigando o caso com a Unidade Nacional de Investigação Criminal, então o assunto é provavelmente mais complexo do que uma simples disputa de custódia.

Na anotação seguinte, Sven-Ove conta a Mara que entrou em contato com a detetive e lhe repassou todas as informações, e fica claro que depois disso Mara passou por um episódio maníaco. A única coisa em que ela conseguia pensar era deixar a clínica para ajudar a polícia a salvar sua família.

Os pensamentos de Saga se voltam mais uma vez para o telefonema do psicólogo. Durante a conversa, ele deu a impressão de ser absolutamente caloroso, empático e articulado ao lhe contar sobre uma paciente anônima, revelando detalhes assustadores que pareciam estar relacionados à investigação dela.

Saga anotou os detalhes e arquivou uma gravação da ligação, mas se lembra claramente de ter pensado que as informações pareciam mais um delírio psicótico do que qualquer outra coisa — sobretudo levando-se em consideração os detalhes sobre Jurek trabalhar para a KGB.

— Sua paciente mencionou pra onde esse tal homem levou a família dela? — Saga perguntou ao psicólogo.

— Não, ela não consegue se lembrar, apenas que havia uma placa com o nome Moyaveyab... Em algum lugar da Rússia, talvez? Ou será na Suécia?

Saga percebeu que era uma tarefa impossível, mesmo que a família existisse e ainda estivesse viva. Àquela altura ela já estava em uma situação extrema — que logo se agravaria e culminaria em uma catástrofe total.

62

Depois de um aguaceiro, a paisagem coberta de musgo das terras altas fica com um aspecto verde quase sobrenatural. O rio Kaldakvísl escavou um desfiladeiro profundo e sinuoso na rocha vulcânica, e a água empurra as galochas de Sven-Ove Krantz contra as suas coxas e ancas, o fluxo da correnteza tentando empurrá-lo para a frente e para o lado.

Com algumas cutucadas leves, ele puxa a pequena isca de mosca, com suas cintilantes plumas de pavão e ganso, o anzol prateado e a pena preto-azulada.

Ele dá dois passos cautelosos para o lado e arrisca um novo arremesso da isca, com um movimento da mão por baixo da carretilha. Gotículas espirram em sua mão direita enquanto a linha dispara e desliza pela superfície da água. O líder, a linha transparente amarrada na ponta da linha principal do molinete, reflete a luz, e a isca pousa com perfeição na plácida área central do rio.

A água derretida da geleira é tão fria que os pés de Sven-Ove estão dormentes, mas agora ele não pode voltar atrás.

A isca vai parar na agitada água ao redor de uma rocha e desaparece abaixo da superfície. Sven-Ove ergue a vara e imediatamente sente a fisgada de um peixe. O molinete sibila enquanto um salvelino-ártico atravessa o rio na diagonal, em direção à água turva perto da rocha íngreme do outro lado.

A vara se dobra tanto que o bambu chega a estalar.

Dentro da mochila, seu celular começa a tocar.

O peixe dispara correnteza abaixo, parando no fundo do rio escuro. Tensionada, a linha começa a zunir à medida que a água turbulenta pulsa contra ela.

Sven-Ove aguarda e deixa que ele se canse enquanto observa a água cristalina.

Branco como a neve, o abdome do peixe irrompe à vista quando Sven-Ove olha abruptamente para um lado, fitando a água encrespada e espumosa no trecho mais veloz do rio.

Ele tenta resistir e se segurar com firmeza, sabendo que existe o risco de que o repentino movimento da água arranque o anzol da boca do peixe.

O salvelino-ártico ainda luta, avançando devagar e com esforço em direção às corredeiras; Sven-Ove usa o freio do molinete, vendo a linha cortar o vaivém da água violenta.

Ele estica o braço e ergue a vara, que se curva, rangendo, quase formando um semicírculo.

O peixe estaca abruptamente, dá um puxão na linha e volta para o íngreme barranco da margem.

Sven-Ove não cederá a novas tentativas de fuga; ele planeja deixar o grande peixe se esfalfar contra a elasticidade da vara até ficar tão cansado que ele consiga enrolar o molinete e puxá-lo com calma.

Apenas cinco minutos depois, o peixe emerge à superfície, rolando de lado e esparramando uma cascata de água.

Ele enrola a linha devagar e traz sua pescaria com todo o cuidado, certificando-se de manter o peixe logo abaixo da superfície de modo a evitar que se enrosque na fina ponta da linha principal e a solte.

Ele guia o salvelino-ártico em sua direção, deixando-o deslizar pela camada superior da água, segurando-o cuidadosamente pouco acima das guelras e desenganchando a isca. Ele levanta o peixe da água, estuda seu corpo perfeito, suas laterais salpicadas de prata e seu dorso cinza, beija seu nariz arredondado antes de soltá-lo e deixá-lo nadar para longe.

O homem refaz o caminho rio acima. Não consegue mais sentir os pés e tropeça nas pedras lisas, mas dá um jeito de manter o equilíbrio e subir na terra firme da margem.

Nuvens pálidas se aproximam dos topos das montanhas cinza-escuras.

Ele pousa a vara no musgo e o celular começa a tocar novamente assim que pega a mochila.

— Krantz — ele atende, sentindo na mão o cheiro de peixe.

— Meu nome é Joona Linna — um homem com sotaque finlandês diz do outro lado da linha. — Sou detetive da Unidade Nacional de Investigação Criminal.

— Veja bem, estou de licença no momento. Do que se trata?

— Tem a ver com uma de suas antigas pacientes — Joona explica. — O senhor teria um tempo pra se encontrar comigo?

— Claro. No momento estou a cento e cinquenta quilômetros a leste de Reykjavik.

— O senhor mesmo faz as iscas de mosca?

— Sim — Krantz responde, surpreso, olhando ao redor. — Creio que se pode chamar isso de um passatempo.

— O senhor se lembra de uma paciente chamada Mara Makarov? — Joona indaga.

— Presumo que... que um detetive da Unidade Nacional de Investigação Criminal esteja ciente das leis pertinentes à confidencialidade, o que deve significar que Mara fez algo especialmente idiota.

— Ela é suspeita de cometer seis assassinatos.

— Há alguma possibilidade de vocês estarem enganados?

— Como o senhor a descreveria como paciente?

— Pra começar, extraordinariamente ansiosa, embora tenha respondido bem ao tratamento. Reduzimos a medicação dela a um mínimo estável e por fim lhe demos alta e a encaminhamos pra atendimento ambulatorial.

Sentando-se em uma pedra, Sven-Ove relata ao detetive todos os pormenores de que consegue se lembrar sobre como conheceu Mara e seus traumas, e em seguida descreve o método que usa de tratar como verdades as declarações psicóticas dos pacientes.

— Foi por essa razão que fiz o que me parecia apropriado — ele explica. — Eu registrei as lembranças de Mara e entrei em contato com a policial encarregada do caso.

— O senhor se lembra do nome dela?

— Saga Bauer.

— Como ela reagiu?

— Ela ouviu o que eu tinha a dizer e me agradeceu pela ajuda. Infelizmente não sei o que aconteceu depois disso.

— O senhor se lembra do que disse a Saga?

— Não em detalhes, embora esteja tudo registrado nos diários sobre Mara. Tinha algo a ver com o fato de a KGB ou um assassino em série ter sequestrado a família dela e trancafiado todo mundo em algum lugar perto de... Ela mencionou o nome de um lugar que não existia.

— O senhor por acaso não se lembra do nome, não é?

— Só sei que a julgar pela sonoridade parecia russo, Dayaveyab ou algo parecido? Não, não tenho certeza... Em todo caso, Mara alegava que havia escapado do assassino e que os policiais não lhe deram ouvidos, que simplesmente a levaram para o pronto-socorro psiquiátrico... Ela alegava que, se não fosse por isso, teria conseguido encontrar e salvar a família.

Sven-Ove se levanta e fixa a vista nas águas agitadas, dominado por uma súbita onda de felicidade com a perspectiva de ter o rio só para si por mais quatro dias.

— Saga Bauer voltou a entrar em contato com o senhor pra algum tipo de atualização? — Joona pergunta.

— Não, mas eu tampouco esperava por isso.

— Mara mudou a história no decorrer do tempo?

— Ela abandonou a parte sobre a KGB.

— E ela alguma vez lhe pediu pra entrar em contato com alguém além de Saga Bauer?

— Não, embora ela sempre me perguntasse se Bauer manteve contato.

— Ela mencionou mais alguém?

— O capitão do barco, principalmente. Estava convencida de que ele e o assassino em série que Saga Bauer vinha caçando eram a mesma pessoa. Ela falava também sobre a família, seus pais Ivan e Tatiana, sua irmã, Natasha. O filho mais novo de Natasha, Iliá.

— E o guarda do cativeiro?

— Sim, mas nunca pelo nome.

— Algum outro paciente de Ytterö?

— Ela os mencionava de vez em quando.

— Alguém chamado Jakov Fauster, Mestre Fauster?

— Não.

— Jurek Walter?

— Não tenho certeza, mas estarei de volta a Estocolmo na próxima semana, posso verificar os diários, se você quiser.

— Uma última pergunta — Joona diz calmamente. — Alguém se referiu a Mara como "a Aranha". O que o senhor acha disso?

Sven-Ove olha novamente para a água, embora mentalmente consiga ver Mara, ouvir seu jeito ofegante de falar.

— Eu me lembro de que ela costumava falar sobre as aranhas que via enquanto estava sendo mantida em cativeiro. Minúsculas caçadoras que paralisavam as vítimas e teciam teias em formato de sacos ao redor delas, injetando-lhes veneno e as dissolvendo por inteiro.

Joona desliga o telefone e contempla a igreja de Adolf Fredrik, deslizando os olhos por sobre os telhados até a prefeitura e a primorosa torre do antigo edifício da Autoridade Policial.

Ele desconfia que compreende o que aconteceu depois que o psicólogo entrou em contato com Saga em nome de Mara Makarov: Saga se tornou tão importante para Mara que ainda agora a jovem recorre a ela, embora a própria Mara tenha assumido o papel de assassina.

Joona precisa falar com Saga, e com urgência. Ele não acredita que ela esteja ajudando Mara de alguma forma, mas mesmo que a tenha ajudado, é melhor que se entregue o mais rápido possível.

As autoridades ainda não convocaram nenhuma coletiva de imprensa, mas a mídia já começou a especular, e o clima na Unidade Nacional de Investigação Criminal é tenso e preocupante.

O celular de Saga foi localizado na cidade de Säffle, na traseira de um furgão de mudança que estava sendo descarregado.

Também se descobriu que ela tem, de fato, uma ligação com Stefan Broman: no sábado ela fez uma denúncia anônima à polícia, acusando-o de ser um assíduo cliente de serviços sexuais.

Ademais, a perícia encontrou vestígios de soda cáustica na moto dela, e crina de cavalo em uma de suas mochilas.

Manvir determinou o cumprimento de um mandado de busca e apreensão no apartamento de Saga, e a situação poderia facilmente evoluir para um alerta nacional e, por fim, uma resposta armada.

Joona tenta imaginar tudo o que aconteceu da perspectiva de Saga, e tem certeza de que a colega entende por que as suspeitas recaíram sobre ela. Ele tem certeza de que, assim que deixar de lado o orgulho, ela entrará em contato.

Joona pega o celular e liga para Morgan Malmström a fim de dividir suas suposições com ele.

— Entendo aonde você quer chegar — Morgan responde após um breve silêncio —, mas o fato é que Saga agora é uma de nossas principais suspeitas.

— Sim, só que isso é um erro — Joona diz. — Saga tem muitas perguntas a responder, mas ela tem um álibi pra quase todos os assassinatos.

— Eu sei, mas eu...

— Ela não atirou em ninguém.

— E não estamos dizendo que ela fez isso. Mas ela está envolvida, Manvir tem provas disso... Além do mais, ninguém precisa realmente disparar uma arma pra ser condenado por homicídio.

Joona fecha os olhos por alguns segundos, senta-se e respira fundo.

— O que estou dizendo é que se... se vou tentar convencer Saga a se entregar, preciso ser capaz de garantir a ela que serei eu, e apenas eu, quem a encontrará pra levá-la sob custódia, e mais ninguém.

— Ela vai confiar em você?

— Acho que sim, mas a coisa toda precisa ser discreta. Nenhum registro formal, nada de promotoria, nenhuma declaração à imprensa ou...

— Dois dias — Morgan o interrompe.

— O quê?

— Vou te dar dois dias.

— E tenho sua palavra de que posso fazer isso nos meus termos?

— Sim.

— Se eu tiver notícias dela, te ligo, e aí você poderá tomar as providências pra passar por cima do processo formal de detenção.

— Se você acha que é melhor assim — o chefe responde.

63

Saga acaba de limpar a mesinha de centro de Karl Speler para abrir espaço para seu laptop e o último disco rígido quando ele lhe diz que vai tomar banho.

— Posso pegar seu celular emprestado pra fazer uma ligação?

— A senha de desbloqueio é nove, um, cinco, oito, três, sete — ele diz ao lhe entregar o aparelho.

Karl sai da sala e Saga se senta no braço da cadeira para ligar para o número particular de Randy.

— Randy — ele atende, com uma nota de surpresa na voz.

— Você pode conversar? — ela pergunta baixinho.

— Saga, o que está acontecendo?

— Eu não fiz nada do que estão dizendo.

— Não precisa me falar isso. Eu já sei. Você precisa se entregar antes que...

— Se eu fizer isso, nunca vamos pegar a Aranha.

— Isso não é responsabilidade sua, você nem faz mais parte da polícia.

Saga espia as prateleiras bagunçadas de Karl, o console de video game, o narguilé, a vela no formato da Estátua da Liberdade e uma caixa de surpresas com um palhaço vestido numa fantasia de seda vermelha e amarela.

— Veio mais alguma coisa à tona na investigação? — ela pergunta.

— Não, acho que não.

— Não apareceu nenhuma nova estatueta?

— Não.

Ao redor dela, no chão, há pacotes de batata chips, embalagens de doces, peças de plástico de jogos de tabuleiro e discos de vinil dos anos 1980.

— A Força-Tarefa Nacional arrombou o meu apartamento — ela diz.

— Eu ouvi que estavam planejando fazer uma busca no local.

— Com rifles de assalto, franco-atiradores, granadas de atordoamento...

— Porra, essa coisa toda é uma loucura — Randy sussurra.

— Eu realmente não entendo — ela responde, num fiapo de voz quase inaudível.

— Você disse que precisava de um lugar pra se esconder. Eu poderia...

— Não quero que você se envolva mais do que já se envolveu.

— Não me importo mais.

— Caso eu morra, só queria que soubesse que você foi a única pessoa que eu amei na vida — ela diz, encerrando a ligação antes que Randy tenha tempo de responder.

Saga respira fundo, enxuga algumas lágrimas do rosto e depois se senta na frente do computador para assistir às últimas sessões de Krantz com Mara Makarov. As conversas entre o psicólogo e a paciente se estendem por mais de um ano, mas ela é sempre incrivelmente consistente em todos os pormenores.

Karl Speler sai do banheiro com o cabelo arrepiado e uma toalha nos ombros. Ele empurra para o lado uma pilha de jornais e se senta na poltrona para assistir à sessão de terapia.

Mara Makarov largou o livro que lia, *Sobre o equilíbrio dos planos*, o tratado de Arquimedes; o cabelo está bem penteado e liso, seu rosto está sereno, seu olhar é inteligente.

Ela explica calmamente que precisa sair da unidade de segurança para salvar a família. Sven-Ove responde que ela fez grande progresso, que reduziram o seu nível de medicação e que ele falará com o seu colega sobre a possibilidade de lhe darem alta no outono.

Mara continua falando de Saga Bauer, pergunta se ela manteve contato, se o assassino já foi preso.

— Não tive notícias dela — Krantz responde.

— Que estranho — Mara sussurra.

Seis meses depois, Mara anda de um lado para outro no quarto, feito um animal enjaulado que se recusa a admitir a derrota. Ela parece quase catatônica, resmungando aflita consigo mesma em russo.

É evidente que ela não suporta esperar a longa demora para receber alta e passar a receber atendimento ambulatorial. No minuto em que o psicólogo diz alguma coisa, ela o interrompe gritando "*Idi v Moyaveyab! Idi v Moyaveyab!*"* repetidas vezes antes de cair em silêncio e andar em círculos novamente.

Quase quinze meses se passam antes da sessão seguinte, e mais uma vez Mara está completamente transformada: agora quieta e prostrada, curvada sob o peso da preocupação.

— Como você imagina o futuro? — Sven-Ove Krantz pergunta no final da última gravação.

— O meu?

— Sim.

— Eu tenho um?

— Tente me dizer pelo menos uma frase descrevendo de que maneira você vê o futuro.

— Uma vez eu vi um sítio, nos arredores de Västerhaninge, eu acho — Mara diz, perdendo-se em pensamentos por um momento antes de continuar. — Eu imagino que estou lá com a minha família, em um dia quente de verão. Os prados estão empoeirados, a grama está amarelada, as folhas das árvores secaram todas... E estou sentada numa cadeira à sombra junto ao trator, comendo um pãozinho de canela numa forminha de papel, observando os filhos de Vadim e Aglaia jogarem croquet. É assim que imagino a minha morte.

A gravação da última sessão termina, Saga fecha o laptop e se vira para Karl, que está sentado com os braços cruzados.

— É isso, acabou — ela diz.

— Interessante — ele responde, levantando-se.

Enquanto lê as últimas anotações do diário de Sven-Ove Krantz, ela ouve Karl trocar os lençóis da cama.

O psicólogo explica que acredita que a terapia de Mara está concluída, que agora ela fez as pazes com sua história de vida e com sua autoimagem. Em seguida observa que, dali por diante, em cada reunião

---

* Em russo: "Vá para Moyaveyab! Vá para Moyaveyab!". (N. T.)

semanal recomendará que o médico-chefe responsável dê alta a Mara Makarov.

Saga se levanta quando Karl volta para a sala e arruma o sofá com seus lençóis velhos. Ela olha para o artigo emoldurado sobre Jurek Walter e percebe que Karl estava certo com relação a quase tudo — embora na realidade a assassina fosse muito pior do que ele jamais poderia ter imaginado.

— Posso usar o seu chuveiro? — ela pergunta.

— Há toalhas limpas no armário do lado de fora.

Saga vai até o banheiro, fecha a porta e repara que falta a fechadura. Ela pendura em um gancho uma toalha do Grand Hôtel de Oslo.

O piso azul-claro é irregular, há lâminas de barbear descartáveis amarelas na borda da pia, e o vaso sanitário não tem tampa. O mofo preto subiu quase um metro na parede num dos cantos, atrás da máquina de lavar.

Saga verifica o cômodo com redobrada atenção para ter certeza de que não há câmeras escondidas, e só então ela se despe.

O chuveiro se soltou da parede e está pendurado em um pedaço de arame amarrado a um cano no teto. Saga gira o registro com cuidado, espera alguns segundos e depois entra sob a água quente.

A cortina do chuveiro é barulhenta.

Enquanto lava o cabelo, Saga pensa no que Sven-Ove Krantz escreveu sobre Mara ter feito as pazes com sua história de vida. Essas palavras sugeriam que ao longo dos anos o psicólogo havia mudado mais do que a paciente. Ele a tratou como se ela estivesse dizendo a verdade, e no fim acabou por acreditar que as palavras de Mara realmente correspondiam à realidade.

Quando sai do chuveiro, Saga percebe uma grande poça de água com espuma de sabão no chão, embaixo da máquina de lavar, no canto do outro lado.

Ela veste as roupas sujas e sai do banheiro. O delicioso aroma de bacon frito a atinge em cheio e ela percebe que o ar ao redor do balcão do bar está esfumaçado. No aparelho de som toca a todo volume uma música pop solene dos anos 1980. Karl arrumou dois lugares com pratos e talheres no balcão do bar e encheu uma jarra com água.

— Você não precisava cozinhar — ela diz.

— Tsc, tsc, tsc.

— Mas estou morrendo de fome.

Ele tira a frigideira do fogão e a apoia sobre um descanso de cortiça.

— Eu tenho outros talheres, mas pela minha experiência este é um prato que se come com colher — ele explica.

— Uma colher vai bem.

— Tá legal, *bon appétit* — ele diz com um sorriso, adicionando um pouco de ketchup ao próprio prato.

Talvez fosse apenas a fome de Saga, mas a combinação de macarrão instantâneo, cebola frita, bacon, sal e pimenta se mostra surpreendentemente deliciosa.

Enquanto comem, Karl diz a Saga que o mundo do jornalismo parece cada vez mais se concentrar exclusivamente em caçar cliques e curtidas a fim de aumentar as receitas publicitárias.

— Mas o que realmente me preocupa é a falta de independência dos jornalistas — ele continua. — O fato de que eles não têm mais permissão pra dar a própria opinião; apenas se espera que sigam sempre o pensamento do dono.

— Você acha isso mesmo? — ela pergunta, servindo-se de mais comida da frigideira.

— Na verdade não, mas sou amargurado, e é bom reclamar de vez em quando — Karl responde com um sorriso, mostrando os dentes pontiagudos.

— Você é da África do Sul, certo? — Saga pergunta, apontando com a cabeça para a bandeira na parede.

— Sou, mas minha mãe e eu nos mudamos pra cá quando eu tinha quinze anos. Só mantive o sobrenome do meu pai. Significa "jogador" em africânder.

— Você já falava sueco?

— Sim, mamãe é de Småland.

— Como foi se mudar pra cá?

— Bom, tranquilo, frio... Estudei em escola particular, no espaço de um ano fiz todas as provas do ensino médio, tirei nota máxima e me matriculei em uma faculdade de jornalismo. E agora aqui estou!

Saga beberica um gole de água e abaixa o copo até o balcão, observando a luz se refratar na superfície oscilante.

— Parece que tem um problema com o ralo do chuveiro — ela comenta.

— O caimento é pro lado errado — ele responde. — O chuveiro está quebrado, a pia tem uma rachadura... Não é exatamente a casa dos meus sonhos, mas fazer o quê? Combina comigo e com minha carreira.

— Você só teve um pouco de azar.

— Acho que é um baita azar eu viver num lugar tão ruim, fechado, com paredes finas. Consigo ouvir os donos lá em cima toda vez que transam, o que eu acho até que é um bônus... Aqui não tem janelas, não tem fechaduras, não tem exaustor... Nada de pãezinhos de canela em forminhas de papel nem...

— Eu tenho que ir — ela o interrompe, saltando do banco.

— Me desculpe se eu...

— Não, eu só preciso verificar uma coisa — ela explica, enxugando os lábios com um pedaço de papel-toalha.

A menção de Karl aos pãezinhos de canela a atingiu com uma precisão cristalina.

— Eu posso ir junto?

— Se você tiver um carro — ela responde, ajeitando o coldre no ombro.

— Eu pareço o tipo de pessoa que tem um carro?

— Você tem um belo relógio — Saga diz enquanto calça os sapatos.

— Meu pai queria me dar o Rolex dele quando eu fiz dezoito anos, mas me recusei a aceitar. Eu era orgulhoso demais... Então comprei este aqui pra mim num leilão quando fiz cinquenta anos.

— Estarei de volta em algumas horas.

— Aonde você está indo?

— Västerhaninge.

Karl agarra a jaqueta e corre atrás dela pelo pequeno museu. O expositor contendo os chinelos ensanguentados de Saga balança quando eles passam.

— Você acha que a Mara está lá por causa do que ela disse sobre a própria morte?

— Ela precisa de um lugar espaçoso e silencioso o suficiente pra armazenar a grande quantidade de produtos químicos.

— Vou arranjar um carro pra nós — Karl diz.

64

Sentada na cozinha mal iluminada, Mara Makarov morde a cutícula do polegar. Sobre a mesa à sua frente estão dispostas três fotografias; ela pega uma, rasga em dois e depois se levanta. As latas vazias no chão tilintam quando ela caminha até o fogão. Ela gira o botão da menor boca para a posição de fogo máximo e volta para a mesa, joga as fotos restantes no chão e esmurra várias vezes o tampo da mesa.

— *Idi v Moyaveyab!* — ela grita, agarrando a própria garganta com as duas mãos.

Mara aperta até não conseguir mais respirar, encarando seu reflexo na janela.

Ela solta e espia o mastro enfeitado com flores e fitas no jardim. As folhas da bétula estão marrons e quebradiças, as flores silvestres, ressequidas e mortas.

No chão ao redor do mastro enfeitado, ela vê um círculo de ossos descorados: crânios e costelas, ossos da coxa e da pélvis.

Esta última parte está apenas em sua mente.

Ela ouve um estalido, se vira e tira a pistola do coldre.

Ela havia se esquecido do queimador do fogão, que agora está incandescente, vermelho vivo.

Ossos brancos e sangue vermelho, ela pensa. Branco e vermelho, branco e vermelho.

Mara esculpiu uma estatueta em argila, estudando as fotografias e usando a ponta da faca para entalhar os traços faciais antes de forjar um molde de silicone.

Ela vai até o fogão e encaixa no meio do queimador o cadinho contendo os grumos de estanho puro.

Nessa mesma manhã ela manejou a ponte rolante para carregar o pesado saco de borracha na empilhadeira. As pernas do homem ficaram penduradas na borda do palete enquanto ela o rebocava até as portas da garagem, e ele começou a urrar e a estrebuchar de dor quando ela o derrubou no cascalho. A essa altura a base já havia corroído a pele, o rosto e as extremidades menores.

Quando ela entrou na picape e deu ré para a garagem, acidentalmente passou por cima da cabeça dele. O saco estourou, esguichando sangue e massa cinzenta pelo cascalho. Mara avançou e saiu do veículo, abaixou a tampa traseira e usou o guincho para içar o saco e colocá-lo ao lado dos tambores que estavam amarrados na caçamba. O corpo do homem estava flácido, embora vez por outra um espasmo nervoso o percorresse, feito um arrepio.

Mara consertou o buraco no saco, usou uma pá para jogar cascalho em cima do sangue, estacionou o carro na borda do arvoredo e puxou uma lona por cima. Em seguida, voltou para a casa, comeu meia lata de atum com azeite e depois vomitou.

Agora ela está de pé diante do fogão, observando os pedaços de estanho derreterem até se tornarem uma poça espelhada.

Ela pega um palito de fósforo, arranca a cabeça e mergulha no metal líquido. Uma espiral de fumaça cinza pálida se espalha pelo ar.

Mara desliga o fogão, tira o cadinho do queimador e enche delicadamente o molde de silicone. Ela consegue sentir o calor do metal derretido lá dentro, e estremece ao acrescentar um pouco mais.

Uma gotícula do líquido prateado cai em seu dedo indicador. Ela tem uma breve sensação de queimação, seguida de uma dor ardente.

Mara vira a mão trêmula com a palma para cima e despeja nela o restante do estanho derretido.

O metal fundido chia quando encontra sua pele, e a dor faz suas pernas cederem. Ela desaba no chão com as costas apoiadas na porta do armário; segurando o pulso direito, observa o metal se solidificar e perder o brilho na palma da mão.

Depois de alguns minutos, ela se levanta com as pernas bambas, arranca a pequena crosta de metal e a ouve cair com estrépito na pia.

Agora bem desperta pela dor, Mara pega sua detalhada agenda — com cronograma, parâmetros e equações matemáticas — e a verifica pela milésima vez.

Seu coração ainda está acelerado quando ela se senta à mesa.

Apesar de ter sido obrigada a reajustar os planos diversas vezes, o passado é quase perfeito.

Do outro lado do presente, ela tem cada momento-chave circulado em vermelho.

Mara estuda as opções de ramificação que o futuro pode trazer.

Repetidas vezes, ela calcula as probabilidades e casualidades, determinando variáveis estocásticas e as comparando com probabilidade psicológica.

65

À luz âmbar dos postes, as sombras dos pilares dançam no rosto resoluto de Saga e em sua mão esquerda no volante.

Karl está no banco do passageiro, esforçando-se ao máximo para não ficar olhando de relance para Saga o tempo todo.

Eles acabaram de passar pelo subúrbio de Söderhagen em um Porsche preto roubado, mas vinte minutos atrás Saga estava na rua, em frente à espaçosa casa cujo apartamento no porão Karl aluga. Ela apenas observou enquanto ele entrava na cozinha dos proprietários, iluminada pela claridade azul da TV na sala de estar. Sem dizer uma palavra, emitir qualquer som ou acender nenhuma luz, Karl simplesmente foi até o corredor e pegou uma chave do armário.

Alguns segundos depois, a porta da garagem se abriu.

Saga se sentou ao volante e Karl, seguindo as instruções dela, começou a procurar na internet por fazendas nas imediações de Västerhaninge.

Ele rapidamente encontrou quinze, mas nenhuma com alguma ligação com o sobrenome Makarov. Foi somente quando ampliou a pesquisa para incluir os outros nomes que Mara havia mencionado — Vadim e Aglaia — que finalmente encontrou uma correspondência.

Um homem chamado Vadim Gurkin comprou uma fazenda em Ormstavägen apenas um ano antes do acidente no arquipélago de Estocolmo. O parente russo que herdou a propriedade depois de Vadim ter sido declarado morto ainda não havia solicitado a escritura definitiva junto ao Registro Nacional de Terras Rurais e, como resultado, a fazenda permanece numa espécie de limbo.

No cruzamento de Fors, Saga sai da rodovia e passa por uma pedreira escura, cruza uma ponte por baixo e entra na rodovia 560.

— Isso tudo é muito empolgante — Karl diz —, mas você não

acha... Não seria melhor, sabe, se entregar e contar à polícia sobre esse tal lugar?

— Não há tempo; eu sou a única pessoa capaz de salvar Joona.

Saga acelera pela estreita trilha de cascalho que contorna alguns prédios industriais azuis.

— Por que você é a única? — Karl pergunta, em tom hesitante.

— Porque ela disse isso, porque ninguém no mundo odeia Joona mais do que Mara Makarov.

— Makarov disse que...

— Se eu não impedi-la, ela vai matar Joona.

— Você precisa falar com ele.

— Talvez — ela sussurra.

Eles deixam para trás os edifícios industriais com seus estacionamentos vazios e passam por fieiras e mais fieiras de lixeiras, até que a área rural se abre em volta deles.

Saga dirige pela acidentada estrada de cascalho, passa por plantações com cercas elétricas e entra na floresta densa. Os galhos raspam a lateral do carro, e a meia-luz forma uma avenida estreita adiante.

Ela diminui a velocidade logo que avista buracos profundos na pista, mas ainda assim o veículo estremece quando passa por eles.

— Estamos chegando perto — Karl diz em voz baixa.

É quase impossível distinguir o chão entre os troncos das árvores, mas de repente a floresta se abre para uma paisagem plana e cinza pálida. Os campos estão de pousio, sem cultivo, com aspecto seco e empoeirado no lusco-fusco.

Gaios ansiosos circundam um grupo de árvores, e alguns cervos pastam abaixo dos cabos de alta tensão ao longe.

— Deve ser em algum lugar por aqui — Saga diz.

Eles avançam pela estrada, contornam a curva e entreveem uma fazenda escura através do mato denso.

De um dos lados avista-se um aglomerado de prédios vermelhos em ruínas.

Não há carros estacionados do lado de fora, nem luzes acesas nas janelas quebradas.

Eles passam pela entrada de acesso à fazenda e continuam por mais algumas centenas de metros antes de fazerem o retorno na primeira oportunidade. Saga volta pela trilha e para atrás de um aglomerado de árvores, de onde não é possível vê-los a partir da propriedade.

— Vou dar uma olhada — ela diz a Karl. — Não importa o que aconteça, não saia do carro.

— Então o que faço? Só fico sentado aqui?

— Se vir algum carro passando, provavelmente uma picape, quero que se abaixe e ligue pra Joona assim que o veículo estiver fora de vista.

— Você quer que eu fale com Joona Linna?

— Diga a ele que você está ligando sob minhas ordens e que Ormstavägen precisa ser isolada imediatamente, na altura da saída para Fors.

— Tá legal, claro...

Ela pega o celular dele no compartimento entre os assentos e adiciona o número de Joona à lista de contatos.

— Em trinta minutos, quero que você ligue pra ele e conte o que está acontecendo, mas não saia do carro — ela diz ao abrir a porta.

— Entendi.

— Você tem uma lanterna?

— Não... Quero dizer, eu tenho um destes aqui — ele responde, mostrando uma mini Maglite.

— Perfeito — ela diz, pegando a lanterninha.

A minúscula lanterna é cor-de-rosa, e de tão pequena provavelmente caberia dentro de uma caixa de fósforos maior.

— Tenha cuidado — ele diz quando Saga sai do carro.

Saga fecha a porta em silêncio e começa a caminhar em direção à fazenda. O cascalho compactado range sob seus pés.

O vento varre o mato e as ervas daninhas.

Saga se detém e tira a pistola do coldre, mantendo-a colada ao corpo enquanto sai da trilha.

Os edifícios são colados uns aos outros, quase amontoados: celeiros, garagens e armazéns cujas paredes parecem ter sido postas abaixo para formar um grande e único espaço interligado. Os telhados variam em altura e inclinação, e a maioria parece ser feita de metal corrugado ou zinco preto.

No chão, de um lado, há alguns pneus de trator, caçambas de escavadeiras e pilhas de toras sob uma lona verde, e Saga vê de relance um tanque cilíndrico de diesel na extremidade da floresta. Tem provavelmente cerca de quatro metros de comprimento, e é pintado de vermelho-ferrugem.

Ela atravessa o cascalho sob a luz pálida do entardecer.

Há cinco lixeiras verdes de plástico junto a uma parede da garagem, e a madeira vermelho-escura está apodrecida na borda inferior.

A pintura dos caixilhos e das travessas das janelas está descascando, faltam algumas vidraças, e há cacos de vidro no meio do mato.

Saga abre as tampas das lixeiras e vê que estão todas vazias.

Um bando de estorninhos sobrevoa os telhados, pousando brevemente em uma velha macieira antes de levantar voo de novo.

Saga passa pelo portão alto da garagem, vai até uma porta lateral menor, empurra lentamente a pesada trava preta para o lado e, com um cutucão, abre.

Ela espreita o espaço às escuras. O ar cheira a metal e óleo, e quando acende a lanterninha de Karl, Saga consegue distinguir um trator enferrujado acoplado a uma semeadeira e uma enfardadeira com pneus furados.

Ela entra e fecha a porta, passa pelo trator e pula um rastelo cheio de grama seca.

Saga estaca, aguça os ouvidos e abaixa a Glock, o peso da arma ainda reverberando nos músculos dos ombros.

Há uma grossa corrente de metal no chão, entre garfos de empilhadeira e pás de escavadeira.

Ela chega ao fundo da garagem e abre uma porta estreita que leva a um corredor apertado com chão de areia. Através das aberturas na parede dá para ver o quintal lá fora.

Algo farfalha na escuridão à frente.

Saga ergue a pistola. No final do corredor há um enorme rato, que foge sorrateiramente quando ela se dirige até a porta da construção vizinha. Saga desliga a lanterna, mergulhando novamente escuridão adentro. Ela está prestes a levantar o trinco da porta quando ouve atrás de si um som arrastado.

Parece que alguém passou a mão no capô do trator.

Saga prende a respiração e leva o dedo ao gatilho, pressionando-o até a metade.

Todos os seus sentidos estão ativos e concentrados na escuridão ao redor.

Saga ouve passos cautelosos na areia atrás dela e se vira devagar, mirando a pistola na direção do som.

66

Karl Speler está sentado no carro às escuras, com o celular na mão e os olhos fixos na saída à frente. Por meio do retrovisor lateral, de tempos em tempos ele verifica a estrada atrás do veículo, nada além de uma trilha tênue através da grama, árvores e arbustos, que desaparece floresta adentro a cerca de cinquenta metros de distância.

Ele empurra o cabelo para trás e verifica a hora.

Saga saiu há cinco minutos.

Após a conversa deles, Karl se lembra de seu aniversário de dezoito anos, quando seu pai viajou da Cidade do Cabo para visitá-lo na Suécia. Ele queria levar o filho para almoçar, e a mãe de Karl o convenceu a ir.

Karl se lembra de que o pai parecia muito mais velho do que ele esperava, e que usava camisa de manga curta, calça cáqui e sapatos marrons. E de que os pelos dos seus braços bronzeados eram brancos.

Enquanto comiam a sobremesa, o pai empurrou um presente na direção de Karl por cima da mesa. Ele havia amarrado uma fita azul-clara em volta da caixa original dos anos 1960.

— O senhor realmente acha que me dar seu Rolex velho vai deixar tudo bem entre nós? — Karl perguntou. — Se o senhor não pegar isso de volta, eu vou embora agora.

Karl jamais se esquecerá da expressão no rosto do pai, seu sorriso minguando até sumir de vez. Na época, pensou que era um sinal de irritação e confusão, porém mais tarde percebeu que o pai provavelmente estava apenas lutando para conter as lágrimas.

— Tudo bem, de qualquer forma é só uma sucata velha — o pai disse ao guardar o relógio de volta na bolsa.

Pelo para-brisa, Karl olha para a trilha de cascalho e o acesso à fazenda, e percebe que há algum tempo não verifica a estrada atrás do carro. Estremecendo, espia pelo retrovisor e inclina ligeiramente a cabeça.

A estrada ainda está pálida e deserta, mas ele não consegue ver se há alguém bem atrás do carro.

Lentamente, estende a mão e ajusta o retrovisor.

O para-brisa traseiro não passa de um retângulo preto.

Ele pisca e tenta focar a visão.

Uma espécie de nuvem cinza-escura aparece na beirada inferior da janela.

Tão logo se vira novamente para o espelho lateral, Karl ouve um som.

É apenas um galho que o vento balançou, ele diz a si mesmo. Folhas batendo no para-lama traseiro.

Karl esfrega a testa e inclina a cabeça para trás, olhando pelo para-brisa.

Ele percebe um bruxuleio através dos arbustos à frente, tal qual uma chama lutando contra o vento, mas a luz desaparece antes que ele tenha tempo de se concentrar nela.

Sua frequência cardíaca acelerou, e Karl sorri para si mesmo ao refletir sobre o absurdo da situação: ele e Saga Bauer estão caçando juntos uma assassina em série.

Rüssel e Dragan nunca acreditarão nele.

Karl abre a porta e sai para o ar fresco da noite. Verifica atrás do carro e depois avança até ter uma visão clara dos prédios da fazenda.

Todo o lugar está escuro e silencioso.

Prestes a voltar, ele vê outro clarão de luz entre as tábuas de madeira da parede de um pequeno alpendre que liga a garagem a um prédio maior.

O lume estilhaçado se espalha pelo chão, entre as bétulas, fazendo piscar dois refletores vermelhos.

Parece um par de olhos se abrindo e se fechando.

Um momento depois, a fazenda mergulha novamente no negrume.

Dois refletores vermelhos só podem significar uma coisa: as luzes traseiras de um veículo.

É melhor eu ir até lá pra ver se são as luzes da picape de Mara, ele pensa, embora no mesmo instante perceba que foi exatamente isso que Saga lhe disse para não fazer.

Ela provavelmente avistou a picape perto do arvoredo quando se aproximava da fazenda.

Karl hesita por um momento, depois volta correndo para o Porsche e tranca as portas.

Ele olha para a estrada e em direção à fazenda, depois verifica o retrovisor interno.

Os galhos balançam lentamente ao vento.

Ao longe, a floresta parece quase um breu.

Karl rechaça os pensamentos sobre a carne empilhada que sempre o aterrorizavam quando menino, e mais uma vez olha para o relógio. Agora já faz doze minutos que Saga se foi.

Ele desbloqueia o celular para ter certeza de que ainda tem bateria, mas o brilho da tela inunda de luz o interior do carro de forma preocupante, e Karl imediatamente desliga de novo. Devo ter ficado visível a centenas de metros, pensa.

Ele guarda o celular no compartimento junto à alavanca do câmbio e se lembra de quando, aos trinta e dois anos, recebeu a notícia de que seu pai havia morrido após enfrentar uma longa doença. Depois do funeral, contou à mãe sobre a ocasião em que o pai tentou comprar seu perdão com o Rolex. Karl explicou que sempre esteve do lado dela, que o pai nunca entendeu que lealdade não era algo que se pudesse comprar.

— Eu lamento ouvir isso, é uma pena — a mãe disse, deixando-se cair numa cadeira.

— O quê?

— Seu pai sempre me disse que lhe daria aquele relógio quando você fizesse dezoito anos. Muito antes de termos nossos problemas.

Pela primeira vez na vida, Karl percebeu que não tinha sido um suborno ou uma tentativa de conquistá-lo. Não havia nenhuma espécie de segunda intenção. O pai estava pensando em Karl quando comprou o relógio — e em todas as vezes que o usou desde então.

Sentado no carro, Karl imagina o rosto envelhecido do pai, os braços bronzeados e a marca branca no punho esquerdo.

Ele não sabe por que todos esses pensamentos sobre seu pai voltaram agora. Bastou uma pergunta de Saga, ou é porque está com medo?

67

Saga se move lentamente por um espaço que parece ser uma despensa. Há cinco armários de metal ao longo de uma parede, papéis pega-mosca secos pendurados na janela, uma grande banheira de zinco e pilhas de guardanapos de papel no chão de cimento.

A poderosa descarga de adrenalina de antes começa a se dissipar.

Ela tinha certeza de que ouviu alguém no corredor de areia; estava tão convicta disso que poderia ter disparado a arma contra a escuridão, mas quando acendeu a lanterna não havia ninguém.

Seu dedo tremeu no gatilho.

O som de passos rastejantes desapareceu.

Agora ela está parada em frente a uma porta estreita com um pequeno painel de vidro fosco acima de uma placa laminada que enumera todas as normas de segurança da oficina.

Estes são os domínios de Mara, Saga pensa, erguendo a Glock antes de abrir a porta.

A luz suave do céu a oeste se derrama através da fileira de janelas altas.

Sob o desguarnecido telhado de metal, há uma série de robustas pontes rolantes e uma espécie de sistema elevatório.

Saga fica imóvel e em silêncio por um momento antes de dar um passo à frente, inspecionando ambos os lados e correndo até uma bancada de aço, debaixo da qual ela se esconde.

Ao lado, dentro de uma banheira de plástico, ela nota uma máscara de proteção e um par de luvas para produtos químicos corrosivos, manchadas.

Sente-se no ar estagnado um ligeiro indício de podridão e há vários tambores grandes de plástico alinhados contra uma parede.

Agachada ao lado da bancada, Saga espia.

Diretamente abaixo da ponte rolante há uma folha de compensado coberta de sangue seco que parece ter escorrido ralo abaixo.

Uma rampa de concreto leva até uma plataforma de carga e descarga com uma abertura escondida atrás de uma grossa cortina de plástico amarelado.

Saga decide primeiro vasculhar o prédio inteiro e depois encontrar um lugar onde esperar por Mara. Em vez de tentar solucionar os enigmas da assassina, ela ligará para Joona e trabalhará com ele para preparar uma armadilha para Mara ali mesmo na fazenda.

Ela se levanta e esquadrinha o recinto com a pistola.

Completamente imóvel, Saga observa as portas. Ela se concentra primeiro naquela que dá acesso à área de serviço e à passagem areenta, depois gira cento e oitenta graus e fita a porta de madeira alcatroada do outro lado. Provavelmente leva à casa principal, ela pensa.

Desviando os olhos das portas, ela atravessa o piso em direção à cortina de plástico na abertura que dá acesso à parte mais moderna da fazenda.

Saga passa por cima de um grosso rolo de borracha e sobe a rampa até a plataforma de carga e descarga.

Do outro lado do plástico, ela consegue distinguir uma sala iluminada com vários tubos de ventilação revestidos de alumínio.

Com o ombro ela empurra a cortina, cujas tiras de plástico se soltam com um som pegajoso. Saga olha de relance para a oficina e depois passa sorrateiramente pela abertura, ajoelhando-se, e desloca a pontaria da arma do alto secador de grãos do lado de fora para uma porta entreaberta que dá para um depósito de grãos.

O tempo está se esgotando. Saga só tem nove minutos antes de Karl ligar para Joona.

Ela avança até a porta de aço aberta.

Há uma robusta barra transversal pendurada em um dos lados da estrutura.

O armazém do outro lado está vazio, com paredes altas e revestidas de metal e um chão empoeirado e atulhado de grãos espalhados.

Bem no meio do espaço há uma enorme pilha de paletes.

Saga está prestes a se virar e voltar pelo mesmo caminho quando avista algo inesperado. No chão, a cerca de cinco metros da porta, há uma matriosca, um conjunto de bonecas russas em formato cilíndrico que se encaixam uma dentro da outra.

Pela terceira vez, Karl checa se as portas do carro estão trancadas. Ele dá uma olhada pelo retrovisor lateral e observa o vento atravessar as copas das árvores, em ondas que fazem os galhos escuros balançarem contra o céu noturno.

Agora mal consegue ver a estrada atrás de si. A luz é tão fraca que o cascalho quase parece flutuar, como um rio que flui, estendendo-se ao longo de um canal estreito.

Ele olha fixamente através do para-brisa.

Os buracos na estrada se amalgamam entre si.

E se Saga não viu o carro, e se estava escondido? Isso significaria que ela não tem ideia de que Mara está em casa.

Ele olha rapidamente para o espelho lateral e depois de novo para o retrovisor interno.

Pelo vidro traseiro, a estrada logo atrás do carro ainda é mais ou menos visível. Uma raiz fez com que o chão se dobrasse para cima, irrompendo através do cascalho como um joelho.

Ele lentamente ajusta o espelho para verificar a vala atrás do veículo.

As ervas daninhas tremem, e as flores brancas do sabugueiro se arqueiam lentamente para o lado.

Karl checa rapidamente o retrovisor lateral e depois se volta para o retrovisor interno.

Por alguns segundos, tudo fica imóvel, mas então a primeira fileira de margaridas começa a oscilar. Entre os caules e a grama do prado, ele entrevê uma enorme mão.

Karl pestaneja.

É tudo coisa da sua cabeça, imaginação.

Aos doze anos ele teve encefalite, uma inflamação no cérebro que causava delírio e ataques epilépticos. A bem da verdade, as coisas que ele sentiu e vivenciou durante o pico da febre, antes de a ambulância chegar à pequena casa de veraneio em Småland, jamais o deixaram por completo.

Era tarde da noite, e ele estava sentado sozinho na frente de casa.

À luz pálida da lua, ele notou um vulto parado no limiar do bosque. Um homem feito de carne empilhada, restos de diferentes animais amontoados em cima de partes do corpo humano.

A figura tinha um pescoço grosso, uma cabeça de touro e braços humanos lustrosos e ensebados de sangue.

O homem se aproximou, acariciando o couro curtido de seu avental de açougueiro enquanto fitava a casa e inclinava a cabeça para escutar.

Karl não se atreveu a se levantar e correr para dentro. Paralisado de medo, prendeu a respiração até que seu corpo começou a tremer.

No dia seguinte, quando recuperou a consciência, estava no hospital.

Ele olha de relance para a saída da fazenda através do para-brisa e depois para o retrovisor. Estende a mão e ajusta o ângulo.

Há alguma coisa na vala, embrulhada em um tecido preto lustroso.

Seja o que for, está se mexendo lentamente, fazendo com que as ervas daninhas se dobrem para a frente.

Karl se afunda no banco do carro e tenta manter a respiração sob controle.

Eu nunca deveria ter saído do carro, ele pensa de maneira irracional, esse é o combinado.

Ele ouve algo raspar a carroceria do carro, como se unhas compridas arranhassem a pintura.

Karl prende a respiração.

Ele já não tem tanta certeza se de fato havia algo se movendo na vala. Talvez fosse apenas o vento balançando o mato.

Ele leva a mão à boca e tenta respirar sem fazer barulho por entre os dedos.

Algo bate no teto do carro.

Ele consegue sufocar um grito.

Ouve-se um som rascante, e um pombo-torcaz desliza pelo para-brisa, batendo as asas na tentativa de recuperar o equilíbrio. O pássaro anda de forma empertigada sobre o capô.

Karl olha de novo para o retrovisor interno.

No fim das contas, não há nada na vala.

Ele tenta se recompor.

Está suando em bicas, gotículas escorrendo das axilas torso abaixo.

Não há ninguém aqui, ele pensa enquanto abre a porta. O pombo-torcaz voa para longe.

Com o coração acelerado, Karl sai do carro. Ele dá a volta no veículo, verifica a vala e chuta o mato. Há um saco de lixo preto caído em meio à vegetação rasteira; ele o agarra e espia dentro. Está cheio de roupas velhas e pés de sapato que não combinam.

Karl deixa o saco onde está e começa a caminhar pela trilha de cascalho em direção à fazenda. Hoje em dia é raro que tenha medo do escuro, mas a sensação de inquietude ainda persiste dentro dele, tornando-o vigilante.

Ele sabe que precisa sabotar o carro de Mara para que ela não possa escapar.

Karl entra na trilha estreita, uma faixa de grama crescendo no meio.

Os edifícios vermelhos são escuros, colados uns aos outros, interligados.

Ele desacelera e tenta lembrar onde foi que viu a luz antes. Deve ter vindo da lanterna de Saga quando ela saía da garagem para o prédio principal.

Karl examina as tábuas de madeira na parede, os interstícios entre elas, depois volta sua atenção para o aglomerado de bétulas, consegue distinguir um tanque de grandes proporções e se aproxima.

Nesse momento, Karl avista as luzes traseiras vermelhas do veículo.

Esquadrinhando o chão, os olhos de Karl encontram um caco de vidro ao lado das lixeiras verdes. Ele o pega e se dirige ao carro.

Há várias telhas rachadas empilhadas contra um toco de árvore.

Ele passa pelo tanque de diesel e percebe que uma rede de camuflagem foi posta por sobre o veículo.

É uma picape Ford velha.

Karl tenta usar o pedaço de vidro para furar o pneu traseiro, mas a borracha é muito grossa.

Talvez haja uma faca ou uma chave de fenda na carroceria do caminhão, ele pensa, abaixando-se para afrouxar uma das correias presas a uma pedra grande.

Ele consegue dobrar um canto da rede, e centenas de moscas se enxameiam no ar.

O coração de Karl dispara.

Ele sente cheiro de cabelo queimado e de algum produto químico potente.

Na carroceria do caminhão há um enorme saco. Karl dá um passo para trás. Ele pensa ter visto algo estremecer sob a borracha preta.

68

Saga atravessa as tiras da cortina de plástico quando passa em direção à oficina e desce a rampa de concreto.

No sangue escuro e pegajoso ao redor do ralo, ela vislumbra larvas de mosca se contorcendo.

Examina com atenção as duas portas e depois avança até a mais distante, que leva à casa principal da fazenda. Uma chapa de metal xadrez cobre um buraco no chão, e os passos de Saga produzem um estranho clangor quando ela pisa.

Ela passa por cima de uma caixa de ferramentas e chega à porta, que cheira a alcatrão.

Ouve um som arrastado através das paredes.

Saga seca a palma da mão direita na calça e depois abre e fecha as mãos algumas vezes para soltar os dedos. Ela levanta a arma e respira fundo, gira a maçaneta, abre a porta e entra em um corredor escuro, onde um tapete de retalhos reveste o piso de madeira que enverga sob seu peso.

Ela deveria ter deixado seus problemas pessoais de lado e procurado Joona imediatamente.

Por que está sempre tão zangada?

Não foi uma boa ideia agir por conta própria, é muito perigoso.

A matriosca parecia encará-la, e Saga teve a sensação de que todas as bonecas menores dentro da maior também a estavam fitando.

Quando chega a uma abertura que parece ter sido talhada na madeira avermelhada por uma motosserra, Saga acende a lanterninha de Karl. Os cantos estão lascados e ásperos.

A abertura leva diretamente a uma pequena cozinha com teto baixo e janelas divididas por travessas horizontais que dão para o quintal, onde Saga vê um mastro enfeitado já meio apodrecido.

Ela mantém os olhos na porta por alguns instantes e então abaixa a pistola.

O ar recende a ranço, lixo e comida estragada, e o chão está atulhado de latas vazias: ravióli, cachorro-quente, goulash, atum, milho verde, damascos, mexilhões, bolinhos de peixe e chucrute.

No teto há uma luminária amarela e, no meio da mesa laminada cinza, uma lata de feijão aberta ao lado de um livro sobre algoritmos.

O olhar de Saga é atraído por duas fotografias no chão, embaixo do aquecedor: uma de Joona e outra, rasgada em duas, de Margot.

Um machado ensanguentado foi deixado dentro da pia.

Há um fogão com frontão de azulejos marrons, e Saga estende a mão por cima dos queimadores. Seu coração acelera quando sente que um deles ainda emana calor.

As latas vazias no chão tilintam quando ela sai da cozinha e segue para um pequeno corredor.

Uma das portas dá para o banheiro, e Saga ilumina o interior com a lanterna.

O chão, as paredes, a pia e o vaso sanitário estão imundos e cinza.

Saga sente uma corrente de ar frio nas pernas e se vira, apontando a arma para o corredor, a porta principal e a abertura para a cozinha, mas a casa está em silêncio, sem qualquer sinal de movimento.

Com o dedo no gatilho, ela recua e segue para o quarto. A persiana está aberta, e ela nota que a mesinha de cabeceira está coberta por uma espessa camada de poeira.

Saga vê a si mesma refletida no vidro de uma tapeçaria emoldurada na parede.

Na cama arrumada, a colcha bem dobrada está repleta de moscas mortas. Ninguém tem dormido aqui, isso é óbvio, ela pensa. A porta do guarda-roupa está entreaberta, e uma vespa seca no parapeito da janela balança na brisa.

Saga olha novamente para a tapeçaria na parede e sente uma onda de adrenalina correr por suas veias e os pelos de seus braços se arrepiarem.

Mara está na porta logo atrás dela. Uma figura pequena e incolor, com cabelo grisalho e rosto sujo.

Saga se lança para o lado, vira o corpo e atira, mas Mara já se foi, seus passos rápidos ecoando pelo corredor.

Saga se lança atrás dela, disparando de novo, mas é lenta demais. A bala atinge o batente da porta da cozinha, espalhando lascas de madeira e poeira pelo ar.

Em disparada pelo corredor, Saga ouve as latas no chão da cozinha batendo umas nas outras.

Ela aponta a arma para o vão da porta assim que Mara desaparece através da abertura serrada na parede, sua pistola vermelha refletindo a luz.

Saga atravessa rapidamente a cozinha e ouve a porta alcatroada se abrir.

Ela sai às pressas pela abertura na parede e chega ao corredor no momento em que a porta preta se fecha com um baque surdo.

As tábuas do assoalho estremecem sob seus pés quando ela dispara três balas que atravessam a porta.

Saga ouve o eco dos passos de Mara sobre a chapa de metal na oficina, corre em direção à porta e a abre com um puxão violento.

Mara está quase na plataforma de carga e descarga.

Saga pensa que tem de anunciar, aos gritos, que é policial, e mandar Mara parar e abaixar a arma, mas simplesmente não consegue fazer isso.

Mara se esconde atrás de um grande bloco de motor, se vira e ergue a pistola.

Saga se joga para o lado e bate a cabeça na caixa de ferramentas. Aos solavancos, consegue voltar para trás de um tambor plástico com hidróxido de sódio, e derruba um balde de sangue putrefato. O líquido se espalha pelo chão, escorrendo pela abertura ao redor da chapa de metal.

O fedor é insuportável.

Saga se vira desajeitadamente para o lado e, levantando-se, faz pontaria quando vê Mara subir a rampa de concreto.

Com a mão livre ela tenta firmar a Glock, mas ela treme tanto que a visão ainda oscila. As roldanas estão no caminho, ela dá um passo para o lado e aperta o gatilho no minuto em que o pé direito de Mara aparece em seu campo de visão.

A bala atinge a grade de metal ao redor da plataforma de carga e descarga e ricocheteia de volta oficina adentro.

Mara sai em disparada, encurvada, e Saga mira entre as omoplatas antes de atirar novamente.

O coice da arma golpeia com violência seu ombro.

Mara larga a pistola, mas já está do outro lado da cortina.

Saga continua atirando enquanto corre atrás de Mara, e as balas passam zunindo pelas grossas tiras de plástico.

Ela atravessa todo o interior da oficina e sobe a rampa até a cortina oscilante.

Saga mira novamente, tentando ler os movimentos de Mara do outro lado.

Ao ver uma sombra passar velozmente pelo piso e atravessar a porta de metal aberta rumo ao depósito, Saga avança. Ela ouve os passos rápidos de Mara no recinto espaçoso adiante.

Sem hesitar, Saga corre atrás dela, passando pela porta de metal aberta. Ela perscruta o espaço, verifica os dois lados e todos os cantos.

A matriosca caiu e está olhando fixamente para ela.

Saga aponta a Glock para a pilha de paletes no meio do piso. Não há outro lugar onde se esconder, nem outras portas; Mara não tem mais para onde fugir.

Saga caminha devagar em direção aos paletes, descrevendo um amplo arco e preparada para atirar novamente, quando a porta de metal se fecha com estrondo atrás dela e ela ouve a barra transversal sendo encaixada do outro lado.

Alguém acabou de trancá-la.

O coração de Saga bate tão forte que ela consegue ouvir o sangue rugir em seus ouvidos, mas continua se deslocando entre os paletes.

Não há ninguém ali.

Saga olha ao redor, incapaz de entender o que acabou de acontecer. Ela ouviu os passos de Mara e a viu passar pela porta. Estava logo atrás dela, e tem certeza de que checou os dois lados da sala.

Não havia esconderijo possível.

O depósito nada mais é do que chão desguarnecido e paredes lisas.

Saga contorna a passos largos os paletes, inspecionando tudo mais uma vez.

Não faz sentido.

Mara deve ter subido e se equilibrado no fino corrimão acima da porta.

Saga tenta desacelerar a respiração, limpando a boca com uma das mangas.

Karl ligará para Joona daqui a um minuto.

Não há nenhuma outra porta, nenhuma escotilha no chão.

Ela olha para cima.

Abaixo do teto, provavelmente a cerca de doze metros de altura, ela vê uma fileira de janelas, meio escondidas atrás de uma camada de teias de aranha, tão espessas que quase parecem um tule sujo.

Saga enfia a arma de volta no coldre e se vira para a montanha de paletes.

De um lado, há uma toalha imunda estendida no chão, além de uma jaqueta enrolada e uma garrafa plástica de água.

Saga se lembra da observação do psicólogo de que Mara preferia dormir no chão. Deve ser aqui que ela dorme.

Em um balde de plástico, ela vê várias aranhas mortas, as patas retorcidas.

Entre os paletes, cintilam intrincados sistemas de teias.

Algumas estão brancas de farinha.

Saga se ajoelha e enfia a mão entre os paletes. Sua mão encontra uma lata vermelha de biscoitos de gengibre, e as delicadas teias de aranha desmoronam quando ela a puxa.

Um arrepio percorre seu corpo quando Saga ouve o estampido de uma pistola lá fora.

69

Uma onda de pânico toma conta de Saga. Ela sabe que o tiro que acabou de ouvir pode significar que Karl morreu, mas, se ele ainda estiver vivo, a essa altura já deveria ter ligado para Joona.

Isso significa que Saga será encontrada ali, detida e levada sob custódia, e a promotoria de justiça iniciará as investigações.

Saga se senta no chão com a lata de biscoitos de Mara, abre a tampa e a deixa de lado. Dentro há uma folha de papel, uma página arrancada de um bloco de notas, que ela pega e examina.

Com a mão trêmula, Mara desenhou uma pilha de caveiras e ossos, embaixo da qual escreveu as palavras "Minha família".

Ao devolver o papel à lata, Saga percebe que está sentindo cheiro de fumaça.

Ela se vira e vê uma névoa azul-acinzentada penetrar pelo rodapé da porta, enrolando-se parede acima em direção ao teto.

Ela se levanta e dá alguns passos para trás, olhando para o teto.

Se o fogo se espalhar, ela não terá muitas opções.

Ela precisa empilhar os paletes de forma que consiga alcançar as vigas do telhado e subir até a fileira de janelas, antes que a fumaça se acumule em excesso lá em cima.

Uma possibilidade é quebrar uma janela e rastejar até o telhado, ir até o secador de grãos e descer pela estrutura.

Ela começa a arrastar os paletes pelo chão.

Cada um pesa cerca de vinte e cinco quilos, e Saga sabe que terá de construir uma espécie de escada para poder posicionar os paletes de cima no lugar certo.

Agora a fumaça está subindo em ondas pelo recinto, a uma velocidade tão grande que Saga tem dúvidas se terá tempo suficiente; com rapidez ela puxa mais paletes pelo chão, tentando calcular quanto da pilha original consegue manter intacta se quiser chegar ao teto.

Cada um deles acrescenta meros vinte centímetros, o que significa cinco por metro. Ela não tem certeza se haverá suficiente.

Saga começa a arrastar, levantar e empilhar paletes, construindo o primeiro nível de sua escada.

Ela trabalha de maneira veloz e metódica, e o suor logo começa a escorrer pelo peito; o esforço faz seus músculos tremerem.

Saga ergue um palete sobre os primeiros quatro degraus, balançando-o no topo da pilha, e depois desce correndo para pegar o seguinte.

Ela geme de dor. Uma lasca de madeira de uma tábua quebrada se enterrou profundamente em sua mão, e ela deixa cair o palete, o que faz uma nuvem de poeira se erguer no ar.

A lasca de madeira se aloja na parte interna do dedo indicador direito, tem cerca de cinco centímetros de comprimento, logo abaixo da pele. Ela puxa a farpa, sacode o sangue e pressiona o ferimento.

A fumaça começou a se acumular no teto.

Saga continua a deslocar paletes. Ela precisa de muitos mais antes de começar a construir o nível seguinte da escada.

Ela congela ao ouvir a porta de aço ranger. Seu pensamento imediato é que provavelmente é apenas o fogo se intensificando do outro lado, mas um instante depois ouve alguém levantar a barra transversal.

Saga pega a pistola e se esconde atrás da pilha que construiu enquanto a porta se abre. Ela percebe que está apontando a arma diretamente para o peito nu de Karl. Ele tirou a camisa e a enrolou no rosto.

— Depressa! — ele grita.

Saga corre até ele e guarda a arma de volta no coldre. Do lado de fora, o secador de grãos parece uma tocha acesa, e a estrutura de madeira desaba num monte de brasas brilhantes.

— Eu estava te procurando — Karl balbucia.

As bochechas de Karl estão cobertas de fuligem, e ele encara Saga com olhos desvairados e injetados de sangue. Os dois são atingidos por uma parede de calor, uma fumaça preto-carvão que sobe pelo transportador de correia tubular.

— Precisamos cair fora daqui! — Saga diz.

A cortina de plástico balança na brisa que alimenta as labaredas.

— Eu sei um jeito — Karl ofega.

Eles passam pelo plástico amarelado e param na plataforma de carga e descarga do outro lado.

— Meu Deus.

O fogo já consumiu quase toda a fazenda, emitindo um rugido baixo feito uma espécie de tempestade distante. As paredes de madeira da oficina estão todas em chamas, e com o calor uma das janelas altas se estilhaça, despejando uma chuva de fragmentos de vidros no chão.

— Eu vim de lá! — Karl grita, apontando para a antiga casa da fazenda.

Eles descem da plataforma e correm em direção à porta. Acima deles, o telhado de metal chia. Uma corda no sistema de polias pega fogo e a pesada roldana começa a girar.

À frente eles ouvem uma série de estrondos, o som de mais vidros se espatifando e madeiras desmoronando.

As solas dos sapatos de ambos começam a derreter enquanto cruzam a grande placa de metal.

Nesse momento, a porta preta se abre em uma bola de chamas; a rajada de ar faz com que o fogo se lance em direção a eles.

— Só tem uma saída! — Saga diz, arrastando-o de volta com ela.

Agora as treliças do telhado da oficina parecem flutuar em um mar de fogo, e uma viga cai com estrondo bem na frente deles, arrebentando a bancada e se partindo em duas em meio a uma cascata de faíscas.

Folhas de telhado tombam no chão, seguidas por traves em chamas.

Saga e Karl seguem em frente.

Saga tosse com a garganta em carne viva.

Karl perde o equilíbrio e para, apoiando-se nas coxas e cuspindo saliva preta.

— Cubra a boca e o nariz de novo! — Saga grita.

O fogo parece suspirar à medida que suga mais oxigênio, e a cada segundo que passa fica cada vez mais difícil respirar. Um lado da oficina começou a ceder às labaredas, rangendo e se curvando para dentro.

Flocos cintilantes de fuligem sobem rodopiando no ar quente.

Saga sente o calor do ar nos pulmões e puxa a camiseta por cima da boca.

O vidro da porta da área de serviço está escuro; Saga a abre e percebe que o cômodo está tomado de fumaça. Ela arrasta Karl atrás de si e fecha a porta.

Existe um risco real de explosão a qualquer momento.

Eles prendem a respiração; seus olhos ardem, e eles mal conseguem enxergar.

Saga esbarra em um banco e se vira para a direita.

A sensação de calor é intensa em seu rosto. Os papéis pega-mosca começam a murchar em pequenas bolas, e os armários de metal estalam.

Na oficina atrás deles, os tambores com produtos químicos começam a explodir. Cada explosão atinge a porta como um aríete.

O coração de Saga está mais acelerado do que nunca. Ela precisa respirar, sair pela garagem.

A porta para a passagem arenosa está fechada.

Karl cai de joelhos atrás dela.

Saga estende a mão, mas a maçaneta queima sua palma.

Ela ofega, os pulmões extenuados.

Saga dá um passo para trás e acerta um pontapé na porta, ciente de como isso pode ser perigoso.

A extremidade da passagem arenosa já está em chamas, mas dentro de alguns segundos, quando os gases pegarem fogo, a área de serviço atrás deles se tornará um crematório.

Eles precisam sair para a garagem através do túnel em chamas antes que seja tarde demais.

Karl cambaleia atrás de Saga.

Ela luta contra a ânsia de respirar, sua garganta está apertada, e a pressão em sua cabeça aumenta.

Ouve-se um rugido repentino, e a porta à frente se abre de supetão, arrancada das dobradiças por uma bola de fogo que vem da garagem.

Aos tropeções, eles recuam sob uma chuva de lascas de madeira ardentes.

O equipamento agrícola range e se deforma no calor infernal.

Atrás deles, ouve-se um forte ruído, e a área de serviço irrompe em chamas.

Antes que suas últimas forças a abandonem, Saga se arremessa na parede em chamas da passagem, batendo o ombro nas tábuas.

Cercada por madeira incandescente e brasas brilhantes, ela se precipita violentamente para o quintal, caindo no chão e rolando para longe.

Trôpego, com o cabelo em chamas, Karl se arrasta atrás dela.

O rosto dele está manchado de fuligem, suas narinas enegrecidas.

Saga apaga o fogo nas pernas e depois se levanta, tossindo e tentando puxar o ar.

A última janela da garagem estala e se despedaça.

Karl passa a mão preta na cabeça, cai de joelhos e vomita.

O calor derreteu as lixeiras verdes de plástico.

Uma das portas do celeiro se solta, cai no chão e incendeia a grama alta da campina, no momento em que a passagem inteira desaba.

Brasas brilhantes sobem rodopiando céu noturno adentro.

Saga tenta pôr Karl de pé.

O forte cheiro de fumaça se mistura com o cheiro de diesel.

O fogo ilumina o limiar da floresta, fazendo tremer as sombras das bétulas.

Nesse exato instante, Saga percebe o buraco de bala no tanque cor de ferrugem. Uma grande poça de diesel derramou-se no chão à frente.

— Karl! A gente precisa sair daqui! — ela grita, arrastando-o atrás dela.

Sem olhar para trás, eles fogem dos prédios da fazenda. Chegam à trilha de cascalho quando uma fagulha de brasa inflama os vapores do diesel. Em menos de um segundo, o fogo parece ser sugado pela poça de combustível e ter escalado para o tanque.

A explosão é ensurdecedora, e fragmentos de metal deformado voam pelo ar.

A onda de choque empurra Saga e Karl para trás e os joga à força no chão enquanto um cogumelo de fogo sobe ao céu.

Engolfadas pelas chamas, as árvores mutiladas caem ardendo.

Com os ouvidos zunindo, Saga rasteja pela trilha e puxa Karl para dentro da vala.

A garagem e a oficina desabam, fumaça e línguas de fogo enchem o ar, vigas se partem e o metal corrugado se rasga em dois. O edifício de metal que faz as vezes de galpão de armazenamento é o único que ainda está de pé. A fumaça preta se lança pelo céu escuro, e o mastro, antes enfeitado, desaba no chão do quintal e é reduzido a cinzas.

70

Joona ejeta o disco rígido do computador e desconecta o cabo. Ele se levanta da escrivaninha, abre as persianas do escritório e fita o parque. As folhas densas das árvores obscurecem as trilhas e os edifícios abaixo.

Quando falou com Manvir mais cedo, Joona teve a sensação de que o colega estava mentindo ou escondendo algo ao lhe contar sobre a busca e apreensão no apartamento de Saga.

Eles encontraram dois dos três discos rígidos que ela havia retirado ilegalmente da clínica psiquiátrica em Ytterö. Mas o que não encontraram, além do terceiro disco rígido, foram os diários manuscritos do psicólogo.

Joona acabou de assistir aos vídeos apreendidos, e esfrega a boca.

Assim que foi internada na clínica, Mara Makarov estava tremendamente confusa e transtornada, dizendo coisas desconexas, mas aos poucos, sessão após sessão, foi fazendo um relato cada vez mais coerente.

De início Mara alegou que a KGB estava por trás do sequestro e aprisionamento de sua família, mas após se deparar com a única imagem impressa de Jurek Walter existente, ela se deu conta de que era ele o capitão do barco.

A última sessão do segundo disco rígido terminava com uma cena em que Mara, inclinando-se para a frente e olhando Sven-Ove Krantz diretamente nos olhos, dizia com voz calma e serena:

— Se você não vai me deixar sair daqui, precisa dar um jeito de contar a Saga Bauer que a situação é séria, que a minha família inteira vai morrer...

Joona se recosta e se lembra da conversa de Saga com Susanne Hjälm após o incidente no Núcleo de Ioga Biondo. Usando o medo para quebrar a psique de Susanne, Jurek detalhou como localizava as pessoas que o traíam e exterminava suas famílias como punição.

Saga perguntou se alguma vez ele a ameaçou diretamente, e Susanne simplesmente repetiu o que ele dissera sobre um diplomata russo que planejava retornar à Suécia depois de se aposentar, reunindo a família para comemorar seu aniversário de setenta e cinco anos. Jurek estaria à espera, trancaria todos em um bunker e depois os enterraria vivos, um após o outro.

Um diplomata russo, foi o que Susanne dissera.

Joona toma um gole de água, senta-se na beirada da escrivaninha, pega o celular e liga para o amigo Nikita Karpin.

A sala está silenciosa enquanto ele ouve o aparelho tocar.

Durante trinta anos Karpin trabalhou para a KGB e ganhou reputação como o maior especialista russo em assassinos em série. Formalmente ele deixou a agência, mas foi submetido a uma investigação secreta e se tornou uma pessoa extremamente cautelosa.

A Rússia pode até dar a impressão de que é governada de cima para baixo, afrontosamente imutável, mas a verdade é que, sob a superfície, vem sendo travada uma luta turbulenta pelo poder. Inimigos declarados e falsos amigos trocam de lugar, alianças profanas são rompidas, e o equilíbrio de forças muda abruptamente, várias e várias vezes.

Nikita está agora com setenta e cinco anos, e finalmente alcançou uma posição de poder político. Ele acaba de ser nomeado o novo chefe do FSB, o Serviço Federal de Segurança Russa.

— Você de novo? — Karpin resmunga, sem se preocupar com nenhuma formalidade.

— Já se passou uma década.

— E o que você quer dessa vez?

— Parabéns pela promoção.

— Parabéns pelas unhas cor-de-rosa.

— Seus agentes são minuciosos. — Joona sorri.

— Obrigado.

— Achei que poderia falar ao telefone, agora que é chefe do FSB.

— As pessoas não falam ao telefone na Suécia?

— Presumo que você já saiba que estou caçando uma assassina em série, Mara Makarov.

— Sim, andei investigando isso. Ela é neta de Alieksiêi Fiódorovitch Gurkin. Ele foi diplomata na nossa embaixada em Estocolmo durante muitos anos, e regressou à Suécia para celebrar o aniversário com a família.

— Houve um acidente de barco.

— Após alguma pressão diplomática, a investigação foi entregue à Rússia, e as identidades dos nossos cidadãos foram mantidas em sigilo.

— Mas nove passageiros morreram — Joona diz, estremecendo diante de sua própria constatação.

— Excelente dedução.

— Prossiga, por favor.

— Este não é o tipo de informação ao qual a Unic ou a Polícia de Segurança sueca tenham acesso, mas Alieksiêi Gurkin visitou Jurek Walter no Hospital Löwenströmska.

— Suspeitei de algo nesse sentido — Joona diz.

— Eles tiveram um longo e amigável bate-papo, que terminou com o pedido de Jurek à Rússia para que pressionasse a Suécia no sentido de tirá-lo da ala de isolamento. Ele alegou que esse regime violava seus direitos humanos, e assim por diante. Porém, em vez de ajudar Jurek, Alieksiêi Gurkin recomendou que o embaixador enterrasse o caso... o termo é bastante apropriado.

Os dois homens encerram o telefonema de maneira tão pouco sentimental quanto começaram, Nikita reclamando sobre o quanto as pessoas desperdiçam seu tempo.

Joona se senta à escrivaninha para refletir sobre Mara. Ela não tinha uma doença mental. Estava dizendo a verdade o tempo todo, mas como todas as informações referentes a Jurek eram ultrassecretas, parecia que ela estava sofrendo de delírios paranoides.

A mídia noticiou o trágico acidente no arquipélago de Estocolmo, relatando o temor de que todos os cinco membros suecos da família Makarov tivessem morrido, mas ninguém jamais mencionou os passageiros russos, porque faziam parte do material sigiloso em torno do caso.

Na verdade, nove pessoas perderam a vida. É por isso que a arma de Mara continha nove balas quando ela deu início à sua matança.

No fatídico dia, o avô que organizou a viagem para comemorar o aniversário de setenta e cinco anos acabou não embarcando. Recém-

-diagnosticado com a doença de Parkinson, o balanço do barco piorava seus sintomas. O plano era que toda a família se reunisse para jantar naquela noite, no Grand Hôtel, em Estocolmo.

Pouco depois do acidente, Alieksiêi Fiódorovitch Gurkin regressou à Rússia, onde viveu sozinho durante quase um ano antes de sair para a floresta e apontar uma arma contra si mesmo.

O padrão é bem conhecido.

Joona faz uma pesquisa pelo nome Gurkin. Encontra um resultado inesperado, levanta-se da escrivaninha e sai da sala. Ele caminha pelo corredor, passa pela nova sala de descanso e entra na grande sala de reuniões onde está guardado todo o material relacionado ao caso. Alguém afixou fotografias de Saga na parede, ao lado das imagens de Mara.

— Você descobriu alguma coisa com os vídeos? — Greta pergunta.

— Eu sei por que Mara odeia a polícia.

— E você especificamente? — Petter indaga.

— A mesma razão pela qual Saga odeia você e a polícia — Manvir opina, olhando novamente para a tela do computador.

— Embora eu não ache que ela sinta isso — Joona responde.

— Já sabemos que Saga tem um trauma não resolvido ligado a Jurek Walter, mas qual é a ligação com Mara Makarov? — Greta pergunta. — Mara leu o artigo sobre Jurek no *Expressen* e, de repente, a KGB já não era responsável pelo sequestro da família dela, ele era. Tudo parece uma fantasia maluca.

— Eu ia chegar nisso. Falei com uma de minhas fontes, e…

— O quê? Você também tem uma fonte secreta agora? — Petter o interrompe com um sorriso.

— E ela me deu informações sugerindo que Jurek tinha um motivo robusto pra sequestrar toda a família de Mara.

— Certo… — Manvir suspira.

— Jurek queria se vingar do avô de Mara, Alieksiêi Fiódorovitch Gurkin, que era diplomata da embaixada russa em Estocolmo enquanto Jurek estava encarcerado na ala de isolamento no bunker do Löwenströmska.

— Por quê? O que ele fez? — Greta quer saber.

— Isso não é relevante agora. Acabei de encontrar uma fazenda que pertencia ao filho dele, Vadim, antes de ele morrer junto com a família de Mara no acidente de barco.

— Onde fica? — Manvir pergunta.

— Nos arredores de Västerhaninge.

— Houve um incêndio de grandes proporções lá ontem à noite — Petter diz.

— Então eu acho que acabamos de encontrar o esconderijo de Mara — Joona declara, dando meia-volta e saindo da sala.

Saga pegou emprestada uma camiseta com uma foto da banda Duran Duran na frente, e a usa como vestido enquanto suas roupas sujas giram sem parar dentro da máquina de lavar de Karl Speler. Ela tem curativos esterilizados no ombro e na mão, esparadrapos nos cortes nos joelhos e na coxa direita, e seus braços e pernas estão cobertos de arranhões e hematomas.

Tomando café, ela lê no celular de Karl notícias sobre o incêndio nos arredores de Västerhaninge.

Os ouvidos de Saga zuniam enquanto ela e Karl corriam em direção ao carro após a explosão. Uma pedra caiu em cima do capô, deixando uma profunda cratera no metal.

Eles ouviram as primeiras sirenes poucos minutos depois de darem a partida, e Saga se pegou conjecturando se ainda estaria viva se não tivesse escapado do recinto repleto de paletes.

Ela quis levar Karl ao pronto-socorro, mas ele se recusou, convencido de que o associariam ao incêndio na fazenda.

O carro fedia a fumaça e a cabelo queimado.

Karl explicou que avistou o reflexo de duas luzes traseiras de um automóvel na borda das árvores e que, quando se aproximou para olhar mais de perto, encontrou a picape de Mara debaixo de uma rede camuflada.

— Não sei se eu estava apenas imaginando coisas — ele disse, tossindo. — Mas tenho quase certeza de que havia um saco enorme na caçamba da picape, e achei que estava se mexendo. Achei que poderia haver alguém dentro... Sabe, como você mencionou... Aí entrei em pânico. Eu disse a mim mesmo que precisava ligar pra Joona, mas então percebi que meu celular ainda estava no carro; voltei correndo, e ouvi um disparo. Não consegui encontrar as chaves, é claro, parecia um filme de terror dos anos 1980, sabe? Eu estava revirando todos os bolsos quando a picape de Mara parou na estrada e eu comecei a correr de volta, então vi que o ar estava claro acima da fazenda. Foi quando me dei conta de que era um incêndio e precisava encontrar você...

Eles foram até uma farmácia vinte e quatro horas e compraram compressas de gaze esterilizadas e gel para tratamento de queimaduras, depois voltaram para a casa de Karl, devolveram o Porsche danificado à garagem e desceram até o porão, onde cuidadosamente se limparam e ajudaram um ao outro a tratar os piores ferimentos e queimaduras.

Às três da manhã, serviram dois uísques, engoliram alguns analgésicos, deram-se boa-noite e foram dormir.

Saga pousa a xícara de café e limpa a boca com um guardanapo de papel que veio com alguma embalagem de comida para viagem. Karl está usando um roupão cor de vinho com forro de seda, e cantarola para si mesmo enquanto frita ovos e prepara torradas. No seu couro cabeludo restam apenas alguns fios de cabelo chamuscado, e o mostrador de seu Rolex está quebrado.

Saga continua vasculhando a internet e encontra uma matéria que acaba de ser publicada no site do jornal *Aftonbladet*. No texto, o jornalista escreve sobre a caçada a um serial killer, faz referência a fontes confiáveis no âmbito da força policial e acrescenta que o principal suspeito é um ex-agente não identificado da Polícia de Segurança. Claramente alguém deu uma dica genuína ao autor da matéria, que, no entanto, não conseguiu descobrir mais informações. O jornalista tenta insinuar que um detetive superintendente da Unic concordou em dar uma entrevista, mas fica óbvio que, fosse quem fosse, na verdade se recusou a comentar o caso. Na falta de detalhes concretos, a matéria fornece um breve histórico dos assassinos em série suecos, com diversos links para matérias semelhantes publicadas no passado.

Isso não é nada, Saga pensa consigo mesma, embora saiba que em breve a notícia se tornará um escândalo. Em pouco tempo, o nome e a foto dela estarão em toda parte.

Depois de comerem, Saga deposita a roupa lavada na secadora e ajuda Karl a raspar o restante do cabelo.

— Eu sinto muito pelo seu Rolex — ela diz.

— Não faz mal, de qualquer forma eu odiava essa merda. Mas meu cabelo... Eu tinha um cabelo bonito.

— Você ficou bem assim também — ela mente.

Ele varre a última mecha de cabelo, esvazia a pá de lixo dentro do vaso sanitário e dá descarga. Eles voltam para o bar e se servem de mais café.

— Então, o que fazemos agora? — Karl pergunta.

— Não sei. Tive a chance de parar Mara, mas fracassei — Saga responde. — Ela foi rápida demais, eu não consigo entender.

— Você não acha que talvez já seja hora de dar um fim nisso?

— No quê?

— Não é hora de ligar para Joona e se entregar? — Karl pergunta, com a voz séria.

— Não sei...

— Eu realmente acho que sim.

Saga leva o celular de Karl para o museu e se detém diante de uma vitrine. Do lado de dentro, vê o formulário de quando foi internada na unidade de segurança máxima do Hospital Löwenströmska e respira fundo antes de fazer a ligação.

Saga segura o aparelho no ouvido enquanto aguarda, parada sob um foco de luz que entra por uma das janelas altas no teto.

— Joona Linna.

— Sou eu, Saga.

— Que bom que você ligou.

Ela ouve o vento estalar na linha quando ele atravessa algum tipo de superfície quebradiça.

— Eu não fiz nada do que vocês estão dizendo, não estou envolvida nos assassinatos.

— Nunca achei que estivesse.

Os olhos de Saga se enchem de lágrimas; ela engole em seco e ouve a paisagem sonora ao redor de Joona mudar, a porta de um carro batendo com força.

— Eu estou em Västerhaninge — Joona continua. — Houve um incêndio numa fazenda, e a perícia encontrou cápsulas de bala que podem ter sido disparadas por sua Glock.

— Joona, eu... eu só estava tentando deter Mara. Eu tentei, mas falhei.

— Você precisa se entregar, Saga. Já falei com Morgan, chegamos a um acordo sobre como vai ser feito. Eu disse a ele que você vai se entregar a mim e a mais ninguém... Vou te levar pessoalmente de carro para a sede da polícia, entramos pelo acesso dos funcionários, e aí poderemos nos sentar em uma sala de interrogatório sem que seu nome acabe no sistema.

— Tá legal.

— Você vai ter que pôr todas as cartas na mesa — ele explica. — Há muitas perguntas, mas todos estão dispostos a ouvir. Vai ficar tudo bem.

— Se você está dizendo.

— E assim que tivermos esclarecido tudo, você e eu poderemos continuar investigando juntos.

— Obrigada — ela sussurra.

— Eu sinceramente acho que esta é a melhor coisa que você pode fazer agora.

— Eu te aviso a hora e o local — ela diz, encerrando a ligação.

71

Na colina atrás do Instituto Real de Tecnologia, o Centro Universitário AlbaNova é uma iniciativa conjunta focada no estudo da física, astronomia e biotecnologia. O moderno campus foi construído no local do antigo Hospital de Isolamento Roslagstull, e vários dos antigos edifícios do hospital foram incorporados à planta e permanecem em uso.

Compridos e baixos, os edifícios estão organizados em blocos simétricos em torno de uma rede de ruas estreitas, com fachadas amarelo-ocre, beirais cor de açafrão, altas chaminés de tijolos e janelas cegas em ambas as extremidades.

Do céu plúmbeo cai uma chuvinha fina; nuvens escuras pairam sobre a área.

Manvir sai do carro e abre a porta traseira para desafivelar o cinto de segurança da filha. Sua esposa está de plantão hoje, e horas antes teve de atender a uma emergência na clínica cardíaca do Hospital Sankt Göran.

Em rigor, a vaga onde Manvir estacionou é reservada ao pessoal da universidade, mas ali ele terá o carro à vista o tempo todo.

— Você quer um guarda-chuva? — ele pergunta.

— Não preciso — Miranda responde.

Ela abotoa o pequeno sobretudo e ajeita as tranças, deixando-as cair sobre os ombros enquanto caminham.

O campus está deserto a essa hora do dia.

O asfalto refulge entre os edifícios, a grama e as árvores.

Com apenas seis anos, Miranda é a mais jovem integrante do curso de verão da Casa da Ciência, em que jovens podem realizar experimentos, assistir a palestras e discutir tecnologia e ciências naturais.

— Hoje vamos projetar coisas estranhas pra impressora 3-D — ela diz ao pai. — E depois vamos fazer ésteres no laboratório.

— O que você sabe sobre ésteres?

— Eles surgem quando o álcool reage com ácido — ela responde.

— Mais ou menos. E onde você os encontra?

— Em doces com gosto de abacaxi e banana.

— E nas ligações que mantêm o DNA unido — ele diz.

— Ah, sim, eu sabia disso.

Eles passam por um pequeno parque com alguns bancos e param do lado de fora do prédio.

— Ouça o que seu professor diz, tenha cuidado no laboratório e não saia do prédio se não me vir aqui — Manvir instrui a filha, abaixando-se para lhe dar um beijo na testa.

— Papai, não fume enquanto espera por mim — ela diz, olhando para ele através das gotas de chuva nos óculos.

— Eu não vou fumar. Isso só aconteceu uma vez. Vou para casa.

O coordenador do curso destranca a porta, cumprimenta Miranda e a deixa entrar. Através do vidro, Manvir observa a filha desaparecer no corredor.

Ele começa a voltar para o carro, seus passos ecoando suavemente entre os prédios. A chuva diminuiu um pouco.

À exceção de Joona, todos na Unic agora estão convencidos de que Saga Bauer está diretamente envolvida nos homicídios. Eles já não têm dúvidas de que ela trabalha com Mara Makarov, mas por alguma razão Morgan Malmström ainda está relutante em emitir um alerta nacional.

É provável que ele esteja apenas preocupado com a péssima repercussão junto à opinião pública. Mas o que exatamente está impedindo Joona?, Manvir se pergunta.

Saga afirma que é a única pessoa capaz de salvar Joona, mas na verdade ela está planejando matar a ele e a qualquer outra pessoa que tenha a menor responsabilidade pelo que aconteceu com sua família.

As evidências contra ela são acachapantes. Suas impressões digitais foram encontradas na estação de Kymlinge; seus fios de cabelo na igreja; em sua moto havia vestígios de soda cáustica; e pelos da crina do cavalo de Margot em uma de suas mochilas.

Além disso, Saga fez uma denúncia anônima contra Stefan Broman e, de acordo com os analistas da cena do crime, tentou eliminar qualquer vestígio de si mesma da casa de massagens onde ele foi atacado, mas deixou para trás uma pegada ensanguentada na parede. Saga confessou a outro cliente que havia matado Stefan, e os peritos encontraram balas e cápsulas compatíveis com sua pistola de serviço entre as ruínas da fazenda incendiada, lugar que tinha ligações com a família de Mara Makarov.

Por que Joona não consegue ver o que todo mundo vê? Por que ajudou Saga e lhe enviou fotos da última estatueta, desrespeitando uma ordem?

Ele está apaixonado por ela? Está sendo chantageado? Será que também está envolvido?

72

Joona está em seu apartamento no último andar no edifício Corner House; acima dos telhados de Estocolmo, molhados de chuva, o céu está cinza de ponta a ponta.

Horas antes, Randy ligou de seu número privado e disse a Joona que havia encontrado uma anotação da antiga divisão de segurança da Unic, feita dois meses depois de Mara Makarov receber alta de Ytterö.

A faxineira de uma empresa terceirizada, contratada pela divisão de segurança, havia entrado no arquivo para limpar. Apesar de não fazer parte de suas atribuições, ela esfregou o chão e as prateleiras do cofre onde estava guardado todo o material de Jurek Walter. O caso foi entregue à Polícia de Segurança, mas jamais conseguiram localizar a mulher. O chefe dela na empresa não conseguia explicar o fato de que nunca a contrataram formalmente, tampouco o porquê de não terem ideia de como ela era.

Uma súbita crise de enxaqueca interrompe a visão de Joona por alguns segundos; ele prende a respiração e fica completamente imóvel.

Quando sua visão retorna e a dor se reduz a uma picada de alfinete e desaparece, a testa de Joona está fria, úmida e pegajosa.

Ele se apoia na parede enquanto cambaleia até o banheiro, abre a gaveta de cima e, com a mão trêmula, pega uma cartela de Topiramato.

Foi apenas uma breve crise, e ele não pode se dar ao luxo de sua mente ficar minimamente entorpecida agora.

Joona guarda a embalagem do remédio de volta na gaveta e vai até a cozinha para preparar o jantar. A ideia é saltear salame, ervilha, tomate-cereja, alho e pimenta e depois misturar com espaguete, rúcula e manjericão fresco.

Joona gostaria que Valéria estivesse aqui agora, que ele não a tivesse decepcionado. Gostaria que estivesse sentada à mesa de jantar, conversando com um leve sorriso enquanto ele cozinhava.

Ele pega o celular e digita o número dela, a inquietação aumentando a cada toque, até que, enfim, a mulher atende.

— Sou eu — ele diz.

— Amor? — ela responde, quase sussurrando.

Os olhos de Joona se enchem de lágrimas. É a primeira vez que ela o chama assim desde que ele a abandonou no restaurante.

— Você estava dormindo? — ele pergunta, engolindo em seco.

— Não, eu estava ouvindo um audiolivro.

— Como você está?

— Estou bem, só uma leve dor nas costas. Hoje plantei vinte e cinco tuias lá em Moraberg... Foi uma longa viagem de carro, passei por Södertälje, por...

— Eu sei onde fica Moraberg.

Joona a ouve se levantar e ir até a cozinha; embora saiba que deveria convidá-la para jantar, ele simplesmente não consegue.

— Correu tudo bem na Alemanha? — ela pergunta.

— Sim, foi tudo bem, na verdade.

— Como você está?

— Estou bem.

— Você já comeu?

— Eu ia começar a fazer o jantar.

Ouve-se um estalo quando ela tira a rolha de uma garrafa de vinho meio vazia, seguido por um leve gorgolejo enquanto enche uma taça.

— Eu queria pedir desculpas de novo — Joona diz.

— Não precisa.

— Não toquei em drogas desde a última vez que conversamos, não senti vontade...

— Que bom.

— E eu prometo que...

— Joona — ela o interrompe com a voz suave.

— Você estava certa.

— Eu sei dessa necessidade que você tem de sentir que a sua escuridão pessoal está ligada à de Jurek. Ao que ele disse pra você no telhado, as últimas palavras dele...

— É difícil de explicar.

— Se você realmente quer se libertar, então talvez precise deixar vir à tona o que ele te disse.

— Sempre senti que não tenho forças pra repetir o que ele falou — Joona alega, respirando fundo. — Mas volta e meia eu o ouço sussurrando em meu ouvido.

— Você sabe que Jurek não pode definir quem você é, não é?

Zanzando pelo apartamento, Joona entra no quarto, vai até a janela e fita a rua escura lá embaixo.

— Nos últimos tempos comecei a sentir vontade de guardar as palavras dele dentro de mim por mais algum tempo — ele admite.

— Isso não me parece nada bom.

— Talvez porque isso me dê a dureza da qual vou precisar nos próximos dias.

Joona a ouve bebericar um gole do vinho e apoiar a taça sobre a mesa.

— Você tem vinho, eu tenho macarrão...

— Deveríamos nos encontrar — ela diz.

— Por que você não vem pra cá?

Através da parede, ouve-se o fraco chiado do elevador.

— Já deu pra perceber que esse caso está exigindo muito de você, então não precisa se preocupar comigo, eu vou ficar bem — Valéria diz. — Faça o que tiver de fazer, mas se lembre de que você precisa do seu coração, não da dureza.

— Espere um minuto — ele diz ao ouvir o barulho do elevador parando em seu andar.

— Tenha cuidado, não posso perder você — ela continua.

— Nunca.

— Você está me ouvindo?

— Te ligo de volta em breve — Joona diz ao ouvir alguém do lado de fora da porta.

Joona desliga o telefone, pega a pistola em cima da mesa e atravessa correndo a sala de estar. Chega ao corredor bem quando a campainha toca; ele solta a trava de segurança da arma e a abaixa ao lado do corpo enquanto abre a porta.

No instante em que as portas do elevador se fecham, ele vê de relance um homem com uniforme de entregador.

O homem deixou um pequeno pacote no chão junto à porta do apartamento.

Joona pega o pacote e o carrega até a mesa da cozinha; em seguida, liga para a central. Ao arrancar a fita do papelão, ouve o estalo do viva-voz.

— Rosanna Björn — a policial de plantão atende.

— Aqui é Joona Linna, temos um novo pacote. Chegou ao meu apartamento há cerca de vinte segundos.

— Você precisa que enviemos o esquadrão antibomba?

— Não, estou abrindo agora.

— Estamos de prontidão.

Ele a ouve entrar em contato com o comando regional em outra linha.

Joona abre a tampa da caixa e desembrulha a primeira camada de papel de jornal amassado, seguida por uma bola de papel mais grosso dentro.

Ele segura entre o indicador e o polegar a pequena estatueta, examinando atentamente o rosto.

— É Manvir Rai, a estatueta representa Manvir Rai! — Joona diz à policial. — Vou ligar pra ele agora. Mande todos os carros da região pra casa dele; é urgente!

Ele encerra a ligação e disca o número de Manvir, alisando a folha de papel interna da caixa enquanto ouve o toque do telefone.

É uma página arrancada de um livro, um texto arcaico sobre mitologia nórdica escrito por um bispo chamado Olaus Magnus. No meio dela há uma xilogravura de Odin e sua esposa Frigga, a rainha dos deuses, usando vestido longo, capuz e empunhando espada e arco.

Quando a chamada está prestes a ir para a caixa postal, ele ouve um clique.

— Joona? — Manvir atende.

— Onde você está? Preciso saber onde você está agora.

— Em casa...

— Você é a próxima vítima. Tranque as portas, estamos a caminho.

— Espere, o que você acabou de dizer?

— Você está com sua pistola?

— Claro — Manvir responde. — Greta e Petter também estão aí?

— Não, eu estou no meu apartamento, o pacote foi entregue aqui — Joona explica, e pensa com seus próprios botões que a voz de Manvir soa estranha.

— E você tem certeza de que sou eu? — ele pergunta.

— Sim, tenho. Você trancou as portas?

— Sim, mas espere. Como é o embrulho? Me conte sobre o enigma...

Há algum tipo de interferência na linha, e Joona ouve um som forte e acelerado, seguido de alguns cliques rápidos.

— Estou olhando agora — Joona diz, alisando o papel de jornal amarrotado. — Tem uma página de jornal, uma matéria curta sobre a mudança do nome da Arena Globen para Arena Avicii.

— Só estive lá uma vez, pra uma celebração do Dia de Santa Luzia, mas não...

— Seguindo em frente — Joona o interrompe. — Avicii cresceu em Östermalm e está enterrado no cemitério em torno da igreja Hedvig Eleonora. Ele...

— Não é isso, não é isso.

— Certo, no verso há parte de um artigo sobre a Colonial Pipeline, uma operadora de oleodutos norte-americana, pagando cinco milhões de dólares a um coletivo de hackers chamado Darkside — Joona continua a falar, saindo para o corredor.

— Isso não significa nada para mim.

— Você tem um banheiro no andar de cima, não tem? — Joona pergunta, pelejando para ajustar o coldre e vestir a jaqueta. — Vá até lá e entre na banheira. Deite-se o mais baixo que puder, com a arma apontada para a porta, e fique lá até...

— Certo, eu entendi — Manvir diz.

Joona pega as chaves e sai correndo do apartamento; ainda segurando o celular no ouvido, tranca a porta e desce as escadas.

73

Manvir leva o cigarro aos lábios e ouve o estalar do tabaco ao dar uma profunda tragada. Com o coração acelerado, ele está sob a marquise nos fundos do prédio do laboratório, ouvindo pelo celular os passos rápidos de Joona nas escadas. A leve garoa forma esferas enevoadas sob o brilho dos poucos postes de luz, e as gotas do telhado batem contra um velho saco plástico no chão.

— O que está acontecendo? — ele pergunta.

— Estamos indo até você.

— Quem?

— Todo mundo disponível. Devo avisar que a ligação pode cair quando eu entrar no estacionamento.

Convencido de que Joona vinha agindo em conluio com Saga, Manvir automaticamente se viu mentindo quando o colega perguntou onde ele estava, e depois disso não teve escolha a não ser manter a mentira. Ele nunca volta para casa enquanto Miranda está no curso porque odeia o homem que se torna quando fica sozinho. Ele não consegue parar de vasculhar o computador, as bolsas e as roupas da esposa em busca de qualquer sinal de infidelidade. Manvir tem medo de que esse lado irracional e ciumento destrua seu casamento, e ainda assim a situação vem ficando cada vez pior.

— O que mais havia na caixa? — ele pergunta, engolindo em seco.

— Uma página de *Uma descrição dos povos do norte*, de Olaus Magnus — Joona responde. — Trata da antiga mitologia nórdica, e há uma foto de Odin e Frigga.

— O texto menciona algum lugar específico? — Manvir pergunta, cada vez mais inquieto.

— Não.

— Tem de haver alguma coisa...

— Espere, espere, estou começando a entender o modo de pensar dela — Joona responde. — Acho que Mara Makarov está planejando te matar em frente à Casa da Ciência.

— Por que você acha isso? — Manvir pergunta em voz baixa.

— Faz sentido... De acordo com a mitologia nórdica, Vênus é a estrela de Frigga, e há uma representação de Vênus lá, parte de um modelo em escala espalhado por todo o país, o Sistema Solar da Suécia.

Os olhos de Manvir examinam o asfalto molhado, e se detêm quando alcançam a esfera cinza-concreto sobre um pedestal no meio do pequeno parque.

A pesada porta de metal se fecha com um baque violento que ecoa atrás de Joona enquanto ele desce correndo as escadas até o estacionamento.

— Neste momento, Miranda está num curso de verão na Casa da Ciência — Manvir diz.

— Certo, vamos providenciar...

— Alô? Joona? Na verdade, eu estou...

— Eu te ligo de volta — Joona diz, percebendo que a conexão está prestes a cair.

Ele corre até o carro, pula ao volante e dá marcha a ré para sair da vaga. Cantando os pneus, sobe a rampa e para de chofre enquanto espera as portas se abrirem. Um momento depois, atravessa a calçada, ignorando o semáforo vermelho, e vira à direita na rua Sveavägen.

Ele tenta ligar para Manvir, mas a ligação cai na caixa postal após oito toques.

Manvir estará seguro em casa, Joona pensa. Os primeiros carros de patrulha devem chegar lá nos próximos minutos.

Agora Joona pisa fundo de verdade.

Pode ser que a caçada se encerre em breve.

Ele tem quase certeza de que solucionou o enigma.

A primeira peça do quebra-cabeça foi a Arena Globen — ou Avicii —, que representa o Sol no Sistema Solar da Suécia, o maior modelo em escala desse tipo existente no planeta.

A miniatura da Terra está localizada no Museu Naturhistoriska; Júpiter é um anel luminoso no Aeroporto de Estocolmo-Arlanda, e o modelo do planeta-anão Sedna está num parque em Luleå, a oitocentos e dez quilômetros da capital.

A segunda parte do quebra-cabeça era a xilogravura da deusa nórdica Frigga.

O planeta Vênus era considerado a estrela da deusa-mãe, e o modelo de Vênus está num parque na entrada da Casa da Ciência.

Joona vira à direita, entra no corredor de ônibus e acelera.

Pequenas gotas de chuva batem feito tachinhas no para-brisa.

Todos os outros estão a caminho da casa de Manvir, mas Joona decide ir ao local onde Mara planeja matá-lo.

Manvir não conseguiu acompanhar direito a lógica de Joona, mas entendeu o suficiente para saber que Mara Makarov decidiu matá-lo no lugar onde ele se encontra agora.

Ele deixa cair o cigarro junto à parede e corre pela faixa gramada a fim de pegar Miranda na Casa da Ciência e voltar para casa.

A porta está trancada. Ele bate no vidro e espia lá dentro, dando pancadas mais fortes e se deslocando ao longo da fileira de janelões.

Ele se vira e sente um solavanco de pânico ao notar que uma picape enferrujada com um guincho elétrico está estacionada atrás de um dos antigos prédios do hospital, à direita.

— Meu Deus — ele sussurra, virando-se para o outro lado.

Manvir continua contornando a Casa da Ciência, e começa a correr quando chega ao gramado na extremidade do prédio, atravessando a rua estreita e se dirigindo ao Instituto Nórdico de Física Teórica.

Ele se detém, sem fôlego, de costas para a parede. Suas pernas tremem e ele respira com dificuldade pelo nariz, ofegante.

Mais adiante, várias caixas de papelão foram deixadas na chuva, do lado de fora do prédio do instituto.

Manvir tenta pensar com clareza e conclui que precisa se esconder ou fugir.

O asfalto molhado no cruzamento reluz entre os altos carvalhos.

Ele olha para a frente, passa por um prédio baixo contíguo e vê uma caixa de areia de plástico verde na beirada da rua, no topo da encosta íngreme.

A água da chuva escorre através da grade de um bueiro.

Manvir saca a pistola, move-se para o lado e, ao chegar à esquina, mais uma vez olha de relance para a rua principal que vai da rotatória até o edifício central do Centro Universitário AlbaNova.

A área está tranquila, envolta em uma densa garoa.

Ele se vira e caminha ao longo da extremidade do prédio até a esquina seguinte. Com um golpe de vista, percebe um repentino movimento à sua direita.

Atrás de um dos prédios baixos e amarelos, há alguém nas sombras.

Uma jovem com roupa desbotada e pele cinza.

E ela está avançando rapidamente em direção a ele.

Em pânico, Manvir aponta a arma para ela, mas suas mãos tremem tanto que ele sabe que não conseguirá atingi-la dessa distância.

Ele passa correndo pela esquina e atravessa a rua estreita; quando alcança a grama molhada do outro lado, escorrega. Estende o braço para se estabilizar e ouve sua aliança de casamento tilintar contra a fachada, depois dispara até a esquina do Departamento de Física Teórica e se detém com o coração acelerado.

Sua respiração está pesada e difícil, os nós dos dedos da mão esquerda sangrando.

As pernas de Manvir parecem gelatina quando ele volta para a esquina. Juntando forças, ele espia pelo canto, aponta a arma para as árvores, mas não há sinal de Mara.

— Mara, você está me ouvindo? O reforço policial chegará aqui a qualquer minuto! — ele grita. — Desista, acabou; dessa vez você não vai escapar!

Manvir se vira e corre ao longo da fileira de janelas escuras e cintilantes. À sua direita estão o edifício principal do AlbaNova, o observatório e seu teto em formato de abóbada. Dois estudantes atravessam a passarela da entrada principal, mas ao notá-lo, dão meia-volta e correm de novo para o prédio.

As portas de vidro brilham com a luz.

Manvir continua correndo. Com a sensação de que Mara está no seu encalço, salta por cima de um patinete elétrico caído e corre para o círculo onde fica a grande escultura de bronze. Ele olha ao redor, e a malha de ruas molhadas e desertas entre os prédios baixos e amarelos passa zunindo. Ele dá alguns passos à frente, sem saber para onde ir. Seus olhos percorrem a encosta íngreme até o canteiro de obras e começa a correr em direção ao prédio seguinte.

Acelerando pela avenida, Joona pisa no freio quando se depara com dois caminhões bloqueando um cruzamento inteiro. O semáforo está verde, mas a pista está completamente parada. Enquanto ciclistas e pedestres passam entre os veículos, motoristas frustrados buzinam.

O oficial no comando da operação na casa de Manvir em Riddarvägen entra em contato para avisar Joona de que não há necessidade de ele ir até lá.

— A casa está vazia. Repito: a casa está vazia — ele afirma.

— Espere, eu disse a ele pra se esconder no banheiro do andar de cima — Joona responde.

— Não tem ninguém aqui.

— Isso não faz sentido... Verifiquem a garagem.

— Ele não está aqui, nem o carro dele.

— Escute: envie todas as unidades disponíveis para a Casa da Ciência.

Os caminhões começam a se movimentar quando o semáforo fica vermelho, e os carros na rua transversal avançam de ambos os lados. Com a mão firme na buzina, Joona entra na pista oposta, atravessa a rua e pisa no acelerador.

74

Sem parar sequer uma única vez para olhar para trás, Manvir corre ao longo do antigo prédio do hospital que hoje abriga o Instituto de Astrofísica.

Ele dobra a esquina e se detém para recuperar o fôlego, encostado na parede. Leva a mão à boca e tenta tossir do jeito mais silencioso de que é capaz.

Na extremidade do edifício há três janelas cegas, voltadas para as árvores à frente.

Os olhos de Manvir esquadrinham o trecho estreito de grama, percorrem a vegetação densa, as folhas brilhantes e gotejantes.

Suas pernas estão tremendo, o coração martela no peito.

No minuto em que recobrar o fôlego, ele correrá para as árvores e subirá até o topo da colina. De lá, poderá descer a encosta íngreme até a rodovia Roslagsvägen e parar um carro.

A chuva tamborila nas folhas escuras.

Manvir sabe que Joona estava certo. Ele imagina a representação em escala do planeta na entrada na Casa da Ciência e começa a pensar em Miranda dentro do edifício, vestida em seu pequeno jaleco e usando óculos de segurança.

Um pássaro farfalha nos arbustos densos.

Manvir sente um súbito cansaço, o corpo pesado, mas estranhamente leve e entorpecido.

As pontas de seus dedos começam a formigar.

Ele solta a trava de segurança de sua Sig Sauer e caminha devagar em direção à esquina, de olho no edifício principal do AlbaNova.

Não há ninguém lá.

A passarela que dá acesso à rotunda brilha na escuridão.

A rua, o gramado, os prédios antigos com suas altas chaminés: tudo está quieto.

A chuva recrudesce, poças de água se formam em torno dos bueiros entupidos.

A pistola de Manvir treme em sua mão e suas costas ficam frias e úmidas de suor.

Isto não pode estar acontecendo.

Mais uma vez ele ouve atrás de si o farfalhar das folhas e estremece.

Seu medo tem raízes tão profundas na sensação de irrealidade que Manvir se sente bizarramente vagaroso.

Um galho se quebra na borda do arvoredo, e ele ouve passos leves na grama molhada, quase como uma lebre em fuga.

Eu tenho que me mexer, ele pensa, dando alguns passos hesitantes.

Alguém está se aproximando dele, e rapidamente.

Manvir não tem tempo de se virar, não ouve o grito que ele mesmo dá e não percebe o barulho do tiro, mas quando o eco ricocheteia entre os prédios, ele constata que caiu e está deitado de bruços na faixa de asfalto junto à base de granito do edifício.

Ele entende que foi alvejado nas costas, tal qual as outras vítimas. Não sente a parte inferior do corpo, e é incapaz de mover as pernas.

Ao cair, seu nariz e dentes bateram em cheio no chão, e quando ele vira a cabeça pesada, vê a pistola na sarjeta, a não mais de dez centímetros de sua mão.

Seus ouvidos são assolados por um rugido, como uma tempestade violenta.

A dor rompe a primeira onda de endorfinas, e Manvir tem a sensação de que foi empalado por uma lança, içado do chão.

Manvir pestaneja e vê a aproximação de uma sombra. Mara se desloca pelo gramado encharcada feito uma aranha correndo em direção a uma mosca enredada em sua teia.

— Mara... — ele ofega. — Escute, você não precisa fazer isso. Sei que você está zangada com a polícia, e eu entendo, concordo com você, mas não tive nada a ver com Jurek Walter.

A respiração de Manvir é espasmódica, interrompida por ondas de dor, e ele percebe que uma de suas mãos começou a se contorcer.

— Eu tenho família! — ele grita, e o restante de suas palavras sai de sua boca como um mero sussurro: — Eu tenho uma filhinha pequena, está me ouvindo? Ela é só uma criança, assim como você era quando saiu de barco...

Manvir tem de fechar os olhos. Sabe que está perdendo muito sangue. Ele se recompõe e se obriga a abrir os olhos de novo.

Os tênis sujos de Mara estão bem perto de seu rosto, os cadarços úmidos roçam o chão; as barras dobradas da calça estão enlameadas.

Mara se abaixa e pega a pistola de Manvir, depois se move ao redor dele, cutucando suas roupas. Assim que encontra o celular, ela desaparece da vista.

O sangue de Manvir escorre para a canaleta do meio-fio, e as pesadas gotas de chuva formam bolhas rosadas ao atingirem a poça que se formou em torno da grade do bueiro.

75

O letreiro de neon azul ilumina a chuva acima da velha barraca de fast food, brilhando como um borrão de tinta enquanto Joona acelera pela íngreme encosta acima.

Sua Colt Combat está no assento ao lado, a trava de segurança solta, e a arma salta no ar quando ele pisa fundo colina acima.

Joona atravessa a rotatória e para em frente à Casa da Ciência, pega a arma, abre a porta e salta do carro.

A rede de ruas cintila sob os postes de luz, mas os antigos edifícios do hospital estão banhados pela escuridão, a área envolta em silêncio.

A água pinga das árvores ao redor da esfera de Vênus.

Joona nota um cigarro aceso no chão, sob o telhado saliente nos fundos do prédio do laboratório, e sente uma dor excruciante avolumando-se atrás de um dos olhos.

Ao longe, um motor acelera.

Joona começa a correr pela rua principal em direção ao edifício central do AlbaNova.

O veículo se aproxima, e ele ouve o ruído estridente da troca de marchas.

Joona para e ergue a pistola quando surge a picape de Mara, descendo a mil por hora uma das ruas paralelas.

Ele não consegue mais do que um vislumbre do veículo por entre os prédios, e um instante depois a picape desaparece.

Joona se vira e volta correndo para o carro, pula atrás do volante e sai em disparada. Dá uma guinada à esquerda e segue Mara em alta velocidade.

Ao lado da universidade, um furgão de mudança dá ré na frente dele, bloqueando a rua. Joona desvia bruscamente para o lado e dirige na diagonal, passando por cima de um gramado, em meio a alguns carvalhos e por entre as rosas-mosquetas, até chegar à outra rua.

Ele aciona os limpadores de para-brisa para tirar as folhas úmidas do vidro.

O carro continua descendo a íngreme colina na Roslagstullsbacken, em direção a uma pequena passarela sobre os trilhos do trem.

Mara deve ter virado à direita. A rua à esquerda nada mais é do que uma trilha temporária de cascalho que leva aos guindastes e escavadeiras num canteiro de obras.

Uma curva acentuada surge à frente de Joona, e ele vê um guarda-chuva quebrado que uma rajada de vento soprou calçada afora.

No asfalto da rua há cascalho do canteiro de obras, e os pneus de Joona derrapam para o lado quando ele entra à direita.

A roda traseira balança contra o meio-fio, e a pistola bate em seus pés.

Joona pisa no acelerador e vê de relance a picape de Mara entre a estação de reciclagem e um prédio industrial vermelho ao longe.

As rodas do carro trovejam contra a superfície da rua.

Ele se aproxima de uma curva bem fechada, e a mureta que separa a pista e os trilhos do trem passa tremeluzindo à sua esquerda.

Ele ouve sirenes ao longe.

Ao fazer a curva fechada, Joona vê uma senhora idosa com um andador no meio da rua à frente. Ele desvia com uma manobra brusca e ultrapassa a mulher pelo lado errado, freando e derrapando, e desliza pelo asfalto antes de conseguir se endireitar e acelerar de novo.

Joona ganha velocidade em um curto trecho de rua escavado na rocha e depois vira na Körsbärsvägen, invadindo a calçada e, aos sacolejos, raspa em um parquímetro antes de voltar para a pista.

Pedaços de plástico de uma de suas luzes de freio se espalham pelo asfalto atrás do carro.

Um homem esguio com roupas bem justas no corpo empurra sua bicicleta no cruzamento; a picape de Mara bate na roda traseira da bicicleta e a joga contra a parede de um prédio.

O homem cambaleia para trás com uma expressão de espanto no rosto enquanto Joona passa a toda a velocidade.

As sirenes estão mais altas e nítidas agora, e a enxaqueca começou a se alastrar em seu cérebro como uma espécie de orquídea negra.

Joona está a menos de cem metros de Mara quando eles se aproximam de Valhallavägen, mas a picape desaparece atrás de um grupo de árvores.

Luzes azuis varrem as fachadas dos edifícios.

Joona faz uma curva brusca, entra em uma ilha de tráfego e colide com a placa de "DÊ A PREFERÊNCIA" no momento em que os três primeiros carros de patrulha chegam, bloqueando a rua à frente.

Ele tenta passar por dentro, mas um dos carros engata a ré e o obriga a pisar no freio e girar o volante, o que faz os pneus cantarem.

Ele observa seus colegas sacarem as armas e se protegerem atrás dos capôs dos veículos.

O carro de Joona rodopia, bate numa das viaturas e para bruscamente.

Chove vidro no chão.

Mais carros de patrulha chegam em alta velocidade.

As luzes pulsantes das viaturas tingem a chuva de azul.

Policiais uniformizados se lançam à frente com as armas em punho exatamente quando a enxaqueca de Joona o atinge com força total, mas ele consegue tirar do bolso interno sua identificação policial, abrir a porta e mostrar o documento.

Ele sai cambaleando do carro e se apoia na lateral do capô.

— Ele é policial! — alguém grita.

— Vocês a deixaram escapar, uma picape Ford — Joona ofega, tentando ver algo através do cegante halo que preenche seu campo de visão.

— Pra que lado? — um policial pergunta.

Joona semicerra os olhos e tenta enxergar através do ofuscante círculo de luz, do piscante clarão azul dos carros e do reflexo da iluminação pública no asfalto molhado.

— Para a direita, eu acho. Ela provavelmente estava tentando me despistar nos túneis — Joona diz, desabando de repente.

— Ele está ferido? — um dos policiais pergunta aos gritos.

— Bloqueios de estradas, helicópteros — Joona sussurra, fechando os olhos.

Joona fica completamente imóvel e ouve as frenéticas mensagens que os policiais trocam pelo rádio, carros correndo atrás de Mara com sirenes ligadas, mas ele sabe que é tarde demais.

A dor atinge um pico insuportável.

Joona prende a respiração, e o tempo vai desacelerando aos poucos até paralisar de vez.

Ele enche os pulmões de ar.

A dor começa a amainar.

Joona ainda está de olhos fechados, mas ouve as vozes dos policiais, o ruído dos helicópteros.

A camisa ensopada está grudada em seu torso.

Ele se pega pensando no sistema de linhas ferroviárias de Mestre Fauster, e de súbito o padrão de Mara se torna totalmente transparente, de uma clareza cristalina.

Ela se inspirou em Fauster e Jurek.

Tal qual uma aranha, Mara está criando um padrão. Ela deixa os corpos das vítimas em vários cemitérios diferentes de modo que, quando estiver completo, o desenho forme um gigantesco M.

Um M de Makarov, ou um W de Walter, Joona pensa.

76

Florestas, lagos e campos passam rapidamente na escuridão abaixo do helicóptero, e Joona vislumbra a usina nuclear bem iluminada e o cintilante golfo de Bótnia enquanto a aeronave faz a curva. Os enormes reatores parecem três blocos de mármore poeirentos em uma pedreira.

Cerca de quarenta minutos depois de atingir o pico, a enxaqueca de Joona desapareceu por completo.

Mara Makarov conseguiu escapar, esgueirando-se pela rede de túneis rodoviários abaixo da cidade.

Já era tarde, mas Joona marcou uma reunião com Petter, Greta e alguns membros do grupo de comando da Unic.

A atmosfera na sala era terrível. Todos estavam abalados, ansiosos e temerosos.

Com base nos locais encontrados em Kapellskär, Hallstavik, Funbo, Lillkyrka e Sandtorpet, Joona desenhou num mapa um grande M com nove pontos — três por linha.

A base da letra cobre uma distância de cem quilômetros, e eles utilizaram os pontos existentes para identificar uma série de locais que permitiriam a Mara completar o seu M: a Reserva Natural Fiby Urskog, a igreja em Forsmark, a mina em Ramhäll e a autoestrada nas cercanias da saída para Moraberg em Södertälje.

Carros de patrulha e ambulâncias foram imediatamente enviados para os quatro locais.

Quando Joona soube que uma picape Ford enlameada havia sido flagrada por uma câmera de trânsito ao sul de Uppsala, ele mobilizou um helicóptero. A igreja de Forsmark fica a cerca de uma hora ao norte da cidade e, se a teoria de Joona estiver correta, é para lá que Mara está a caminho.

Durante o voo para lá, começaram a chegar os primeiros informes dos demais locais.

Nada foi encontrado ao redor dos túmulos da Idade do Ferro em Fiby Urskog, mas os policiais esperavam a chegada dos cães farejadores para realizar uma segunda busca.

Nesse momento, uma equipe da Unic está a caminho da mina em Ramhäll.

No meio da rodovia não havia nada digno de nota, e os cães não detectaram cheiro nenhum nos canteiros ou valas.

De uma forma ou de outra, cada um dos locais de descoberta dos corpos anteriores poderia ser considerado uma espécie de cemitério. Joona não tem muita certeza quanto à lógica de Mara, mas a rodovia é o único local que não se enquadra no padrão.

Em sentido estrito, a mina em Ramhäll tampouco é um cemitério, mas um trabalhador morreu lá após um acidente em 1846, e o corpo nunca foi recuperado do poço que desabou.

O helicóptero sobrevoa a pequena comunidade agrícola de Forsmark.

Uma estrada reta atravessa a comunidade, indo da igreja à casa senhorial — uma deprimente ilustração dos dois centros de poder na área.

O helicóptero paira sobre o cemitério em torno da igreja, e o som das pás do rotor é ensurdecedor.

Uma viatura da polícia bloqueia a entrada junto ao salão da paróquia, e uma ambulância espera na rua em frente.

O helicóptero balança e desce, arrancando folhas das árvores e pousando suavemente no cascalho em frente à igreja. Areia e poeira rodopiam no ar, e os galhos se dobram com o turbilhão de ar.

Dois policiais uniformizados aguardam nos degraus do lado de fora da igreja e seguram os quepes na cabeça para impedir que sejam levados pelo vento.

As pás do rotor diminuem a velocidade, girando com um peso abafado, e imensas nuvens de poeira giram através das luzes que iluminam a fachada do edifício.

Agachando-se, Joona corre até os dois policiais. Ambos são homens altos, de ombros largos, um com uma barba preta bem cuidada e tatuagens no pescoço, o outro com cabelo loiro-acobreado e sardas, um sachê de tabaco sob o lábio superior.

— Acabamos de chegar, mas ao que parece ninguém desovou corpo nenhum por aqui — o homem barbudo diz.

— Verifique as árvores — Joona o instrui, contornando o lado direito da igreja.

O policial ruivo o segue pelo canto da nave central. O cascalho cuidadosamente alisado com ancinho estala sob os pés de ambos.

Joona dá uma olhada para trás e vê o policial barbudo andar em direção à ambulância, parando para observar atentamente cada árvore ao longo da aleia.

Toda a cena está quieta, como num transe.

Mas o padrão não pode ser uma coincidência.

Joona ouve a respiração pesada do colega atrás dele.

Na claridade pálida e refletida da iluminação da fachada, há uma série de trilhas de cascalho que serpenteiam pela grama baixa, entre buxos podados e fileiras de lápides.

Eles prosseguem.

Atrás da igreja há cinco grandes freixos, e Joona aponta sua lanterna entre os galhos, até a copa de cada uma das árvores.

As folhas farfalham, e o policial ruivo se sobressalta quando um pombo esvoaça.

Ele tira o tabaco que está debaixo do lábio e o joga no canteiro de flores ao lado da igreja antes de ir atrás de Joona.

Depois das sepulturas há uma pequena edificação com cobertura de telhas que faz as vezes de depósito do zelador. De onde os dois homens estão, a construção bloqueia a visão da rua.

Joona atravessa o gramado, e a luz de sua lanterna incide sobre a pequena janela.

A torneira externa do depósito está pingando em um balde, e encostados na parede rebocada há um carrinho de mão, um carretel para enrolar mangueiras e uma pá. Várias coroas de flores velhas, tiradas das sepulturas, foram jogadas na pilha de compostagem no fundo.

Os homens passam e vão para o meio das árvores.

Os feixes de luz de suas lanternas perscrutam os troncos claros, fazendo com que longas sombras dancem entre o arvoredo.

Joona contorna uma rocha coberta de musgo e quase consegue ver o muro do cemitério através da vegetação rasteira.

Atrás dele, ouve-se um estalo alto quando o policial ruivo pisa em um galho.

Eles param nas ruínas de um prédio antigo, tomado pelo mato, e examinam a área. Junto ao muro da igreja há um enorme carvalho, cujos galhos estão escondidos atrás das outras árvores, mas Joona percebe uma espécie de linha diagonal brilhando à luz da lanterna.

De algum lugar ao longe vem um ligeiro som de chocalho, quase como se alguém jogasse moedas dentro de um balde de metal.

— O que foi isso? — o policial sussurra.

Joona abre caminho através de um arbusto espinhoso e passa por cima de uma bétula caída. Ele afasta um galho baixo e aponta a lanterna à frente.

Sua mão esquerda agarra com firmeza a coronha da pistola.

Uma corda foi amarrada a um tronco de árvore caído no chão, passando por um dos galhos robustos do imenso carvalho.

— Traga a ambulância aqui! — Joona grita para o outro policial.

Acima dele, de um galho robusto pende um grande saco embrulhado em plástico, tecido branco e fita adesiva.

— Que porra é essa? — o ruivo sussurra.

Mara deve ter saído da rua principal e parado bem perto do muro do cemitério em torno da igreja. Apesar de usar o freio de mão, parece que a picape derrapou para trás quando o guincho arrastou o saco por cima do muro e o içou árvore acima.

O cabo abriu um sulco profundo no galho, e Mara prendeu o pesado saco com uma série de cordas entrecruzadas.

— Depressa! — Joona diz.

Alguns pedaços de casca caem do galho, e um lado do embrulho incha e se projeta lentamente para fora. O tecido e o plástico parecem se esticar, e algumas cordas se tensionam e tremem.

— Ele está vivo! — Joona grita, virando-se e correndo de volta.

— Meu Deus...

Com gestos nervosos e desastrados, o policial procura o rádio, e depois pede, aos gritos, para que tragam logo a ambulância. Ele atravessa com dificuldade um matagal e tropeça na bétula caída, mas imediatamente se põe de pé de novo.

Correndo em meio aos antigos alicerces e por entre as árvores, Joona chega até o depósito do zelador. Pega a mangueira e prende o bico na torneira.

O policial ruivo surge das árvores e, com voz trêmula, chama o colega, enquanto a luz dos faróis da ambulância varre a igreja e as lápides.

O policial barbudo vem correndo com a arma em punho, a ambulância avança pela grama e freia na frente de Joona.

O paramédico ao volante é um homem magro, na casa dos trinta anos, tem um rabo de cavalo loiro e lábios úmidos.

Uma enfermeira sai da traseira do veículo e vem se juntar a eles. Ela está na casa dos quarenta anos, tem cabelo curto, olhos penetrantes e lábios finos.

— Cada segundo conta agora — Joona diz enquanto começam a retirar os equipamentos de proteção.

Os dois policiais seguem Joona enquanto ele arrasta a mangueira mata adentro, fazendo o possível para que não se enrosque em alguma coisa.

O depósito do zelador não fica a mais de vinte metros de distância, mas parece uma distância intransponível.

Quando enfim alcançam o carvalho alto, Joona deixa cair a boca da mangueira no chão e instrui os homens quanto a quais cordas devem ser cortadas e quais devem ser enroladas duas vezes nos outros troncos das árvores de modo que consigam abaixar o saco até o chão.

— Com cuidado agora — Joona diz aos outros enquanto lentamente começam a soltar as cordas.

Aos poucos, balançando de um lado para outro, o saco vai descendo. Joona avança e ajuda a pousá-lo no chão. Através do plástico grosso, sente o calor da reação química no interior do casulo.

Os paramédicos já estão quase aqui; samambaias roçam suas pernas, e os galhos secos crepitam sob seus pés. Eles carregam os equipamentos em uma maca, e ambos usam máscaras de proteção facial e grossas luvas de borracha.

Joona arranca o tecido e o plástico e rasga a borracha soldada.

O fedor é inacreditável, as intensas exalações químicas fazem lacrimejar os olhos de todos.

A enfermeira desdobra a metade superior do saco, e o policial ruivo aponta a lanterna para dentro do embrulho.

Com a lanterna trêmula em uma mão, ele começa a sussurrar para si mesmo.

Apesar de não existir nada além de um amontoado úmido e ensanguentado onde deveria haver um rosto, Joona percebe que é Manvir.

Os produtos químicos dissolveram praticamente todos os tecidos. Ele não tem mais olhos nem lábios, e nada além de dois orifícios onde deveria estar seu nariz.

Seu peito está afundado, mas ele ainda respira com dificuldade, e as mãos e pés parecem pedaços de gelatina.

— Vamos precisar de bastante água — a enfermeira diz.

Joona pega a mangueira e começa a remover a substância corrosiva. Com os braços trêmulos, Manvir urra.

A enfermeira lhe dá uma injeção de morfina, e o paramédico começa a chorar enquanto tira os restos de roupa do corpo de Manvir.

Ele faz um barulho estridente quando o pousam no lençol de extração; trabalhando juntos, ajeitam-no na maca e o carregam para fora da floresta até a ambulância.

— Não! Vamos no helicóptero! — Joona grita.

Carregando a maca, eles atravessam o cemitério, percorrem o cascalho e vão para o gramado.

A luz pálida do amanhecer risca o céu quando o médico entra na sala de espera do Hospital Universitário de Uppsala para contar a Joona que Manvir morreu na mesa de operação.

Joona se deixa cair em uma das cadeiras e mal acaba de fechar os olhos quando sente o celular vibrar no bolso.

— Joona — ele atende.

— Desculpe se te acordei.

— Saga?

— Se a oferta continua de pé, estou disposta a me entregar — ela diz com a voz rouca.

— Claro.

— Você acha que estou fazendo a coisa certa? — ela pergunta após uma breve pausa.

— Acho, sim.

— Tá legal. Então você terá de vir sozinho e me levar de carro sob custódia; vamos entrar pela entrada de serviço... Você pode me interrogar sem a presença de um advogado, e eu vou responder a todas as suas perguntas, e aí você decide se preciso ser detida ou não.

— Eu estou do seu lado — Joona diz.

— Está?

— Sim.

— Há um estacionamento cilíndrico no final da rua Rörstrands. Dê a volta completa com o carro e pare perto do muro, exatamente ao meio-dia — ela diz, encerrando a ligação.

77

Saga devolve o celular a Karl e dá uma espiada no estacionamento cor-de-rosa, que se assemelha a uma enorme caixa de chapéus jogada ao lado dos trilhos enferrujados da estação de Karlbergs.

A única maneira de chegar de carro ao estacionamento é avançar lentamente em meio à multidão de pessoas que almoçam na área e depois descer a encosta íngreme.

Rente à parede arredondada da estrutura há uma pequena construção lateral protegida por todos os lados. É lá que Karl esperará, vestindo um blusão esportivo preto com o capuz levantado.

Saga foi até lá na noite anterior e abriu uma abertura na cerca.

Se Joona cumprir sua promessa e vier sozinho, Karl rastejará pelo buraco e entrará no carro para dar a ele mais instruções.

Quem chega primeiro sempre leva vantagem, fato abordado tanto em *A arte da guerra*, de Sun Tzu, quanto no tratado de estratégia militar *Wei Liaozi*.

Se alguma coisa parecer suspeita ou fora do combinado, Karl correrá para o túnel que passa sob as ruas e os trilhos, tirará o blusão preto e se juntará à multidão do outro lado, subindo em direção à ponte até a rua Kungsholmsstrand.

Saga permanecerá onde está, atrás dos enormes sacos de entulho, de onde terá uma visão clara do estacionamento e da rua que leva até lá.

Pouco antes do meio-dia, ela abrirá a porta do prédio número 40 atrás dela.

Aconteça o que acontecer, é para lá que Saga irá, passando pelas escadas e saindo do outro lado, percorrendo nove pátios até chegar ao número 29 da rua Tomteboga, no canto oposto do quarteirão. Depois seguirá a rua Norrbacka por algumas centenas de metros e procurará refúgio no jardim atrás do quiosque de cachorro-quente Günter's.

É para lá que Karl levará Joona.

— O que foi? — Karl pergunta.

— Estou apenas pensando, procurando falhas no plano — Saga responde, pegando o apito no bolso.

— A única coisa que você pode ter certeza é que não será como planejou — ele diz com um sorriso.

— Espero que isso se aplique também a Mara Makarov — ela murmura, principalmente para si mesma.

— Bem, de qualquer forma, acho uma coisa boa você se entregar. Embora eu tenha que admitir que os últimos dias foram ótimos. Nunca me diverti tanto na vida.

— Eu nunca teria conseguido sem você.

— Você está falando da música e da comida, certo? — Karl diz, sem conseguir esconder sua felicidade.

— Isso também. — Saga sorri.

— Eu sabia.

— Sério. Você salvou a minha vida, e eu nunca vou esquecer disso.

Karl olha para baixo, enrubescendo, e depois se vira.

Saga repassa o plano em sua cabeça uma última vez, desde o momento em que Joona para o carro nos fundos do estacionamento até o momento em que ela é colocada sob custódia, mas não consegue encontrar nenhum ponto fraco de verdade.

Na pior das hipóteses, ela não conseguirá convencer os colegas da sua inocência, e eles a entregarão numa bandeja à promotoria.

Saga ainda não consegue entender como acabou enredada nessa situação caótica.

Toda vez que pensa sobre o fato de que está prestes a se entregar, é invadida por uma estonteante sensação de distanciamento de sua própria vida. Ela se sente perdida.

De repente, irrompe uma lembrança de sua infância. Seus pais haviam se separado, mas a mãe convidou o pai para jantar. Ela se vestiu com apuro para a ocasião, arrumou a mesa, e andava de um lado para outro pela sala enquanto esperavam que ele chegasse. Quando a comida esfriou e ficou evidente que o pai não daria as caras, a mãe de Saga fez algo bizarro.

Pensando nisso agora, parece um sonho.

Sem dizer uma única palavra, a mãe se despiu e depois despiu a filha.

Na época, Saga tinha apenas seis anos e achou que devia ser alguma brincadeira quando a mãe começou a vesti-la com as próprias roupas. Roupas íntimas, meia-calça, vestido e salto alto.

Todas as peças eram grotescamente grandes para a menina.

Ainda sem dizer uma palavra, a mãe de Saga prendeu o colar de pérolas no pescoço dela, depois enganchou a pulseira de esmeraldas no pulso da criança e enfiou a aliança de casamento em um de seus dedos finos.

Em seguida ela deixou Saga no meio da sala, vestida com suas melhores roupas, saiu da casa e se embrenhou nua floresta adentro.

Faltam três minutos para o meio-dia, e Karl está posicionado atrás do prédio lateral; entre seus pés está a caixa fechada com fita adesiva que Saga lhe entregou.

A rua está movimentada, embora nenhum policial à paisana tenha aparecido até agora.

Saga sente o coração acelerar quando vê a BMW preta de Joona descer a encosta íngreme. Ele vira à esquerda da garagem, desaparecendo por um momento antes de voltar a ser visto na parte de trás.

O carro encosta rente à parede, exatamente ao meio-dia.

A porta do motorista se abre e Joona desce.

Saga observa Karl pegar o pacote e rastejar pelo buraco na cerca. Joona deve ter ouvido, porque desabotoa a jaqueta e se vira.

Nesse momento, algo chama a atenção de Saga.

Um grupo de adolescentes carregando bandeiras de arco-íris passa pela calçada, bloqueando sua visão.

Aflitos, os olhos de Saga examinam os trilhos, as janelas e as varandas.

Ela ouve a aproximação de um som de tamborilar, um zunido, e tira o apito do bolso.

Joona abre uma das portas traseiras.

Karl dá um passo à frente.

Um carro desce a rampa.

Mais adolescentes passam pelo estacionamento, carregando tambores e balões grandes.

Os olhos de Saga esquadrinham o prédio residencial em frente. Uma porta está aberta numa das varandas do último andar.

Uma imensa faixa repleta de desenhos de flores e mensagens de amor se desenrola e sacode ao vento.

Karl está do lado errado do carro de Joona.

A porta de vidro da varanda reflete a luz.

Saga leva o apito à boca.

Por entre os balões e cartazes, Saga vê Karl apoiar a mão no teto do carro e depois virar a cabeça na direção dela, a uma velocidade anormal.

Ela sopra o apito no momento em que uma cascata de sangue esguicha nas janelas e portas laterais.

Karl desaba no chão.

O estampido do rifle ecoa entre os prédios, e Saga vê um fio de fumaça se infiltrar pelo parapeito da varanda oposta.

Saga ouve um helicóptero se aproximar.

Com o coração martelando, ela se vira, atravessa a rua e entra correndo pela porta que já havia deixado entreaberta com um calço.

78

O corpo inteiro de Saga treme enquanto ela corre pelas escadas e sai num quintal do outro lado. Em frente a um prédio baixo e verde no meio do pátio, um homem magro num paletó amassado está fumando.

— Estou procurando por...
— Um gato de Cheshire — ele diz.
— Certo — Saga responde, pulando a cerca para o quintal seguinte.

Ela atravessa o concreto, sobe numa bicicleta encostada num muro, pula por cima e cai na grama do outro lado. Passa correndo por um conjunto de móveis de jardim brancos em direção a uma cerca baixa, salta e abre caminho entre os arbustos de framboesa até o quintal contíguo, onde três meninas brincam com uma corda de pular.

Saga para e vomita na sarjeta, embaixo de um cano de esgoto, depois cospe e limpa a boca com as costas da mão.

As meninas pararam de brincar e estão encarando Saga, que corre até um portão vermelho.

Saga escala o portão, raspando a barriga no processo de descida do outro lado.

Ela sabia que havia o risco de uma resposta em grande escala — foi por isso que enviou Karl para se encontrar com Joona —, mas nunca imaginou que eles realmente pudessem atirar. Os franco-atiradores deveriam fornecer apoio e segurança; estavam lá para o caso de as coisas darem errado, para o caso de a situação evoluir para uma situação com reféns.

O que aconteceu foi uma execução.

Saga passa correndo por uma lavanderia e sobe numa cerca um metro mais alta que as outras para o quintal vizinho.

Em um pequeno deque de madeira do outro lado, ela avista uma churrasqueira e alguns móveis de plástico desbotados.

Saga arrasta a mesa pelo pátio, sobe em cima e pula a última parede divisória até o pátio sombreado do outro lado.

Ela cai em um trecho de grama úmida, tropeça num arbusto e consegue recuperar o equilíbrio.

O rugido dos helicópteros está mais distante agora.

Seu tornozelo direito dói, e o estômago se contorce em cólicas de ansiedade.

Ela avança a duras penas, mancando, abre a porta de aço e chega a uma linda escadaria do século XIX, com paredes de mármore verde e piso vermelho.

Caminhando rapidamente até a pesada porta de madeira, Saga estende o braço para agarrar a maçaneta ao mesmo tempo que, através de uma janela de vidro gravado em água-forte, olha para a rua.

Um furgão da polícia passa em disparada, e Saga imediatamente dá um passo para trás.

Ela aguarda alguns segundos, depois abre lentamente a porta e espia lá fora.

Saga percebe que conseguiu contornar o cordão de isolamento. Viaturas da polícia bloqueiam a rua à direita; ela vê as costas dos policiais, os coletes à prova de balas e as armas.

Ela vira à esquerda e caminha calmamente pela calçada. Ao longe, avista Norra Tornen, o par de torres de apartamentos cor de areia.

Uma viatura da polícia vem em sua direção, sem a sirene acionada nem luzes azuis piscantes. A janela do lado do motorista está aberta, e ela vê a mão de um policial segurando um cigarro eletrônico.

Saga para diante de uma porta, de costas para a rua, e finge estar procurando as chaves.

Através do vidro da porta, ela vê uma mulher mais velha caminhando em sua direção.

O carro de patrulha para logo atrás de Sagá, e ela ouve uma chamada pelo rádio: a central dá a ordem de atirar para matar.

A porta faz barulho e se abre, forçando Saga a dar um passo para trás.

O carro de patrulha desce a rua, os pneus rangendo, e a velha lança um olhar interrogativo para Saga.

Ela se vira e corre em direção ao cruzamento. Ao longe, ouve mais sirenes.

Nas calçadas há pessoas almoçando em mesas diante dos restaurantes e cafés, e à direita de Saga, atrás da fila no quiosque de cachorro-quente Günter's, ela vê cinco viaturas da polícia.

Sob as luzes azuis piscantes, os policiais estão ocupados estendendo barreiras de segurança na rua.

As pessoas pararam para filmá-los com os celulares, e um dos policiais grita para que recuem enquanto isola a área com um cordão listrado.

O rugido de um helicóptero ecoa entre os prédios. Saga vira novamente à esquerda, fugindo do bloqueio.

Há mais sirenes atrás de Saga agora, e ela precisa fazer um tremendo esforço para não sair correndo.

Ela está se aproximando de um prédio coberto de andaimes e observa um caminhão de carroceria aberta descarregar uma enorme pilha de placas de gesso na calçada e depois retrair as pernas de apoio da comporta de descarga.

Saga olha de relance para trás.

Ela vê um helicóptero pairando sobre um telhado, um franco-atirador debruçado na porta aberta. Um momento depois, a aeronave balança no ar e sobe.

O caminhão se põe em movimento e Saga corre até alcançá-lo, pula dentro da carroceria e puxa por cima de si uma folha de plástico cinza.

O caminhão se afasta do bloqueio, e quando chega ao fim da rua, diminui a velocidade para fazer o retorno.

Saga vai até a beirada da carroceria aberta e pula.

Ela cai em um ângulo estranho e sente uma dor excruciante escalar o tornozelo.

O caminhão acelera de novo.

Saga caminha até a calçada e se esconde sob uma das árvores altas enquanto sacode o pó de gesso das roupas.

O tráfego é intenso nas pistas que se entrecruzam na autoestrada e no vaivém das pontes que levam a Solna.

Saga ouve um baita estrondo, seguido pelo som de vidro se espatifando; ela estremece e, ao se virar, sente uma estranha rigidez no pescoço.

Um velho está ocupado jogando garrafas de vinho vazias dentro de uma lixeira de reciclagem.

Mantendo-se perto dos prédios, Saga começa a descer a rua Norra Stations. Um policial uniformizado sai de uma loja cerca de dez metros à frente de Saga, para e olha na direção dela.

A campainha acima da porta da loja toca atrás dele.

Saga o ignora e se vira calmamente em direção à entrada de uma oficina mecânica, mas pelo canto do olho ela vê o policial levar as mãos à arma de maneira atrapalhada.

Com um único movimento fluido, Saga enfia a mão por baixo da jaqueta e tira a Glock do coldre. Ela gira, mira e atira.

Saga sente o coice da arma no cotovelo e no ombro, e os gases da combustão queimam sua mão.

A bala trespassa o músculo da coxa do policial, espalhando uma chuva de sangue e fragmentos de osso pela calçada atrás dele.

O ruidoso estalo ecoa entre os prédios, e Saga corre na direção dele.

O policial desmorona no chão, caindo sobre o ombro e urrando de dor. Um dente de ouro em sua boca aberta reflete a luz.

— Não me mate, por favor... — ele suspira, pressionando a mão no ferimento.

Saga vê o sangue jorrar entre os dedos do policial, uma poça cada vez maior no chão sob o corpo; ela pega a pistola no coldre do homem e a joga embaixo de uma perua estacionada.

No momento em que ela estende a mão para pegar o rádio dele, a campainha acima da porta da loja toca de novo.

Reagindo instintivamente, Saga se vira e corre para o meio da rua.

Um carro dá uma guinada e buzina.

Atrás dela, alguém dispara um tiro de advertência.

Abaixando-se, Saga corre ao longo da cerca. O chão treme quando um ônibus passa com um estrondo.

Pneus travados derrapam, freios chiam e um carro começa a girar.

Saga ainda está correndo quando ouve outro estrondo: metal amassando, para-brisas quebrando, cacos de vidro se espalhando pela rua.

Ela larga o rádio e enfia a Glock de volta no coldre, correndo o mais rápido que pode ao longo da rua Tomtebodavägen.

O volume de adrenalina que percorre suas veias é tão grande que Saga consegue ouvi-la rugindo em suas orelhas enquanto corre por uma ponte sobre a Klarastrandsleden, em direção ao campus do Instituto Karolinska. Acima de sua cabeça, as pontes curvas da rodovia bloqueiam o sol como dois enormes toldos.

Ela ouve sirenes cada vez mais próximas.

A imunda barreira de metal não passa de um borrão no canto do olho. Barras cintilantes na frente das ruas, rochedos e trilhos de trem enferrujados.

Saga está sem fôlego quando chega ao outro lado da ponte e vê as luzes azuis piscantes varrendo a fachada de tijolos marrons à frente.

Ela se vira e corre cerca de dez metros para trás, pula o gradil de segurança e desce a íngreme encosta areenta do outro lado. Uma escada de madeira podre cede sob seu peso, e Saga vai abaixo junto com os degraus velhos em uma nuvem de poeira. Ela cai de costas e bate a cabeça no chão, despencando em meio ao mato e ao lixo até chegar à cerca enferrujada no topo da ladeira que desce para os trilhos do trem.

Ela consegue se levantar e corre por baixo da ponte; o sangue que escorre por seu pescoço vem do talho na parte de trás da cabeça.

Ofegante e fazendo esforço para respirar, ela se esconde atrás da pilastra.

Lá em cima passam três viaturas da polícia, sirenes tocando a todo volume.

O ar recende a lixo, e o chão está coberto de guimbas de cigarro, garrafas vazias de cerveja e latas velhas de spray.

Por toda parte há enormes colunas de concreto, semelhantes a pálidos troncos de árvores se erguendo em direção ao céu, e a poeira rodopia através dos raios de sol entre as pontes altas.

Do túnel à frente sai um fluxo constante de tráfego.

Saga ouve um helicóptero se aproximar e continua a descer encosta abaixo, seguindo um cabo amarelo. Uma mesa de jantar quebrada jaz em pedaços no cascalho ao redor das colunas do píer.

Mesmo sabendo que não tem escolha, Saga ainda hesita por um momento antes de correr em direção à entrada do túnel rodoviário.

Ela se desloca velozmente pela estreita faixa de terreno à esquerda da pista, e a corrente de ar dos carros que passam zunindo repuxa seus cabelos.

Uma carreta aperta sua buzina tonitruante, e Saga se espreme contra a parede enquanto o pesado veículo passa estrondeando.

A areia sobe rodopiando até o rosto de Saga.

Ela cospe e prossegue, sem parar novamente até sair do outro lado.

A primeira parte acabou.

Cerca de cinquenta metros à frente, múltiplas pistas se juntam nos novos túneis sob um reluzente arranha-céu.

A sombra de um helicóptero varre o fluxo de carros em alta velocidade.

O ruído do rotor parece um rugido, e o som a atinge em cheio no peito antes de desaparecer ao longe.

Saga espera alguns segundos, depois corre o mais rápido de que é capaz para o túnel seguinte.

79

Saga avança contra o fluxo do trânsito, seu ombro esquerdo raspando na parede de concreto.

A cada cem metros, mais ou menos, há no teto um enorme ventilador tubular que emite um som ensurdecedor, como o de uma série de cachoeiras.

A sequência de lâmpadas em ambos os lados do túnel faz com que as paredes pareçam enrugadas, como se Saga estivesse dentro de um intestino enorme.

Se seu raciocínio estiver correto, ela está a pouco mais de meio quilômetro do distrito de Norrtull.

Por causa da fumaça dos escapamentos, o ar está pesado.

Máscaras de proteção descartadas jazem no chão junto à parede.

Um caminhão semirreboque se aproxima em alta velocidade, e Saga o observa ultrapassar os carros à sua frente, luzes amarelas de alerta iluminando o teto do túnel.

A carroceria do caminhão está abarrotada de enormes pedaços de metal que parecem ser peças de uma turbina eólica.

Saga se espreme contra a parede, o rosto colado no concreto áspero, tentando ficar o mais achatada possível.

As luzes piscantes avançam em ondas.

Saga prende a respiração.

A carreta passa trovejando, e a carga pesada faz o chão estremecer. O vento que sopra em suas roupas é tão violento que ela precisa dar um passo para o lado.

Um copo vazio do McDonald's gira na poeira.

Saga segue em frente, passa por cima dos restos de um pneu estourado, e não para até chegar à saída de emergência 24, tossindo e cuspindo.

Ela abre a porta de metal e entra em uma escada que cheira a excremento e comida podre. O chão está atulhado de sacos plásticos imundos, colchões, latas, pedaços de papel-alumínio fuliginosos e embalagens vazias de doces.

Um homem barbudo, vestindo camadas e mais camadas de roupas largas, a calça úmida de urina, dorme numa poltrona.

Nos degraus mais acima, uma mulher com a voz rouca feito um coaxo grita com alguém, golpeando com as mãos o corrimão de metal de maneira que o som reverbera entre as paredes.

Saga pega no chão um dos sacos plásticos cheios e desata as alças. Está recheado até a borda com vestidinhos e babadores de tricô.

— Eu quero a porra do meu dinheiro! — a mulher grasna.

— Cala a boca — o barbudo murmura com os olhos ainda fechados.

Saga pega outro saco, esvaziando o conteúdo no chão. Ela joga para o lado uma calça jeans desbotada e encontra uma capa de chuva com padronagem de bolinhas azuis e vermelhas.

— Eu vou matar esses caras! — a mulher diz com voz trêmula enquanto começa a descer as escadas.

Saga agarra a capa de chuva, foge de volta para o túnel e continua contra o fluxo de veículos.

Um rato preto corre pelo chão à sua frente, desaparecendo num duto de ventilação.

Saga veste a capa enquanto caminha a passos rápidos.

Pouco depois da saída de emergência 23, o túnel se bifurca em dois e ela pega a estrada à esquerda.

Um saco plástico ficou preso em um dos ventiladores e tremula feito uma bandeira esfarrapada ao vento.

Uma carreta passa estrondeando, e o motorista buzina para Saga. Da carroceria caem rodopios de poeira; através da nuvem que fica suspensa no ar, Saga percebe que consegue ver a luz do dia à frente.

Ela diminui o passo ao se aproximar da entrada do túnel, ajeita as roupas e enfia o cabelo sob o capuz.

O trevo rodoviário de Norrtull é um dos mais movimentados de Estocolmo, e os carros surgem de todas as direções, mas não há sinal de qualquer presença policial.

Saga corre no meio do trânsito e atravessa doze faixas, à sombra da ponte E20.

Ao chegar à trilha junto ao aterro gramado, ela diminui a velocidade. Há pessoas correndo, passeando com cachorros e empurrando carrinhos de bebê. De mãos dadas, crianças da pré-escola vestindo coletes reflectivos caminham em direção ao parque Haga.

Entre as árvores à frente, ela consegue ver as águas cintilantes do lago Brunnsviken.

Saga percorre a trilha sombreada que passa ao lado do restaurante Stallmästaregården e ouve várias sirenes na rodovia.

Atrás de um muro que parece prestes a desabar, uma rampa asfaltada desce até a entrada de serviço do restaurante.

Saga se sente como uma ratazana ao descer a rampa e se agachar atrás de uma fileira de lixeiras perto da plataforma de carga e descarga para recuperar o fôlego.

No chão há uma lata de tinta velha, lotada de guimbas de cigarro.

Cinco carrinhos metálicos de transporte de carga estão alinhados na parede amarela.

Saga tenta desesperadamente organizar os pensamentos. A ideia de que Joona pudesse traí-la jamais passou por sua cabeça — embora, claro, fosse uma possibilidade. De qualquer forma, agora ela perdeu a chance de limpar seu nome e explicar tudo do seu ponto de vista.

A constatação atinge Saga como um balde de água fria: todos na Unidade Nacional de Investigação Criminal devem estar absolutamente convencidos do envolvimento dela nos assassinatos. Caso contrário, nunca teriam tomado a decisão de neutralizá-la quando ela tentou se entregar.

80

Joona percorre às pressas o corredor da Unic, passando por escritórios e salas de reunião com paredes envidraçadas. No seu rastro, folhetos anunciando inscrições no coral da polícia, vagas de emprego e cursos de desenvolvimento profissional tremulam nas paredes.

Um de seus colegas da Unidade Internacional está na copa, comendo bolinhos aquecidos no micro-ondas em um pote de plástico.

— O que está acontecendo? — ele pergunta ao ver o rosto de Joona.

Joona o ignora e segue em frente, tirando um carrinho de correspondência do caminho e marchando direto para a sala de Morgan Malmström.

Ele abre violentamente a porta e entra. Greta, Petter e Morgan estão sentados ao redor da mesinha de centro; assustados, os três se viram e olham para Joona.

— Você me deu sua palavra — Joona diz a Morgan.

— Estamos em reunião aqui — o chefe responde. — Talvez você pudesse...

— *Turpa kiinni** — Joona xinga em finlandês, virando-se para os outros. — Vocês sabiam a respeito disso?

Petter olha para baixo, Greta cruza as mãos no colo antes de responder. Alguns fios de cabelo grisalho se soltam e caem em seu rosto quando ela encara Joona nos olhos.

— Sim, nós sabíamos. E também concordamos em deixar você fora disso.

— A situação mudou — Morgan explica. — Saga Bauer é suspeita de matar Manvir Rai; não podíamos correr o risco de deixar

---

* "Cale a boca!" (N. T.)

que ela fugisse novamente, mas... mas foi um erro o fato de um dos policiais ter disparado naquele momento; ele não recebeu ordem pra fazer isso. A promotoria especial vai investigar o caso.

— Eu responsabilizo você pessoalmente por isso — Joona retruca, apontando o dedo para Morgan.

— Em última análise, é claro que sou o responsável — ele responde, incapaz de esconder o medo em seus olhos. — Mas era uma situação de extrema pressão para todos os envolvidos. Não estou tentando me defender, tampouco o franco-atirador, mas todos estavam convencidos de que o homem indo na sua direção era Saga, suspeita de assassinar um policial. O homem estava lá na hora combinada, com um novo pacote debaixo do braço. Você realmente esperava que a deixássemos escapar de novo? O tempo estava passando.

— Espere aí, o que foi que você disse? Um novo pacote? — Greta pergunta.

— Tudo o que eu sei é que a força-tarefa ficou com ele — Morgan responde, lançando-lhe um olhar hesitante.

— Que porra é essa? — Petter murmura, pondo-se de pé.

Greta liga para o comandante da operação e, incapaz de esconder a irritação na voz, explica rapidamente a situação.

— Então, como pode ver, precisamos do pacote agora! — ela berra.

— Isso é uma palhaçada... — Petter murmura, indo até a janela. Ele esfrega o couro cabeludo repleto de eczemas e xinga baixinho.

— Morgan, o que você quis dizer com deixá-la "escapar de novo"? Quando foi a primeira vez? — Joona pergunta.

— Houve uma operação anterior no apartamento de Saga — Greta diz.

— Uma operação?

— Eu tomei a decisão de acionar a Força-Tarefa Nacional — Morgan explica.

— Você disse que era apenas uma busca.

— Joona, mais dois policiais ficaram gravemente feridos. Nós os conhecemos, você também. Isto é pessoal. Eram nossos amigos, nossos colegas — Greta tenta explicar.

— Alguém sempre conhece a vítima — Joona resmunga, pegando seu distintivo e jogando-o no cesto de lixo.

— Seu pedido de licença foi atendido. Seu crachá magnético de acesso deixará de funcionar daqui a uma hora — Morgan diz com toda a calma do mundo. — Deixe sua arma sobre a minha mesa.

— Eu preciso dela.

— Estou lhe dando uma ordem direta para deixar a arma...

Morgan se cala quando Joona se vira e vai embora. Eles ouvem seus passos ao longo do corredor.

Greta pega uma maçã da tigela sobre a mesinha, mas, em vez de dar uma mordida, fica imóvel com a fruta na mão. Petter encara a tela do celular, e Morgan se levanta para fechar a porta.

— O homem que apareceu no lugar de Saga se chamava Karl Speler — Morgan diz, sentando-se. — Ele cresceu na África do Sul, formou-se em jornalismo aqui na Suécia e trabalhou para o jornal *Expressen* durante oito anos antes de ser demitido.

— Qual é a ligação dele com Saga? — Greta pergunta.

Ouve-se uma batida na porta e Otis, o perito forense, entra na sala com o pacote no colo.

— Isso veio de helicóptero — Otis diz, empurrando os óculos mais para cima do nariz.

Morgan se levanta e pega o pequeno pacote da mão dele, deixando-o sobre a mesinha de centro.

Petter volta ao seu lugar e empurra uma das poltronas para o lado de modo a dar espaço à cadeira de rodas de Otis.

Greta puxa a fita adesiva, abre as abas da caixa e solta um grito agudo quando surge um palhaço vestido de seda vermelha e amarela. Acoplado a uma mola, a figura salta com os braços estendidos, como se estivesse desesperado por um abraço. Os olhos parecem estar voltados diretamente para a frente e a boca vermelha está curvada em um largo sorriso. Em seu peito está colado um pequeno pedaço de papel em que alguém escreveu: *Eu confiei em você, Joona.*

81

Depois de sete horas atrás da fileira de lixeiras, Saga se levanta, bate os pés e gira os ombros.

Em dois momentos ela conseguiu cochilar, com a testa apoiada nos joelhos, mas imediatamente acordou de novo, com o coração acelerado.

Ela não pode se dar ao luxo de baixar a guarda.

Um homem com um avental sujo saiu cinco vezes para fumar na plataforma de carga e descarga, andando até a beirada para jogar a guimba do cigarro na lixeira.

Saga não tem certeza se o homem a viu de primeira; porém, ao sair pela terceira vez, ele deixou um copo d'água e um sanduíche de queijo antes de voltar para dentro.

Ela devorou o sanduíche e bebeu desesperadamente a água, depois devolveu o copo e o prato à plataforma e voltou a se esconder atrás das lixeiras.

Quando o homem saiu de novo, ele se livrou da guimba e, como se falasse sozinho, anunciou que as lixeiras seriam esvaziadas dali a uma hora e que todas as noites uma empresa de segurança passava para verificar as portas.

Saga sobe a rampa, passando pelo mato que cresce entre as rachaduras da parede.

O barulho constante do tráfego fica mais alto à medida que chega à calçada.

Depois de ter ficado parada por tanto tempo, suas pernas estão dormentes.

Há poucas pessoas por aqui agora.

Ao longo das últimas sete horas, ela desejou várias vezes que a vida voltasse ao normal, e seus olhos se encheram de lágrimas ao pensar em poder levar Nick e Astrid ao balé novamente.

Ela tira a capa de chuva e olha para as águas sombrias do lago Brunnsviken. Há uma cerca ao redor da marina, com cinco fileiras de arame farpado no topo.

A falta de uma boa noite de sono nos últimos dias a acossa com violentos puxões, como uma espécie de correnteza vigorosa, e ela espera até que uma pessoa correndo desapareça da vista antes de descer até a margem atulhada de lixo.

Três patos marrons deslizam calmamente na água.

Saga estende a capa de chuva no chão e olha para as placas desbotadas sobre empresas de segurança, alarmes e monitoramento. Em seguida, tira os sapatos, as meias e a calça e embrulha tudo dentro da capa, fazendo uma trouxa que carrega nas mãos enquanto entra na água morna.

Ela contorna a cerca, pisando em pedras lisas e escorregadias.

Há uma lancha em mogno marrom atracada ali perto, e Saga segura a corda e põe sua trouxa de roupas no píer. Depois usa a mão livre para agarrar as pranchas de madeira, apoia um pé no cabo de amarração e consegue subir.

A cerca alta circunda a marina e um grande trecho de cascalho utilizado para levar os barcos até a terra firme durante o inverno. No momento há cerca de cinquenta barcos atracados, com boias brancas e amarelas flutuando na superfície áspera da água.

Não há sinal de vivalma.

Saga sacode a água das pernas e percebe que o corte no joelho está sangrando. Em seguida pega sua trouxa e começa a caminhar ao longo do píer.

A área está quieta e tranquila.

Junto às pequenas cabanas amarelas há uma área de estar ao ar livre. A bandeira do clube naval tremula no mastro, e Saga vê também um equipamento de elevação enferrujado e vários carrinhos de transporte.

Ela se detém em frente a uma grande lancha branca, que deve ter quase vinte metros de comprimento, cabine fechada e vários deques.

Puxa uma corda, e o barco desliza lentamente em sua direção. A boia junto à proa flutua com a lancha até a linha ficar retesada. Saga pula a bordo com um baque suave, abaixando-se sob a popa e parando por um momento antes de desamarrar um canto da lona de cobertura e rastejar para dentro.

Agora Saga está na área de jantar, sob um dossel, e através das portas de vidro ela vê uma cozinha escura e uma mesa com oito cadeiras.

A porta de correr está trancada.

Saga pega sua arma e usa a coronha para arrombar a fechadura, então abre a porta e entra.

As paredes e os armários da cozinha são todos revestidos de mogno, e as ferragens parecem ser de bronze.

Ela passa por uma sala de TV cheia de sofás de couro macios e vai até o banheiro. Faz xixi no escuro, toma uma chuveirada rápida, se enxuga com uma toalha do armário de roupas de cama e se veste novamente.

Saga volta para a sala de TV. Entre as garrafas de destilado do bar há um grande garrafão de água, que ela tira do suporte e, depois de tomar um gole, leva consigo para a cozinha.

A geladeira está vazia e desligada, mas na despensa ela encontra uma lata de ravióli, que come frio.

Assim que termina, vai até o quarto, deita-se na cama e fita o céu cinza-escuro através da claraboia, pensando em Mara e em qual será seu próximo passo.

Saga achava que poderia confiar em Joona.

Ela havia dito a Karl que, se a ouvisse apitar, deveria largar o pacote e correr até o túnel e desaparecer o mais rápido que pudesse.

Se Joona tivesse trazido consigo uma Unidade de Resposta Rápida, Saga teria avistado os homens a um quilômetro e meio de distância, mas era praticamente impossível detectar um franco-atirador escondido antes que fosse tarde demais.

Ela ainda não consegue entender por que tomaram a decisão de executá-la.

82

Saga acorda sobressaltada. Através da claraboia, alguém está apontando uma lanterna diretamente para ela.

Sem fazer barulho, ela desliza da cama para o chão e rasteja até a parede junto ao guarda-roupa.

Há vozerio e passos no convés superior, e Saga sente as vibrações através do casco. Alguém abre a porta de correr na popa.

— Vamos chamar a polícia, a menos que você saia agora! — um homem grita.

Saga se levanta e começa a se mover em direção à voz; ela se detém quando chega à porta da cozinha e um dos dois seguranças aponta a lanterna para ela.

— Os donos do barco me disseram que eu poderia ficar aqui — ela alega.

— Não, eles não fizeram isso.

— Olha, eu não peguei nada — Saga diz, erguendo as duas mãos. — Eu só precisava dormir por algumas horas.

Os dois homens avançam cozinha adentro, o facho da lanterna vasculhando as paredes e os armários. O mais velho é barrigudo e tem a cabeça raspada, e o mais novo tem o cabelo preto preso num rabo de cavalo.

— Você quebrou a fechadura — o careca diz.

— Foi um acidente. Eu já vou embora.

— Por que a gente não deve simplesmente entregar você à polícia? — o segurança mais jovem pergunta.

— Porque eu não peguei nada, e...

— Isso é crime de invasão de propriedade privada — ele a interrompe.

— Vou ligar pra polícia já — o outro homem diz, pegando o celular.

— Não, por favor.

— E que motivos a gente tem para ser legal com você, hein? — o homem mais jovem indaga.

— Já chega, Marko... Estou fazendo a ligação.

— Me dê um bom motivo — ele diz, dando um passo em direção a Saga.

Olhando-a diretamente nos olhos, o homem estende o cassetete e usa a ponta para traçar os quadris dela. Continua descendo por uma perna e ao redor do joelho, depois volta a subir deslizando pela parte interna da coxa.

Saga abre as pernas e, quando ele olha para baixo, ela dá um passo à frente e o acerta com um firme gancho de direita na bochecha.

O cassetete cai com estrépito no chão entre os pés de Saga, e o homem cambaleia para trás e se abaixa, apoiado sobre um dos joelhos, com a mão no rosto.

— Sua vagabunda — ele geme.

Com movimentos ágeis, Saga gira os quadris e chuta o homem no pescoço, golpe que o faz cair todo esparramado de bruços no chão. Nesse momento, o mais velho bate com o cassetete nas costas dela.

Saga cambaleia para a frente, usando a mesa de jantar para se equilibrar. Ela gira e se abaixa bem a tempo de se esquivar de uma nova pancada do cassetete, que passa roçando por seu cabelo.

Ela o esmurra com o punho esquerdo.

Agora o jovem está de quatro, ainda gemendo.

Rolando para debaixo da mesa, a lanterna dele lança uma intensa meia-lua de luz no chão.

O segurança mais velho se aproxima de Saga, estende uma das mãos e usa a outra para desferir uma agressiva bordoada com o cassetete.

O celular dele está na bancada, e há uma cúpula de luz azul nebulosa pairando acima da tela.

Saga permite que o homem se aproxime, então acerta a mão dele com um único soco seco. Todas as combinações de golpes de boxe que ela praticou ao longo dos anos ainda estão lá, graças à memória muscular; ela não precisa pensar muito para subjugá-lo facilmente. Saga acerta um direto de esquerda, mas em vez de fazer o movimento de pés esperado, dá um longo passo à frente com o pé direito, e se põe ao lado dele.

Ela desfere um potente gancho de direita, que acerta a bochecha do homem com tanta força que a cabeça dele é arremessada para trás com um estalo, os lábios tremendo e um esguicho de saliva no ar.

O guarda desmorona feito uma árvore abatida a machadadas, caindo pesadamente sobre o próprio ombro. Sua têmpora bate no chão com um baque forte, e ele não se levanta mais.

Saga chuta o outro nas costelas, e pega o celular de cima do balcão. Enquanto sai do barco, ela leva o aparelho ao ouvido.

— Olá? Aqui é o comando regional — uma voz de mulher diz do outro lado da linha.

Saga encerra a ligação enquanto sobe para o convés de costas. Os guardas deixaram uma prancha de desembarque entre o píer e o convés; ela a atravessa e depois a puxa para trás, ligando para Randy enquanto corre pelo cascalho. O portão está destrancado; Saga sai da marina e corre em direção ao túnel sob a ferrovia.

— Randy — ele atende, sussurrando.

— Me ligue de volta neste número daqui a dez minutos.

Ela desliga e sai da trilha, atravessa correndo a grama, passa pelo complexo de prédios do Centro Wenner-Gren, cruza a rua e entra no parque Vanadislunden.

Dois nós dos dedos estão sangrando, e Saga os chupa; quando chega a um poste de luz, estende a mão para examinar os ferimentos. Não precisam de pontos, mas provavelmente seria bom fazer um curativo.

Saga continua andando pela escuridão e atravessa outro gramado. Quando Randy liga de volta, ela já chegou ao parquinho.

— Oi — Saga atende enquanto caminha pela vereda.

— Eu soube do que aconteceu — ele diz em voz baixa. — É uma loucura, eu não entendo.

— Não, é...

— Fui suspenso. Encontraram meu número no celular de Karl Speler.

— Eu sinto muito, Randy — ela diz.

— Está tudo bem, não se preocupe; estou muito feliz com o que você disse quando...

— Linda está aí? — ela o interrompe.

— Ela está dormindo.

— Eu não quero que você se envolva nisso, mas não tenho mais ninguém a quem recorrer, e preciso de verdade de um lugar pra me esconder.

— Vou ver o que posso fazer. Mas preciso te contar que chegou outro cartão-postal.

Randy está na cozinha às escuras do andar térreo de sua casa e vai até a janela, se detém e imagina ouvir o som de passos descalços parando no chão de linóleo atrás dele.

Ele esconde com as mãos o celular, afasta a cortina e espia o jardim escuro. Pelo reflexo no vidro, vê que o corredor atrás dele está vazio.

— O quê? De Mara? — Saga pergunta.

Randy vai até seu pequeno escritório e se senta.

Na escrivaninha à sua frente há um boleto da empresa de energia elétrica Vattenfall e um documento do seguro de seu Volvo.

Pela janela, ele vê o guarda-sol e as espreguiçadeiras de plástico do pátio.

— Sim, chegou ontem.

— Ontem? Não entendo; quem encontrou? — Saga pergunta.

— Chegou aqui, estava na nossa caixa de correio... Linda pegou a correspondência, e quando viu que era pra você, jogou no lixo.

— Vocês não podem ficar aí — Saga deixa escapar.

— Relaxe — Randy responde, e sente uma corrente de ar frio em volta dos tornozelos.

— Mas Mara sabe onde você mora, ela sabe...

— Está tudo bem, não se preocupe. Tenho certeza de que ela só quer se comunicar com você — ele diz, olhando para os salgueiros que balançam na brisa.

— O que diz o cartão-postal?

— Espere um minuto.

Randy fecha a porta o mais silenciosamente possível, mas mesmo assim a fechadura faz um clique quando ele solta a maçaneta.

Ontem à noite, Randy e Linda tiveram uma briga sobre a suspensão dele, e ela retrucou que não tinha intenção de fazer o papel de carteiro de Saga Bauer.

— O quê? Do que você está falando? — ele perguntou.

No fim das contas, Linda admitiu ter jogado no lixo um cartão-postal endereçado a Saga. Randy imediatamente saiu da cama e vasculhou o lixo para encontrá-lo; quando voltou, a esposa havia escondido o celular para impedi-lo de ligar para Saga. Ela continuou a vociferar e acusou Randy de todo tipo de coisa, e enfim ele adormeceu com um travesseiro por cima da cabeça.

Em algum momento durante a noite, Linda deixou o celular dele na mesinha de cabeceira.

— O que está escrito? — Saga pergunta de novo.

Randy abre a primeira gaveta, tira uma caixa de recibos e pega o cartão-postal.

A imagem na frente é uma fotografia em preto e branco de uma cidade bombardeada. Cinzas e detritos fuliginosos são visíveis em primeiro plano, e há incêndios por toda parte, o céu esfumaçado. Ao fundo, a câmera capturou os destroços da antiga cidade, as ruínas de catedrais e palácios barrocos. Na legenda abaixo lê-se *Königsberg, 1945*.

— É uma mensagem pra você — Randy diz, virando o cartão.

Enquanto ouve Randy, Saga vai até um banco debaixo de uma grande árvore e se senta.

— "Agora restam apenas duas balas brancas" — ele lê.

— Nós sabemos disso.

— "Em breve, Joona vai encontrar a minha família" — Randy continua. — Depois disso há três palavras em russo, e está assinado *Mark av Omaar*, com dois as.

— Entendi — Saga diz, rapidamente decifrando o anagrama. — O que há na frente do cartão?

— Uma fotografia do fim da Segunda Guerra Mundial, uma cidade chamada Königsberg. Quase que completamente destruída.

— Você pode me enviar fotos da frente e do verso?
— Claro.
— Seria muito bom se você também conseguisse descobrir o que significam as palavras em russo.
— Entro em contato novamente assim que eu...

Randy para de falar quando a porta de seu escritório se abre. Saga ouve Linda gritando com ele, e a ligação cai.

A tela do celular escurece na mão dela.

Ela olha ao longo da calçada em direção ao poste de luz mais próximo. O foco de luz ilumina o asfalto, a grama e os arbustos baixos, mas fora desse círculo brilhante o breu é total.

Saga se lembra do dia em que o psicólogo de Mara entrou em contato para relatar tudo o que a paciente lhe contara: Jurek Walter havia sequestrado os familiares dela e os mantinha em cativeiro num lugar que talvez se chamasse *Moyaveyab*.

Mas esse lugar não existe na Suécia — tampouco na Rússia.

A polícia encontrou Mara no meio da autoestrada nas imediações de Skärholmen e a levou para o Hospital Karolinska em Huddinge antes de ela ser internada nas instalações de Ytterö.

No momento da ligação de Sven-Ove Krantz, Saga estava absorta na caótica investigação dos assassinatos que sugeriam que Jurek ainda estava vivo. Uma tempestade que logo se transformaria em um furacão e estraçalharia sua vida.

Ela sofreu um colapso mental e nunca teve a chance de se aprofundar no que o psicólogo lhe disse.

Em seguida, depois da confirmação da morte de Jurek, Saga foi afastada do trabalho, e Joona foi suspenso enquanto uma investigação interna era feita.

Policiais, cães farejadores e peritos forenses revistaram todos os locais do complexo sistema de Jurek. Encontraram muitos túmulos, mas nenhum sobrevivente. Nem Saga nem Joona estavam na ativa quando as autoridades tomaram a decisão de reduzir a prioridade da investigação preliminar.

Saga se lembra do desenho de caveiras e ossos que encontrou escondido na lata de biscoitos da fazenda. Sob o desenho, Mara escreveu a legenda "Minha família".

Saga sente um calafrio, recolhe os pés debaixo do corpo e abaixa o queixo até os joelhos, na tentativa de se manter aquecida.

Será que Mara quer dizer que Joona vai encontrar a família dela quando ele também morrer, ou que vai encontrar os restos mortais deles no loçal onde Jurek os manteve encarcerados?

De súbito, Saga se sente totalmente desperta.

Para evitar o metrô no centro da cidade, ela decide ir a pé até a estação de Årstaberg, embarcar para o bairro de Skärholmen e depois começar a vasculhar a rodovia, nos arredores do local onde a polícia encontrou Mara.

83

Randy acorda com som de portas de armário batendo na cozinha e percebe que está deitado no sofá em frente à TV.

Ele veste calça de pijama e uma camiseta desbotada, e o cobertor cor-de-rosa piniquento caiu no chão.

Finas réstias de luz matinal penetram pelas persianas fechadas.

Na noite anterior, Linda, pisando duro, invadiu seu escritório enquanto ele conversava com Saga e começou a gritar até ficar rouca. Agora Randy percebe que não conseguiu enviar as fotos do cartão-postal como prometeu.

Ele se endireita, cria forças e vai até a cozinha.

Linda está sentada à mesa com uma xícara de café e uma tigela de iogurte sem lactose, lendo as notícias em seu iPad. Ela já se maquiou e secou o cabelo, e sua pasta de couro preto está na cadeira ao lado.

— Bom dia — ele diz baixinho, servindo-se de uma caneca de café.

Linda o ignora, mas ele se senta em seu lugar habitual e começa a ler o resumo de notícias do *New York Times*.

— Alguma outra carta de amor? — Linda rosna sem erguer os olhos.

Randy larga o iPad e respira fundo.

— Já conversamos sobre isso, Linda. Eu não te traí, e...

— Você é uma fraude do caralho — ela vocifera. — Sair da cama no meio da noite pra vir aqui sussurrar com aquela puta. Minha nossa, quem faz esse tipo de coisa? Você é um doente!

— Era sobre trabalho.

— Na calada da noite?

— Sim, ela estava...

— Você nem tem emprego, lembra? Demitiram você por causa da...

— Eu não fui demitido, eles apenas me colocaram em licença administrativa enquanto...

— Licença? — ela retruca, levantando-se. — Licença é o caralho. Pois é, o emprego não foi a única coisa que você perdeu. Está na cara que você perdeu foi o juízo, porque só tem *uma* coisa nessa merda da sua cabeça!

— Acalme-se.

— Você mentiu pra mim esse tempo todo. Eu não entendo como pode ser tão cruel, tão ruim! — ela berra, lágrimas escorrendo pelo rosto. — Nós *moramos* juntos. Eu realmente investi tudo de mim neste relacionamento... Você entende como estou me sentindo? Entende? Uma inútil de merda. Sempre tive problemas de autoestima... Como pôde fazer isso comigo?

— Talvez eu não tenha sido muito bom em controlar seu ciúme, mas...

— Ah, vá se foder! — ela grita, pegando a bolsa da cadeira. — Vá se foder. Nunca mais quero ver a sua cara!

— Você está exagerando...

— Apenas cale a boca!

— Tá bom, tá bom... Por que a gente não conversa depois que você se acalmar...

— Eu não estou nem aí pra você, não quero nem saber o que você vai fazer, por mim pode voltar correndo pra sua putinha! — ela diz e sai, furiosa, para o corredor.

Randy permanece à mesa. Toma um gole de café e ouve a porta da frente bater com tanta força que a fotografia emoldurada treme na parede.

Ele sabe que Linda entrará no carro, se sentará ao volante e se recomporá, pressionando os lábios com firmeza. Ela enxugará os olhos e arrumará a maquiagem, depois ligará o motor e sairá do estacionamento.

Linda está convencida de que Randy ainda não superou seu relacionamento com Saga, mas ele nem sequer faz ideia do que realmente significaria conseguir superar a perda dela. Randy ama Linda, mas isso não significa que ele queira ou seja capaz de apagar Saga do coração.

Ele jogou fora todas as fotos que tinha dela, embora ainda guarde os negativos. Dessa forma, ainda poderá imprimir novas cópias quando quiser.

Desde que Saga ligou para ele do celular de Karl Speler, Randy não consegue parar de pensar no que ela disse, que ele era a única pessoa que ela amou na vida.

Ele sabe o que ouviu, mas mal consegue acreditar que isso de fato aconteceu.

Nessa noite, quando Linda voltar do trabalho para casa, agirá como se a discussão nunca tivesse acontecido. Ele já passou por tudo isso muitas vezes.

Randy se levanta e vai até o escritório, pega o cartão-postal, tira uma foto dos dois lados, depois envia as imagens para Saga.

Ele hesita por um momento, depois encaminha as mesmas fotos para Greta, volta para a cozinha e lava a tigela de Linda. Frita dois ovos e os serve sobre uma fatia de torrada, com um pouco de ketchup e molho inglês.

Enquanto come, Randy pensa em como pode ajudar Saga a encontrar um lugar onde se esconder. Ele é membro de um coletivo de fotógrafos com acesso a uma câmara escura num porão. Ainda é um pouco cedo, mas em uma ou duas horas ele vai ligar para o presidente a fim de solicitar a reserva do espaço por alguns dias.

Randy sobe as escadas até o andar de cima para escovar os dentes e lavar o rosto. Ele observa o próprio rosto no espelho acima da pia.

Seus olhos parecem cansados, sua boca ressecada.

Um jato de água respinga no vidro e borra o reflexo, fazendo suas feições derreterem e escorrerem.

Um barulho repentino põe Randy em alerta por alguns segundos.

Parece o som de alguém jogando tachinhas escada abaixo.

Ele esfrega a cabeça e vai até o quarto, bota o relógio de pulso e abre o guarda-roupa, veste uma cueca boxer limpa, uma camiseta preta e calça jeans.

Randy sabe que Saga fará tudo o que puder para localizar a assassina e salvar Joona, custe o que custar.

Como alguém pode realmente achar que ela está envolvida nos assassinatos?

Randy arrasta um banquinho até o guarda-roupa e sobe, pega um chapéu Stetson de feltro branco e tira a caixa de charutos da prateleira mais alta.

Depois se senta na beirada da cama e abre a tampa.

Um cachorro começa a latir numa das casas mais adiante na rua, e o rottweiler do vizinho logo se junta aos latidos.

Uma lufada de vento faz a janela do quarto tremer no trinco.

Randy se levanta e olha para a rua através dos galhos da macieira. Um carro com um bagageiro de teto passa lentamente e desaparece.

Os galhos balançam com a brisa forte, e, através das folhas, Randy entrevê as casas vizinhas.

Seus olhos seguem a rajada de vento que atravessa os pequenos jardins dos vizinhos, e de repente lhe ocorre que ele não trancou a porta depois que Linda saiu de casa. Mas, pensando bem, por que teria feito isso? Eles nunca passam a chave durante o dia.

Ele se volta para a caixa de charutos e retira cuidadosamente uma das tiras de filme revelado. Ela contém quatro negativos de meio quadro, a mesma imagem em cada uma, tiradas com aproximadamente um minuto de intervalo.

Saga, deitada nua de costas no meio de uma estrela de sete pontas feita de cerejas.

Ele montou a câmera no teto do estúdio para fotografá-la de cima, e essas imagens talvez representem o momento mais feliz de sua vida.

Eles comeram pizza direto da caixa antes de ele começar a trabalhar na montagem da câmera, na instalação das luzes e dos refletores, na medição e na disposição das cerejas.

Nos negativos, os lábios e mamilos de Saga parecem brancos, seu corpo esguio cinza-escuro com contornos claros e brilhantes. Os espaços entre os dedos dela parecem reluzir, mas o lençol branco no qual ela está deitada é preto.

Ele observa com atenção a escuridão brilhante entre as pernas dela, um triângulo branco com bordas côncavas, um círculo de Bankoff que atrai e suga o olhar.

Como sempre, Randy tirou doze fotos, e depois fizeram amor na cama do estúdio. Ele se lembra de beijar os seios de Saga, sua barriga. Ele se lembra de lambê-la em movimentos suaves, entre as pernas, repetidas vezes.

Ela era inacreditavelmente morna e macia.

Saga segurou a cabeça dele com uma das mãos, abrindo ainda mais as coxas e pressionando o corpo contra os lábios dele.

84

De repente, a janela estremece de novo. No banheiro, o vento está rugindo através do exaustor do teto.

Randy ouve algo no andar de baixo.

Parece que alguém está empurrando os cabides ao longo do corrimão do corredor.

Linda deve estar de volta, Randy pensa com o coração disparado. Com cuidado, ele guarda os negativos de volta na caixa, fecha a tampa, sobe no banquinho e enfia a caixa atrás do chapéu.

Talvez ela tenha se arrependido e mudado de ideia enquanto ainda estava sentada no carro, percebendo que afinal não era lá grande coisa Randy falar com Saga.

Ainda empoleirado no banquinho, ele se vira para a janela e espia a rua.

O sol desapareceu atrás de uma nuvem, dando a impressão de que todas as cores estão mais intensas.

A ventania parece ficar mais forte a cada minuto que passa, e as copas das árvores tremem e se curvam.

Randy ouve batidas suaves no andar térreo.

São apenas os galhos do salgueiro contra as janelas, ele diz a si mesmo.

Randy desce do banquinho, leva-o de volta ao seu lugar habitual e tira o barbeador elétrico do carregador.

As pancadas no vidro recomeçam.

Ele faz a barba enquanto sai do quarto, apaga a luz do banheiro e desce as escadas.

O zunido das lâminas do aparelho é tão alto que ele nem sequer consegue ouvir os degraus rangendo sob seus pés.

Ele chega ao pé da escada e caminha pelo corredor até a cozinha.

As lâminas fazem um ruído rascante quando ele passa o aparelho nos pelos sob o nariz.

Randy faz uma pausa e desliga o barbeador, aguçando os ouvidos para escutar o vento que assobia em torno da casa, o farfalhar de folhas e as batidas dos galhos nas janelas.

Ele religa o aparelho e entra na cozinha.

Dentro de quarenta minutos ele poderá ligar para o presidente do coletivo de fotógrafos.

Lá fora, no jardim, os arbustos se agitam em diferentes direções, os galhos do salgueiro vergastando o ar.

O vendaval uiva através do exaustor.

Randy sente um arrepio e se vira.

A porta do armário de materiais de limpeza está totalmente aberta.

Randy retorna ao corredor. O tubo do aspirador de pó se soltou do encaixe. Ele o empurra de volta e fecha a porta.

Em seguida, Randy prende a respiração e para por alguns segundos antes de religar o barbeador elétrico.

Quando aproxima o aparelho dos ouvidos, o som fica ensurdecedor.

Ele espia por cima do ombro. A cozinha parece ainda mais escura agora; talvez esteja prestes a chover.

Ele ouve um rangido vindo do armário de materiais de limpeza, e uma corrente de ar frio sopra em seus tornozelos.

Randy desliga o barbeador e volta para o corredor.

No quarto do casal, mais uma vez a janela sacode com estrépito.

Assim que ele sai para o corredor, a porta da frente se abre e bate contra a parede.

A fotografia emoldurada de Linda cai no chão, espalhando estilhaços de vidro por toda parte.

Há uma pequena caixa de papelão no capacho.

De imediato, Randy sabe do que se trata.

Mara Makarov não tem mais o endereço de Saga, mas sabe que Randy ainda mantém contato com ela.

A porta bate com força, fazendo o sininho da campainha repicar de leve.

Randy corre até lá, pega a caixa e tranca a porta.

Ele vai às pressas até o escritório e apoia o pacote sobre a escrivaninha.

Documentos e boletos caem no chão.

Com as mãos trêmulas, Randy consegue soltar um canto da fita adesiva marrom-clara. Ele a rasga, dobrando para trás as abas e tirando de dentro uma bola de papel que desembrulha lentamente.

Ele segura a pequena estatueta entre o indicador e o polegar e, por um momento, tem a sensação de que tudo ficou preto.

Ele pisca, inclinando a miniatura em ângulo em direção à luz.

A estatueta é dele próprio.

Eu sou a próxima vítima, ele pensa, o sangue retumbando em seus ouvidos.

Ele fuça os bolsos à procura do celular, mas suas mãos tremem tanto que ele mal consegue digitar o código de desbloqueio.

Tentando acalmar a respiração, Randy põe o celular na escrivaninha à sua frente. Ele usa a mão esquerda para firmar a direita e se obriga a desacelerar.

Quando enfim consegue abrir o histórico de chamadas, liga para o último número do qual Saga telefonou.

— Alô — ela atende com a voz neutra.

— Sou eu, Randy. Acabou de chegar um novo pacote, aqui em casa... Eu sou a próxima vítima, estou com a estatueta bem aqui e...

— Randy — Saga o interrompe. — Faça exatamente o que eu disser: saia da casa agora. Não pare pra pegar nada além da carteira, o celular e as chaves do carro. Não troque de roupa, não tranque as portas, apenas saia daí!

— Tá bom — ele diz, pondo-se de pé. — Mas eu não deveria...

— Você já está saindo de casa?

— Sim.

Dominado por uma poderosa sensação de irrealidade, Randy caminha pelo corredor. A porta do armário de materiais de limpeza se abriu novamente.

— Eu não deveria avisar a central de comando?

— Eles não chegarão aí a tempo.

Randy passa às pressas pelo armário e tira a mochila do gancho, calça os sapatos. Depois destranca a porta e corre para fora.

O vento assobia por entre as árvores, sacudindo as folhas. A bicicleta de Randy caiu, e a cesta do jardim está no gramado do vizinho.

— Você já saiu? — Saga pergunta, aos gritos.

— Sim, estou caminhando no...

— Depressa! — ela o interrompe. — Entre no carro e comece a dirigir, e não pare. Não conte a ninguém pra onde você está indo, apenas escolha um lugar com o qual você não tenha nenhum vínculo, algum lugar onde você nunca esteve antes, que você nunca mencionou. Ligue ou me mande uma mensagem mais tarde, pra eu saber que está seguro.

Ela encerra a ligação, e Randy começa a correr pela rua, em direção à fileira de casas cor de damasco.

Poeira, folhas e lixo rodopiam pelo asfalto.

O estacionamento entre os prédios cinzentos está praticamente vazio.

Randy corre até seu Volvo, e está sem fôlego quando se detém para tirar as chaves da mochila; suas mãos tremem tanto que ele imediatamente as deixa cair. Ao se abaixar para pegá-las, ele verifica embaixo do carro.

No chão junto a um dos pneus há uma pequena cabeça de boneca com cabelo loiro.

Randy pega as chaves, se levanta, destranca a porta, senta-se ao volante e liga o motor. Ele sai com o carro do estacionamento, vira à direita na rua Vibyvägen e acelera.

85

Após a ligação de Randy, o coração de Saga bate acelerado. Agora ela está no meio da ponte Västerbron, caminhando pela calçada da direita, de modo que qualquer carro que passe por ela se aproxime por trás.

Na baía abaixo, ela vê as ondas e a espuma branca.

A brisa forte puxa seu capuz.

Horas antes, Saga entrou de fininho numa filial da loja Naturkompaniet e levou uma braçada inteira de roupas para o provador. Escolheu um blusão esportivo verde-musgo, arrancou a etiqueta de segurança, enfiou-o debaixo do suéter e saiu da loja.

Ela verifica e reverifica o celular do segurança da marina para se assegurar de que o aparelho não foi bloqueado, e se dá conta de que nas próximas horas terá que encontrar uma maneira de carregá-lo.

Uma viatura da polícia com luzes azuis piscantes aparece atrás de Saga, que finge estar fuçando no celular enquanto o carro passa.

Ela precisa fazer um grande esforço para continuar caminhando com a cabeça abaixada em vez de levantar os olhos para ver a viatura se afastar.

Depois de alguns minutos, ela se detém e dá as costas para o trânsito a fim de olhar através dos cabos de arame do parapeito, ao longo da água, até os densos aglomerados de torres de apartamentos nas ilhas.

Com os dedos frios, Saga digita o número de Joona e leva o celular ao ouvido.

— Sou eu. Só estou ligando pra dizer que chegou um pacote na casa do Randy. Ele é a próxima vítima. Eu o instruí a entrar no carro e dirigir pra algum lugar onde nunca esteve ou que nunca mencionou a ninguém.

— Ótimo, você fez a coisa certa — Joona diz.

— Eu acho que a estatueta e o embrulho ainda estão na casa dele, mas não tenho como ir até lá.

— Saga, me desculpe por...

Ela desliga. Joona liga de volta, mas ela não atende. Em vez disso, ela continua atravessando a ponte em direção a Långholmen e Hornstull.

Enquanto Saga caminha e o vento castiga sua jaqueta, ela tenta se convencer de que Randy ficará bem, contanto que ele faça o que ela mandou: ficar o mais longe possível de Estocolmo e na surdina até que tudo acabe.

Isso será um golpe nos planos de Mara — e, com um pouco de sorte, um golpe que também a deixará de joelhos.

Deve haver uma maneira de detê-la.

Saga decide começar indo até a autoestrada de Skärholmen, à procura de *Moyaveyab*, o local onde tudo começou. O lugar para onde Mara planeja atrair Joona e depois atirar nele pelas costas com a última bala branca.

86

Joona dobra a esquina e para na rua defronte à casa de Randy. Ele sai do carro e vai até a porta da frente. O vento tempestuoso sacode os galhos do salgueiro em todas as direções. Ele toca a campainha, abre a porta e entra.

Uma fotografia emoldurada caiu da parede, e há vidro espalhado por todo o chão.

Joona olha em volta e caminha rapidamente pelo corredor até a cozinha.

A mesa e as bancadas estão vazias, o vento ruge através do exaustor.

Ele abre a porta de um pequeno cômodo ao lado e vê boletos e recibos espalhados pelo chão. A caixa de papelão está sobre a escrivaninha, a estatueta de metal caída ao lado das folhas de papel amassadas em que veio embrulhada. É mesmo parecida com Randy, Joona percebe enquanto desdobra a maior das folhas.

Do lado de fora, um galho se quebra e bate com um baque surdo na esquadria da janela.

O papel é uma página arrancada de um tipo de guia rodoviário que as pessoas usavam antes da invenção do GPS.

O verso está em branco, mas a frente é um mapa que fornece uma visão geral da área metropolitana de Estocolmo e Uppsala, mostrando todas as estradas principais e entroncamentos na década de 1950.

Joona examina o mapa e tenta descobrir se algum lugar foi marcado. Ele acende a luminária da escrivaninha e segura a página contra a luz, procurando por furos de alfinetes, mas não consegue encontrar nada.

O outro pedaço de embrulho é uma folha fina de papel, na qual uma pequena anotação foi escrita com uma caligrafia à moda antiga.

A pergunta a que eu louvavelmente respondo abaixo: assim como a natureza transforma enxofre e ferro ♂ em ouro, não poderíamos arrancar da natureza o seu ~~tão bem guardado~~ segredo e fazer o mesmo?

Joona lê duas vezes o texto curto e percebe que é uma referência ao período alquimista de August Strindberg em Paris.

Enxofre e ferro se tornam ouro.

As marcas de edição são antigas, mas a palavra "ferro" foi sublinhada duas vezes, ao que tudo indica numa data posterior. *Provavelmente por Mara*, ele pensa. O símbolo alquímico do ferro é o mesmo do sexo masculino e do deus romano Marte.

Joona estuda o mapa novamente.

A esfera representando Marte no Sistema Solar da Suécia está no Mörby Centrum, mas o local ainda não havia sido construído na década de 1950 e, por conseguinte, não figura no mapa rodoviário.

Essa informação é inútil.

Ele precisa pensar como Mara.

Alquimia, ferro, Marte.

Joona se senta e nota, caída no chão, uma carta de uma seguradora referente a um carro Volvo.

O logotipo da marca é mais uma versão do símbolo do ferro.

Mara planeja matar Randy em seu próprio carro numa das estradas de Estocolmo.

Lá fora o vento ergue uma espreguiçadeira do jardim da casa vizinha e a arremessa no gramado.

Joona se levanta e liga para Randy. O telefone toca por um momento e depois vai para a caixa postal.

Joona tenta de novo, precisa avisar o colega, alertá-lo para não parar o carro em hipótese nenhuma, nem se alguém tentar fazer algum gesto ou aceno para ele encostar.

87

O pavimento da autoestrada parece quase fluir por debaixo do carro à medida que as torres de alta tensão passam zunindo pelo lado direito.

O coração de Randy ainda está a mil por hora, mas seus níveis de adrenalina começaram a se estabilizar desde que entrou na rodovia.

Ele fez exatamente o que Saga mandou, sem parar para pensar duas vezes: correu até o carro e saiu em disparada, passando pela antiga fábrica de fermento e pelo supermercado Co-op, que seu pai ainda insiste em chamar de "Obs!", nome que não é utilizado há anos.

Ele ultrapassa uma betoneira e vê, no telhado de um prédio industrial branco, um homem com roupas de alta visibilidade falando ao celular.

Randy tenta entender o fato de Mara Makarov tê-lo escolhido como seu próximo alvo.

Parece incompreensível, surreal.

Ele simplesmente não consegue entender o motivo.

A bem da verdade, o que ele quer mesmo é dirigir diretamente até a sede da polícia, parar o carro na porta e entrar correndo, mas também sabe que provavelmente é isso que Mara espera que ele faça.

Saga o instruiu a sair de Estocolmo.

Ele entra na faixa de saída ao se aproximar de Kista e continua na rodovia E18.

A mente de Randy divaga enquanto ele dirige. Sua discussão com Linda e a pequena estatueta insistem em girar dentro de sua cabeça.

Ele não consegue se lembrar de nenhum detalhe do embrulho.

Saga lhe disse para ir a algum lugar com o qual ele não tivesse nenhum vínculo, onde ele nunca esteve antes, sobre o qual nunca falou. Isso não torna óbvia e grande demais a estrada em que ele está?

Randy não tem ideia, mas decide que provavelmente seria melhor escolher uma rota um pouco mais aleatória; então, ele sai da autoestrada na altura da cidadezinha de Bålsta, e pega a ligação Enköpingsvägen até a estrada 263.

Ele está em segurança agora; precisa apenas continuar dirigindo.

Uma sensação de calma finalmente se espalha por ele.

Randy segue a estreita estradinha rural que serpenteia pela enorme reserva natural. Os prados dão lugar a bétulas, que gradualmente vão se adensando; em ambos os lados, aumenta cada vez mais o número de pinheiros e abetos.

Ele desacelera para fazer uma curva e depois pisa fundo ao sair dela.

Mais à frente, Randy avista um carro parado à esquerda. O capô está aberto, e as luzes amarelas do pisca-alerta lampejam no asfalto e nos troncos das árvores.

Um homem idoso, vestindo um terno amassado, caminha pela vala com um triângulo refletivo na mão.

Randy desacelera, abre o vidro da janela e para o carro pouco antes de alcançar o motorista.

— O senhor precisa de ajuda? — ele pergunta. — Sou policial.

O velho se detém e passa a mão pelos finos fios de cabelo branco.

— É a bateria.

— O senhor tem cabos pra fazer uma chupeta?

— Sim.

Randy dá uma guinada na linha central e para de frente para o outro carro, puxando a alavanca para soltar a trava do capô.

O homem abre seu triângulo de advertência e se vira.

Randy sai do carro e levanta o capô.

O vento uiva por entre as árvores, fazendo as pinhas caírem no chão seco. O idoso abre o porta-malas para pegar os cabos.

Randy tenta espiar pelo para-brisa, mas com o céu claro refletido no vidro é quase impossível.

Há alguém sentado no banco do passageiro?

O motorista fuça no porta-malas.

Randy vai até a vala e, semicerrando os olhos, espreita pela janela lateral. Através de seu próprio reflexo ele acha que consegue distinguir um rosto pequeno e cinza.

O homem idoso volta com os cabos em um saco plástico.

— É muita gentileza da sua parte — ele diz.

Enquanto tira o cabo vermelho e se inclina sobre o motor de Randy, outro veículo aparece na curva.

— Polo positivo com polo positivo — ele murmura, prendendo os cabos no lugar.

O veículo que se aproxima é uma van branca com o farol quebrado.

Randy sente uma súbita onda de desconforto ao perceber que seu celular ainda está na mochila no banco do passageiro.

O idoso prende a outra extremidade do cabo à sua própria bateria e retira o cabo preto.

— Polo negativo no motor — ele murmura, voltando-se para o veículo de Randy.

A van diminui a velocidade à medida que se aproxima mais, e Randy se posiciona na borda da grama, ao lado de seu próprio carro.

O vento faz o cabelo do homem ficar espetado.

No limiar do bosque, os galhos rangem ao bater uns nos outros.

A van passa. Uma criança sentada no banco de trás filma pela janela com o celular.

— Já pode ligar o motor — o homem idoso diz.

Randy entra no carro e observa a van desaparecer ao longe. Ele liga a ignição e deixa o motor em ponto morto.

O homem está parado na vala, limpando as mãos na grama alta da campina.

A pessoa no banco do passageiro abre a porta até a metade, mas não sai.

Depois de cinco minutos, Randy desliga o motor e o velho desconecta os cabos na ordem inversa.

Em seguida, ele entra no carro e liga o motor sem problemas, mostrando o polegar para cima pela janela aberta.

Randy dá marcha a ré para se afastar do carro, volta para o lado direito da estrada e, enquanto acelera, ouve o motorista buzinar em sinal de agradecimento.

Randy ainda não tem ideia de onde está indo, mas decide que pode tentar passar por Uppsala percorrendo estradinhas rurais vicinais e depois encontrar algum hotel simples onde se hospedar.

À medida que a área rural se abre novamente, Randy vira à direita numa rotatória e entra na 55.

O tanque está quase vazio, ele se dá conta.

Depois de cerca de quatro quilômetros, alguns prédios à frente, ele avista a cobertura vermelha de um posto de gasolina cintilando como um farol.

88

Randy diminui a velocidade e, assim que pega a saída do posto de gasolina, se dá conta de que não tem certeza se está com a carteira.

Ele para o carro a uns dez metros das bombas de combustível.

Do outro lado da área coberta do posto deserto, ele avista uma pequena construção de madeira. Não há luz saindo das janelas, e ao redor das mesas vazias na área externa tem um banner no qual se lê *Pizza, Kebabs, Hambúrgueres*.

Randy vasculha a mochila no banco do passageiro, e fica aliviado ao encontrar a carteira.

Sua mão esbarra no celular, a tela acende, e ele vê que tem cinco chamadas perdidas de Joona Linna.

No momento em que Randy tira o celular da mochila, algo se move velozmente atrás do carro.

Pelo canto de olho, o policial percebe o movimento.

Ele ergue a cabeça e verifica o retrovisor interno.

No chão atrás do carro há um corvo, bicando um saco plástico.

A brisa eriça a penugem da cabeça do pássaro, que se eleva no ar quando um caminhão passa trovejando pela estrada principal.

Randy olha de novo pelo para-brisa. Num dos pilares junto às bombas de gasolina, uma placa com a imagem de um cigarro riscado indicando "proibido fumar" tremula ao vento. Lixo e poeira rodopiam pela área coberta do posto.

Nesse momento, o carro balança.

Randy se vira para o retrovisor lateral e mais uma vez vê o corvo bicando o saco plástico.

Foi como se o chão tivesse tremido assim que a ave pousou.

No instante em que Randy desbloqueia o celular a fim de ligar para Joona, o carro estremece de novo, e ele olha para o retrovisor interno.

Outro corvo pousou atrás do carro.

Randy desprende o cinto de segurança e se vira para enxergar melhor pelo para-brisa traseiro, mas, em vez disso, dá de cara com o rosto de outra pessoa.

Ele engole em seco, sufocando um grito.

Há uma jovem sentada no banco de trás do carro.

Mara Makarov, ele constata.

Ela tem olhos escuros, as bochechas sujas de poeira.

Ele tateia em busca da maçaneta da porta quando um estalo alto abafa todos os outros sons.

O assento do carro parece golpear violentamente suas costas.

Um pequeno buraco escuro surge no para-brisa, circundado por um círculo maior de vidro branco rachado.

Randy sente o sangue quente escorrer pelo lado esquerdo do torso.

Minúsculos cacos de vidro brilham no capô.

Os ouvidos dele começam a zumbir.

A porta do carro se abre, e Randy cai. Seu ombro bate em cheio no chão, e um dos pés fica enroscado embaixo do assento.

O celular pousa no asfalto sem fazer barulho.

Randy consegue se desenredar, perdendo um dos sapatos no processo; aos solavancos ele sai do carro e se põe de pé.

Os dois corvos levantam voo.

A bala atravessou a lateral de seu abdome, e Randy tem a sensação de que se queimou. Com uma das mãos ele pressiona o ferimento de saída e sai correndo, ao mesmo tempo que a porta traseira do Volvo se abre atrás dele.

A dor o atinge enquanto ele tenta correr até o quiosque de fast food deserto, e a cada passo que dá uma ardência dispara até chegar ao rosto, fazendo suas narinas dilatarem e os olhos lacrimejarem.

Pelo canto do olho, Randy vê que Mara está em seu encalço com a pistola vermelha em riste.

Todos os sons parecem um pouco abafados.

Ofegante, ele cambaleia até o banheiro na lateral do prédio e tranca a porta.

Isto não pode estar acontecendo, ele repete para si mesmo.

O zunido desaparece, deixando para trás o som de ondas estrondosas em seus ouvidos.

Randy ouve as bandeiras balançando ao vento, passos parando bruscamente do outro lado da porta.

— O que você quer? — ele pergunta com a respiração acelerada. — O que foi que eu te fiz?

A maçaneta gira e a fechadura range quando a mulher puxa a porta.

— Mara, eu sei que você quer vingança por alguma coisa, e ficaria feliz em te ouvir se você...

Nesse momento, Randy escuta o motor de um carro lá fora, o rangido de pneus quando o veículo para na bomba de gasolina.

— Talvez eu possa te ajudar, você está me ouvindo? Eu posso...

Os passos de Mara se afastam e Randy, soltando um gemido, sobe na tampa do vaso sanitário para espiar pela pequena janela.

Um automóvel amarelo parou junto a uma das bombas, e duas portas estão abertas.

Uma jovem de calça jeans e jaqueta de couro marrom está parada sob a luz pálida, debaixo da cobertura plana do posto, acompanhada de uma menininha de vestido cor-de-rosa.

Mara se aproxima delas com a pistola na mão direita.

Fica evidente que a criança precisa ir ao banheiro, por que está pulando de um pé para o outro.

Mara para na frente delas e diz alguma coisa.

A mulher parece ter ficado assustada; ela vasculha a bolsa, entrega o celular a Mara, diz algo para a menina e depois a conduz de volta ao carro.

Enquanto Randy luta para voltar ao chão, o sangue esguicha sobre seu sapato direito. Ele destranca a fechadura, sai do banheiro e fecha a porta.

Andando na ponta dos pés atrás do quiosque, ele observa o carro amarelo voltar para a estrada.

Mara não está em lugar nenhum.

O banner tremula ao vento, e um dos guarda-sóis vermelhos caiu entre as mesas.

Randy corre de volta para o carro e deixa um rastro de sangue na área coberta do posto. Gemendo de dor, ele pula atrás do volante.

Ele vê Mara contornar a passos largos a esquina do prédio.

Sem nem fechar a porta, Randy dá partida no motor, as mãos trêmulas.

Mara avança calmamente em direção a ele e ergue a pistola. Randy engata a primeira e solta o freio de mão. Mara firma a arma com a outra mão.

Ele pisa no acelerador. A porta aberta do carro atinge um poste de luz e se fecha com violência.

Mara aperta o gatilho.

Ouve-se um som cortante quando a bala atinge o para-brisa.

O projétil trespassa o peito de Randy, e o carro colide com uma das bombas de combustível.

A gasolina inunda o chão abaixo do carro.

Randy bate a cabeça no volante. Ele abre os olhos e tosse, esguichando sangue no painel.

Mara está se aproximando.

Ele tenta dar marcha a ré, mas o motor emite um som metálico estridente, feito uma colher dentro de um liquidificador.

A gasolina ainda escorre pelo piso do posto.

Mara o encara atentamente, com olhos escuros e inescrutáveis.

Randy enfia a mão na buzina, e usa todas as suas forças para fazer o máximo de barulho possível.

Mara abre a porta traseira do carro, e Randy observa pelo retrovisor enquanto ela pega uma espécie de galão de plástico.

O sangue borbulha na garganta de Randy cada vez que ele respira.

A mulher se aproxima dele e abre a porta do lado do motorista.

Randy está engasgado, e tosse mais sangue enquanto Mara levanta o pesado galão e despeja um líquido escuro no peito dele.

Um cheiro intenso e químico preenche o carro, e Randy tem uma sensação de queimação no abdome e entre as pernas.

Mesmo prestes a desmaiar, Randy consegue estender a mão e ligar outra vez a ignição.

Mara deixa cair o galão vazio no chão e se afasta.

Randy abaixa a mão até a alavanca do câmbio e a puxa, quase sem força.

O motor do carro morre.

Mara o encara, dá um passo para trás, levanta a pistola e atira nele pela terceira vez.

A bala atravessa seu corpo e atinge algo metálico.

Essa pequena faísca é suficiente para inflamar os vapores da gasolina.

O som se assemelha a um paraquedas se abrindo, ao mesmo tempo que uma bola de fogo engole o carro e as bombas de combustível.

Poucos segundos antes de Randy perder a consciência, ele está de novo com Saga. Seu antigo estúdio fotográfico é como um negativo de filme, um mundo de luz e escuridão invertidos.

— "A única pessoa que eu amei na vida..." — ele sussurra.

Sob o brilho negro das luzes do estúdio, os lábios e mamilos dela são brancos. Saga monta nele e, com as pernas bem abertas, deixa-o deslizar para dentro dela, abraçando-o, inclinando-se para a frente, pousando as mãos sobre o peito dele para se firmar enquanto o beija.

Os contornos do rosto dela são pálidos e brilhantes, e sua boca está repleta de luz enquanto ela geme e fecha os olhos.

Randy põe as mãos nos quadris de Saga, completamente alheio ao fato de que o enorme tanque de armazenamento de combustível abaixo das bombas está indo pelos ares.

A explosão arremessa estilhaços de vidro e fragmentos de metal retorcido em todas as direções, destruindo grande parte da cobertura plana acima das bombas.

Ergue-se no alto do céu uma bola de fogo de quinze metros, brilhante e dourada, que rapidamente se dobra sobre si mesma.

Os pilares de aço desmoronam com estrondo no chão, e folhas de alumínio vermelho caem na frente do quiosque de fast food.

Uma coluna de fumaça preto-carvão persegue as chamas no ar, contorcendo-se sobre si mesma no vendaval.

A gasolina fresca continua a alimentar as labaredas, lançando-as para cima com ferocidade dentro da nuvem negra rodopiante.

89

Saga se senta em frente a um computador na Biblioteca de Årsta. Ela está de costas para a entrada principal, mas estudou o mapa de evacuação de emergência e se mantém de olho nas portas através do reflexo em uma das janelas.

Randy ainda não deu notícias. Saga espera que isso seja um bom sinal, embora não consiga evitar uma sensação de apreensão mais intensa a cada minuto que passa.

Joona ligou para ela três vezes.

Ela acessa seus e-mails e vê que Randy lhe enviou uma mensagem naquela manhã.

Ao ouvir a porta se abrir, ela levanta o rosto. Entra um homem idoso de muletas.

Ela rapidamente abre o e-mail contendo as fotos do cartão-postal de Mara. Tal como ele disse, a imagem na frente é uma foto em preto e branco de Königsberg em ruínas. Ela clica na segunda imagem e lê o texto no verso:

Saga Bauer,
Agora restam apenas duas balas brancas. Em breve, Joona vai encontrar a minha família.
ИДИ В МОЯАВЕЯБ!

Mark av Omaar

Saga abre o Google Tradutor, altera o idioma do teclado para russo e, embora já suspeite que sabe o significado, começa a digitar uma letra após a outra.

Uma luz azul dança no teto inclinado de concreto da biblioteca. Lá fora, uma viatura da polícia parou na praça.

Saga lê a tradução que aparece na tela:

VÁ PARA MOJAWAYAB!

Ela abaixa o volume o máximo que pode, depois clica no pequeno ícone do microfone abaixo do russo e se inclina na direção dos alto-falantes. A voz metálica de mulher pronuncia: "*Idi v Moyaveyab*".

A porta se abre atrás de Saga, e ela observa no reflexo um policial uniformizado entrar na biblioteca. Saga rapidamente sai de seus e-mails, exclui o histórico de pesquisa e, pelo vidro, acompanha os movimentos do policial. Quando ele começa a subir as escadas, ela calmamente se levanta e caminha em direção à entrada.

Há outro policial parado do lado de fora.

Saga se esgueira atrás de uma estante e vai até o outro lado da biblioteca. Ela passa por um grupo de crianças, rompe o lacre da saída de emergência e abre a porta.

O alarme de incêndio começa a uivar enquanto ela foge do Årsta Centrum.

Ela só diminui a velocidade quando chega às árvores perto das hortas comunitárias, limpa a boca com as costas da mão e se força a caminhar com calma enquanto tenta organizar os pensamentos.

Depois de escapar de Jurek, Mara provavelmente viu uma placa para MORABERG. Era o único marco de que ela se lembrava. Em seu estado de confusão, ela confundiu as letras latinas com o cirílico, lendo R como Я e G como Б. Como resultado, julgou que o nome era МОЯАВЕЯБ.

O que ela tentava gritar era "Vá a Moraberg!", mas a confusa combinação de letras cirílicas de "*Idi v Moyaveyab*", pronunciadas como "*Idi vemoia veiave*", resultou numa mensagem completamente incompreensível.

Moraberg é um trevo rodoviário com um grande shopping center, próximo à E20, a leste da cidade de Södertälje. Também acontece de ser o único local do sistema de Jurek onde não encontraram nenhum resquício ou vestígio dele.

Saga verifica de novo o celular; Randy ainda não entrou em contato. Com o coração martelando de aflição no peito, ela se senta em um banco do parque para tentar ligar para ele.

Depois de cinco toques, uma mulher atende.

— Alô?

Seu pensamento imediato é que deve ser a namorada dele, Linda, mas em seguida ela reconhece a voz: Greta, da Unic.

— Alô? Quem é? — Greta pergunta.

Saga desliga, se levanta e liga para Joona.

— O que está acontecendo? Cadê o Randy? — ela pergunta, ouvindo o medo transparecer em sua voz.

— Eu sinto muito, Saga.

— Não... Não, eu não estou entendendo... Greta atendeu o celular dele e...

— Ela está na cena do crime, um posto de gasolina ao norte de Enköping.

A garganta de Saga aperta, e seus olhos se enchem de lágrimas, o que dificulta sua visão.

— Ele está morto?

— Saga, eu quero...

— Apenas me diga de uma vez — ela o interrompe.

— Eles ainda não conseguiram apagar o fogo, mas o carro dele foi completamente destruído, e encontraram restos carbonizados.

— Eu não estou entendendo. Enköping?

— Mara devia estar escondida no carro desde o momento em que ele saiu de casa.

— Claro — ela sussurra.

— Saga, eu não sei o que você fez, mas está começando a ficar perigoso pra você e...

— Eu sei, não posso mais fazer isso... Eu confesso que fui eu, é tudo culpa minha.

— Não diga isso.

— Mas é a verdade, eu matei todos eles, não consegui impedir. Você é o único que sobrou.

— Saga, eu conheço você.

— Não, você não me conhece — ela rebate, encerrando a ligação.

Saga enterra o rosto nas mãos por um momento, depois se recompõe, seca os olhos e começa a caminhar a passos vigorosos pelo parque.

Ela tentou, lutou e fracassou. Era seu trabalho salvar a vida de nove pessoas, mas não conseguiu decifrar a tempo nenhum dos enigmas de Mara, e agora Randy, Verner e Margot estão todos mortos.

Atordoada, Saga percorre a trilha estreita que atravessa o parque Årstafältet.

A vasta extensão da grama parece flutuar.

O rangido do cascalho sob seus pés parece vir de outro mundo.

Saga chega a uma estrada ladeada por altos prédios residenciais, e continua em direção ao sul.

Tudo o que ela toca acaba contaminado e depois morre.

Ela deixa o celular cair entre as grades de um bueiro, atravessa a rua e para no estacionamento em frente à delegacia de polícia de Hägersten.

A porta está aberta, e dois policiais uniformizados chutam uma bola de futebol contra a parede marrom-clara.

Não dou a mínima se eles atirarem em mim quando eu entrar e deixar a minha arma no balcão, ela pensa. É tudo minha culpa. Como pude fracassar em salvar Randy?

Os enigmas de Mara continuam girando em sua mente.

No cartão-postal que enviou a Randy, Mara escreveu que Joona encontraria sua família em breve, e finalizou a mensagem escrevendo "Vá a Moraberg!".

Em sua mente não restam dúvidas de que ela se referia ao sistema de Jurek, às coordenadas que apontavam para um local no meio da autoestrada a leste de Södertälje.

No entanto, lá não havia nenhum vestígio de Jurek, nenhum resquício de qualquer espécie.

Eu estou de volta à estaca zero, Saga pensa. Nada do que eu fiz desde que recebi o primeiro cartão-postal, três anos atrás, me deixou mais perto de detê-la. Foi tudo uma enorme perda de tempo. Tudo o que consegui foi convencer o pessoal de que estou envolvida nos assassinatos. Que escolha eu tenho a não ser me entregar e esperar que mais cedo ou mais tarde eu consiga limpar o meu nome?

Saga tenta se robustecer para o que está por vir: a gritaria, as armas, as algemas.

Ela abaixa os olhos e ouve a bola batendo na parede, os passos ágeis dos policiais e a respiração pesada da dupla.

Saga começa a caminhar em direção à delegacia.

A bola vem rolando em sua direção, e ela a chuta de volta.

Os policiais acenam em agradecimento, ambos abrindo um largo sorriso.

Talvez eu nunca tenha tido a menor chance de deter Mara, Saga pensa enquanto prossegue em direção aos homens.

Talvez o enigma de Mara sempre tenha sido impossível de solucionar, assim como o problema das sete pontes de Königsberg.

Saga estaca. O problema pode ser impossível do ponto de vista *teórico*, ela pensa, mas é perfeitamente possível na realidade, em três dimensões.

Na vida real, é possível nadar ou caminhar por debaixo das pontes.

Sua frequência cardíaca acelera.

A resposta para o verdadeiro enigma de Mara é que a família dela esteve no último local do sistema de Jurek o tempo todo.

Não na rodovia, mas abaixo dela.

Saga sabe que a polícia vasculhou palmo a palmo os dois lados da estrada com cães farejadores. Não encontraram nenhuma porta ou entrada subterrânea, nenhum alçapão nem tubulação de esgoto.

Ela própria estudou as plantas, desenhos detalhados de quando a autoestrada foi construída, enquanto realizavam os trabalhos de detonação e escavação.

Mas os corpos devem estar em algum lugar.

Essa é a resposta para o enigma.

Mara tem apenas uma bala branca em sua Makarov, e Saga é a única pessoa capaz de salvar Joona.

Se eu falhar, acabou, mas não antes disso, ela pensa.

Ela vira as costas para a delegacia e começa a se afastar.

Saga sabe exatamente com quem precisa conversar. Ela precisa localizar Jackie Molander.

90

Ao sair da casa de Randy, Joona se lembra da conversa com Saga. Ele espera que ela se entregue logo, caso contrário terá que começar a caçá-la.

Para frustrar os planos de Mara, ele precisa entender exatamente como ela e Saga estão conectadas. Essa é a questão. Ele entra no carro e liga para Greta a fim de saber se mais alguma coisa veio à tona.

— Você está fora do caso — Greta diz em tom severo. — E eu não posso dar informações sobre uma investigação em andamento.

— Eu não tenho tempo pra isso — Joona responde.

— A decisão foi sua...

— Greta — ele a interrompe. — Sei que está chateada, mas sou eu a pessoa que Mara escolheu como sua nona vítima, e preciso tentar detê-la antes que seja tarde demais.

— Tudo bem, mas só dessa vez. Encontramos uma cápsula de bala branca e duas normais. A perícia já começou a trabalhar, mas até agora tudo sugere que a vítima é Randy. Pelo que eu vi, o incêndio não parece ter sido intencional. O carro bateu numa bomba de gasolina enquanto ele tentava fugir, e alguma coisa inflamou os vapores e deflagrou o fogo... Mara e Saga não tiveram tempo de dissolver o corpo. Randy provavelmente morreu queimado — ela conclui com a voz pesada.

— Vocês encontraram algum vestígio de Saga lá?

— Sim, e partiremos pra cima delas com força total; se for necessário, neutralizaremos as duas. Você sabe disso, não é? E você...

— O seu chefe me deu a palavra dele — Joona interrompe. — Ele disse que eu poderia conduzir Saga sob custódia e dar a ela uma chance de explicar seu papel nisso tudo.

— Não me ligue de novo — Greta retruca, encerrando a ligação.

Joona começa a dirigir; ao chegar a um cruzamento, diminui a velocidade para permitir que dois meninos, os braços um no ombro do outro, atravessem a rua. Assim que eles passam, ele prossegue e vira para o quarteirão seguinte.

Se Mara realmente estava escondida no banco traseiro do carro de Randy, então é provável que a picape dela ainda esteja estacionada em algum lugar nos arredores.

Ele dirige ao longo das fileiras de casas cor de damasco, passa por pequenos jardins com móveis de área externa e vagas de estacionamento vazias.

Jurek nunca fez nada sem motivo, Joona pensa consigo mesmo. O sistema dele era um meio de estruturar sua memória, um palácio de pensamentos. Nunca teve a ver com se comunicar com a polícia, nunca se tratou de jogar ou propor enigmas.

Será que o mesmo vale para Mara?

Ele continua na rua Lantgårdsvägen e passa por uma área de casas brancas e cinzas.

Numa vaga de estacionamento na frente de uma delas, ele vê um trailer e um carro coberto por uma capa protetora.

Um homem barbudo carregando um bebê enrolado numa faixa de pano caminha pela calçada.

De maneira metódica, Joona percorre a área, acelerando um pouco quando chega à avenida Mäster Henrik. Entre as árvores altas à frente ele vê uma cerca baixa, com a tinta branca descascando, em torno de um gramado grande e bem cuidado.

Ele diminui a velocidade, dobra à esquerda e passa por uma mulher com um andador e segue em direção à área de estacionamento.

À sombra de um robusto carvalho, há uma picape Ford com um potente guincho elétrico.

Joona estaciona o carro do outro lado da rua, bloqueando a entrada, e tira a arma do coldre ao sair.

O vento chicoteia as copas das árvores.

Os pneus e os para-lamas da picape de Mara estão cobertos de barro seco, e o céu está tão branco que torna impossível enxergar o interior do veículo através dos vidros das janelas.

Joona se aproxima na diagonal, por trás.

Na carroceria da picape, ele vê dois tambores de plástico, uma série de cintas tensoras, correias de fixação e uma lona muito bem enrolada.

O gancho na ponta do cabo do guincho balança com a brisa.

A janela traseira está remendada com fita adesiva prateada.

Joona vê sua imagem refletida no vidro imundo ao lado do banco do motorista, estende a mão e tenta levantar o puxador, mas a porta está trancada.

Através do seu próprio reflexo, ele consegue distinguir o volante, a curva do assento, o freio de mão e a alavanca do câmbio.

A coronha da arma bate na janela quando ele se inclina e usa as mãos para bloquear a luz.

Mara deixou a última caixa no banco do motorista.

Joona dá um passo para trás e, com a pistola, quebra a janela, fazendo chover estilhaços de vidro no banco.

A mulher com o andador o encara por um momento antes de voltar pelo caminho por onde veio, traçando um amplo arco.

Joona enfia a mão dentro do veículo, abre a porta e tira o pacote.

Parece mais pesado que as caixas anteriores.

Ele volta correndo para seu carro, abre o porta-malas e guarda o embrulho. Começa a rasgar a fita, mas de súbito lhe ocorre que provavelmente seria melhor ter mais cuidado dessa vez.

Joona pega sua faca no porta-luvas, faz um pequeno buraco no fundo do embrulho e espia dentro.

A caixa está cheia de terra.

Ele corta todo o fundo da caixa e, lentamente, despeja a terra para dentro de um saco plástico.

Aparece uma pequena estatueta de estanho cinza-prateada, em contraste com a terra escura.

Ele a pega e sopra a sujeira. Ao fazer isso, Joona de repente compreende tudo.

91

Joona está dirigindo pela rodovia E20 em direção à cidade de Södertälje a cento e quarenta quilômetros por hora, e planeja fazer uma breve parada no parque Hågelbyparken.

Ele precisa falar com Bo F. Wrangel.

Agora Joona está convicto de que o local do último assassinato é também o último ponto do gigantesco M de Mara: no meio da via expressa, a leste de Södertälje.

Esse mesmo local apareceu também no sistema de coordenadas de Jurek, o único ponto onde jamais foram encontrados restos mortais nem qualquer vestígio dele.

A polícia vasculhou uma área enorme, isolou a rodovia e usou sonares de penetração no solo para procurar cavidades abaixo da estrada, mas tudo em vão. Não havia plantas nem mapas que sugerissem a existência de qualquer estrutura escondida sob a pista, porém, levando-se em consideração o fato de que a nona caixa continha apenas terra e a pequena estatueta de estanho, Joona está trabalhando com base na suposição de que o espaço subterrâneo tem de estar lá.

Bo F. Wrangel foi comandante de Joona durante seu treinamento militar básico na fortaleza Karlsborg. Wrangel supervisionava os exercícios no grande e empoeirado pedaço de cascalho a céu aberto, e era sempre inacreditavelmente despótico, escolhendo seus favoritos e a quem queria atormentar.

Muitas vezes ele gostava de fingir que não conseguia entender o sotaque finlandês de Joona, forçando-o com frequência a fazer cem flexões na frente dos outros como forma de punição.

Joona era constantemente ridicularizado por causa de sua origem; diziam que ele fedia a vodca, ou contavam piadas sobre a Guerra

Soviético-Finlandesa e as crianças finlandesas refugiadas enviadas para a Suécia.

Nos últimos onze anos, Wrangel trabalhou para a Must, a agência sueca de inteligência militar e segurança, e agora é o homem responsável pelas diversas instalações secretas das Forças Armadas do país.

Após a morte de Jurek, Joona não participou das buscas por vítimas sobreviventes, restos mortais, resquícios ou depósitos. Ele foi suspenso enquanto investigavam seu papel nos violentos acontecimentos nos Países Baixos, e só muito mais tarde é que finalmente teve a oportunidade de analisar todo o material resultante do enorme esforço de busca e do exaustivo trabalho forense.

Joona tem a lembrança de que, naquela ocasião, havia lhe ocorrido o mesmo pensamento de agora, e ele então entrou em contato com a Must. Afinal de contas, se existiam espaços secretos por baixo da autoestrada, deviam ser de natureza militar.

Wrangel ouviu o que Joona tinha a dizer e depois respondeu, com um quê de sarcasmo, que a Polícia de Segurança já havia feito a mesma pergunta.

Joona não tinha a autoridade necessária para solicitar material à Must e tampouco poderia encaminhar sua demanda a alguém de posição hierárquica mais alta; ainda assim, compartilhou suas suspeitas com seu superior na época.

Na Suécia, o mais alto nível de informação confidencial é conhecido como "ultrassecreto" e abrange todo tipo de informação que possa ter importância decisiva para a segurança nacional. Joona explicou ao chefe que ou devia existir outro nível de sigilo muito mais elevado ao qual nem mesmo a Polícia de Segurança tinha acesso, ou Wrangel simplesmente não estava disposto a ajudar.

Ele não se surpreenderia se seu antigo comandante continuasse a usar sua alta patente para exercer poder sobre os outros.

Joona não tem ideia se alguma vez a Unic ou a Polícia de Segurança levaram a questão ao Ministério da Defesa. Tudo o que ele sabe é que as buscas nunca foram retomadas.

Mas agora, com a chegada da nona estatueta, ele está convencido de que, afinal, deve existir algum tipo de espaço subterrâneo por baixo da rodovia em Moraberg.

Ele acaba de entrar em uma estrada estreita e esburacada ao lado de um campo de canola quando a primeira pontada de uma enxaqueca o atinge em cheio.

Uma gota de tinta negra em um copo d'água, rodopiando e se expandindo.

Agora não, ele pensa, pressionando dois dedos contra a pálpebra esquerda.

Ele passa por um estacionamento lotado e manobra entre os dois pilares de um portão, desce uma avenida arborizada e para no cascalho em frente a um imponente edifício amarelo.

É o segundo dia de um grande encontro de budô, e praticantes de diversas artes marciais japonesas vindos de uma ponta à outra da Europa estão reunidos para treinar e competir.

Joona conversou com sua antiga colega Anja Larsson, que agora trabalha no gabinete do comandante-chefe das Forças Armadas, e ela lhe disse que Wrangel estaria lá durante sua semana de folga.

O homem é faixa preta, décimo dan. Além de seu trabalho diário, ele dirige o dojo Bujinkan Danderyd, e há muitos anos ensina ninjútsu de nível avançado.

Acima da porta do casarão, faixas com caracteres impressos em japonês tremulam ao vento.

Há pessoas por todo o lado, muitas delas vestidas de branco, percorrendo veredas e gramados, alongando-se, treinando movimentação de pés ou apenas batendo papo em grupo.

Joona para em frente à ampla escadaria de pedra, desliga o motor e fecha os olhos. Ele sente que a dor começa a arrefecer.

Ele coloca os óculos escuros, sai do carro e corre até um homem de meia-idade, vestido de preto, que está ocupado exibindo algum tipo de arma antiga presa a uma corrente.

— Você sabe onde posso encontrar Wrangel? — Joona pergunta, abotoando a jaqueta com as mãos trêmulas.

— Eles já começaram — o homem responde, apontando para o outro lado do parque.

Joona corre pelo caminho de cascalho que circunda o prédio principal. Ele sente que a dor está prestes a aumentar de novo e diminui o ritmo para uma caminhada.

Um minuto depois a enxaqueca explode com força total, cegando-o.

Ele cambaleia para o lado e procura algo em que se apoiar. Seu pé tropeça na terra solta, ele escorrega e se corta numa roseira antes de recuperar o equilíbrio.

Joona permanece imóvel, esfregando os lábios e ouvindo sua própria respiração tensa, até que gradualmente a visão começa a retornar.

Pelos alto-falantes, ele ouve uma voz anunciar o próximo evento.

Uma janela aberta despeja um alarido de vozes e risadas animadas.

Joona volta para a vereda e bate os pés para tirar a terra dos sapatos. Ele dispara pelo caminho, e a cada passo sente uma dor pulsante nos olhos.

Passa por um grupo de mulheres de aparência séria empunhando espadas de madeira e avança por entre as árvores.

Em um trecho de grama próximo, vários homens vestidos de preto estão sentados em círculo à luz do sol, as mãos apoiadas nas coxas.

Joona se dirige a passos largos até eles; a enxaqueca ofusca sua visão feito um halo abrasador de luz branca.

No meio do círculo, Wrangel está de pé em um traje preto, com uma faixa da mesma cor amarrada na cintura. Cordões amarram as pernas da calça na altura das panturrilhas, e ele usa um calçado macio com cano alto e polegares separados. O homem tem cabelos grisalhos espetados e verrugas nas bochechas.

Um jovem de vinte e poucos anos está parado em frente a ele com as palmas das mãos viradas para cima.

Joona não ouve o que Wrangel diz, mas observa quando ele dá um passo à frente e desfere um súbito golpe na garganta do jovem.

O jovem grita e se afasta cambaleando, com lágrimas nos olhos. Os outros abrem caminho para deixá-lo sair do círculo, e por fim ele cai de lado na grama.

— Wrangel, precisamos conversar! — Joona grita, parando na beira do círculo.

O homem seguinte se levanta. Ele tem a cabeça raspada e uma cicatriz rosada atrás da orelha, e gira os ombros com uma expressão de constrangimento e medo estampada no rosto.

— Você se lembra da minha pergunta sobre a rodovia nas imediações de Moraberg? — Joona emenda, avançando para dentro do círculo.

— Ah, temos um voluntário — Wrangel diz.

— Você mentiu pra mim — Joona avança, parando na frente dele. — Mas agora...

Uma nova saraivada de dor impede Joona de continuar. Mais uma vez ele pressiona dois dedos contra a pálpebra, tentando manter a respiração calma, plenamente consciente de que deveria estar deitado em um quarto escuro naquele momento.

O jovem de cabeça raspada volta ao seu lugar no círculo, e Wrangel pigarreia.

— Vou demonstrar uma variação do *Mawashi geri* — ele anuncia.

— Você poderia me dar um minuto? — Joona pede, sorrindo diante do absurdo da situação.

Wrangel avança direto na direção dele e desfere um chute de direita. Joona levanta a mão para bloquear o golpe, mas o pé de Wrangel muda de direção e o pontapé o acerta na bochecha esquerda, derrubando no chão seus óculos escuros.

Os alunos batem palmas.

Wrangel recua e se coloca numa posição estranha e baixa, com uma das mãos por cima da garganta e a outra aberta, apontando para a frente feito a mira de um rifle.

92

Gotas de suor brilham na testa de Joona. A dor se intensifica e rapidamente atinge o pico da enxaqueca, irradiando-se por seu rosto.

— Eu não... tenho tempo pra isso... — ele gagueja enquanto sua visão praticamente desaparece de novo.

A cabeça de Joona parece crepitar, e ele levanta uma das mãos, piscando com força. Quase não consegue distinguir o céu claro acima das copas das árvores.

Wrangel diz alguma coisa, e uma sombra dispara pela grama, feito o sol passando por trás de uma nuvem.

Ele se lança à frente num bote, e Joona sente um chute nas costelas, cambaleia para trás, mas consegue manter o equilíbrio.

Por uma fração de segundo a enxaqueca faz Joona perder a consciência; ele volta a si quando seus dois joelhos batem na grama; ao mesmo tempo, ouve os aplausos dos homens no círculo.

— Meu Deus...

Joona se inclina para a frente, firmando-se com as duas mãos antes de se levantar.

Suas pernas tremem; ele abre e fecha os punhos e sente o sangue formigar nos dedos.

— Não há a menor necessidade disso, é...

Ele geme de dor no exato instante em que a tinta negra dentro de seu cérebro começa a se retrair.

— Este é o golpe *Tobi geri taihen* — Wrangel diz calmamente.

Ele corre e balança o joelho esquerdo para cima, fornecendo impulso para a outra perna e atacando com o pé direito.

O movimento lança algumas lâminas de grama pelo ar.

Joona permanece onde está, aumenta a amplitude de seu corpo e tenta rechaçar o pé de Wrangel enquanto sua perna se estica.

O solado de Wrangel arranha a bochecha de Joona, que, em um pânico cego, desfere um gancho de direita.

Os nós dos dedos de Joona atingem o peito de Wrangel, que fica sem ar; os pulmões do homem mais velho emitem um chiado.

O soco certeiro de Joona faz Wrangel cair de costas e bater a cabeça no chão; ele rapidamente recua, com os olhos arregalados, e se põe de pé, meio cambaleante.

A enxaqueca se reduziu a uma pérola negra atrás de um dos olhos, e Joona tenta pestanejar para afugentar o resto da cegueira. Ele pega os óculos escuros da grama e os coloca de volta.

Os alunos se levantam, remexendo-se, inquietos.

— Podemos parar de brincadeira agora? — Joona pergunta.

— *Omote shuto.*

Wrangel se arremessa à frente com o braço estendido, a palma da mão voltada por completo para Joona.

Em seguida, ele finge que vai desferir um chute baixo e depois ataca com uma das mãos.

Dessa vez, Joona está concentrado. Seus anos de treinamento e de krav maga lhe permitem reagir sem pensar.

Joona se move com suavidade, dá um passo à frente para neutralizar a força do golpe do oponente, gira o corpo e enterra o cotovelo na bochecha dele.

A cabeça de Wrangel tomba para o lado, e gotas de suor saltam na mesma direção do movimento.

Joona sente uma lufada de café no hálito do outro homem.

Na tentativa de manter o equilíbrio, Wrangel se abaixa e agarra a jaqueta de Joona. Ele abre um sorriso arreganhado com os dentes manchados de sangue, e desfere um golpe fraco que atinge Joona na garganta.

Ele vê as pupilas de Wrangel se contraírem enquanto seu campo de visão diminui e os joelhos se transformam em gelatina. Joona se abstém de atacá-lo de novo; simplesmente tira as mãos dele e o deixa cair no chão.

Wrangel desaba em cima do quadril, a mão desgovernada vai parar na bochecha. Quando ele rola para o lado e tenta se levantar, Joona arranca sua faixa preta, enrola-a num dos pés dele e o arrasta para longe.

Os alunos se afastam para o lado enquanto Joona puxa Wrangel pela grama até a sombra de uma árvore. Os braços do homem se agitam, o casaco sobe, e ele cai de bruços.

— Pelo amor de Deus... — ele ofega, confuso.

Joona faz uma pausa e solta a faixa. Ele sente o brilho da enxaqueca crescer atrás do olho, irradiando faíscas de dor que chamejam em sua visão.

Wrangel ainda está um pouco atordoado quando se vira e abaixa a cabeça até o chão. Ele tem manchas de grama no queixo e na barriga pálida.

— Eu preciso de respostas — Joona lhe diz.

O outro homem se apoia nos cotovelos, cospe sangue na grama e depois ajeita o casaco. Ele levanta os olhos.

— Porra, quem você pensa que é?

O vento espalha algumas cabeças de dente-de-leão e faz as sementes brancas e felpudas voarem pelo ar.

— Você sabe do que estou falando. Você mentiu da última vez que te perguntei — Joona responde.

— É o que acontece quando algo é confidencial.

— Então eu estou implorando — Joona insiste. — Isto é extremamente importante, há vidas em risco, mas...

— Eu não me importo.

— Talvez você se importe quando suas pernas estiverem quebradas.

— Isso é uma ameaça?

— Claro que sim.

Vários alunos começaram a se aproximar lentamente; Wrangel olha para eles, empertiga-se e lambe os lábios.

— Não há fortificações naquela área, mas mesmo que existissem, eu não te contaria a respeito.

— Você entendeu errado. Há, sim, algum tipo de fortificação, e você vai me contar a respeito dela agora mesmo — Joona diz.

— Vou ligar pra o seu superior se...

— Que superior? — Joona retruca. — Estou aqui pra tratar de assuntos privados, não estou nem aí pra consequências. Levante-se, e aí poderemos continuar de onde paramos...

Uma das sementes de dente-de-leão pousa na sobrancelha de Wrangel.

— Eu não te devo merda nenhuma — ele diz com um sorriso.

— A aula continuará daqui a quatro minutos — Joona diz aos alunos que estão mais próximos deles.

— Porra, o que você tem na cabeça?

Joona dá um passo à frente, agarra uma das pernas dele e começa a arrastá-lo de volta para onde estão os outros.

— Pare, pelo amor de Deus!

— Última chance — Joona diz, soltando o pé do outro.

— Tudo bem, tudo bem, puta que pariu, não vale a pena — Wrangel murmura, sentando-se com as costas retas. — Eu te conto se você prometer me deixar em paz.

— Fale.

— A estrutura da qual você está falando faz parte da Frente do Sul — Wrangel diz, cuspindo outra bola de saliva ensanguentada. — Como você sabe, ela era uma linha de fortificação militar construída pra proteger Estocolmo contra ataques vindos do sul.

— Tenho conhecimento disso — Joona diz.

— Tudo bem, mas você conhece o coronel John Bratt? — Wrangel pergunta, arrotando baixinho.

— Estou com pressa.

— Na verdade, ele começou a carreira como policial em Karlsborg, mas isso foi mais de cem anos antes da nossa época. De qualquer forma, Bratt era o chefe da Associação para as Defesas Permanentes de Estocolmo. Ele construiu trincheiras, baterias e fortes e, no início da Primeira Guerra Mundial, a Frente do Sul se estendia de Tullinge a Erstaviken; era tão grande que precisava de quarenta mil soldados para guarnecê-la por completo.

— Mas Moraberg fica ao sul da Frente.

— É aqui que entra a parte secreta, Linna... Bratt era um tarimbado estrategista, e propôs a construção de uma fortificação subterrânea ao sul da Frente do Sul. Dessa forma, ele seria capaz de atacar o inimigo por trás, por meio de uma guerra de trincheiras.

— Onde, exatamente?

— Tanto a Frente do Sul como a do Norte perderam a sua relevância militar, mas se decidiu manter em segredo essa fortificação específica. É por isso que ela não aparece em nenhum mapa, a não ser o nosso, é claro.

— Como eu faço pra entrar lá?

93

Saga correu até a estação de Årstaberg e pegou o trem 41 para Tullinge.

Agora ela percorre a rua Alice Tegnérs, passando por imponentes casas com amplos jardins e carros novos estacionados nas calçadas. Por cima das cercas e através de sebes bem cuidadas, Saga avista trampolins, traves de futebol e balanços.

Quatro anos atrás, quando Jackie Molander tinha dezesseis anos, ela e duas amigas foram presas pela Polícia de Segurança sob suspeita de terem invadido uma instalação militar na ilha de Muskö.

Saga conduziu os interrogatórios iniciais, mas o caso acabou sendo repassado a um colega.

A mãe de Jackie havia morrido cinco anos antes, e o pai da garota constituiu uma nova família. Saga se viu na jovem rebelde e foi incapaz de ver as ações dela como qualquer coisa além de um irrefletido caso de exploração urbana.

Seu colega estava prestes a entregar a investigação preliminar de espionagem à promotoria quando Saga deu um jeito de deletar as imagens do circuito de segurança de Muskö.

Agora, caminhando ao lado de uma cerca branca, Saga passa por um quadro de eletricidade e observa uma grande casa vermelha com caixilhos e painéis de canto brancos. No gramado, há uma piscina inflável sob uma macieira.

Várias peças de roupa se soltaram de um varal e ficaram presas nos arbustos próximos.

Saga abre o portão e segue a vereda até a casa, passando por cima de um triciclo.

Ela toca a campainha e ouve gritos animados e o som de passos rápidos antes que uma mulher de meia-idade vestindo um suéter desbotado e calça de moletom abra a porta.

— Jackie está em casa?

— Quem quer falar com ela? — a mulher pergunta com um olhar confuso.

— Saga Bauer.

A casa cheira a bolo no forno, a televisão está ligada e há duas crianças pequenas correndo com almofadas de um lado para outro. Atrás da mulher, Saga percebe que o local é decorado com tapetes, cerâmicas, arte têxtil e móveis de madeira rústicos, provavelmente comprados em leilões.

A mulher acaba de se virar para subir as escadas quando Jackie aparece no patamar da escada. Está vestindo calça branca e uma camiseta preta com as palavras AÇÃO ANTIFASCISTA estampadas na frente. Sua cabeça está raspada, e seus braços são escuros de tantas tatuagens.

— Saga? — Ela parece surpresa.

— Podemos conversar?

— Claro, sobe aqui.

Saga tira os sapatos e sobe as escadas.

As paredes e o chão do quarto de Jackie foram pintados com tinta efeito giz, o que dá ao recinto a aparência de concreto nu. A não ser por uma cama desarrumada e dois guarda-roupas abarrotados, o quarto não tem nada.

— É assim que vive a outra metade da casa — ela diz, apontando para o espaço ao redor.

— Como vai você?

— Bem — Jackie se recosta, acendendo um cigarro.

— Eu preciso da sua ajuda com uma coisa — Saga diz.

— Qualquer coisa.

— Existe uma instalação subterrânea em Södertälje que eu preciso encontrar.

— Tá legal. — Jackie balança a cabeça e dá uma longa tragada.

— Essa é a sua especialidade, certo?

— Com certeza.

— Você tem um mapa?

Jackie se senta na cama, equilibra o cigarro na beira do cinzeiro e pega do chão um laptop sujo. Ela abre o Google Maps e digita

"Södertälje" na barra de pesquisa. Saga se senta ao lado dela e aponta para a rodovia. Jackie dá um zoom e Saga lhe mostra o local exato.

— Bem embaixo da estrada — ela diz.

Jackie puxa o piercing em seu lábio inferior e encara o mapa por um ou dois segundos.

— Não, acho que não tem nada aí.

— Tem que ter, eu sei que tem — Saga insiste.

— É militar?

— Não faço ideia, mas provavelmente.

— Provavelmente — Jackie repete, abrindo um programa de VPN.

— O que você tem em mente?

— Primeiro eu preciso fazer um tunelamento, criar uma conexão criptografada segura... E agora estou entrando em um fórum pra ver se consigo contactar um amigo — ela explica enquanto seus dedos dançam pelas teclas.

— É meio que urgente — Saga diz.

— Sim, deu pra notar...

Jackie espera um momento, pega o cigarro e o coloca entre os lábios, depois digita outra coisa.

— Existe alguma outra maneira? — Saga pergunta, começando a se sentir aflita.

— Sim, talvez...

— Então não seria melhor a gente tentar...

— Espera aí, já entramos — ela interrompe Saga.

— Pergunte sobre a rodovia que passa por Moraberg.

Jackie escreve alguma coisa, espera, escreve mais. A luz da tela desliza por seu rosto.

— Tá legal, você tem razão — ela diz. — Pim tem certeza de que existe algo lá, mas a entrada fica a quilômetros de distância...

— Peça a ela as coordenadas.

Jackie digita algo, e a resposta chega imediatamente.

— Sem coordenadas...

— Ah, para com isso... — Saga sussurra.

Jackie aguarda a resposta seguinte.

— Vai dar tudo certo — ela diz depois de um instante. — Você pode contar com a Pim.

Agora o coração de Saga está a mil por hora. Realmente não há tempo a perder. Ela sabe que o último pacote da Aranha está para chegar. Talvez Joona já o tenha recebido, e pode ser que ele fique tentado a descer aos subterrâneos da rodovia.

— Posso pegar seu celular emprestado pra enviar uma mensagem?

— Sim, claro...

Sem tirar os olhos da tela do computador, Jackie desbloqueia o celular e o entrega para ela. Saga tecla o número de Joona e escreve: *Não vá a Moraberg. É uma armadilha!*

94

Saga pegou emprestados de Jackie uma bússola, uma lanterna de cabeça, um arco de serra e uma pequena mochila, depois correu de volta para a estação e tomou o trem para Södertälje; assim que desembarcou, roubou uma bicicleta do lado de fora da estação de paredes amarelas.

Jackie lhe disse que provavelmente havia outras entradas que Pim não conhecia, mas que esta envolvia uma escada incrivelmente longa e uma passagem estreita ao sul.

Saga vira na rua Österhöjdsvägen e pedala floresta adentro.

Ela impulsiona os pedais o mais rápido que pode, mas a coisa toda demora muito, e ela não tem tempo.

No topo do morro há uma enorme torre de água, um reservatório cilíndrico em cuja base de sustentação há um círculo de pilares de concreto.

Saga freia, leva a bicicleta até o mato e a deixa caída no chão.

Depois da subida, os músculos de suas coxas estão queimando.

Ela corre de volta para a torre de água e para quando vê uma figura baixa, vestindo roupas esportivas brancas, junto à base.

— Pim? — ela diz, avançando lentamente na direção da figura.
— Sou Saga.

Com uma expressão impassível, a garota a observa. Não aparenta ter muito mais de quinze anos; seu rosto é magro e pálido, o nariz é torto e os olhos são de um azul-gelo.

— Eu sou a pessoa que precisa descer nos túneis — Saga explica. Todos os pilares da base da torre de água estão cobertos de pichação. — A minha amiga Jackie disse que você poderia me ajudar — ela continua.

Pim pressiona a mão no peito achatado, hesita por um momento e depois aponta para as árvores.

— É por ali? — Saga pergunta. — É naquela direção que eu preciso ir? Mais ou menos a que distância?

A garota passa pelas colunas, salta para o chão e abre caminho por entre as árvores. Saga vai atrás dela. Depois de cerca de cinquenta metros, elas descem uma rocha íngreme, viram à direita e param em frente a uma escotilha de metal enferrujada sobre um pedestal de concreto. Ao lado, há um cadeado quebrado nos arbustos de mirtilo.

— É por aqui? — Saga pergunta, avançando.

Ela levanta a pesada escotilha e vê uma escada que desce diretamente escuridão adentro. Algumas pequenas mariposas cinzentas voam no ar estagnado.

— Seria ótimo se você pudesse esperar aqui e fechar a tampa do alçapão quando eu entrar — Saga diz à garota.

Pim sorri, exibindo os dentes tortos.

— Você pode fazer isso?

Os olhos da garota parecem ficar vidrados novamente.

— Só pra eu poder enxergar a escada enquanto...

Saga se cala quando Pim dá meia-volta e começa a caminhar na direção da torre de água. Ela observa a jovem ir embora, depois põe a mochila no chão e tira a lanterna de cabeça, iluminando o buraco. Milhares de teias de aranha entrecruzadas cintilam na luz até os primeiros vinte metros de profundidade, mas depois disso a única coisa que Saga consegue ver é o breu.

Ela bota a mochila de volta nas costas, ajusta a luz da lanterna na posição de intensidade mínima e aperta a alça em volta da cabeça.

Movendo-se com cuidado, Saga entra.

Algumas pedrinhas embaixo dela caem, tilintando contra a escada e em seguida desaparecendo no negrume vazio.

Saga agarra o pedestal de concreto e testa um dos degraus antes de estender a mão e fechar a pesada tampa de metal acima de sua cabeça.

De imediato, ela mergulha na escuridão.

Sua lanterna de cabeça projeta um círculo de luz do tamanho de um prato de jantar na parede à sua frente, fazendo aranhas negras se recolherem às pressas nos cantos.

Saga começa a descer a escada, agarrando-se aos degraus estriados enquanto tenta encontrar um ponto de apoio sólido para os pés, contando cada degrau vencido.

As teias de aranha fazem um leve farfalhar quando Saga passa rasgando no meio delas, sentindo o suor escorrer pelas costas.

A acústica muda, torna-se cada vez mais opressiva à medida que ela prossegue escada abaixo.

Assim que começa a se sentir gradualmente mais confortável, Saga acelera o ritmo.

Oitenta e três, oitenta e quatro, oitenta e cinco.

O degrau seguinte está ausente, e o pé esquerdo dela esbarra no degrau de baixo e escorrega.

Desesperada, ela se agarra para se salvar; seus ombros estalam ao suportar todo o peso do corpo.

A boca de Saga bate em um dos corrimões, o joelho no outro. Ela rapidamente recupera o ponto de apoio e fica parada por um momento antes de retomar a descida, dessa vez se movendo com mais cuidado.

O ar ao seu redor fica cada vez mais frio, mas ela continua descendo.

De tão abafados, agora os sons causam nela a sensação de que está ficando surda.

Saga ouve apenas a própria respiração, o estalido das teias de aranha e o suave zunido que suas mãos fazem no metal da escada.

Depois de contar duzentos degraus, Saga faz uma pausa e engancha um dos braços na escada. Ela aumenta a intensidade da luz da lanterna e olha para baixo.

Agora só faltam cerca de dez metros até o fundo, ela acelera a velocidade da descida e rapidamente alcança um piso de cimento coberto de terra solta e folhas velhas.

Minúsculos insetos brancos rodopiam através do facho de sua lanterna.

Os dedos de Saga estão frios e rígidos ao sacudir as teias de aranha do cabelo e das roupas.

Agora só há um caminho a seguir: um túnel reto, com cerca de dois metros e meio de diâmetro.

Silêncio total.

Para não denunciar sua presença, Saga diminui a intensidade da luz. Depois, saca a pistola e começa a andar.

De tão reta, a passagem é monótona, e a luminosidade da lanterna não se estende mais do que três metros à frente; todo o resto está banhado nas trevas.

A lembrança de Saga volta ao desenho dentro da lata de biscoitos, às caveiras e aos ossos.

Minha família, Mara escreveu.

E no terceiro cartão-postal, que Mara assinou com um anagrama de seu próprio nome, ela escreveu que Joona em breve encontraria a família dela.

Eles devem estar aqui em algum lugar, Saga pensa.

Mara deve ter constatado que Joona era a única pessoa capaz de deter Jurek, mas antes que pudesse fazê-lo, abandonou todos à própria sorte para salvar a filha.

É por essa razão que a família de Mara está morta. Saga está convencida de que Mara planeja atrair Joona até aqui de alguma forma. Ele provavelmente já recebeu o último pacote, decifrou o enigma e se pôs a caminho.

A esperança de Saga é de que Joona tenha recebido o aviso dela a tempo.

Caso contrário, ele provavelmente já está em algum lugar nos túneis.

A intenção de Mara é atirar em Joona pelas costas e depois amarrá-lo logo abaixo da rodovia, no local original de Jurek.

Obcecada por padrões e enigmas, Mara quer que sua própria constelação se junte à de Jurek, convergindo numa espécie de passagem para o Hades. Jurek se vingará do túmulo, e Joona encontrará a família de Mara.

Depois de percorrer cerca de trezentos metros, Saga chega a uma pesada porta de aço que, ao que parece, tem de ser levantada manualmente com uma manivela.

A porta paira cerca de vinte centímetros acima do chão, e Saga tenta girar a manivela para erguê-la mais um pouco, mas a estrutura se recusa a sair do lugar.

As rodas dentadas provavelmente enferrujaram.

A porta deve pesar pelo menos meia tonelada.

Saga tira a lanterna de cabeça e a desliga, o que faz o túnel ao redor mergulhar no breu.

Ela estende a mão e tateia a porta através de uma camada de teias de aranha, depois se abaixa, tira a mochila das costas e se deita no chão.

Ela prende a respiração, aguçando os ouvidos.

Através da abertura, ela entreouve baques surdos em algum lugar distante; o som é quase como água batendo contra um casco de barco.

Talvez sejam apenas as vibrações do solo acima dela.

Apontando a pistola pela fresta, ela ajusta a lanterna de cabeça e a acende.

A luz se espalha para o outro lado, iluminando um par de pés a não mais de um metro de distância dela.

O dedo de Saga treme no gatilho, mas ela rapidamente se dá conta de que é apenas um par de botinas velhas.

Seu coração está martelando no peito.

Cerca de cinco metros atrás das botinas, há dois tambores de combustível enferrujados no chão de concreto.

Saga usa o cano da arma para afastar algumas teias de aranha das grandes. Ela sente sua frequência cardíaca se estabilizar novamente, deita-se de costas no chão e vira a cabeça para o lado na tentativa de passar por debaixo da porta.

A gélida parte inferior da porta de aço pressiona a têmpora de Saga e, quando sua orelha roça o metal, ela ouve um sinistro rangido.

Se caísse alguns míseros centímetros, a porta esmagaria sua cabeça.

Saga usa os pés para empurrar seu corpo lentamente pela abertura, tentando ficar o mais achatada possível.

Ela sente a pressão no peito, e os botões de sua jaqueta raspam no metal.

Assim que consegue rastejar até chegar ao outro lado, ela estende o braço pela abertura, tateia em busca da mochila, puxa-a por baixo e sai rolando para longe.

Sem demora, Saga se põe de pé, apontando a arma para o túnel à frente.

O corredor está deserto.

Insetos pálidos fogem rastejando rapidamente para longe.

Mantendo-se completamente imóvel, ela mira por cima dos tambores de combustível.

Não há ninguém lá. Nada a não ser uma lata enferrujada de tinta spray deixada no chão, envolta em teias de aranha brancas.

Mariposas cinzentas flutuam sob o feixe de luz da lanterna.

Mais uma vez Saga consegue ouvir o gemido através da rocha; parece uma respiração vagarosa e profunda.

Saga acelera, mantendo a arma apontada para o chão.

O estreito facho de luz não alcança mais do que cinco passos à frente dela, teias de aranha roçando seu rosto.

Ela chega a uma bifurcação de túneis e se encosta rente à parede da direita. Tira a lanterna de cabeça e a desliga, ficando parada em silêncio nas trevas, à escuta.

Saga decide aumentar o máximo possível a intensidade da luz antes de ligá-la de novo. Usar o facho como uma luz-guia, segurando a lanterna ao lado do cano da pistola, de modo que ele siga sua linha de fogo enquanto ela inspeciona ambos os lados.

Os olhos de Saga estão começando a se acostumar com a escuridão, e ela consegue ver um brilho fraco e pulsante em algum lugar à esquerda.

A princípio, ela não tem certeza se o clarão está de fato lá — pode ser apenas o resquício da luz da lanterna —, mas a cintilação continua a balançar suavemente pela parede de concreto.

A luminescência dança ao longo do corredor à esquerda, se derrama por uma esquina e irradia para a passagem logo adiante.

Saga percebe que, seja lá o que for, a fonte de luz deve estar em algum lugar à direita, e que se move de tal modo que o brilho se espalha para a frente e para trás na curva do túnel.

Ela seca as palmas das mãos frias e úmidas na calça e ajusta a pegada na coronha da pistola.

Chegou a hora.

Devagar e com cautela, ela vira a esquina com a arma em riste.

Cerca de dez metros à frente, o túnel se abre para um espaço maior. Ela vê uma vela bruxuleante enfiada no gargalo de uma garrafa de vinho.

Saga se move o mais silenciosamente possível; a cada passo que dá, uma porção maior do espaço se torna visível.

No chão, junto à vela, uma poça escura de sangue reflete a luz.

Há marcas de arrasto se estendendo para a esquerda, e alguém está se movendo no cômodo à frente, o que faz a chama pender em diferentes direções. Sob a claridade tremeluzente as paredes parecem se inclinar e se arquear.

Saga precisa se aproximar muito mais do fim do túnel para ter uma visão melhor.

Ela ouve o suave tamborilar de pés descalços e fica absolutamente imóvel, as orelhas em pé, mas não consegue localizar o som.

As leves batidas podem muito bem vir tanto de trás dela como da frente.

Saga se aproxima devagar.

Seu olhar é atraído para o rastro de sangue e ela o segue para o lado, onde desaparece numa curva do túnel.

Ela dá mais um passo à frente, e seu pé esmaga um pedaço de vidro.

Saga estaca e prende a respiração.

O silêncio é sepulcral.

A outra pessoa também parece estar prendendo a respiração. À escuta.

Sem fazer barulho, Saga enche os pulmões.

Uma aranha pesada desliza por sua teia.

A luz da chama da vela cintila, trêmula, e a sombra esverdeada da garrafa se move num arco pelo chão.

Há alguém se movimentando, e velozmente.

A julgar pelo som, seus passos estão subindo pelas paredes.

Saga prossegue.

Mais uma vez, os passos estão no chão.

Ela ouve alguém gemer de dor.

Saga chega ao fim do corredor e espia o amplo recinto do outro lado. É quadrado, com quatro portas: uma em cada parede.

A luz dançante da labareda da vela chameja pelo espaço feito um coração pulsante.

Agora eles provavelmente estão logo abaixo da rodovia, e Saga vê uma volumosa forma caída numa poça de sangue à esquerda.

O relógio de pulso que Joona ganhou de presente da filha está esmagado no chão.

O coração de Saga começa a acelerar.

No breu do vão da porta mais próxima dela, Saga nota um movimento cauteloso, braços e pernas cinzentos captando um fiapo de luz refletida. Mara Makarov avança a passos lentos, com a pistola vermelha apontada para o corpo caído no chão.

O dedo dela já está no gatilho.

Ela sabe que, se Mara disparar a pistola, matará Joona, que ela atirará no homem antes mesmo que a bala da própria Saga seja capaz de neutralizá-la.

Com as mãos trêmulas, Saga mira no peito de Mara, posiciona o dedo no gatilho e aperta até a metade.

95

Joona corre através da escuridão, quase sem fazer barulho. Sua dor de cabeça enfim se dissipou há cerca de dez minutos, deixando-o com uma lucidez gélida.

Ele passa por um grosso amontoado de teias de aranha e continua pelo corredor, em direção à luz bruxuleante da vela no cômodo à frente.

Na suave claridade, ele distingue uma pilha de cobertores em uma poça de sangue.

Seu relógio, que desapareceu há três semanas, está jogado no chão.

Joona já soltou a trava de segurança de sua Colt Combat e segura a arma à sua frente, com o cano apontado em um ângulo baixo.

Ele chega à entrada do túnel no momento em que Mara surge do vão de uma porta com sua Makarov vermelha apontada para os cobertores.

Joona se inclina para o lado, mirando nela.

Saga está parada no vão de uma das outras portas, com sua Glock pronta para disparar; Mara aponta a arma para ela.

Saga aperta o gatilho.

Joona tem uma linha de tiro perfeita e dispara sua Colt. Ouve-se um violento estalo, e o solavanco que o coice da arma dá em seu ombro é como o movimento de um pistão.

A cápsula vazia é ejetada da câmara.

A bala de Joona atinge o alvo.

O sangue espirra de fora a fora na parede atrás de Saga.

A cápsula voa pelo ar, reluzindo suavemente.

Joona aponta a pistola para Mara, mas ela já desapareceu na escuridão.

O tiro dele ecoa pelo espaço subterrâneo.

Joona se lança através da nuvem de fumaça.

A cápsula cai com estrépito no chão.
A chama se curva para um lado, adquirindo um tom azul-claro.
Saga tomba, bate a cabeça na parede e desmorona até o chão.

Três helicópteros pretos sobrevoam a água cinza-prateada na estreita enseada.

As sombras das aeronaves parecem persegui-las pela superfície, e o rugido abafado das pás dos rotores ecoa entre as costas íngremes.

Debaixo do último helicóptero, seis homens da unidade tática estão pendurados em uma corda. Todos usam capacetes e coletes à prova de bala e carregam rifles de assalto com lanternas acopladas.

Assim que o farol Kiholmssundet desponta, os helicópteros sobem no ar em uníssono, como se estivessem amarrados uns aos outros. Passam por sobre as linhas de alta tensão, inclinam-se para a esquerda e seguem pela clareira através da floresta verde-escura.

Eles contornam o extremo norte de Södertälje e se separam à medida que se aproximam da rodovia.

O primeiro faz manobras sobre o museu ao ar livre Torekällberget, reduzindo seu ângulo de ataque e passando acima da torre de água. Um forte vento lateral faz o helicóptero guinar para a esquerda, mas o piloto consegue compensar o movimento.

Os holofotes da aeronave balançam, inquietos, sobre a imponente estrutura de concreto.

O piloto paira acima das antenas enquanto os seis agentes descem pela corda até o telhado plano da torre de água.

Eles rapidamente se prendem com firmeza a seus cabos e saltam de costas sobre a borda, descendo de rapel até o chão feito lentas estrelas cadentes, depois se desacoplam dos arneses e correm para procurar abrigo.

O segundo helicóptero sobrevoa a rodovia, pairando no alto. Afivelado do lado de fora da cabine, um franco-atirador está em posição com os pés apoiados no trem de pouso.

O terceiro helicóptero descreve uma ampla curva ao redor de Fornhöjden, arredores de Södertälje, o que leva a corda tática dos agentes a passar por debaixo da aeronave.

Do alto da cabine, o engenheiro de voo tenta minimizar o movimento pondo um dos pés contra a corda.

O rugido do motor se intensifica à medida que diminui o número de rotações, e o piloto afunda em direção ao solo do lado de dentro da cerca de arame farpado.

As árvores e os arbustos se arqueiam no potente fluxo de ar descendente.

A equipe chega à entrada de automóveis do lado de fora do prédio lacrado com tábuas; assim que toca o solo, o primeiro agente desengancha o mosquetão da argola e depois segura a corda de modo a mantê-la firme para os demais. Nesse momento, o rotor de cauda colide com o topo de uma bétula.

Ouve-se um som estridente, e a corda é arrancada das mãos dele.

O segundo agente é jogado para o lado, e uma chuva de folhas despedaçadas se alastra pelo chão.

O helicóptero balança, mas o piloto consegue recuperar a estabilidade.

Um a um, os agentes chegam o solo com segurança, desengachando-se da corda e correndo para tomar suas posições.

O terreno, de propriedade das Forças Armadas da Suécia, foi adaptado para alojar veículos de transporte de tropas durante a Guerra Fria, mas a rede subterrânea jamais foi usada.

A entrada está escondida atrás de uma imensa garagem com altas portas de aço sanfonadas.

Os seis agentes avançam em pares.

A fechadura principal foi perfurada com broca, e o líder do esquadrão faz um sinal para que os outros se espalhem pelas laterais.

A chama brilha e bruxuleia em amarelo de novo. O recinto parece crescer, as paredes de concreto não se movem mais.

Uma poça de sangue floresce por baixo de Saga.

Sua Glock está no chão, a cerca de um metro de distância dela, e os passos de Mara desaparecem no corredor escuro.

As pálpebras de Saga estremecem.

Joona saca sua faca e cai de joelhos na frente dela, com o rosto molhado de suor. Saga abre os olhos, com a respiração instável, e olha para ele, confusa.

Ele rasga a jaqueta dela para chegar ao ferimento de bala no ombro. O sangue dela está pulsando em rápidos jorros.

— Joona, que porra é essa?... Eu não estou envolvida — ela ofega.

— Eu sei.

Ele corta a camiseta dela e torce o tecido em dois rolos firmes, usando a alça da lanterna de cabeça para fazer uma espécie de torniquete improvisado. Saga geme de dor e olha para ele.

— Então por que... por que você atirou em mim se você...?

— Eu volto em breve — ele diz, pondo-se de pé.

— Tenha cuidado. Se você perseguir Mara até algum lugar fechado, ela vai acabar atrás de você.

Joona sai no encalço de Mara pelo túnel escuro, em direção a uma luz tênue que se estende à frente ao longo de uma parede e faz o concreto parecer molhado.

O tamborilar dos pés descalços da mulher desaparece ao longe.

Joona foi escolhido como o derradeiro alvo na série de nove assassinatos planejados por Mara, mas isso não passava de uma armadilha, mais um fio da teia dela.

Em várias ocasiões, nas filmagens das sessões de Mara com o psicólogo, ela pergunta sobre Saga, mas nunca menciona Joona.

Nem sequer uma única vez.

Isso fez Joona concluir que não poderia ser ele o alvo final de Mara, apesar do que afirmavam os cartões-postais.

Aquilo não é sobre ele; é sobre Saga.

96

Rente à parede, Joona corre em silêncio pela passagem às escuras. Ele chega ao cômodo seguinte e, com sua Colt Combat em riste, vira a esquina.

Sua visão é ofuscada por uma luz intensa, mas por um instante fugaz ele consegue vislumbrar Mara antes de ela ser novamente engolida pelas sombras. Tudo acontece tão rápido que Joona não tem tempo de atirar.

Ele prossegue.

Parece que a rocha fria está chegando mais perto dele.

Em cima de um banquinho há uma lanterna, com o facho apontado diretamente para ele. No chão ao redor, Joona vê latas, garrafas de água e um fogareiro, tudo coberto de teias de aranha.

Ele entra em um túnel escuro como piche, arrastando os dedos de uma das mãos ao longo da parede enquanto avança.

O som dos passos de Mara desaparece ao longe, dando a impressão de que ela conseguiu escapar penetrando numa das frestas do teto.

Ao atravessar uma teia de aranha, Joona ouve o som suave dela se rasgando.

Ele chega a uma porta, tateia à procura da maçaneta e a abre.

Jurek destruiu e criou Mara Makarov, mas também a ensinou a ser pragmática.

Ela leu toda a documentação sigilosa sobre a investigação e decidiu qual seria o feitio de sua vingança.

Mestre Fauster ensinou a Mara os aspectos práticos, as formas de matar e as maneiras de evitar rastros, mas foi Jurek quem continuou sendo seu mentor; e ela, a aprendiz dele.

Em consonância com a mentalidade de Jurek, os enigmas de Mara e a comunicação com a polícia nunca foram narcisistas; ambos serviam a um propósito maior.

Tudo o que Mara compartilhou, parecesse intencional ou involuntário, fazia parte de seu plano de conduzir todos os envolvidos em uma determinada direção.

A porta se abre, e Joona se vê espreitando um pequeno cômodo com uma luminária em formato de cogumelo.

Os pisos e paredes são banhados por uma suave luz vermelha.

Joona pausa para ouvir, depois dá um passo à frente, inspeciona o lado esquerdo e se vira para fazer o mesmo do lado direito.

Adiante há outra pesada porta de aço, pela qual ele vê Mara se esgueirar.

Ele corre atrás dela, e para bruscamente ao lado da entrada. Ouve os passos rápidos da mulher do outro lado, seguidos por um barulho seco no chão.

Joona empurra a porta pesada e ela se escancara sem fazer barulho.

Uma tênue claridade ilumina o aço fosco do lado de dentro.

Ele percebe que agora chegou ao ponto central do gigantesco M de Mara.

Joona passa pelo vão da porta e rapidamente inspeciona o espaço.

Não há ninguém.

Ela já escapou para o cômodo contíguo.

No chão à frente há uma lanterna, mas que quase não emite luz.

Joona avança devagar, mantendo a arma apontada para a porta de aço fechada do outro lado do recinto escuro.

Ele se detém.

A princípio, é difícil entender o que ele está vendo.

No meio do cômodo quadrado, a lanterna foi posta no topo de uma pilha de crânios. A bateria está prestes a acabar, mas seu brilho frouxo ainda é forte o bastante para iluminar um círculo amarelo pálido de ossadas no chão.

São centenas de ossos, equivalentes a oito pessoas, e foram dispostos simetricamente no chão, cada corpo se estendendo a partir do ponto central dos crânios, como os raios de uma roda.

Cada maxilar é seguido por uma fileira de vértebras cervicais, clavículas e omoplatas.

Em conjunto, os ossos fazem lembrar um floco de neve cujas pontas externas são compostas de tíbias, falanges e artelhos.

Joona caminha com cuidado entre as ossadas, a arma ainda apontada para a porta à frente. Acidentalmente, bate num fêmur, que balança e atinge um osso pélvico com um baque surdo.

Ele ouve o som de algo roçando o metal e fixa os olhos na maçaneta da porta.

Depois de receber alta da clínica psiquiátrica em Ytterö, Mara conseguiu obter o material da Unic sobre Jurek. Ela utilizou aquelas informações para encontrar o caminho de volta às instalações subterrâneas sob a rodovia, onde encontrou toda a família morta.

Dois anos antes, Saga teve acesso exatamente às mesmas informações — quando Mara entrou em contato pela primeira vez por intermédio do psicólogo — e poderia, portanto, ter feito o mesmo, se pelo menos tivesse tentado.

Com uma diferença fundamental: naquele momento, a família de Mara ainda estaria viva. É por isso que, aos olhos de Mara, Saga é a responsável pela morte deles.

Oito pessoas perderam a vida porque Saga não fez tudo o que poderia ter feito enquanto Mara estava internada em Ytterö.

Mara tomou a decisão de começar a assassinar pessoas próximas a Saga, pessoas com quem ela teve algum tipo de conflito, de modo a torná-la uma suspeita cada vez mais plausível.

Mara deixou vestígios da outra mulher nas cenas dos crimes, plantou DNA e produtos químicos na moto de Saga, crina de cavalo em sua mochila.

Toda a intrincada teia de Mara foi criada com o claro objetivo de conduzir a este momento sob a autoestrada.

O plano de Mara era que Saga fosse ou assassinada por Joona ou presa e condenada como uma assassina em série.

A lanterna em cima da pilha de crânios fica mais fraca, o que faz o círculo de luz tremeluzir entre os ossos.

Este é o nono local de descoberta de corpos, e não há dúvida de que se trata de um cemitério.

Mara montou no chão os oito esqueletos pertencentes a seus familiares.

Joona se dá conta de que precisa pegar sua lanterna antes que a luz desapareça por completo, e aponta a arma para a porta à frente.

A claridade avermelhada da luminária em formato de cogumelo do recinto anterior reaparece no instante em que a intensidade da lanterna volta a minguar, e isso faz com que a sombra de Joona se estique para cima e sobre a porta de aço.

De um cano enferrujado escorre um filete de água, que com um som suave e balbuciante segue os empelotados depósitos de cálcio até um pequeno ralo no chão.

Para não pisar no esterno de uma criança, Joona dá um passo para o lado; assim que sua sombra balança pela parede, ele percebe uma teia de aranha reluzindo entre a maçaneta da porta fechada e o batente.

Uma gélida onda de adrenalina percorre seu corpo.

A porta atrás dele começa a se mover.

Ele se vira e se lança para trás, as ossadas estalando sob seus pés.

O tempo quase parece ir parando aos poucos, pesado e silencioso.

A porta está prestes a se fechar, a réstia de luz do lado de fora fica cada vez mais estreita.

Joona se arremessa à frente, enfiando a pistola na fresta bem a tempo. A pesada porta amassa o cano da arma, mas não se tranca.

Ele se põe de pé, a cabeça zunindo.

Ao se jogar para a frente, ele arranhou os dois cotovelos, e sente sangue escorrer do joelho direito perna abaixo.

Joona escancara com violência a porta, e os restos retorcidos de sua Colt Combat caem no piso de concreto.

Mara está do outro lado, diante de Joona, apontando sua Makarov vermelha para ele.

Os olhos dela estão arregalados.

Seu rosto está sujo, e ela respira num ritmo precipitado pela boca entreaberta. Os músculos de seus braços esguios parecem tensos.

— Acabou, Mara — Joona diz, levantando as duas mãos.

Joona se desloca devagar em direção a Mara, que dá um passo para trás, ainda mirando diretamente no peito dele.

— Eu vi a última estatueta — ele diz enquanto dá um cauteloso passo à frente.

Com os olhos trêmulos, Mara vira a arma para si mesma e enfia o cano na boca.

— Espere, me escute... Foi Jurek quem fez isso com você e sua família; você não teve culpa. Consegue entender isso? — Joona diz, estendendo as duas mãos na tentativa de acalmá-la.

Os olhos de Mara se enchem de lágrimas, e Joona ouve os dentes dela tiritando contra o metal.

— Jurek envenenou todas as pessoas ao redor dele; entrou na cabeça delas e nunca mais saiu de lá, mesmo muito tempo depois de sua morte.

O dedo dela fica branco no gatilho.

— Não faça isso, Mara. Eu nunca contei a ninguém quais foram as últimas palavras de Jurek — Joona continua a falar, percebendo que alguma coisa mudou nos olhos dela. — Eu poderia tê-lo prendido, mas tomei a decisão de matá-lo. E quando ele percebeu o que estava pra acontecer, sussurrou algo em meu ouvido. Algo que tenho ouvido todos os dias desde então. Você quer saber o que ele...

Joona avança e agarra o antebraço direito de Mara, usando a outra mão para empurrar a cabeça dela para trás e arrancar o cano da arma de sua boca.

A nuca de Mara bate na parede, enviando um jato de saliva queixo abaixo.

Joona puxa o braço dela para trás das costas, desequilibrando-a e chutando suas pernas.

Por uma fração de segundo, Mara perde todo o contato com o chão, e seu cabelo esvoaça por cima do rosto.

Ele mantém o controle sobre o braço da mulher, torcendo-o para cima ao mesmo tempo que ela cai.

Mara engole em seco, embora devesse estar rugindo de dor depois que seu ombro foi deslocado.

Joona consegue tirar a pistola da mão dela e a enfia em seu coldre de ombro; depois, vira Mara de bruços e usa uma braçadeira para prender as mãos dela atrás das costas; por fim, ele a põe sentada contra a parede.

— Pouco antes de Jurek morrer, ele olhou nos meus olhos e sussurrou: "Agora as nossas almas vão trocar de lugar, você vai cair, e eu vou ficar aqui" — Joona revela.

Mara geme por causa de uma onda de dor que a domina. Um fio de sangue escorre de seu lábio, e ela encara Joona com olhos sombrios.

— Ele sabia o que estava fazendo. Queria que eu soubesse que, se eu o executasse, eu mudaria — Joona explica. — Ele não tinha medo de morrer, queria apenas me levar a acreditar que eu me tornaria igual a ele... E as palavras dele me acompanham desde então, me fazem duvidar de mim mesmo. Mas se eu fosse igual a ele, movido apenas por meus próprios desejos obscuros e nada mais, eu teria te matado aqui e agora.

Joona tira do coldre a pistola de Mara, descarrega a última bala branca na palma da mão e a oferece a ela.

97

Saga está deitada na cama de um quarto do Hospital Karolinska, em Huddinge, com uma bandagem no ombro.

A bala de Joona despedaçou a parte superior do úmero, mas o cirurgião conseguiu estabilizar a fratura e estancar o sangramento.

O sol da manhã se infiltra por entre as cortinas rosa-claras, passa por um exemplar de O *último teorema de Fermat* sobre a mesinha de cabeceira e atinge a canela ferida de Saga.

Alguém bate na porta, e Joona entra no quarto. Ele olha para Saga como se ela fosse sua irmã mais nova, estende a mão e afaga seu rosto.

— Como você está? — ele pergunta.

— Quando você atira nas pessoas, você sabe que dói, certo? — ela responde.

— Eu sinto muito, mas não tive tempo pra fazer mais nada.

— O que aconteceu?

Joona põe a nona estatueta na mesinha de cabeceira ao lado da cama. O sol incide sobre o metal cinza fosco.

O modelo é a representação de uma jovem com cabelo bagunçado. Ela está de pé, com as pernas afastadas, os braços ao lado do corpo, e segura uma pistola na mão direita.

Não há dúvidas. A nona vítima era Mara Makarov.

— Achei que a última estatueta seria você — Saga diz.

— Eu também, mas na verdade a coisa toda girava em torno de você e dela, ninguém mais — Joona explica.

— Mas e os cartões-postais, as ameaças contra você...? Não estou entendendo.

— Tudo isso era apenas parte da teia de Mara.

— E eu fui enredada — Saga suspira.

— Mara conseguiu encontrar os familiares mortos utilizando o mesmo material ao qual você teve acesso, então o raciocínio dela foi que você também deveria ter conseguido encontrá-los enquanto ainda estavam vivos.

— Isso é verdade, eu sei disso. É minha culpa que eles estejam...

— Não é, não; não é culpa sua. A culpa é de Jurek, mas Mara a pôs toda em você... Ela queria que você fosse condenada por nove assassinatos.

— Isso eu entendo — Saga murmura.

Joona puxa uma cadeira para perto da cama e se senta. Saga pega a pequena estatueta e a examina atentamente de todos os ângulos.

— Nos subterrâneos da rodovia — Joona continua —, quando Mara se virou pra você, ela nunca teve a menor intenção de disparar a pistola. Ela queria apenas que você atirasse nela.

— Então quer dizer que a coisa toda não passou de uma elaborada trama de suicídio?

— Pois é.

— E você atirou em mim pra me impedir de matá-la — Saga diz, pousando a estatueta.

— Caso contrário, você teria sido condenada pelos assassinatos... Ou pelo último, no mínimo — ele diz. — No meio dos cobertores caídos no chão, encontramos uma carta que descreve a forma que você a ameaçou pra que ela não levasse a história dela à imprensa.

— Ela planejou tudo — Saga comenta.

— Mara te culpava por não ter conseguido salvar a família dela; porém, acima de tudo, ela culpava a si mesma. Ela conseguiu escapar do bunker, e o restante da família provavelmente pensou que isso significava que seriam salvos, que ela voltaria com ajuda. No entanto, depois de todo aquele tempo na escuridão, ela estava tão debilitada que simplesmente saiu andando sem rumo, sem de fato registrar onde estava.

— A não ser por uma placa pra Moraberg... Era isso que ela repetia pra o psicólogo, mas ele não conseguia entendê-la — Saga comenta em voz baixa.

— Se Mara não tivesse tido um colapso mental e acabado hospitalizada, a família dela teria sobrevivido.

— Um baita fardo, pesado demais pra carregar.

— E foi por isso que ela julgou que merecia voltar ao lugar onde os outros estavam encarcerados e morrer lá também.

— Como foi que você encontrou o espaço sob a rodovia? — Saga pergunta.

— Os nove cemitérios formavam um enorme M ou W, com uma base de cem quilômetros... E quando eu vi a nona estatueta, deduzi que o local do crime e o cemitério seriam os mesmos.

— Porque Mara não teria como mover o próprio corpo — Saga concorda.

— Exatamente. E, seguindo o padrão dela, eu soube onde seria o último local de descoberta do corpo.

— Você está aprendendo — Saga diz com um sorriso.

Conforme Joona já suspeitava, após o incidente no bunker, Mara revelou seu plano, e não resta dúvidas de que ela será condenada pelos assassinatos.

Joona e Saga passam algum tempo conversando sobre as vítimas, e Saga empalidece quando falam de Margot e Verner, mas é somente quando chegam à desesperada luta de Randy para sobreviver que o rosto dela se contorce e as lágrimas começam a escorrer.

— Por que todo mundo tem que morrer? — ela sussurra.

— Às vezes a sensação é de que... o preço é alto demais.

— É.

— Jurek ainda tinge meus pensamentos... Às vezes eu ainda acho que me tornei igual a ele — Joona diz.

— Isso não é verdade.

— Mas é que... Tudo parece muito mais difícil. Depois de cada caso, é como se eu tivesse que cruzar um sangrento campo de batalha pra voltar.

— Eu sei.

— Sou obrigado a parar diante de cada cadáver e reviver seus medos e sofrimento, a dor que os mortos deixam pra trás.

— Eu também não consigo parar de pensar nas vítimas — Saga sussurra.

Joona e Saga se entreolham.

— Já faz um bocado de tempo que eu sinto que estou tornando o mundo um lugar mais sombrio — ele confessa.

— Mas você é o melhor — ela diz.

— Não, *você* é. Deveríamos trabalhar juntos com mais frequência.

— Deveríamos mesmo — ela diz com um sorriso, secando as lágrimas do rosto.

Saga permanece na cama, fitando o teto enquanto Joona se levanta para ir embora. Ela o ouve trocar algumas palavras com os policiais que estão de guarda do lado de fora da porta do quarto, e em seguida os passos dele desaparecem no corredor.

Saga fecha os olhos e pensa na longa escada, na forma como a escuridão cerrada parecia engoli-la, e por fim pega no sono; ela só acorda do cochilo quando ouve vozes altas no corredor.

— Me soltem! Eu tenho que...

— Dê um passo pra trás, por favor — um dos policiais diz. — Precisamos ver um documento de identificação válido e...

— Eu tenho o direito de visitar a minha namorada! Eu preciso...

— Acalme-se — o outro policial diz. — Se você não se acalmar e não der um passo pra trás...

— O quê? Vocês vão atirar em mim?

— Ninguém vai atirar em ninguém, mas se você não fizer o que estamos mandando, teremos que prendê-lo.

Um pouco depois, a porta se abre e um dos policiais entra no quarto com uma expressão constrangida no rosto.

— Alguém chamado Karl Speler está aqui pra te ver — ele diz.

— Podem deixá-lo entrar — Saga diz com um sorriso. — Mas *com certeza* eu não sou a namorada dele.

Karl entra no quarto com os dentes pontiagudos à mostra em um largo sorriso. Com a enorme bandagem na cabeça, está parecido com o poeta francês Apollinaire.

Ele está vestindo uma camiseta preta com o nome da banda "TANGERINE DREAM" impresso na frente, e carrega um grande buquê de rosas vermelhas.

— Alguém já te disse que você parece uma princesa? — ele pergunta.

— Não.

— A bala arrancou um pedação da minha têmpora — ele diz, apontando com um gesto indiferente para a cabeça.

— Acho que isso não melhorou em nada o seu novo penteado — Saga diz, sufocando um sorriso.

98

Joona e Valéria estão sentados a uma mesa no restaurante Wedholms Fisk, comendo linguado grelhado. O ambiente tem uma elegância discreta, com velas tremeluzentes e toalhas de mesa brancas. Restam apenas alguns outros clientes, e os funcionários parecem se mover pelo salão sem fazer barulho.

— Eu comecei a pensar que todas as coisas que fazemos, e mesmo aquelas que não fazemos... Tudo isso entra na balança e determina quem nós somos — Joona diz.

— Sim.

— E que nada neste mundo deixa de existir por completo, mesmo que às vezes a gente queira que isso aconteça.

Normalmente, Joona fala com Valéria sobre os casos mais complexos e intensos depois que são encerrados de vez. É parte de um acordo que estabeleceram: sem fazer perguntas, Valéria permite que ele se entranhe no trabalho até desaparecer, mas assim que as coisas começam a se iluminar de novo, ele a deixa a par dos acontecimentos.

Enquanto comiam a entrada, Joona relatou tudo sobre as estatuetas, os enigmas, a pressão do tempo e a caçada à assassina e, quando os pratos principais chegaram, ele já tinha recapitulado as armadilhas, a resolução e o confronto decisivo nos subterrâneos da autoestrada.

— Eles submeterão Mara a uma avaliação psiquiátrica completa, mas não sei, não... Nunca achei que ela tivesse de fato um transtorno mental. Não estou convencido disso, mesmo enquanto estava internada — Joona diz, pousando os talheres. — Ela estava exausta e desnutrida, traumatizada e desesperada...

— E contava uma história que parecia absurda demais pra ser real.

— Mara tinha a esperança de que Saga conseguiria salvar a família dela; a partir de tudo o que o psicólogo contou, e munida do material de que dispúnhamos sobre Jurek, o fato é que ela poderia ter conseguido. Saga sabia que a paciente, não muito depois de ter escapado, viu uma placa que dizia "Moyaveyab"; se tivesse percebido que a palavra era uma transcrição confusa do russo, e se tivesse investigado mais a fundo, deduziria que se tratava de "Moraberg". E como ela já sabia de antemão que o sistema de Jurek apontava exatamente para aquele local...

— Certo, acho que entendi. Havia uma chance, não resta dúvida — Valéria afirma. — Mas o fato de... Como eu posso dizer? De Saga não ter conseguido detectar e decifrar um enigma... Isso está longe de ser um crime.

— Não, não é um crime; porém, assim que Mara recebeu alta, ela decidiu inverter as coisas, pra ver se Saga seria capaz de solucionar o enigma antes que fosse tarde demais.

— Então o caso todo foi como uma espécie de julgamento? Se Saga encontrasse o bunker enquanto tentava salvar a si mesma, estaria se provando culpada por ter deixado a família de Mara morrer?

Joona bebe um gole de vinho e pensa que Mara foi forçada a ser como o Flautista de Hamelin, que fez com que todos seguissem o som de sua flauta, até o decisivo momento em que ela se reuniria com sua família e veria a justiça ser feita.

— Mara criou enigmas, pretextos falsos, evidências e pistas, e tudo isso pra que Saga e eu estivéssemos um passo à frente de todo mundo — Joona continua. — Ela queria que estivéssemos logo atrás dela, trabalhando separadamente, cada um com seu próprio enigma pra resolver...

— Porque Mara estava convencida de que, no momento decisivo, Saga atiraria nela pra te salvar.

— Ninguém sabe como vai reagir em uma situação extrema. Tudo acontece tão rápido que não há tempo pra pensar — Joona diz.

— Mas você foi um herói.

— Não... longe disso.

Ele fica em silêncio por um momento, seu olhar escurece.

— Você está pensando no que ele sussurrou de novo? — Valéria pergunta baixinho.

— Não sei, talvez seja imperdoável... o fato de eu ter matado Jurek, de que o empurrei do parapeito. Vou ter que conviver com isso pelo resto da vida. Alguma parte de mim caiu do telhado com ele naquele dia, e uma parte dele permaneceu comigo. Mas não trocamos de lugar, eu não me tornei Jurek.

— Não, você é você, e eu te amo mais a cada dia que passa.
— Acho difícil de acreditar.

Ela estende o braço e apoia a mão sobre a dele, olhando-o diretamente nos olhos.

— Não se preocupe — ela diz em um tom de voz solene.
— Como assim?
— Minha resposta é "sim" — Valéria diz.
— "Sim"?
— Se você fizer a pergunta — ela diz, tentando conter um sorriso.

Joona se levanta, enfia a mão no bolso interno e tira a aliança; depois se ajoelha diante dela.

Epílogo
Treze meses depois

Visto do alto, o complexo se assemelha a duas enormes cruzes, circundadas por uma floresta que chameja de cores à luz do outono. Helix é uma grande e moderna instalação construída para propiciar atendimento psiquiátrico forense especializado.

Saga Bauer pilota sua moto entre bordos vermelhos e bétulas douradas, estaciona e pendura o capacete no guidom.

A fachada cinza-chumbo do edifício principal é banhada pela morna luz do sol, que incide, oblíqua, por sobre as copas das árvores. De onde Saga está, o muro de seis metros de altura e a cerca elétrica em torno da instalação não são visíveis.

Saga entra e se dirige ao balcão de recepção. A decoração é tão clara e arejada que quase parece que ela está fazendo check-in em um hotel de luxo. A recepcionista verifica se a visita foi aprovada pelo médico-chefe e devolve seu documento de identidade.

Ela passa pela segurança e lhe dão um recibo em troca de seu celular, bolsa e outros itens soltos.

Um enfermeiro corpulento de olhos tristes e com um alarme pessoal pendurado no pescoço sai ao seu encontro na sala de espera.

Ele a conduz por uma série de longos corredores, passando seu cartão magnético e digitando vários códigos enquanto se dirigem para a H1, a ala de segurança máxima.

Há alguns anos, após rumores de que os pacientes do Helix eram submetidos a maus-tratos e tratamento desumano, realizou-se uma investigação baseada no Opcat, o Protocolo Facultativo da Convenção da ONU contra a Tortura.

— Todos os visitantes devem manter uma distância de pelo menos quatro metros dos pacientes, o que significa que todo contato físico é proibido. Você não pode dar nada à paciente, nem receber nada dela. Todas as conversas serão filmadas para fins de treinamento.

Uma guarda com eczema na boca faz outra revista rápida em Saga, e em seguida o controle central de segurança autoriza a entrada deles, destravando duas portas trancadas, que se abrem com um zumbido.

Eles passam pela área dos funcionários, que tem uma janela reforçada para os quartos dos detentos. Em sua maioria, os pacientes estão deitados na cama, com os olhos abertos.

— O diagnóstico mais comum aqui é alguma forma de esquizofrenia — o enfermeiro corpulento murmura. — E todos os pacientes são tratados de acordo com as leis que regem os cuidados psiquiátricos forenses, com reuniões periódicas do conselho pra discussão de concessão de altas e definição de restrições severas.

— Por que você está sussurrando? — Saga pergunta.

— Alguns dos corredores aqui não têm isolamento acústico.

Eles passam pela unidade de isolamento, por um conjunto de portas trancadas, e param em frente a outra porta reforçada com uma placa em que se lê HELIX OMEGA.

— Este lugar é assombrado. Eu juro — o enfermeiro sussurra. — Mas se você perguntar aos outros, dirão que é uma aranha que rasteja pelas frestas nas paredes.

A fechadura emite um zunido alto quando a central de segurança destrava a porta.

— É até aqui que eu vou. Ela está no quarto 3 — a guarda diz calmamente, tentando sorrir. — Vai dar tudo certo, há alarmes de emergência, e estaremos vigiando cada segundo da conversa.

Saga entra e para em frente a um quadro que estabelece as diversas normas de segurança. Ela ouve a porta se fechar atrás de si.

O som ecoa pelo corredor, e depois tudo fica em silêncio.

Essa enfermaria, reservada a pacientes extremamente perigosos em isolamento prolongado, não foi mencionada no relatório do Opcat. Os pacientes são mantidos sob vigilância constante, e monitorados por câmeras seja na hora de dormir, ir ao banheiro ou tomar banho.

O corredor dá acesso a três quartos com janelas blindadas e portas de aço reforçadas de quatro camadas.

As luzes brilham no piso vinílico.

Saga olha de relance para o primeiro quarto ao passar.

Deitado na cama, em cima das correias de contenção, um homem obeso se masturba distraidamente.

Na espessa parede de concreto há uma abertura para a passagem de alimentos e remédios, com escotilhas automáticas que não podem ser abertas simultaneamente.

Além do zumbido baixo do sistema de ventilação, os passos de Saga são o único som que ela consegue ouvir.

O segundo paciente é um rapaz com unhas roídas e mãos rachadas. Agachado ao lado do vidro, ele observa Saga com um largo sorriso no rosto.

Os escassos móveis dos quartos são todos aparafusados ao chão; as camas não têm lençóis nem cabeceiras. Os assentos e as tampas dos vasos sanitários também foram removidos, de modo a reduzir o risco de automutilação.

Através de uma janelinha gradeada com persianas metálicas ajustáveis, Saga consegue distinguir um sombrio pátio interno.

Ela faz uma pausa para se recompor antes de prosseguir até o último quarto.

Mara Makarov está calmamente sentada em uma cadeira, fitando o chão. Veste uma calça de moletom, mas a parte superior do corpo está exposta. A parede atrás dela está revestida de complexas equações matemáticas.

Sua cabeça está raspada, e Saga repara em cicatrizes antigas e cortes recentes por todo o torso.

Saga hesita por um momento e engole em seco antes de cruzar a linha vermelha e se dirigir ao vidro.

— Mara… Acho que seu médico te avisou que eu viria — Saga diz pelo microfone.

— Na matemática não existem deuses — Mara murmura, num fiapo de voz quase inaudível. — Nada além de escuridão…

— Você sabe quem eu sou?

Mara levanta o rosto e encontra o olhar de Saga através do vidro.

— No âmago de todos os sistemas, uma bala branca como leite dispara em direção a cada um de nós na velocidade da luz ao quadrado e, devido à dilatação do tempo, estamos todos fadados a nos encontrar com ela antes de estarmos prontos.

Os ombros e braços de Mara ainda são musculosos, e as palmas das mãos voltadas para cima são cinza.

— O que aconteceu com sua família não foi minha culpa. Eu acho que, no fundo, você sabe disso — Saga diz. — Foi tudo obra de Jurek Walter. Foi ele quem levou vocês pro bunker, e se não tivesse sido detido, sua família teria sido enterrada viva... Mesmo assim, concordo com você em um ponto: eu deveria tê-los encontrado. Me desculpe, eu falhei. Mas isso não significa que matei sua família.

Com seus olhos solitários, Mara encara Saga.

— Você quer que eu diga que te perdoo? — Mara pergunta.

— O que eu quero não faz diferença nenhuma. Sempre tive muita dificuldade pra me perdoar, mas agora estou começando a acreditar que, no fim das contas, talvez seja possível uma pessoa perdoar a si mesma.

— Será mesmo? — Mara pergunta, com os olhos ainda fixos em Saga.

— Sim. Mas é um processo que talvez nunca termine de verdade — Saga responde. — É isso que eu vim dizer. Que todos cometem erros, e que, no fim, todos nós temos responsabilidade pela vida uns dos outros.

A água pinga lentamente do chuveiro embutido; jogado num canto, há um cobertor à prova de rasgos.

— Eu sou doente mental? — Mara pergunta, olhando para Saga novamente.

— Minha opinião é irrelevante.

— Pra mim não é.

— Você está aqui por causa de um distúrbio psiquiátrico grave, mas esse é um termo jurídico, não um diagnóstico. Os psiquiatras que te acompanham mencionaram uma precária compreensão da realidade, com delírios e confusão evidentes, acentuadas compulsões obsessivas e um baixo nível de funcionalidade social.

— Sim — Mara suspira.

— Eu nunca serei capaz de aceitar seus métodos, mas entendo sua dor, sua lógica... E sei que você é extraordinariamente inteligente.

Mara mastiga uma cutícula, olha para Saga e diz:

— Você está de volta ao serviço ativo.

— Foi um longo processo — Saga responde, surpresa ao constatar que Mara sabe disso.

— Como detetive inspetora operacional da Unic.

— Acertou.

Com um gesto por cima do ombro, Mara aponta para suas equações.

— O que mais você descobriu por meio dos seus cálculos matemáticos?

— Que você está namorando um boxeador chamado Rick Santos — ela responde.

— Como é que você sabe disso?

— É apenas matemática.

Saga observa atentamente as equações. Os minúsculos números e letras estão tão comprimidos que a parede branca dá a impressão de ser preta.

— Quanto tempo você vai ficar aqui?

Em resposta, Mara simplesmente sorri, depois se levanta, afastando-se da janela e ficando diante de suas fórmulas matemáticas na parede.

Saga estuda os ferimentos nas costas de Mara, os músculos tremendo quando ela ergue um braço e acaricia as letras e algarismos.

— Você conseguiu deduzir mais alguma coisa? — Saga pergunta baixinho.

— Sim.

— O quê?

— Que em breve você vai sucumbir à sua própria escuridão — Mara responde, sem se virar.

Conheça os livros de Lars Kepler publicados pela Alfaguara

Um homem dado como morto há sete anos reaparece. Quando o detetive Joona Linna começa a investigar, surgem novas evidências sobre um caso que parecia encerrado.

"Um dos thrillers mais emocionantes dos últimos tempos."
Sunday Times

Páginas: 462
Formato: 15.00 × 23.20 cm
Lançamento: 2018
ISBN: 978-85-5652-073-9

Um assassino em série aterroriza Estocolmo: ele observa e filma suas vítimas dentro de casa, coloca os vídeos no YouTube e depois as mata de modo brutal.

"*Stalker* é assustador, mas uma ótima leitura. Você deve demorar um pouco para dormir depois de terminá-lo."
Daily Express

Páginas: 560
Formato: 15.00 × 23.20 cm
Lançamento: 2019
ISBN: 978-85-5652-094-4

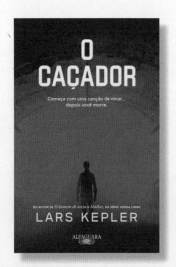

Há dois anos em uma prisão de segurança máxima, Joona Linna recebe uma inesperada visita: a polícia precisa de sua ajuda para deter um assassino.

"*O caçador* confirma Kepler como o mestre dos romances policiais psicológicos, mostrando o lado sombrio da humanidade."
Library Journal

Páginas: 528
Formato: 15.00 × 23.20 cm
Lançamento: 2020
ISBN: 978-85-5652-095-1

Enquanto tentam desvendar uma série de crimes que acontecem por toda a Europa, Joona e a policial Saga Bauer têm de confrontar um fantasma do passado.

"Impiedosamente sombrio."
Booklist

Páginas: 536
Formato: 15.00 × 23.20 cm
Lançamento: 2022
ISBN: 978-85-5652-138-5

Em mais uma eletrizante caçada, o detetive Joona Linna tenta desvendar a identidade de um misterioso e cruel assassino.

"Kepler é perito em cenas de suspense."
New York Times

Páginas: 512
Formato: 15.00 × 23.20 cm
Lançamento: 2023
ISBN: 978-85-5652-195-8

ESTA OBRA FOI COMPOSTA PELA ABREU'S SYSTEM EM ADOBE GARAMOND
E IMPRESSA EM OFSETE PELA GRÁFICA BARTIRA SOBRE PAPEL PÓLEN NATURAL
DA SUZANO S.A. PARA A EDITORA SCHWARCZ EM JUNHO DE 2025

A marca FSC® é a garantia de que a madeira utilizada na fabricação do papel deste livro provém de florestas que foram gerenciadas de maneira ambientalmente correta, socialmente justa e economicamente viável, além de outras fontes de origem controlada.